Götz Adrian

Aufstand der Vögel III

Sturzflug

„Federn: obwohl sie fallen, fliegen sie"

Henning Sabo

Götz Adrian

Aufstand der Vögel

Sturzflug

Dark Fantasy

Impressum

Bibliografische Information der Deutschen Nationalbibliothek:
Die Deutsche Nationalbibliothek verzeichnet diese Publikation in
der Deutschen Nationalbibliografie; detaillierte bibliografische Da-
ten sind im Internet über http://dnb.dnb.de abrufbar.

Korrektorat: Elisabeth Adrian
Covermotiv: c HildenDesign unter Verwendung mehrerer Motive
von Shutterstock.com

Verlag: BoD · Books on Demand GmbH, In de Tarpen 42,
22848 Norderstedt
Druck: Libri Plureos GmbH, Friedensallee 273, 22763 Hamburg

ISBN: 978-3-7597-3484-6

DANKSAGUNGEN

Mein besonderer Dank gilt erneut meiner lieben Lisa, die auch das Korrektorat des dritten Teils der Trilogie übernommen hat.

Für all' die freundlichen Menschen, die mich zur Weiterarbeit an meinen Romanen motiviert und unterstützt haben!

Inhalt

Danksagungen 5

Kapitel I - Leseba 11

Kapitel II - Felonia 18

Kapitel III - Achfoss 22

Kapitel IV - Maskon 25

Kapitel V - Mostra 30

Kapitel VI - Treju 36

Kapitel VII - Futtinu 47

Kapitel VIII - Ulton 53

Kapitel IX - Attrue 70

 Kapitel X - Achfoss 78

Kapitel XI - Xarima 81

Kapitel XII - Lagrontu 86

Kapitel XIII - Attrue 89

Kapitel XIV - Futtinu 92

KapitEl XV - Changdi 97

Kapitel XVI - Zoros 100

Kapitel XVII - Leseba 103

Kapitel XVIII - Attrue 108

Kapitel XIX - Hortag 117

Kapitel XX - Attrue 120

Kapitel XXI - Ulton 128

Kapitel XXII - Ibonsa 133

Kapitel XXIII - Treju 137

Kapitel XXIV - Maskon 144

Kapitel XXV -Attrue 147

Kapitel XXVI -Treju 154

Kapitel XXVII - Futtinu 163

Kapitel XXVIII - Changdi 167

Kapitel XXIX - Hortag 172

Kapitel XXX - Zoros 189

Kapitel XXXI - Attrue 193

Kapitel XXXII - Changdi 198

Kapitel XXXIII - Felonia 204

Kapitel XXXIV - Attrue 207

Kapitel XXXV - Leseba 209

Kapitel XXXVI - Hortag 219

Kapitel XXXVII - Xarima 225

Kapitel XXXVIII - Mostra 229

Kapitel XXXIX - Karissa 235

Kapitel XL - Ulton 243

Kapitel XLI - Achfoss 252

Kapitel XLII- Zoros 256

Kapitel XLIII - ATtrue 261

Kapitel XLIV - Karissa 265

Kapitel XLV - Felonia 273

Kapitel XLVI - Douson 278

Kapitel XLVII - Changdi 285

Kapitel XLVIII - Mostra 288

Kapitel XLIX - Ibonsa 294

Kapitel L - Achfoss 297

Kapitel LI – Felonia 299

Kapitel LII - Karissa 304

Kapitel LIII – Futtinu 311

Kapitel LIV - Hortag 316

Kapitel LV - Felonia 328

Kapitel LVI - Achfoss 333

Kapitel LVII - Leseba 337

Kapitel LVIII - Futtinu 347

Kapitel LIX - Treju 354

Kapitel LX - Felonia 358

Kapitel LXI - Maskon 362

Kapitel LXII - Ulton 366

Kapitel LXIII - Futtinu 372

Kapitel LXIV - Treju 377

Kapitel LXV - Mostra 381

Kapitel LXVI - Attrue 386

Kapitel LXVII - Karissa 389

Kapitel LXVIII - Ulton 392

Kapitel LXIX - Leseba 402

Kapitel LXX - Futtinu 407

Kapitel LXXI - Ibonsa 410

Kapitel LXXII - Felonia 411

Kapitel LXXIII - Mostra 414

Kapitel LXXIV - Treju 418

Kapitel LXXV - Felonia 420

Kapitel LXXVI - Karissa 423

Kapitel LXXVII - Treju 433

Kapitel LXXVIII - Karissa 436

Kapitel LXXIX - Mostra 442

Kapitel LXXX - Maskon 449

Kapitel LXXXI - Mostra 452

Kapitel LXXXII - Ibonsa 455

Kapitel LXXXIII - Treju...................................... 462

Anhang I - Dramatis Personae 468

Anhang II- Militärische Ränge in Arratäas Armee 471

Anhang III – Karte des Kontinents Tungä 472

Anhang IV – Westarratä und Halbinsel Ariid 473

Anhang V – Das Herzogtum am Fjord 474

Anhang VI – Die Xifonischen Inseln 475

Anhang VII – Grenzland Arratäa zu Xaronien 476

Tungä im Detail 477

Der Autor – Götz Adrian..................................... 478

v

KAPITEL I - LESEBA

Die junge Königin genoss ihr Inkognito, welches Gasina ihr gelegentlich verschaffte. Seit sie die Herrscherwürde übernommen hatte, gab es nur noch wenige Momente in ihrem Leben, welche ihr die Illusion von Privatsphäre boten. Anfangs hatte Leseba geglaubt, der Verlust ihres Vaters wäre der einzige große Einschnitt ihres Daseins gewesen, seit jener arratäischen Schicksalsnacht, in der ihre Mutter umgekommen war. Doch in Wahrheit war ihr geliebter Vater damals gemeinsam mit seiner Frau gestorben, und lediglich ein Schatten seiner Selbst war im vergangenen Herbst aus der Gefangenschaft zurückgekehrt. Bei aller Trauer, verursacht durch seinen tragischen Freitod, hatte sie erkennen müssen, es war vor allem ihre Freiheit, die sein Sturz sie gekostet hatte. Leseba haderte nicht damit, die Verantwortung für ihr Volk zu tragen, denn sie erfüllte ein Schicksal, auf das man sie Zeit ihres Lebens vorbereitet hatte. Nur die Einsamkeit, die ihre Position als Königin mit sich brachte, war manchmal schwer zu ertragen. Ihre Leibwächterin und Lehrerin Gasina wurde nach und nach eine immer größere Stütze für sie, schien sie sich doch immer wieder in sie hineinfühlen zu können.

„Haltet Euch im Schatten, Majestät! Wenn man Euch sehen sollte, würde das Schauspiel sicher nicht stattfinden!"

„Willst du mir nicht endlich verraten, was es hier zu sehen gibt?"

„Geduld, meine Königin, wir wollen das Vögelchen nicht vertreiben!"

„Welches Vögelchen?"

„Seht selbst!"

In diesem Moment betrat ein schmales Mädchen von vielleicht elf Jahren die Szenerie und ging vorsichtig bis zur Stelle, an der sich die schroffe Felswand von Djaniron über die Mole des neuen Hafens der Stadt erhob. Während das Mädchen sich anschickte, in die Wand einzusteigen, zwinkerte Gasina ihrer Herrin zu, mit der sie sich im vordersten Wachturm am Hafeneingang verborgen hielt.

„Wir sind viel zu weit weg, um die Kleine klettern zu sehen", kritisierte die Königin.

„Geduld ist noch immer keine Eurer Stärken, Majestät", neckte die kleine Kriegerin, und sie war damit die Einzige, die sich das im Privaten herausnehmen durfte. „Wartet noch ein wenig ab, Ihr werdet schon sehen! Ich schlage vor, Ihr beginnt, Euch für die Waffenübungen warm zu machen und schaut dabei dem Küken zu. Ich werde dafür sorgen, dass Ihr nichts verpasst!"

Leseba ergab sich in ihr Schicksal, denn wenn Gasina sie täglich bei Sonnenaufgang für ihre Kampftechniken anleitete, war sie unerbittlich. Aber da sie es selbst so befohlen hatte, gab es auch keine Ausflüchte. Bis ihr die ersten Schweißperlen übers Gesicht rannen, war sie bereits ernsthaft beeindruckt von der Leistung des kletternden Kindes, welches stetig und unbeirrbar immer weiter in der Wand aufstieg. Es mochten bereits über dreihundert Fuß sein, die sie überwunden hatte, und sie stieg noch weiter hoch.

„Wie lange hält sie das durch? Sie wird gar nicht langsamer!"

„Wenn es so läuft wie immer, dann wird sie ihr Ziel bald erreichen."

„Eine wirklich beachtliche Leistung! Und dann muss sie ja noch zurück!"

„Genau", grinste Gasina ein wenig seltsam. Was sie nur verbergen mochte?

Kurz darauf erreichte die Kleine anscheinend einen winzigen Vorsprung, der von unten nicht erkennbar war. Sie hielt kurz inne, richtete sich auf und drehte sich mit dem Rücken zur Wand.

„Sie wird doch nicht …?"

„Doch, sie wird!"

Gasinas Grinsen wurde noch breiter.

„Das sind gut dreihundertfünfzig Fuß, Dohle, du musst sie aufhalten!"

„Vierhundertzehn, um genau zu sein! Ich habe es gemessen! Sie hat mich vor ein paar Wochen beim Aufstieg beobachtet. Seit ein paar Tagen ist sie so weit und macht es selbst!"

„Du bist schuld an diesem Schauspiel? Das Kind wird sich umbringen!"

In diesem Moment stieß sich das Mädchen leicht ab, fiel dann durchgestreckt, die Hände voran, parallel zur Felswand in die Tiefe, um schließlich fast spritzerlos in die ruhige See vor dem Hafen einzutauchen.

Atemlos wartete Leseba, bis die Springerin auftauchte.

„Das war ihr Bester bis jetzt", kommentierte die Kriegerin beeindruckt.

„Wenn es dein Ziel war, dass mein Herz vor Schreck stehenbleibt, dann ist es dir fast gelungen!"

„Nein, meine Königin, mein Ziel war es, Euch die Hoffnung auf die Zukunft unseres Landes zu zeigen. Octami heißt sie. Aus Kindern wie diesem werden wir die nächste Generation Spatzen formen! Mit Eurer Erlaubnis, Herrin!"

Sie hätte spontan zustimmen mögen, doch sagte sie: „Ich werde es mir überlegen", um sich nicht vollends überrumpeln zu lassen.

Gasina war es sichtlich zufrieden, denn sie kannte sie längst gut genug, um zu wissen, dass sie ihr Ziel erreicht hatte. Und außerdem war der Schritt denkbar klein, denn dank Trejus Weitblick flatterten bereits mindestens hundert zukünftige kleine Raben durch den Arron, und unter denen befanden sich ohnehin schon einige vielversprechende Mädchen, wie man ihr berichtete. Statt weiterer Worte flogen Leseba nun unerwartet zwei Kampfhölzer entgegen, die sie geschickt auffing. Anfangs hatten sie solche Überraschungen noch blaue Flecken gekostet.

„Vielleicht wäre es besser, statt mit dir mit anderen Spatzen das Kämpfen zu lernen. Dann käme ich bestimmt mit weniger Blessuren davon!"

Gasina deckte sie jetzt mit einigen Schlagkombinationen ein und brachte sie damit zum Schweigen, redete selbst dabei völlig unangestrengt weiter.

„Träumt von etwas anderem, meine Königin! Wenn es um Eure Ausbildung geht, gehört Ihr ganz mir!"

Später saßen sie nebeneinander und teilten sich das Wasser einer Feldflasche, die Gasina für sie beide mitgebracht hatte.

„Wirst du mir irgendwann sagen, was ich tun kann, damit du wieder glücklich wirst, Gasina?", versuchte Leseba einen Moment der Vertrautheit zu nutzen.

„Mir geht es gut, meine Königin, ich danke Euch", straffte sich die Kriegerin und wollte sich erheben. Aber die Jüngere hielt sie zurück.

„Ich weiß, du möchtest nicht darüber reden, was zwischen dir und unserem Adler Ulton steht! Doch ihr beiden seid viel zu wichtig für das weitere Fortbestehen unseres Volkes, als dass ich es einfach so hinnehmen könnte, wenn es einen Zwist zwischen euch gibt! Ich kann es nicht ertragen, dich leiden zu sehen!"

„Zwist, Majestät? Es gibt keinen Zwist zwischen uns! Der Adler hat eine Entscheidung getroffen, von der wir alle wissen, dass er sie niemals anders hätte treffen können. Ulton ist, wie er ist! Er würde Frau und Kinder auf keinen Fall für eine andere verlassen! Ein böses Schicksal hat es so gewollt, dass ich diese andere bin. Damit werde ich leben müssen!"

„Leben, ja, genau! Leben sollst du, nicht nur kämpfen, den lieben langen Tag nach Herausforderungen suchen! Ich werde nicht zulassen, dass du dich in meinem Dienst aufreibst und selbst zerstörst, weil ein Mann dein Herz gebrochen hat!"

„Majestät, ich werde über dieses Thema nie mehr reden! Ich möchte Ulton dafür hassen, dass er mich verlassen hat, ohne jemals ein Wort darüber zu verlieren. Aber wenn er nicht zu seiner geliebten Frau Attrue hielte, wie er es tut, sich nicht nach seinen Kindern sehnte, wie er es tut …, dann wäre er nicht der Mann, den ich liebe! Also werde ich so lange, bis mein albernes Herz verheilt ist, dafür leben, wofür ich ausgebildet wurde und worin ich wirklich gut bin! Und das ist Kämpfen! Kämpfen, für unsere gemeinsame Sache, und daran kann ich nichts Schlechtes finden, denn das ist immerhin noch etwas, was mich mit Ulton unverbrüchlich verbindet!"

„Nein, daran ist nichts schlecht, aber …"

„Majestät, verzeiht mir, aber das war mein letztes Wort dazu! Nutzt meine Fähigkeiten in Eurem Dienst, oder entlasst mich, aber kritisiert mich nicht dafür, dass ich meine Pflicht erfüllen will!"

„Wie du willst! Du weißt, wie sehr ich dich und deinen Dienst schätze! Aber eines werde ich dabei nicht zulassen – dass du sinnlos deinen Kopf riskierst!"

Sie schwiegen eine Weile und trockneten ihren Schweiß, bis Gasina aufstand.

„Meine Königin, da Ihr von Risiko gesprochen habt! Wir haben Berichte aus der Hauptstadt erhalten. Dohle Ysta hat wie befohlen einige Führungsoffiziere der Besalier beseitigt. Darüber hinaus haben auch zwei Offiziere in Auseilon und drei in Talaron Unfälle erlitten!"

„Ich danke dir, Gasina! Wir werden sehen, wohin uns das führt. Gibt es auch Neuigkeiten aus Holtekaion?"

„Ja, Herrin, die Raben beginnen die ersten Raubzüge, um Sklaven zu befreien und im Arron in Sicherheit zu bringen. Eure Befehle werden umgesetzt, meine Königin, und Ulton ist guten Mutes, dass wir mit der nötigen Vorsicht erfolgreich sein können, ohne allzu große Verluste zu riskieren."

„Mögen die Götter es hören, Dohle!"

Gasina, die wie immer ein gutes Gefühl für Lesebas Unsicherheit hatte, sprach ihr zu.

„Majestät, ich bin überzeugt, Ihr tut das Richtige! Vertraut auf Eure Ratgeber und Eure Freunde, dann werdet Ihr weiter an Eurer schweren Aufgabe wachsen. Ihr seid nicht allein!"

„Helfende Hände gibt es inzwischen wirklich viele, Gasina! Drei Männer aus dem früheren Magistrat von Xeleron haben sich angeboten, die Verwaltung von Saffiron zu übernehmen und mir in den Außenbeziehungen unter die Arme zu greifen! Ich hoffe, ihre Erfahrung wird uns voranbringen!"

„Soll ich Erkundigungen über sie einholen?"

„Ich schätze, ich habe keine große Auswahl an erfahrenen Verwaltern unter unseren Arratäern. Ich werde wohl lernen müssen, großzügig mit meinen Vertrauen umzugehen. Aber warum nicht, du hast Recht, es kann nicht schaden, etwas über den Leumund der Männer zu wissen."

KAPITEL II - FELONIA

Die Kaiserin erlebte Tage großer Zufriedenheit, und die Götter schienen ihren Weg zu unterstützen. Harte Arbeit und Hingabe bescherten ihr nur wenige Monate nach der Fehlgeburt eine erneute Schwangerschaft. Ihr junger Körper wollte neues Leben hervorbringen, wie es für die Weiterverfolgung ihrer großen Träume so wichtig war.

„Wir werden dieses Glück nutzen und ein wenig mehr Aufmerksamkeit für den wiedererstandenen Orden der Vula erzeugen. Wir können die Askarier nicht ganz außen vor lassen, aber niemand kann sich beklagen, wenn wir den Segen der Muttergöttin für des Kaisers Nachkommen erbitten wollen!"

Sie strahlte ihre Vertraute Nafriti an, eine der schönsten Frauen, die Felonia kannte. Gespielin des Kaisers, ehemalige Tempelhure und seit wenigen Monaten Hohepriesterin des auferstandenen Ordens der Vula.

„Die Geburt deines Kindes wird ein Meilenstein für uns sein, mein Schatz!", jubilierte sie mit ihr.

„Oh ja, das wird sie! Wird es ein Sohn, zeigt Muttergöttin Vula Kaiser und Reich ihre Gunst durch das Geschenk eines Erben."

„Ja, und gebierst du eine Tochter, wird das Kind den Namen *Vulania* tragen und der Göttin geweiht werden. Wir werden in beiden Fällen die perfekte Bühne erhalten, das Rot der Göttin das Gelb Askarios überstrahlen zu lassen!"

„Versiegele deine Lippen, Nafriti! Du bist bisher die Einzige, die davon weiß, dass ich guter Hoffnung bin. Und das muss auch so bleiben, bis ich diese Information gewinnbringend einsetzen kann, verstanden? Wenn es möglich ist, werde ich es bald offenbaren."

„Von mir wird niemand etwas erfahren, das weißt du doch, meine Kaiserin!"

Nachdem sie die Freude über die frohe Erwartung mit ihrer Freundin geteilt hatte, begab sie sich pflichtschuldig zu ihrem Gemahl. Sie fand ihn wie immer in den letzten Wochen bei Beratungen mit seinen verschiedenen Stäben bezüglich der Entwicklung des Krieges. Seine Begeisterung für jedes Detail der Aufmärsche konnte sie beim besten Willen nicht teilen, denn immerhin war noch rein gar nichts geschehen, und die Hadrier mochten nicht einmal erahnen, was ihnen bevorstand. Dennoch hatte sie sich auferlegt, alle Kriegsräte, in denen die wichtigsten Vorgehensweisen diskutiert und beschlossen wurden, an Zoros' Seite zu verfolgen. Und das fiel ihr nicht einmal schwer, denn auch wenn sie keinen Gefallen an Kriegshandwerk und dem männlichen Gehabe fand, so war ihre Begeisterung für Strategien umso größer. Darüber hinaus war es ihr wichtig, sichtbar des Kaisers Interessen zu teilen, des Weiteren ständig und aus erster Hand auf dem Laufenden zu bleiben, um die Geheimdienstinformationen, die in ihr Resort fielen, einordnen zu können sowie den Bedarf an neuen Aufträgen zu überblicken, die sie zu erteilen hatte. Und schließlich würde sie heute zuallererst und vor Beginn der nächsten Sitzung einen privaten Moment mit ihm suchen.

„Mein Kaiser, auf ein Wort", hauchte sie in sein Ohr, wie er es so liebte, wenn sie seine Lust anfachen wollte.

Sofort stahl sich ein lüsternes Grinsen auf seinen Mund, und sie genoss die Bestätigung, angesichts seiner unangefochtenen Lieblingsbeschäftigung doch noch seine Aufmerksamkeit erregen zu können.

„Zügele dich, Weib, bevor der versammelte Generalstab Zeuge wird, wie ich dich besteige!", schalt er sie scherzhaft mit festem Griff an ihr Gesäß. Sein Blick auf ihre Brüste bestärkte weiter ihr Gefühl von Macht. Die schrittweise Entfernung ihrer Garderobe von der erzkonservativen besalischen Gepflogenheit hatte er stillschweigend willkommen geheißen. Auch der oberste Sittenwächter des Landes würde sie nicht für diesen teilweisen Bruch mit den Traditionen rügen, denn diese Rolle füllte inzwischen als Hoherpriester Askarios ihr eigener Großonkel Kaldaru aus. Ohnehin würde niemand etwas lautstark kritisieren, was der Kaiser billigte. Ihre eigene Freiheit würde bald Vorbild für andere Frauen am Hof und in der Gesellschaft sein, so hoffte sie. Der Wandel würde unaufhaltsam werden, das war ihr klares Ziel.

„Sprich, Felonia, was willst du?", fragte Zoros, angekommen in einem Nebengelass, auch wenn er längst nicht mehr an ihren Worten interessiert war.

Sie war nicht gewillt, sich diesen wichtigen Moment durch seine ungezügelte Sexsucht stehlen zu lassen.

„Haltet ein, mein Kaiser! Was ich zu sagen habe, dürfte Euch sehr interessieren. Doch werde ich mich nicht darauf konzentrieren können mit Eurem mächtigen Schaft in einer meiner Körperöffnungen", wehrte sie ihn frech ab, was ihn nur noch mehr anspornte. Sie sah, wie hart er bereits war – sie hatte es übertrieben.

„Nichts kann wichtiger sein, als dass der Kaiser seinen Nachfolger zeugt. Nun schweig und bück dich, Weib!"

Felonia hatte längst einen Instinkt entwickelt, wann sie wie weit gehen konnte. Hier und jetzt sah sie ein, Unterwerfung war die einzige Wahl, und sie drehte ihm gefügig ihr Hinterteil zu, als er schon grob den Stoff ihres Kleides zerriss, mit dessen Gegenwert man ein gutes Reitpferd hätte bezahlen können. Diesmal ging es nicht um ausgefeilte Fertigkeiten, um ihm zu gefallen. Grob drang er in sie ein, und sie bekam einmal mehr zu spüren, welch erregende Wirkung die ständige Beschäftigung mit Krieg und Kampf auf ihn hatte. Immerhin war es auf diese Weise schnell vorbei, und erbebend ergoss er sich in ihr.

„So, nun sprich, Kaiserin!", grunzte er, während er sich mit einer Hand sein Gemächt im Untergewand richtete.

Felonias Hochgefühl war völlig verdorben, und sie überlegte, wie sie ihn mit irgendeiner Nebensächlichkeit versorgen konnte. Die gute Nachricht ihrer Schwangerschaft würde sie sich für eine andere Gelegenheit aufsparen, wenn sie einen Trumpf auf der Hand benötigte. Doch nach ihrer Eröffnung würde er seine Neugierde nicht so einfach abspeisen lassen. So beschloss sie, wenigstens einen kleinen Vorteil aus der Situation zu ziehen.

„Mein Gemahl, Ihr werdet Euch in den kommenden Monaten des Krieges sicherlich nicht mit der gewohnten Intensität um die geheimen Geschäfte kümmern können. Als Eure Kaiserin ist es meine höchste Pflicht, die Stellung für Euch zu halten. Ich wollte Euch darum bitten, mir einige Vollmachten mehr auszustellen, um mir den nötigen Spielraum zu geben Außerdem benötige ich eine etwas größere Hausmacht."

„Nun, Weib, ich schätze, ich habe gerade eine kleine Anzahlung zur Begleichung des Ausbaus deiner Macht erhalten, nicht wahr?!"

Gier nach Macht war ein Gefühl, welches Zoros wohlvertraut war, und eine solche Art von Geschäft lag ihm nicht fern. „Nun, so soll es sein, Felonia, so soll es sein. Aber ich rate dir gut, meine Kaiserin, übertreibe es nicht mit deinen persönlichen Ambitionen! Denn, Kleines, wer hohe Erwartungen weckt, muss auch in der Lage sein, großartige Ergebnisse zu liefern!"

KAPITEL III - ACHFOSS

Der Jubel des Prinzen von Tulon hatte nur kurz gewährt. Die erfolgreiche Verteidigung gegen den Überfall auf das große Flüchtlingslager im Wald von Tulon, die hohe Zahl an Überläufern aus der zwangsrekrutierten Armee der Besalier, die relativ geringe Zahl an Opfern – all das hatte für Euphorie gesorgt.

Noch ganz im Taumel der Begeisterung, war er erst durch ein heftiges Zupfen an seinem Umhang auf ihn aufmerksam geworden, zuvor hatte er den beinlosen Raben Trullon übersehen.

„Herr, wir verlieren wertvolle Zeit! Die Nachtigall wurde entführt, aber ich brauche Hilfe, allein kann ich sie nicht befreien!"

Achfoss hatte in der feiernden Menge nach Mostra Ausschau gehalten, die Möglichkeit, sie sei gefallen oder gefangen, war ihm nie in den Sinn gekommen.

„Was sagst du da? Hast du etwas beobachtet?"

„Während des Scharmützels habe ich nur mitbekommen, wie sie den ersten Ansturm vereitelt hat, als sie Ordnung in die Verteidigung brachte. Aus naheliegenden Gründen konnte ich ihr nicht hinterher und habe meine eigene Schlacht gefochten. Aber die Spuren, denen ich nach den Kämpfen gefolgt bin, sprechen eine klare Sprache!"

Nach dem, was Achfoss inzwischen über die arratäischen Raben gelernt hatte, hatte er nicht den Hauch eines Zweifels, dass Trullon genau wusste, wovon er sprach.

„Kannst du mir bitte alles schildern, was du herausgefunden hast? Du hast Recht, wir dürfen keine Zeit verlieren!"

„Das sage ich doch! Man kann erkennen, Mostra wurde von fliehenden Elitekriegern der Besalier eingekreist und von hinten niedergeschlagen. Zwei Männer haben sie anschließend in die Mitte genommen und mit sich geschleift. Am Rande des Dorfes habe ich meine Verfolgung abgebrochen und bin zu dir zurückgekommen, um Unterstützung zu holen."

„Und die sollst du haben. Zwanzig Mann zu mir! Holt uns Pferde und Proviant für eine Woche – für alle Fälle. Trullon, du führst uns an! Worauf wartet ihr denn alle, in zehn Minuten will ich alles hier zum Aufbruch bereit sehen! Rüstet euch!"

Seine Befehle in die sie umgebende Menge wurden sofort umgesetzt, und tatsächlich waren die geforderten zwanzig Mann und noch einige mehr innerhalb einer Viertelstunde im Sattel, aber es war noch immer nicht die Dämmerung angebrochen, und die Spurensuche war selbst für den Raben mühsam. Als sie endlich den Waldrand erreichten, wo die Besalier Pferde bestiegen hatten, war deren Vorsprung vermutlich schon sehr groß.

Nur die verbissene Entschlossenheit des Arratäers hielt Achfoss' Hoffnung am Leben, seine Geliebte noch zu retten. Doch mit jeder Meile der Verfolgung wurde klarer, Ziel der Entführer war Pusilsaron, die tulonische Hauptstadt. Dorthin konnten sie ihr unmöglich folgen.

„Herr, ich werde allein gehen und herausfinden, wohin man sie gebracht hat. Lass einen deiner Männer in der Nähe auf mich warten, um dir Nachrichten zukommen zu lassen", schlug Trullon vor.

„Du bist ein wirklich treuer Mann, Trullon, das werde ich dir nie vergessen!"

„Für die Nachtigall gehe ich mit bloßen Händen durchs Feuer, Achfoss!"

Der Prinz entschied sich, das Risiko einzugehen und selbst mit seinen Männern am Treffpunkt zu bleiben, bis am Nachmittag des nächsten Tages der Rabe zurückkehrte.

„Herr, du solltest nicht mehr hier sein! Wofür sonst hätte sich Mostra geopfert, wenn man dich jetzt schnappen sollte?!"

„Du hast natürlich Recht, mein Freund, aber ich konnte nicht anders. Nun rede, was ist mit ihr?"

„Im Stadtgefängnis ist sie nicht, da hätte ich sie vielleicht herausbekommen. Aber sie scheint im Kerker unter dem Palast zu sein!"

„Das hatte ich befürchtet, da kommen wir nicht so einfach rein. Du hast deine Sache mehr als gut gemacht, und ich danke dir dafür. Ab jetzt brauchen wir Tulonier aus der Stadt, die uns weiterhelfen können. Wir reiten nach Sonnenuntergang zurück ins Lager und suchen nach den besten Frauen oder Männern, die uns Verbindungen in den Palast schaffen können."

„Ich bleibe hier, Prinz. Ich werde die Nachtigall nicht allein lassen. Wenn sich auch nur die kleinste Chance bieten sollte, ihr zu helfen, will ich sie nicht verstreichen lassen!"

Achfoss beschlich das Gefühl, dass er nicht als Einziger Mostra, dieser atemberaubenden Frau, verfallen war, aber wer konnte es dem Raben verdenken? Auch wenn er viel zu jung für sie war.

„Ich schätze deine Treue, Rabe! Wie sollen meine Leute mit dir in Kontakt treten?"

„Jeden Tag um diese Zeit werde ich hier sein. Treffe ich niemanden an, hinterlasse ich einen aktuellen Bericht unter diesem Stein dort. Einverstanden?"

„Sehr gut, mein Freund, mögen die Götter mit dir und unserer Freundin sein!"

KAPITEL IV - MASKON

Maskon zog im Gleichklang mit den anderen Ruderern an seinem Riemen und ordnete seine Gedanken. Nach Wochen der immer selben Bewegungen hatte er bald den meditativen Charakter der Tätigkeit zu nutzen gelernt. Er schaute sich zwischen den vor und zurück wogenden Gestalten um und sah die auf unterschiedlichste Art gefährlichen Männer. Schurken, Halsabschneider, Meuchler, Diebe und – für ihn am schlimmsten – loyale Xifonier. Auch wenn es hier an Bord niemandem bewusst war, so war allerdings der gefährlichste Mensch auf dem Schiff er selbst, Maskon.

Man hatte ihn nach seiner Gefangennahme zum Verrotten im elendesten Kerker Chaniens angekettet, und es war auch in Maskons Augen nichts anderes als ein Wunder, dass er an diesem Tag hier sitzen und rudern konnte. Im Gefängnis hatten seine Mitgefangenen gelernt, sich von ihm fernzuhalten. Drei tote Angreifer waren Grund genug, ihn zu meiden und ihm in der Essensschlange den Vortritt zu lassen. Zwei lange Jahre hatte er im Zwielicht zwischen stinkenden Leibern dahinvegetiert, ständig auf der Hut, nicht wegen eines Kantens halbverfaulten Brotes mit einer improvisierten Waffe hinterrücks überfallen zu werden. Hatte er verdientermaßen diese Lage ertragen müssen? Nach allem menschlichen Ermessen konnte die Antwort auf diese Frage nur „Ja!" lauten. Es gab kaum ein Verbrechen, keine Niederträchtigkeit, derer er sich im Dienste des Besalischen Kaisers nicht schuldig gemacht hätte. Und hätte es etwas gegeben, so hätte er zur Vollendung einer Mission keine Sekunde gezögert, die Liste zu vervollständigen. Trotzdem war Maskon kein kruder Mörder, kein willenloser Gewalttäter, sondern kalkulierend und kalt. Sein Herr, Nafruno von Scorilon, hatte seit seinen frühesten Kindertagen alle Sorgfalt auf seine vielschichtige Ausbildung verwandt. Der frühere Anführer der besalischen Spione hatte als Ergebnis dieses feinen Schliffs eine feine Waffe erhalten, denn

Maskon wusste, für die Aufgabe, zu der man ihn geschaffen hatte, war er perfekt! Schlau, schnell, gebildet, versiert in vielen ehrenhaften und einigen deutlich weniger ehrenhaften Kampftechniken, und um das Bild abzurunden bar aller Skrupel. Disziplin und Geduld hatten ihn in diesem chanischen Loch am Leben erhalten, Verstellung und Geschick hatten ihn die Prüfungen der Richter und dieses xifonischen Admirals überstehen lassen, um hier an Bord zu kommen. Und Askario mochte ihm zu gegebener Zeit zeigen, welche seiner Fähigkeiten er bei seinen weiteren Schritten einsetzen musste. Jedenfalls war das Schicksal endlich wieder auf seiner Seite gewesen, als die Chanier ihre tiefsten Verliese öffneten, um für Ibonsa seine Ruderbänke zu füllen. Man hatte alles aufgeboten, um den übelsten Bodensatz des Kerkers ebendort zu belassen, und ohne jeden Zweifel gehörte Maskon selbst dazu, aber Täuschung war sein Geschäft, und jetzt war er hier und nicht dort.

Mit seiner Begnadigung zu Gunsten der Verpflichtung als Ruderer auf den xifonischen Galeeren Ibonsas war Maskon erneut in die Unsichtbarkeit der Masse abgetaucht. In den ersten Wochen schwamm er mit der Menge, zeigte sich dankbar für die Befreiung, Kleidung und Essen, murrte nicht über den harten Drill und die langen Tage auf der Ruderbank. Während er auf diese Weise zu einem akzeptierten Mitglied der Rudermannschaft an Bord der Galeere „Morgentau" wurde, gab er sich Mühe, Seemann zu werden – oder tat wenigstens so. Das, obwohl er das Meer hasste und bisher lediglich einmal für die Überfahrt aus Besalien nach Chanien im Bauch eines Handelsschiffs gesessen hatte. Jetzt nutzte er die Zeit für Beobachtungen. Er lernte, die Charaktere um ihn herum einzuschätzen, ihre Stimmungen, Pläne, Träume und Seilschaften innerhalb der Mannschaft. Er arbeitete daran, das Wohlwollen aller Gruppierungen zu erringen, ohne andere gegen sich aufzubringen, was einem Drahtseilakt glich.

Die Ausgangslage für alle Männer um ihn herum war die gleiche gewesen, wie sie durch die Ansprache des kleinen Admirals bei der Anwerbung vermittelt worden war:

„Gefangene! Eines vorneweg – ihr seid nicht hier, weil man euch eure Verbrechen vergeben hätte, ihr eure Freiheit erhalten sollt oder man euch in der Gemeinschaft wieder willkommen heißen will. Ihr seid hier, um eurem Dasein einen neuen, besseren Sinn zu geben, als in tiefen Kellern vor euch hinzudämmern. Begreift dies als Chance für einen Neuanfang, den ich euch bieten kann und will. Ihr bleibt Sträflinge, doch auf hoher See, mit Sonnenlicht und frischer Luft und ordentlichem Essen. Ohne jeden Zweifel eine gewaltige Verbesserung der Lage für jeden von euch im Vergleich zu eurem Dasein in den stinkenden Verliesen! Beweist, dass ihr diesen Vertrauensvorschuss verdient, und ihr könnt euch über die Monate die Freiheit erarbeiten. Doch jede Auffälligkeit, Befehlsverweigerung oder gar ein Verbrechen werden gnadenlos bestraft werden. Die Verantwortung für euch und euer Tun liegen ebenso in meiner Hand wie die Verfügungsgewalt über euch und euer Leben. Mein Wort und das meiner Kapitäne sind ab jetzt euer Gesetz, und solltet ihr als Fischfutter über Bord gehen, wird niemand hier über jemanden weinen, der sich gegen seine Kameraden gestellt hat. Eine Schiffsmannschaft überlebt in Sturm oder Kampf nur gemeinsam. Also lernt, Teil des Ganzen zu sein, dann werden die anderen an Bord lernen, euch zu vertrauen und euch zu respektieren!"

Und so zogen alle Zuhörer ihre Schlüsse – die meisten mochten einfach jede Änderung dem Leiden im Kerker vorziehen, einige wirkten wirklich inspiriert und willens, den besagten Neuanfang zu wagen, und für Maskon war die Rede eine detaillierte Information, was er beachten musste, um sich im neuen Umfeld zu etablieren und in das Herz der Gemeinschaft einzudringen. Was konnte sich ein Spion mehr wünschen als das?!

Die Gerichtsbarkeit unter den Sträflingen hielten die Schiffsführer nach Ibonsas Anordnungen sehr einfach und transparent. Alle Bestrafungen wurden öffentlich durchgeführt, und jeder wusste, wie und wofür sie stattfanden. Im Alltag gab es bisher nur genau drei Varianten der Vollstreckung – Auspeitschungen, Kielholen oder der endgültige Gang über Bord. Selbst für gute Schwimmer war ein Überleben auf diese Weise so gut wie ausgeschlossen, und eine einmalige Umsetzung eines solchen Urteils hatte bisher ausgereicht, um allen die Konsequenz und Entschlossenheit des Admirals klar zu machen. Zumal fast alle unter den Sträflingen Landratten waren und kaum jemand schwimmen konnte.

Noch ein Schluss, den Maskon für sein weiteres Vorgehen im Bauch des xifonischen Wals ziehen konnte – Ibonsa mochte hart und unnachgiebig sein, aber er war auch ein Mann von Ehre und Prinzipien. Und das machte ihn berechenbar!

An Bord wurde es unruhig – stand Maskon möglicherweise der erste Seekampf seines Lebens bevor?

„Arritu in Sicht, Herr!", rief der Ausguck, und Jubel brandete unter den Xifoniern auf. Bald kapierte Maskon, dass Arritu eine kleine Insel aus dem südlichen Teil der Xifonischen Inselgruppe war. Manche aus der xifonischen Kernmannschaft stammten sogar von dieser Insel.

„Wir bleiben im Kielwasser der Mullinosa!", befahl Kapitän Ikalo mit befehlsgewohnter Stimme, und ein entsprechendes Pfeifsignal des Maats übersetzte die nötige Beschleunigung des Schiffes als Befehl für die Ruderer.

Ein Kampf blieb aus, vielmehr wurde die Flotte des Admirals offensichtlich mit großer Freude unter der Bevölkerung willkommen geheißen. Maskon spähte durch die Pinne nach draußen.

Welche Möglichkeiten mochten sich in diesem Hafen wohl für ihn ergeben?

KAPITEL V - MOSTRA

Achtundvierzig Tage. Achtundvierzig Tage, seit Mostra in Gefangenschaft aus ihrer Ohnmacht erwacht war. Ihre letzte Erinnerung, wie sie in diese Situation gekommen war, waren die Kämpfe im Lager im Grenzwald von Tulon. Sie ging davon aus, dass es ihr gelungen war, den Untergang der freien Tulonier zu verhindern. Offensichtlich war sie aber beim Versuch, zu Prinz Achfoss durchzubrechen, gescheitert. Stattdessen war sie selbst überwältigt worden und lag deshalb in dieser schäbigen Zelle, übersät von Blutergüssen und mit noch leicht geschwollenem Mund, nebst einer verkrusteten Platzwunde an der rechten Augenbraue. Die Verletzungen waren nur zum kleinsten Teil Erinnerungen an die Gefangennahme, hauptsächlich aber Ergebnis von Auseinandersetzungen mit männlichen Gefangenen und den besalischen Wächtern.

Art und Weise, wie die Besalier sie zu Anfang in ihrem Kerker behandelt hatten, hatten darauf hingedeutet, dass man ihr keine besondere Bedeutung zugerechnet hatte. Das war prinzipiell in Mostras Sinne gewesen, allerdings hatte der besalische Kerkermeister ohne Frage die Vergewaltigung seiner weiblichen Gefangenen zur Normalität erklärt. Am zweiten Tag in diesem Gemäuer war Mostra deshalb aus ihrer oberirdischen Zelle in ein dunkles, feuchtes, stinkendes Kellerloch umgezogen.

„Dich werden wir gefügig machen, du tulonische Fotze! Hier unten kannst du verrotten, bis der Wachtmeister sich wieder selbst um dich kümmern kann!", hatte einer der vier Rohlinge gegrölt, der sie in den Raum hineingestoßen hatte, nachdem sie besagtem Wachtmeister gezeigt hatte, dass sie kein einfaches Opfer seiner Gelüste sein würde.

„Sag dem Schätzchen, dass ich mich schon darauf freue, wieder ein Omelett anzurühren", hatte sie ihnen nur halbverständlich hinterhergeschrien.

„Halt`s Maul, du Schlampe! Bald wirst du darum betteln, ihm für einen Becher Wasser den Schwanz zu lutschen!"

Hunger und vor allem Durst waren zweifellos effektive Folterinstrumente. Allerdings nur, wenn die Gefangene weniger findig und eingeschränkter in ihren Möglichkeiten war als die Nachtigall. Mostra sammelte jeden Tropfen Kondensflüssigkeit an den Wänden des feuchten Kerkers, aß Käfer und Kakerlaken, ab und an eine Maus, wenn sie sie schnappen konnte. Hätte man sie nicht hierher in diesen kalten und klammen Keller verlegt, wäre ihr Widerstand erheblich schwieriger geworden. Anscheinend hatte man sie für eine beliebige Tulonierin gehalten, die man ohnehin demnächst nur in die Sklaverei verkaufen würde. So hatten ihre Wächter die Lage völlig falsch eingeschätzt, als zwei Wochen später der schwere Schlüsselring klappernd gegen das Schloss schlug. Bis dahin hatte sie täglich lediglich so viel Wasser bekommen, um sie am Leben zu halten, und längst hätte sie völlig ausgedörrt sein müssen. Doch als sie das Rasseln gehört hatte, war Mostra bereit gewesen – bereit, sich zu wehren.

„Es ist so weit, meine Süße! Freust du dich schon auf meinen Saft?", hatte der wiedererstarkte Wächter voller Geilheit geflötet. Zwei seiner Schergen hatten sich vor ihm mit Lanzen bewaffnet angeschickt, den kleinen Raum zu betreten, und diesmal nichts dem Zufall überlassen wollen. Man hatte sie wohl so lange in Schach halten wollen, bis sie fixiert wäre und sich nicht mehr zur Wehr setzen könnte. Doch dazu würde es Mostra niemals kommen lassen, nicht, solange sie zur Gegenwehr fähig war. Ansatzlos war sie dem ersten Wächter entgegengesprungen, als dieser sich noch unter dem Sturz der niederen Kerkertür hindurchgebückt hatte. Er hatte keine Chance gehabt, sie mit der Lanzenspitze zu bedrohen, bevor er besinnungslos zu Boden gegangen war. Mit der erbeuteten Stabwaffe in ihren Händen hatte sie schnell auch den zweiten Mann ausgeschaltet, doch schon hatte der Kerkermeister hysterisch nach Verstärkung geschrien. Aus einem offenbar unweit gelegenen Wachraum waren wenige Augenblicke später fünf Wächter mit Lanzen in den Gang gedrängt, die sie gemeinsam zurück in die Zelle getrieben hatten. Die Flucht war vereitelt gewesen, die Genugtuung, dem Kerkermeister noch ein weiteres Andenken hinterlassen zu haben, blieb nur ein sehr schaler Sieg.

Inzwischen wusste Mostra, der erfolgreiche Widerstand hatte sie nur in eine noch misslichere Lage gebracht. Vier Männer unter den Wächtern, die ihre erlittenen Verletzungen nicht verheimlichen konnten, hatten einen jungen Offizier auf den Plan gebracht, der deutlich intelligenter vorgegangen war als die anderen Männer zuvor. Durch Armbrustschützen in Schach gehalten, war sie in Eisen gelegt und in einer größeren Zelle an kurzer Kette an einen Bodenring geschlagen worden.

„Nun, Tulonierin, was sollte das?"

„Wovon redest du, Besalier?"

Die Frechheit zahlte sie mit einer schallenden Ohrfeige, und so, wie sie inzwischen fixiert war, war Gegenwehr nicht mehr möglich.

„Du wirst mir Respekt erweisen oder draußen am Pranger dem ganzen Regiment geben, was du dem Kerkermeister verweigert hast! Verstanden?"

Mostra schluckte mühsam ihren Trotz herunter.

„Ja, Herr!"

„Schon besser! Zumindest kann ich sehen, weshalb sich der Mann für dich interessiert hat. Bevor wir aber gleich zu dem Teil kommen, wie du dich bei mir freikaufen kannst, erzählst du mir, wer du bist. Und halte mich nicht für einen solchen Idioten wie den Grobian, dessen Gehänge du vor ein paar Minuten zum zweiten Mal zertreten hast. Mir ist klar, dass du eine Kriegerin bist und kein Bauernweib oder ähnliches. Ich habe mich etwas umgehört, wie du hergekommen bist. Auch wenn meine Männer in einer Befragung nicht gern zugegeben haben, wie du sie überwältigt hast, so ist mir doch nicht zuletzt dadurch klar geworden, dass du sehr wohl weißt, was du tust. Wir können also die Geschichte überspringen, in der du mich zum Narren halten willst, und du sagst mir gleich die Wahrheit, ja?! So, dann lass mal hören, Weib!"

Mostra starrte ihn nur böse an, nach ein paar langen Momenten grinste der junge Mann und kam ihr etwas näher. Im besseren Licht konnte sie sehen, dass er Leutnant war. Kein ungebildeter Mann aus unteren Schichten, sie durfte ihn nicht unterschätzen.

„Schade, ich dachte, du würdest wenigstens mit mir spielen, mich vielleicht versuchen zu verführen oder etwas in dieser Art. Das hätte mir gefallen! Aber so sage ich dir einfach direkt, wie es weitergeht. Ich fürchte, dein Fall ist einfach etwas zu groß für mich, und eine tulonische Kommandantin, die mehrere Besalier in der Schlacht getötet hat, sollte von den geheimen Diensten beachtet werden, findest du nicht?! Ich werde also dafür sorgen, dass dich niemand mehr anrührt, bevor dich versiertere Hände behandeln können. Sollten sie tatsächlich glauben, dass du bedeutungslos bist, hoffe ich nur, dass sie genug von dir übriglassen, damit ich dich für ein Hurenhaus zureiten kann!"

Mit den letzten Worten war sein Grinsen immer breiter geworden, und er war ihr mit jedem Wort nähergekommen, um ihr in die Augen zu schauen. Nahe genug, um ihm allen Speichel ins Gesicht zu rotzen, den sie während seiner Rede in ihrem trockenen Mund hatte sammeln können.

So war Mostra also zu ihren Blessuren gekommen, und sie waren ein Preis, den sie zu zahlen bereit gewesen war. Zwei Wochen lang wuchsen nach dieser Episode beständig ihre Bedenken wie auch ihre Hoffnungen. Bedenken, wie versiert und kenntnisreich ein Offizier des besalischen Geheimdienstes sein mochte, dem man sie übergeben würde. Hoffnungen, dass die Tulonier sie nicht im Stich lassen würden. Die Arratäer, die mit Achfoss und ihr in die Provinz vorgestoßen waren, würden allein wahrscheinlich nicht genug erreichen können. Doch mit dem Prinzen als treibender Kraft mochten sie einiges bewirken können. Wo blieben sie also? In sich versunken hockte Mostra, mit einer kurzen, schweren Kette aller Bewegungsspielräume beraubt, endlos auf demselben Fleck. Die Muskeln schmerzten, hart und verkrampft.

„Erhebe dich, Weib!", befahl der Leutnant, der seit ihrer letzten Begegnung vor Tagen erstmals wieder auftauchte. In seiner Begleitung kamen zwei weitere Männer in die Zelle, ein gelber Priester und ein Zivilist, dem das Wort „Spion" förmlich auf die Stirn geschrieben stand. Trotz äußerster innerlicher Anspannung, die sie augenblicklich ergriff, schaffte sie es, das ängstliche, eingeschüchterte Weibchen zu geben, welches die Männer erwarten mochten.

„Ihr habt nicht übertrieben, Leutnant, sie war sicher bis vor kurzem eine Augenweide", begann der Spion mit abschätzigem, kaltem Blick. Mostra erfasste sofort, dieser Mann wurde nicht von animalischen Gelüsten gesteuert, er war klar und analytisch, gefährlich.

„Knapp fünfeinhalb Fuß groß, schlank und eine versierte Kämpferin. Auch die Brüste sind groß genug. Was denkt Ihr, Ehrwürdiger?"

Zum ersten Mal ließ der Priester seinen volltönenden Bass hören: „Schwarzhaarig, abgesehen davon gehört sie sicher zu den Weibern, die der Kaiser sichten lassen wird. Schau dir das nochmal genauer an, insgesamt könnte sie als Hadrierin durchgehen!"

Der Spion stand inzwischen dicht hinter ihr, Mostra machte sich klein und schlotterte.

„Was willst du uns hier glauben machen, Weib? Sprachlos und ängstlich, die Gleiche, die vor etwas mehr als zwei Wochen den Kerkermeister und ein paar weitere Tölpel überwältigt hat?"

Vor der Tür hörte man ein unterdrücktes Husten.

Plötzlich griff er Mostra mit voller Hand ins Haar, um es genauer zu betrachten. Das Schwarz der Kräutertinktur, welche ihren Schopf abgedunkelt hatte, konnte durch die Zeit ihrer Gefangenschaft einer genaueren Betrachtung kaum standhalten, zumal die Ansätze längst herausgewachsen waren. Nur Schmutz und Fett verbargen die natürliche, rote Farbe ihres Haars noch ein wenig.

„Hey, Mann, einen Eimer Wasser!", forderte der Spion lautstark nach draußen.

Schnell bekam er eine modrige Brühe und übergoss Mostra sofort mit einem Schwall. Ihr wurde eiskalt, nicht nur, weil sie jetzt klatschnass war. Nochmals nahm der Mann ihren Kopf in Augenschein, dann schnaubte er belustigt.

Der Bass des Priesters dröhnte zufrieden: „Sollen wir dich ‚Ivosi' nennen?"

KAPITEL VI - TREJU

Der Hykimo streifte durch sein Lager, und Stolz durchströmte ihn, wenn er den Eifer sah, mit dem alle zu Werke gingen. Nur ein paar Jungs rannten Fangen spielend zwischen den Tüchtigen herum. Treju zählte beiläufig fünf kleine, flinke Burschen, die einen größeren neckten, um ihn hinter sich her zu locken. Obwohl jedem einzelnen der Frechdachse körperlich weit überlegen, ließ der sich reizen und ein ums andere Mal aus der Reserve locken, nur schnappen konnte er keinen von ihnen.

Für Treju waren die wenigen Minuten seines täglichen Spaziergangs die einzige Zeit, die ihm die Illusion von Frieden und Normalität vorgaukelte. Auch wenn diese kurzen Spannen nicht mehr so entspannt waren wie zu den Zeiten, als er noch nicht Herrscher der Menschen dieses Landstriches gewesen war. Alle wichen ehrfurchtsvoll vor ihm zurück und erwiesen ihm Respekt, und das lag nicht an Guffi und Mopp, seinen jungen Kampfhunden, die ihn ständig flankierten, sobald er einen Schritt machte. Trotzdem führten die Streifzüge ihm immer wieder vor Augen, wofür all die tapferen Frauen und Männer an seiner Seite ihr Blut vergossen, wenn sie in den Kampf zogen – ein normales Leben in Frieden für seine Schützlinge.

Er zwang seine Sinne zurück auf die drängendsten Probleme. Ein gewaltiges Dilemma musste bewältigt werden, und die verschiedensten Stränge an Verantwortung zerrten an ihm. Ein gelegentliches Jucken der Haut auf seiner Brust erinnerte ihn an die jüngste seiner Bürden. Wildpferd-, Greif- und Löwenkopf, angeordnet auf einem dünnen Ring, bildeten das heilige Symbol des Chanischen Reiches, welches ihm unauslöschlich in die Haut über seinem Herzen gestochen worden war. Es zeigte jedem Chanier, Treju war zum Hykimo erhoben worden, zum „Schützer des Volkes" im Range eines Herzogs. Das weite Gebiet am Guusla Fjord, begrenzt durch die Landscheide im Westen, die Waldseite im Osten und das Sumpfgebiet im Süden, unterstand jetzt seiner Herrschaft, und die Übernahme der bestehenden genauso wie der Aufbau neuer Regierungsstrukturen hätten alleine schon jeden Tag hundert Arbeitsstunden von ihm erfordert. Immerhin die Ernennung eines Verwaltungsrates gab Treju große Entlastung, und er verstand es, sein Talent zu nutzen, an fähige Leute zu delegieren und sie zum Gemeinwohl ungestört ihre Arbeit tun zu lassen.

Verbunden mit seinen gewaltigen Aufgaben war die, der er sich momentan am meisten widmen musste: die Verteidigung. Die Bedrohung durch den besalischen Feind auf der anderen Seite des Fjords war ungebrochen und allgegenwärtig. Im Herzen war er noch immer Adler der Arratäischen Gebirgsjäger, und es blieb sein fester Entschluss, bei allem, was er tat, auch den Freiheitskampf seines Volkes weiter zu befördern. Doch in erster Linie war er jetzt seinen eigenen Untertanen, den arratäischen wie den chanischen Einwohnern seines Herzogtums, verpflichtet. Die jüngste Strategie, die er zur Förderung beider Ziele ersonnen hatte, benötigte Wissen und Ressourcen, die sie momentan nicht hatten, erforderte darüber hinaus einen Tabubruch. Douson hatte es in den Beratungen angemerkt, ohne dabei selbst den formulierten Standpunkt zu verteidigen.

„Der Handelsweg des Guusla Fjords ist seit Menschengedenken neutrales Gebiet zwischen Arratäa und Chanien. Noch nie wurde die Wasserstraße blockiert oder wurden Zölle erhoben!"

„Und so sollte es auch zukünftig wieder sein, wenn beide Seiten des Fjords von Freunden bewohnt werden. In Zeiten aber, in denen die Besalier vom Handel in arratäischen Landen profitieren, gibt es keinen Anlass für uns, an solchen Traditionen festzuhalten. Unsere Feinde geben schließlich keinen Deut auf Regeln, Ehre und Gerechtigkeit! Wir müssen dem Denker in Seisilon etwas zu denken geben, was nichts mit der Ausrottung unseres Volkes zu tun hat. Wir müssen ihm reichlich Probleme bereiten, ohne dabei unsere Kampfkraft zu dezimieren. Also leeren wir seine Schatulle, das wird ihm wehtun – mehr als vieles andere. Und gleichzeitig füllen wir dabei sogar noch unsere eigene etwas auf. Ich finde, es hört sich großartig an!"

Der Herzog sah den neuen kaiserlichen Gouverneur in der früheren Hauptstadt Arratäas als den gefährlichsten Strategen an, der ein solches Amt derzeit im Besalischen Reich innehatte. Futtinu von Caviros, Schwager des Kaisers und ältester Bruder der Kaiserin, hatte im Krieg für Besalien auch nicht mehr Skrupel an den Tag gelegt als dessen Herrscher Zoros. Aber sein intelligentes Vorgehen, begleitet von einem gewissen Charisma, hatte ihm einen Ruf eingebracht, der Treju größte Vorsicht abverlangte, wenn er gegen ihn vorgehen wollte.

„Schön, Treju!", hatte sich Karissa eingemischt. „Wir verstehen, was du tun willst, und auch warum. Aber wie willst du den Handel mit Auseilon unterbinden, ohne dabei den Groll anderer auszulösen, deren Wohlwollen und Hilfe wir so gut gebrauchen könnten!? Und wenn wir die Händler aus Ländern anderer Herrscher ausrauben, wird sie das nicht zu unseren Freunden machen!"

„Elster, du bist ein solch räuberischer Vogel, und doch behältst du die diplomatischen Belange im Blick. Wie gut, dass ich eine Herzogin aus dir machen konnte!"

Er hatte dann eine Idee dargelegt, die seit ihrem Siegeszug durch die Waldseite in ihm gereift war.

„Zwar haben wir auf der anderen Seite des Kontinents gute Erfahrungen mit Piraterie gemacht, aber hier werden wir anders vorgehen. Wir beginnen mit Diebstahl, fahren fort mit Wegelagerei, und schließlich machen wir es offiziell und nennen es ‚Zoll'! So, wie es unzählige andere Völker auch tun."

Die fragenden Blicke in der Runde hatten ihn amüsiert, dann hatte er rasch ausgeführt: „Ich habe Königin Leseba um ein

Schiff gebeten und Ibonsa um einen erfahrenen Kaperkapitän. Sobald diese Hilfe in einigen Wochen bei uns ankommt, werden wir einen Überfall auf Auseilons Hafen machen und von der Nussschale bis zum Kriegsschiff alles stehlen, was schwimmt. Schließlich brauchen wir Schiffe, um die Händler davon abzuhalten, nach Auseilon zu fahren. Aber wir werden die Händler, die passieren wollen, nicht ausrauben, wir werden ihnen ein Angebot machen. Entweder sie zahlen Zoll an das neue chanische Herzogtum am Fjord, welches Anspruch auf die Gewässer erhebt. In diesem Falle lassen wir sie passieren, vorausgesetzt, sie haben nicht vor, mit Sklaven zu handeln. Oder aber sie kommen stattdessen mit unserem zukünftigen Handelsort an der Waldseite ins Geschäft. Unsere Freunde aus dem Waldvolk werden dort mit unserer Hilfe ihre Gewürze, Farben, Lederwaren, Stoffe und Kunstgegenstände veräußern. Bisher ziehen reisende Aufkäufer aus Auseilon und auch fernen Ländern durch ihre Waldstädte, doch bald werden wir für jeden Stamm ein Kontor in unserem neuen Freihandelshafen eröffnen. Die Waldseite gewinnt, die Händler gewinnen ...“

„... und Auseilon verarmt! Denn bisher läuft der Löwenanteil dieses Handels über Arratäa“, war ihm Karissa ins Wort gefallen. „Aber glaubst du denn, dass dieser Prozess umkehrbar sein wird, weiser Hykimo, wenn irgendwann die Besalier vertrieben sein werden?“

Das Problem war nicht von der Hand zu weisen.

„Ich gebe zu, das müsste in der Zukunft gerecht geregelt werden! Trotzdem können wir uns sicher darauf einigen, dass Schwierigkeiten für die Besalier augenblicklich von Vorteil für die Arratäer sind. Nicht wahr?“

Wenig überraschend hatte Douson sich sofort freiwillig gemeldet, um den Angriff in Auseilon mit Changdis Kinderarmee vorzubereiten.

„Aber Herr, könnte es nicht viel einfacher und schneller gehen, Königin Ulinia um ein Schiff zu bitten?"

„Richtig, Falke, wenn es nur um das Schiff ginge, wäre das logisch. Vermutlich gäbe es sogar ein geeignetes Schiff, welches man auf halbem Wege aus Fonon schicken könnte. Aber ich denke an die besonderen Fertigkeiten unserer xifonischen Freunde für dieses Unterfangen! Oder denkst du, die Chanier können Ibonsas Männer das Wasser reichen?"

Hier war Karissa Douson beigesprungen.

„Brauchen wir wirklich hohe Künste eines Seefahrers, um uns als Wegelagerer – Verzeihung – Zöllner zu betätigen?! Wäre es nicht besser, die Ablenkung für den Feind so früh wie möglich beginnen zu lassen?"

„Ihr habt beide Recht, andererseits ist das Ganze zu riskant und zu wichtig, um es durch übertriebene Hast aufs Spiel zu setzen. Stattdessen entsende ich dich, Douson, nach Auseilon und meine skeptische Gattin als Botschafterin nach Djaniron zu Königin Leseba. Die Taube, die wir entsandt haben, kann eben nur ein Papierchen tragen und keine Abstimmungsgespräche führen, um den Schulterschluss mit unseren Kameraden herbeizuführen. Ich werde derweil selbst in die Waldseite reisen, um alles in Gang zu setzen, was unseren neuen Hafen angeht!"

„Warum habe ich den Eindruck, dass mein Gatte mich schon wieder aus dem Zentrum des Geschehens entfernen will?"

„Wir wissen doch alle, dass sich das Zentrum des Geschehens immer wieder gern dorthin verlagert, wo du dich befindest, Geliebte!"

Als Douson sich ein Lachen nicht verkneifen konnte, traf ihn ein strafender Blick.

„Entschuldige, Elster, aber du musst doch zugeben …"

Und sie hatten alle gemeinsam gelacht.

Dann wollte sie noch etwas anderes wissen.

„Was hören wir eigentlich über deinen Schabernack für Zoros? Funktioniert es?"

„Du hast ja selbst gesehen, wie es sich in unserer eigenen Stadt rasend schnell verbreitet hat. Die Kinder lieben das Spiel und singen das Lied, selbst bei den Wäscherinnen habe ich schon mehrere die Melodie summen hören. Natürlich hat hier niemand Angst, es zu singen oder Zoros zu beleidigen. Deshalb sind die Voraussetzungen bei freien Arratäern ganz andere als unter der Bevölkerung in den besalischen Provinzen. Doch einen Versuch ist es allemal wert. Changdi hat ihre Kinder in Auseilon auf die Gassen geschickt, um nachts den gebrochenen Pfeil an die Wände zu schmieren und tagsüber das Lied zu verbreiten. Sie schreibt, dass es nach nur wenigen Tagen bereits die Runde gemacht hat und sich sogar im Umland verbreitet. Bald wird es in anderen Städten Arratäas bekannt werden, da bin ich sicher. Ysta meldet aus Seisilon ähnliches. Doch wenn wir flächendeckenden Erfolg im Besalischen Reich haben wollen, dann muss Ulton das Netzwerk unserer Späher und Agenten nutzen – das können wir von hier aus nicht leisten, und ehrlich gesagt sollte es uns auch nicht mehr kümmern, falls die Königin den Plan nicht aufnehmen und weiter mit Leben erfüllen will!"

„Knickschwanz, Knickschwanz, kaiserlicher Knickschwanz …", sang Karissa leise vor sich hin und kicherte dann ein wenig albern. „Einfach, aber wirkungsvoll, wenn du mich fragst, mein Herzog! Du kannst wirklich grausam sein, mein Schatz, denn für einen Kerl wie Zoros ist es furchtbar, wenn man seine Männlichkeit bezweifelt. Und unsere heldenhafte Königin Djania hat mit ihrer Tat die besten Voraussetzungen geschaffen, um ihn an seinem Stolz angehen zu können!"

„Hoffen wir mal, dass wir ihn dadurch ein wenig von seinen Kriegen ablenken können. Wichtig ist nur, dass sich unser Spottgesang möglichst schnell von allein verbreitet. Wenn es erst mal die fahrenden Sänger in ihr Repertoire aufnehmen und die Leute es grölen, wenn sie getrunken haben, dann ist die Welle nicht mehr aufzuhalten. Und ein Kaiser Zoros wird solcherlei Schmähungen nicht einfach auf sich beruhen lassen!"

Seit zwei Tagen waren Karissa und Douson jetzt zu ihren Missionen unterwegs, und schon hatten die Ereignisse den vereinbarten Zeitplan überholt. Ein Brief aus Djaniron war eingetroffen, der Treju nachdrücklich erschütterte. Nachdenklich ließ der Hykimo das Papier mit der entschlüsselten Nachricht sinken. Dann las er sie erneut.

„Königin Leseba I von Arratäa an Hykimo Herzog Treju, Adler der Königlichen Gebirgsjäger und steter Freund des arratäischen Volkes ..."

Schon die form- und schmucklose Eröffnung des Schreibens hatte es in sich, zeigte sie doch nicht nur die freudige Anerkennung seines Ranges und Titels in Chanien, sondern suggerierte auch, dass Leseba nicht gewillt war, ihren Anspruch auf seine geschworene Treue aufzugeben. Mithin betrachtete sie sich weiter als seine Oberkommandierende, hatte Erwartungen. Hier ging es nicht um reine Dankbarkeit für seine Loyalität.

„Wir begrüßen ausdrücklich Eure Pläne und jegliche Aktivität unserer chanischen Verbündeten zum Entsatz unserer Siedlungen und Stellungen. Alle Berichte und Gerüchte, die uns erreichen, zeigen erhebliche Anstrengungen des Feindes, die auf eine Rückeroberung von Saffiron-up-Offvei hindeuten. Kriegsgerüchte aus Hadrien sprechen aber auch von der Verlagerung der besalischen Strategie auf andere Ziele. Die Entfachung weiterer Aufstände in möglichst vielen Provinzen ist ein Mittel, welches

wir ebenfalls von unserer Seite einzusetzen versuchen. Jede Unterstützung ist auch in dieser Hinsicht willkommen.

Adler, die von Euch angefragten Ressourcen zur Förderung Eurer Pläne können wir Euch zu unserem Bedauern nicht zur Verfügung stellen. Die wenigen Schiffe unserer Flotte werden ausnahmslos zum Schutze unserer Städte an der Westküste benötigt. Darüber hinaus ist Admiral Ibonsa in einer weiteren Mission aktiv und augenblicklich nicht für uns erreichbar. Nicht zuletzt seid daran erinnert, dass Ihr bereits zwei unserer wertvollsten Offiziere in Euren Kampf einbezogen habt, deren Kampfkraft uns an anderen Fronten bitter fehlt. Wir erwarten baldigst die Rückkehr von Elster Karissa und Falke Douson nach Arratäa an unseren Hof und deren ungeteilten Einsatz für unser Reich. ...“

Der Text gab Treju gewaltig zu denken. Leseba war jetzt Königin, musste die Interessen ihres Volkes wahren, doch auch wenn der Ton relativ freundlich war, so war es der Inhalt der Nachricht nur sehr bedingt. Was in Trejus Filtern hängen blieb, war: „Tu, was du vorgeschlagen hast, erwarte keine Unterstützung, nutze deine eigenen Mittel für mich und gib mir außerdem alles zurück, was einmal mir gehört hat!“ War dieser Brief wirklich Lesebas Feder entsprungen? Hatte er sich so in ihr getäuscht?

Mühsam unterdrückte Treju den Impuls, sofort zurückzuschreiben, was ihr tatsächlich objektiv zustand – nichts! Er war von Lesebas Vater König Farion ohne die geringste Verfehlung begangen zu haben schmählichst vom Hof gejagt worden. Offiziell war Treju dadurch kein Arratäer mehr und schon gar kein verschworener Gebirgsjäger, über den man beliebig verfügen konnte, nur weil es jetzt wieder als vorteilhaft angesehen wurde. Mit welchem Recht stellte Leseba also Forderungen, die schon deutlich an Befehle grenzten? Karissa zurückschicken in arratäische Dienste? Hätte er diesen Brief auch nur zwei Tage früher erhalten, wäre sie jetzt zweifelsfrei nicht auf dem Weg in die Heimat. Die „alte“ Heimat, denn jetzt war Karissa seine Frau und hatte in seinem Herzogtum auf chanischem Boden neue Wurzeln geschlagen. Und was Douson anging – der Falke würde seine eigene Entscheidung treffen, ob er bleiben oder gehen wollte. Treju würde weder ihn noch Changdi jemals fortschicken! Er legte das Papier zur Seite, um erst am nächsten Morgen zu antworten, mit kälterem Blut. Doch etwas anderes tat er sofort – er schickte eine Taube zur Landscheide, um Karissa auf ihrer Reiseroute abfangen zu lassen und zurück nach Hause zu bitten. Wie konnte nur jemand auf die Idee kommen, er würde seine Frau ziehen lassen, gleich wohin und auf wessen Befehl? Bis keine Klarheit hergestellt war, wie die Verhältnisse zwischen Leseba und ihm standen, würde er seine Geliebte mit Sicherheit keiner unkalkulierbaren Gefahr aussetzen.

All seinen Pflichten und wichtigen Terminen zum Trotz kehrten die Gedanken des Herzogs immer wieder zu einer möglichen, wenn auch unsinnigen, Eskalation zwischen ihm selbst und Leseba zurück. Am Abend fand er keinen Schlaf, und er wälzte sich so lange hin und her, bis er schließlich mitten in der Nacht doch eine Entgegnung schrieb, um sich zu erleichtern. Im Morgengrauen schickte er einen Boten, der einen persönlichen Brief durch Chanien an die Westküste und per Schiff nach Saffiron bringen sollte, um ihn nur und ausschließlich an die Königin zu übergeben. Der gleiche Bote sollte eine weitere Nachricht an Ulton übergeben.

Treju war nicht glücklich mit dem Inhalt des Schreibens, doch er hatte keine Alternative gesehen zu folgendem Wortlaut:

„Treju an Königin Leseba persönlich – geehrte Königin, obgleich ich als Verbannter nicht mehr Eurem Volk angehöre, noch Euren militärischen Hierarchien unterstellt bin, habe ich in der Vergangenheit durch meine Taten stets meine Treue zu Arratäa bewiesen. Zweifel daran, meine Pläne seien zum Wohle Arratäas, oder die Unterstellung, Mittel des arratäischen Volkes würden durch mich zum eigenen Nutzen zweckentfremdet, erachte ich als

ehrenrührig. So versichere ich Euch persönlich, dass unsere Heimat, für die mein Herz unverändert schlägt, nichts durch mich und die Meinen zu befürchten hat. Wir bieten allen Flüchtlingen aus Arratäa Unterkunft und Sicherheit, die heimisch bei uns werden wollen und weisen niemanden ab. Wir fordern im Gegenzug nichts von Euch oder den Zuflucht Suchenden, werden Euch auch nicht ein weiteres Mal um Unterstützung bitten, selbst wenn es Arratäa ist, das hauptsächlich von unseren Aktivitäten profitiert. Andererseits werden wir Euch zukünftig nur noch dann über unser Vorgehen in Kenntnis setzen, wenn wir größere Operationen planen, nur noch dann mit Euch in Abstimmung gehen, wenn es auf Gegenseitigkeit beruht. An Euer Einverständnis, Majestät, fühlen wir uns nicht mehr gebunden, sind nunmehr in erster Linie der chanischen Monarchin, Königin Ulinia, verpflichtet, deren Lehen ich voller Stolz halte.

Mit Erschütterung habe ich die Aufforderung gelesen, meine Gattin, Herzogin Karissa, zurück in Eure Dienste zu senden. Ich kann nicht verlangen, dass unser gemeinsames Glück durch Euch gesegnet wird, doch hätte ich tatsächlich erwartet, unsere Ehe durch Euch respektiert zu sehen. Karissa befand sich auf dem Weg nach Saffiron, um die diplomatischen Bande zwischen Arratäa, dem Chanischen Königreich und dem Herzogtum am Fjord enger zu knüpfen. Ich bedaure außerordentlich, gezwungen zu sein, diese Mission abzubrechen, bis wir eine eindeutige und unmissverständliche Klärung dieser unguten Situation erreicht haben werden.

Es bleibt mir der Hinweis, dass ich mit einem separaten Schreiben an Adler Ulton einen Vorschlag zur Destabilisierung des Kaiserreichs mittels Verunglimpfung des Kaisers Zoros zusende. Unsere Kampagne hierzu ist bereits in Auseilon und Seisilon vielversprechend angelaufen, und ich empfehle, Eure Netzwerke zu nutzen, um dies zu unterstützen.

Ich wünsche Euch, Majestät, nur das Beste und die Weisheit und Güte zu nutzen, die Ihr, wie ich aus Erfahrung weiß, in Euch tragt.

Als unverbrüchlicher Freund Arratäas erlaube ich mir zuletzt noch, einen Rat zu geben, um nicht sinnlos arratäische Leben zu opfern: Wie mir zu Ohren gekommen ist, sind in letzter Zeit diverse Anschläge auf hohe Offiziere der Besalier vorgekommen. Bitte bedenkt, dass man sich mit einem scharfen Messer auch in die eigene Hand schneiden kann.

Hochachtungsvoll sende ich Grüße im Licht, Hykimo Herzog Treju vom Fjord. "

KAPITEL VII - FUTTINU

Mit Eintreffen in Seisilon hatte sich der neue Gouverneur Futtinu mit äußerstem Elan an die Arbeit gemacht. Was er in seiner besalischen Provinz Arron sah, war ein gewaltiger, voller und dreckiger Stall, den er dringend ausmisten musste. Und er kannte niemanden im ganzen Reich, der für diese Aufgabe besser geeignet gewesen wäre als er selbst. Mit dem Vizegouverneur, der bis vor kurzem ad Interim die Amtsgeschäfte nach Zoros' Abreise übernommen hatte, verband ihn nach wenigen Tagen tiefgründiger Hass. Futtinu verachtete die Tatenlosigkeit, mit der Kaluntron von Nuviso die Provinz an den Rand einer offenen Revolte geführt hatte. Standortkommandant General Moffon war dagegen durch und durch Krieger und kein Mann, der gegen Rangordnungen etwas einzuwenden gehabt hätte. Im Gegenteil war er tatsächlich ein offener Bewunderer von Futtinus Strategien und würde sicherlich bald ein treuer Gefolgsmann nach dem Geschmack des Befehlshabers sein. Dank klarer Anweisungen aus dem Askarischen Rat hatte der neue starke Mann in der Provinz Arron leichtes Spiel mit dem Oberpriester Askarions, Dustoru, der sich schon am ersten Tag katzbuckelnd anbiederte. Schließlich war dem Mann sehr bewusst, der oberste Askarier und Hohepriester Kaldaru von Caviros war der Onkel des Gouverneurs und die Kaiserin sogar seine Schwester.

Futtinu von Caviros war ein ehrgeiziger Mensch, ein extrem ehrgeiziger sogar, wenn er ehrlich zu sich selbst war. Seitdem seine Offizierslaufbahn ihn in Positionen transportiert hatte, die ihm Einblicke in Regierungskreise gewährten, war er zur Überzeugung gelangt, er wäre ein besserer Regent als all die speichelleckenden Provinzfürsten von Zoros' Gnaden. Um vor sich selbst bestehen zu können, war es das logische Ziel, in seinem eigenen Verwaltungsbereich entscheidend bessere Leistungen zu zeigen als die Gouverneure der anderen Provinzen. Dass der Kaiser ihm eine noch unbefriedete Region im Grenzland zu neuen

Kriegsgebieten übertragen hatte, steigerte nur die Herausforderung. Er war entschlossen, an allen Fronten anzugreifen und die Provinz wieder zu der Perle werden zu lassen, die sie ohne Zweifel vor der Eroberung gewesen war. In Zukunft würde es eine besalische Perle sein.

Die empfindlichsten Rückschläge für Besalien in der Provinz Arron lagen noch in der Zeit vor Futtinus Ankunft in seiner Hauptstadt. Begonnen hatte das Ganze mit der Zerstörung des Materials, welches zur Vorbereitung der Invasion Chaniens im Aufmarschgebiet am Guusla Fjord gehortet worden war. Eine Feuersbrunst hatte fast alles Holz verschlungen, darüber hinaus hatten Attentäter die Konstrukteure aus dem Askarischen Orden ermordet und schließlich waren die Täter sogar noch entkommen.

Als nächstes war der Verlust einer starken Elitetruppe des Askarischen Ordens beim Versuch, eine Siedlung im Arron zu zerstören, in die Knochen des Reiches gefahren. Gut zweitausend hervorragend ausgebildete Krieger waren vor diesem Wespennest im Wald fast restlos aufgerieben worden – ein Desaster, welches die Askarier ihren starken Arm gekostet hatte! Und als vorläufigen Höhepunkt hatten die Aufständischen tatsächlich gewagt, eine ganze Stadt zu erobern und Besalien die Herrschaft über Saffiron zu entreißen. Nichts anderes, als all das ungeschehen zu machen und die Provinz endgültig zu unterwerfen, war das, was der Kaiser von seinem Schwager erwartete. Und nichts anderes als das würde Futtinu liefern, davon war er bis ins Mark überzeugt.

Den weiten Weg aus Askarion nach Seisilon hatte der Caviros mit Denken verbracht – wohlinvestierte Zeit, so war er sicher. Schon oft hatte es sich in von ihm befehligten Schlachten ausgezahlt, sich gedanklich in die Rolle des Feindes zu versetzen. Welche Vorteile hatte er, die er gegen die Besalier einsetzen konnte? Was sollte er gegen einen übermächtigen Feind wie

Besalien ins Feld führen, wenn scheinbar bereits alles verloren war? Den wichtigsten Punkt auf ihrer Habenseite hatten die Arratäer mit den jüngsten Erfolgen verspielt – Heimlichkeit!

Während der langen Reise war Futtinu schon durch alle Gemütszustände hindurchgaloppiert – von Überraschung, über Ärger, blanker Wut bis zu Enttäuschung und Zweifel. Ausführliche Reflektion ließ ihn inzwischen die Dinge wieder klarsehen, und er konnte sich mit kaltem Kalkül den Problemen nähern. Die arronischen Sklaven hatten also Saffiron-up-Offvei genommen – es würde eine harte Nuss sein, die es für Futtinu zu knacken galt. Aber eine Metropole, die in drei Jahren zweimal erobert werden konnte, würde auch ein drittes Mal fallen. Mit solcher Zuversicht im Hinterkopf konnte er dieses Problem etwas weiter hintenanstellen und sich auf die näherliegende Herausforderung im Wald konzentrieren. Das Nest musste ausgeräuchert werden, und es würde all sein Geschick erfordern, hier erfolgreich zu sein, daran zweifelte er nicht. Doch die Götter hatten ihm bereits den Weg gewiesen, indem sie ihm dieses widerwärtige Geschöpf von einem Sklavenzüchter gesandt hatten. Ein Kerl namens Hortag. Als Mensch und Bürger war er für Futtinu nichts als Abschaum, als Krieger jedoch war Scharführer Hortag ein Mann ganz nach seinem Geschmack. Hart, skrupellos, lenkbar, aber auch mit ausreichendem Selbsterhaltungstrieb, um in aussichtslosen Situationen seinen Kopf zu gebrauchen. Instinkt hatte der Mann als einziger bekannter Überlebender des Schlachtfests im Arron bewiesen, war aber kein Feigling oder Verräter, und außerdem lechzte er nach Rache. Ob für die erlittene Schmach, den materiellen Verlust oder seinen ermordeten Bruder war dabei letztlich egal. Jedenfalls war dieser Hortag bestens motiviert zu helfen, das stand fest.

„Herr, lasst mich diese Vögel für Euch jagen, Ihr werdet es nicht bereuen!"

„Nun, Meister Hortag, wenn ich nicht völlig falsch informiert bin, dann hast du dir deine Ehren als Scharführer im besalischen Heer erworben? Ich schätze das hoch ein, werde aber sicherlich keinem Unteroffizier tausend Mann oder mehr unterstellen. Ich werde dich demnach gern als Führer und Berater einem Oberst an die Seite stellen, und seid ihr erfolgreich, soll es dein Schaden nicht sein. Und je weniger Verluste wir erleiden und je mehr Gefangene wir machen, desto größer deine Belohnung. Fange also damit an, zu überlegen, welche Fehler bei eurem Angriff gemacht wurden, die wir mit unserem neuen Anlauf vermeiden müssen. Wen oder was müssen wir einsetzen, um dort erfolgreich zu sein, wo dein Bruder und seine Askarier versagt haben?"

Absichtlich hatte Futtinu seine Fragen direkt und provokant formuliert. Mit einer Übermacht im Rücken zu versagen, war eindeutig eine Schande, die ganz ohne jeden Zweifel kein zweites Mal toleriert werden konnte. Auch wenn man mit einberechnete, dass Hortag wie jeder unterlegene Krieger die Macht des Feindes groß und die eigenen Defizite klein rechnen würde. Aber der Einäugige hatte sich überraschend schonungslos in seiner Betrachtung erwiesen.

„Mein Herr Gouverneur, die Priester waren allesamt hart gedrillte Streiter, aber keiner von ihnen hatte jemals in bewaldetem Gelände gekämpft. Eine größere Zahl an Waldläufern und erfahrenen Kundschaftern wäre wichtig. Der Feind war uns aber nicht nur durch Ortskenntnis überlegen, sondern auch durch geschickten Einsatz von zahlreichen Bogenschützen. Die größere Reichweite der Langbögen gab ihnen einen gewaltigen Vorteil im Vergleich zu unseren Armbrüsten. Insgesamt war unsere Ausrüstung mangelhaft, ohne zu betonen, dass die gelben Roben der Askarier es den Verteidigern um einiges leichter gemacht haben, sie zu sichten. Hohe Verluste haben uns über die gesamte Zeit auch die verfluchten Fallen beigebracht, die das Sklavenpack überall installiert hatte. Ich würde also vorschlagen, Herr, eine ausreichend große Zahl an Sklaven mitzunehmen, die wir an verdächtigen Stellen vorausschicken können. Warum Besalier opfern, wenn die Arroner sich selbst schlachten können?!"

Futtinu hatte anerkennend genickt und in Gedanken seine Einschätzung zu diesem grobschlächtigen Kerl ein wenig korrigiert.

„Mir gefallen deine Ansätze, aber ich opfere auch nicht gern meine wertvollen, jungen und kräftigen Sklaven. Andere würden aber die langen und anstrengenden Märsche in die unwegsamen Bergwälder nicht überstehen oder zumindest empfindlich bremsen. Dadurch würden wir die Gefahr, entdeckt und angegriffen zu werden, nur unnötig vergrößern. Wir werden also Anreize für die Sklaven schaffen. Vielleicht Freiheit für jene, die nach erfolgreicher Schlacht noch überlebt haben. Außerdem steigern wir die Chancen, wenn wir ihnen auch noch ein paar Spürhunde zur Unterstützung an die Seite geben.

„Ausgezeichnet, Herr!", hatte Hortag breit grinsend genickt, doch war ihm dieser freudige Gesichtsausdruck schnell vergangen, denn Futtinu verströmte stets seinen Unmut über derlei Kommentare Untergebener wie eines Scharführers. Wie konnte sich ein solcher Wurm eine Wertung der Ideen eines Gouverneurs anmaßen?!

Die Nutzung von Arratäern gegen den Widerstand passte zu einer der grundsätzlichen Strategien Futtinus, die er mit seiner Ankunft bereits verfolgte. Es ging ihm um die Fortsetzung einer höchst erfolgreichen Methode, die er in seinen militärischen Kommandos stets genutzt hatte. Er zeigte sich immer hart, aber gerecht. Solcher Art hatte er immer Respekt erworben, was der erste Schritt sein musste, um geachtet oder bestenfalls sogar geliebt zu werden. Schon beim Einzug in die Stadt hatte er die Atmosphäre als kalt und bedrückend empfunden, was bei einer besetzten Metropole nicht verwunderlich war. Die Sklavenbevölkerung wirkte dumpf, ängstlich, an der Grenze zur Feindseligkeit. Idealer

Nährboden für die Aufständischen und damit gefährlich für die besalischen Machthaber. Es war fast erstaunlich, wie wenige Übergriffe es bislang gegeben hatte. Der Gouverneur war sich nicht sicher, ob er das als gutes oder schlechtes Zeichen zu werten hatte, sein Vorgänger jedenfalls hatte es sich als großes Verdienst an die Brust geheftet, dass unter seiner Ägide die Ruhe in der Hauptstadt stets bewahrt gewesen war.

KAPITEL VIII - ULTON

„Milan Tasko, du übernimmst die nächste Mission ins Vorland der Landscheide. Dreißig Raben und fünf Rekruten für die Überfälle auf ein bis zwei Sklavenstationen und ein paar Güter. Keine überflüssigen Risiken! Wenn der Boden zu heiß wird, zieht euch zurück! Warum grinst du, Milan?"

„Ich kann mich einfach nicht daran gewöhnen, jetzt ein Milan zu sein, Herr! Vor einem Jahr war ich noch ein einfacher Rabe, und jetzt …"

„… und jetzt haben die Umstände dich viel schneller zu einem wichtigen Anführer gemacht, als es in normalen Zeiten jemals geschehen wäre. Und was, mein Freund, geschieht momentan schon so wie in normalen Zeiten? Wäre ich in normalen Zeiten in den Rang eines Adlers aufgestiegen? Ich kann es mir nicht vorstellen, genauso wenig, wie wir unter anderen Voraussetzungen innerhalb weniger Monate zwei Städte gegründet hätten. Vor allem würden wir nicht von einem Kampf zum nächsten rennen!"

„Nicht, dass es irgendjemanden unter uns danach gelüsten würde. Aber ich danke dir jedenfalls für dein Vertrauen, Adler! Ich werde dich nicht enttäuschen!"

„Das weiß ich, Tasko, das weiß ich", entließ er den jungen Kommandanten mit einem Schulterklopfen.

Ulton führte den Befehl unter den Raben nach bester Manier der Akademie – schnell, entschlossen und mit Vertrauen in seine Leute. Er rief sich die schlimmste Schelte seines Lebens in Erinnerung, die er einst vor dem versammelten Offizierschor im Kasino der Raben in Talaron vom dortigen Sperber erhalten hatte. Seine erste Spähmission als frisch gebackener Falke mit zehn Mann nach Xaron war nicht gut verlaufen. Ulton hatte sich beim Versuch verzettelt, Augen und Ohren überall zu haben.

„Wenn du dich verhältst wie ein Bauer, Falke, muss ich es dir vielleicht auch wie auf einem Hof erklären. Als Bauer kümmerst du dich natürlich um deine Felder, deine Hühner, dein Haus, aber schon wenn es darum geht, die Schafe zusammenzutreiben, wirst du das nach Möglichkeit nicht mehr selbst machen, sondern einen Hund abrichten. Bei der Mäusejagd wirst du dich darauf verlassen, dass deine Katze weiß, was sie tut. Werden wir eine Nummer größer: Du bist kein kleiner Bauer mehr, du verwaltest ein großes Gut. Ab jetzt kannst du die Arbeit von Hufschmied und Koch auch nicht mehr selber machen. Willst du dem Hufschmied die Hand führen, werden deine Gäule ohne ihre Eisen auskommen müssen, und ein guter Koch wird sich einen neuen Herrn suchen, nachdem du ihm ein paarmal sein Essen versalzen hast …" Endlos hatte der Mann schwadroniert und über ihn hergezogen, bis er vor den Kameraden restlos im Boden versunken war. Danach hatte Ulton gelernt, zu delegieren.

Dementsprechend übergab er an diesem Tag auch die Waldstadt Holtekaion in die bewährten Hände von Wulfton, den er inzwischen zum Oberst befördert hatte. Im Kampf gegen die Elitetruppen der Askarier hatte er seine Standhaftigkeit und Führungsstärke mehr als unter Beweis gestellt. Die Akademie führte seit ein paar Wochen der einarmige Veteran Malaton, der dafür vom Rang eines Falken zum Milan erhoben worden war. Die Verteidigung der Arratäerstadt im Arron war nach dem verlustreich überstandenen Angriff immer mehr an die Bedürfnisse der Versehrten unter den Kriegern angepasst worden, und die Anleitung der Rekruten lag ohnehin bereits seit längerem fast ausschließlich bei diesen erfahrenen Veteranen. In der Regel dauerte es nur wenige Minuten auf dem Übungsplatz, bis ein übermütiger Neuankömmling verstand, wie unangebracht es war, sich einem verkrüppelten Offizier gegenüber überlegen zu fühlen. Aus diesen Gründen konnte Ulton für alle anderen Unternehmungen, die einen Raben ohne Beeinträchtigungen erforderten, die maximale Mannstärke ins Feld führen.

Sein nächstes Ziel hatte die Kämmererin Kunia vergeblich versucht, ihm auszureden.

„Adler, ich kann dich nur zu gut verstehen, dass du mehr als alles andere deine Familie zurückhaben willst. Aber ist es wirklich klug, dein Leben und das so vieler anderer guter Menschen zu riskieren, um wenige hundert Leute aus einem sicheren Lager in den Arron zu überführen?"

„Nein, du gute Seele, du hast völlig Recht, das wäre es nicht. Und auch, wenn ich gar nicht verheimlichen will, wie groß meine Sehnsucht nach den Dreien ist, ist mein Ziel ein anderes. Wir müssen verhindern, dass sich der Feind ausschließlich auf unsere mehr oder minder bekannten Stellungen in Saffiron und Holtekaion konzentriert. Also müssen wir ihn an möglichst vielen anderen Orten in Arratäa beschäftigen, um hoffentlich einen geballten Schlag zu verhindern. Dazu werden wir auch unsere Zellen in verschiedenen der kleinen Städte nutzen, die bislang nur unsere Augen und Ohren waren. Außerdem soll Taskos Einheit Sklaven im Süden befreien, meine Truppe tut das Gleiche im Norden. Die noch immer unentdeckte Stellung im Xaronischen Anker kann dafür Gold wert sein – ganz unabhängig davon, dass meine Familie dort ist!"

„Du bist der Adler, und wir alle vertrauen deiner Führung. Ich bezweifle nicht, dass ihr im Kriegsrat Pläne in unser aller Sinne geschmiedet habt!"

„Nichts, was wir tun, Kunia, ist ohne Risiko! Aber wenn wir auf mittlere und längere Sicht erfolgreich sein und bleiben wollen, dann müssen wir unsere Zahl erhöhen, sonst wird uns der Feind ein weiteres Mal erdrücken. Wir müssen erstarken, von innen wie außen. Keiner von uns kann sich erklären, wo die besalischen Truppen bleiben, mit deren Aufmarsch wir für den Sturm auf Chanien gerechnet haben. Aber eine unerwartete Atempause darf uns nicht verleiten, uns auszuruhen und in Sicherheit zu fühlen.

Wir müssen jede Sekunde nutzen, um uns vorzubereiten. So unerwartet, wie der Kaiser jetzt nichts tut, wird er an anderer Stelle überraschend zuschlagen ... es wäre schon gut zu wissen, wo ...?!"

Doch zuvor gab es noch eine andere wichtige Mission zu erfüllen. Zwei Tage, nachdem Taskos Einheit Holtekaion verlassen hatte, brach Ulton mit hundertfünfzig Raben und hundert weiteren Frauen und Männern zur Unterstützung auf. Ihr Ziel lag im östlichen Ausläufer des Arron.

„In den letzten Wochen haben die Besalier ein Kastell direkt am Waldrand aufgebaut, Adler. Sie wollen das Netz enger spannen, scheint es. Ihre Späher wagen sich bereits bis zu zwei Tagesreisen auf unser Gebiet, und sie werden immer mutiger. Wir halten Teile der Mannschaften für xaronische Waldläufer, die genau wissen, wie man sich hier bewegen muss oder sich verbergen kann", hatten seine Männer berichtet, die diesen Teil des Arron beobachteten.

„Das muss aufhören, Raben! Der Arron ist unser Rückzugsort, und die Angst vor unserem Wald war bisher unser bester Schutz. Wir können nicht zulassen, dass sie sich dauerhaft dort einnisten. Wir müssen ein wenig sauber machen!", war Ultons Beschluss.

Sie legten eine lange Kette aus Raben über die gesamte Breite des letzten Ausläufers des Arron am nördlichen Ende, welches von Besaliern befallen war. Über Tage rückten sie langsam und vorsichtig vor, wobei jeder Rabe eine gewisse Fläche kontrollierte. Sechs Xaronier wurden dabei entdeckt, einer sogar lebendig gefangen. Es wurde dabei offensichtlich, dass die xaronischen Waldläufer immer in Gruppen von zwei Mann operierten, eine Vorgehensweise, wie sie auch bei den Raben häufig angewandt wurde.

„Lass uns mit einer einfachen Frage beginnen!", begann Ulton das Verhör. „Bist du Besalier oder Xaronier?"

„Meine Generation hat gelernt, dass man beides sein kann", antwortete der junge Mann, schob dann nach: „Ein Vorzug, den ihr arronischen Sklaven wohl niemals kennenlernen werdet!"

„Einer der Unterschiede zwischen uns Arratäern und dir ist, dass wir das nicht als Vorzug betrachten!"

„Was werdet ihr jetzt mit mir tun? Foltern, versklaven oder gleich umbringen?", fragte der Krieger mit unterdrückter Angst und bemerkenswerter Haltung.

„Mein Junge, du weißt wahrhaftig nichts über uns Arratäer, obwohl du doch in unserer Nachbarschaft groß geworden bist. Hätten wir dich umbringen wollen, wäre das längst geschehen. Foltern würden wir dich möglicherweise, wenn man hoffen dürfte, dass du über für uns wichtige Kenntnisse verfügst. Und Sklaverei lehnen wir ab!"

„Und was werdet ihr in all eurem Edelmut mit mir machen? Lasst ihr mich laufen??"

„Du magst dich über uns lustig machen, wenn du uns aber für dumm hältst … Wir haben ein Gefängnis, in dem wir seit ein paar Monaten Besalierinnen mit ihrem Nachwuchs durchfüttern. Dort kannst du es dir bequem machen und dir überlegen, womit du uns überzeugen kannst, weshalb wir dich besser behandeln sollten, als ein Handlanger der Bestie aus Askarion es verdient."

Damit drehte er sich von dem Xaronier fort.

„Weg mit ihm!", befahl er den beiden Kriegern, die den jungen Mann flankiert hatten.

„Ist es das wirklich wert, Adler, diesen Kerl leben zu lassen?", fragte der Rabe, der den Xaronier gefangen hatte, kurz darauf.

„Lass mich die Gegenfrage stellen – warum hast du ihn denn leben lassen? Du hast ihn nicht getötet, weil es möglich war, ihn auszuschalten, ohne ihm das Leben zu nehmen. Das war richtig, du solltest es nicht in Frage stellen. Ein Leben ist wertvoll, wir dürften es nicht leichtfertig beenden. Wir werden sehen, wofür es gut war. Einstweilen genügt es, dass er keinen Schaden mehr anrichten kann, und wir werden bei jedem so verfahren, den wir unverletzt schnappen können. Mit kranken oder verletzten Feinden können wir uns nicht belasten, so ist es gut!"

Sowie er diesen Befehl gegeben hatte, meldete sich das schlechte Gewissen bei ihm, welches er mühsam herunterkämpfte. Ulton musste alle Kräfte für seine eigenen Leute zur Verfügung wissen und nicht durch allzu große Wohltätigkeit für den Feind binden, der nichts dergleichen für Arratäer tun würde.

In den folgenden acht Tagen säuberten sie Abschnitt um Abschnitt des Saumes. Weitere drei Gefangene und fünfzehn tote Xaronier waren das Ergebnis. Näher am Lager waren die Einheiten der Feinde auf jeweils vier Waldläufer angewachsen, doch im Verhör der letzten Gefangenen konnte Ulton heraushören, dass das Fort wegen der ausbleibenden Späher in Alarmbereitschaft versetzt worden war und die Gruppen deshalb vergrößert worden waren.

„Wir haben zu lange gebraucht!", folgerte der Adler entsprechend in ihren Beratungen. „Man erwartet uns aller Wahrscheinlichkeit nach bereits und ist vorbereitet. Der Angriff wird zu diesem Zeitpunkt zu riskant!"

„Adler, darf ich sprechen?", meldete sich einer seiner Raben zu Wort.

„Nur zu, Valaju, du kennst dich hier am besten aus!"

„Deshalb habe ich folgende Idee, Adler. Wenn wir einen Überfall wagen sollten und zu den Bedingungen des Feindes kämpften, dann hättest du zweifellos Recht und wir würden in eine Falle der Besalier laufen. Hier im Wald sind wir ihnen aber überlegen, und sie wissen es nicht einmal!"

„Du musst schon etwas genauer werden. Hast du einen Plan vorzuschlagen?"

„Keiner der Gefangenen hat mehr als zehn von uns auf einem Haufen gesehen. Aber zehn Raben zu fangen, wäre für jeden besalischen Kommandanten gleichbedeutend mit einer Beförderung. Wer will sich eine solche Chance schon entgehen lassen?! Wie also, wenn der letzte Xaronier, den wir uns geschnappt haben, uns unglücklicherweise entkommen sollte, solange wir an günstiger Stelle lagern?"

„Rabe, wie viele Besalier sind momentan als Besatzung im Kastell?"

„Etwa dreihundert, Adler!"

„Wir machen es! Wenn die Besalier eine ernstzunehmende Kampfgruppe zur Jagd auf uns aussenden, haben wir die Gelegenheit, die Besatzung erheblich zu schwächen. Je mehr von ihnen uns auf unserem Terrain treffen, desto besser!"

Das Dreigestirn schien es gut mit seinem Volk zu meinen. Die von Ultons ortskundigen Raben für den Hinterhalt vorgesehene Stelle war perfekt, und kaum hatten der Adler und neun seiner Männer dort ihr Lager aufgeschlagen, bot sich dem xaronischen Gefangenen eine nicht allzu offensichtliche Aussicht zur Flucht. Zuvor hatte man ihm ermöglicht, die Lage des Lagers auszumachen und zu sehen, dass zwei der Raben scheinbar schwer verletzt waren und so die Beweglichkeit der Truppe einschränkten. Der Xaronier tat ihnen glücklicherweise den Gefallen, die Chance sofort zu ergreifen. Etwa zwei Stunden später erhielt Ulton die Nachricht, der wackere Waldläufer hätte das Kastell erreicht.

„So weit, so gut, Kameraden. Jetzt wird es sich zeigen, ob uns das Glück hold ist. Werden sie uns abkaufen, dass wir dumm genug sind, nach der Flucht eines Gefangenen nicht sofort unser Lager abzubrechen? Sind sie gierig und unvorsichtig genug, ohne Absicherung vorzurücken?"

Die Besalier waren es! Als nach Sonnenuntergang die Späher des besalischen Kommandanten das arratäische Lager in Auflösung fanden, ahnten sie augenscheinlich nicht, dass ihnen ein Schauspiel geboten wurde. Der hektisch seine Mannen zum Aufbruch drängende Ulton, seine angespannt ängstlichen Mitstreiter um zwei mühsam zum Transport fertiggemachte Verwundete schienen die Waldläufer zufriedenzustellen. Auf Basis ihres Berichts leitete der feindliche Anführer die erwartete Umfassungsbewegung des Lagers ein.

„Sie kommen, Adler, gut hundertachtzig Krieger werden uns signalisiert!"

„Es sind noch mehr Männer als erwartet. Offensichtlich wollen sie nichts dem Zufall überlassen! Gut, jetzt kommt es auf uns an! Die Götter mit uns, Raben! Löscht die Feuer, rauf ins Geäst, sucht euch gute Schusspositionen, und tarnt euch! Ist der Rest der Krieger bereit?"

„Bereit, den Ring zuzuziehen, Herr!"

Der besalische Kommandant tappte in die Falle, aber er war kein Idiot! Seine gewaltige Übermacht schob sich in Zweiertrupps vor, die jeweils aus einem Mann mit einem mannshohen Schild und einem Armbrust- oder Bogenschützen gebildet wurden. Ohne die arratäische Haupttruppe in ihrem Rücken wäre Ultons Stoßtrupp verloren gewesen, und die Wahl wäre nur noch zwischen Sklaverei und Tod gefallen. Glücklicherweise für die Raben waren aber die Vorzeichen andere, und die Besalier rückten vorsichtig, aber offenbar ahnungslos auf das eigene Verderben vor. Als die Kriegerpärchen der Besatzer jeweils weniger als zehn Schritt auseinander waren, war ihr Kommandant überzeugt, das Netz sei eng genug.

„Ergebt euch, Arroner, wer auch immer ihr seid! Ihr seid umstellt!"

Als Antwort war in der lastenden Stille der Schrei einer Krähe zu hören, dann das Schwirren zahlreicher Pfeile. Eine Salve, zwei, drei, wobei die dritte bereits in Schmerzensschreien unterging. Der besalische Anführer hatte den ersten Beschuss offensichtlich überlebt, denn er reagierte schnell und logisch.

„Hinterhalt! Dreht euch, zieht euch ins Zentrum zurück, Formation!"

Etwas mehr als ein Drittel der Besalier schien noch in der Lage zu sein, den Befehl zu befolgen, mehr oder minder unverletzt, doch auf Beschuss von hinten und oben war keiner von ihnen gefasst. Ein weiterer Krähenschrei, und im Konzert der Pfeile erscholl die zweite Stimme.

Als nur noch Wimmern zu hören war, orderte Ulton: „Schneidet jedem Einzelnen die Kehle durch, wie tot er euch auch vorkommen mag. Keiner von euch geht ohne Deckung vor, immer zwei Mann. Ich will keinen einzigen Mann einbüßen, kein Besalier entkommt! Vorwärts! Und sollten noch Offiziere am Leben sein, nehmt sie gefangen!"

So blieb in Folge der Nachlese lediglich ein verwundeter Fähnrich übrig. Ulton hasste solch ein unheroisches Gemetzel, doch wenn er die Möglichkeit erhalten wollte, das Kastell zu zerstören, dann durfte kein besalischer Überlebender die Kunde vom Hinterhalt überbringen können. Schließlich musste ihre eigene Attacke erfolgreicher verlaufen. Maxime der Raben war und blieb, keine Krieger zu opfern, in der heutigen Situation mehr denn je.

„Wie geht es jetzt weiter, Herr?"

„Wir haben sicher zwei Stunden, bis der Kommandeur im Kastell anfangen wird, sich zu wundern, wo seine Krieger bleiben. Unsere Begleitmannschaft wird in den Rüstungen der Besalier aufmarschieren. Nehmt den Toten alles Brauchbare, fünfzig Mann nehmen Helme, Schilde, Mäntel und Armbrüste. Unsere Bögen verbergen wir hinter den Schilden. Aufstellung in besalischer Marschordnung. In der Zwischenzeit unterhalte ich mich mit dem besalischen Fähnrich. Sobald unsere Späher vom Kastell eintreffen – sofort zu mir!"

Mit Stolz und Befriedigung registrierte Ulton, wie seine Raben schnell und effizient alle Befehle ausführten, ohne Zögern, Hand in Hand, die Hilfskräfte anleitend und nahtlos integrierend.

„Nun, Fähnrich!", sprach er den besalischen Jüngling ohne Umschweife und direkt an. „Wir sind uns sicher einig, dass es schade um dein junges Leben wäre?! Dein Kaiser ist dieses Opfer nicht wert! Rede, und du lebst, mein Wort darauf!"

„Wie … wie kann ich mich darauf verlassen? Euer Wort schön und gut …"

Erstaunt, wie gut der junge Offizier seine Angst im Griff zu haben schien, bekräftigte Ulton: „Mein Wort gilt, und du verschwendest Zeit! Rede oder stirb! Also: Seit wann bist du im Kastell? Wieviel Männer waren noch dort, als ihr ausgerückt seid?"

„Vor zehn Tagen ist mein Zug zur Verstärkung hier eingetroffen. Zweihundert Krieger und noch etwa zwanzig Späher sollten noch im Lager sein!"

Der Wahrheitsgehalt dieser Aussagen würde über sein weiteres Schicksal entscheiden. Vorerst hörte es sich plausibel an.

„Gibt es Vorbereitungen gegen einen Angriff aus dem Wald?"

„Der Oberst hat Anweisungen gegeben, die Wachen zu verdoppeln, als die Späher ausgeblieben sind. Auch die Spähtrupps sind ab dann mit vier statt zwei Mann ausgerückt!"

„Was noch?"

„Was … was meint Ihr, Herr?"

„Ich meine, dass du mir schon etwas erzählen solltest, was ich noch nicht weiß! Ich meine, dass du dir nochmal Gedanken machen solltest und bestenfalls etwas dabei herauskommt, was uns interessiert. Mein Wort gilt, aber nur, wenn du mir nichts verschweigst. Und versuchst du uns in eine Falle zu locken, wirst du damit vielleicht ein Held für Besalien, aber allenfalls ein toter Held!"

„Aber … aber ich weiß doch nichts anderes, Herr!"

„Wie du willst, mein Junge", antwortete Ulton, nachdem er noch einige lange Momente hatte verstreichen lassen.

Inzwischen waren die beiden Späher zurückgekehrt und hatten die letzten Minuten des Verhörs im Hintergrund mitverfolgt. Der Adler winkte sie heran, blickte ihnen erwartungsvoll entgegen, sah aber beide ihre Köpfe schütteln.

„Er hat vergessen, die Fallgruben zu erwähnen!"

„Und die Armbrustschützen, die bereits in Stellung sind und in mehreren Bäumen warten!"

„… und nicht zu vergessen die mit Pech gefüllten Gräben, um einen Rückzug zu verhindern!"

„… und die beiden Spähereinheiten von elf und zwölf Mann, die mit Langbögen bewaffnet abseits des Lagers warten."

Ulton schaute in die angstgeweiteten Augen des Fähnrichs.

„Wie gesagt: Ich stehe zu meinem Wort", sagte er, während er einen raschen Schnitt durch die Kehle des Besaliers zog.

„Da werden wir wohl unsere Taktik etwas anpassen müssen. Gefällt mir gar nicht, wenn Besalier mit Verstand kämpfen, das muss ich schon sagen", kommentierte Ulton trocken, bevor er seine Führungsoffiziere versammelte.

Weitere zwei Stunden später rückten die Raben nach nur kurzer Vorbereitung auf das Kastell vor. Der Angriff sollte auf jeden Fall in dieser Nacht erfolgen, um nicht zu riskieren, dass Verstärkung herangeführt werden konnte. In der Zwischenzeit hatten die Raben die xaronischen Späher als Faktor aus der Gleichung genommen. Zahlreiche Fackeln und Brandpfeile waren präpariert worden und mussten nur noch in das freundlicherweise von den Besaliern gespendete Pech getaucht werden. So robbten vierzig Mann, durch besalische Schilde gedeckt, an den Graben und machten Brandsätze fertig. Gleichzeitig näherte sich in halbaufgelöster besalischer Marschordnung ein Trupp von gut fünfzig Kämpfern, die scheinbar durch Verletzte und einige Gefangene aufgehalten wurden. Kaum war diese Truppe in Bogenschussweite des waldseitigen Tors des Kastells, als sie sich blitzschnell auflöste und die an dieser Stelle günstige natürliche Deckung aus Felsen und Büschen nutzend in Stellung ging. Im selben Moment wurden die besalischen Schützen in ihren Baumstellungen überfallen und eliminiert. Zwei Besalier, die dabei unentdeckt geblieben waren, kamen noch zum Schuss, einer davon sogar zweimal, was einen toten und zwei verletzte Arratäer kostete, davon sogar einen Raben.

Die Brander erhielten ihre Signale zum Vorrücken, und jeweils vier Schildträger deckten einen Brandstifter, der mit pechgefüllten Wasserschläuchen und zahlreichen Fackeln bewaffnet die besalische Palisade bearbeitete.

„Entzündet den Graben!", war der Befehl, mit dem der Hauptangriff begann, als die Brander Bereitschaft signalisierten.

Nur Sekunden später erscholl Alarm im Kastell, und kaum danach setzte Beschuss auf die Arratäer in Reichweite ein. Deren Rückzug hielt der Graben nicht auf, denn an mehreren Stellen hatten die Angreifer ihn zugeschüttet und nutzten diese Schneisen im Feuerring. Drei Verletzte kostete die Angreifer der Vorstoß, doch Lohn waren die an fünf Stellen entlang der Befestigung lodernden Feuer. Die helle Erleuchtung der Verteidigungsanlagen bot den arratäischen Scharfschützen die perfekten Schussmöglichkeiten, wenn sich Ziele zeigten, und sie hielten kaltblütige Ernte.

Der Vorstoß der Angreifer begann, und dank der Beobachtungen der Späher konnten die durch ihren Schildwall geschützten Krieger geschickt den Fallgruben ausweichen. Doch bald mussten die Arratäer lernen, dass zwei der Gruben eine unangenehme Überraschung bereithielten. Jeweils gut zwanzig stark gepanzerte Krieger brachen aus den Gruben hervor und fielen den Angreifern in die Flanken, die gezwungen wurden, ihre Formation aufzulösen und damit verwundbar für die besalischen Schützen wurden. Offenbar mündeten kurze Tunnel für Ausfälle in den Gruben, mit denen niemand hatte rechnen können. Glücklicherweise war diese Taktik nicht vollends durchdacht gewesen, denn zum einen hoben die lodernden Flammenwände den Überraschungseffekt partiell auf, weil die Besalier sofort entdeckt und zu Umwegen gezwungen wurden, um ins Kampfgeschehen einzugreifen. Ihre Panzerung schützte sie teilweise vor Beschuss, doch machte sie sie auch langsamer beim Besteigen der kurzen Leitern aus den Gruben. Schließlich stellte sich heraus, die Panzerung war nicht Schutz, sondern ein Todesurteil. Keiner der Krieger würde mehr darüber reden können, dass die Rüstungen zwar Schwertstreichen, nicht aber arratäischen Langbögen standhalten konnten. Ihre größere Beweglichkeit rettete alle

Brandergruppen bis auf eine, die von einigen der Gepanzerten abgedrängt und niedergemetzelt wurde. Doch konzentrierte Pfeilsalven retteten wenigstens noch zwei der Arratäer, als der letzte besalische Krieger des Trupps fiel.

Die Arratäer konnten den Besaliern einen hohen Blutzoll abverlangen, aber die Disziplin der Krieger und die Umsicht des Kastellans führten zu einem Patt. Die Belagerten verschanzten sich, gingen keinerlei Risiken mehr ein und erwarteten den Sturm auf ihre angeschlagenen Palisaden. Vergeblich, denn anders als die Besalier war Ulton nicht bereit, die unweigerlich damit verbundenen Opfer zu tragen. Im Gegenteil waren seine Anweisungen ganz klar – seine Raben lauerten auf jedes Ziel, welches die Besalier boten, ansonsten beschränkte man sich darauf, noch mehr Brände an den Holzmauern zu legen und anzufachen sowie durch weitere Feuer die Ausfalltunnel zu blockieren. Noch vor dem Morgengrauen stellte die Besatzung des Kastells die Löscharbeiten ein, die sie zu viele Männer gekostet hatten.

„Adler, ein Parlamentär! Sie wollen verhandeln!", wurde Ulton bei Sonnenaufgang gemeldet.

„Verhandeln? Nein, aufhalten wollen sie uns, bis ihre Entsatzkräfte hier sind. Aber wir spielen zuerst mal mit. Ich will diesen Befehlshaber kennenlernen. Und solange die Waffen ruhen, sammelt alle Schwerter, Messer, Bögen, Armbrüste, Rüstungen, Pfeile, Bolzen, einfach alles Brauchbare von den Gefallenen ein und zieht euch dann zurück. Drei Mann bleiben bei mir, alle anderen verwischen unsere Spuren. Nur vier Späher sollen das Gebiet weiter kontrollieren und uns vor allem wissen lassen, wenn sich jemand von außerhalb nähern sollte!"

„Aye, Adler!", antwortete Rabe Valaju enttäuscht.

„Du bist nicht zufrieden mit unserem Erfolg, Rabe?"

„Nun, Herr, ich wollte dir gern einen Sieg bescheren! Aber mein Plan ist nicht aufgegangen!"

„Warum glaubst du das? Wir haben recht ordentlich Beute gemacht, viele Besalier getötet und das Kastell weitgehend zerstört, ohne selbst große Verluste zu erleiden. Außerdem haben wir einiges über unseren Feind gelernt. Das muss genügen, denn das Kastell nach dem Angriff selbst zu halten, war ja nie unsere Absicht!"

Der Adler warf sich einen der erbeuteten Mäntel über und zog die Kapuze tief in sein Gesicht, dann ging er zum bereits wartenden besalischen Befehlshaber vor dem Tor. Den Rangabzeichen nach war ein Oberst erschienen, in Ultons Augen ein viel zu hochrangiger Mann für einen unbedeutenden Außenposten.

„Mein Name ist Xalhodot. Wer seid Ihr?"

„Ein Arratäer, dessen Land Ihr besetzt, Besalier!"

„Du bist unhöflich, aber was sollte ich auch sonst von einem Sklaven erwarten?! Werdet ihr uns abziehen lassen?"

„Warum sollten wir? Was bietest du uns im Gegenzug?"

„Bieten? Vielleicht lassen wir ein paar von euch am Leben, wenn wir eure Löcher im Wald ausräuchern", gab der Oberst hochmütig zurück.

„Willst du nicht wenigstens einen Zweikampf anbieten? Irgendetwas zur Rettung deiner zweifelhaften Ehre nach dem Verlust deines Forts?"

„Ich sehe, ich verschwende meine Zeit mit euch Sklavenpack! Ich gehe jetzt!"

„Gleich bist du entlassen! Aber vorher ziehst du dich noch aus!"

„Was wagst du? Im Angesicht der weißen Fahne?!"

„Du hast dich entschieden, mich nicht als Krieger zu betrachten, sondern als Sklaven. Und jetzt plötzlich erwartest du, nach einem Kodex behandelt zu werden, den du selbst mit Füßen trittst? Dir ist doch klar, dass in diesem Moment zahlreiche Pfeile darauf warten, dein Herz zu suchen. Aber was soll`s?! Ein Provinzoffizier mehr oder weniger spielt für Zoros doch keine Rolle. Man wird es ihm nicht einmal melden!"

Es sprach erneut für die Intelligenz des Mannes, sich keinen Widerspruch entlocken zu lassen, womit er Informationen preisgegeben hätte. Vielmehr legten er und sein Fahnenträger Waffen und Rüstungen ab, die Ulton mit einem Wink abholen ließ.

„Wer hat dir erlaubt, aufzuhören?", kitzelte Ulton ihn weiter.

„Willst du es wirklich auf die Spitze treiben, Mann? Dir muss doch klar sein, dass du nicht als Einziger für deine Taten zahlen wirst?!"

„Wir wissen doch beide, dass du einem entflohenen Sklaven nichts androhen kannst, was er noch nicht kennt! Ich gebe dir immerhin die Wahl zwischen drei Möglichkeiten: Biete mir etwas von Belang, mein lieber Xalhodot, zieh dich aus oder stirb!"

„Ich habe verdammt nochmal nichts anzubieten!", presste der Besalier hasserfüllt hervor.

„Na, dann dürfte dir die Wahl ja leichtfallen!"

Noch einen weiteren Moment suchten die Augen seines Gegenübers Ultons Blick im Schatten der Kapuze, dann legte er sein Gewand ab.

„Wir werden uns jetzt entfernen, danach kannst du zurück ins Fort gehen und deinen Kriegern einen Blick auf deine schrumpelige Nudel gönnen!"

Die Häme über sein Gemächt drohte den Oberst schließlich doch in Weißglut zu versetzen. Ein letztes Mal beherrschte der Mann sich mit Mühe, doch hörte man ihn später aus der Ferne toben, nachdem er zurück hinter den Toren verschwunden war.

Jetzt zog sich Ulton mit seinen letzten verbliebenen Männern in die Tiefe des Waldes zurück, im Wissen, dass die von seinen Kundschaftern erspähten drei Hundertschaften Besalischer Infanterie und Reiterei mit ihrer Umfassungsbewegung ins Leere laufen würden.

KAPITEL IX - ATTRUE

Attrue dachte so fest sie konnte an ihren Ulton. Wenn sie seine Züge vor ihrem inneren Auge sah, wenn sie fast das Gefühl hatte, als könnte sie ihn berühren, dann wurde es viel realer, was er einst zu ihr gesagt hatte: „Attrue, meine Geliebte, du bist hart wie Fels! Du bist das Gegengewicht, das mich auspendelt. Niemand kennt mich so gut wie du, niemand teilt meine Träume und meinen Schmerz, wie du es tust, niemand könnte jemals so tief in meinem Herzen wurzeln, wie du es kannst!" Es war seine Liebeserklärung gewesen, mit der er sie gebeten hatte, seine Frau zu werden, und bis zum heutigen Tage wurden ihre Augen feucht, wenn sie daran dachte. Aber nicht deshalb benötigte sie diese Erinnerung am meisten. „… du bist hart wie Fels!", ließ sie ein ums andere Mal durch ihren Kopf hallen. Sie brauchte das immer und immer wieder, wenn die Verzweiflung sie zu übermannen drohte.

Attrue war schon als kleines Mädchen für alle eine harte Nuss gewesen – angefangen bei ihren Eltern, über ihre Lehrer, bis zu den anderen Kindern oder sogar dem Vorsteher ihres Stadtteils von Talaron. „Zäh, unnachgiebig, ehrgeizig, hochintelligent" und allem voran „dickköpfig" waren die Attribute, die die Allgemeinheit ihr zuschrieb. Alle dachten, sie hätte niemals und vor niemandem Angst – und bis zu einem gewissen Grad war das so gewesen. Ihre kleine Schwester Ilkia war nach den Sichtungen zur Akademie aufgenommen worden, und wäre Attrue nicht so ein schwieriges Kind gewesen, wäre sie mit nach Seisilon gegangen. Schon damals war sie eine gute Bogenschützin gewesen und konnte passabel fechten, war flink und schnell, willensstark und ausdauernd. Daneben war ihr aber attestiert worden, sie sei nicht formbar, nicht bereit, Lektionen anzunehmen. Doch diese Lektion, deshalb abgelehnt worden zu sein, hatte gefruchtet und hatte sie gelehrt, besser mit ihrer Umwelt zu kooperieren. Ihre Unbeugsamkeit hatte sie dabei aber nicht verloren, und dieser Tatsache verdankten mehrere Hundert Arratäer ihr Überleben, die im Flüchtlingslager am Anker den Winter überstanden hatten. Aber noch zwei weitere Lektionen waren einschneidend für Attrues Leben gewesen. Einerseits die Auswirkungen ihrer tiefen Liebe zu Ulton, die über sein beharrliches und geduldiges Werben erwachsen war – und sie hatte es ihm beileibe nicht leicht gemacht! Und außerdem die harte Erkenntnis, dass es Dinge gab, die sie nicht kontrollieren konnte. Diesen Lernschritt verdankte sie ihrem Mutterdasein. Dadurch wusste sie außerdem inzwischen sehr genau, was Angst ist, aber Attrue wäre nicht sie selbst gewesen, hätte sie dadurch nicht den Schluss gezogen, dass sie dem etwas entgegensetzen musste. So hatte sie in sich eine Form von Mut gefunden, die sie selbst nicht an sich gekannt hatte. Selbst größte Wagnisse waren jetzt möglich für sie, sie wusste, sie würde immer bis zum Äußersten gehen, sollte irgendjemand ihre Kinder bedrohen. Auf ihrer Flucht aus der brennenden Stadt Talaron hatte sie zum ersten Mal in ihrem Leben getötet - zwei Männer. Einen arratäischen Kollaborateur, der versucht hatte, sie daran zu hindern, aus dem infernalisch lodernden Viertel zu entkommen, in dem die Familien der loyalen Krieger des Königs gelebt hatten. Und wenig später einen Besalier, dem sie sein Pferd gestohlen hatte, um ihre Kinder vor der Versklavung zu retten. Wenn sie jetzt an ihre Flucht durch die Wildnis dachte, kam es ihr so unwirklich vor, dass die Schlacht von Talaron nur etwas mehr als ein Jahr hinter ihnen lag. Und Attrue wusste, ihre Gemeinschaft im Xaronischen Wald in den Bergen des Ankers war nur wegen ihr das, was sie war. Sie hatte kaum zwei Tage nach der Flucht fünf halbtote Krieger gefunden, die auf freiem Feld ihren Tod erwartet hatten. Attrue hatte ihren Überlebenskampf gemeinsam mit ihnen geführt, hatte sie gepflegt und aufgerichtet, obwohl sie besser allein mit den Kindern weiter geflohen wäre. Kaum wieder genesen, hatte sie mit diesen Männern einen kläglichen Gefangenentransport überfallen und dabei zwei weitere Menschen getötet. Es quälte sie, und sie war nicht stolz darauf, aber sie wusste sich im Recht. Unter den Befreiten war ihr wichtigster Weggefährte der folgenden Monate, Milan Killiu, gewesen, mit dem sie seitdem gemeinsam die Gemeinschaft anführte. Ein hochrangiger Gebirgsjäger, stark, klug und vollkommen loyal – das Beste, was den Verzweifelten hatte passieren können. Über Wochen hatten sie immer wieder Sklavenjäger überfallen und deren Beute befreit, ständig auf der Flucht. Bei jedem Überfall hatte sie die irrationale Hoffnung, ihren Ulton wiederzufinden, doch das Dreigestirn hatte ihr diesen Segen stets versagt. Im Spätherbst hatten sie ein festes Lager in den Bergen bezogen und hatten seitdem festgesessen. Killiu und seine Krieger hatten viele Kämpfe geführt, um die Versorgung der wachsenden Zahl von Arratäern unter ihrem Schutz zu gewährleisten, aber Attrue war der unumstrittene Kristallisationspunkt der Gemeinschaft. Auch wenn Killiu ein Milan war, er achtete stets ihren Willen, und nicht einmal hatte er schwerwiegende Entscheidungen getroffen, ohne sie mit ihr abzusprechen. Irgendwann hatte sie gelernt, dass es dafür einen Grund gab. Er hatte sich in sie verliebt! Hoffnungslos, wie er sicher von Anfang an geahnt hatte. Doch an dem Tag, als er auf einer Patrouille eine Fremde vor den Sklavenjägern rettete, war es für ihn zur Gewissheit geworden. Diese Fremde hatte sich als Nachtigall Mostra herausgestellt. Eine weitere Kriegerin, die Attrue mit Hilfe ihrer Kinder in die Realität zurückgeholt hatte. Denn Mostra war von der Trauer um ihren ermordeten Begleiter, den verehrten Bussard Arkon, fast überwältigt worden. Kaum hatte Attrue wenige Worte mit ihr gewechselt, hatte sie sich mit ihr verbunden gefühlt – eine Frau nach ihrem Geschmack. Und als wenig später klar wurde, dass sie Ulton nicht nur kannte, sondern sogar wusste, wo er sich befand, hätte niemand Attrue zurückhalten können, zu ihrem Geliebten zu reisen, wenn es nicht ihre beiden Lieblinge gegeben hätte. Mostras Appell an ihre Vernunft hatte nur deshalb gezogen, weil der bitterkalte Winter ein Feind war, den Kolju und Funji nicht besiegen würden, egal, was ihre Mutter tat. Und so war Mostra, kaum dass sie wieder dazu in der Lage war, zu neuen Taten aufgebrochen, und Attrue war zurückgeblieben, mit all der auf ihr lastenden Verantwortung und einem Mann, dem sie klarmachen musste, dass er sich eine andere Frau zu suchen hatte, die seine Liebe so erwidern konnte, wie er es verdiente. Attrue war hinter der steinernen Fassade sehr viel einfühlsamer, als viele Menschen es ihr zugetraut hätten, doch gerade deshalb hätte sie niemals ein solches Gespräch mit Killiu führen wollen. Aber sie schob Unausweichliches niemals vor sich her, sie war für klare Verhältnisse. So war sie – offen, ehrlich und, wenn es sein musste, hart.

„Killiu, ich bin sicher, du weißt sehr genau, welch tiefe Freundschaft mich mit dir verbindet. Obwohl wir uns noch gar nicht lange kennen, haben wir schon so viel miteinander durchgemacht und überstanden. Und all diese Menschen da draußen, die wissen sehr genau, dass nur deine Kampfkraft und deine Weitsicht unser Überleben in dieser Wildnis ermöglichst haben. Nein – warte, widersprich mir nicht, ich bin noch nicht fertig! Für das, was du tust und wie du es tust, hast du dir einen Platz in meinem Herzen verdient, und den wirst du immer haben! Aber ich weiß jetzt, dass mein Ulton noch lebt! Mein Mann, der Vater meiner Kinder, mein Ulton! Vielleicht bin ich anmaßend, wenn ich denke, du bringst mir mehr als nur Freundschaft entgegen. Und sollte das so sein, dann hoffe ich, du kannst mir die Fehleinschätzung verzeihen. Doch noch viel mehr hoffe ich, dass auch, wenn ich richtig liege, du mein Freund bleiben kannst, selbst wenn ich dir sagen muss, nichts und niemand kann jemals meinen Ulton ersetzen!"

Killiu hatte geschluckt, ihr eine gefühlte Ewigkeit in die Augen geschaut und hatte sie dann wortlos verlassen. In den nächsten Tagen hatte er darauf geachtet, nur im Beisein anderer mit ihr zu reden und verhielt sich dabei scheinbar normal. Doch die aufgeweckte Funji hatte mit ihren nicht einmal sechs Jahren noch nicht gelernt, diplomatisch zu sein, und sich am dritten Tag beschwert. „Onkel Killiu, warum bist du so komisch? Hab ich was falsch gemacht?" Und ihr kaum dreijähriger Kolju hatte ihn gleich darauf bedrängt: „Ich will rauf!", womit er Killius Schultern meinte, wie alle wussten. Attrues zwei Engel hatten das Herz des Milans bis zur Schneeschmelze nach und nach gekittet, aber es würde wahrscheinlich noch lange schmerzen, und sie sah keinen Weg, ihm zu helfen. Sie hoffte auf die Zeit, ihre Kinder und den Beistand des Dreigestirns.

So sehr sie das Mitleid mit ihrem guten Freund mitgenommen hatte, so wenig Raum blieb seit einigen Tagen in ihrer beider Köpfe für irgendetwas anderes, als über das blanke Überleben nachzudenken. „… du bist hart wie Fels!", rief sie sich ins Gedächtnis.

In Ratsversammlungen wie der, die sie gerade begannen, sprach Killiu sie stets mit ihrem Titel an, den ihr alle in Ermangelung eines anderen verliehen hatten und der doch so viel aussagte.

„Mutter, die Lage für uns wird immer ernster. Der Frühling ist da, was nach dem harten Winter eigentlich ein Segen wäre. Für uns allerdings ist er gleichzeitig ein Fluch. Die Sklavenjäger werden immer zahlreicher, die Jagdverbände größer, und wir haben mitbekommen, dass einige von ihnen auf der Suche nach Kameraden waren, die im Winter verschollen sind."

„Ich nehme an, Milan, sie suchen jetzt nicht mehr?", fragte sie ganz humorlos.

„Nein, Mutter, sie suchen niemanden mehr, dafür ist gesorgt. Doch ich fürchte, daraus erwächst ein immer größeres Problem. Es kann nicht mehr lange dauern, bis die Obrigkeit etwas davon mitbekommt, und dann wird der Gouverneur seine Krieger schicken. Und sicherlich nicht nur eine Handvoll!"

Attrue sah nur angstvolle Gesichter, sie sah in jedem die Panik, die sie selbst niederkämpfen musste, aber ihr Antlitz blieb eine steinerne Maske. Zeigte sie Angst, war der Zerfall unaufhaltsam. Und Attrue war überzeugt, die Schwächeren unter ihnen waren auf die intakte Gemeinschaft angewiesen. Sklaverei oder Tod musste für alle vermieden werden, nicht nur für Einzelne, die stark genug waren, sich allein durchzuschlagen.

„Auch wenn wir uns anderes erhofft haben, jeder von uns wusste, dieser Tag würde kommen. Und wie gut, dass uns die Notwendigkeit zur Flucht nicht unvorbereitet trifft, nicht wahr?! Wir waren sparsam mit unseren Vorräten, was uns nicht nur alle ohne Hunger durch die weißen Monate gebracht hat, sondern uns einen schnellen Aufbruch ermöglicht. Dank unserer Krieger verfügen wir über einige Pferde und noch mehr Maultiere. Wir werden morgen die Sitzkörbe für die Alten und die Kinder anpassen, die wir über den Winter gebaut haben. Wenn die langsamsten getragen werden, können wir unsere Geschwindigkeit hochhalten. Trennt euch von allem, was ihr nicht braucht – ich weiß, viel ist ohnehin kaum jemandem unter uns geblieben. Packt alle Vorräte, prüft alle Wasserschläuche und stopft, was nicht mehr dichthält. Und jeder, der einen Bogen oder ein Schwert halten kann, bedient sich an den erbeuteten Waffen aus den zahlreichen Überfällen unserer Raben. Findet ihr Rüstungsteile, feste Kleidung oder gutes Schuhwerk, wechselt eure Sachen aus, ihr werdet es brauchen … kurz – überlasst nichts dem Zufall und verzichtet auf Sentimentalitäten. Nichts, was ihr überflüssigerweise mitnehmen könntet, ist Leben oder Freiheit auch nur eines Mitglieds unserer Gemeinschaft wert. Wir haben uns verstanden?"

So viele Worte jedem unter ihnen im Kopf herumschwirren mochten, es schien, als glaube jeder, es sei bereits alles gesagt. Die Ratsversammlung war die kürzeste, die sie bisher abgehalten hatten, selbst im Vergleich dazu, als sie nur fünfzehn Köpfe gezählt hatten. Mit einem letzten Blick auf Attrue nahm jeder genug Zuversicht mit, um sich klaglos ans Werk zu machen.

In der Nacht setzte langanhaltender und kalter Regen ein, und Attrue konnte am Morgen niemandem einreden, dass es die Götter mit ihnen hielten. Der Milan sah das ein wenig anders und lief im Lager herum, um überall mit anzupacken und dabei seine Sicht der Dinge an alle zu verbreiten. „Kein Sklavenjäger wird bei diesem Sauwetter nach uns suchen. Wir wärmen uns heute Nacht in unseren Hütten ein letztes Mal ordentlich auf, trocknen unsere Sachen, und wenn wir morgen aufbrechen und es weiterregnet, werden die Götter unsere Spuren wegwaschen. Sollte wirklich jemand unser Lager finden, wird er nicht wissen, wohin wir uns gewendet haben – dafür wird gesorgt sein, versteht ihr?!"

Attrue sah und hörte ihn, nickte freundlich und fragte sich doch pausenlos, ob es ein gnädiges Märchen war, wie sie es ihren Kindern nachts an der sterbenden Glut des Kochfeuers erzählte. Bald würden sie es wissen.

Am Abend nahm Killiu sie zur Seite.

„Meine Raben sind von ihren Spähmissionen zurück. Leider ohne gute Nachrichten. Seit Frühlingsbeginn will der Händlerstrom auf dem Talavei nicht abreißen. Der Fluss ist so voll, da kommt niemand unbeobachtet rüber. Geschweige denn dreihundert Leute. Wir müssen auf dieser Seite des Felsengürtels bleiben und notgedrungen bis zum Ende des Ankers nach Westen vorstoßen. Ich weiß, das ist alles andere als erstrebenswert. „Hart" ist für den Marsch gar kein Ausdruck. Aber wir haben keine Wahl."

„Aber was ist, wenn wir die Quelle des Hauptarms des Talavei hinter uns haben? Können wir nicht die Berge überqueren und dann rüber nach Arratäa?"

„Wir werden spähen und alles versuchen, ich verspreche es dir! Glaub mir, niemand hat Lust, so weit vom Arron fortzulaufen. Wenn wir uns nicht durch den Wald von Lafuud schlagen müssen, ist das ein Segen für uns alle. Aber ich will dir nichts vormachen – wir müssen mit dem Schlimmsten rechnen. Die Waldstadt im Arron oder auch die neue Stadt im Ariid – keins von beiden Zielen werden wir auf dem kürzesten Weg erreichen können. Wir werden uns biegen wie die Weiden im Wind, wohin es uns auch verschlägt, wir gehen immer weiter, bis wir einen sicheren Ort für deine Kinder erreichen. Darauf schwöre ich mit meinem Leben!"

Attrue weinte nie – doch jetzt tat sie es: „Du bist ein guter Mann, Killiu! Ein wahrhaft guter Mann!"

KAPITEL X - ACHFOSS

Wenige Tage nach Mostras Gefangennahme hatte Achfoss genau gewusst, wo sie war, aber auch, dass sie noch nicht die Mittel hatten, sie dort herauszubekommen. Anfangs hatte sie in einer der großen Sammelzellen des Kerkers im Palast von Pusilsaron gesessen, in dem der besalische Gouverneur derzeit residierte. Das einstige Heim von Achfoss' Familie. In diesen Zellen saßen all die Alltagsverbrecher eingepfercht, um sie auf ihre Bestrafung warten zu lassen. Die Schönheit seiner Geliebten hatte unweigerlich dazu geführt, dass sowohl Insassen als auch Wärter sie hatten vergewaltigen wollen. Allerdings hatte Rabe Trullon erlauscht, sie habe „Eiersalat" gemacht, wie er sich ausdrückte. Deshalb war sie in Einzelhaft gekommen. Wochenlang war sie allein im tiefsten Loch des Kerkers gesessen, um sie „weichzuklopfen". Die besalischen Wächter – und nur solche gab es in diesem Gefängnis – waren alle korrupt, aber in diesem Fall bestens motiviert gewesen, die Gefangene nicht entwischen zu lassen. Sie hatten sich versprochen, „auch ran zu dürfen", und hätten sich vor allen Dingen nicht gegen ihren Unteroffizier stellen wollen. Und für den war die Angelegenheit seit seiner Verletzung durch Mostra sehr persönlich gewesen. So sehr es Achfoss gefreut hatte, wie sie sich erfolgreich gegen ihre Schändung gewehrt hatte, so schwer hatte sie es ihnen damit gemacht, sie zu retten.

In seinem jüngsten Bericht hatte der Rabe von einem Verhör „durch einen Gelben und ein anderes Subjekt" berichtet, was er als höchstgefährlich für die Nachtigall eingeordnet hatte. Achfoss verfluchte seine Ohnmacht, und obwohl die Schar seiner Anhänger immer weiter anwuchs, waren sie noch lange nicht stark genug für einen Angriff auf die Hauptstadt – weder von außen noch von innen. Deshalb hatte der Prinz beschlossen, sich nochmals mit dem Raben zu beraten und sich trotz aller Risiken zum vereinbarten Zeitpunkt zum Treffpunkt begeben. Es hatte ihn eine Überraschung erwartet – wenn auch keine schöne.

Trullon und zwei ihrer tulonischen Kameraden hatten vor einem blutenden Besalier gesessen, der an seinen Händen gebunden von einem Baum gehangen hatte. Der Mann hatte alles andere als gut ausgesehen und war offensichtlich hart bearbeitet worden. Die beiden Tulonier hatten ratlos gewirkt, der Arratäer schwankend zwischen Wut und Verzweiflung.

„Sie ist weg! Sie wurde schon vor drei Tagen nachts in aller Heimlichkeit aus der Stadt gebracht. Unser Freund hier war dabei, als sie vor dem Palast in einem Gefängniswagen angekettet und mit starker, berittener Eskorte abtransportiert wurde. Er weiß nicht, wohin, aber sie haben sich nach Westen gewandt. Wir haben ihn freundlich gebeten, zu spekulieren, und zum Ende hin wurden seine Antworten glaubhafter. Wahrscheinlich hat man sie zum Landungshafen transportiert, an dem die Truppen nach Hadrien verschifft werden."

Seit diesem Erlebnis kämpfte Achfoss dagegen an, dass Angst und Frustration seinen Verstand beherrschten. Was seinen Kopf klar hielt, war das Wissen darum, wie wenig hilfreich sein Hadern war und wie sehr seine Geliebte es verachtet hätte, wenn er im Angesicht der Umstände die Nerven verloren hätte. In diesem Sinne hatte er auch auf die Information reagiert.

„Ich danke euch, meine Freunde. Beseitigt diesen Wurm, wenn aus ihm schon nichts mehr herauszuholen ist. Wir werden diesen Hunden weder Mostra noch unsere Krieger kampflos überlassen. Wir fluten alle in Frage kommenden Häfen mit unseren Leuten und rekrutieren weiter jeden Überläufer, den wir kriegen können. Konzentrieren wir uns darauf, denn jeder Kämpfer, der Tulon verlässt und außerhalb unserer Reichweite gerät, ist für unsere Sache verloren!"

Wenige Tage später brachte er folgenden Brief auf den Weg:

„Prinz Achfoss von Tulon an Königin Leseba von Arratäa –

Geehrte Königin, Grüße im Licht,

es schmerzt mich, zu berichten, wie unsere wachsenden Erfolge beim Aufstand in Tulon durch den Verlust der arratäischen Heldin Nachtigall Mostra erkauft wurden. Trotz höchster Anstrengungen aller verfügbaren Kräfte konnte ihre Verschiffung mutmaßlich nach Hadrien nicht verhindert werden. Wir müssen davon ausgehen, dass sie Jusivilon in Kürze erreicht haben und sich vermutlich bald auf dem Weitertransport befinden wird. Eine Verfolgung aus Tulon mit Aussicht auf ihre Rettung ist von meiner Warte aus beklagenswerterweise ausgeschlossen. Darum bete ich, Ihr möget über bessere Mittel verfügen als ich.

Die Destabilisierung des Regimes in Pusilsaron dagegen geht voran, und das Erstarken unserer Kräfte ist ermutigend. Die Übernahme unserer Hauptstadt aus Feindeshand wird hoffentlich in einigen Wochen zum realistischen Ziel werden. Die Propagandalieder vom Knickschwanz erweisen sich als hilfreich, um die breite Bevölkerung zu erreichen.

Mein herzlichster Dank gebührt Eurer Unterstützung, und ich versichere Euch meinerseits, wir werden in unseren Anstrengungen keinesfalls nachlassen, um den Feind an möglichst vielen Fronten zu fordern, was Euch hoffentlich an Eurer Front etwas Luft verschaffen kann.

Mit festem Blick auf unsere wachsende Allianz grüße ich Euch hochachtungsvoll aus den Wäldern von Tulon

Prinz Achfoss von Tulon "

KAPITEL XI - XARIMA

„Wir sind Chamäleons", schärfte Xarima ihrer Tochter seit dem Tag ihrer Gefangennahme ein. „Was sind wir?", forderte sie Xamusi wie immer auf, es zu wiederholen. Das Versteckspiel konnte ihr Überleben bedeuten, so war sie überzeugt.

„Chamäleons, Mutter", sagte die junge Frau, so geduldig, wie es ihr möglich war.

„Nimm das ernst, Kind!", stieß die Ältere gedämpft hervor, mit hektischen Blicken nach Lauschern suchend.

„Mutter, meinst du nicht, wenn die Arratäer uns hätten versklaven oder töten wollen, hätten sie es längst getan? Die Monate, die wir in ihrem Lager verbracht haben, hätten ihnen jede Menge Möglichkeiten dazu geboten, Askario ist mein Zeuge!"

Xarima hasste es, wenn ihre Kleine so gönnerhaft und abgeklärt tat und ihre Langmut strapazierte. Zuhause in Besalien hätte sie sie dafür gezüchtigt, auch wenn sie mit ihren sechzehn Sommern längst im heiratsfähigen Alter war. Aber dergleichen war hier unüblich, selbst bei den Geringen, und ein Chamäleon passte sich an!

„Wenn sie wüssten, welchem Haus wir entstammen, wären wir schon längst tot oder schlimmeres. Von den Männern haben deine edlen Arratäer auch keinen leben lassen!"

„Niemand hier hat jemals etwas vom Hause Kuradon gehört, und wenn wir ganz ehrlich sind, Mutter, kennt uns in Askarion auch keiner."

Das dumme Mädchen verwilderte zusehends unter diesem minderwertigen Volk hier im Wald. Selbst der Stolz auf ihre überlegene Abstammung aus einem Adelshaus Besaliens kam ihr abhanden. Ja, es mochte stimmen, dass sie aus der besalischen Provinz stammten und die Kuraden nicht gerade zum Hochadel zählten, aber trotzdem schuldete sie ihren edlen Ahnen Respekt. Immerhin lag ihr Stammsitz in den Kernlanden!

„Schluss damit jetzt, albernes Kind! Das ist es doch nur, was sie wollen, diese heimtückischen Hinterwäldler! Wir sollen unsere Vorsicht vergessen! Und dann, wenn unsere Tarnung auffliegt, dann schnappen sie uns!"

Xamusi verstummte, wie es einer braven, jungen Besalierin anstand und wie sie es immer getan hatte, wenn ihre Mutter ein Machtwort sprach. Doch heute war es anders als jemals zuvor, denn diesmal fing sie nach einigen Augenblicken wieder an:

„Mutter, gib doch einfach zu, dass wir hier nicht wie Feinde, sondern wie Gäste behandelt werden! Niemand hat dir jemals etwas getan, längst tragen wir keine Fesseln mehr, laufen frei im Fort herum. Selbst wenn ich mit den anderen Mädchen in den Wald gehe, um Kräuter oder Pilze zu sammeln, bewacht mich kein Mensch! Wir gehören dazu, Mutter, mehr als ich jemals nach Askarion gehört habe!"

„Schweig, du undankbares Balg! So redest du doch nur, weil dir dieser Grünschnabel mit den Krusselhaaren deinen dummen Kopf verdreht hat!"

„Doumu hat mir nicht den Kopf verdreht, Mutter, er liebt mich! Und ich liebe ihn, mitsamt seinen schwarzen Locken! Und ich will auch nicht, dass du schlecht über ihn redest, er ist ein aufrechter Kerl!"

„Wie redest du denn mit deiner Mutter, du nutzloses Kind?! Warte nur, bis du meinen Gürtel spürst!"

„Oh nein, Mutter, du hast mich zum letzten Mal geschlagen! Das hat ein Ende, sonst schlage ich zurück!"

Xarima war fassungslos und schnappte nach Luft! Was war nur aus ihrem süßen Kind geworden? Was hatten diese Wilden nur aus ihr gemacht?! Alle Farbe wich aus ihrem Gesicht, sie begann zu zittern, ihre Augen zogen sich zusammen, unvermittelt schlug sie mit der flachen Hand so hart auf die Wange ihrer Tochter, dass deren Kopf zur Seite gerissen wurde. Bevor sie sich von dieser plötzlichen Attacke erholen konnte, sauste schon der Lederriemen unbarmherzig auf ihr Gesäß.

„So … wirst … du … nie … wieder … mit … deiner … Mutter … reden, … nie … wieder!", stieß Xarima im Takt ihrer Schläge hervor und mit jedem Mal fühlte sie sich befreiter von der Last der Demütigung, Gefangene dieses Sklavenvolks zu sein. Leise Scham beschlich sie bei den letzten Hieben, ließ sie aber nur noch härter zuschlagen.

Zusammengekrümmt und mit den Armen ihren Kopf schützend, lag das Mädchen vor ihren Füßen und wimmerte.

„Was sind wir, junge Dame?"

„Cha .. Chamäleons ..!"

„Wirst du dich weiter mit diesem dahergelaufenen Wildling herumtreiben?"

„Nein, Mutter!"

„Warum nicht gleich so?!", schnaubte Xarima befriedigt. „Merke dir gut, was passiert, wenn du vergisst, wie wir Besalier unsere Eltern respektieren! Ich schlage dich nicht aus Vergnügen, sondern nur zu deinem Besten! Das weißt du, Xarima?!"

„Ja, Mutter!"

„Nicht wahr?!"

„Ja, Mutter!"

„Na, siehst du! Jetzt steh auf und gib deiner Mutter einen Kuss!", befahl sie, um ihr Kind vollkommen zu unterwerfen.

Xamusi stand mühsam auf, sie war mit Sicherheit wund und würde tagelang mit den Folgen der Prügel zu tun haben. Doch richtete sie sich folgsam so weit auf, wie sie konnte, und küsste artig die Hand, die sie geschlagen hatte.

In diesem Moment trat ohne Ankündigung die Verwalterin des Forts ein – dieses Weib, das sich dem Lagerkommandanten an den Hals geworfen hatte, um hier das Szepter schwingen zu können. Aber auch, wenn diese Alte nicht das Schwarze unter Xarimas Nägeln wert war, riss sie sich zusammen und senkte den Kopf. „Chamäleons!", dachte sie ganz fest.

„Was ist hier los? Man hat mir von Schmerzensschreien berichtet!"

In diesem Moment fiel der Blick des Weibs auf das Mädchen, und sie verstand! Als Besalierin war es Xarima natürlich bewusst, dass sie das Eigentum der Verwalterin verletzt hatte, indem sie ihre Tochter schlug, aber nach hiesigen Gepflogenheiten war das Mädchen doch keine Sklavin, sondern einfach nur ihr Kind, welches sie gezüchtigt hatte?! Wozu also die Wut der Alten?

„Bitte, Herrin, … ich … bin gefallen und … habe mir sehr weh getan …", brabbelte ihre Tochter, so deutlich sie es aus ihrem anschwellenden Mund herausbekam.

„Genau, Herrin, das dumme Ding! Na los, geh dich endlich waschen, Kind!"

Die Alte ließ Xamusi an sich vorbei nach draußen hinken und starrte Xarima dabei die ganze Zeit kalt an. Die versuchte, den Blick so arglos wie möglich zu erwidern, musste ihren doch bald senken.

Bevor sie ging, raunte das arronische Weib vernehmlich: „Wenn du das nochmal tust, werde ich dich peitschen lassen, bis dir das

Fleisch nur noch in Fetzen von den Knochen hängt! Das ist keine Drohung, das ist eine Ankündigung!"

Die Besalierin bezweifelte nicht ein Wort und schalt sich für ihre Unbedachtheit. Die altbekannte Wut, die sich gerade erst entladen hatte, sorgte sofort wieder für Beklemmungen. Die Zeit würde kommen, wenn sie wieder die Rollen tauschten und die Alte eine Sklavin wurde! Und wenn es so weit war, würde sie für jede Demütigung bezahlen, die ihr hier widerfuhr!

KAPITEL XII - LAGRONTU

Lagrontu war ein neuer Mensch! Noch immer war er für die Außenwelt Oberpriester Askarios und Mitglied des Askarischen
Zirkels, des innersten Führungskreises des Ordens. Doch selbst
davon hatte er sich innerlich so weit gelöst, dass er das Tun und
Treiben seiner Brüder wie ein Fremder betrachten konnte. Inzwischen war er sich dessen völlig bewusst, auch wenn es ihn
Wochen gekostet hatte, wieder zu einer klaren und nüchternen
Betrachtung der Situation fähig zu sein. Wenigstens diese Eigenschaft hatte er also zurückerlangt. Wann war der Wandel geschehen? Durch den ultimativen Verrat Sinomons, des Obersten
seines Ordens, dem er bis dato hündisch ergeben gewesen war?
Kurz darauf, als Kaiserin Felonia ihm in buchstäblich letzter
Sekunde das Leben gerettet hatte? Oder später mit seiner Ernennung zum Kanzler des Reiches? Lagrontu wusste es nicht zu
sagen, und vielleicht war es auch mehr ein Prozess gewesen, in
dem er sich schrittweise entwickelt hatte. Wie er musste sich ein
Schmetterling nach der Entfaltung fühlen. Hatte er als Raupe
noch zufrieden und unwissend Blatt um Blatt zermahlen, ohne zu
ahnen, was in ihm steckte, war aus ihm durch Verpuppung und
Metamorphose ein Wesen geworden, welches so viel freier war,
so viele Möglichkeiten eröffnet bekam, so viel mehr Lebens-
freude empfand.

Kanzler des Besalischen Reiches! Lagrontu besaß von des Kaisers Gnaden eine Machtfülle, wie es ein Emporkömmling wie er,
einst geboren in niederem und verarmtem Adel, sich niemals
hätte erträumen können. Hatte Sinomon ihm stets vermittelt, dass
er ohne ihn ein Nichts wäre und alles ausschließlich ihm zu verdanken hatte, so war der Gedanke so viel sympathischer, in der
Corona der Kaiserin zu glänzen. Seit seiner Amtsübernahme als
Kanzler war es Lagrontus vornehmste Pflicht, seinen vorherigen
Tätigkeitsbereich als Herr des besalischen Geheimdienstes an
Felonia zu übergeben. Die junge Frau hatte wahrlich noch viel zu

lernen. Doch eines konnte er nach vielen Jahren, in denen er immer wieder die vielversprechendsten Talente der askarischen Priesterschulen auf die höchsten Laufbahnen vorbereitet hatte, sagen: Sie war bei weitem die beste Studentin, die er jemals beschult hatte. Sie lernte erschreckend schnell, wurde nie satt, stellte immer die richtigen Fragen, erfasste alle Details, und es war mehrfach vorgekommen, dass sie nach Tagen Zusammenhänge zwischen verschiedenen Themen und Quellen erfasste, für die er selbst Wochen oder Monate benötigt hatte – allerdings ohne einen passionierten Lehrer gehabt zu haben, wie er es für sie war. So viel Freude, wie sie am Lernen hatte, so viel Vergnügen bereitete es ihm, alles zu vermitteln, was er ihr mit auf den Weg geben konnte. Inzwischen kontrollierte sie einige Bereiche ihrer neuen Aufgaben bereits selbständig und wuchs immer mehr in ihre Rolle hinein.

„Was denkt Ihr, meine Kaiserin, was hat den Drang Besaliens entfacht, sich auszubreiten und sich andere Völker und Länder untertan zu machen?"

Einmal mehr ließ er Felonia grundsätzliche Fragen durchdenken und beantworten, um ihren Blick fürs Große und Ganze zu schärfen. Mit Genugtuung registrierte er, wie sie ohne Vorlauf zu referieren begann.

„Im Wesentlichen sind die Auslöser für Eroberungen schon immer die gleichen gewesen, und auf Besalien trifft es im Besonderen zu. Der Urgroßvater meines Gatten war ein Mann von großem Hunger nach Macht und Besitz. Er erfasste die Schwäche unserer direkten Nachbarn auf Grund von Streit um die Thronfolge, außerdem waren die geographischen Gegebenheiten für den Angriff perfekt, im Grunde lädt die Geografie zur Vereinigung der Länder ein!"

„Richtig, Herrin, das Herrscherhaus und die gegebenen Kräfteverhältnisse sowie einfache Logik boten ideale Voraussetzungen.

Doch was brachte bei objektiver Betrachtung den Stein letztlich ins Rollen?"

Vermutlich hätte er nicht einmal beiläufig seine gelbe Robe zupfen müssen, um sie auf den entscheidenden Gedanken zu bringen.

„Ihr wollt wissen, welche Motivation das Volk hatte, dem damaligen König zu folgen?! Zwei Dinge würde ich nennen. Zum einen die Gier! Der Wohlstand durch Sklavenhaltung, Handel, Eintreiben von Tributen und Kriegsbeute ist eine mächtige Triebfeder, und es war ein wichtiger Zug des Königs, eine breite Teilhabe im Volk sicherzustellen. Das andere ist der Askarianismus! Der Glaube, religiöser Fanatismus bestimmter Gruppen, der geschickte Einsatz priesterlicher Möglichkeiten auf die Volksseele und die Verbindung der Interessen von Krone und Askaronischem Zirkel waren die entscheidenden Impulsgeber. Das wolltet Ihr doch hören, nicht wahr?!", zwinkerte sie ihn an, aber es war klar, dass sie verstanden hatte und ihm nicht nur nach dem Mund redete. Wozu auch, als Kaiserin war sie ihm derartig überlegen.

„Was ich will, ist nur eines: dass Ihr versteht, woher wir kommen, damit Ihr für die Zukunft einen klaren Blick darauf entwickelt, wohin die Reise gehen sollte! Ich habe keinen Zweifel, Ihr habt eine Vision davon, wie Ihr an der Seite Eures Gatten das Reich in noch höhere Höhen führen wollt. Wenn Ihr nie vergesst, aus Erfolgen und Misserfolgen vorangegangener Generationen zu lernen, Dinge zu verbessern und nötigenfalls zu korrigieren, dann werdet Ihr erreichen, was keine Besalierin zuvor geschafft hat – der Geschichte einen Stempel aufzudrücken!"

Lagrontu strahlte vor Begeisterung und war entschlossen, Ihren Werdegang zu unterstützen. „Macht mich stolz, meine schöne Kaiserin, macht mich stolz", dachte er, was er nie gewagt hätte, auszusprechen.

KAPITEL XIII - ATTRUE

Erschöpft kauerte Attrue vor den letzten Flammen eines kleinen Feuers und streichelte sanft über die Köpfe ihrer schlummernden Kinder. Von zwei Seiten waren sie an sie herangekuschelt, suchten ihre Nähe und Wärme. Die beiden fühlten sich bei ihr so sicher, dass Attrue schon fast ein schlechtes Gewissen deswegen hatte. Gerade wäre sie trotz der drückenden Sorgen eingeschlafen, als Killiu sich neben sie setzte. Leise berichtete er.

„Der letzte Rabe kam gerade zurück. Er hat drei Patrouillen auf den Pässen ausgemacht. Wir kommen wieder nicht über die Berge!"

„Können wir es nicht riskieren, wenigsten einen Tag Pause zu machen? Wenn wir schon endlos weiterziehen müssen?!"

„Wenn sie uns hier entdecken, haben wir feindlichen Kriegern zu wenig entgegenzusetzen. Wir können mit vierzig Mann ohne Deckung keine dreihundert Leute beschützen!"

„Das weiß ich, aber schau sie dir doch mal an! Es sind wirklich alle tapfer gelaufen – auch die, die wir erst auf dem Weg aufgenommen haben! Keiner murrt, aber alle sind müde und abgezehrt! Nur ein Tag, Killiu, ein Tag", flehte Attrue im Namen der Gemeinschaft.

Die Götter hatten es ihnen wahrhaftig nicht leicht gemacht. Seit ihrem überstürzten Aufbruch aus ihrem Winterdorf waren fast drei Wochen vergangen. Drei Wochen, die bewiesen hatten, welchem Umstand das Waldgebiet am Anker sein üppiges Grün verdankte. Die Wolken aus dem Norden blieben im Frühjahr sehr häufig am Felsengürtel hängen und regneten stark ab. So auch in diesem Jahr, was das Verhängnis der Flüchtlinge war. Während der Wanderung hatte es mehr Regentage gegeben als trockene. Die Menschen wurden immer wieder durchweicht, und an manchen Tagen wurden sie niemals trocken. Das Schuhwerk litt, viele der Wanderer hatten Entzündungen und wunde Füße, Erkältungen waren an der Tagesordnung. Selbst die Tiere waren inzwischen völlig entkräftet. Dass sie die verfluchten Berge nicht endlich überqueren konnten, verlängerte das Leiden immer mehr. Und da auch Killiu diese Fakten nicht ignorieren konnte, nickte er schließlich.

„Also gut, Mutter, ein Tag. Ein Tag zum Trocknen, Blessuren versorgen und Ausruhen. Meine Männer werden einen Ring um das Lager bilden, damit wir vorgewarnt sind, wenn sich jemand nähert. Außerdem werde ich die Späher etwas weiter vorgehen lassen. Vielleicht gibt uns ein Tag Ruhe ja auch genug Luft, um neue Ideen zu entwickeln."

Attrue war überzeugt, dass die meisten am liebsten einfach nur schlafen würden, aber das behielt sie für sich.

Wenigstens der Ruhetag brachte ihnen keinen neuen Regen. Es blieb kühl und diesig, aber immerhin einigermaßen trocken. Es wurde gejagt und jede Menge Wild erlegt. Ein Großteil davon würde sie auch die nächsten Tage verpflegen, aber an diesem Tag fühlte es sich an wie ein Festmahl. Fladenbrote wurden gebacken, Wildzwiebeln und Kräuter ergänzten das Mahl.

Am Abend kehrte Killiu selbst von einer Spähmission zurück und wirkte desillusioniert.

„Unser einziges Glück ist, dass die Besalier anscheinend nicht damit rechnen, dass jemand aus Xaron nach Arratäa flüchten will. Ihr Blick geht nur nach Süden, und sie wollen die fangen, die sich über die Berge nordwärts durchschlagen wollen. Wie die wenigen, die es geschafft haben und zufällig bei uns gelandet sind. Tja, ich schätze, die meisten, die diesen Weg nehmen, landen in den besalischen Sklavenlagern. Leider funktioniert ein Sieb in beiden Richtungen. Das heißt für uns – weiter nach Westen, ob es uns gefällt oder nicht!"

Verdammte Besalier, verdammtes Wetter, verdammte Götter! Attrue legte die Arme um ihre Kinder und nickte nur. Was hätte sie auch sagen sollen? Der Marsch musste weitergehen!

KAPITEL XIV - FUTTINU

Wie jeden Abend, den er seit der Ankunft in seiner Residenz in Seisilon verbracht hatte, gönnte der Gouverneur sich eine ungestörte halbe Stunde auf dem Balkon seines Gelasses. Allein mit seiner Pfeife, ließ er das atemberaubende Panorama auf sich wirken. Mit einer seltsamen Mischung aus Neid und Stolz schweiften seine Blicke über die von Arratäern geschaffene Metropole. Das Verdienst, als Kaiserreich Besalien dieses Reich unterworfen zu haben und Futtinus Bewusstsein, keinen unwesentlichen Beitrag zu diesem Erfolg geleistet zu haben, nährten seinen Stolz. Gleichzeitig gärte in ihm der Groll über die in Anbetracht der kulturellen Zeugnisse offensichtliche Überlegenheit des Sklavenvolkes über die Errungenschaften seiner eigenen Heimat. Die bisherige Politik der Assimilation der Provinzvölker nach den vorherigen Eroberungen anderer Königtümer war so viel klüger gewesen, hatte so viele Möglichkeiten mehr eröffnet als die Auslöschung einer kulturellen Identität und Versklavung einer Bevölkerung, die solch einen besonderen Mehrwehrt für Besalien hätte bedeuten können – so viel mehr als nur pure Arbeitskraft und Gold für den Verkauf der Menschen. Aber Futtinu hatte es sich lange abgewöhnt, mit Dingen zu hadern, die er nicht ändern konnte. Schließlich war er Soldat, und in welcher Armee waren schon alle Offiziere oder gar Oberbefehlshaber weise? Doch in diesem Fall erlaubte er sich andere Gedanken, ohne sie natürlich zu äußern, denn er wollte seinen Kopf gern dort behalten, wo er saß. Unabhängig davon, ob er seine Meinung kundtat oder nicht, machte die grundsätzlich falsche Entscheidung der vollständigen Versklavung der Arroner seine Aufgabe als Verwalter der Provinz so viel schwerer. Im Gegensatz zu seinem Kaiser kannte er die Grenzen der Nützlichkeit von Sklaven. Ja, man konnte Menschen brechen und dazu zwingen, jede beliebige Aufgabe auf Befehl auszuführen. Aber selbständiges Denken und Handeln, Kreativität, echte Kooperation, das waren Erwartungen, die die wenigsten Sklaven erfüllen würden.

Futtinus Auge fiel im ersterbenden Tageslicht auf ein schmähliches Beispiel von täglichen Misserfolgen, die Resultat von Zoros' Entscheidungen waren. Von den sicherlich weit über hundert Windmühlen Seisilons drehten sich nur noch um die zwanzig. Alle anderen hatten verschiedene mechanische Defekte, und es erwies sich als unmöglich, genügend Sklaven zu finden, die die komplizierten Maschinen warten konnten. Selbst unter den Priestern, die an der Kaderschule des Askarierordens zu Ingenieuren ausgebildet worden waren, fanden sich gerade zwei Mann, die verstanden hatten, wie die Mühlen grundsätzlich funktionierten. Es würde Jahre dauern, wieder genügend Arbeiter zu haben, die sich um alle Mühlen kümmern konnten. Und das nur, weil bei der Eroberung anfangs niemand darauf geachtet hatte, welcher Sklave zuvor welche Tätigkeit ausgeübt hatte. Futtinu wollte gar nicht darüber nachdenken, wie viele kluge Köpfe an die Minen und Galeerenbänke vergeudet worden waren. Ingenieure, Baumeister, Steinmetze, Künstler, die alle gebraucht worden wären, um die Pracht seiner Stadt zu erhalten. So blieb ihm nur Schadensbegrenzung übrig. Seit seiner Ankunft ließ er Handwerker aller Art suchen und kaufen. Er sorgte für gute Behandlung, ordentliches Essen, Kleidung und einen Hauch von Würde für diese Männer und Frauen, außerdem auch dafür, dass die Kunde davon nach außen drang. Vertrauen, Zusammenarbeit, Entgegenkommen würde er nicht nach Wochen ernten können, aber er würde geduldig sein, denn Futtinu war gekommen, um zu bleiben.

Noch etwas anderes gehörte dazu, seine Herrschaft dauerhaft, stabil und erfolgreich werden zu lassen. Ganz wesentlich war Respekt, den man ihm entgegenbrachte, und seiner Überzeugung nach konnte der Weg dahin nicht zuletzt etwas mit Angst zu tun haben. Diese Angst, die Zoros ohne jeden Zweifel schon verbreitet hatte, schien sich abzunutzen, und das konnte Futtinu nicht gefallen.

Es entsprach nicht seinen ursprünglichen Plänen, aber auch als neuer Gouverneur der besalischen Provinz Arron behielt er die Instinkte bei, die ihn als den hochdekorierten General, der er zuvor gewesen war, auszeichneten.

„Ich erkenne Aas, wenn ich daran rieche. Und dieses Stück Fleisch, welches man uns hier auftischen will, stinkt aus jeder Faser, wenn es auch noch so frisch und saftig aussieht!"

Der Caviros ließ die Erinnerungen des heutigen Vormittags nochmals seine Gedanken durchziehen. Sein Adjutant hatte ihm gerade von einer überraschenden Häufung von Todesfällen unter den Führungsoffizieren in seiner Provinz berichtet, die den Schwager des Kaisers veranlasste, sich der Sache persönlich anzunehmen. Sie hatten eingehend diskutiert, und der junge Offizier wusste, in dieser Situation verlangte sein Befehlshaber schonungslose Offenheit.

„Herr, es waren alles erklärbare Tode, jeder einzelne von ihnen. Unfälle, die meisten. Ein Hauptmann ist friedlich entschlafen, nur ein Oberst ist kurz vor Talaron Wegelagerern zum Opfer gefallen. Das Pack wird immer dreister, mein Gouverneur!"

„Du hältst das alles für Zufall? Elf Krieger in ihren besten Jahren stürzen, fallen Treppen hinunter oder bekommen irgendetwas auf den Kopf. Plünderer aus Veteranenbeständen unserer eigenen Armee überfallen einen Oberst und schlachten ihn und seine Eskorte ab? Jedes Ereignis für sich genommen sieht vielleicht nach einem tragischen Fall aus. Zwei, drei oder meinetwegen auch vier davon mögen noch als Zufall oder Wille der Götter gesehen werden. Aber elf solcher Vorkommnisse? Wofür halten die uns?!"

„Aber Herr, wenn es Morde gewesen sein sollten, wer kann solch präzise und unverfolgbare Schläge ausführen? Wir haben keine Anhaltspunkte, nichts!"

„Genau, und deshalb wissen wir, dass es das Sklavenpack war, Leutnant! Die Handschrift der Vögel! Deshalb hat nie irgendjemand auch nur das Geringste gesehen oder ist bereit, es uns zu erzählen!"

„Aber mein Gouverneur, die Ermittler haben ihre Pflicht nicht versäumt, haben die Sklaven in den Haushalten alle verhört, waren nicht zimperlich dabei. Einige der Diener haben es nicht überlebt!"

„Genug davon! Die Arroner müssen lernen, dass Taten Folgen haben! Wenn wir uns auf der Nase herumtanzen lassen, nimmt das kein Ende. Aus jedem Haushalt der Toten werden fünf Sklaven hingerichtet! Nichts Schnelles, macht ein öffentliches Spektakel daraus! Sklavenhinrichtungen, die sich über Tage dahinziehen! Wir senden eine völlig unmissverständliche Nachricht: Wenn einer von uns stirbt, sterben viele von ihnen!"

„Es wird geschehen, Herr!"

„… und vergesst nicht, die Witwen zu entschädigen, deren Sklaven wir ihnen nehmen!"

Der Adjutant war schon auf dem Weg aus der Halle gewesen, als er sich noch einmal ungewandt hatte.

„Herr …!"

„Was denn noch?", hatte Futtinu ihn ungehalten angefahren, weil er sich schon den Berichten über den hadrischen Feldzug hatte zuwenden wollen.

„Es … ist vielleicht nicht wichtig, Herr", hatte der junge Offizier eingeschüchtert gehen wollen.

„Nun raus damit!"

„Habt Ihr schon von den Schmähliedern gehört, die überall in den Kaschemmen von Teilen der Provinz kursieren?"

„Ich interessiere mich nicht für das Gegröle von Besoffenen, Mann!"

„In diesem Fall vielleicht schon, mein Gouverneur. Die Schmähungen gelten unserem Kaiser, Herr, sie nennen ihn den ‚Knickschwanz‘, Herr!"

„Was???"

Das musste eingedämmt werden! Der Kaiser war nicht für seinen Humor bekannt, und besonders Anspielungen auf seine körperlichen Defizite hatte schon mancher im Reich mit Verstümmelung oder Tod bezahlt. Selbst im Hochadel waren schon Zungen und Hände entfernt worden, sogar ein Gemächt!

„Identifiziert die Frevler, die das verbreiten! Ich will sie lebend, und Ihr bringt sie zu mir, verstanden?"

„Selbstverständlich, Herr! ... Aber ... da ist noch mehr, was damit höchstwahrscheinlich zusammenhängt ..."

Wollte das denn kein Ende nehmen? Der Caviros hatte die Augen verdreht. „Sprich!"

„Überall tauchen Schmierereien an den Wänden auf, Herr. Ein geknickter Pfeil, Herr!"

KAPITEL XV - CHANGDI

Ein Tag! Ein Tag, vielleicht ein paar wenige Stunden mehr, mochte bleiben, bis die Befehle aus Seisilon den Standortkommandanten von Auseilon erreichten und er die Jagd auf die Arratäer im Untergrund eröffnen musste. Überlebenswichtigere Informationen und Anweisungen hatte Changdi noch nie von den Spionen im besalischen Gouverneurspalast von Seisilon erhalten.

„Grüße im Licht, Schwester! Die Spottlieder über den Kaiser und das Symbol des Knickschwanzes verbreiten sich rasend schnell, und Gouverneur Futtinu ist außer sich! Ganz Seisilon ist erfolglos auf den Kopf gestellt worden auf der Suche nach den Urhebern der Kampagne. Das Lauffeuer soll erstickt werden, und Auseilon ist als zweiter Ursprungsort des Spotts identifiziert worden. Wir haben das Diktat weitreichender Befehle erlauscht, die per Bote an den Standortkommandanten eurer Stadt gehen werden. Er wird angewiesen, die Vögel zur Strecke zu bringen, die als Verursacher der Krise angenommen werden. Bereitet euch vor, Schwester! Lass dich zu keinen überhasteten und überzogenen Reaktionen hinreißen, die auf eure Existenz schließen lassen. Der Gouverneur hat Befehle erteilt, größere Trupps in den Untergrund zu schicken und die Gänge durchsuchen zu lassen. Spuren verwischen, zurückziehen, einigeln, keine Zerstörungen. Töte nur, falls ihr entdeckt werdet, und wenn es irgend geht, lass es als einen Unfall erscheinen. Das Dreigestirn möge mit euch sein! Lautlos, Schwester, ihr übersteht das! Ysta“

Changdi las die Nachricht vielleicht zum dreißigsten Mal. Dies war die größte Bewährungsprobe ihres jungen Lebens, und dieser kleine Zettel mit der Warnung war die einzige Hilfe, die sie dafür bekommen würde. Was Ysta, die Dohle aus Seisilon, die die Zeilen verfasst hatte, nicht wusste, waren die Umstände, die die Situation noch deutlich verschärften – ihre anderen Umstände! Douson hatte Changdi ein zu gleichen Teilen beglückendes wie beängstigendes Souvenir hinterlassen. Doch für diesen Moment war die Schwangerschaft tatsächlich das Letzte, was sie brauchen konnte. Die Sicherheit, eine kundige Kräuterfrau an der Seite zu haben, die sie bei der Niederkunft in ein paar Monaten unterstützen würde, war ein geringer Trost, wenn gerade alle körperlichen und geistigen Fähigkeiten gefordert waren und sie mit dem Gefühl kämpfte, die Kontrolle über die Funktionen zu verlieren, die sie sonst immer im Griff hatte. Doch noch war ihr die Veränderung nur wenig anzusehen, und nur ihre treue Kräuterfrau Duntra ahnte, wie sehr sie das in ihr wachsende Leben neben ihrer Verantwortung für die Meisen in Atem hielt.

Die Dohle scharte all ihre Schützlinge um sich, Meisen wie Rekruten, um sie sogleich wieder in alle Himmelsrichtungen ausschwärmen zu lassen.

„Kinder, wir stellen alle unsere Aktivitäten in der Stadt ein und verhalten uns unauffällig. Wir gehen nur noch raus, um Lebensmittel zu organisieren. Ab jetzt heißen Vorsicht und Genauigkeit Überleben für unsere Familie. Jede Gruppe räumt in ihrem Abschnitt auf, wir räumen alle Depots und verwischen unsere Spuren. Keiner von euch singt mehr auf den Plätzen, niemand spielt mehr das Knickschwanzspiel in den Gassen oder schmiert den gebrochenen Pfeil an die Wände. Nehmt eure Listen und streicht alles ab, was erledigt ist, damit nichts übersehen wird. Für die nächsten Wochen ziehen wir uns zurück, beschränkt eure Kontakte nach außen auf das Notwendigste. Wir sind nur noch Schatten, Kinder! Lautlos wie die Schatten, Meisen!"

„Lautlos, Dohle!", echote der Chor ihrer Kinder.

Schon am nächsten Morgen begannen die öffentlichen Hinrichtungen auf dem Hauptplatz Auseilons vor dem Haupttempel. Es zerriss Changdi das Herz. Diese Menschen erlitten die schlimmsten Martern, weil sie zufällig Teil der beiden Haushalte waren, deren Herren Changdi beseitigt hatte. Es war Krieg, das waren

Folgen der schlimmsten Sorte, aber es war nicht ihre Schuld! Das sagte sie sich immer wieder, wenn sie sich in den Schlaf weinte.

KAPITEL XVI - ZOROS

Der Krieg nahm einen erfreulichen Verlauf, selbst wenn man sich genau genommen noch gar nicht im Krieg befand. Zoros registrierte das relativ verhaltene Maß an Anspannung in der Runde des Kriegsrats. Teilweise mochte dies mit der Anwesenheit der Kaiserin zusammenhängen, deren Einfluss auf ihn durchaus als beruhigend bezeichnet werden konnte. Doch im Wesentlichen kühlte die minutiöse Umsetzung der Vorbereitungen des Überraschungsangriffs auf Hadrien sein Blut. Die Vorfreude auf den bevorstehenden Überfall sorgte für die angenehmste Art von Spannung, die Zoros sich vorstellen konnte.

„Kanzler, nun, da uns der Generalstab über die Einschiffung der Kernstreitkräfte auf die vereinigten Flotten Besaliens und Xifons in Kenntnis gesetzt hat – was könnt Ihr über die übrigen Heeresteile berichten?"

„Mein Kaiser, aus Tulon hören wir Widersprüchliches. Die Einheiten aus den übrigen Provinzen marschieren planungsgemäß auf. Die Xaronier verstärken nach Euren Vorgaben die Macht des Gouverneurs in Seisilon. Er hat den Oberbefehl in ganz Arron inzwischen übernommen und zieht alle verfügbaren Kräfte in der Königsebene und an der Landscheide zusammen. Ein starker Verband aus den Kernladen ist derweil unter dem Befehl von Oberst Xalhodot in die Tessratische Steppe zur Belagerung von Saffiron-up-Offvei aufgebrochen. Die Askalonier marschieren zur Nordküste zum Aufnahmepunkt durch die Flotte des Ersten Senators ..."

„Sehr schön, Kanzler, aber nochmal zurück zum Anfang Eures Berichts. Was genau bedeutet: ‚Widersprüchliches' in Tulon???"

„Majestät, mit Verlaub, dieses Thema sollte meines Erachtens im kleineren Rahmen besprochen werden!"

„Und meines Erachtens besprechen wir es jetzt und hier!", fuhr Zoros aus der Haut und zerstörte die entspannte Stimmung in derselben Sekunde.

„Nun, mein Kaiser, die Meldungen aus der tulonischen Provinzhauptstadt sind klar und eindeutig. Sie besagen, dass die Truppen Euren Anweisungen gemäß ausgerüstet und in vereinbarter Zahl von der Heerschau zum Sammelpunkt losmarschiert sind. Demnach befinden sie sich entsprechend allen Befehlen auf dem Weg."

„Und was, Kanzler, soll daran widersprüchlich sein?"

„Daran nichts, Erlauchter. Doch die Berichte unserer Kontaktmänner aus der Hauptstadt und den Heerlagern berichten von Spannungen in den Truppen und einigen ungewöhnlichen Aktionen, die die Öffentlichkeit nicht erreichen sollten. Wir haben Anweisung gegeben, zu ergründen, worum es sich dabei handelt!"

„Solange es sich um Angelegenheiten der Provinz handelt, die sich mit den üblichen Mitteln regeln lassen, soll uns das nicht beunruhigen. Wenn es aber unsere Schlagkraft schmälert, will ich es wissen. Und dann sollte der Gouverneur auch beginnen, seine Gebete zu sprechen! Sei es drum, Kanzler, haltet mich auf dem Laufenden und sendet eine eindeutige Nachricht an unseren Gouverneur!"

„Selbstverständlich, mein Kaiser!"

„Wir werden sehen. Habt Ihr ähnliche Überraschungen für mich aus den anderen Landesteilen? Dann heraus damit, ich mag es nicht, wenn man versucht, mir alles häppchenweise zu servieren!"

Mit der entspannten Atmosphäre im Raum war es damit endgültig vorbei. Da war er wieder, der leicht entflammbare Zoros von früher, wie man ihn kannte und wie er sich selbst immer am besten gefallen hatte. Gefürchtet und respektiert.

Eine beschwichtigende Hand legte sich von der Seite auf seinen Arm, und seine Wut klang ein wenig ab. Fast flüsternd hörte er Felonias Stimme.

„Mein Kaiser, wir haben keine Warnmeldungen aus anderen Provinzen vernehmen müssen und das, obwohl wir neue Quellen erschlossen und unsere Aktivitäten ausgebaut haben. Bald, mein Herr Kaiser, wird Eurem wachsamen Auge nichts mehr entgehen können. Doch jetzt gilt unser Hauptaugenmerk noch dem Arron und Hadrien, bis die beiden jüngsten Provinzen so vollends unterworfen sind, wie es sein muss!"

„Meine Königin!", hallte es frühmorgens von den Auserwählten über den Exerzierplatz in Saffiron. Um diese Zeit drillte dort seit ein paar Wochen Gasina die Mädchen, von denen sie hoffte, dass sie zu Spatzen taugten. Gelegentlich fand hier auch die Königin für ihre Übungen eine Kampfpartnerin, wobei sie normalerweise Einzelunterricht erhielt. Leseba nahm die kurze Huldigung entgegen, winkte dann ab, ließ alle sich erheben. Der Respektsbekundung war genüge getan, ab jetzt würden sie alle nur Übungsduelle ausfechten, gleich, ob die Kontrahentin sonst eine Krone trug. So war es vereinbart, und so verlangte es die unerbittliche Offizierin, die Gasina bei all ihren Schützlingen war.

Selbst ihrer königlichen Schülerin hatte sie erklärt: „Jeder Bluterguss, den ich Euch hier erspare, mag Euch in Zukunft ein Auge oder ein Leben kosten. An der Akademie hätten sie mich schon jetzt für meine Milde belächelt!"

Zwar konnte Leseba sich das kaum vorstellen, wenn sie immer wieder mit Schmerzen in den Beratungen ihres Kronrates oder der Stäbe saß, aber sie war restlos überzeugt, ihre oberste Leibwächterin wusste, was sie tat, weshalb sie sie inzwischen auch zur Elster befördert hatte.

An diesem Morgen verlangte sich die Königin alles ab, nahm ihre jungen Gegnerinnen so hart ran, dass Gasina selbst bald übernahm und wie immer scheinbar mühelos all ihre Schläge parierte. Während Leseba schwitzte und irgendwann nur noch stoßweiße atmete, redete Gasina noch leise auf sie ein.

„Meine Königin, ich verstehe Eure Wut! Wir alle teilen Euren Schmerz über den Verlust der vielen guten Menschen in Seisilon und Auseilon!"

„So, tut ihr das?!", begleitete ein unbeherrschter Ausbruch ihre Attacke und einige Tränen, die auch Schweiß in ihren Augen sein mochten. „Natürlich tut ihr das! Jeder von uns hätte vielleicht eins der Opfer kennen können, liebte es, kämpfte oder arbeitete mit ihm. Und jetzt sind sie alle tot, nachdem man sie gemartert, gehäutet, gekocht und zerstückelt hat! Und das, weil ich einen Befehl gegeben habe!"

„Mäßigt Euch, meine Königin!", hielt die Elster sie an. „Die Mädchen sollen alle gern Euren gerechten Zorn sehen. Aber keine Verzweiflung, Majestät! Zurückschauen, auch trauern, aber dann lernen und wieder voranschreiten! So hat es auch König Farion immer getan und bis zum Verrat von Talaron das Reich erfolgreich durch die harten Zeiten gelenkt!"

Leseba blieb stehen, schloss die Augen, nickte. Wie sie es gelernt hatte, atmete sie mehrmals tief, senkte ihren Puls. Dann nickte sie erneut und nahm die Ausgangsposition ein.

„Wie immer hast du recht, Gasina! Machen wir weiter! Und wenn wir fertig sind, brauche ich dich noch für ein paar Fragen, Elster!"

Verausgabt, doch dafür ruhiger und klarer nahm Leseba ein Dampfbad. Ein eiskalter Guss rundete die Erfrischung und Belebung ab, und die junge Frau machte sich bewusst, wie sehr sie es genoss, in Saffiron wieder die vielen Vorzüge arratäischer Kultur genießen zu können. Die öffentlichen Badehäuser bildeten zwar nur ein winziges Mosaiksteinchen davon, aber eines, welches sie besonders schätzte. Wobei sie sich der duftenden Dampfschwaden natürlich nicht mehr mit hunderten anderer erfreute, sondern nur im Beisein einer einzelnen Dienerin und Gasinas. Als sie sich schließlich in weiche Tücher gehüllt für eine kurze Ruhe hinlegte, nutzte sie die Zeit, um mit ihrer Leibwächterin zu reden, kaum dass sie allein waren.

„Elster, du musst mir denken helfen! Ich kann meine Gedanken einfach nicht von der Katastrophe lösen, die sich in der Hauptstadt ereignet hat. Dieser Dämon, der es sich in Seisilon gutgehen lässt, ist nach allem, was wir hören und sehen, ein fürchterlicherer Gegner als alle anderen, die Zoros sonst noch in unser Land geschwemmt hat. Mit ihm kommt alles, was wir uns so mühsam und opferreich erarbeitet haben, nicht nur zum Erliegen. Nein, er zerschlägt alles präzise und heimtückisch. Der Garant unseres Erfolgs war die Klugheit unserer Anführer. Was sollen wir nur tun, wenn der Feind ähnliche Stärken ins Feld führt und dabei unverändert über die grausame Übermacht verfügt, die uns niedergeworfen hat?"

Gasina ließ sich Zeit mit einer Antwort, schließlich sagte sie: „Herrin, im Kampf versuchen wir stets, die Kraft des Feindes gegen ihn selbst zu nutzen. Und wenn das unmöglich ist, versuchen wir eben, ihm diese Kraft zu nehmen!"

„Sprich nicht in Rätseln! Sag mir einfach, was genau du im Sinn hast!"

„Wir müssen herausfinden, aus welcher Quelle dieser Gouverneur sein Wissen und seine Klugheit speist. Diese Quelle muss vergiftet werden!"

Mit einem traurigen Lächeln entgegnete die Königin: „Wie furchtbar, dass die Welt uns zwingt, so zu denken, meine Liebe! Und doch komme ich zu einem ganz ähnlichen Schluss wie du, nur dass ich glaube, dein Ratschlag ist nicht radikal genug! Meiner Meinung nach verfügt der Gouverneur über keine explizite Quelle der Weisheit, die wir mit falschen Informationen füttern können. Er scheint selbst diese Quelle zu sein, wie ich aus Trejus Berichten schließe, die er uns schon vor Monaten geschickt hat. Dessen Einschätzung ist unmissverständlich, der Mann ist hochgefährlich. Futtinu von Caviros ist der Kopf der Schlange, er muss abgetrennt werden. Die Frage ist nur – wie kommen wir an ihn heran?!"

Wieder entstand eine Pause, bevor Gasina zurückgab: „Ich bewundere Euren Mut, Majestät, nach dem erlittenen Rückschlag wieder zu Eurer schärfsten Waffe zu greifen. König Farion hat genau für solche Situationen den Orden der Spatzen gegründet. Und Ihr habt Recht, Ihr braucht wieder eine Assasine, um an diesen gefährlichen Mann heranzukommen. Eine von uns hat es bis zum Kaiser geschafft, eine andere wird den Gouverneur beseitigen!"

„Gut, doch deine Schwestern aus Seisilon berichten, er werde perfekt abgeschirmt und sie sähen bisher keine Möglichkeit, in seinen engsten Kreis zu gelangen! Es ist ja nicht so, als sei dieser Gedanke so neu, abwegig und überraschend!"

Diesmal gestattete sich Gasina ein spitzbübisches Grinsen.

„Nein, meine Königin, genau deshalb brauchen wir etwas Neues, wirklich Überraschendes! Und aus diesem Grund greifen wir die Schlussfolgerung eines anderen weisen Mannes auf, des Adlers Treju, den ihr selbst zitiert habt. Von ihm wissen wir, dass der Gouverneur Arratäa gewinnen will, indem er uns von innen angreift. Er arbeitet daran, junge Arratäer gegen uns zu nutzen, umgibt sich mit ihnen, um sie an sich zu binden. Geben wir ihm doch noch solch ein hoffnungsvolles Talent, das er für sich gewinnen will!"

Gasinas Grinsen pflanzte sich in Lesebas Gesicht fort.

„Octami!"

„Nur zu gern, Majestät, sie wäre perfekt! Aber leider ist Octami mit ihrer wundervollen Ebenholzhaut eindeutig keine Arratäerin im engeren Sinne und kommt nicht in Frage. Wir müssen ein anderes Mädchen aussuchen – auch wenn das zugegebenermaßen schwer ist."

„Du hast leider recht, und ich habe das Offensichtliche übersehen. Trotzdem glaube ich, keines der anderen Mädchen bei uns ist dem schon gewachsen. Ob vielleicht Ysta in Seisilon ein geeignetes Mädchen hätte?"

„Tja, ich würde Euch gern widersprechen, aber ich fürchte, es ist, wie Ihr sagt, Majestät. Ich werde Ysta anschreiben und die Vorgehensweise ihr überlassen, wie sie an den Hund herankommen will. Vertrauen wir auf ihre Erfahrung und ihr Geschick! Immerhin hat sie sich jetzt schon diverse Male bewiesen!"

KAPITEL XVIII - ATTRUE

Der Tag, als Attrues Flüchtlingszug seine letzten Vorräte verbrauchte, war der Tag, an dem die Angst in ihr ein unerträgliches Maß erreichte. Attrue würde niemanden, aber vor allem nicht ihre Kinder, an Hunger sterben sehen!

„Killiu, es reicht! Wir können unsere Leute nicht immer weiter in Richtung der Kernlande treiben, wenn sie nicht einmal mehr die Kraft zu stehen haben. Und ohne Rationen wird es bald so weit sein! Wir müssen etwas wagen!"

„Attrue, verstehst du denn nicht? Nur auf dieser Seite der Berge sind wir einigermaßen sicher!"

„Sicher? Sicher ist nur, dass wir alle verhungern werden – und die Kinder zuerst!"

Beschwörend sagte er: „Funji und Kolju werden nicht verhungern – und wenn ich mir ein Pfund Fleisch aus meinem Leib schneiden muss!"

„Und weißt du was? Das glaube ich dir sofort! Ich habe nicht den allergeringsten Zweifel an deiner Ehre und deinen besten Absichten für alle hier! Und ich weiß, du liebst meine Kinder – und sie lieben dich! Aber jetzt stehen wir mit dem Rücken zur Wand und ich habe vor zu kämpfen, solange wir noch die Kraft dazu haben!"

Sie wusste, sie war mit ihm schon fast am Ziel, als er zögerlich fragte: „Du hast schon etwas im Sinn?"

„Vage – aber sag mir bitte, was du davon hältst. Wir haben das Quellgebiet des Talavei längst hinter uns und damit auch die Sperren am Fluss. Auf der arratäischen Seite des Gürtels sind die Siedlungsgebiete mit den Sklavenstationen, richtig?"

„So ist es, wie auf der Perlenschnur, eine nach der anderen!"

„Nehmen wir einmal an, wir kämen irgendwie an den Patrouillen vorbei oder sie hätten einen tragischen Unfall – einen Steinschlag oder sowas … und wir würden hier den Anker überqueren – wie weit wäre es bis zum Lafuud?"

„Auf der anderen Seite wären es dann noch etwa vier bis fünf Tage, mit einer Gruppe wie unserer wahrscheinlich sechs."

Das war deutlich mehr, als sie gehofft hatte. Aber im Gegensatz zu ihr konnte der Milan Marschgeschwindigkeiten und Entfernungen bestens einschätzen, und sie vertraute voll auf seine Erfahrung. Trotzdem sprach sie ihre Idee noch aus:

„Wir könnten uns eine der Sklavenstationen suchen, die für unsere Zwecke günstig gelegen ist, und sie überfallen. Die Wachen werden getötet, die Sklaven befreit, und die Vorräte im Lager plündern wir."

„Schön – und was passiert am nächsten Tag, wenn die umliegenden Güter ihre Arbeitskräfte erwarten? Du denkst, die Aufseher legen ihre Hände in den Schoß und hoffen, dass sich am nächsten Tag alles als ein Missverständnis herausstellt?"

„Für so dumm hältst du mich doch nicht, oder? Die befreiten Sklaven werden uns helfen, die Güter ebenso zu überfallen. Auch dort gibt es Sklaven und Vorräte, und wir werden niemanden übriglassen, der noch eine Meldung von den Vorkommnissen machen kann. Soweit ich weiß, bilden die Verbünde aus Station und Gütern doch weitgehend autarke Einheiten, richtig?! Wenn wir Glück haben, dauert es ein paar Tage, bis auffällt, was passiert ist. Und da sind wir schon längst weg."

„Du sagst es überdeutlich – wenn wir Glück haben! Wir können doch unser Überleben nicht nur von Glück abhängig machen!"

„Wenn wir nichts tun und uns weiter nur ins Verderben treiben lassen, dann hilft uns auch Glück nicht mehr weiter! Aber wir werden nur einen kleinen Schubser der Götter benötigen – den Rest tragen wir selbst durch Tatkraft, Einfallsreichtum und etwas Verwegenheit bei. Und es wird irgendwie klappen – weil es klappen muss!"

Eine Weile lastete das Schweigen zwischen ihnen schwer. Dann löste der Milan die Spannung auf.

„Attrue, du bist wirklich eine unglaubliche Frau! Und wenn du noch einen weiteren Beweis brauchst, dass ich dir selbst in den Rachen eines Dämons folgen würde, dann sollst du ihn haben! Ich liebe dich, mehr als ich es mir je hätte vorstellen können …"

„Lieber Killiu, das ist nun wirklich der falsche Moment, um …"

„Nein, Attrue, es ist der perfekte Moment, weil ich vielleicht schon morgen nie mehr die Chance haben werde, dir zu sagen, was ich dir schon nach der Überbringung der Nachricht über deinen Mann hätte sagen sollen! Ich achte und respektiere deine Treue zu Ulton und wünsche ihm nur das Beste. Und dabei hoffe ich, ihm ist klar, die Götter haben ihren Segen in Kesseln über ihm ausgeschüttet. Aber ich will, dass du weißt – wenn ihm etwas zustoßen sollte, dann werde ich immer noch da sein, um für dich und die Kinder zu tun, was ich nur kann!"

Attrue fehlten nie die Worte, doch in diesem Moment schon. „Du lieber, guter Killiu …das … das habe ich nicht verdient", drückte sie mühsam unter Tränen heraus.

Doch Killiu war diesmal beherrscht und gefasst, lange auf diesen Augenblick vorbereitet. „Doch, Attrue, das hast du! Du hättest mich und meine Raben damals im kalten Matsch zurücklassen können, doch das hast du nicht getan, und ihr habt uns befreit! Du hättest nicht Seite an Seite mit uns kämpfen müssen, doch hast du es getan. Du hättest nicht all diesen Menschen ihre Hoffnung erhalten müssen, wie du es morgen erneut tun wirst, und doch tust du es immer wieder! All unsere Freunde um uns herum bewundern und lieben dich! Und darum, Attrue, darum hast du es tausendmal verdient!"

Und damit stand er auf und verkündete im Gehen: „Wir werden dieses Lagen morgen nicht abschlagen, einen Tag ruhen und Jäger und Sammler ausschicken. Die Raben und ich werden uns einen günstigen Weg suchen … und den einen oder anderen Unfall vorbereiten."

Ab dem Morgengrauen blieb Attrue keine Zeit zum Grübeln, gab es doch so viel zu besprechen und vorzubereiten. Der unverhoffte Rasttag verwandelte sich in einen Tag aus Zweifeln und Ängsten, durchmischt mit Hoffnung und Entschlossenheit. Attrue schaffte es einmal mehr, allen klarzumachen, dass es Licht am Horizont gab, dem man entgegenlaufen musste – mit dem Schwert in der Hand und Mut im Herzen, um des Überlebens willen. Diesmal sah sie in keinem Auge Begeisterung, sondern nur Angst oder Entschlossenheit. Sie betete zu den Göttern, sie mögen die Komponenten zu Mut zusammenpressen, klar und hart wie ein Diamant.

Schon weit vor Mitternacht brachen sie auf. Es nieselte, und je höher sie kletterten, desto unangenehmer wurde dieser Umstand zusammen mit dem Wind. Aber kaum jemand schien das zu spüren. Die lange Kolonne bewegte sich langsam, aber stetig, die Späher umschwärmten sie, die Nachhut sicherte sie nach hinten und verwischte so gut wie möglich die Spuren.

Plötzlich schien der ganze Berg zu erbeben – mühsam wurden Angst- und Schreckensschreie unterdrückt, bis wenig später klar wurde, dass ein Felsabgang, der das Donnern verursacht hatte, sie nicht betreffen würde. Oder in gewisser Hinsicht doch, wie Attrue sich denken konnte.

Mit dem Morgengrauen erreichten sie eine Klamm, in die die Raben sie hineinführten. Der Weg war beschwerlich, aber Killiu, der gerade wieder zu ihnen stieß, würde diesmal nicht nachgeben.

„Wir müssen diesen Weg nehmen. Wir sparen viel wertvolle Zeit, und glaube mir, die steilen Anstiege, die folgen, wenn wir weitergehen, sind auch kein Honigschlecken. Die Belohnung wartet auf der anderen Seite – ich habe vier Mann vorausgeschickt! In der Zwischenzeit müssen wir von hier verschwinden! Für den Fall, dass die Xaronier irgendeinen brauchbaren Spurenleser dabeihaben, dem Zweifel zu diesem Steinschlag kommen, unter der ihre Patrouille begraben ist. Ich hoffe, die nächsten Mannschaften werden alle erstmal versuchen, ihre Kameraden zu retten – oder das, was von ihnen übrig ist. Aber wir werden wahrhaftig noch genug Glück brauchen, das will ich hier nicht verbrauchen. Also spar dir den Atem und weiter!"

Attrue lief ohne weitere Worte voran und mit ihr alle anderen.

Am nächsten Abend erwarteten sie ein provisorisches Lager auf der arratäischen Seite und ein spektakulärer Sonnenuntergang, den kaum jemand wahrnahm. Ein weiterer Ruhetag wurde ihnen gegönnt, mit Essen und viel Schlaf, dann wieder Aufbruch vor Sonnenaufgang.

Kurz bevor das letzte Licht verschwand, erreichten sie den Rastplatz, von dem aus Killiu die Krieger für den Überfall auf eine etwas abgelegene Sklavenstation weiterführen würde. Kolju quietschte vor Vergnügen, als er seiner Mutter Dreck ins Gesicht schmieren durfte, um sie für den Angriff zu tarnen. Doch der Milan war alles andere als vergnügt, als er es sah.

„Was genau tust du da, Mutter?"

„Wonach sieht es denn aus, Milan?"

„Du kannst und du wirst nicht an dieser Sache teilnehmen, Attrue, ich verbiete es!"

„Das ist nicht mein erster Überfall, Killiu, und du hast selbst gesagt, du brauchst jeden Arm, der dich unterstützen kann. Ich kann und ich werde! Ich werde nicht hier sitzen und warten, während andere für mich bluten – das ist es, was ich wirklich nicht kann!"

„Ihr Götter, dieses Weib ist so stur!!! Wie haben das deine Eltern nur überstanden?"

„Das haben sich schon viele gefragt, und ich habe keine Antwort für dich. Und sie können es dir auch nicht mehr erzählen, weil die Besalier sie wie die meisten Alten einfach abgestochen haben, bevor ich sie holen konnte. Aber diese Menschen dahinten, die werden nicht abgestochen! Und dafür sorgen wir – gemeinsam, du und ich!"

„Wahrhaftig, wenn man die Besalier totreden könnte, würde ich dich ohne zu zögern allein hinschicken!"

„Dann ist das jetzt geklärt?"

„Soweit man etwas mit einem Fels klären kann – ja", seufzte Killiu resigniert.

„Auch das habe ich schon mal gehört", zwinkerte Attrue schelmisch.

Aber Attrue war nicht tollkühn und kannte ihre Grenzen. Zwar war sie als Kämpferin nicht unbeleckt und hatte seit ihrer Flucht viel dazugelernt, doch sie wusste, dass sie keinem Raben im Entferntesten das Wasser reichen konnte. Sie versprach, sich im Hintergrund zu halten und wie die übrigen Krieger der Sicherungskette um die Station anzugehören, damit niemand entkam.

Die Raben blockierten die Tore, um einen Ausbruch zu Pferde zu verhindern. Dann verschwanden Killiu und seine acht

Gebirgsjäger über die Palisade. Jetzt musste Attrue doch genau das tun, was ihr so zuwider war – warten! Es war nichts zu hören, außer ein paar gewöhnlichen Nachtgeräuschen eines Lagers. Ein paar Schnarcher, knackende Holzscheite in einem Feuer, wenige raunend gewechselte Worte. Dann jäh gedämpfte Kampfgeräusche, erstickte Schreie, ein Gurgeln, Stöhnen … und schon war es wieder genauso still. Noch keine Signale aus dem Lager über den Erfolg – das Ziel war demnach noch nicht erreicht. Attrue lauschte in Wiese und Buschwerk ihres Abschnitts im Vorland des Lagers, und nichts Menschliches war zu vernehmen. Ein Gartenschläfer quiekte, ein Marder schrie, eine Eule glitt vorbei … plötzlich nichts mehr davon. Attrue duckte sich und lauschte weiter. Hatte sie sich getäuscht? War das Ersterben der leisen Geräuschkulisse gar kein Zeichen für die Anwesenheit eines Menschen? Sie dachte an viele gestohlene Nächte mit Ulton, als er sich aus der Akademie oder Übungslagern geschlichen und mit ihr getroffen hatte. Immer hatte er damit geglänzt, wie ihm keines dieser Signale entging, und nicht einmal waren sie geschnappt worden. Und deshalb würde ihr hier kein Besalier durch die Lappen gehen. Die Geräusche im Lager selbst wurden lauter, denn die ersten Sklaven schienen befreit zu werden, doch die Entwarnung nach draußen hatte Killiu noch nicht gegeben, und Attrue blieb fokussiert. Da – ein Knacken eines Zweiges, ganz in ihrer Nähe. Plötzlich kam ein Schatten auf sie zugeflogen, so unvermittelt, dass Attrue sich nur noch zur Seite rollen und auf dem Rücken zum Liegen kommen konnte. Blitzschnell ein weiterer Sprung – ein Mann, der sich über sie warf und mit seinem schweren Körper niederdrückte.

„Tut mir leid, Schätzchen, aber ich kann dich nicht schreien lassen!", zischte er und bemerkte erst dann, dass er aus einer tiefen Bauchwunde heftig blutete.

„Mir scheint, das wird auch gar nicht nötig sein, denn ich kann dich nicht leben lassen!"

Gnädig zog sie durch seine Kehle die Klinge, in die er selbst zuvor hineingesprungen war. „Ich danke dir, Schwesterchen", schickte sie einen Kuss an ihre Ilkia, die ihr diese Technik der Spatzen einst gezeigt hatte. „… falls mal ein grober Kerl mehr will, als du bereit bist, ihm zu geben!", hatte sie damals gesagt und dabei eine gänzlich andere Situation im Sinn gehabt. Doch hier hatte es sie ebenfalls gerettet.

Während die Stimmen aus dem Lager immer lauter wurden, Jubel aufkam, schrie Attrue in die Nacht: „Vorsicht! Es sind welche entkommen!"

Doch dieser eine Ausbruchsversuch blieb der einzige, und beim Durchzählen versicherten die befreiten Sklaven, dass keiner der Aufseher entkommen war. Vielleicht hatte der Besalier sich gedacht, eine schmale Frau sei leichter zu überwinden als die Männer um sie herum und hatte sich absichtlich diese Stelle in der Kette ausgesucht? Sie würden es nie erfahren – und er auch nicht mehr, ob ein anderer Weg besser gewesen wäre.

Ein spontanes Fest wollte sich entzünden, aber Killiu rief alle zur Ordnung. „Wenn wir nicht alle gemeinsam die Befreiung dadurch zahlen wollen, dass wir morgen alle in Ketten liegen, dann müssen wir einen kühlen Kopf bewahren. Also freut euch alle über einen Schritt auf dem langen Weg, den wir gerade genommen haben. Es war ein großer Schritt, vielleicht sogar ein kleiner Sprung, aber mehr eben nicht. Und morgen brauchen wir jeden Einzelnen hier, um den nächsten Schritt zu gehen. Wir brauchen euch nüchtern und genau in der Kleidung und mit den Halsringen, die ihr gerade noch tragt. Ich verspreche, ihr werdet gleich begreifen, warum. Und ich verspreche ebenfalls, dass ihr morgen Abend endlich wieder das Gefühl haben werdet, freie Arratäer zu sein. Aber dieses Maß an Geduld, das wird es euch noch kosten!"

Und so begannen sie, die neuen Mitglieder ihrer Gemeinschaft in die Pläne einzuweihen. Und Attrue kam mehr als deutlich ins Bewusstsein, dass mit der Befreiung dieser Menschen viele ihrer Probleme sich buchstäblich und über Nacht verdoppelt hatten.

KAPITEL XIX - HORTAG

Objektiv gesehen war es Hortag kaum jemals besser gegangen als zu dieser Zeit. Man hatte ihm großzügig ein kleines Haus mit zwei persönlichen Sklaven zur Verfügung gestellt. Der Gouverneur ließ ihn als Gast der Krone behandeln, wenn auch selbstverständlich nicht wie einen hochstehenden. Ein paar Tage lang fühlte sich das perfekt an, er erholte sich von den Strapazen und Entbehrungen von Gefangenschaft, der Schlacht und seiner langen Flucht aus dem Wald Arron in die besalischen Heerlager am Fjord. Doch allmählich kamen die Rachegedanken wieder in den Vordergrund, die ihn während des Entkommens am Leben gehalten hatten. Schloss er die Augen, flatterten Vögel durch seine Träume. Schwärme schwarzer Raben, Wolken aus Singvögeln, riesige Schatten von Geiern, die auf ihn herabstießen. Immer wieder schreckte er schweißgebadet auf … und dachte voller Hass an Uliron und seine Kumpane. Die Vögel hatten Hortag um die Qualen des Verräters betrogen, hatten seinem Intimfeind einen schmerzlosen Tod gegönnt, wo er noch Tage hätte leiden sollen! Und dann dieses Gemetzel im Wald. Das Sklavenpack hatte im eigenen Blut schwimmen sollen, stattdessen waren die Gelben in Scharen gefallen. Das Schicksal der askarischen Priesterkrieger rief kein Mitleid, Bedauern oder Trauer in ihm wach, denn auch im Leben hatte er nichts mit ihnen gemein gehabt. Aber Hortag war Besalier, er war mit ihnen marschiert, und immerhin hatten sie für eine kurze Zeit gemeinsam einen Kampfverband gebildet. Nichts als Glück und etwas persönliches Geschick hatten den Einäugigen aus dem Grauen entkommen lassen. Er war hartgesotten, aber nie zuvor war er von einem Schlachtfeld gezogen, welches er mit annähernd 1000 Elitekriegern betreten und nur mit knapper Not als vielleicht einziger Überlebender wieder verlassen hatte. So projizierten Hortags Rachegelüste zum einen auf seinen Bruder Hirmag, zum anderen auf die bloße Schmach, die Besalien hier erlitten hatte. Ein besalisches Heer wurde nicht besiegt, das war undenkbar. Darin stimmte er mit dem Gouverneur überein, der es zu schätzen wusste, dass Hortag sein Wissen bisher nur mit ihm und wenigen Offizieren geteilt hatte. Nicht alle Krieger zogen mit Begeisterung für den Kaiser in den Kampf, aber ohne Ausnahme im Gefühl, nicht unterliegen zu können! Und so sollte es bleiben!

„Der Frühling naht, Scharführer", hatte ihn Gouverneur Futtinu mit seinem früheren Rang angesprochen. „Der Kaiser hat seinen Willen kundgetan, wie die nächsten Monate verlaufen sollen. Ich werde meiner Strategie für die Niederschlagung der Sklaven im Wald von Arron den letzten Schliff geben. Wir haben alles Wissen gesammelt, welches uns helfen kann, den kommenden Kämpfen einen anderen Ausgang zu bescheren als dem sinnlosen Opfer der askarischen Garde. Was uns noch fehlt, ist verlässliches Kartenmaterial. Ruhe dich aus, Krieger, ich werde dir einen Kartographen senden, dem du alles wiedergeben musst, woran du dich erinnern kannst. Alles, verstehst du? Jedes Detail kann am Ende entscheiden, ob das Pack erneut triumphiert oder ihr lebend aus dem Wald zurückkehrt. Wenn du deinen Beitrag leistest, wirst du deinen Besitz nicht nur wieder aufbauen können, sondern verdoppeln. Futtinu von Caviros ist kein undankbarer Mann!"

Der angekündigte Kartenmaler war endlich da, und Hortags Untätigkeit wurde unterbrochen. Der Priester war sehr geschickt, konnte Hortags Gedanken überraschend gut in Skizzen festhalten, so gut, dass es ihm nach der gemeinsamen Arbeit viel klarer geordnet schien als zuvor in seinem eigenen Kopf. Die Wege, die Fallen, die Gruben, die Wälle, die Schützenstellungen in den Bäumen, die Lage des Tals und der felsigen Höhenzüge über dem Lager – perfekt, als wäre der Mann dabei gewesen.

„Hätten deine Brüder ebenso gekonnt gekämpft, wie du zeichnest, wären die meisten von ihnen wohl noch am Leben", dachte Hortag bei sich, behielt seinen Kommentar aber wohlweislich bei sich.

„Meister Hortag, Ihr seid ein guter Beobachter", lobte der Gelbe, zufrieden mit sich und dem Ergebnis der gemeinsamen Arbeit. „Ich bin schon sehr lange in den Diensten des Generals … ich meine, des Gouverneurs, und ich weiß, Euer Beitrag wird ihm gefallen. Genug für heute, morgen komme ich wieder, und wir werden Markierungen für die gefährlichsten Stellen im Wald setzen. Vorher nur noch ein guter Rat, über den Ihr über Nacht nachdenken solltet: Haltet nichts zurück, und beschönigt nichts, um Eure Rolle oder die Eures verstorbenen Bruders in einem besseren Licht erscheinen zu lassen! Sollten falsche Informationen zu falschen Strategien führen und der Ausgang der Unternehmung sieht anders aus als von Herrn Futtinu gewünscht, kann ich Euch nur wünschen, Ihr kommt in den Kämpfen um. So großzügig mein Herr sein kann, so hart ist er im Umgang mit Lügnern und Unehrenhaften!"

Hortag würde es beherzigen. Hier war seine einmalige Chance auf nachhaltige Rache und Wohlstand durch die Freigiebigkeit eines Gönners. Er würde sie nicht vorüberziehen lassen.

KAPITEL XX - ATTRUE

Mutter Attrue musste nicht nach Motivation suchen für das, was sie täglich tat. Aber wenn sie einen Ansporn gebraucht hätte, hätte die Zusammensetzung ihres Zuwachses aus den Sklavenstationen genügt. Drei von vier waren Männer zwischen achtzehn und fünfunddreißig Sommern alt – keiner älter. Eine von vier waren junge Frauen, die selbstverständlich hauptsächlich zur Zucht bestimmt waren. Viele von ihnen trugen entsprechend auch neues Leben in ihren Leibern, in unterschiedlich weiten Stadien, doch waren teilweise deutlich eingeschränkt in ihrer Belastbarkeit. Die anderen Frauen und alte Menschen wurden vorzugsweise nicht in der Landwirtschaft eingesetzt, und keiner wusste genau, wohin sie gebracht worden waren. Die Kinder aus der Station, die auf diese Rechnung noch draufkamen, zeichneten sich vor allem durch eines aus – keines von ihnen war viel älter als fünf. Unter bitteren Tränen hatten viele Mütter berichtet, wie die größeren Sprösslinge aus ihrem Nachwuchs, die etwa zwischen sechs und zehn Sommern zählten, verkauft worden waren. Diese taugten noch nicht zur harten Männerarbeit, wurden aber gern von Handwerkern für feinste Arbeiten wie Seidenstickereien, Schnitzereien oder ähnlichem erworben – oder von Hurenhäusern.

Attrue schaute auf ihre beiden Lieblinge, die herumtollten, spielten und juchzten, ohne jede Ahnung, wie gefährlich die Welt war. Sie zitterte vor Angst und Wut, und sie sprach zu sich und den Göttern: „Sie nicht, oh nein, ihnen wird es nicht so ergehen!"

Dank des jungen und starken Zuwachses der Gemeinschaft und der Ortskenntnis der Neuen verlief ihre Flucht aus der Station zum Lafuud schneller und einfacher als ursprünglich befürchtet. Doch dort verließ sie ihr Glück wieder, wie es schien.

„Ein großes besalisches Heer wälzt sich durch diesen Wald. Es sind viele, sehr viele Krieger, ich schätze mindestens achttausend, davon nicht weniger als zweitausend Reiter, und dazu kommt noch ein gewaltiger Tross zur Versorgung. Genaueres wissen wir nicht, denn sie werden von Spähern umringt, die sogar in unsere Nähe vorstoßen. Bisher mussten wir noch keinen von ihnen beseitigen, aber das wäre auch nicht gut. Damit könnten wir Aufmerksamkeit erregen, und das müssen wir unbedingt vermeiden. Wir bleiben ein paar Tage hier, bis alles vorbei ist, dann kann es sogar zu einem Vorteil für uns werden."

„Wie sollten wir davon profitieren, dass der Feind solche Massen von Kriegern ins Land führt? Als hätten sie uns nicht schon längst unterworfen. Was soll das noch?"

„Zum einen glaube ich nach dem, was die Nachtigall uns berichtet hat, dass die Besalier jetzt wissen, dass es noch Widerstand gibt. Das könnte ein Grund sein, sich nochmal zu verstärken und uns den Rest zu geben. Oder aber, der Kaiser hat sich eine neue Spielwiese in Chanien gesucht. Wir wissen zu wenig, um das einschätzen zu können. Aber du wolltest wissen, wie wir profitieren können. Wenn wir im vorsichtigen Abstand hinter ihnen weiterziehen, können wir sicher sein, dass uns niemand folgt und auch keiner ihrer Späher nach hinten schaut. Eine Kriegermasse, wie die hier, die alles auf ihrem Weg platttrampelt, geht mit Recht davon aus, dass niemand sie direkt angreifen wird. Sicherer könnten sie sich nicht fühlen. Und das schläfert ihre Wachsamkeit ein, was gut für uns ist."

„Ach, habt ihr Raben das auch immer so gemacht?"

„Attrue, du weißt genau, dass arratäische Verbände ganz anders strukturiert waren als das da. Bei den Besaliern geschieht alles über Masse. Und natürlich gehört auch zur Wahrheit, dass wir eigentlich nie über solche Zahlen von Kriegern verfügen konnten. Solche Größenordnungen hat vielleicht manchmal König Farions Verband gehabt, aber das hier ist keine Hauptstreitmacht der Besalier. Wenn derjenige von uns Raben, der am nächsten dran war, richtig gesehen hat, dann ist der Anführer nicht einmal General, sondern nur ein Oberst."

Die Wahrheit war, die Flüchtenden brauchten wirklich wieder eine Ruhephase und Attrue ergab sich also in die Situation, ein paar Tage nicht voranzukommen. Es war der schwierigen Topografie des Waldes von Lafuud geschuldet, dass der Heerzug der Besalier nur so langsam vorankam. Aus der Ferne betrachtet war der Wald ein wogendes Meer aus dunklen Zweigen. Doch für einen Reisenden täuschte das Idyll. Zwar gab es inzwischen eine der befestigten Straßen der Besalier durch den Wald, aber die war relativ schmal und folgte vielen Windungen. Sie wurde offenbar hauptsächlich für den Tross mit den Wagen und Lastentieren genutzt, die Krieger und Teile der Reiterschaft schlugen sich mehr oder minder parallel zur Straße durchs Unterholz. Der Lafuud war an seinen östlichen Ausläufern und schmalsten Stellen komplett von zerklüfteten Felsen durchzogen, die nur schwer von Kletterern überquert, aber unmöglich mit Tieren oder Waren überwunden werden konnten. Wie bei einer Sanduhr wurde also der Strom zwischen Nord und Süd in beiden Richtungen auf eine Passage in der Mitte des Waldes gezwungen, die zwar sehr breit, aber alternativlos war. Demnach gab es auch für die Flüchtenden keinen anderen Weg – es sei denn, man wagte sich um den Wald herum durch das am dichtesten besiedelte Gebiet der neuen Provinz Arron. Das kam nicht in Frage, wenn der Kampf nicht gesucht werden sollte.

Die Wartezeit gab ihnen die Möglichkeit, Kräfte zu sammeln, die Verpflegung etwas aufzustocken und gleichzeitig Raum, um die neuen Mitglieder der Gemeinschaft kennenzulernen. Diese erkannten Milan Killiu unumstritten als Anführer an, doch Attrue war für sie noch eine Unbekannte ohne Rang. Der Anführer der ehemaligen Sklaven aus der Station sah sich selbst in der Rangfolge als den zweiten Mann an und traf damit auf vehementen und offenbar von ihm unerwarteten Widerstand der ursprünglichen Gruppe. Als er am zweiten Tag erneut versuchte, Anweisungen Attrues zu widerrufen, kam es zu einer Eskalation, die nicht zu überhören war. Eine ältere Frau wies ihn deutlich zurecht, und er baute sich drohend vor ihr auf, bevor Attrue dazwischen ging.

„Was soll das hier werden, Mann? Haben die Manieren der Sklavenhalter schon so sehr auf dich abgefärbt, dass du drohst, Frauen zu schlagen, die deine Mutter sein könnten?"

„Mische du dich nicht hier ein, Weib, du bist doch an allem schuld!"

„Genau, das ist sie, du Dummkopf! Ohne sie wären wir alle tot, und du wärst noch ein besalisches Muli!", keifte die Frau.

„Wulima, du musst ihn nicht noch mehr anheizen! Er weiß doch jetzt schon nicht mehr wohin mit seiner Wut!"

„Ich brauche deine Hilfe nicht, Weib! Ich bringe sie auch selbst zum Schweigen!"

„Wenn du denkst, dass du jemanden zum Schweigen bringen musst, versuche es doch mal bei mir, du Held! Offenbar bist du nicht dadurch zum Anführer geworden, weil du so schnell im Kopf bist! Mit Gewalt wirst du hier bei uns nicht weit kommen! Du musst dich nicht unseren Regeln unterwerfen, aber dann kannst du auch nicht bleiben. Dank uns bist du jetzt wieder ein freier Mann. Bitte schön, du kannst jederzeit gehen!"

„Ja, Weib, das würde dir gefallen, nicht wahr?! Einer weniger, der dir nicht nach dem Maul redet!"

„Hier redet mir niemand nach dem Mund, aber wenn du mich noch einmal ‚Weib' nennst und mir ein Minimum an Respekt versagst, dann wirst du mich kennenlernen!"

„Oha, was passiert denn dann? Haust du mich dann? Ich zittere schon!"

Ein paar seiner alten Sklavenkumpane lachten leise mit ihm, aber diese kleine Bestätigung konnte er nicht auskosten, weil sich um sie herum inzwischen fast die gesamte Gemeinschaft versammelt hatte und er deutlich erkennen musste, dass er hier keine Mehrheiten hinter sich versammeln konnte. Selbst unter den Leuten seiner Station zeigten die allermeisten Gesichter deutliche Ablehnung für sein Verhalten.

Jetzt ergriff die Frau wieder das Wort, an deren Diskussion mit ihm die Auseinandersetzung sich entzündet hatte: „Attrue hat sich unter uns allen Verehrung und die Respektsbezeichnung ‚Mutter' verdient. Bis du nicht mehr als Großspurigkeiten geleistet hast, verdienst du allenfalls das Wort ‚Flegel'. Solltest du ihr auch nur ein Haar krümmen, das verspreche ich dir, wirst du hier keinen einzigen Freund mehr haben!". Die Zustimmung aus allen Münden ließ den Kerl mit finsteren Blicken abziehen, ohne dass Attrue noch ein weiteres Wort gesagt hätte. Sie war dankbar für die Loyalität ihrer Leute, die diesen Streit besser beigelegt hatte, als sie es selbst vermocht hätte. Dafür war sie nicht sicher, wie nachhaltig das wirken würde.

„Mulifon wird diese Demütigung nicht vergessen, Mutter", raunte ein großer bärtiger Kerl Attrue zu. „Auch unter uns Arratäern gibt es nicht nur Lichtgestalten!"

„Da hast du Recht, mein Lieber. Sagst du mir noch deinen Namen?"

„Kalluto, Mutter, und ich werde darauf achten, dass er dir nichts tut!"

„Ich danke dir, Kalluto, aber diese Aufgabe hat längst ein anderer übernommen, und ich schätze, wir werden uns beide nicht darum kümmern müssen", zwinkerte sie ihm zu, denn sie hatte bemerkt, dass aus der Distanz Killiu das Geschehen verfolgt hatte. Ihr war klar, dass er sich nicht eingemischt hatte, um ihre Autorität nicht zu untergraben, und dafür war sie dankbar. Aber ebenso klar war, Mulifon würde sie kein zweites Mal herausfordern, nachdem der Milan im Bilde war. Daran hatte sie keinen Zweifel.

Allerdings traf Attrue Killiu am nächsten Abend nicht nur, um ihn auf seine Spähmission zu verabschieden. Er würde mit seinen Raben die Bewegungen der besalischen Truppen beobachten. Nein, Attrue wollte ihn auch zur Rede stellen.

„Killiu, ich will wissen, warum Mulifon überall grün und blau ist und sich nur hinkend fortbewegt!"

„Kurz gesagt: weil er es verdient hat, Attrue!"

„Ich hätte nie von dir gedacht, dass du dich an Schwächeren vergreifst!"

„Und wenn du mich nicht gleich sehr wütend machen willst, dann solltest du auch zu deiner ursprünglichen Einschätzung zurückkehren!"

„Dann sag mir gefälligst, was ihm zugestoßen ist. Und erzähle mir nicht, du hättest nichts damit zu tun!"

„Das habe ich nicht behauptet. Nein, ich habe nur einem Groß-maul die Möglichkeit gegeben, sich zu beweisen. Ich habe ihm gesagt, dass er kein Krieger ist und ohne Übung auch nicht dazu taugt. Er hat getönt, er könne im Kampf seinen Mann stehen, und ich habe gesagt, dass meine Rekruten ihn im Zweikampf leicht schlagen würden. Er hat gelacht und verlangt, dass sie das bei ihm unter Beweis stellen müssten. Und es sei meine Schuld, wenn er sie verprügeln würde. Das Ergebnis hast du gesehen, und ich müsste lügen, wenn ich so tun wollte, als hätte ich nicht jeden Treffer genossen, den die Jungs gelandet haben. Und die Übungskämpfe waren öffentlich. Viele haben es gesehen. Aber bitte sei vorsichtig mit ihm, Attrue, vor allem, während ich fort bin. Der Kerl hat einen miesen Charakter und wird es nicht auf sich beruhen lassen wollen."

„Warum habt ihr ihn dann so gedemütigt? Deine Rekruten haben beide noch keine fünfzehn Sommer gesehen!"

„Weil er dringend einen Denkzettel gebraucht hat, so wie er gestern mit dir umgegangen ist! Und jetzt wissen hier alle, welche Sorte Mensch er ist, und sind vorgewarnt, wozu er fähig ist."

„Und jetzt frage ich nochmal: Warum hast du das gemacht?"

„Ich werde jetzt mehrere Tage unterwegs sein. Bisher war das nie ein Problem, denn ich wusste, unter deinem Befehl wäre hier alles bestens geregelt!"

„Und das ist jetzt anders?"

„Nein, ist es nicht, weil dieser Kerl in die Schranken verwiesen ist!"

„Und ohne deine Hilfe hätte ich das nicht geschafft! Das willst du mir damit sagen?"

„Doch, das hättest du, aber es wäre in irgendeiner Form eskaliert, bevor er endgültig unterlegen wäre. So ging es schneller!"

„Nun gut, Killiu, dann hoffen wir gemeinsam, dass du Recht behalten wirst."

Fast dreizehn Tage blieben die Raben auf ihrer Mission fort, und der Milan hatte mit seiner Vorhersage richtig gelegen. Die Gemeinschaft war vorsichtig, aber abgesehen davon wurde die verdiente Ruhepause genutzt, um die Kräfte aufzufrischen. Als die Raben zurückkehrten, konnte man sie mit Wildbret und frischem Brot verwöhnen.

„Es hat sich einiges ereignet, und manches kann man kaum glauben. Die Besalier sind auf der anderen Seite des Waldes auf einen Flüchtlingszug getroffen. Zuerst hatten wir die schlimmsten Befürchtungen, was mit den Leuten passieren würde, dann stellte sich aber heraus, dass es besalische Flüchtlinge sind. Attrue, die Besalier müssen eine große Niederlage erlitten haben – irgendwo in Arratäa. Es gibt keine andere Erklärung dafür. Mehrere Hundert besalische Zivilisten zu Fuß, Attrue, in Kutten bar jeder Habe!"

„So viele? Wenn sie aus dem Süden kommen, ist dort nur eine größere Stadt …"

„Saffiron! Genau, es muss Saffiron sein!"

„Und diese riesige Meute, die jetzt durch die Steppe dorthin zieht, soll sich die Stadt wieder zurückholen!"

„Zweifellos – aber darüber können wir uns momentan keine Gedanken machen. Wir müssen uns auf etwas ganz anderes vorbereiten. Der Anführer des Heeres hat die Flüchtlinge großzügig mit Vorräten, Reit- und Lasttieren ausgestattet – und leider auch mit einer Eskorte. Und keiner kleinen!"

„Du meinst …"

„Ja, Attrue, der Feind schickt sich gerade an, uns mit allem auszustatten, was wir in den nächsten Wochen für unsere Wanderung brauchen werden. Das und mehr. Aber wir müssen ihnen ein wenig beistehen, sich ihrer Hilfsbereitschaft bewusst zu werden. Wir haben eine Woche Zeit, um uns darauf vorzubereiten. Also – gut, dass ihr alle so ausgeruht seid. Wir haben viel zu tun!"

KAPITEL XXI - ULTON

Die erfolgreichen Überfälle auf drei Sklavenstationen brachten eine reiche Beute, aber auch Probleme mit sich. Massen an Befreiten, Vieh und Vorräten mussten bewegt und in Sicherheit gebracht werden. Die größte Hilfe dabei bildete die gnadenlose Selektion, die die Besalier in den Stationen für die Zucht betrieben. Alle Sklaven waren relativ jung, gesund und kräftig, geeignet für die harte Arbeit auf den Feldern und in den Ställen, gleichzeitig für die Produktion von Nachwuchs. Dieses Kalkül sorgte jetzt auf der Flucht für eine verhältnismäßig hohe Geschwindigkeit, aber nur die strategische Wahl der Orte für die Überfälle machte ein Entkommen logistisch machbar. Die relative Nähe zum Arron gab ihnen nach wenigen Tagen Deckung und bessere Verteidigungsmöglichkeiten. Auch wenn mehr Vorsicht geboten war und Kämpfe beim Betreten des Waldes wahrscheinlicher wurden, weil davon auszugehen war, dass die Besalier den Standort des neuen Forts selbst nach dessen Zerstörung nicht aufgeben würden. Immer wieder hatte Ulton sehnsuchtsvoll nach Norden geschaut, wo jenseits des Flusses Talavei die Berge des Xaronischen Felsengürtels in die Höhe ragten. Dort, im Anker, wie das Mittelgebirge genannt wurde, waren seines Wissens noch immer seine Frau und seine Kinder in einem Flüchtlingslager verborgen. Der Drang, alles stehen und liegen zu lassen, um sich zu ihnen durchzuschlagen, war überwältigend. Aber er war der Adler, der Befehlshaber, der, auf den alle schauten und auf dessen Führung sich alle verließen. Er konnte nicht gehen, er durfte nicht gehen, und es zerriss ihm das Herz.

Eine Schwierigkeit für die Rückkehr nach ihren Raubzügen beseitigten sie, als Scherrgod mit hundert tessratischen Reitern zu ihnen stieß – das Vieh! Die unverhoffte Aufstockung des Bestands ihrer Herden war den Nomaden hochwillkommen, weil der Winter mit all seinen außergewöhnlichen Widernissen ob des Kriegs ihnen in jeder Hinsicht zugesetzt hatte.

„Gute Nachrichten, Adler! Unser Plan ist erfolgreich gewesen, und die Truppen aus den Besalischen Kernlanden haben am Rande unserer Steppe die Flüchtlinge aus Saffiron gefunden und versorgt. Wir nehmen an, der Gouverneur hat seinen Rang geltend gemacht, denn der Flüchtlingstross zieht jetzt mit starkem Geleit und bestens mit Vorräten versorgt durch den Wald in Richtung Xeleron. In diesem Zusammenhang wird es dich freuen zu hören, wer die Besalier anführt: Xalorot, der idiotische Standortkommandant aus Saffiron", lachte der Kriegsfürst.

„Unterschätze ihn nicht! Immerhin sind wir ihm auch schon einmal auf den Leim gegangen, nicht wahr?! Wir müssen sehr vorsichtig bleiben! Und dennoch gebe ich dir Recht, es sind gute Nachrichten für uns. Wir kennen ihn, und er ist relativ berechenbar, besonders weil er kein Mensch zu sein scheint, der sich gern beraten lässt und andere Meinungen als seine eigene gelten lässt. Was tut er jetzt?"

„Die Besalier stellen sich in breiter Formation auf, um unser Land zu durchkämmen. Hundertschaften von Kriegern zu Fuß wechseln sich mit kleineren, flexibleren Reitereinheiten als Bindeglieder ab. Die einzelnen Teile der Kette bleiben in Sichtweite voneinander."

„Siehst du, die Methode ist nachvollziehbar und nicht dumm, wenn man derartig viele Männer zur Verfügung hat. Wie gut, dass dein Volk längst in Sicherheit ist. Nur die Versorgung mit Vorräten ist für unsere Feinde bei dieser Aufstellung sehr aufwendig. Im Prinzip muss jeder Trupp sich selbst versorgen!"

„Ich schätze, so war es wohl geplant. Aber leider, leider mussten die Besalier viele hundert Flüchtlinge versorgen! Die haben viele Maultiere mitgenommen, Korn und Schlachtvieh für den Weg. Und natürlich Männer, die die Verteidigung übernommen haben", grinste Scherrgod.

„Nein?!"

Ulton konnte ihr Glück kaum fassen.

„Doch, mein Freund, doch! Sie haben jetzt nur noch zwei große Versorgungseinheiten zu großen Trossen zusammengefasst, die während der nächtlichen Rasten Proviantrationen jeweils für mehrere Tage verteilen. So sieht es zumindest derzeit aus, nachdem sie ein paar Tage in Bewegung sind."

Beide Anführer sahen die großen Möglichkeiten, die die neue Konstellation bot, aber auch Gefahren und Schwierigkeiten, wenn man sie nutzen wollte.

„Was steht uns für einen Angriff zur Verfügung?"

„Die meisten Tessrati sind derzeit im Süden in Saffiron oder bei Djaniron, einige auch im Arron. Aus Holtekaion oder von der Halbinsel Verstärkung anzufordern dauert viel zu lange. Damit dürfen wir also nicht rechnen. Wir haben hier im Norden etwa fünfzehnhundert Mann, die die Winterherden schützen und außer Reichweite unserer Feinde halten werden. Vier- bis fünfhundert Mann könnte ich davon höchstens abzweigen, ohne das Vieh zu gefährden."

„Und dreihundert von uns. Hättet ihr genug Pferde für uns?"

„Pferde? Mehr als genug, aber kannst du all die Befreiten wirklich ohne Schutz lassen? Abgesehen von der Beute, dem Vieh und den Vorräten?"

„Natürlich können wir nichts und vor allem niemanden hier zurücklassen, solange tausende von Besaliern in der Nähe sind. Mit der Lösung dieses Problems müssen wir also anfangen, damit wir nicht alles nach Holtekaion bringen müssen und meine Krieger anderweitig einsetzen können. Ich schlage deshalb vor, eine kleine Investition zu tätigen. Sondert aus euren Herden die schwächsten Tiere aus zu einer Herde von – sagen wir – wenigstens zweihunderfünfzig, dreihundert Stück. Es muss schon nach etwas Interessantem ausschauen. Wir treiben sie in die Mitte Tessratiens, dann nach Westen. Wir setzen Spuren für die besalischen Späher, wir machen ein paar kleinere Überfälle an der Westflanke ihrer Truppen, lassen sie wissen, dass es im Westen etwas zu tun gibt. Wir bauen Zelte auf, genug Zelte für eine kleine Stammesgemeinschaft. Dorthin bringen wir die Herde. Zu diesem Zeitpunkt muss unser Freund Xalorot wütend und gierig genug sein, um nach dem Köder zu schnappen und seine Truppen eine Umfassungsbewegung machen zu lassen."

„Verstehe! Du rechnest damit, die Besalier werden ihre Linie beim Vormarsch am östlichen Ende schneller vorrücken lassen, um das vermeintliche Dorf einzukreisen, und dabei den Siedlungsstreifen um die Steppe verlassen."

„So ist es! Und tun sie uns den Gefallen nicht, müssen wir eben so viele Nadelstiche setzen, bis die Impulse stark genug werden. Sollten sie so handeln, wie wir es uns von ihnen wünschen, geben sie uns zwei Vorteile. Wir können riskieren, die Befreiten mit geringer Bedeckung und den Vorräten in den verlassenen Dörfern des Siedlungsstreifens um die Steppe zu verstecken. Und gleichzeitig verliert der besalische Tross etwas den Anschluss, weil er nicht so schnell vorankommen kann wie die kämpfenden Einheiten. Das wird unsere Chance für einen Überfall sein! Wir warten, bis alle Versorger in der Nacht unterwegs sind, um den Truppen ihre Rationen zu bringen, dann schlagen wir zu! Was denkst du?"

„Ehrlich gesagt, es hört sich alles fast zu gut an. Du setzt viel voraus, es gibt haufenweise Unwägbarkeiten, und dann …. was machen wir denn mit all der Beute? Wie transportieren wir alles? Wir haben doch gar nicht genug Krieger dafür!"

„Krieger nicht, da hast du Recht, aber viele Flüchtlinge, die uns helfen werden! All die Befreiten, die nicht bei unseren Vorräten bleiben müssen oder unsere Kampfmannschaft verstärken,

werden uns nach dem Überfall beim Diebstahl der Versorgungsgüter des besalischen Trosses helfen. Unsere Kämpfer decken
den Rückzug, legen falsche Fährten, verwischen die echten Spuren unseres Abzugs, soweit es geht … aber letztendlich hast du
Recht, wir werden viel improvisieren müssen. Trotzdem – denkst
du nicht auch, den Versuch wäre es wert? Die Alternative wäre,
lediglich alles zu sichern, den Besaliern so weit wie möglich aus-
zuweichen, uns weitgehend zurückzuziehen. Wir gehen in den
Arron, ihr in die Steppe, und ihr müsst aufpassen, nicht zu
Gejagten zu werden.“

Kurz rang der Kriegsfürst mit sich.

„Ich werde mich mit Turrgod beraten und die Reiter sammeln.
Wenn er zustimmt, inspizieren wir in Kürze die Herden. Mein
Freund, wir sind nun mal von gleichen Schlag, auch ich will
lieber in die Offensive. Welcher Tessrati wollte dem
Knickschwanz schon unser Land überlassen?!“

KAPITEL XXII - IBONSA

Die Mannschaften seiner Flotte integrierten den Abschaum aus den Kerkern Chaniens zu Ibonsas Erstaunen viel besser, als er hatte erwarten dürfen. Es war zum Großteil dem Geschick seiner Kapitäne zuzuschreiben, aber auch der ausgeprägten Moral und Loyalität der angestammten Besatzungen. Sie zogen die Kriminellen einfach mit und vermittelten den neuen Kameraden glaubhaft, eine echte Chance auf ein anderes Leben und die dauerhafte Aufnahme in ihre Gemeinschaft zu haben. Die übelsten Gestalten unter den Neuzugängen hatte Ibonsa den Galeeren zugeteilt, und es stellte sich bald heraus, wer zu echtem Einsatz bereit war, um sich schnell zum Teil des Ganzen zu machen. Unrühmliche Ausnahmen gab es wenige, aber der Admiral machte sofort und unmissverständlich klar, er würde keine Toleranz für Aufrührer an den Tag legen. In den ersten beiden Wochen gab es zwölf öffentliche Auspeitschungen, drei Männer wurden gekielholt, und ein Mann ging mitten auf dem Meer über Bord. Schließlich beging einer der Kerle einen Mord, wofür er direkt aufgeknüpft wurde. In der Folge kam es kaum noch zu nennenswerten Verstößen gegen die Befehle des Admirals oder seiner Kapitäne. Nach vier weiteren Wochen harter Übungen waren die Galeeren in recht zufriedenstellender Einsatzbereitschaft, und die Abläufe funktionierten größtenteils reibungslos. Die Männer, die die Mannschaften auf den Seglern ergänzten, taten sich dagegen schwerer, was allerdings zu erwarten gewesen war. Es gab einfach deutlich mehr zu lernen, zu üben, und es würde noch Monate dauern, akzeptable Seemänner aus den Neuzugängen zu machen. Gleichzeitig waren es aber auch die vermeintlich Willigen, die an Bord der Segler gelandet waren, und dementsprechend war das Engagement. Bis auf den Mörder, der an einer der Rahen hing, und seinem Opfer, das längst im Seemannsgrab war, hatten

Ibonsa und seine Vertrauten mit ihren Einschätzungen weitgehend richtig gelegen.

„Haltet Augen und Ohren offen, Männer! Identifiziert potenzielle Verräter, Drückeberger, Aufwiegler. Ich will keine faulen Äpfel in meinem Korb! All unsere Freunde an Bord sollen daran denken, dass jeder dieser Sträflinge in Zukunft der sein könnte, der ihnen den Rücken freihalten muss!"

Die Steuermänner und Maate bewiesen ihre Fähigkeit, und als die Flotte die Xifonischen Inseln wieder anlief, war das erste Ziel die nächstliegende Insel Arritu gewesen. Mit wehenden Fahnen war die Bevölkerung zu ihnen übergelaufen. Ebenso zwei weitere Inseln, bevor sie triumphal in ihren Heimathafen von Ferratu eingelaufen waren.

Zum Kriegsrat hatte Ibonsa auf seinem zurückerlangten Stammsitz alle Getreuen versammelt, und Neuigkeiten wurden ausgetauscht. Die wichtigste davon war über diverse Umwege zu ihnen gekommen.

„Nach Hadrien???" Ibonsa hätte überraschter nicht sein können. Vermutlich ging es den meisten Menschen auf dem Kontinent so, wenn sie das Ziel vernahmen, wohin die Besalier sich für ihre nächste Eroberung gewandt hatten. „Man muss einräumen, dass es etwas Geniales hat, die ganze Welt glauben zu machen, Zoros hätte nur noch Chanien im Sinn, um dann im nächsten Schritt Hadrien zu überfallen!"

„Bei allem Mitleid mit den Hadriern, im Süden Arratäas verschafft uns das hoffentlich etwas mehr Luft, wenn der Kaiser auf vielen Hochzeiten tanzt. Und wenn die Götter uns gewogen wären und das Meer im Norden peitschen würden, wäre jedes gesunkene Schiff mit dem Bauch voller Besalier eine weitere Erleichterung", kommentierte Seefalke Hanju den Bericht.

„Darauf sollten wir nicht bauen, Seefalke, trotzdem hast du natürlich Recht. Und gerade für unseren Vorstoß auf die anderen Inseln ist der kaiserliche Sinneswandel ein Geschenk der Götter. Akhosa wird fast bis nach Eisgaard segeln müssen, um Hadrien zu umrunden. Die Hauptstadt des Königreichs liegt auf der östlichen Seite der Hadrischen Halbinsel."

„Dann hoffen wir mal, die Besalier haben keine bessere Strategie gefunden!"

Ibonsas ältester Freund, Kolomu, ergriff das Wort, um die Gedanken von der Weltpolitik zurück auf näherliegende Probleme zu lenken. „All das darf uns nicht verleiten, uns von unserem Plan abzuwenden. Ja, jeder Tag, den der Feind uns schenkt, bevor er zurückkehrt, ist willkommen. Aber an uns ist es, ihn auch zu nutzen und unsere Position zu festigen."

„So ist es, mein Freund! Die Zeit rinnt uns wie Sand durch die Finger der offenen Hand. Das Wichtigste wird sein, auf jeder Insel die Skorpione zu finden, die Akhosa dort in den Mauerritzen eingenistet hat. Sucht nach kürzlich Zugezogenen. Alte Männer, die nicht mehr zum Kampf taugen, betont unauffällig leben und mehr zuhören als reden. Wenn ihr mehrere Verdächtige habt, setzt sie gemeinsam in eine Zelle und einen von uns dazu. So können wir sie aussieben, wenn sie untereinander reden."

Ibonsa entließ die Männer, die größtenteils am nächsten Morgen mit ihren Teilflotten auslaufen würden, um eine um die andere Insel von den Seraitu und ihren speichelleckenden Helfershelfern zu befreien. Er selbst musste bleiben und von hier aus die Dinge gebündelt organisieren. Notfalls würde er mit seinen Schiffen zur Hilfe eilen können, wenn irgendwo etwas aus dem Ruder lief. An seiner Statt war Ikalo im Begriff auszulaufen und würde ebenfalls fünf Schiffe befehligen.

An diesem Abend saßen Vater und Sohn dicht vor dem ersterbenden Feuer im Kamin der großen Halle und wärmten sich an der Glut. Wohlige Wärme, das zarte Licht des glimmenden Holzes, ein Glas des besten Weines aus seinen Kellern und den Arm um seinen Erben ließen Ibonsa fast so etwas wie Frieden empfinden.

„Wenn die Inseln wieder sicher sind, holen wir endlich deine Mutter und deine Schwester. Feratu wird wieder ein Zuhause sein, wenn wir alle zusammen sind, und die Familie kann daran arbeiten zu heilen, mein Sohn!"

„Ja, Vater. Gmadessa wird einen Mann finden und ich eine Frau, und Kinder werden wieder durchs Anwesen tollen wie wir früher."

„So soll es sein, Ikalo, so soll es sein!", hauche der kleine Admiral, und Tränen der Wehmut liefen ihm bei der Erinnerung an friedliche und glückliche Zeiten.

Nur die Götter wussten, weshalb die Strömungen, die die Meerenge von Gsilaas zu einem solch ungastlichen Ort machten, auch an Teilen von Arratäas Westküste ähnliche Kapriolen schlugen. Seit Menschengedenken arbeiteten sich die Wellen an den schroffen Klippen ab, und wie einen gezackten Riss im Stoff des Kontinents hatten die Stürme und die Gezeiten den Guusla Fjord in Tungä hineingearbeitet. „Der Zahme und die Wilde" nannten die Seefahrer den Fjord und den tosenden Abschnitt des Südmeeres davor. Fuhr man mit Geduld und Geschick erst in den Meeresarm hinein, war man sicher und schaukelte dem winkenden Gewinn in der Handelsmetropole Auseilon entgegen.

In die zerklüfteten Küstenstreifen zu beiden Seiten der Meerenge, die Tungä von seinem Nachbarkontinent trennte, hatte sich ein bemerkenswertes Volk eingenistet, welches sich keinem der Königreiche der Kontinente zugehörig fühlte. Die „Krebse", wie man sie nannte, hausten in Siedlungen, die förmlich in die geschützteren Stellen der Klippen hineingeklebt waren. Sie ernährten sich von allem, was das Meer hergab, wobei vornehmlich Fisch und Meeresfrüchte, aber auch die Plünderung zahlloser Wracks dazu zählten. Da sie sich damit zufriedengaben, was nach Stürmen an ihre Gestade angespült wurde, und keine Piraterie betrieben, sah sich keine Obrigkeit genötigt, sich mit dem zähen Menschenschlag anzulegen, den anzugreifen ohnehin nicht gelohnt hätte. Eine Kolonie dieses Volkes gab es seit langem in den Klippen am Eingang des Guusla Fjords und den vorgelagerten Schärengebieten. Klein, unbedeutend und gerade deshalb sehr interessant für Trejus Pläne.

„Mein Liebster, wenn ich dich nicht schon lieben würde, dein Ideenreichtum würde mich vermutlich überzeugen, in dein Bett zu steigen. Die Krebse könnten die perfekten Verbündeten sein!", lobte Karissa Treju von ihrem gemeinsamen Lager aus.

Treju war stolz auf seine Eingebung.

„Ich werde Nockton so bald wie möglich als Botschafter entsenden. Er wird sich im Fort bei den Baumaßnahmen vertreten lassen müssen. Jemand Hochrangiges muss von mir entsandt werden, jemand, dem ich vertraue. Ich würde Douson schicken, aber er hat den Auftrag in Auseilon übernommen, und dafür kommt sonst niemand in Frage. Wir brauchen in Zukunft einen größeren Kreis von Menschen, denen wir solch heikle Aufgaben anvertrauen können. Gerade in Fällen wie diesen, wo mit Douson und Changdi sogar zwei davon bereits mit dem gleichen Kommando befasst sind!"

„Treju, Treju, du stolzer Adler, ein Glück, dass dir das Dreigestirn eine Elster in deinen Horst entsandt hat. Ist dir möglicherweise bekannt, wer die Clans der Krebse regiert? Nein? Die Krebse sind schon lange so schlau wie die Arratäer und die Chanier. Frauen beherrschen die Familien, mein Schatz! Fällt dir dabei möglicherweise etwas Naheliegendes auf?"

Grinsend legte sich der Krieger zurück zu seiner Frau und rollte sie mit Nachdruck auf ihren Rücken.

„Das Naheliegende liegt genau da, wo es liegen soll! Muss ich dich wirklich daran erinnern, dass du unser Kind unter dem Herzen trägst? Du kannst doch nicht ernsthaft annehmen, ich würde dich unter diesen besonderen Umständen zu einem solchen Abenteuer aufbrechen lassen!"

Plötzlich sehr ernst widersprach sie und richtete sich auf.

„Oh doch, Treju, genau das sollte ich tun. Wenn du ehrlich bist, dann musst du gestehen, niemand wäre für diese Aufgabe besser geeignet als ich. Ich kenne all deine Pläne und die zugrundeliegende Strategie, alle Ressourcen und was wir den Krebsen anbieten können. Und ich bin eine Frau, die auf Augenhöhe mit den Herrscherinnen der Krebse reden kann. Eine Schwangerschaft wird mich in deren Augen sicher nicht abwerten, sondern im Gegenteil es eher erleichtern, Bande zu knüpfen. Eine Gefahr ist mit der Reise auch nicht wirklich verbunden, denn was soll schon Schlimmeres passieren, als dass sie nicht an einem Bündnis interessiert sind?"

„Wenn du bei den Damen der Klippen genauso überzeugend bist wie jetzt, dann mache ich mir keine Sorgen, ob mein Plan gelingen kann. Während ich aber von dir erwarte, dass uns das Geschäft dort nichts kosten wird, wirst du deine Rechthaberei bei mir teuer bezahlen müssen!"

Er hatte das Gefühl, sie war gern bereit, diese Bürde zu tragen, und zufrieden miteinander schliefen sie beide bald ein.

Wie meistens wachte Treju als Erster auf und genoss die Minuten, in denen sie ruhig und tief atmend vor ihm lag und er sie einfach nur betrachten konnte. Er schmunzelte in sich hinein, denn ihre kleine Diskussion am Vorabend hatte ihm wieder einmal gezeigt, wie gut sie sich inzwischen einschätzen konnten. Durch ihre innige Verbindung war sie für ihn mittlerweile recht berechenbar in ihrer Unberechenbarkeit. Seit Tagen ging er davon aus, dass sie sich irgendeinen wichtigen Auftrag schnappen würde, um der Enge der Verpflichtungen in ihrem neuen Herzogtum zu entgehen. Noch immer konnte sie sich trotz ihrer Vermählung nicht als Herzogin sehen und wollte sich mit der Rolle nicht in letzter Konsequenz anfreunden. Sie war eine Elster und wollte ihren Posten nicht verlassen, selbst wenn die voranschreitende Schwangerschaft dem über kurz oder lang ohnehin ein Ende setzen würde. Da war Treju schon recht zufrieden, sie immerhin nicht in einen gefährlichen Kampf zu schicken, sondern auf diplomatische Mission. Nicht die, für die er sie ursprünglich auserkoren hatte – an den arratäischen Hof – doch solange es Spannungen mit Königin Leseba gab, kam das nicht in Frage. Außerdem hätte er sich niemand Besseres für den Auftrag bei den Krebsen vorstellen können, zumal ihm selbstverständlich bewusst gewesen war, dass dieses Volk in einer matriarchalischen Gesellschaft lebte.

Er küsste sie sanft aufs Haar und seufzte ganz leise. Sie hatte so viele Stärken, die sie zum Wohle ihrer Völker einsetzen würde, doch eine Hilfe für die Verwaltung und Regierung des Fürstentums, das würde sie nur sehr bedingt werden. Es entsprach einfach nicht ihrer Natur. Vor ein paar Wochen hatte er sie gebeten, bei der Aufsicht von Planung und ersten Baumaßnahmen zur Errichtung seiner neuen Hauptstadt mitzuwirken. Sehr schnell hatte er eingesehen, dass ihre persönliche Vorstellung von Kreativität nichts mit Gestaltung von Architektur und Kunst zu tun hatte. Karissa liebte Schönheit und genoss ohne Frage auch die Annehmlichkeiten einer wohlorganisierten Stadt, ihren Beitrag konnte sie aber an dieser Stelle nicht leisten. Ein Stadtplan war für seine Liebste ein Mittel zur Orientierung, nichts, um eine künstlerische Ader auszuleben. Und mit dieser Erkenntnis gab er ihr für alle Seiten gesichtswahrend die Möglichkeit, immer wieder dieser Aufgabe zu entrinnen, die er ihr mit bestem Vorsatz übertragen hatte. Er sah ein, es war sein Fehler gewesen, nicht vorher über die Position zu reden.

Die Stellung als Hykimo im Chanischen Reich hatte Treju zahlreiche Privilegien verschafft, aber auch unzählige Pflichten und Verantwortlichkeiten. Um all dem gerecht zu werden, hatte sich Treju seit Wochen mehrere eigenständige und getrennt voneinander agierende Stäbe geschaffen, die mit Spezialisten der verschiedenen Bevölkerungsgruppen seines Herzogtums stets paritätisch besetzt waren. Es ging ihm dabei nicht ausschließlich darum, die Gleichwertigkeit aller Menschen unter seiner Ägide zu demonstrieren, sondern er wollte ganz egoistisch die Stärken aller einfließenden Kulturen nutzen und möglichst zu einem Optimum verschmelzen.

Neben der Generalität für alles Militärische und einem Verwaltungsstab für die Regierungsgeschäfte im Großen wie im Kleinen hatte er einen weiteren Stab für alle Baumaßnahmen an der neuen Hauptstadt Hykimóon und sämtlichen militärischen Verteidigungsstellungen einberufen. Außerdem einen für alles, was mit Bildung für sein Volk zusammenhing und beispielsweise auch die Gründung einer Akademie nach arratäischem Vorbild verantwortete, schließlich einen Rat für auswärtige Angelegenheiten, der auch die Verbindung mit dem chanischen Königshaus weiter vitalisierte und daneben die diplomatischen und geheimen Bande mit Arratäa und Herrschern anderer Reiche auf- und ausbauen sollte. Letzteren Stab dominierte eindeutig Karissa, und sie war es auch, die insgesamt schon Wochen in Chandrision, der Hauptstadt Chaniens, verbracht hatte, um die Abstimmung mit der Königin Ulinia und ihrer Tochter Kalinia zu gewährleisten. Herrscherin und Thronfolgerin akzeptierten seine Unabkömmlichkeit bei der Sicherung des Herzogtums und der chanischen Grenzen zum Besalischen Reich. Gleichzeitig forderten sie engen Schulterschluss und seine wichtigen Beiträge zum strategischen Vorgehen der chanischen Streitkräfte. Niemand war in der Lage, ein besseres Bindeglied zu bilden als die Herzogin, die schnell von der Königin in Herz geschlossen wurde, sich darüber hinaus zu einem leuchtenden Vorbild für die Prinzessin entwickelte, mehr noch, als es Treju bereits gewesen war.

Im Schlaf ein wenig brummend, drehte sich Karissa, und ihr Arm sank über die Kante des Lagers. Kurz darauf war ein schlabberndes Geräusch zu hören.

Mit schlaftrunkener Stimme hauchte sie: „Guten Morgen, mein Liebling!“

Treju küsste sie sanft.

„Dir auch einen guten Morgen, Liebste!“

Grinsend schnurrte sie halb in ihr Kissen: „Wie kommst du darauf, dass ich mit dir spreche? Schließlich hat Guffi mich geweckt und nicht du!“

Aber nicht nur die Hunde waren bereits wach und wollten ihre morgendliche Runde machen, sondern die zahlreichen Pflichten seines neuen Daseins warteten schon geballt auf ihn. So schälte Treju sich widerwillig aus dem Bett, was er nur von sich kannte, wenn Karissa mit ihm darin lag, und streckte sich. Es schmeckte ihm nicht, seine Frau wieder wochenlang vermissen zu müssen, gleichzeitig war ihre kommende Mission sehr wichtig und musste ebenso noch an diesem Tag angetreten werden wie seine eigene. Denn Treju selbst musste sich nach den morgendlichen Übungen mit seinem Stab aus Baumeistern und der Generalität auf den Weg machen, um die Fortschritte bei den Befestigungsanlagen in der Waldseite und entlang des Fjords zu begutachten. Es würde sie alle viel Kraft kosten, denn Treju hatte es eilig, um insbesondere die Baumeister nicht zu lange von ihren Projekten zu entfernen. Gleichzeitig legte er Wert darauf, dass sie sich vor Ort gegenseitig berieten und inspirierten, besonders weil auch in diesem Fall alle Ethnien seines Herzogtums vertreten waren. Es war die zweite Rundreise dieser Art, die er machte, und die erste hatte bereits Früchte getragen. So bekam eine Stadt in der Waldseite jetzt eine solide Steinbrücke, wo sonst eine Hängebrücke die Lasten, die man über die Schlucht, die überwunden werden sollte, begrenzt hätte. Der arratäische Baumeister, der ihm einen bescheidenen Palast in Hykimóon errichten sollte, hatte im Gegenzug zahlreiche Anregungen für luftige Dachkonstruktionen und die Anlage der Palastgärten erhalten.

Die Reise, die Treju heute antrat, hatte allerdings ganz andere Schwerpunkte: einerseits die strategischen Erwägungen beim Ausbau der Festungen, andererseits verband er auch die Ausbildung junger Krieger damit. Zehn Gruppen von jeweils zehn Rekruten aus den verschiedenen Landesteilen waren per Los zusammengesetzt worden und sollten auf dem Weg eine Reihe von Aufgaben erfüllen, die sich jeder Befehlshaber in seinen Diensten in dessen jeweiliger Heimat ausgedacht hatte. Der ganze Stab freute sich wie die Kinder darauf, während die jungen Männer und Frauen aufgeregt und angespannt bis in die Haarspitzen waren. Die besten zehn Rekruten würden zukünftig in Trejus Leibgarde weiter ausgebildet werden, und jeder Krieger des Herzogtums wollte zu dieser neuen Eliteeinheit gehören. Der Hykimo hatte sie „die Bunten" genannt, weil sie gemäß seiner Maxime aus den verschiedensten Kriegern mit den unterschiedlichsten Kampftechniken bestand. Der Volksmund hatte bald „die Papageien" aus der Truppe gemacht, was niemand despektierlich fand, weil man diesen Kriegern den größten Respekt entgegenbrachte. Treju war es zufrieden, irgendwie waren die Papageien seine bunten Raben. Und Treju selbst würde in seinem Inneren wohl auch nie etwas anderes sein als ein Rabe.

KAPITEL XXIV - MASKON

Die lange Zeit in chanischen Kerkern hatte Maskons Geduld überstrapaziert, weshalb es zu einem täglichen Kampf für ihn wurde, die Entscheidung, wie er fliehen könnte, nicht auf schnellem Weg zu suchen. Aber seine Intelligenz sagte ihm deutlich, Hast würde ihn nur in den Tod führen. Dieser kleine Admiral und seine Kapitäne waren geradezu widerlich konsequent in der Einhaltung ihrer eigenen Regeln. Die Männer aus den Gefängnissen wurden gut und gerecht behandelt, solange sie sich ordentlich verhielten, sich nichts zu Schulden kommen ließen und sich anstrengten. Und wenn nicht, dann waren die Strafen hart und gemäß den gemachten, klaren Ankündigungen.

Maskon wartete. Die ersten Inseln der Xifonischen Republiken, die sie anliefen, traten zu den Feratu über, und längst hatte Maskon verstanden, welche Mission der Admiral verfolgte. Außerdem hatte er herausgefunden, dass dessen Gegner, Akhosa von Seraitu, ins besalische Lager gehörte. Dadurch war Maskons Ziel eindeutig definiert.

Nach einigen Wochen erfolgreicher Operationen wurden mehrere seiner Mithäftlinge an Bord der Galeere Morgentau freigelassen und als gleichberechtigte Männer anderen Mannschaften zugeteilt. Ersetzt wurden sie durch andere hartgesottene Schurken, die sich bislang nicht durch besonderes Wohlverhalten ausgezeichnet hatten. Für Maskon brachte der Austausch endlich die ersehnte Wende.

An Bord kam ein grobschlächtiger Kerl nach dem Geschmack des Spions, der sich bestens vor seinen Karren spannen ließ. Einen, der gelenkt durch einen geschickten Querulanten wie Maskon als Rädelsführer die nötige Missstimmung transportieren würde, ohne den Besalier selbst in Gefahr zu bringen. Maskon begann mit sanften Andeutungen auf den Mann einzuwirken. Das Essen der Xifonier sei besser als der Fraß, den sie bekamen, die Portionen größer. Das war zwar eine glatte Lüge, denn alle auf dem Schiff aßen das Gleiche, aber der Kerl namens Bosko maulte jetzt bei jeder Ration und fühlte sich durch Maskons Nicken und Gesichtsausdruck ausreichend ermutigt und bestätigt. Als Nächstes kreierte der Besalier einen griffigen Spitznamen für seine Galionsfigur. „Amboss" war bald in aller Munde, und der Kerl sonnte sich in seiner neuen Popularität. So wurde es Zeit, ihm neue Themen einzuimpfen. „Die Xifonier da oben, wir hier unten" wurde als nächste Legende platziert, was ebenso absurd war wie die Geschichte vom Essen, weil alle die gleiche Arbeit an den Rudern verrichteten, gleich welcher Herkunft. Die Anhängerschaft des Amboss wuchs, Maskon tat noch eine Weile neutral und fütterte den Kerl trotzdem immer wieder mit Parolen, Sprüchen und Witzen, auf die Bosko selbst nie gekommen wäre.

Die Basis des Unmuts war nach ein paar Wochen gelegt, da tat das Schicksal Maskon erneut einen Gefallen. Als Kapitän der Morgentau übernahm der Sohn des Admirals wieder das Kommando, und die Fahrt ging zu den nördlichen Inseln, die auch den Feratu zugewandt werden sollten. Ein neuer Stein wurde ins Rollen gebracht.

„Wir erobern für die Xifonier eine um die andere Insel – und was fällt für uns dabei ab? Das sind nichts als Piraten, und ihre Beute behalten sie nur für sich. Warum kämpfen wir nicht einfach auf eigene Faust und behalten alles für uns?"

Diese Idee, die vermeintlich der Amboss verbreitete, wanderte unter den Ruderern von Mund zu Ohr und immer weiter, und Maskon rechnete fest damit, dass Gier all den Kanaillen um ihn herum eine wichtige Triebfeder und Grund für ihre Gefangenschaft war.

Souffliert durch den Spion, redete Bosko die Chancen und Möglichkeiten immer größer, die Gefahren und Risiken immer kleiner.

„Wir schnappen uns den Welpen vom Admiral, und er tanzt nach unserer Pfeife, ihr werdet sehen!"

Die triumphale Übernahme der Insel Zuvinu bot für die Umsetzung von Maskons Plänen die perfekte Möglichkeit. Die meisten Freien an Bord der Galeere hatten das Schiff bereits für die Feierlichkeiten verlassen, Boskos Anhänger blieben scheinbar träge etwas zurück, während der junge Kapitän Ikalo sich noch für seine kommende Ansprache vorbereitete. Doch die Ansprache würde nie gehalten werden. Die Kehlen der Leibwächter wurden durchtrennt, noch einige Galgenstricke von anderen Galeeren rekrutiert und dabei potenzielle Verfolgerschiffe Leck geschlagen. Dann verließ die Morgentau unter neuem Kommando und mit einer wertvollen Geisel an Bord den Hafen.

KAPITEL XXV - ATTRUE

Es war kaum zu glauben, wie leicht die besalischen Flüchtlinge es den arratäischen Spähern anscheinend machen wollten, auf ihrem Weg durch den Lafuud Richtung Norden. Sie bedienten sich der Straße, um sich das Reisen so leicht wie möglich zu machen. Warum auch nicht, schließlich war es inzwischen besalisches Terrain, und man fühlte sich sicher. Vor ein paar Tagen dann war klar geworden, dass der Gouverneur nicht mit dem Rest der Leute aus Saffiron weiterreisen wollte. Offenbar wollte er seiner Stellung gemäß mit mehr Annehmlichkeiten und schneller vorauseilen, um endlich in Xeleron wieder den gewohnten Luxus genießen zu können. Hatten sich vorher Killiu und Attrue den Kopf zerbrochen, wie sie so viele besalische Krieger besiegen sollten, wurde es jetzt fast schon einfach. Der Zug der vielen erschöpften Menschen war lang, und die verfügbaren Pferde waren nun gänzlich mit dem Gouverneur und seinen neuen Leibwächtern unterwegs. Die übrigen Krieger teilten sich in Vor- und Nachhut, führten die Packtiere, und ein paar beobachteten mehr schlecht als recht das Gelände am Rande der Heerstraße. Die besalischen Kämpfer waren zweifellos begeistert über ihre Abordnung zu dieser Mission. Sie fühlten sich unangreifbar und sahen sich auf dem Weg heraus aus der Gefahrenzone, während sie zuvor auf eine kommende Schlacht zumarschiert waren.

An dem Abend, als sie endlich den arratäischen Hinterhalt erreichten, waren die Männer der besalischen Vorhut wieder sorglos und dazu müde von der Strecke dieses Tages. Sie betraten die Lichtung in der Senke, die geradezu wie gemalt für die Rast einer großen Gruppe war – gelegen wie ein natürliches Amphitheater, windgeschützt und mit einem kleinen Bach zur Frischwasserversorgung an der Seite. Die Ankunft des eigentlichen Flüchtlingszuges erlebten diese Krieger nicht mehr, ebenso wenig wie die Kämpfer der Nachhut, die schon am Morgen durch Arratäer ersetzt worden waren, die in sicherem Abstand hinter den Besaliern blieben, um keinen Verdacht aufkommen zu lassen. Im Laufe des Tages waren nach und nach immer mehr Männer der besalischen Eskorte verschwunden. Erst beim Aufschlagen des Nachtlagers entstand Unruhe wegen der fehlenden Männer, und es wurde klar, dass gerade mal zwanzig Mann der Schutztruppe übrig geblieben waren. Als die Krieger sich versammelten, um sich zu beraten, war der Moment für die Beendigung ihrer Wanderung gekommen. Die arratäischen Hilfskrieger, die jetzt auf den Höhen des Rundes auftauchten und damit den Flüchtlingen ihre erneute Gefangenschaft vor Augen führten, mussten nicht mehr eingreifen, denn Killius Raben beseitigten das Problem rasch mit ihren Langbögen aus der Distanz.

Attrue war in dieser Nacht zum Feiern zumute, trotzdem vergaß sie nicht ihre Pflichten und machte ihre Runde bei den Wachen, die um das Lager der Besalier aufgestellt waren. Sie würden sich nicht so einfach übertölpeln lassen, darauf waren sie eingeschworen. Und Attrue war zufrieden, sie fand alle aufmerksam auf ihrem Posten. Sie war schon auf dem Rückweg durch die Reihen der gefesselten Besalier zum arratäischen Lager in der Nähe, als sie unterdrückte Schreie hörte. Die Quelle der Geräusche war zu ihrem Entsetzen schnell gefunden. Drei Arratäer lagen auf gefesselten und geknebelten Frauen, und es war offensichtlich, was hier gerade geschah.

„Arratäer, zu mir!", schrie sie und rannte auf die Gruppe im Dunkeln zu. „Runter von den Frauen, ihr Hunde! Sofort, oder ich schwöre euch, ihr werdet nie wieder bei einer Frau liegen!"

Grunzend erhob sich einer nach dem anderen von den schluchzenden Besalierinnen, und gemeinsam näherten sie sich aus dem Dunkel Attrue bedrohlich, die in der Nähe eines Lagerfeuers stand. Im Lichtpegel erkannte sie bald Mulifon, den Unruhestifter aus der Sklavenstation.

„Wir haben uns nur genommen, was uns zusteht, ‚Mutter'!", sagte er herausfordernd, und auf sein Nicken begannen seine Flankenmänner, sie von den Seiten zu umgehen.

„Ihr seid euch nicht zu schade, wehrlose Frauen zu schänden? Eine Schande für Arratäa seid ihr!"

„Was soll das? Wir haben unter den Besaliern gelitten, wie du es nie kennengelernt hast. Du bist nie Sklavin gewesen, hast nicht erfahren, wie es ist, wenn man gepeitscht und erniedrigt wird. Aber du und dieser Vogel seid auch nicht besser als die Besalier. Ihr knechtet und unterdrückt uns genauso, wie sie es getan haben! Vielleicht solltest du auch lernen, wie sich das anfühlt."

Dieser unsägliche Vorwurf hätte Attrue zur Weißglut getrieben, wäre ihr nicht klar gewesen, dass sie dadurch nur abgelenkt werden sollte. „Zu mir! Zu mir! Hilfe!", schrie sie erneut und zog ihren Dolch, den sie immer bei sich trug. Jetzt waren alle drei Männer nur noch zwei Schritte entfernt und Attrue hob ihren Dolch, um zu zeigen, dass man sie nicht ohne Opfer überwältigen würde.

„Die Besalier behandeln die Menschen, die sie zu Sklaven machen, als Tiere. Bei euch scheint die Umwandlung gelungen zu sein!"

In diesem Moment sprang sie nach hinten, stach in der Drehung nach der Hand, die sie ergreifen wollte, versuchte davonzurennen, aber die anderen beiden Männer waren zu schnell. Der Verletzte fluchte, half aber den anderen beiden, die schreiende Attrue zu bändigen. Sie rangen sie auf den Boden, sie biss in die Hand, die ihren Mund zuhielt, und schrie erneut. Dann sah sie einen Pfeil in das Auge des Mannes über ihr eindringen, und er brach augenblicklich zusammen. Mulifon versuchte noch, Attrue als Geisel zu nehmen, aber dann drückte ein baumdicker Arm dessen Kehle von hinten zu. Dankbar erkannte sie Kalluto, den Hünen aus der Sklavenstation, während ein anderer Mann hinter ihr den dritten Schänder mit dem Schwert erschlug.

Attrue rang um Atem und Fassung: „Lass das Schwein leben, Kalluto. Wir brauchen ihn, um allen zu zeigen, dass wir nicht zu Barbaren werden dürfen!"

So kam es, dass es nächsten Tages, nach einigen Verhören und einer kurzen Gerichtsverhandlung vor dem Rat der arratäischen Flüchtlinge, zu einem Todesurteil kam. Mulifon wurde gehenkt. Die drei besalischen Mädchen, die Opfer der Tat geworden waren, schauten zu, wie die Strafe vollstreckt wurde für etwas, was Sklavenmädchen in Besalien täglich angetan wurde. Das war Attrue besonders wichtig, und sie gab allen gefangenen Besalie-rinnen mit auf den Weg: „Merkt euch das, was drei unter euch widerfahren ist und wie wir dieses Schwein dafür bestraft haben. Und wenn ihr sehen solltet, wie eure Männer eine Arratäerin, Eis-gaarderin oder eine Frau von den Inseln besteigen, dann hoffe ich, ihr werdet euch daran erinnern, was diese Frauen dabei emp-finden. Genauso wie ihr und jede andere Frau auf dieser Welt!" Attrue war sich nicht sicher, wie lange diese Erkenntnis vorhal-ten würde, doch in diesem Moment schienen sie verstanden zu haben, was ihre besalische Lebensweise bedeutete.

„Die Bestrafung war gerecht, aber glaubst du wirklich, dass wir damit etwas bewirken konnten?", zweifelte Killiu bei den Bera-tungen am Abend, die den Aufbruch des nächsten Morgens vorbereiteten.

„Ich fürchte nein, aber wir hätten Mulifon und seine Spießgesel-len sowieso zur Rechenschaft ziehen müssen, und wenn dadurch nur eine dieser Besalierinnen einen Funken Verstand dazuge-wonnen hat, dann ist das ein Erfolg. Und wenn wir gerade von Erfolg sprechen – was haben die Befragungen unter den Flücht-lingen zu ihrer Herkunft ergeben?"

„Wir wissen jetzt sicher, dass Saffiron unter Kontrolle unserer Landsleute ist. Königin Leseba hat den Thron bestiegen, und Ulton hat als Adler den Oberbefehl über unsere Kriegerschaft übernommen!"

„Adler? Mein Ulton ist der Adler? Ihr Götter, welch eine Ehre", sagte sie mit wenig Freude im Herzen, denn Ultons Aufstieg bedeutete fast zwangsläufig, dass sein Vorgänger Treju gefallen sein musste.

„Wenn er eine Frau wie dich hat, muss er der Richtige für diese Aufgabe sein. Jedenfalls bewundere ich ihn für seine Strategie, diesen Flüchtlingszug loszuschicken. Er hat gleich mehrere Fliegen mit einer Klappe geschlagen. Sie waren die Gefangenen aus der Stadt los, ohne ihr Blut an den Händen kleben zu haben, haben Vorräte gespart und die feindlichen Truppen auf dem Vormarsch nicht nur geschwächt, sondern auch noch aufgehalten. Bei dieser enormen Stärke des Feindes wird das aber nicht reichen. Ich schätze, Saffiron kann uns als Verstärkung genauso gut gebrauchen wie wir die Stadt als sicheren Hafen."

„Wie soll es jetzt also weitergehen? Können wir einfach an der Küste entlang marschieren, sobald wir durch den Wald gekommen sind?"

„Die Flüchtlinge aus Saffiron glauben, dass der Küstenstreifen noch in ihrer Hand ist. Es waren die Tessrati, die sie davon abgehalten haben, sich dorthin zu wenden und sie geradewegs durch die Steppe zum Lafuud getrieben haben. Die Reiter sind erst an der Waldgrenze umgedreht und in die Steppe zurück. Sie sind offenbar ein großer Rückhalt für Königin Leseba!"

„Das bedeutet demnach, wir ziehen nicht an die Küste. Am Offvei entlang? Geht das? Vielleicht sogar auf dem Fluss?"

„Das wäre schön, aber es ist so gut wie ausgeschlossen, dass die Besalier den Fluss nicht halten. Ich glaube, die einfachste Lösung ist in diesem Fall die beste. Wir machen weiter wie bisher und folgen in sicherem Abstand dem besalischen Heer. Mit etwas Glück finden wir sogar ein paar Tessrati und können sie um Hilfe bitten!"

„Na schön, durch die Steppe also. Ich mache mir dabei nur Sorgen um die Wasserversorgung. Niemand von uns kennt sich dort aus."

„Ich gebe zu, das könnte zum Problem werden. Aber wir werden uns nochmal mit möglichst großen Wasservorräten beladen, bevor wir in die Steppe aufbrechen, und werden das Problem dann lösen, wenn es wirklich bevorsteht."

„Mir gefällt diese Vorgehensweise nicht, aber verglichen mit den meisten anderen Wagnissen, die wir in den letzten Wochen eingegangen sind, ist dieses auch nicht größer. Was ist übrigens mit den besalischen Flüchtlingen? Wie verhindern wir, dass sie uns verraten?"

„Einer meiner Raben hatte einen Vorschlag, zu dem ich deine Meinung hören möchte. Er ist nicht ohne Risiko, aber wir würden uns treu bleiben!"

„Also?"

„Ein paar Raben führen die Gruppe mit verbundenen Augen abseits der Straße etwas weiter in Richtung Xeleron. In ein paar Tagen lassen sie sie frei und weisen ihnen grob die Richtung zur Grenzstadt, was ohnehin ihr Ziel war. Bis dahin sollten wir mit unserer Gemeinschaft den Lafuud schon fast auf der anderen Seite verlassen haben. Und sie werden dann noch einige Tage brauchen, bis sie Xeleron erreichen können, selbst wenn sie zurück zur Straße finden sollten. Sollte man uns schließlich doch jemanden hinterherschicken, unseren Spuren werden sie nicht folgen können, weil wir uns einfach nur hinter ihrem Heer nach Süden bewegen. Sie haben keine Spurenleser, die unsere

Abdrücke von denen der besalischen Krieger unterscheiden könnten. Und natürlich werden wir trotzdem darauf achten, was hinter uns geschieht."

„Ich bin froh, wie einig wir uns auch in diesem Punkt sind. Diesen Menschen darf nicht noch mehr angetan werden. Wir lassen ihnen auf diese Weise eine Gnade zuteilwerden, wie sie das niemals für uns tun würden, aber es fühlt sich richtig an."

„Gut, dann ist das beschlossen. Lass uns die letzten Stunden der Nacht noch für ein bisschen Schlaf nutzen!"

KAPITEL XXVI - TREJU

Der Anblick war absolut atemberaubend. Treju stand auf einer Felsnase, die ein wenig über die steile Klippe der chanischen Ostküste hinausragte, und schaute in die Tiefe. Seit Wochen waren die wenigen Arratäer mit etwas seefahrerischer Erfahrung mit Spähern der Stämme am Meer entlang der Küste der Waldseite unterwegs. Ihr Auftrag war es gewesen, mögliche Standorte für die neue Hafenstadt auszumachen, die so schnell wie möglich entstehen musste, um Trejus Vision einer Blockade des besalischen Ostküstenhandels wahrwerden zu lassen. Zum Abschluss seiner bisher sehr erfolgreichen Inspektionsreise nahmen sie die drei vielversprechendsten Stellen in Augenschein. Inzwischen hatten sie bereits die ersten beiden verworfen, denn die Gewässer unterhalb der steilen Klippen hatten jeweils einen kleinen Naturhafen geboten, doch kaum Siedlungsfläche. Alle Hoffnungen ruhten nun auf diesem Flecken, den sie gerade in Augenschein nahmen. Die beste Stelle war offenbar bis zum Schluss aufgehoben worden, doch Treju schaute zweifelnd hinunter. Eine Delegation der Ältesten aus dem Rat der hier lebenden Kafions wartete mit Spannung auf seine Reaktion, hatte der Hykimo doch die gesamte Stammesföderation von den unglaublichen Handelsmöglichkeiten überzeugt, die hier für sie entstehen konnten.

Das Waldläuferherz des Herzogs schlug höher, als er eine Wand aus Bäumen hinabblickte, die sich auf jedem Vorsprung, auf jedem Absatz der zerklüfteten Klippen festklammerten. Nicht nur kleine, krüppelige Bäumchen, wie man sie hier vielleicht hätte erwarten können, sondern von beeindruckender Größe, wenngleich verglichen mit den Riesen in der Waldseite verhältnismäßig weniger imposant.

„Gut dreihundert Schritt nach unten, schätze ich. Keine leicht zu überbrückende Höhe! Es ist zu befürchten, die Bäume werden die Aufgabe nicht gerade leichter machen!"

„Doch, Herr, das werden sie", übersetzte Fünfhundertführer Busibusu in seiner Begleitung die Worte des erfahrensten und anerkanntermaßen besten Baumeisters der Waldseite. Der alte Mann sprach nicht die allgemeine Zunge, sondern nur die Sprache der Waldseite im lokalen Dialekt seines Stammes, der Futichons. Doch tat das seinen überzeugenden Kenntnissen über hiesige Topografie und Bau unter Einbeziehung der natürlichen Gegebenheiten keinen Abbruch. Für Treju war der Mann deshalb eine feste Größe in seinem Stab der Baumeister.

„Ein gewisser Teil unserer hölzernen Freunde wird weichen müssen und Fläche auf den Absätzen für Häuser und Wege freigeben. Andere werden zur Stabilisierung bleiben und Aufbauten erhalten, beispielsweise um Spähern oder Verteidigern mit Bögen Platz zu bieten. Er schlägt vor, die Waren und auch Menschen über eine Art Seilwindensystem über mehrere Etappen hoch und herunter zu transportieren. Ich möchte dazu sagen, Hykimo, dass wir vergleichbare Systeme in kleinerem Maßstab längst in vielen unserer Siedlungen und Städte in den Wäldern benutzen. Sie sind also tausendfach erprobt und sehr leistungsfähig!"

„Mir gefällt der Ort, und wir werden ihn alle gemeinsam noch genauer inspizieren. Aber zuerst will ich sehen, was unsere Rekruten hier leisten können!"

Darauf waren alle Anwesenden gespannt, denn schon während ihrer gesamten Rundreise hatten die jungen Frauen und Männer sich Wettkämpfe geliefert, und diesem Kräftemessen stand hier der Abschluss unmittelbar bevor. Aus allen Rekruten waren die stärksten, flinksten und gewitztesten Hundert mit auf diese Reise gekommen und in zehn Gruppen zu zehn Kämpfern zusammengewürfelt worden. Sie hatten sich über die Tage schon im Dauerlauf, Reiten, Hindernislauf, Klettern, Bogenschießen, Werfen, Schleudern, Ringen, Stab- und Schwertkampf sowie im Messerwerfen bewiesen. Zu allen Disziplinen hatten sie Aufgaben erhalten, die sie als Gruppe lösen mussten, und bei jeder dieser

Prüfungen hatte jeder als Einzelperson, aber auch als Teil der Gruppe Wertungen erhalten. Darüber hinaus hatten sie auch stillschweigend die Interaktion innerhalb und zwischen den Gruppen beobachtet. So wussten die Beobachter nun sehr genau, wer üblicherweise den Ton angab, ob jemand effektiv handelte, ohne viel zu reden, oder wer sich lieber führen ließ. Treju war sehr zufrieden mit der Vorauswahl, die getroffen worden war, und der Leistungsdichte, die sich zeigte. Selbst in den besten Zeiten der Akademie in Seisilon wären sicherlich siebzig oder sogar fünfundsiebzig dieser hundert Anwärter aufgenommen worden. Diese letzte Probe für die Rekruten hatte Treju sich selbst überlegt.

„Rekruten, diese letzte Prüfung besteht ihr mit euren ganzen Gruppen oder gar nicht! Das Ziel ist leicht formuliert, aber nicht ganz so leicht erreicht: Ihr steigt mit allen zehn Kämpfern ab bis zum Strand und anschließend alle zehn wieder auf. Als Hilfsmittel stehen euch jeweils zehn Seile von fünfzig Schritt Länge zur Verfügung, fünf Kampfstäbe, fünf Äxte. Kommt ihr mit Verletzten zurück, werdet ihr in der Wertung um einen Platz zurückgestuft. Ist einer so stark verletzt, dass er nicht weiterkann, scheidet die ganze Gruppe aus. Fragen?"

Ein hochgewachsener schwarzer Jüngling, der Treju wiederholt aufgefallen war, fragte: „Hykimo, dürfen wir andere Gruppen bekämpfen und berauben?"

„Gute Frage, Rekrut! Ja, dürft ihr, aber bedenkt, ein Verletzungsrisiko besteht auf beiden Seiten. Werden schwere Verletzungen herbeigeführt, die ein Ausscheiden zur Folge haben, dann ist die Prüfung für beide Gruppen zu Ende. Darüber hinaus vergesst nicht, dass ihr beobachtet werdet. Wer absichtlich andere schwer verletzt, verliert jede Möglichkeit zur Aufnahme in die Akademie, selbst als Führender auf der Liste!"

Sie würden sehen, welcher der Kandidaten sich durch diese Ankündigungen aus der Ruhe bringen ließ und den Fokus verlor – oder eben nicht. Der Wettkampf begann, und wie schon früher, während Treju als junger Falke noch Anführer der Sichter der Akademie gewesen war, schaute er mit Faszination auf den Ideenreichtum der jungen Rekrutinnen und Rekruten. Dem Rat des hiesigen Stammes war das Befremden darüber anzusehen, dass unter den Mädchen auch drei Teilnehmerinnen des Wettbewerbs dem Volk der Waldseite angehörten. Doch verlangte es Treju ein Schmunzeln ab, wenn der Stolz unverkennbar wurde, dass sie sich gut schlugen. Eine von ihnen tat sich besonders durch ihre Kletterfähigkeiten hervor, vor allem durch gekonnte und gewagte Sprünge von einem Baum zum anderen. Dadurch verschaffte sie ihrer Gruppe entscheidende Vorsprünge beim Abseilen. Die beiden anderen zeichneten sich jeweils als Späherinnen aus, die ihre Mannschaften zu besseren Stellen für den Abstieg dirigierten, als die übrigen sie in direkter Nähe des Startpunktes für das Rennen gewählt hatten. Sie machten sich ihre Erfahrungen, ihren Instinkt in der ihnen vertrauten Landschaft zunutze.

Alle Gruppen schlugen sich mehr oder weniger gut. Einige, deren Mitglieder ihre eindeutigen Stärken eher im Läuferischen oder beim Reiten hatten, fielen schnell zurück, wie es zu erwarten gewesen war. Eine solche war eigentlich auch die mit besagtem Mädchen mit dem Klettertalent, die bis dahin unter ihren Kameraden mehr als Klotz am Bein betrachtet worden war. Doch profitierte die Einheit darüber hinaus von einem Jüngling, der in keiner der Disziplinen herausragend gewesen war, dafür aber die Talente der anderen geschickt einsetzte. Für Treju war er von dem ganzen Hundert der Vielversprechendste, eindeutiger Anwärter für die Akademie und mit einiger Wahrscheinlichkeit sogar für die Reihe der zehn Besten. Anders als die übrigen Gruppen nutzten sie die Bäume, um nach unten zu kommen. Gemeinsam spähten sie auf unterschiedlichen Ebenen nach großen

Bäumen mit großen und tragenden, zum Meer hin ragenden Ästen. Das kleine, flinke Mädchen sprang und kletterte vor bis zum Stamm des ersten großen Baumes auf der obersten Ebene der vielstufigen Klippen. Dann spannte sie ein Seil für die anderen, die auf diese Weise schnell und ungefährdet den besagten Ast erreichten, über den die verknüpften Seile von sechs Mitstreitern nach unten geführt wurden, wobei sie mehrfach über weitere Äste anderer Bäume umgelenkt wurden. Deutlich vor den anderen kam die Gruppe unten an. Dort mussten sie offenbar feststellen, dass der Aufstieg auf gleichem Wege nicht für alle Mitstreiter machbar war. Der Anführer stellte überraschend schnell seine Strategie um. Die größeren, kräftigeren Sieben begannen über die Felswand aufzusteigen, wo sie Halt und Tritte finden konnten, wie es die anderen Gruppen noch immer auf dem Kurs nach unten taten. Das Mädchen aber und zwei weitere leichte Kletterer kämpften sich in Etappen das Seil hoch, wobei sie sich in der Führung abwechselten und sich gegenseitig unterstützten. Nachdem die drei oben angekommen waren, holten sie die Seile ein und warfen sie zur Hilfe der anderen sicher vertäut auf deren Weg nach unten. Die Besten der übrigen Gruppe waren inzwischen über die Hälfte des Aufstieges gekommen, die Langsamsten beim ersten Drittel der Strecke angelangt. Für die Nachzügler wurden die restlichen Seile verknüpft, und einer nach dem anderen wurde mit vereinten Kräften nach oben gezogen. Als schließlich alle zehn, völlig verausgabt auf dem Rücken liegend, um Atem rangen, war ihr Sieg mehr als überzeugend, aber der Abstand zur zweiten und dritten Gruppe doch nur einige Minuten. Das waren die Mannschaften, die sich andere Wege gesucht hatten. Die letzte Gruppe gelangte kurz vor der Dämmerung am Ziel an, völlig entkräftet und niedergeschlagen. Zwei Mannschaften waren ausgeschieden, weil sie sich gegenseitig ins Gehege gekommen waren. Der Streit zwischen einigen Kletterern war in Kämpfen eskaliert. Die Beobachter beendeten die Auseinandersetzungen, bevor es zu Abstürzen kam, denn es gab klare Anweisungen, die jungen Leute notfalls zu bremsen.

Ab- und Aufstieg waren ohnehin gefährlich genug, und Treju wollte auf keinen Fall jemanden verlieren. Immerhin berichteten die Schiedsrichter auch von gegenseitiger Hilfe der Rekruten, als diese anschließend außer Konkurrenz nach oben gestiegen waren.

„Gut gemacht, Rekruten! Heute Nacht verkünden wir die Sieger unserer Herausforderungen. Mit dieser letzten Etappe solltet ihr gelernt haben, wie groß der Vorteil ist, wenn ihr zusammenarbeitet und die Stärken aller nutzt. Wie wir gesehen haben, kann das sehr entscheidend sein! Eine ganz zentrale Sache, die ihr auf der Akademie lernen müsst, ist es, die Augen offen zu halten und den Kopf zu nutzen. Kämpfen zu können ist nur der notwendige Grundstock! Ihr könnt die besten Krieger sein, ohne Anführer zu werden, und das ist aller Ehren wert! Doch wer eine Feder tragen möchte, muss beides meistern! Geht euch waschen, Rekruten, ihr stinkt!", endete er zwinkernd und erntete Gelächter von allen Zuhörern.

Am nächsten Morgen stieg Treju selbst die Klippe herunter, begleitet von Busibusu und einigen seiner Papageien, während zwei der Ältesten und die Baumeister in Körben abgeseilt wurden. So konnten die Erkenntnisse der Jünglinge gleich gewinnbringend genutzt werden. Bis alle unten angekommen waren, hatte Treju schon wichtige Eindrücke gewonnen. Die Abbrüche und Stufen im Fels waren teilweise breiter, als man mit dem Blick von oben hätte erahnen können. Sie boten genug Platz für Wege und sogar etwas Anbaufläche für Obst und Gemüse. Die Klippen bestanden aus mehreren Gesteinsarten unterschiedlicher Härte, was an diversen Stellen zu Rissen und Höhlenbildung geführt hatte. Manche dieser Höhlen mochten sich zur Bearbeitung und Erweiterung eignen, für Warenlager oder sogar zum Wohnen, aber das würden andere besser beurteilen können als er. Das Leben hier würde nicht unbedingt ein leichtes werden, aber auch viele Vorteile bieten, und Treju merkte, er war bereits dabei, sich mit dem Ort anzufreunden. Am Fuß der Klippen standen die Bäume dicht an dicht, und ihm blutete das Herz, wenn er daran dachte, dass der Bestand weitgehend würde weichen müssen. Immerhin wurde ihm von den Baumeistern versichert, die größten unter den Bäumen würden erhalten bleiben und für die Bauten genutzt werden, alles, was gerodet werden musste, würde als Baumaterial dienen. Die unten bebaubare Fläche würde nur etwa fünfzehnhundert Schritt in der Breite und achthundert bis tausend in die Tiefe betragen – nicht genug für eine Stadt, aber immerhin ausreichend für einen Hafenbezirk. Im Austausch der Baumeister entstanden bald Ideen zu einer Zwillingsstadt mit einem Händlerbezirk auf der Höhe mit einem Kontor für jeden der Stämme, dem zugehörigen Hafen unten, der nach Möglichkeit auch die Versorgung mit Fisch ermöglichen würde, Anbauflächen auf den Stufen dazwischen und auch Wohnraum für viele Menschen. Das meiste würde sich wohl erst während der Entstehung endgültig entscheiden, doch die Runde um Treju vibrierte bereits vor Schaffenslust und -kraft, und jeder hatte den Ehrgeiz, etwas aus seiner eigenen Bautradition einzubringen. Der Hykimo war begeistert, dass es ihm gelang, keine Rivalitäten unter diesen so unterschiedlichen Menschen aufkommen zu lassen, sondern im Gegenteil Freundschaften unter ihnen zu stiften. Das gemeinsame Ziel, sich gegen den äußeren Feind möglichst schnell zu wappnen und Sicherheit und Fortschritt für die eigenen Völker zu schaffen, einte alle. Das musste genutzt werden, um eine Gemeinschaft zu schmieden, und der Herzog war fest entschlossen, seine Zeit dafür zu nutzen.

„Die Ältesten erbitten im Namen der Stämme deine Zustimmung, Herr, die neue Stadt ‚Hykimotamutu‘ zu taufen. Es bedeutet ‚die vom Hykimo Gestiftete‘, und der Name wäre eine große Ehre für Euch, wenn ich das anmerken darf, Herzog Treju. Er soll die Neutralität der Stadt unterstreichen, und ohne Gegenstimme hat der Rat in Kanusion sich bereits darauf verständigt. Außerdem möchten die Ältesten Euch die Herrschaft über die

Stadt antragen, Hykimo. Eine überparteiliche Verwaltung soll verhindern, dass der Hafen in Zukunft zum Zankapfel unter den Stämmen wird, und damit nehmen sie den Vorschlag auf, den ich in Eurem Namen überbracht habe!"

„Ich bedanke mich für die Großzügigkeit und Ehrung durch die Stämme", verneigte Treju sich in Richtung der Ältesten, die dies wohlwollend registrierten und ihrerseits mit einer Verneigung beantworteten. „Zur Gründung der Stadt möchte ich auf die Tradition zurückgreifen, die sich bei der Gründung der beiden Hauptstädte bewährt hat. Darum lade ich jeden der Stämme ein, dreißig Familien in Hykimotamutu um das jeweilige Kontor der Völker anzusiedeln. So stellen wir sicher, dass jeder Stamm seinen Einfluss in der Bevölkerung der Stadt geltend machen kann und alle paritätisch vertreten sind. Bitte übersetze den geehrten Ältesten folgende Zusagen: Ein jeder Stamm der Waldseite wird einen verbrieften freien Zugang zum Markt der Stadt erhalten. Es wird festgeschrieben, dass der Statthalter der Oberstadt, den der jeweilige Herzog einsetzt, dem Waldvolk entstammen muss. Wir werden die gemeinsame Errichtung von Hafen und Stadt so bald wie nur irgend möglich beginnen, und die Baumeister werden in den nächsten Wochen ihre anderen Aufgaben zur Seite legen, um gemeinsam die Pläne auszuarbeiten und die erste Bauphase zu begleiten. Ich stelle nur eine Bedingung: Der von mir nominierte Gründungsstatthalter muss vom Rat offiziell bestätigt werden!"

„Hykimo, die Ältesten bitten Euch nur, den Namen zu nennen, und Ihr mögt ihn als bereits bestätigt ansehen!"

„Nun, mein Freund, dann benötigen wir nur noch deine Einwilligung zur Berufung zum Ersten Statthalter dieser einzigartigen Stadt, wenn du bereit bist, meine Vision in die Tat umzusetzen. Du bist noch sehr jung, Busibusu, hast aber durch deine Taten bereits unser aller Respekt erworben. Du bist der Richtige, um diesem Ort das Leben einzuhauchen, wie ich es mir erträume!

Was sagst du, Fünfhundertführer, bist du bereit, mir den Eid zu schwören?"

Busibusus Gesicht wurde noch etwas dunkler und die Brust zwei Handbreit weiter, als er den Kopf leicht senkte.

„Wenn mein Vater und die Räte zustimmen, Hykimo, so wird es meine größte Ehre sein, Euch zu dienen, und voller Stolz werde ich die neue Haartracht dieser Stadt tragen. Von ganzem Herzen werde ich Euch meine Treue schwören, mein Herzog!"

KAPITEL XXVII - FUTTINU

Stunden der Beratungen lagen hinter ihm, und der Gouverneur war sehr müde. Noch ein leichtes Nachtmahl, dann ließ er seine Schlafstatt vorbereiten. Wie immer genoss er vor dem Schlafengehen ein paar letzte Minuten auf dem Balkon des königlichen Gelasses, welches ihm als Kaiserlichem Statthalter der Provinz Arron zustand. Währenddessen löschten seine persönlichen Leibsklaven alle Lichter im Raum und zogen sich anschließend geräuschlos zurück.

Inzwischen rekrutierten sich diese Sklaven fast ausnahmslos aus den fein selektierten arratäischen Kindern, mit denen Futtinu sich jetzt fast ständig umgab. Ein jedes dieser Kinder verrichtete, in mehrere Schichten aufgeteilt, während des Tages fünf Stunden des Dienstes in seinem direkten Umfeld, wurde davon abgesehen aber auch im Lesen, Schreiben, Rechnen und waffenlosen Kampf unterrichtet. In Bezug auf Essen und Kleidung wurden sie im Vergleich zu allen anderen Sklaven bevorzugt behandelt, sogar zwei Stunden Freizeit wurden ihnen täglich zugestanden. Gerade auf Letzteres legte der Gouverneur größten Wert, immer mit einer Perspektive darauf, wie es anderen Sklaven anderer Herren erging. Glück und Außergewöhnlichkeit ihrer Situation wurde dieser Gruppe also ständig vor Augen geführt. Ihnen musste bewusst sein, Fehlverhalten wurde im Wiederholungsfall strikt und ohne Ausnahmen mit Ausschluss aus dieser herausgestellten Gruppe in der Sklavenschaft des Gouverneurhaushalts bestraft, was nach nur wenigen Fällen eine extrem disziplinierende Wirkung entfaltet hatte.

Wenig später ging Futtinu zu Bett, nur eines der Kinder wartete ihm noch mit einem Schlaftrunk auf – eine Ehre für das Kind, welches an diesem Tag besonders positiv herausgestochen war.

„Kautumi, mein Mädchen, du bist es schon wieder mal", nahm er den Kelch von ihr entgegen. Er kannte alle seine Sklavenkinder beim Namen und registrierte mit Befriedigung das Strahlen des Mädchens, welches durch sein Lob in ihr Gesicht gezaubert wurde.

Sie war ein kleines, zartes Blondchen und eine seiner fünf favorisierten Sklavinnen, von denen er sich viel versprach. Sie waren diejenigen, die sich am meisten um seine Gunst bemühten und deren Anlagen ausgezeichnet für eine zukünftige Ausbildung sein würden. Wie all die kleinen Jungs und Mädchen in seiner Auswahl waren sie sehr hübsch anzusehen und vielversprechend, zukünftig zu wahren Schönheiten heranzuwachsen. Nach und nach stellte sich heraus, welche die intelligentesten und aufmerksamsten von ihnen waren. Als Kern hatten sich die besagten Fünf herauskristallisiert, vier Mädchen und ein Junge. In wenigen Wochen würde er sie von den übrigen isolieren und an ihrer weiteren Fortbildung arbeiten. Er freute sich schon sehr darauf, weiter an ihnen zu modellieren, auch wenn sie niemals zu einem solch formvollendeten Kunstwerk heranreifen würden wie seine kleine Schwester Felonia. Sie war nicht nur Kaiserin geworden, sondern erwies sich darüber hinaus als so selbständig, dass sie ohne sein Zutun die Sache der Familie aufs Vorzüglichste vorantrieb. Er zweifelte, ob seine eigenen Kinder das Zeug dazu hätten, ihr eines Tages das Wasser reichen zu können, selbst wenn er ein Vermögen dafür ausgab, sie zu Hause in Askarion auf diesen Weg zu bringen. Trotzdem lag sein Hauptaugenmerk gerade auf den Sklavenkindern. Sie sollten zukünftig seinen Hebel bilden, um den arratäischen Panzer um den Widerstand zu sprengen. Wenn man arratäische Herzen erobern wollte, brauchte man Arratäer dafür. Aber viel wichtiger war: Um Spione in arratäische Reihen einzuschleusen, musste man arratäische Spione rekrutieren. Unter erwachsenen Versklavten Überzeugungstäter für die besalische Sache zu rekrutieren, war so gut wie ausgeschlossen, denn wer würde aus vollem Herzen für diejenigen arbeiten, von denen man selbst und alle, die man liebte, unterjocht oder getötet worden waren?! Aus diesem Grund hatte

Futtinu nach jungen Waisen suchen lassen, erworben vom Sklavenmarkt oder aus Haushalten, wo man sie schlecht behandelt hatte. Sie mussten das Grauen kennengelernt haben, um ihn zu schätzen zu wissen – und seine Aufkäufer hatten gute Arbeit geleistet. So wie bei der kleinen Maid, die in ihrer Unschuld vor ihm stand.

Futtinu schenkte dem Mädchen ein mildes Lächeln, streichelte ihr kurz und sanft über den Kopf und schickte sie fort.

„Geh schlafen, Mädchen, ich brauche dich heute nicht mehr, und du kannst morgen mehr leisten, wenn du hier nicht für mich bereitstehen musst."

Enttäuscht schaute sie ihn von unten herauf an: „Herr, es macht mir nichts aus! Kann ich nicht lieber bleiben, Herr?"

Oh ja, sie war fast so weit!

Plötzlich riss die Kleine die Augen auf, sprang ihn an und brachte ihn aus dem Gleichgewicht!

„Vorsicht, Herr!", schrie sie, und Futtinu sah völlig überrascht, wie dort, wo er bis vor Sekundenbruchteilen gestanden hatte, ein Wurfmesser vor seinem Gesicht vorbeiflog und in den Hals des Mädchens eindrang.

Ganz Krieger war er sofort hellwach, hechtete auf die andere Seite der Bettstatt und verbarg sich dahinter. Er zog den Dolch, den er immer am Knöchel trug, und machte sich für einen Angriff bereit, der jederzeit erfolgen mochte.

„Alarm! Wache! Wache!", schrie er ohne jede Unsicherheit und mit befehlsgewohnter Stimme aus ganzer Brust.

„Dummes Kind!", hörte er den Hauch einer Frauenstimme.

Futtinu erwartete die Attacke, wusste nicht, aus welcher Richtung er damit rechnen musste.

Polternd wurden die Flügeltüren zu seinem Gemach aufgestoßen, vier seiner Leibwächter preschten mit Fackeln in ihren Händen herein, Futtinu sprang auf, nur um in der Drehung zu sehen, wie ein abermaliger Angriff auf ihn scheiterte. Hart schlug eine mittelgroße, schmale Person in schwarzer Lederkluft neben ihm auf dem Boden auf, deren Bewegungen er zuvor gar nicht wahrgenommen hatte. Zu Fall gebracht hatte sie offensichtlich das sterbende Kind, welches vermutlich mit letzter Kraft den Fuß der Attentäterin gepackt hatte. Reflexhaft drehte sich der Veteran vieler Schlachten und stieß ohne jede Überlegung perfekt zu. So perfekt, dass er sich gleich danach selbst verfluchte, denn die Angreiferin war augenblicklich tot. Tote konnten nicht mehr reden, er ärgerte sich maßlos, eben gerade selbst die beste Chance seit seinem Amtsantritt, mehr über die Widerständler zu erfahren, zunichte gemacht zu haben.

Die Mörderin war tot, das Mädchen starb auch gerade, aber er selbst war unverletzt und am Leben. Die Kleine hatte ihm den höchsten Dienst erwiesen, doch morgen wäre sie vergessen. Hätte Futtinu sich an all die Menschen erinnern wollen, die für ihn oder das Reich in seinen Diensten gestorben waren, so wäre das nur eine Vergeudung wichtiger Kapazitäten gewesen.

„Das werdet ihr noch bereuen, das verspreche ich euch", murmelte der Gouverneur in unbestimmte Richtung.

Die Tränen liefen ihr, als sie anfing, die verschiedenen Ingredienzien zu mörsern. Eine wilde Mischung aus Ängsten – um ihre Kinderarmee, den arratäischen Widerstand und das eigene Kind unter ihrem Herzen – stritt mit dem schlechten Gewissen. Ihre Hände schwitzten in den Lederhandschuhen, doch Changdi hielt nicht inne.

Vor kaum zehn Tagen hatten ein paar ihrer Späher ein etwa elfjähriges Mädchen mit ins Lager gebracht. Das schmächtige, reichlich schmutzige und abgerissene Kind war mit Heißhunger über eine Schüssel Eintopf hergefallen, welche Kräuterfrau Duntra ihr gereicht hatte. In Gegenwart des Neuankömmlings hatte Changdi ihre Schelte zurückgehalten, doch hinterher Maxbo zur Rede gestellt.

„Ihr kennt doch die Regeln: Niemand kommt hier herunter! Niemand wird einfach so aufgenommen! Jeder Fremde ist ein potenzieller Feind!"

„Aber Dohle, schau sie dir doch an! Sie ist ganz allein, eine Waise, eine entflohene Sklavin! Sie braucht unsere Hilfe!"

„Genau das werde ich tun, sie mir genau anschauen! Und in der Zwischenzeit wirst du mit deinen Kameraden überlegen, wie und mit welcher Geschichte ihr versuchen würdet, eine Gruppe wie uns zu infiltrieren!"

Der Schrecken im Gesicht des Rekruten war mehr als berechtigt gewesen, und Changdi hatte begonnen, das Dreigestirn anzuflehen, ihr Misstrauen gegenüber der kleinen Arratäerin sei ungerecht – so sie denn eine war! So hatte sie Maxbo angewiesen, gemeinsam mit ein paar anderen, auf ihren neuen Gast aufzupassen und bei aller Freundlichkeit Augen und Ohren offen zu behalten.

Drei Tage später war Changdi schon nicht mehr so sicher gewesen, ob ihre Befürchtungen sich bewahrheiten würden. Zumindest hatte sie dennoch beschlossen, ein Lehrstück daraus zu machen, was passieren konnte, wenn man zu sorglos war, und hatte die Kinder um Maxbo nicht in ihren Sinneswandel eingeweiht. Die Dohle war beeindruck gewesen von der raschen Auffassungsgabe des Neuankömmlings, doch waren die Zweifel neu erwacht, als sie bei den täglichen Kampfübungen beobachtete, dass ihr Gast bei Weitem nicht so hilflos war, wie sie die übrigen Kinder glauben machen wollten. Nur Changdi war aufgefallen, dass hier viel zu dick aufgetragen worden war. Selbst die Kleinen schlugen ihr das Holzschwert aus der Hand, mit den durchsichtigsten Finten ließ sie sich aufs Kreuz werfen, kein Schuss mit dem Bogen fand auch nur im Entferntesten sein Ziel. So untalentiert war kein Kind, welches solch einen federnden Gang hatte, wenn es sich unbeobachtet fühlte, so flink mit den Fingern war, wollte es die Kleinen mit einem Taschenspielertrick zum Lachen bringen.

Weitere zwei Tage danach hatte sich der Verdacht immer weiter verfestigt, weil sie mehrfach hatte wahrnehmen können, wie das Mädchen versuchte, die allgemeine Ausgangssperre zu umgehen, die Changdi verhängt hatte. Seit ihrer Ankunft gab es verschärfte Kontrollen des Kommens und Gehens für die Patrouillen, alle die diesen nicht angehörten, blieben in einem klar umrissenen Bereich der Unterwelt Auseilons.

„Ich bekomme hier unten keine Luft! Wenn du alle nur in diesen Kellern einsperrst, dann bleibe ich nicht! Dann lass mich gehen, ich schlage mich allein durch", hatte sie sich beschwert.

Der Unmut darüber war allerdings nachvollziehbar und kein Indiz. So hatte Changdi sie zunächst vertröstet.

„Ist dir bewusst, dass unser Gast lesen kann?", hatte schließlich vor zwei Tagen Duntra gefragt.

„Wie kommst du darauf?"

„Beim Unterricht bekommt sie scheinbar nur mit Mühe ordentliche Buchstaben zustande, ganz wie die blutige Anfängerin, die sie sein müsste. Vorhin habe ich aber zufällig beobachtet, mit wie viel Interesse sie meine Bestandslisten für Medizin, Waffen und Vorräte betrachtet hat. Sie war nicht nur neugierig und wissbegierig, sie hat *gelesen*, da bin ich absolut sicher!"

Dies im Zusammenhang mit ihrem Bestreben, ein besonders gutes Einvernehmen mit den Jüngsten aus ihrer Mitte aufzubauen, hatte Changdi zur Überzeugung gebracht, dass das Kind brandgefährlich für sie alle war!

Dass der Zweitjüngste ihrer Schar an diesem Morgen geschnappt worden war, als er versuchte, sich davonzustehlen, brachte den endgültigen Beweis.

„Halju, Süßer, was hast du dir dabei gedacht? Du weißt schon, was ein Befehl ist, nicht wahr?"

Der Vierjährige war in Tränen aufgelöst und litt unter Changdis Schelte und strengem Blick mehr, als wenn man ihn geschlagen hätte.

„Changdi, ich … ich wollte doch nur …"

Der kleine Bursche bekam kaum Luft vor lauter Verzweiflung, und Changdi konnte nicht anders, als ihn ganz fest an sich zu drücken und zu trösten, bis er sich etwas erholt hatte.

„Nun nochmal ganz langsam, mein Schatz", sagte sie ganz unmilitärisch. „Was hat dich rausgetrieben?"

„Ich wollte doch nur Falmati einen Gefallen tun! Sie vermisst ihren Onkel doch so sehr, und ich sollte ihm eine Nachricht bringen, weil sie doch nicht raus darf!"

„Zeig mir diese Nachricht, Meise!", befahl sie und erhielt sofort einen kleinen Zettel mit wenigen Worten in einer unbekannten Chiffre.

Falmati hatte wohl mitbekommen, dass Halju zur Rede gestellt wurde, und überrumpelte in diesem Moment die Wachen an einem der Hauptausgänge und ergriff dann die Flucht.

Der Befehl „Schnappt sie! Lasst sie nicht entkommen!" war überflüssig gewesen, denn vier der älteren Rekruten nahmen sofort die Verfolgung auf. Mit den Vorteilen von Ortskenntnis in den dunklen Gängen und der körperlichen Überlegenheit der Verfolger war die Fliehende nicht weit gekommen, allerdings nicht, ohne einem der Jungs einen Arm zu brechen und einer anderen Rekrutin das Knie zu verdrehen.

Seitdem war das Mädchen gefesselt in Gewahrsam, und Changdi dachte verstärkt über die Evakuierung der Kinderschar nach. Sie waren nicht mehr sicher, denn es bestand die Gefahr, dass man nach dem Mädchen suchen würde. Und wenn die Besalier erst einmal vermuten konnten, wo ihre Feinde steckten, dann war es nur eine Frage der Anzahl der suchenden Soldaten und von Zeit, und sie wären verloren. Einen Verdacht, dass Kinder etwas mit dem Widerstand in Auseilon zu tun hatten, gab es offenbar schon, sonst hätte man wohl kaum ein kleines Mädchen als Spionin aus-gesandt. Und diese Spionin konnten sie weder auf ihrer Flucht mitnehmen noch konnten sie sie freilassen, was nur eine Wahl ließ – sie musste sterben! Eine Hinrichtung wollte Changdi auf gar keinen Fall vor ihren Meisen durchführen, scheute aber selbst auch davor zurück, ein Kind zu erstechen. Die unumgängliche Notwendigkeit, das Kind zu töten, erschütterte Changdi bis ins Mark. Das schnellwirkende Gift, welches sie gerade mischte, bot die einzige gangbare Lösung für sie. Sie fühlte sich elend dabei, hilflos und feige, dachte an Karissa, die der Pflicht ohne Zweifel ins Auge gesehen hätte, und wusste doch, sie wäre selbst nicht in der Lage, dem Kind mit einer Waffe das Leben zu nehmen.

Changdi ließ das rotäugige und ramponierte Kind gefesselt vorführen und schickte dann die beiden Wachen aus dem kleinen Schlafraum, in dem sie gewartet hatte.

„Ich nehme an, du weißt, was jetzt kommen muss?"

„Warum?"

„Hat dir der verfluchte Besalier, der dich dazu gebracht hat, dein eigenes Volk zu verraten, nicht wenigstens gesagt, was dir blühen würde, wenn du scheiterst und gefangen wirst?"

„Aber ich habe doch gar nichts verraten?! Ich bin unschuldig! Was willst du denn von mir?"

„Du hättest uns verraten, wenn wir es nicht vereitelt hätten!", hielt Changdi mit sich überschlagender Stimme den sichergestellten Zettel in die Höhe, bevor sie etwas ruhiger fortfuhr: „Dir muss doch klargewesen sein, dass man uns alle gefoltert und gemordet hätte, nicht wahr?! Selbst den kleinen Halju, den du vor deinen Wagen gespannt hast! Hier mein Angebot: Erkläre mir die Chiffre, die du für die Nachricht verwendet hast, dann erhältst du einen leichten Tod. Mehr habe ich dir nicht zu bieten!"

Plötzlich schnellte die Kleine hoch, versuchte zunächst Changdi einen Kopfstoß zu verpassen und ihr anschließend in den Bauch zu springen. Nur die endlos konditionierten Reflexe der Dohle retteten sie vor den beiden heimtückischen Attacken, zeigten ihr aber auch das eiskalte Kalkül beim Angriff auf ihr Ungeborenes. All ihre Schützlinge waren so viel mehr Kind als diese kleine Dämonin. Auf dem Rücken der Angreiferin kniend stieß Changdi hervor: „Ich danke dir, du kleine Schlange, du machst es mir so viel leichter, zu tun, was getan werden muss!", und das Stilett in ihrer Rechten zuckte in einem kurzen Stoß in Falmatis kleines Herz, während Changdi die Augen schwammen.

KAPITEL XXIX - HORTAG

Auf dem Weg in den Wald von Arron machte Hortag jeden Schritt voller Erwartungsfreude. Er vertraute dem Genie des Gouverneurs, der einen Plan für die Vernichtung der Arratäersiedlung ersonnen hatte, und er vertraute dem ausführenden Kommandanten des Heeres, dem er jetzt angehörte. Futtinu hatte die Mittel für einen erfolgreichen Angriff, unter anderem dank Hortag die nötigen Informationen und darüber hinaus keinerlei Skrupel, die ihnen im Weg gewesen wären. Der Einäugige wusste, er konnte für solch einen Anführer nie mehr als ein Werkzeug auf zwei Beinen sein, aber in diesem besonderen Fall war er damit sogar zufrieden und bereit, sich in den Dienst der besalischen Eroberungen zu stellen, wie schon in der Vergangenheit. Eine Belohnung für erwiesene Dienste würde der Mann in Seisilon vom Erfolg der Mission und Hortags Beitrag abhängig machen. Doch zum einen war Futtinu schon bisher sehr großzügig gewesen, und zum anderen mangelte es dem alternden Krieger in keiner Form an Motivation.

Der Kommandeur Oberst Xalhodot war zweifellos ebenfalls ein fähiger Mann, ehrgeizig und hasserfüllt. Gerüchten zufolge hatten die Raben den Oberst schwerstens gedemütigt, und keiner wollte mit der Sprache heraus, auf welche Weise. Allein dass es gelang, keine Einzelheiten bekannt werden zu lassen, sprach für die gefestigte Position, die der Anführer unter seinen Leuten genoss. Alle gingen sie davon aus, dass in wenigen Tagen das Knochenkreuz eines Generals sein Rangabzeichen sein würde, denn in den Köpfen der Besalier war eine Niederlage ausgeschlossen. Zwar hatte Hortag gerade in diesem Wald auch schon ganz andere Erfahrungen gemacht, doch waren die Vorzeichen beim bevorstehenden Angriff so viel besser, dass der Veteran das Hochgefühl der Kriegerschar ohne Vorbehalte teilte.

Seine persönliche, direkt vom Gouverneur gestellte Aufgabe war seit dem Aufbruch der Truppe vielschichtig gewesen, durchaus mit Verantwortung versehen und ehrenhaft.

„Ich kann dir keinen Offiziersrang verleihen, Mann, das wirst du verstehen und akzeptieren müssen. Da du dem Heer nicht wieder beitreten willst, wirst du nur für die Dauer dieser Mission wieder Scharführer sein. Dein erster Auftrag ist, diese Rolle mit Befehlen und Angriffsplänen an Oberst Xalhodot zu übergeben. Schon dadurch wird er wissen, dass du in meiner Gunst stehst, doch wirst du ihm darüber hinaus als Ortskundiger und Kenner der strategischen Finessen unserer Feinde zur Seite stehen!"

Es war einer der wenigen Momente in Hortags Leben, in denen er verfluchte, nicht richtig lesen zu können. Es lag auf der Hand, dieser Umstand war auch Futtinu bewusst, und er nutzte ihn, denn das Bündel war nicht einmal so versiegelt, dass es nicht geöffnet werden konnte, ohne offensichtliche Spuren zu hinterlassen. Hortag verstand, es war durchaus Futtinus Wille, dass Hortag auf dem Weg alles sichten würde.

„Außerdem vertraue ich dir noch etwas anderes an – eine Schar von fünfzig arratäischen Kindern. Es sind solche, die aus meiner persönlichen Dienerschaft ausgesondert wurden. Sie sind hier nicht mehr tragbar, und ich kann sie auch nicht verkaufen, weil sie zu tiefe Einblicke in meinen Haushalt hatten und wie ich meine Schützlinge erziehe. Oberst Xalhodot wird wissen, wofür sie eingesetzt werden, für dich genügt es vorerst zu wissen, dass sie nicht zu hart behandelt werden dürfen und keiner sie anrühren darf. Sie gehören MIR, und dementsprechend werden für alle Übergriffe die Strafen ausfallen. Wir verstehen uns doch?!"

„Selbstverständlich, Herr, den Kindern wird kein Haar gekrümmt werden, Gouverneur!"

„Gut! Wenn sie dich fragen, wohin es geht und welche Aufgabe sie haben, kannst du wahrheitsgemäß antworten, dass es in den

Arron geht. Lass sie wissen, dass sie die Chance erhalten werden, mein Vertrauen zurückzugewinnen. Das wird genügen, um ihr Wohlverhalten sicherzustellen und von Fluchtversuchen abzuhalten. Wenn aber trotzdem eines versucht zu entkommen, wirst du kein Federlesen machen. Die übrigen sollen nicht zuschauen, aber durchaus wissen, was passiert ist."

„Sehr wohl, Herr, so wird es geschehen", hatte er geantwortet und war seitdem Kindermädchen einer braven und überraschend disziplinierten Schar von Kindern. Hortags Neugierde war seitdem stark gewachsen, welche Aufgabe der Gruppe zufallen würde, doch von der würde er sicherlich bald erlöst werden, denn die Attacke stand bevor. Seit drei Tagen stapften sie, ohne zu murren oder überhaupt viel zu reden, durch den wilden Wald, kaum dass sie wagten, das um sie herum sprießende Leben zu beobachten und zu genießen. Zu gern hätte Hortag gewusst, wie Futtinu es angestellt hatte, die Sklavenkinder so gut abzurichten. Zwar fragte er sich inzwischen auch, ob er sie über so viele Meilen einfach nur auf die Schlachtbank führte. Wenn das andererseits ihre Bestimmung sein sollte, würde Hortag das auch nicht seinen Schlaf kosten. Erforderte es die Strategie, ein paar Sklaven zu schlachten, dann war dies zwar kostspielig, aber das besalische Reich konnte leicht neue Sklaven schaffen, wenn neue Länder unterworfen wurden. So war das schon immer gewesen!

„Schaut immer hin, wo ihr hintretet in diesem verflixten Wald!", hatte Hortag den besalischen Kameraden geraten, und an Stellen, wo es besonders heikel war, wurde auch gerne mal ein Sklave vorgeschickt, um den Grund zu testen.

Noch am Waldrand hatte Befehlshaber Xalhodot allen eingeschärft: „Vergesst nie, Männer, dass ihr in diesem Gebiet möglicherweise ständig beobachtet werdet. Redet nicht über unser Vorgehen, am besten redet ihr gar nicht. Wir bewegen uns in Teilverbänden auf unterschiedlichen Wegen und aus unterschiedlichen Richtungen. Denkt deshalb nicht, wir wären zu wenige, um ein Fort einzunehmen. Sobald wir dort ankommen, werden wir mit großer Übermacht angreifen. Wir verringern einfach unser Risiko und verwirren den Feind, gleichzeitig verhindern wir auch eine Flucht großer Zahlen von Sklaven, denn geführt von unseren xaronischen Spähern dringen wir so vor, dass sich die Schlinge immer enger zieht!"

Es fehlte Hortag an Vorstellungskraft, wie das hier auf arratäischem Gebiet gelingen sollte, wo der Feind jeden Ast zu kennen schien, die Besalier dagegen hinter jedem Grashalm einen Gegner erwarten mussten. Aber er vertraute darauf, dass Xalhodot und Futtinu erfahren und kenntnisreich genug waren, um diese Unternehmung zum Erfolg zu führen. Immer wieder schaute er in das Gesicht des Anführers, wenn sie eine Rast machten oder Boten mit Nachrichten zu ihm kamen, und empfand es als Vorteil und Privileg, im persönlichen Tross von Xalhodot mitzulaufen, der das größte Kontingent der Kriegerschaft in den Forst führte. Viel lesen konnte man aus seinen Reaktionen selten, doch immerhin machte er stets einen ausgeglichenen und zufriedenen Eindruck, selbst wenn die Anspannung ihn quälen mochte. Eine Qualität an einem Kommandanten, die gut für die Moral jedes Kämpfers war und die Hortag sehr zu schätzen wusste.

Abgesehen von der morgendlichen Feuchte des Taus blieb der Wald während ihres Vormarsches trocken, und die Bodenverhältnisse waren für einen Angriff ideal, als Hortag erkannte, dass sie in der unmittelbaren Nähe der Waldstadt angelangt waren. Es dämmerte bereits, als der Kommandant Hortag zu sich winkte und gemeinsam mit fünfzehn Spähern zu einem Felsen schlich, der einen Ausblick auf Teile der Siedlung bot. Ein paar Minuten benötigte der Scharführer, um sich zu orientieren, denn die Verteidigungsstellungen waren seit dem fehlgeschlagenen Angriff der Askarier nicht nur ausgebaut, sondern auch stark verändert worden.

„Nun, Scharführer, ich möchte, dass du mich und unsere Späher über alle Kleinigkeiten informierst, die dir vor und während der Kämpfe im Winter aufgefallen sind. Wir müssen alles wissen, jedes Detail kann über Sieg oder Niederlage entscheiden!"

Hortag ließ sich mit seiner Antwort Zeit, und der Oberst geduldete sich, drängte ihn nicht. Alles andere als eine wohlüberlegte Beschreibung würde ihn sicherlich erzürnen.

„Die hölzerne Palisade auf einem Erdwall verlief bei unserem Angriff noch von jener Felswand dort drüben quer über die Senke bis zu jenem Graben. Der ist inzwischen deutlich breiter, und wie ihr seht, ist das Fort hier um einiges ausgebaut worden. Die Fläche vor den Wällen war gespickt von Fallgruben und anderen Überraschungen, und ich würde jede Wette darauf abschließen, dass das jetzt auch so ist. Es sind mehrere Türme dazugekommen, soweit ich das überblicken kann, und die Wälle sind höher und breiter. Von hier aus können wir es nicht sehen, aber dort hinten geht der Taleinschnitt in eine steile Felswand über. Viele Männer haben wir bei der Besteigung verloren und sind mit dem Angriff auf mehreren Fronten gescheitert. Die Position des Tors war sehr geschickt gewählt, mit einem Rammbock kaum zu erreichen, und ich vermute, das haben sie beibehalten, weil wir dort auch nichts ausrichten konnten."

„Was denkst du, Scharführer, können wir erfolgreich sein, wo dein Bruder versagt hat?", fragte Xalhodot direkt, aber nicht provokativ, sondern rein sachlich.

„Im Wesentlichen hängt es von der Zahl der Verteidiger ab. Die Arratäer haben sich wieder sehr gut eingegraben und werden es uns nicht leicht machen. All die Hindernisse und Fallen, die die Sklaven aufgebaut haben, haben uns das Genick gebrochen, und unsere Verluste waren dadurch viel höher, als man erwarten sollte. Wir müssen versuchen herauszufinden, was uns diesmal erwartet, und alles unschädlich machen, bevor wir wirklich vorrücken. Der größte Fehler meines Bruders war seine Hast, aber ich sehe deutlich, Ihr werdet es anders und besser machen, Herr!"

„Da sind wir uns einig, Scharführer, und unser Herr Futtinu ebenfalls. Er hat seine Vorkehrungen getroffen, und du hast die Mittel zum Zweck selbst hierhergeführt! Die arratäischen Kinder werden die Fallen für uns entschärfen, um unserem Gouverneur zu gefallen und wieder in Ehren aufgenommen zu werden. Wir werden unsere Feinde in ein Dilemma stürzen, denn sie werden die Kinder nicht töten wollen, schon gar keine arratäischen. Ihre Gefühlsduselei wird ihnen im Weg sein und somit uns zum Vorteil gereichen. Mit Sonnenaufgang fangen wir an und werden dann sehen, ob die Sklaven vorhersagen können, welche Asse wir noch im Ärmel haben!"

Auf dem Weg zurück ins Lager für die Nacht instruierte der Kommandeur einen der Späher nach dem anderen und schickte sie dann mit Befehlen zu den einzelnen Kampfgruppen, die gleichzeitig mit ihnen aus unterschiedlichen Richtungen vorgerückt waren. Zutiefst beeindruckt von der hervorragenden Übersicht des Befehlshabers über die Gesamtsituation, wartete Hortag, bis sie nur noch zu zweit waren.

„Verzeiht, Herr, wenn ich unaufgefordert das Wort an Euch richte … doch möchte ich eine Warnung aussprechen, wenn ich darf!"

„Ich vergebe dir, Krieger! Sprich!"

„Die Raben haben die Nächte genutzt, um uns zu beunruhigen und zu dezimieren. Sie waren mit der Taktik sehr erfolgreich, wie ich gestehen muss. Wir haben kein Mittel gegen sie gefunden und sollten diesmal vorbereitet sein, Herr!"

„Gut, ich werde das berücksichtigen! Weiter?!"

„Eine Frage, wenn ich darf, Herr … die Kinder, Ihr habt gesagt, sie sollen die Fallen entschärfen. Kennen sie sich denn mit so etwas aus?"

„Ich denke nicht, aber sie müssen ja auch nicht mehr tun, als sie es schon die ganze Zeit getan haben. Sie laufen in einer Reihe auf die Palisaden zu, und wir werden sehen, was passiert, nicht wahr?!"

„Also doch die Schlachtbank", dachte Hortag, verkniff sich aber den Kommentar. Zumindest war die Vorgehensweise ebenso effizient wie einfach und würde manchem Besalier das Leben retten.

„Aber nun habe auch ich eine Frage an dich, Scharführer! Der Gouverneur hat dir meine Befehle anvertraut, die du mir zuverlässig überbracht hast. Hast du dir die Karten angeschaut?"

Natürlich witterte Hortag die Falle, zögerte aber auch zu lügen. Und das Zögern genügte Xalhodot auch schon als Antwort.

„Du musst keine Bestrafung befürchten, ich wollte nur wissen, ob ich dir die Karten erst nochmal zeigen muss, die zahlreiche Xaronier beim Spähen mit dem Leben bezahlt haben. Große Teile der Detailkarten wurden ja ohnehin mit deinem Zutun erstellt. Aber da du sie bereits kennst, können wir gleich zur Sache kommen!"

Der Einäugige war völlig überrumpelt, ersparte sich die sinnlose Leugnung und war selbst auch neugierig, wohin die Befragung sie führen würde.

„Die Späher konnten ausnahmslos das Felsplateau über dem Lager nicht erreichen. Alle wurden vorher abgefangen und getötet. Jetzt fragst du dich natürlich, wie uns die anderen Einzelheiten für die Karten erreicht haben, nicht wahr?! Das Geheimnis lautet: Brieftauben! Futtinu hat aus der letzten Tat deines Bruders gelernt, der uns noch im Sterben eine Nachricht mit dem ersten Lageplan und einigen Schilderungen der Kämpfe geschickt hat. Ich nehme an, du wusstest das?! Nein? Nun gut, es ist nicht wichtig. Jedenfalls haben wir auf diese Art Stückchen für Stückchen die Karten erhalten, und Futtinu konnte seinen Schlachtplan erstellen. Nur dieses verdammte Hochplateau ist ein blinder Fleck auf der Karte und damit das größte Risiko für den Angriff. Wir gehen davon aus, dass unsere Übermacht es uns ermöglichen wird, uns den Weg dort hoch zu erkämpfen und das Fort einzuschließen. Dann sitzen sie natürlich ausweglos in der Falle, und wir reiben sie im Kessel auf. Andernfalls wird es eine verlustträchtige Attacke für uns – ein weiteres Mal, welches wir gern vermeiden würden! Gouverneur Futtinu hat auch als General stets seine Mannschaften geschont, wenn er konnte."

Diesbezüglich hatte Hortag zwar auch schon anderes gehört, aber er maßte sich sicher nicht an, das zu beurteilen. Nun fluchte er innerlich, denn Kenntnisse über die Umgebung des feindlichen Forts wären für ihn persönlich damals beim ersten Angriff, wie auch heute für die zweite Attacke, im wahrsten Sinne des Wortes Gold wert gewesen.

„Es tut mir leid, Herr, aber ich habe nur direkt an der Palisade an den Kämpfen teilgenommen. Leider muss ich zugeben, dass mein Bruder nicht mit Eurem strategischen Verständnis ausgestattet gewesen ist. Er war sich zu sicher, dass unsere Übermacht den Feind in die Knie zwingen würde, aber es steht leider fest, wie falsch er damit lag."

„Ich verstehe. Nun, dann wird der morgige Tag es wohl zeigen müssen! Du findest dich mit den Kindern morgen früh in sicherem Abstand von den Palisaden ein. Sobald wir sicher sind, dass alle Späher und Schützen bereit sind, um die Stellungen der feindlichen Schützen in den Bäumen zu lokalisieren, kannst du unsere Köder ins Feld schicken. Ich bin tatsächlich sehr gespannt, wie das Sklavenpack reagieren wird, und ob sie ihresgleichen wirklich töten können, um sich nicht selbst zu schwächen! Es wird ein faszinierendes Experiment!"

Diesen Blickwinkel hatte Hortag bisher noch nie angenommen, und so sehr er es versuchte, er konnte nicht verstehen, wie man ihr blutiges Geschäft als ein Experiment auffassen konnte. Aber solange der Kommandeur sie zum Erfolg führte, war Hortag auch egal, wie dessen Einstellung zum Kampf war.

Als der Morgen graute, weckte Hortag pflichtgemäß die Kinder und ließ sie antreten. Er überraschte sich selbst durch einen leichten Anflug von Mitgefühl beim Anblick der verschlafenen Gesichter der unschuldigen Sklavenkinder. Trotzdem erlaubte er sich kein Zaudern, dafür war er viel zu sehr Krieger und wusste einen Befehl zu achten.

Sie bewegten sich bis kurz vor den Punkt, wo sie in Bogenschussweite von der Palisade angekommen wären. Sicher rettete Hortag mit seinen Erfahrungen bezüglich der Güte der arratäischen Bögen wieder vielen Kameraden das Leben. Die Kinder waren gemäß der Befehle gestaffelt aufgestellt und harrten des Signals.

Langgezogene Hornstöße erschollen aus dem Befehlsstand hinter ihm und echoten durch die gleichen Signale im weiten Kreis um das Fort herum. Wenn der Feind bislang noch nicht geahnt hatte, dass er umzingelt war, wusste er es jetzt.

Die Kinder liefen los, Hortag musste gar nicht nachhelfen und konnte einfach in seiner sicheren Position stehenbleiben. So dachte er, bis direkt vor seinen Füßen ein Pfeil in den Boden fuhr, was ihn nach hinten schrecken ließ. Er suchte die Bäume nach dem Schützen ab, konnte aber nichts erkennen. Jemand anderes aber schon, denn er hörte mehrfach trockenes Schnalzen von Armbrüsten und anschließend einen unterdrückten Schmerzensschrei. Demnach war der Sklave getroffen, was ihn offensichtlich nicht davon abhielt, zurückzuschießen und einen der Besalier zu töten, gleich einen weiteren. Doch die nächste Salve holte ihn aus dem Baum, und Hortag sah noch, wie ein Krieger zu dem einbeinigen Mann lief, um ihm den Rest zu geben. Ein Krüppel! Unfassbar, um ein Haar hätte Hortag sein Leben an einen Krüppel bezahlt, so schoss es ihm durch den Kopf. Endlich konnte er seine Aufmerksamkeit wieder den Kindern zuwenden. Und es hatte sich augenscheinlich bereits viel ereignet, denn von seinen fünfzig Sklaven sah er keine dreißig mehr. Die liefen inzwischen ängstlich über das Feld, scheinbar völlig unsicher, wohin sie treten konnten, ohne einzubrechen. Denn genau das war mit den übrigen geschehen, und Schmerzensschreie tönten aus diversen Gruben, mehrere ihrer kleinen Pfadfinder hingen aber auch in Tierfallen ähnlichen Gebilden oder hatten sich aufgespießt. Beschossen wurden die Kinder nicht, weder aus dem Bäumen noch von den Palisaden, und insofern ging das kalte Kalkül der Strategen voll auf. In ihrer Angst liefen die Kinder immer in jene Gefilde der Ebene, die noch unpräpariert und belastbar wirkten, bis erneut ein Mechanismus ausgelöst wurde oder eines einbrach. Es dauerte nicht mehr lang, und das ganze Verteidigungssystem der Arratäer lag blank und entschärft vor ihnen, und Hortag war in mehrerlei Hinsicht beeindruckt. Zum einen von zwei der schreckensbleichen Kinder, die zitternd an die Palisade gedrückt auf das von ihnen überwundene Feld starrten, wo all ihre Kameraden tot oder mehr oder minder schwer verletzt zurückgeblieben waren. Zum anderen, wie perfekt der Plan funktioniert hatte, mit solch geringem Einsatz dieses Ergebnis zu erzielen. Wahrhaft große Anführer, der Gouverneur und sein Kommandant, konnte Hortag nur anerkennen.

Der Vorteil, den es bedeutete, dass die Kinder annähernd die gesamte Fläche vor der Palisade enthüllt hatten, war allerdings gleichzeitig ein Nachteil, denn getarnte Schützen, die nicht schossen, waren eben nicht so leicht zu finden wie der, den es kurz zuvor das Leben gekostet hatte.

Für Hortag stieg erneut die Spannung, denn eine weitere Lehre aus seinen Erfahrungen des vergangenen Winters wurde mit einer neuen Taktik beantwortet. Zehn Männer trugen an mehreren Stellen Gestelle, die wie kleine Holzhäuser aussahen, und vier weitere Männer in ihrem Inneren vor Beschuss und Steinschlag schützen konnten. Die Aufgabe dieser Männer war das Voranschieben grob gezimmerter Brücken, die jetzt nach der Aufdeckung der Gruben und Entschärfung der Fallen günstig für den Vormarsch platziert werden konnten. Gleichzeitig wurden die Arratäer in den Bäumen zum Versuch gebracht, die Schutzbauten mit Steinen zu zerstören, was bedauerlicherweise in zwei Fällen teilweise gelang und das Ende mehrerer Kameraden bedeutete. Doch der Preis war nicht zu hoch, denn die besalischen Armbrustschützen ernteten die Bäume ab, und die Gefahren beim Vorrücken wurden beständig weniger. Inzwischen war Hortag im Befehlsstand beim Oberst angekommen, der irritiert eine Augenbraue hob, als ihm berichtet wurde, dass alle Besatzungen in den Bäumen Krüppel waren.

„Was soll das? Sollen wir in die Irre geführt werden? Opfern sie ihren Ballast, um uns dann mit ihren Kriegern anzugreifen?"

„Der Ballast hat mindestens hundert Krieger getötet!", entfuhr es Hortag unkontrolliert, woraufhin ihn diesmal selbst ein irritierter Blick traf. Ein Blick der Art, die man kein zweites Mal provozieren wollte. „Verzeiht", murmelte er deshalb, obwohl er Recht hatte. Nur die große Anzahl der Besalier ermöglichte ihnen dieses verlustreiche Vorgehen, in dem der Kommandeur offenbar einberechnete, so manchen Schützen einzubüßen, um die Stellungen der Feinde auszuheben.

„Viel näher werden sie uns jetzt nicht mehr herankommen lassen, bevor sie Feuer einsetzen werden, Herr", schob er jetzt nach, um seine Nützlichkeit wieder in den Vordergrund zu bringen.

„Feuer ist ein gutes Stichwort, Scharführer! Wir werden deshalb weiter unsere Schützen vorrücken lassen, um die Sklaven auf den Palisaden und den Türmen zu beschäftigen und vor allem auszudünnen. Im Laufe der nächsten Stunden sollten wir dann bereit für die nächste Welle sein!"

Hortag konnte mit diesen Andeutungen nicht viel anfangen, denn er war in keine Einzelheiten über die Vorgehensweisen der anderen Teile des Heeres eingeweiht worden. So blieb ihm nur zu warten, zu beobachten und das Schauspiel zu verfolgen.

In der Folge sah er die Blockade des Tors und wie die ersten Brandsätze gegen und über die Palisade geschleudert wurden. Das wirkte alles nicht wirklich zwingend, und erste Zweifel regten sich, ob er Xalhodot doch überschätzt haben mochte. Die Sklaven wehrten sich nach Kräften, löschten schnell alle Brände und büßten deutlich weniger Kräfte ein als die Angreifer, doch nichts davon schien den besalischen Kommandeur aus der Ruhe zu bringen. Erst als ein starker Steinschlag und kurz darauf ein Knall zu hören waren, kam Leben in sein Gesicht.

„Wurde verdammt nochmal Zeit!", knurrte er und rief nach den Meldern. „Ich will wissen, was sich da tut. Tummelt Euch, faules Pack!"

Längst waren aber Späher auf dem Weg zu ihm, die kurz darauf mit Neuigkeiten eintrafen.

„Ein großer Fels hat sich aus der Wand gelöst und ist in die Siedlung eingeschlagen. Soweit ich sehen konnte, muss es mehrere der Langhäuser zermalmt haben. Anschließend ist ein Fass mit heißem Öl direkt bei den Helfern der Opfer des Felssturzes zerschellt, und Brandpfeile haben alles entzündet. Es herrscht Chaos, Herr, aber die Zahl der Toten ist nicht abschätzbar, weil wir nicht wissen, wie viele der Sklaven in den Häusern waren. Rauch behindert die Sicht, mein Oberst, die nächsten Melder bringen in Kürze neue Berichte!"

Xalhodot nickte mit einem angedeuteten Grinsen, schlug sich in die Faust und winkte die Männer zurück auf ihre Posten.

„Wenn der Einsatz hoch genug ist, erreicht Besalien sein Ziel, Scharführer! Unsere Einheiten aus dem Westen haben das Hochplateau eingenommen, und die Sklaven werden uns nicht mehr lange Widerstand leisten können. Es werden noch an drei bis vier anderen Stellen unsere Ölfässer einschlagen und ihre Wirkung entfalten. Dann beginnt unser Sturm", erklärte er Hortag selbstzufrieden, während er lässig dem Hornisten gestikulierte, mit drei langen Hornstößen die nächste Phase des Angriffs einzuleiten.

Hortag sah und hörte all das, doch trotz der zutiefst beeindruckenden Fortschritte, die ohne Frage alle geplant waren, begriff der Scharführer nicht alles. Beispielsweise dachte er, dass der Angriff von oben auch ohne die Bemühungen vor der Palisade zum Erfolg hätte führen können. Außerdem konnte er nicht nachvollziehen, weshalb anscheinend keiner der Sklavenkrieger seine Stellung verließ, um den anderen im Inneren der Siedlung zu helfen. Sie blieben auf ihren Posten und damit eine massive Bedrohung für die Angreifer auf die Befestigungen. Es fiel ihm keine andere Erklärung ein, als dass auch diese Schützen alle Krüppel waren. Aber in solcher Zahl und so effektiv und gefährlich? Im Vergleich zu den Besaliern mit ihren Armbrüsten waren die arratäischen Bogenschützen alle extrem treffsicher, und die Reichweite ihrer Waffen war deutlich größer. Aber wieso lebten all die Krüppel überhaupt noch und konnten so gut mit den Bögen umgehen? In Besalien hätten sie nur die Wahl gehabt, zu verhungern oder sich selbst das Leben zu nehmen, wenn die Gemeinschaft über den Winter nicht genug zu essen hatte. Und er konnte sich nicht vorstellen, dass die Sklaven keinen Hungerwinter hinter sich hatten. Er nahm sich vor, etwaige Überlebende nach der Schlacht zu befragen, um besser zu verstehen, was hier geschah. Obwohl Xalhodot nicht den Eindruck machte, als würde er irgendwen aus dieser Falle entkommen lassen wollen.

Noch ein solcher Knall, gleich darauf ein weiterer und noch einer, jetzt war das Prasseln der Flammen selbst von hier zu hören, genauso wie die Schreie. Schwarzer Qualm stand in mehreren Säulen über der Siedlung und zog sogar bis zu ihnen.

Zwei kurze Hornstöße, zehn Kolonnen mit schweren Schilden rückten über die neuen Brücken zur Palisade vor, gedeckt von den zahlreichen Armbrustschützen, die jeden der Sklavenschützen anvisierten, der sich blicken ließ. Unmittelbar bevor die Palisade auf mitgebrachten Leitern erklommen war, entließ der Oberst Hortag, um an der blutigen Ernte teilzunehmen. Hortag wusste es zu schätzen, dass der Anführer Verständnis für seine Krieger hatte, und ihm war klar, dass es für ihn jetzt darauf ankam, dabei zu sein, um einen Anteil an der Beute zu erringen. Insbesondere hoffte Hortag, sich noch den einen oder anderen überlebenden Sklaven schnappen zu können, um einen Grundstock für den Wideraufbau seiner Station zu bekommen. Nun, wirklich viele würden es nicht werden, aber wenn es fünf wären, wäre es schon gut. So bahnte er sich den Weg nach vorn und band sich ein Tuch vors Gesicht, als der heranziehende Qualm oben an der Palisade immer unangenehmer wurde. Auf der Holzwand gab es erstaunlich wenig Gegenwehr, die größte Gefahr ging noch immer von den Pfeilen aus, die ständig gezielt aus der Höhe abgefeuert wurden und wiederholt Männer aus den besalischen Reihen tilgten. Hortag riss zwei Schilde aus toten Händen, nachdem er hinter der Palisade auf den Boden kam. Ganz anders als in seiner Vergangenheit als Scharführer war er an diesem Tag ohne Kameraden im Feld, die mit ihm eine Einheit bildeten. Er zog seinen Vorteil daraus, indem er sich immer wieder Stellen suchte, in denen er im Rücken durch einen Baum oder ein Gebäude geschützt war, sich nach vorn durch die Schilde decken konnte und beobachtete, woher der Beschuss auf die vorrückenden Besalier kam. Mehrfach dirigierte er so kleine Verbände zu Türmen oder Baumstellungen, von denen in diesem Moment die größte Gefahr ausging, was ihm wiederum Luft verschaffte, um selbst weiter voranzugehen. Der Kampf ging weiter, die Besalier metzelten im Blutrausch jeden Menschen, den sie finden konnten, doch trafen sie kaum auf Widerstand – nur auf Fallen, die immer wieder Opfer forderten. Hortag konnte bald nicht anders, als den Baumkrüppeln Respekt zu zollen, denn sie starben einer nach dem anderen, aber keiner nahm sein Schicksal einfach hin, sondern kämpfte bis zuletzt. Besalier hielten schreiend Pfeilschäfte umklammert, die ihnen aus der Brust ragten, oder wurden von einem Schutt Steine zermalmt, der ihnen als letztes Mittel aus der Höhe entgegen regnete, bevor die nächsten Angreifer den Sklaven in den Baumhäusern den Garaus machten. Die Wut unter den Besaliern wuchs, so fühlte sich kein Sieg an, und die Krieger wollten Blut. Diese Siedlung hatte noch größere Ausmaße, als es Hortag bewusst gewesen war. Endlich erreichte er die Viertel in der Nähe der Felswände, in denen die Brände wüteten. Das Ausmaß der Zerstörung ließ wenig Zweifel, ob hier noch brauchbare Sklaven zu erbeuten sein könnten. Systematisch durchkämmten die besalischen Truppen das ganze Viertel zwischen Ruinen und lodernden Feuern, fanden aber nur noch Tote. Aber viel zu wenige! Das konnte nicht die gesamte Einwohnerschaft dieser Stadt sein! Wo waren diese verdammten Sklaven geblieben?

Hortag hielt inne und überlegte. Wo mochte das Pack sich verkrochen haben? Gab es Fluchtwege, die den Spähern entgangen waren? Oder irgendwelche Höhlen, Tunnel, Spalten? Weil er auf keine andere Ideen kam als auf die naheliegendste, hastete er in Richtung Felswand. Der schwarze Qualm zog immer wieder in dichten Schwaden über ihn, nahm ihm zeitweise die Sicht und immer wieder den Atem.

„Folgt mir!", rief er mehreren Männern zu, die auf der Suche nach neuen Opfern die Gassen durchstreiften, und die liefen der befehlsgewohnten Stimme nach, ohne zu zögern.

Da, wo sich die Schlucht immer mehr verjüngte, konnte Hortag Bewegungen ausmachen. Irgendetwas – es mochte ein Funke gewesen sein – flog ihm ins Auge, was er unter Schmerzen herausrieb.

„Weiter in die Schlucht!", rief er den Kriegern zu, die unschlüssig um ihn herumstanden, und nicht wussten, was sie tun sollten, während er das tränende Auge bearbeitete und um Luft rang. Er kam nur rechtzeitig wieder in Bewegung, um zu sehen, dass die Götter ihn erneut gerettet hatten.

„Zurück!!!", schrie er, noch bevor er mit ansehen musste, wie alle Männer, die er in die Schlucht dirigiert hatte, unter einer Gerölllawine begraben wurden. Er hätte geschworen, das war kein Unglück gewesen! Er war sich fast sicher, einen Mann beobachtet zu haben, der in der Schlucht eine Holzstütze mit einem Hammer wegschlug. Und wenn das so war, dann verbargen sich wohlmöglich hinter all dem Schutt und Fels diese verdammten Sklaven.

„Ihr Schweine! Ihr verdammten Hundesöhne, ihr Sklavenpack! Kommt heraus! Zeigt euch, Feiglinge!", schrie und fluchte er immer weiter, während er versuchte, sich durch Qualm, Staub und Geröll zu der Stelle durchzukämpfen, wo das Versteck sein mochte. Es war aussichtslos! Erschöpft sank Hortag auf einen Felsen und begann einzusehen, dass seine Chance verstrichen war!

Doch das noch immer herrschende Schlachtengetöse riss ihn aus seinem Hadern! Er zwang sich hoch und lief dem Lärm entgegen, der an Intensität allmählich nachzulassen schien. Schnaufend und prustend kam Hortag gerade rechtzeitig, um mitzuerleben, wie Xalhodot die letzten eingekreisten Feinde am Tor anrief. Die hatten ihre letzten Pfeile verschossen, ihre letzten Steine geworfen, waren bedeckt von Blut und Dreck, und es war völlig unklar, ob von besalischem oder ihrem eigenen.

„Ergebt euch, Sklaven, und ich verschone eure Leben. Wir alle sind Krieger und können anerkennen, dass ihr tapfer gekämpft habt. Legt die Waffen nieder, dann werdet ihr die letzten aus diesem Lager sein, die überlebt haben!"

Diese Aussage schien die Männer zu freuen und zu beleben, was vermutlich alle außer Hortag irritierte. Wenn sie eine letzte Chance wahren wollten, zu erfahren, wohin all die Menschen dieser Stadt geflohen waren, und der Flüchtenden habhaft zu werden, dann mussten diese Männer überleben. Doch das wussten diese selbst auch, und es gelang dem Einäugigen nicht, sich Gehör zu verschaffen, bevor die Sklavenkrieger mit ihrem graubärtigen Anführer die Schwerter hoben und schrien: „Arratäa!"

Xalhodot senkte seinen Arm, hunderte von Armbrustbolzen nahmen den Sklaven die Ehre eines letzten Kampfes und Hortag die Hoffnung auf einen nennenswerten Profit.

KAPITEL XXX - ZOROS

Der Rausch des Krieges nahm Zoros wie bei jeder neuen Eroberung gefangen. Doch auch wenn man es ihm von keiner Seite offen berichtete, so hatte er das deutliche Gefühl, dass die Invasion des kleinen Nachbarn Hadrien nicht wunschgemäß verlief. Mit stolzgeschwellter Brust hatten Generalität und Admiralität von der Vernichtung der beiden wichtigsten Städte des Königreichs berichtet. Die Zahl der Sklaven, die man machte, war beachtlich, blieb aber hinter den Erwartungen zurück.

„Wir brauchen mehr Männer aus Tulon, mein Kaiser! Ohne ausreichenden Nachschub aus der Provinz stockt unser Vormarsch", war der Kern der Beschwerden durch die Befehlshaber in Hadrien.

Seit frühesten Kindestagen war eine der wichtigsten Regeln, die man ihm in territorialen Dingen eingebläut hatte, die Grenzen nach Hadrien, die Berge, die Besalien vor der Wilden schützten, niemals unbewacht zu lassen. Manches ließ sich einfach nicht abschütteln, und die immer lauter werdenden Forderungen, die Truppen der Grenzfesten in den Krieg zu schicken, glichen dem Griff nach seinen innersten Überzeugungen.

„Nicht ein Krieger wird von diesen schützenden Bastionen abgezogen, nicht einer! Gehört Hadrien erst uns, mögen diese Besatzungen überall in der Welt für Besaliens Sache kämpfen, doch solange das stählerne Volk nicht unterworfen ist, müssen die Kernlande vor den Wilden beschirmt werden!"

So wichtig Strategie in all seinem kriegerischen Leben war, so wenig war er in diesem Punkt Argumenten zugänglich. „… die zweite Front … Amboss und Hammer …. den Krieg verkürzen …" – er wollte es nicht hören!

„Macht den Sieg mit dem möglich, was ihr habt, denn das ist schon mehr als genug. Oder ich finde Offiziere, die es möglich machen, und ihr werdet den Erfolg der neuen Befehlshaber nicht mehr bewundern können!", blieb seine abschließende Drohung.

Seine Ungeduld pflegte Zoros schon lange, seitdem er zum Mann gereift war, zu bekämpfen, indem er ein Weib bestieg. Felonia hatte allerdings seine Ansprüche steigen lassen, und oft genügte ihm jetzt keine einfache Sklavin mehr, wenn er einen klaren Kopf bekommen wollte. Dass die Kaiserin inzwischen zahlreiche andere Pflichten übernommen hatte, die wichtig für Zoros und sein Reich waren, schränkte allerdings ihre Verfügbarkeit ein. Aber es gab eine Möglichkeit zur Abhilfe, ein Weib, welches bereits einmal seine Rettung gewesen war, und das besonders gut wusste, wie man ihn zu behandeln hatte. Nafriti, die Hohepriesterin der Vula. Er ließ sie zu sich kommen.

„Nafriti, es freut mich, dich zu sehen. Ich habe etwas Wichtiges im Vertrauen mit dir zu bereden", schickte er mit einem bestimmten Wink die vier rotgewandeten Priesterinnen und Nafritis Leibwächter im Gefolge aus dem Saal.

Sie schwieg, bis sie allein mit zwei Sklavinnen und seiner Leibwache zurückblieben. Dann wagte sie zu sagen: „Mein Kaiser, als Oberste des Ordens der Vula ist es äußerst unpassend, mich hier allein mit Euch aufzuhalten. Was ist so wichtig, dass wir alle Regeln durchbrechen müssen?"

Diese Zurechtweisung heizte Zoros' Gelüste nur an. Widerspruch war er nicht gewöhnt, nur sein eigenes Weib wagte zuweilen ihre eigenen Ideen einzubringen.

„Was soll das werden, mein Täubchen? Wir beide wissen sehr genau, wer dir erlaubt hat, diese rote Robe überzuziehen, nicht wahr?! Glaubst du wirklich, dass ich dich jetzt plötzlich ,Mutter' nenne und mein Haupt beuge? Ich kann mich viel zu genau daran erinnern, wie du dein Haupt über meinen Schwanz gebeugt hast. Und genau darum bist du auch hier!"

Der Kaiser schnalzte mit dem Finger, die Sklavinnen huschten fast lautlos fort, die Wächter zogen sich ebenfalls zurück, wie sie es immer taten, wenn er allein sein wollte. Nafritis Gesichtsausdruck sprach Bände.

„Mein Kaiser, derlei Dienste …"

„… gehören aus meiner Sicht weiter zu deinen Pflichten! Überspringen wir das! Willst du dich zieren? Schluss damit. Wir wissen beide, dass ich dich jetzt ficken werde. Ich will es, und du wirst dich fügen. Weg mit der Robe, ich will dich sehen! Und dann her zu mir, Weib!"

Nafriti zögerte nicht länger, auch wenn sie ihren Widerwillen nicht völlig verbergen konnte, doch das gefiel Zoros nur noch mehr, und längst war er bereit für sie. Grob packte er ihre vollen Brüste und weidete sich an ihrem Erschauern, kaum dass sie nackt war. Er konnte nicht abwarten, bis sie ihre Kunstfertigkeiten unter Beweis stellen konnte, drehte sie, beugte sie über seinen Thron und stieß brünftig in sie hinein. So dauerte es auch nicht lange, und alles war vorbei.

„Du wirst wieder öfter bei mir erscheinen, Weib! Und du wirst diese Mittelchen, die ihr im Tempel genommen habt, um nicht zu empfangen, weglassen. Ich will, dass du mir ein Kind schenkst, im Namen der Muttergöttin. Und falls Felonia nicht mehr empfangen kann, kann dein Sohn zu meinem Erben werden."

Bei diesen Sätzen maß Zoros sehr genau jede Zuckung in Nafritis Gesicht. Und da – war das Hoffnung in ihren Augen gewesen oder Zweifel oder irgendetwas anderes?

„Mein Kaiser, als Hohepriesterin bleibe ich unverheiratet. Wie soll das Volk meine Schwangerschaft akzeptieren?"

„Wie du dem Volk verheimlichst, dass du trägst, ist deine Sache, wenn es so weit ist. Ihr Weiber kennt euch doch bestens damit aus, die Welt an der Nase herumzuführen!"

„Herr, …", versuchte sie abermals einen Anlauf, doch Zoros verlor endgültig die Geduld.

„Genug davon, Weib! Du hast mich gehört! Du wirst morgen um diese Zeit wieder vor mir erscheinen und bereit für mich sein. Wir werden uns etwas mehr Zeit lassen, und du wirst mich an die Zeiten erinnern, in denen du mich in die Höhen getragen hast."

Sie zogen hinter dem besalischen Heer in die Steppe und blieben stets in sicherem Abstand. Anfangs hatten sie gedacht, ihre Gemeinschaft könne die Besalier ohnehin nicht einholen, doch dann hatten die Raben festgestellt, welche Taktik der Oberst des Feindes offenbar verfolgte, indem er seine Krieger in einer langen Reihe, die sich über die gesamte Breite der Steppe spannte, langsam und gleichmäßig vorrücken ließ. Bis diese schwierige Marschordnung eingenommen war, erreichten auch die Arratäer schon den Waldrand.

„Sie wollen die Steppe durchkämmen, um die Tessrati aufzubringen. Das ist eine Strafexpedition, nichts anderes. Die Besalier wollen töten und Sklaven machen, darauf deutet alles hin."

„… und wir können nichts dagegen tun, nicht wahr?!"

„So leid es mir tut – nein, können wir nicht, dafür sind wir viel zu schwach! Sobald sie uns bemerken, weil wir irgendwem beistehen wollen, sind wir die ersten Sklaven, die sie auf den Markt bringen. Zumindest diejenigen von uns, die einen Angriff überleben sollten."

„Was tun wir also, Milan?"

„Nichts anderes als das, was wir geplant haben. Wir halten uns zurück, bleiben in sicherem Abstand und lassen uns nicht sehen. So kommen wir in einem Stück nach Saffiron. Und wenn wir erst in der Nähe der Stadt sind, nehmen wir Kontakt mit unseren Freunden auf und suchen uns irgendeinen Weg an den Besaliern vorbei hinter die Mauern."

„So wie du das sagst, klingt es so einfach!"

„Das Einzige, was ich dir versprechen kann – einfach wird es zweifellos nicht! Aber zumindest den Weg dorthin werden wir so überstehen, daran glaube ich fest. Und alles andere muss sich weisen – so, wie es bisher auch war."

„Wenn du daran glaubst, will ich das auch tun! Nur um eines bitte ich dich: Lass uns den Abstand vergrößern und mehrere Tage zwischen dem Heer und uns halten. Lass uns einfach geduldig sein und damit auch eine Zufallssichtung durch besalische Späher vermeiden. Vielleicht sind sie im Feld umsichtiger als auf dem bisherigen Weg zu ihrem Einsatz!"

„Du nimmst uns die Möglichkeit, ins Geschehen einzugreifen, wenn wir die Chance dazu sehen. Aber ich verstehe dich, und deine Vorsicht ist nicht unbegründet. Also schön, wir machen es so. Sicherheit vor kriegerischem Ehrgeiz, das wird hoffentlich arratäische Leben retten."

„Kriegerischer Ehrgeiz? Aus meiner Sicht gibt es genau einen Fall, in dem ihr ins Geschehen eingreifen dürft, und das ist, wenn es um Leib und Leben unserer Leute geht. Sobald alle in Sicherheit sind, könnt ihr meinetwegen Abenteuer suchen, aber nicht jetzt!"

„Langsam, Attrue, ich habe dir längst zugestimmt! Und wenn du glaubst, dass uns das Kämpfen Spaß macht, dann liegst du völlig falsch. Du weißt am allerbesten, jeder von uns Kriegern hat die Schlacht schon kennengelernt, und die meisten sind nur mit Müh und Not mit dem Leben davongekommen. Also hat keiner mehr die verklärte Sicht auf Ruhm und Ehre. Wenn wir also da rausgehen und unsere Leben riskieren, dann geht es uns ohne jeden Zweifel niemals um Abenteuer."

Einen langen Moment lang lastete das Schweigen zwischen ihnen, bevor Attrue wieder Worte fand.

„Killiu, es tut mir wahnsinnig leid, … ich … ich habe Angst! Angst um dich, um deine Männer, meine Kinder, unsere Freunde …" „… und um meinen Ulton!", hätte sie sagen mögen, doch so viel Ehrlichkeit war Killiu gegenüber unangebracht. Aber mit dem Wissen um Ultons Beförderung zum Adler war Attrue auch völlig klar, ihr Mann würde keiner Gefahr ausweichen, um seinem Rang Ehre zu machen und sein Volk zu schützen. Denn jetzt stand er mehr denn je in der allerersten Reihe der arratäischen Kriegerschaft, und er würde keinem seiner Männer etwas abverlangen, was er nicht auch selbst tun würde.

Bald nahmen sie erneut ihre Wanderung auf – langsam, aber stetig, die Raben immer voraus, um jede Gefahr im Ansatz zu erkennen, die übrige Kriegerschaft im Rücken und an den Seiten der restlichen Gemeinschaft. Tagelang trotteten sie so voran, folgten dem besalischen Heer, blieben sparsam mit Wasser und Vorräten. Endlich erreichten sie eine der wenigen Wasserstellen, die auf der Strecke liegen mochten, doch es wurde zu einer riesigen Enttäuschung.

„Ich glaube nicht an Unachtsamkeit, das war volle Absicht! Die Besalier haben ihre Reit- und Zugtiere und all ihr Vieh durch die Wasserstelle getrieben. Die Tränke ist für Menschen völlig unbrauchbar und muss frisch eingefasst werden. Wenn wir diese trübe Brühe trinken, sind Krankheiten wahrscheinlich die Folge!"

„Was tun wir jetzt? Unsere Wasservorräte sind fast am Ende!"

„Wir werden einen Umweg in Kauf nehmen müssen, fürchte ich. Zwei Raben sind je nach Westen und Osten unterwegs, um nach anderen Wasserstellen zu suchen. In der Zwischenzeit werden wir hier versuchen, das vorhandene Wasser so gut nutzbar zu machen, wie es geht. Wir werden die am engsten gewebten Tücher nehmen, die wir bei unseren Leuten finden können, werden das Wasser filtern und danach kochen. Vielleicht ist es dann noch immer nicht gut genug für uns, aber für die Esel sollte es genügen. Das Wasser, das wir jetzt noch in den Schläuchen haben, ist jedenfalls für die Menschen reserviert."

Einen Tag später kamen die Kundschafter zurück, der eine konnte einen Erfolg melden.

„Im Südwesten ist eine kleine Wasserstelle, die noch intakt ist! Den Umweg müssen wir in Kauf nehmen, Attrue, das Wasser hier ist einfach nicht gut genug."

So zogen sie in Richtung Westen und dankten den Göttern, dass es offenbar keine feste Strategie der Besalier war, die Wasserversorgung zu zerstören. Doch auf halbem Weg wurden sie von einem anderen ihrer Späher aufgehalten:

„Mutter Attrue, Milan, wir müssen hier Halt machen. Die Besalier ändern ihre Marschordnung. Ich kann keinen Grund erkennen, aber die Versorger, die bisher gemeinsam mit den Kriegern vorangegangen sind, werden jetzt zu einem Pulk zusammengezogen."

„Was schätzt du, wie lange das dauern wird?"

„Ich glaube, die Anpassung geht schnell, aber die Versorgung wird jetzt mit deutlich mehr Transportaufwand verbunden sein. Da ist ständig jemand unterwegs."

„Wie gut, dass wir uns für den weiten Abstand entschieden hatten – Attrue, du hattest das richtige Gefühl. Aber was ist jetzt mit der Wasserstelle?"

„Eine größere Gruppe mit vielen Maultieren und einer Eskorte von mindestens fünfzig Kriegern ist auf dem Weg zurück zur Wasserstelle. Wenn unsere Vorräte noch ausreichen, sollten wir so lange warten, bis sie wieder abziehen."

So warteten sie einen weiteren Tag, und das Wasser ging langsam zur Neige. Mensch und Tier lechzten nach frischem Wasser. Aber als sie nach den Besaliern die Wasserstelle erreichten, fanden sie Tierkadaver im Teich treiben.

„Diese Schweinehunde! Sie wollen den Tessrati das Überleben in der Steppe unmöglich machen. Und ganz nebenbei arbeiten sie dabei auch gegen uns."

„Ich musste immer wieder in Deckung gehen, weil Reitertrupps die Gegend unsicher machen. Ich konnte auf die Distanz nicht erkennen, ob sie zu den Versorgungstrupps zählen, aber ich konnte auch nicht näher ran. Milan, wenn ich darf, ein Vorschlag?"

„Natürlich, Rabe, lass hören!"

„Wir sollten das Risiko eingehen und weiter nach Westen in den Siedlungsstreifen ziehen. Dort gibt es mit Sicherheit Wasser, und wir schaffen den Weg in zwei, vielleicht drei Tagen."

„War es nicht genau das, was wir vermeiden wollten?", gab Attrue zu bedenken, aber der Milan schlug sich auf die Seite seines Raben.

„Das war es, aber wenn wir nicht alle verdursten wollen, dann brauchen wir jetzt eine schnelle Lösung. Eine wäre, die Versorger zu überfallen und ihnen das Wasser zu stehlen, welches sie gerade geholt haben. Aber so sicher wie der Donner nach dem Blitz würden die Besalier uns danach ausradieren. Natürlich gehen wir auch ein Risiko ein, wenn wir auf eines der Güter ziehen, aber es bleibt uns keine Wahl. Irgendetwas müssen wir tun, sonst erledigt die Sonne die Aufgabe, uns in die Knie zu zwingen!"

KAPITEL XXXII - CHANGDI

Die Dohle hatte täglich mehr das Gefühl, dass die Luft in Auseilon für sie und ihre Kinder immer dünner wurde. Gleichzeitig fragte sie sich selbstkritisch, ob ihr körperlicher Zustand sie die Situation vielleicht schwärzer sehen ließ, als sie wirklich war. Es beruhigte sie ein wenig, dass Duntra, ihre Kräuterfrau, ihr ganz objektiv bestätigte, ihre Schwangerschaft sei bisher keine der einfacheren Art gewesen. Übelkeit war im Zusammenhang mit dem Austragen eines Kindes natürlich zu erwarten und so normal, dass selbst die Kleinen gar nicht überrascht waren, wie sie darunter litt. Seitdem alle Bescheid wussten, hatten sie sich längst damit arrangiert. Aber eigentlich hätte dieses Problem doch irgendwann nachlassen müssen, hatte sie erwartet. Weit gefehlt! Die täglichen Übungen wurden immer beschwerlicher, und sie geriet zu ihrer Wut immer leichter aus der Puste. Die ständigen Kopfschmerzen machten sie reizbar, und sie arbeitete hart an sich, um die Kinder nicht darunter leiden zu lassen. Fast am meisten quälte sie die Schwere, die dicken Beine und Füße.

„Wie soll das nur weitergehen? Ich fühle mich wie ein aufgeblasener Ziegenbalg! Aber noch ist mein Bauch doch gar nicht groß! Wird das noch schlimmer?", hatte sie gejammert, als Duntra und sie einmal unter sich waren.

„Ich will dich nicht anlügen – ich weiß es nicht! Klar ist jedoch, dein Körper spricht eine deutliche Sprache, und du musst mit all deinen Aktivitäten kürzer treten. Ich kann dir nur dringend raten, mehr Verantwortung abzugeben und dich zu schonen. In deinem Sonderfall könnte ich mir gut vorstellen, dein Kindchen wird dir noch einiges abverlangen!"

„Na, ganz herzlichen Dank fürs Mut machen", hatte Changdi sich gehen lassen und gestöhnt. „Erinnere mich daran, dass ich dem Mistkerl die Augen auskratze, der mir das angetan hat!"

„Ganz unschuldig scheinst du mir auch nicht daran zu sein", blinzelte ihre Stütze. „Ich habe leider noch nicht viel Erfahrung sammeln können, aber meine Lehrmeisterin sagte immer zu allen Frauen: „Jede Schwangerschaft ist anders, bei jeder Frau! Und auch die jungen Frauen bekommen ihre Kinder zumeist nicht im Flug!" Aber du bist jung und gesund, und wenn du vernünftig bist, wird alles gut!"

„Oh, ihr Götter des Dreigestirns, ich hoffe, ihr hört ihr gut zu!"

Kurz nach dem Tod der kleinen Spionin war Douson mit Nachrichten aus Chanien angekommen. Er hatte ihre Tränen getrocknet und sie aufgerichtet, wie einfach nur er es tun konnte. Dann hatten sie gemeinsam eine grundsätzliche Entscheidung getroffen.

„Sind wir uns einig, Liebste, dass unsere Loyalität mehr dem Adler und Karissa gilt als der Königin? Denn eines muss uns immer klar sein: Was auch immer Treju tut, er denkt dabei auch und zuallererst an Arratäa. Das bedeutet aber nicht zwangsläufig und ausnahmslos, dass es der Königin gefallen würde. Bevor wir über unsere Mission reden, wegen der ich entsandt wurde, müssen du und ich uns sicher sein, was wir wollen! Ich für meinen Teil glaube fest an den Hykimo und unsere Elster. Wie denkst du darüber?"

„Mir scheint, du hast dich doch längst festgelegt", hatte sie säuerlich angemerkt.

„Ja, das habe ich! Ich habe mich auf dich festgelegt! Auf dich und auf was auch immer du da gerade ausbrütest! Darum werde ich mich auf gar keinen Fall gegen dich entscheiden!"

„Und ich werde mich nicht gegen meine Meisen entscheiden! Ich werde sie auf gar keinen Fall im Stich lassen!"

„Du denkst wirklich, ich würde das von dir verlangen? Changdi – wir nehmen sie mit! Alle! Treju wird sie willkommen heißen! Wie kannst du daran zweifeln?"

Changdis Tränen waren reichlich geflossen, war ihr doch im Grunde ihres Herzens völlig klar gewesen, wie alle zu ihr standen. Sie kannte sich selbst nicht, was war nur los mit ihr? Sie war nie ängstlich gewesen, immer selbstbewusst und voller Vertrauen, jetzt spielten Kopf und Herz bei jeder Kleinigkeit verrückt. Und das, obwohl sie es, bei allen Göttern, gar nicht brauchen konnte, denn an Schwierigkeiten und Gefahren mangelte es ihr gerade auch ohne diese zusätzlichen Fesseln um ihre Füße nicht. Douson hatte sie fest an sich gedrückt und ihr Gesicht mit Küssen bedeckt.

„Heißt das, du kommst mit?"

„Was denn sonst, du Mistkerl?!", hatte sie ihn gar nicht sanft geboxt.

„Oh, mein Schatz, mir fällt ein wahrer Fels vom Herzen! Ich fühle es mit jeder Faser, das ist der richtige Weg für uns! Und aus deinen Meisen werden echte Papageien werden!"

„Papageien?", fragte Changdi belustigt.

„Du weißt doch, was der Volksmund erstmal in seine Sprache übernommen hat, das bekommst du nie wieder weg! Trejus Leibgarde wurde ‚die Bunten' getauft, um die Vielfalt der Herkunft der Krieger zu ehren. Aber die Leute haben schnell, die Papageien' daraus gemacht, weil es die neuen Vögel für sie sind."

„Irgendwie gefällt mir das! So können wir wenigstens alle unser Gefieder behalten und werden nicht gerupft!", lachte sie, und Douson stimmte sichtlich erleichtert ein.

„Aber jetzt sag mir endlich, welcher Plan dich herführt! Du bist doch nicht nur für einen dicken Spatz hergekommen!"

„Momentan habe ich gar nichts dagegen, wenn der Spatz noch etwas zulegt. Aber Spaß beiseite – Treju verfolgt gleich mehrere Ziele. Alle drehen sie sich darum, die Aufmerksamkeit des Gouverneurs in möglichst viele verschiedene Richtungen zu zerren und die Stellung Besaliens zu schwächen. Auseilon soll als Handelsstadt ausgehungert und der Sklavenhandel über diesen Kanal unterbunden werden. Außerdem möchte er euch aus der Gefahrenzone holen – aber diesen Punkt haben wir ja glücklicherweise bereits geklärt! Also kurz und knapp: Mit unserem Auftrag beginnt ein neuer Aufstand, der den anderen unterstützen wird. In wenigen Wochen werde ich mit einer größeren Einheit anlanden. Wir spähen alle Ziele im Hafen aus …"

„Quatsch! Wenn ihr kommt, wird das alles längst geschehen sein! Du weißt doch, die Meisen schaffen das!"

„Das wird alles andere als ungefährlich, und wir müssen mit Verlusten rechnen!"

„Ich glaube, wir sind uns einig, meine Kinder haben ihren Wert längst unter Beweis gestellt und ihren Beitrag in diesem Krieg geleistet. Sie sind sehr wohl in der Lage, daran anzuknüpfen!"

„Kein Zweifel, die Kleinen haben bereits viel Mut bewiesen, und ja, es würde uns sehr helfen und viel Zeit sparen, wenn ihr für uns spähen würdet …"

„Aber …?!"

„Kein ‚Aber', mein Schatz!", seufzte Douson. „Sei es drum, wir werden alles besprechen, was wir brauchen, und ihr werdet davon liefern, was euch möglich ist, ohne Leben und Freiheit zu riskieren! Bedingung ist, dass die Kinder in die Pläne nur so weit eingeweiht werden, dass sie wissen, wonach sie schauen müssen

– kein Wort mehr darüber hinaus! Wenn sie in Gefangenschaft geraten sollten, wäre der Plan sonst geplatzt! Um den Rest kümmern sich dann meine erfahrenen Späher, sobald wir da sind!"

„Schön, so werden wir es machen! Wir werden das Risiko möglichst gering halten, schließlich will ich keine meiner Meisen verlieren!"

„Gut, also dann – wir brauchen alle Zahlen und Positionen zu den Wachmannschaften und bestenfalls auch zu den Patrouillen am, im und um den Hafen! Schützenstellungen, Ballisten, Katapulte! Gibt es Barrieren, Sperren, Fallen oder ähnliches, was es zu arratäischen Zeiten noch nicht gab? Welche Schiffe sind da, mit welcher Ladung, wem gehören sie? Über welche Schiffe und Boote verfügen die besalischen Seestreitkräfte in Auseilon und Umgebung? Weiterhin wollen wir alles zum Sklavenmarkt wissen. Wie gut wird er bewacht? Wie viele Menschen können wir dort herausbekommen, ohne sofort aufzufliegen? Können wir dafür die Kanalisation benutzen? Dadurch, dass man versucht hat, euch die Spionin unterzuschieben, wissen wir ja, dass eure Existenz kein völliges Geheimnis mehr ist. So ist es nur noch eine Frage der Zeit, wann man versuchen wird, euch auszuheben. Gleichzeitig mit eurer Evakuierung will Treju möglichst viel Schaden an der Infrastruktur anrichten und so viele Sklaven wie irgend möglich aus der Stadt bekommen. Wir müssen also an strategisch wichtigen Punkten im Untergrund so viel Brennstoff anhäufen wie irgend möglich. An dem Tag unseres Ausbruchs muss es Feuersbrünste unter den Verwaltungen, der Kaserne, den Depots, den Häusern des Standortkommandanten und des askarischen Oberpriesters geben. Und wenn dann Chaos und Verwirrung am größten sind, nutzen wir unsere Chance. Lass uns einen Plan aufzeichnen und sicherstellen, dass keine Fluchtwege blockiert werden, wenn die Feuer lodern. Und denkt daran, dass die Gänge auch gegen den Rauch abgedichtet werden müssen, damit wir auf der Flucht nicht ersticken!"

„Ziemlich viel zu tun, mein Liebster findest du nicht?! Und wie genau hättest du das ohne meine Meisen schaffen wollen?", stichelte sie, und er grinste breit, denn beiden war jetzt klar, dass er sowieso schon auf einen Beitrag der Kinderarmee gewettet hatte.

„Ohne euch wäre es nicht möglich", gab er deshalb offen zu. „Aber manches davon wäre auch gar nicht nötig", schob er frech nach, und auch das entsprach der Wahrheit.

„Jaja, kleiner Falke, mach nur so lange weiter, bis du es dir bei mir verscherzt hast … aber nun ohne Flax, so viel Brennmaterial, wie wir für euren Plan brauchen, können wir niemals stehlen, ohne dass es auffällt!"

„Wenn meine Mannschaft anlandet, werden alle Krieger mit dem Zeug beladen sein, und ihr führt sie dann einfach je nach Bedarf zu den geplanten Stellen. Am besten konzentriert ihr euch mit dem, was ihr organisieren könnt, auf die am schwersten zugänglichen Stellen und bereitet dort schon alles vor, dann geht die Verteilung auf den Rest viel schneller. Frag die Kinder, ob sie dazu irgendwelche Ideen haben. Alles, was wir hier an Chaos anrichten können, vergrößert den Effekt und unsere Chance, mit heiler Haut aus der Sache herauszukommen!"

KAPITEL XXXIII - FELONIA

„Euer Gatte setzt den Offizieren sehr zu, meine Kaiserin. Sie haben Angst! Ein bisschen Angst ist ein Ansporn, zu viel Angst sorgt für Fehler. Wenn wir den Erfolg unserer Unternehmung in Hadrien nicht gefährden wollen, sollten wir uns besser schnell etwas einfallen lassen, bevor der Kaiser mit Forderungen auf uns zukommt! Und das wird er, wenn die Krieger versagen sollten!"

„Wie immer nötigt mir Eure Weitsicht Respekt ab, Lagrontu. Habt Ihr vielleicht schon eine Idee, Vater?"

„Die naheliegendste Lösung hat der Gewaltige schon mehrfach abgelehnt, Herrin. Grenztruppen nach Hadrien vorrücken zu lassen, wäre ein logischer Schritt, aber andere Reserven sind kaum zu mobilisieren, solange wir nicht genau wissen, wie wir Tulon wieder unter volle Kontrolle bekommen können."

Felonia war als Zeugin diverser Sitzungen der Stäbe froh gewesen, dass der Druck der Verantwortung für den Krieg in Hadrien nicht auf ihren Schultern lastete. Dennoch hatte ihr Kopf nicht aufgehört zu arbeiten. Die Frage, was sie selbst tun würde, sollte sie gezwungen sein, eine Lösung zu präsentieren, hatte sie um alle Ecken denken lassen.

„Kanzler, was haltet Ihr von folgenden Gedanken? Wir wäre es, wenn wir Truppen einsetzen würden, die bereits ungenutzt vor Ort sind?"

Lagrontus Augen weiteten sich. „Ihr meint … die Xifonier?"

„Eben die. Mehrere hundert Mann der Kampfmannschaften der Schiffe, die keine Kämpfe auszufechten haben!"

„Zwei Fragen, Majestät, wenn ich darf: Würde Akhosa seine Flotte ohne Schutz im feindlichen Hafen liegen lassen? Und wenn er das tun würde – was hätte er davon?"

„Schutzlos wäre die Flotte nicht, denn immerhin sind da ja noch all die Seemänner, die ihre Schiffe verteidigen würden. Aber ich würde ihn auch nicht um die Teilnahme an Schlachten ersuchen, sondern die Besatzungstruppen für die Reste von Jusivilon durch die Xifonier ersetzen lassen. Im Grunde wäre der einzige Unterschied, dass die Männer an Land gehen. So wären aber die besalischen Krieger frei, um an die Front verlegt zu werden."

Lagrontu grinste sein sparsames Grinsen, und seine Äuglein funkelten sie vergnügt an. „Ich muss schon sagen, meine Kaiserin, Ihr steckt wirklich voller Ideen. Diese gefällt mir sogar besonders gut. Aber Ihr habt noch nicht gesagt, womit Ihr Akhosa überreden wollt, seine Krieger entgegen allen Absprachen für uns kämpfen zu lassen."

„Dazu komme ich jetzt, Kanzler!" Sie genoss den Moment und zog ihn absichtlich etwas in die Länge. „Wir geben diesem gerissenen Hund etwas, was ihm besonders wichtig ist, uns aber nichts kostet. Anerkennung und Ehre! Wir laden seinen Welpen an unseren Hof und verleihen ihm irgendeinen sinnlosen Titel, der sich gut anhört."

„Vizeadmiral würde sich gut eignen. Vizeadmiral der kaiserlich-besalischen Flotte!"

Wie Lagrontu ihren Faden aufnahm und weiterspann, war für die junge Kaiserin das höchste Lob.

„Vizeadmiral, sehr schön, Kanzler. So werden wir es meinem Gatten vortragen. Und sollte dieses Angebot dem Xifonier nicht genügen, so erlauben wir ihm vielleicht noch, mit einem Teil seiner Flotte zurück nach Seraitu zu segeln. Immerhin hat er dort noch ein anderes Problem zu lösen. Unsere Spione berichten, dass Senator Akhosas Befürchtungen gerade Wirklichkeit werden und sein Erzfeind aus Feratu schon mehrere Inseln der Republiken unter seine Kontrolle gebracht hat."

In diesem Augenblick betrat ein sonst sehr bedächtiger Schreiber im Laufschritt das Gelass, das zarte Blättchen einer Brieftaubennachricht in Händen.

„Majestät, verzeiht mein Eindringen, aber ich habe hier eine dringende Nachricht aus Hadrien. Ihr werdet sie sofort hören wollen! Zwei unserer Agenten sind mit Truppen aus Tulon im Hafen von Jusivilon eingelaufen. Sie bringen eine besondere Gefangene, auf die unser Herr schon lange wartet!"

Kein Name wurde genannt, doch alle wussten sofort, um wen es sich handeln musste. Mit Felonias stillem Einverständnis übernahm Lagrontu sofort das Ruder.

„Die Gefangene soll getarnt und auf schnellstem Wege hierher transportiert werden. Äußerste Vorsicht im Umgang mit ihr. Weder darf ihr etwas geschehen, noch soll ihr die geringste Bewegungsfreiheit gewährt werden. Ziel der Überführung ist das Geheimkontor vor Askarion, keinesfalls eine andere, offizielle Anlaufstelle, verstanden?!"

Beflissen eilte der Schreiber fort, um den Befehl auf den Weg zu bringen.

„Ich denke, Vater Lagrontu, ihre Ergreifung in Tulon wirft ein ganz anderes Licht auf unsere Probleme dort. Findet Ihr nicht?!"

„Ganz Eurer Meinung, Majestät! Das kann kein Zufall sein. Wir müssen die Zusammenhänge dringend aufdecken, wenn wir wirklich effiziente Gegenmaßnahmen ergreifen wollen!"

„Liefern wir Ivosi an meinen Gatten aus, erfahren wir absolut nichts mehr von ihr, denn den unausweichlichen Tod vor Augen wird eine Frau ihres Formats nichts preisgeben!"

„Nun, meine Kaiserin, solange ihre Ergreifung geheim bleibt, hat sie nicht stattgefunden. Und das bedeutet, wir haben hoffentlich etwas Zeit für eine ausführliche Unterhaltung."

KAPITEL XXXIV - ATTRUE

Nach außen unerschütterlich, führte Attrue ihre Gemeinschaft weiter nach Westen in die Siedlungsgebiete am Lafuud. Extrem fruchtbar, wie die Erde dort war, und durch ein ausgeklügeltes Bewässerungssystem immer mit ausreichend Wasser versorgt, war das Gebiet eines der am dichtesten besiedelten Gebiete von ganz Tungä. Entsprechend ungut war das Gefühl, dorthin zu wandern, wo man sich kaum würde verstecken können.

Killiu, seine Raben und ein Großteil der Hilfskrieger, die sie unter den Männern hatten rekrutieren können, waren mit allen Lasttieren vorausgegangen, die kein Wasser mehr zu tragen hatten – die allermeisten. Die kläglichen Reste, die für die Menschen noch zur Verfügung standen, wurden streng rationiert. Die Tiere bekamen nur noch sporadisch das Nötigste vom mühsam aufbereiteten Wasser aus der von den Besaliern verwüsteten Tränke.

Am Übergang zur Steppe wartete einer der Späher auf Attrues Zug, um sie zu den weitgehend abgetragenen Ruinen eines Dorfes zu bringen. Es war offensichtlich ausgeschlachtet worden, vermutlich, um mit den Baumitteln eine große Sklavenstation und ein paar Gutshäuser zu errichten. Aber die Arratäer dankten den Göttern für den unversehrten Brunnen in der früheren Siedlung. Attrue musste den Jubel der Erleichterung ihrer Leute dämpfen, um keine Aufmerksamkeit aus dem Umland auf sie zu ziehen, denn die nächsten besalischen Gebäude waren nicht sehr weit. Attrue erfuhr, dass die Raben und fünfzig weitere Männer kurz vor ihrer Ankunft aufgebrochen waren, um die nächste Sklavenstation auszuspähen.

„Was? Wozu tun sie das? Wir haben doch, was wir wollten, und sind jetzt für die nächsten Tage versorgt."

Doch ihre Bedenken, dass die Männer unbedacht handeln würden, blieben zum Glück unbegründet. In der Nacht kehrten sie ohne Feindkontakte zurück, und Killiu berichtete:

„Ich gebe zu, ich war sehr versucht, diese Station anzugreifen und die armen Menschen dort zu befreien. Aber das hier ist keine einfache Sklavenstation, es ist eher ein Fort. Solide Holzpalisaden, sogar von außen geschlämmt, um einem Feuer widerstehen zu können. Wir schätzen wenigstens fünfzig Mann Besatzung, und dabei sind die Aufseher noch gar nicht mitgezählt. Wenn ich raten müsste, würde ich sagen, die Besalier haben hier schon ihre Erfahrungen gemacht und haben sich auf Überfälle eingestellt. Hier kommen wir nicht so einfach zum Zug wie drüben am Anker. Unter diesen Umständen werden wir schön unseren Schwanz einklemmen und schnellstmöglich weiterziehen müssen. Mit Heimlichkeit sind wir die meiste Zeit gut gefahren, dabei müssen wir es belassen und unsere Kräfte nicht auf verlustreiche Kämpfe verschwenden."

„Ich weiß, wie schwer dir das fällt, Milan, aber ich bin sehr froh, dass du genauso wie ich zu diesem Schluss gekommen bist. Lass uns am Rande dieser Steppe weiterziehen, und wenn unser Wasser wieder zur Neige geht, dann suchen wir uns den nächsten Brunnen wie diesen hier, ja?!"

„Ich wünschte, ich hätte einen besseren Plan, aber – ja! Lass uns das Tempo hochhalten. Je früher wir aus dieser Region heraus sind, desto ruhiger werden wir schlafen. Und wir sollten auch anfangen, uns darüber Gedanken zu machen, was wir tun, wenn wir das Ende der Steppe erreicht haben."

Und so zogen sie weiter, noch in dieser Nacht. Und die Raben umschwärmten wie immer die Gemeinschaft, gönnten sich kaum ein paar Stunden Ruhe.

KAPITEL XXXV - LESEBA

Die Königin hatte in ihrer jungen Herrschaft schon einige schwere Tage überstehen müssen, doch dieser war der härteste bisher, und sie betete unter Tränen, es mögen keine dieser Ausprägung mehr folgen. Noch wusste man nichts Genaues, doch es waren Meldungen eingegangen, dass Holtekaion in furchtbarer Bedrängnis durch eine erdrückende Übermacht und nicht zu halten sei. Welch ein unsäglicher Verlust für ihre Gemeinschaft, die gerade so mühsam versuchte, Kräfte zu sammeln, um sich gegen die Invasoren zu behaupten. Sollten die Befürchtungen sich bestätigen und die Waldstadt fallen, war das ein mehr als heftiger Rückschlag.

In entsprechender Gemütslage war sie gewesen, als mehrere Vertreter des Magistrats von Saffiron mit großer Entrüstung einen Boten aus dem neugegründeten Herzogtum am Fjord brachten.

„Eure Majestät, verzeiht unser Eindringen. Wir haben alles versucht, Euch die Mühsal der Bearbeitung der Korrespondenz mit Euren Untertanen in Chanien zu ersparen. Doch dieser unverschämte Knecht hier weigert sich, das Schreiben von Adler Treju, welches er mit sich führt, auszuhändigen!"

Der junge Mann, der ein Offiziersanwärter sein mochte, nahm respektvoll Haltung an und ging auf ein Knie vor Leseba, um ihr eine Schriftrolle zu überreichen.

„Geehrte Königin, ich entschuldige mich für die Umstände der Übergabe der Depeche, doch mein Hykimo hat mir ausdrücklich befohlen, sie ausschließlich Euch persönlich zu übergeben!"

Schon trat einer der Magistrate rasch hinzu und wollte nach dem Schreiben greifen, doch bevor er zuschnappen konnte, nahm es Leseba selbst an sich.

„Was erlaubt Ihr Euch, Mann?! Eine Nachricht, die nur mir persönlich gilt, will ich auch persönlich erhalten! Ist das ein für alle Mal klar?"

Leicht peinlich berührt vollführten die Verwalter einen Schritt rückwärts, nicht ohne Blicke zu tauschen.

„Ihr dürft Euch zurückziehen! Ich brauche Euch nicht, um das Schreiben zu lesen. Wenn es Euch etwas angehen sollte, werde ich Euch in Kenntnis setzen! Und du, mein junger Freund, hast meinen ausdrücklichen Dank für die Erfüllung deiner Pflicht und der Treue zu deinem Herzog. Ich werde dich in meiner Antwort erwähnen!"

Auch wenn der Bote seine Züge im Griff hatte, als er die Halle verließ, fühlte man förmlich, wie er vor Stolz glühte.

Nun allein mit dem Brief, hoffte Leseba, eine gute Nachricht von ihren Freunden aus Chanien würde das Blatt wenden und einen Lichtblick in diesen düsteren Tag bringen. Doch das Gegenteil war der Fall! Geschockt starrte sie vor sich hin, und ihre Hände sanken mitsamt dem Papier in ihren Schoß.

Leseba fühlte sich gekränkt und wusste doch, dass sie im Unrecht war. Wie sollte eine Monarchin mit einer Situation umgehen, in der sie berechtigterweise kritisiert wurde für etwas, was jemand anderes in ihrem Namen falsch gemacht hatte? Ja, sie hatte den Magistrat weder beauftragt noch autorisiert, an ihrer statt in den diplomatischen Verbindungen zu Nachbarn und Bundesgenossen zu sprechen oder gar ungeschickte Forderungen zu stellen – aber aktiv unterbunden hatte sie es bedauerlicherweise auch nicht. Sie las den Brief erneut, in dem sie vom neuen chanischen Herzog Treju mit dem seltsamen Titel Hykimo persönlich und sehr direkt darauf hingewiesen wurde, wie unangebracht das offizielle Verhalten Arratäas seinen treuesten Freunden gegenüber aufgefasst worden war. Sie entwickelte auch ein sehr schlechtes Gewissen, ohne allerdings exakt zu wissen, was in der problematischen

Nachricht wirklich gestanden hatte. Sogleich nach dem ersten Lesen hatte sie nach dem Magistrat geschickt und Aufklärung verlangt. Doch die Herren stellten nur völliges Unverständnis zur Schau und verurteilten Trejus Reaktion aufs Schärfste. Sie wollten sofort eine heftige Erwiderung aufsetzen, was Leseba fast aus der Haut fahren ließ. Eine angeblich existierende Abschrift des Schreibens des Magistrats an den Herzog war offenbar verlegt worden und unauffindbar. Ob es jetzt Schlamperei oder Vertuschung war, jedenfalls blieb sie im Dunkeln über den tatsächlichen Auslöser des Streits, fühlte sich ohnmächtig und ausgeliefert und wurde mit jedem Gedanken, den es sie mehr kostete, darüber nachzugrübeln, immer wütender.

„Verlasst mich jetzt und lasst mich über die Situation nachdenken. Ich hoffe sehr, dass das Schriftstück wieder auftaucht, sonst muss ich doch sehr daran zweifeln, ob Ihr und Eure Schreibstube ausreichend gut organisiert für die Verwaltung unserer Hauptstadt seid!"

So, wie sie Treju kennengelernt hatte, war er alles andere als ein streitsüchtiger Mensch, und aller Wahrscheinlichkeit nach war er mit seiner Reaktion noch moderat gewesen. Allerdings war sie kein kleines Mädchen mehr, nicht mal eine Prinzessin, der man eine Maßregelung angedeihen lassen konnte, sondern eine Königin, der man üblicherweise weder Widerspruch noch Kritik zumutete. In diesem speziellen Fall aber war das geschehen. Dieses Schreiben war eine sehr viel deutlichere Kritik, als sie es seit Jahren gewöhnt war. Wie sollte sie damit umgehen? Einer Königin gegenüber Drohungen auszusprechen, Konsequenzen anzukündigen, Freundlichkeiten zu versagen, Kontakt zu reduzieren, waren Affronts, die normalerweise niemals geduldet werden durften und die in der Vergangenheit in ähnlich gelagerten Fällen bereits mancherorts Kriege heraufbeschworen hatten.

Die einzige Person in ihrem Umfeld, der sie es ständig gestattete, sie zu korrigieren und ungefragt Ratschläge zu geben, war ihre

Leibwächterin und Lehrerin Gasina. Wie immer sehr empathisch, nahm diese die Missstimmung ihres Schützlings auf und sprach sie bei der nächsten sich bietenden Möglichkeit ohne Lauscher direkt darauf an.

„Was ist los, meine Königin? Irgendetwas bedrückt Euch – Ihr solltet mir sagen, worum es sich handelt, damit ich Euch helfen kann! Was steht in der Depesche aus Chanien? Gibt es schlechte Nachrichten von Treju?"

„So könnte man es nennen, obwohl die Worte wohlgesetzt sind", gab sie ihr das Schreiben zu lesen.

Nach gefühlt endlos langen Minuten ließ Gasina das Papier endlich sinken.

„Es mag Euch nicht gefallen, wenn Euch ein chanischer Herzog die Welt erklärt, Majestät, aber Ihr solltet Euch in Erinnerung rufen, wer er ist! Treju ist der Adler, der Vater des arratäischen Widerstands, der für Eure und die Befreiung Eures Vaters verantwortlich ist. Er ist der Mann, der uns allen die Treue hält, und noch immer für Arratäa kämpft, obwohl er so schändlich behandelt wurde, wie Ihr bereits mehrfach eingeräumt habt. Elster Karissa ist die Frau, die Euch selbst aus Seisilon herausgeholt hat, die Euch, ohne zu zögern und ohne Rücksicht auf eigenes Leben oder Unversehrtheit, durch die feindlichen Linien in die Freiheit geführt hat. Bei allem Respekt, meine Königin, wie könnt Ihr einen Moment zweifeln, dass diese beiden Euch mehr als wohlgesonnen sind und Euch in jeder Form helfen wollen?"

„Du brauchst mir diesbezüglich den Kopf nicht zu waschen, ich bin überzeugt von ihrem Wohlwollen! Und trotzdem steht es ihnen nicht zu, in diesem Ton mit ihrer Königin zu reden! Wie sollen wir uns nochmal in die Augen schauen, ohne dass etwas zwischen uns steht, solange Treju sich nicht entschuldigt und uns seine Loyalität schwört?"

Gasina gab sich in diesem privaten Kreis keine Mühe, ihre Bestürzung zu verbergen.

„Leseba! Wie könnt Ihr erwarten, als Reaktion auf eine Beleidigung, einer Unverschämtheit erster Güte, zu sehen, dass sich Treju wie ein Welpe auf den Rücken legt, um sich zu unterwerfen?! Euer Vater hat ihn des Landes verwiesen, Majestät, er schuldet Arratäa keine Gefolgschaft mehr, und ich habe den Eindruck, hinter ihm steht mit Chanien derzeit deutlich mehr Macht und Einfluss als hinter Arratäa!"

Es war Gasinas Glück, den Unmut ihrer Königin in dieser Situation nicht geballt abzubekommen, denn in dieser Sekunde kamen die Dienerinnen in das Gelass, um ihr das Bad zu bereiten.

Offenkundig blieb die Dohle im Zusammenhang mit diesem Streitfall allerdings nicht untätig, denn nur einen Tag später nutzte sie erneut eine freie Minute, um darauf zurückzukommen.

„Majestät, könnt Ihr Euch daran erinnern, wie vor einigen Monaten, als Treju noch bei uns war, der alte Einsiedler tief im Wald vor Djaniron gefunden wurde?"

„Der Stumme? Ja, hat es nicht Tage gebraucht, bis er bereit war, überhaupt mit jemandem zu reden?"

„So ist es, meine Königin, aber ich vermute, Ihr kennt die Hintergründe der Geschichte nicht?"

„Was soll das, Gasina, spanne mich nicht auf die Folter! Wenn du mir etwas sagen willst, dann tu es!"

„Ulton hat mir die Geschichte des Einsiedlers erzählt – und ich denke, Ihr solltet den alten Mann kennenlernen!"

„Mich interessieren die Geschichten nicht, die der Adler und du im Bett ausgetauscht habt …!", brach der Unwille aus ihr heraus.

Doch konnte ihr nicht entgehen, dass sie zu weit gegangen war, und sie erkannte sofort, wie ungerecht es war, ihre Wut ausgerechnet an Gasina auszulassen. Ins Antlitz ihrer Freundin stand geschrieben, wie sehr die Erwähnung der Beziehung zu Ulton sie traf.

„Entschuldige, Gasina, das … war nicht nett von mir. Aber ich wüsste nicht, wie es mich weiterbringen sollte, mit einem verwilderten Greis zu reden!"

Bleich antwortete Gasina: „Jetzt, Majestät, schuldet Ihr es mir! Er steht vor dieser Tür, und ich werde ihn nicht wieder fortschicken!"

Plötzlich stand deutlich mehr im Raum als nur eine Meinungsverschiedenheit bezüglich dieses Einsiedlers. Zögerlich winkte Leseba deshalb ihre Zustimmung.

Der alte, doch aufrechte Mann wirkte frisch frisiert und sauber, wenn auch einfach gekleidet, alles andere als verwahrlost.

„Majestät, ich darf Euch Gesofon von Xeleron vorstellen!"

„Ihr seid der ehemalige Kanzler meines Vaters!", verstand Lesaba sofort bei der Erwähnung des Namens. Sie versuchte, die Person vor ihr mit der aus der Erinnerung ihrer frühesten Kindheit übereinander zu legen. Und ein kleiner Funke des Erkennens glomm in ihrem Gedächtnis.

„Welch eine wunderschöne Frau aus Euch geworden ist, Majestät, seitdem ich Euch als kleines Bündelchen in meinen Armen gehalten habe. Ihr erinnert mich so sehr an Eure Mutter in Eurem Alter. Eure Eltern wären so stolz, Euch als ihre Nachfolgerin auf ihrem Thron zu sehen, Leseba!"

„Ihr seid dieser Einsiedler, Gesofon? Ihr wart einsam und verlassen in der Wildnis des Ariid? Warum?? Und wie lange wart ihr allein an diesem entlegenen Flecken?"

Leseba erhielt als Antwort nur einen traurigen Blick, so übernahm Gasina für ihn das Reden.

„Kanzler Gesofon war im Königreich berühmt für seine unverbrüchliche Freundschaft, Treue und Loyalität zum Königshaus. Wie Ihr wisst, hatte Euer Vater, König Farion, viele bewundernswerte Eigenschaften, aber Geduld war keine seiner Stärken. Als jemand dem Kanzler unterstellte, sich dem besalischen König anzubiedern, sprang er seinem Freund nicht zur Seite, sondern ließ den Anschuldigungen nachgehen. Die Verleumdung wurde schnell als solche offenkundig, der Lügner in den Kerker geworfen. König Farion berief den Kanzler zurück in sein Amt, welches Gesofon sofort niedergelegt hatte, als Zweifel an seiner Integrität aufgekommen waren. Doch etwas anderes tat Euer Vater nicht – eine Entschuldigung kam ihm niemals über die Lippen! Im Gegenteil wertete er es als eine Beleidigung, als Gesofon unter diesen Umständen seinen Dienst für Arratäa nicht wieder aufnehmen wollte. Stattdessen verließ er die Hauptstadt, und alle dachten, er wäre ins Exil gegangen.“

„Warum? Wozu diese Halsstarrigkeit, Herr Gesofon? Ich weiß genau, mein Vater hat Euch geliebt! Noch Jahre später hat er immer wieder von Euren Leistungen gesprochen und wie sehr er eine Vertrauensperson wie Euch vermisste!“

Sie schaute ihn lange an, bis er endlich sagte: „Aber zu mir, mein Kind, zu mir hat er das kein einziges Mal gesagt! Und das hätte er auch gar nicht gemusst, denn ich hätte es akzeptiert, weil ich ihn kannte. Aber so gut, wie ich ihn kannte, kannte er auch mich! Und deshalb wusste er auch, was er mir schuldig war! Eine echte Bitte um Entschuldigung! Hätte er sich entschuldigt, wäre ich geblieben, und die Zeit hätte die Wunde heilen lassen. So … musste ich gehen!“

„Und jetzt seid Ihr hier, um mich zu beschämen? Wenn das Euer Ziel war, so ist es Euch gelungen! Ich bitte im Namen meines

Vaters um Eure Verzeihung, Herr Gesofon. König Farion war ein guter Mann und ein noch besserer König, aber das Dreigestirn ist mein Zeuge, nicht alle seine Entscheidungen im Leben waren gut und richtig. Bis eben dachte ich nur einige am Ende seines Lebens, welches er zum Teil in Umnachtung verbracht hat! Leider weiß ich jetzt, dass er auch schon gegen Euch ungerecht gewesen ist!"

„Ich danke Euch für Eure guten Worte, mein Kind, aber ich versichere Euch, sie sind gar nicht nötig. Zusammen mit meinem Freund Farion ist auch mein Groll gegen ihn gestorben. Ich denke nur noch an die guten Zeiten, die wir gemeinsam verlebt haben!"

„Dann muss ich fragen – was sonst führt Euch jetzt zu mir?"

„Ich bin hier, um mich für einen guten Mann einzusetzen, dem Unrecht widerfährt, wie es mir widerfahren ist. Ich bin hier, um Euch etwas über Treju zu erzählen, was vermutlich nur eine Handvoll Menschen wissen. Und ich bin hier, weil ich für alle Beteiligten hoffe, dass Ihr die richtigen Schlüsse daraus ziehen werdet, um keinen ähnlichen Fehler zu begehen wie Euer Vater vor Euch!"

Die Königin verspürte wenig Interesse daran, sich weiter eine Lehrstunde zumuten zu lassen, aber nachdem sie sich gerade erst für einen folgenschweren Fehler entschuldigt hatte, der im Namen des Reiches an diesem Mann begangen worden war, war sie es ihm wohl schuldig, ihn anzuhören.

„Als ich Treju kennenlernte, war er vielleicht die zehnte Person, die versuchte, Kontakt mit mir aufzunehmen, seit ich zu meinem großen Missfallen entdeckt worden war. Ich ignorierte alle, und irgendwann gingen sie auch wieder. Schon lange Zeit hatte ich kein Wort mehr gesprochen, hatte das Gefühl, ich hätte es verlernt, mit anderen Menschen zu reden. Anders als die anderen kam Treju aber am nächsten Tag wieder, und am übernächsten. Ich muss zugeben, ich weiß nicht, woraus er geschlossen hat, wer ich wirklich war, aber er muss etwas geahnt haben, bis er beim sechsten oder siebten Versuch mit einer Flasche Wein vor meiner Hütte saß und einfach nur auf mich wartete. Ein paar Stunden später saß er noch immer dort. Es begann zu regnen, ein heftiger und lang anhaltender Schauer, wie wir ihn hier oft haben. Er stand auf, lief vor meiner Hütte im Regen herum und lachte. Dann setzte er sich wieder. Irgendwann rief er: „Wäre es nicht viel schöner, wir würden gemeinsam an Eurem Feuer sitzen und den Wein trinken, Herr Gesofon?" Der Klang meines Namens muss es wohl gewesen sein, der mich bewegte, ihm die Tür zu öffnen … und vielleicht auch die Lust auf einen Schluck Wein, den ich so lange vermisst hatte. So saßen wir am Feuer, tranken den Wein, und Treju redete. Ich glaube, er ist niemand, der gern mehr redet, als es sein muss. Aber er redete lang und viel, berichtete mir von all den dramatischen Ereignissen, seitdem ich die Hauptstadt verlassen hatte. Es muss Stunden gedauert haben, bis ich meine erste Frage stellte. Euer Adler, er hat mir mit seiner Freundlichkeit und Geduld den Weg zurück in die Wirklichkeit gezeigt!

Inzwischen hatte ich das Glück, noch andere herzliche und gute Menschen kennenzulernen, die sich um mich gekümmert haben. Noch immer, so muss ich gestehen, bereiten mir größere Ansammlungen von Menschen mehr als nur Unbehagen. Aber Treju war ich es schuldig, Euch zu berichten, wie er es ohne Grund oder auch nur ein Wort des Dankes zu erwarten, übernommen hat, meine seelischen Wunden zu heilen, die andere geschlagen hatten!"

Leseba blinzelte eine Träne aus ihrem Augenwinkel.

„Ich danke Euch für Eure Geschichte, Herr Gesofon, und möchte Euch einladen, in die Sicherheit der Mauern von Saffiron überzusiedeln. Wir werden ein schönes Haus für Euch finden, in dem Ihr Euren Lebensabend in den Ehren verbringen könnt, die Euch zustehen! Und wenn Ihr uns gelegentlich wieder die Gunst erweisen wollt, Eure Weisheit mit uns zu teilen, so seid Ihr immer herzlich am Hof von Arratäa willkommen!"

„Meine Königin, Eure Freundlichkeit und Großzügigkeit weiß ich zu schätzen. Doch einen alten Baum wie mich kann man nicht mehr verpflanzen. Ich werde bleiben, wo ich bin, aber wenn Ihr mir einen einzigen Gefallen tun wollt, dann stärkt Euer Reich, indem Ihr ihm die besten und wichtigsten Freunde erhaltet, die es hat! Nichts macht dem Despoten auf dem besalischen Thron mehr Schwierigkeiten, als wenn es Einigkeit unter seinen Feinden gibt. Geben wir diese Einigkeit auf, dann hat Besalien bald gewonnen!"

Mit diesen Worten zog er sich unter einer tiefen Verbeugung zurück und verließ still den Saal.

Kurz darauf griff Leseba nach Feder und Papier.

KAPITEL XXXVI - HORTAG

Oberst Xalhodot hatte die Vernichtung der Sklavensiedlung im Arron per Brieftaube in die Hauptstadt gemeldet. Und doch wussten inzwischen alle, dass es nur ein kleiner Sieg gewesen war. Nicht einmal eine ausgelassene Feier hatte es nach der Schlacht gegeben, obwohl die Überlebenden allen Grund hatten, auf ihre gefallenen Brüder anzustoßen, von denen es viel zu viele gab. „Die Armee der Krüppel", wie der Kommandeur die Sklavenkrieger am Abend nach der Schlacht genannt hatte, hatte sich sehr teuer verkauft, und an Beute gab es so gut wie nichts, was nach den verheerenden Bränden in der Siedlung noch übriggeblieben wäre. Keine nennenswerte Zahl von Sklaven, keine Waffen, kein Schmuck, keine Vorräte, nichts von Wert hatte dieser höllische Ort noch zu bieten.

„Was ist hier passiert, Scharführer?", hatte der Oberst von Hortag wissen wollen, als sie am Ende des blutigen Tages durch die glimmenden Reste der Waldstadt gelaufen waren und Hortag ihm das schuttgefüllte Ende der Schlucht zeigte.

„Ich glaube, Herr, dass uns das Pack hier durch die Lappen gegangen ist. Es ist kaum vorstellbar, dass sie sich lebend in ein Grab eingeschlossen haben, weshalb ich davon ausgehe, dass sich unter den Trümmern keine Höhle, sondern ein Gang befindet. Wohin der führen könnte – ich habe nicht die leiseste Ahnung. Nur eines scheint mir klar zu sein, Oberst, wenn wir das geringste bisschen Beute haben wollen, dann müssen wir herausfinden, welchen Weg dieses Gewürm genommen hat oder wo es wieder an die Oberfläche kriechen wird."

Es war das größte Kompliment gewesen, als Xalhodot ohne weitere Fragen sämtliche Späher ausgesandt hatte, um die Umgebung zu durchkämmen. Jetzt, drei Tage später, hatten sie den vielfachen Beleg, die Sklaven hatten bessere Waldläufer, als die Xaronier es waren. Die Erkenntnis war Hortag nicht ganz neu, gleichzeitig war ihm auch bewusst, dass die Einschätzung nicht gerecht war, weil sich die Fliehenden in diesem Wald viel besser auskannten als ihre Verfolger. Von Xalhodots Spähern waren nur die zurückgekehrt, die in den Osten ausgesandt worden waren, dagegen wurden alle anderen Krieger auf dieser Mission vermisst, was nach aller Wahrscheinlichkeit bedeutete, dass man sie nie wieder sehen würde.

„Sie sind weg!", konstatierte der Kommandeur mit düsterer Stimme. „Die Sklaven sind weg und haben uns nicht den geringsten Anhaltspunkt hinterlassen, wie sie es angestellt haben und wohin sie auf der Flucht sind. Also werden wir vom Naheliegendsten ausgehen. Ihr Ziel liegt irgendwo im Westen dieses verflixten Waldes. Derzeit kennen wir nur einen Ort, der ihnen scheinbare Sicherheit gewähren kann, und das ist die gefallene Stadt Saffiron-up-Offvei. Das ist ohnehin der nächste Stachel, den wir aus dem Fleisch der Provinz ziehen müssen. Die Aufgabe, diese Stadt zurückzuerobern, wird sicher nicht dadurch leichter, sie mit zusätzlichen Verteidigern zu versorgen. Doch sei es drum, wir können es wahrscheinlich nicht mehr verhindern!"

Es gab nichts mehr abzuwarten, und der Kommandant wollte keine weiteren Krieger mehr verlieren. So ließ er das Heer für den Aufbruch am nächsten Morgen vorbereiten und in großen Einheiten aus dem Wald in Richtung Westen abrücken.

Hortag war sich nicht sicher, welche Rolle er jetzt in den Augen des Kommandeurs einnahm, aber er hatte das Gefühl, in dessen Achtung gestiegen zu sein. Dies bestätigte sich durch die offizielle Aufnahme in seinen Stab, was normalerweise den Offiziersrängen vorbehalten war. Nicht etwa, dass man ihn befördert hätte, aber Xalhodot nannte ihn jetzt seinen „Berater".

„Hortag, mein Bester", nahm ihn der Kommandeur einige Tage später auf dem Marsch zur Seite. „Ich werde dir jetzt etwas über unsere Angriffspläne auf Saffiron erzählen und möchte deine Meinung hören!"

Hortag blieb fast die Luft weg, denn etwas Derartiges war ihm im Dienste des besalischen Heeres noch nie passiert. Man mochte wegen seiner Ortskenntnis befragt werden oder weil man den Gegner kannte, aber seine Meinung zu Taktik oder gar Strategie kundzutun, darum wurde aus den Mannschafts- oder Unteroffiziersrängen niemals jemand gebeten.

„Jawohl, Herr!"

„Nun, wie du weißt, haben wir diese verdammte Stadt bereits einmal erobert, und zufälligerweise war ich bereits beim letzten Mal dabei. Ich sage es frei heraus: Zolofan, der Heerführer bei dieser Belagerung, zeichnete sich nicht als Feingeist aus, sondern bevorzugte brachialere Methoden. Mit großen Verlusten unter den Sklaventruppen ließ er die Mauern brechen, und anschließend mussten wir mühsam die Stadt durchkämmen. Einen solch verlustreichen Kampf müssen wir diesmal vermeiden! Insbesondere auch, weil wir ernstzunehmende Beute machen wollen, nicht wahr?!"

Hortag nickte artig, denn bisher konnte er lediglich allem zustimmen, was der Oberst sagte, ohne zu erkennen, wohin das führen würde.

„Wenn wir die Stadt einnehmen wollen, ohne wieder eine langwierige und kostspielige Belagerung zu erdulden, müssen wir also anders hineinkommen. Der Seeweg ist dabei leider schon ausgeschlossen, weil uns keine Flotte zur Verfügung steht, aber immerhin werden wir nicht von diesem Reitervolk umschwirrt werden, wenn wir vor der Stadt aufmarschieren. Ein Teil der Truppenkontingente aus den Kernlanden marschiert unter Befehl meines Vetters Xalorot, dem ehemaligen Standortkommandanten von Saffiron, durch die Steppe und wird sie dabei bereinigen. Ich gehe davon aus, dass die Hauptarbeit an dieser Front inzwischen längst begonnen haben sollte, aber wir warten noch auf Nachrichten."

Langsam wurde der Einäugige nervöser, denn noch immer hatte all das nichts mit ihm zu tun.

„Wir wissen nicht, wie viele Menschen inzwischen in der Stadt sind und wie viele davon so wehrhaft, Gegenwehr zu leisten. Aber möglicherweise werden unsere Truppen nicht die zahlenmäßige Überlegenheit erreichen, die wir brauchen, um uns über die Mauern zu kämpfen. Selbst wenn wir hoffen dürfen, Verstärkung von den Truppen an der Landscheide zu bekommen."

Jetzt wurde es Hortag unheimlich. Wofür wurde er in all diese Geheimnisse eingeweiht, wenn nicht, um ihn in irgendwelche Pläne hineinzuziehen? An welcher Stelle hätte sich jemand wie der Oberst auch nur im Entferntesten für seine Meinung interessiert?

„Nun, Scharführer, komme ich zum Kern unseres Problems. Wir müssen in diese Stadt eindringen, ohne dabei bemerkt zu werden. Ich habe sogar eine Idee, wie das gelingen könnte, denn nach der Unterwerfung der Stadt war ich hier für einige Monate stationiert und habe die Stadt kennengelernt. Für die Mission, Informationen aus der Stadt zu liefern und uns die Tore zu öffnen, brauche ich jemanden, der seinen Kopf gebrauchen kann. Die meisten meiner Späher sind Opfer der Sklaven geworden, die übrigen brauche ich, oder es sind Holzköpfe. Würde dir jemand einfallen, der dieser wichtigen Aufgabe gewachsen sein könnte?"

Ihr Götter, das konnte doch nicht sein Ernst sein?! Hortag wollte diesen Auftrag wie eine Geschwulst an seinem Allerwertesten. Konnte er ihn ablehnen, wo immerhin noch kein direktes Wort dazu gefallen war? Hortags Mund war so trocken wir der Staub der Steppe, über die sie ritten.

„Oberst Xalhodot, für ein solches Vorgehen braucht es die Fähigkeiten eines Waldläufers. Der Mann muss sich gut orientieren, sich unsichtbar machen, lautlos bewegen können. Er muss als Arratäer durchgehen und lügen wie ein Dämon, wenn ihn jemand anspricht. Der schwierigere Part ist zu überleben, alles andere ist dann nur noch die Krönung!"

„So ist es, Hortag, so ist es, überleben! Und unter allen Männern in unseren Reihen bist ausgerechnet du es, der bewiesen hat, selbst unter den widrigsten Umständen zu überleben! Eine mehr als bemerkenswerte Fähigkeit, die wir nicht brachliegen lassen dürfen! Und deshalb schätze ich es besonders, und werde es vor dem Gouverneur und selbst dem Kaiser erwähnen, dass du dich freiwillig meldest, um die Eroberung dieser Stadt für das Besalische Reich zu ermöglichen."

Jetzt war es ausgesprochen, und Hortag wog in aller Hast ab, was dieser Vorschlag für ihn bedeuten konnte, wenn man denn davon ausging, er hätte tatsächlich eine Wahl. Hortag wusste, die vorzügliche Behandlung, die er bislang durch Xalhodot erfahren hatte, wäre schlagartig zu Ende, sobald er den Einsatz ablehnen würde. Den Wert, den der Scharführer zweifellos im Vorfeld des Angriffs auf die Sklavenstadt im Arron gehabt hatte, hatte er seit der Zerstörung des Bollwerks verloren. Beeindruckte er den Oberst erneut und konnte im Kielwasser des Eroberers segeln, wenn sie die Stadt Saffiron nahmen, dann konnte das Hortags Glück bedeuten. So lagen seine Optionen zwischen dem sicheren Nichts, wenn er die Mitwirkung an dem Plan verweigerte, oder einer möglichen Belohnung für den Einsatz seines Lebens. Die alles entscheidende Frage drängte sich in Hortags Kopf in den Vordergrund: Wofür all die Schinderei, die Kämpfe, Hunger, Kälte und die endlosen Märsche im Dienste des Kaisers, wenn er von jetzt an in Armut leben würde, nachdem er alles verloren hatte? Nein, er würde keiner dieser heruntergekommenen Veteranen werden, die jede schmutzige Arbeit annahmen, um ihre

Verzweiflung im Schnaps zu ersäufen, bis sie selbst mit durchgeschnittener Kehle in der Gosse endeten.

„Beschreibt mir den Weg, Herr, Ihr habt Euren Mann!"

KAPITEL XXXVII - XARIMA

Xarima hasste es, zu laufen. Aber dieser schier endlose Marsch, hungrig, durstig, umgeben von Angst ausdünstenden Sklaven, war das Schlimmste, was ihr je widerfahren war. Dabei wäre es aus ihrer Sicht das Beste gewesen, die besalischen Krieger hätten den Pulk endlich entdeckt und diesem Elend ein Ende gemacht. Höchste Zeit, dass die Flüchtenden um sie herum wieder die Arbeitstiere wurden, zu denen sie geboren waren. Und sie und ihre undankbare Tochter wären befreit und in Sicherheit. Doch wagte sie keinen Moment, auch nur einen Schritt zu tun, der dieser Kunia, der Anführerin der Arroner, missfallen könnte, denn die ließ kein Auge von ihr, wie es sich anfühlte.

Vor gut zehn Tagen war die Warnung vor dem Aufmarsch der besalischen Truppen im Waldfort eingegangen, und sofort waren Vorbereitungen zur Verteidigung vorgenommen worden. Man hatte sich auf eine längere Belagerung eingestellt. Dieses verdammte Pack war wahnsinnig effizient und leider auch sehr vorsichtig. Das hatte einerseits bedeutet, dass man sie und zwei andere Besalierinnen in einen Verschlag gesperrt hatte, zum anderen, dass der Befehlshaber dieses Forts weiter seine Späher aussandte. Einen Tag später hatte der hinkende Oberst eine Rede gehalten, in der er alle darauf vorbereitete, die Stadt preiszugeben. Diese arroganten, befiederten Krieger hatten berichtet, die Übermacht der Besalier sei nicht nur überwältigend groß, sondern auch strategisch zu gut aufgestellt, so dass die Stadt nach wenigen Tagen nicht mehr zu halten wäre. Deshalb hatte der Alte befohlen, alle Vorräte in die Höhlen einzulagern und durch Felsrutsche zu versiegeln, außerdem die Evakuierung durch geheime Gänge in den Felsformationen, in die die Stadt hineingebaut war, vorzubereiten. Sie und die anderen beiden Aufrechten unter den Besalierinnen waren unter den ersten gewesen, die man in den Gang geführt hatte, um sie dort anzuketten. Nicht ganz zu Unrecht, wollte man sicherstellen, dass sie keine Sabotage betrieb, auch wenn Xarima nicht so recht gewusst hätte, wie man das hätte anstellen sollen. All die übrigen Besalierinnen – unter ihnen zu ihrer Schade auch ihre Tochter Xamusi – hatten die Sklaven bei ihren Vorbereitungen zur Verteidigungsschlacht sogar noch unterstützt. Von dem vernichtenden Angriff und seinem Schrecken hatte Xarima kaum etwas mitbekommen, außer den Verwundeten, die in die Gänge gebracht und behandelt worden waren, und dem ohrenbetäubenden Lärm, als die Sklaven den Eingang des Tunnels hatten einstürzen lassen, um eine direkte Verfolgung zu verhindern.

Und seitdem liefen sie! Leise, diszipliniert, stetig, immer beschützt und beschattet durch diese verfluchten Vögel, angetrieben durch dieses nimmermüde Weib, die Xarima ständig und überall sah, als gäbe es sie hundertmal. Xarima versuchte, sich nicht anmerken zu lassen, wie sehr es sie anwiderte, wie ihre Tochter dieses Weib anhimmelte, deren Tatkraft bewunderte, auch wenn sie es mit keinem Wort ansprach. Xamusi musste nichts sagen, ihre Mutter spürte es, roch es, verachtete es, dieses Anbiedern an den Feind! Das Mädchen trug während des Marsches Vorräte, half den Sklavenkindern, wenn ihre Kräfte sie verließen, und unterstützte in jeder Form, zu der sie in der Lage war, die Flucht! Die Flucht vor ihrem eigenen Volk, das törichte Kind!

Einmal hatte sie sie angezischt: „Wie kannst du so schamlos konspirieren?? Mein Riemen wartet auf dich, du Verräterin!"

„Ist dir aufgefallen, Mutter, dass insgesamt nur noch fünf Besalierinnen unter den Fliehenden sind? Weißt du auch, warum?"

„Vermutlich, weil sie schlauer waren als wir und durch unsere tapferen Krieger befreit wurden?!"

„Nein, Mutter, du kannst es ja nicht wissen, du warst ja in Sicherheit im Tunnel, nicht wahr?! Nein, Mutter, sie wurden abgeschlachtet, von unseren ‚tapferen Kriegern', als sie gemeinsam mit den Arratäern versucht haben, die Stellung so lange wie irgend machbar zu halten, um unsere Flucht zu ermöglichen. Den Besaliern war es egal, wen oder was sie mit ihren Schwertern erschlugen oder mit ihren Lanzen durchbohrten. Ich habe gesehen, wie sie Kinder erschlugen, Mutter, kaum fünf Sommer alt, wie sie einem alten Mann den Bauch aufgeschlitzt haben, Mutter, und ihm den Gnadenstreich versagten, um ihn zwischen seinen Gedärmen liegen zu lassen. Ich bin weggerannt, Mutter, vor unseren ‚tapferen Kriegern', die mich ohne jeden Zweifel abgestochen hätten, wie ein Schwein, wenn sie mich erwischt hätten, egal, wer oder was ich bin!"

Sie hatte sich in Rage geredet, und auch wenn ihre Stimme gedämpft gewesen war, hatten alle um sie herum diesen Ausbruch mitbekommen. Xarima hatte ihre Antwort an ihr unverschämtes Balg heruntergeschluckt, sie würde beizeiten darauf zurückkommen.

Und so liefen sie, ohne Unterlass, immer weiter, fort von den Rettern. Irgendwann schnappte sie auf, das Ziel der Flucht war die Stadt Saffiron, woraus sie schloss, dass selbst diese Metropole an den Feind gefallen war, während sie bereits in Gefangenschaft gewesen waren. Wie hatte dieses dreiste Pack sich nur so erfolgreich gegen die besalische Herrschaft erheben können? Aber offensichtlich waren die Krieger des Kaisers dabei, Ordnung zu schaffen und die Sklaven wieder auf ihren Platz zu verweisen. Mochten sie auch diese Stadt zurückerobern, wie sie es mit ihrem Gefängnis im Wald getan hatten. Kriege und Schlachten kosteten Leben, keine neue Erkenntnis für eine Besalierin, die mit den Schlachtengeschichten der Männer aufgewachsen war. Zumeist waren es die Leben der anderen und nicht die des Herrschaftsvolkes der Besalier. Man achtete bei den Kämpfen nur darauf, dass genügend Sklaven übrigblieben, um die Arbeit zu machen, so war es schon immer gewesen. Und auch, wenn die Hoffnung, vor der Sklavenstadt noch abgefangen zu werden, mit jedem Schritt schwand, so betete Xarima doch zu Askarion: „Höchster Krieger, Schlächter, sende deine Krieger, verleihe ihnen Kraft und Geschick, und lass sie dieses niedere Volk unterwerfen, wie es ihm bestimmt ist. Lass Besalien triumphieren, und führe mich und meine Tochter nach Hause, auf dass sie einem deiner Kämpfer das Lager wärmt und kräftige Jungen gebiert, die ihre Schwerter in deinem Namen in Blut tauchen sollen!"

KAPITEL XXXVIII - MOSTRA

Seit ihrer Ankunft in Askarion war es Mostra deutlich besser ergangen, als sie sich hatte erhoffen dürfen. Die Wachen behandelten sie distanziert und mit größter Vorsicht, man gab ihr halbwegs genießbares Essen, frische Kleidung und sogar Wasser und Seife, um sich zu reinigen. Die Nachtigall bildete sich nicht ein, dass man ihr einen Gefallen tun wollte, und versuchte herauszufinden, welche Teufelei dahintersteckte. Doch zum einen waren die Wächter verschlossen und wortkarg, zum anderen hätte sich sicher auch niemand daran gestört, wenn sie die Annahme von alldem verweigert hätte. So entschloss sie sich, jede Erleichterung ihrer Gefangenschaft zu nutzen und sich dadurch für alles zu wappnen, was da noch kommen würde, sobald man sie Zoros vorführte. Nichts anderes als das Schlimmste hätte sie dann zu erwarten, und Mostras Überlegungen drehten sich hauptsächlich darum, wie sie ihn so weit reizen konnte, dass er baldigst die Kontrolle verlieren und sie ermorden würde. Wenn sich dabei die kleinste Gelegenheit für sie ergeben würde, ihn mit in den Tod zu reißen, wäre das die Krönung ihres gesamten Daseins, und sie durchdachte hunderte von Szenarien, in denen sie ihm nahe genug kommen konnte. War sie bisher in den Wochen ihrer Gefangenschaft unfassbarerweise ungeschändet geblieben, so lag es nur daran, dass seit ihrer Identifizierung alle mehr Angst vor Zoros' Zorn hatten, als es die Geilheit beim Anblick einer Frau selbst ihres Formats ausgeglichen hätte. Der Kaiser selbst würde sich ohne jeden Zweifel keinerlei Zurückhaltung auferlegen. Die alles entscheidende Frage würde sein, wie viel Bewegungsspielraum sie dabei haben würde. Konnte sie ihn dazu bringen, sie teilweise oder ganz entfesselt in seine Nähe kommen zu lassen, würde sie ihm keine Zeit lassen, über seinen Fehler nachzudenken. Mehr als eine Chance würde sie garantiert nicht erhalten, aber sie vertraute nach wie vor ihren Fähigkeiten und glaubte fest daran, dass eine einzige Möglichkeit auch völlig ausreichen würde, um die Welt von diesem Ungeheuer zu befreien.

Vier Tage tigerte Mostra in ihrer Zelle auf und ab, bis sie eine Veränderung im Verhalten der Männer auf der anderen Seite der Gitterstäbe registrierte. Sie waren nervös, erwarteten die Ankunft eines Vorgesetzten, eines Adligen, irgendeiner wichtigen Person, wie sie daraus schloss. Und tatsächlich öffnete sich am späten Vormittag die kleine Pforte in den durch Gitter parzellierten Kerker. Herein trat allerdings kein Herzog, Offizier, Folterknecht oder anderer Scherge, sondern eine zierliche Gestalt unter einem weiten Wollmantel mit tief heruntergezogener Kapuze. Deutlich mehr als die außergewöhnliche Qualität des Kleidungsstücks machte die Unterwürfigkeit der Wächter klar, dass dies keine gewöhnliche Frau sein konnte. Ein leichter Wink ihrerseits ließ alle vier Männer sich beeilen, die düstere Halle zu verlassen. Danach trat nur noch ein schmächtiger Mann im gelben Priestergewand der Askarier ein, schloss die Tür und positionierte sich daneben. War in den Tagen zuvor ihr Gefängnis im Halbdunkel versunken, war heute alles mit diversen Fackeln beleuchtet, und doch schluckte die Weite der Halle das meiste Licht. Trotzdem konnte Mostra so das hübsche Gesicht betrachten, welches enthüllt wurde, als der Mantel fiel. Gewohnt, sich mit einem Blick bereits ein Bild zu machen, hatte die Nachtigall sofort eine Einschätzung der Dame: Hochadel, jung, trainiert, diszipliniert, natürlich hübsch, doch geschickt unterstützt durch farbliche Akzente. Das Mädchen hatte Instinkt und Geschick für ihre Inszenierung, war jünger, als sie sich gab. Mostra war gespannt zu erfahren, wer sie war, ließ aber durch kein Zucken, keine Geste erkennen, dass sich in ihrem Umfeld etwas verändert hatte. Ganz anders ihr Gegenüber, die ganz offen ihre Neugier erkennen ließ und sie frech von oben bis unten musterte.

„Hat man dich ordentlich behandelt?", fragte die junge Frau ohne weitere Eröffnungen.

Mostra antwortete nicht und schaute nur mit leerem Blick zurück. Man musste ihr schon mehr bieten, um sie zu einer Reaktion zu bringen. Eine weitere Minute ließ die Adlige verstreichen, bevor sie einen neuen Anlauf nahm.

„Also schön! Ich bin dir gegenüber im Vorteil, denn ich habe dich bei deinem letzten Besuch in unserer Stadt bereits gesehen und mir einen Eindruck machen können. Natürlich bin ich dir damals nicht aufgefallen. Ich war eine der vielen Heiratskandidatinnen, an denen der Kaiser und du am Tag des Triumphzuges vorbei defiliert seid. Doch im Unterschied zu all den anderen hat der Kaiser mich geheiratet!"

Zweifellos war die Kleine extrem neugierig auf ihre Reaktion, und es war Mostra klar, dass sie ihre Erwartungen nicht ganz enttäuschen durfte, wenn sie sich gut mit ihr stellen wollte. Ihre Rolle durfte sie dabei aber auch nicht verlassen, denn die Tatsache, dass die Jüngere versuchte, sie zu beeindrucken, zeigte deutlich, es gab einen gewissen Grad von Bewunderung, der ihr entgegengebracht wurde. Möglicherweise bot sich hier ein Zugang zu einer besonders wichtigen Persönlichkeit, die hilfreich werden konnte. So hob Mostra eine Augenbraue und schnalzte mit der Zunge.

„Zoros' Kätzchen also?! Es ist mir eine Ehre, Majestät", verbeugte die Nachtigall sich mit leichtem Spott in der Stimme.

Die Kaiserin grinste breit.

„Solange wir allein sind, darfst du mich Felonia nennen, Ivosi … oder wie auch immer du heißt!"

„Felonia … bist du nicht eine Caviros?! Die Schwester des neuen Gouverneurs von Arratäa, nicht wahr?! Deine Familie hat einen enormen Aufstieg genommen! Ich würde dir ja gratulieren, wenn es nicht auf die Kosten des restlichen Kontinents gehen würde!"

„Gouverneur der besalischen Provinz Arron, um genau zu sein. Ja, man könnte sagen, meine Familie hat in den letzten Monaten an Einfluss gewonnen. Allerdings ist meine Überzeugung entgegen deiner, dass der Kontinent nur von uns profitieren wird. Mein Bruder wird die neue Provinz befrieden, mein Onkel wird den Askarischen Orden zu einem reinen Quell des Wissens und der Gemeinschaft für unser Reich machen, und ich … ja, ich gedenke mich im Dienste meines Gatten für ein noch besseres und mächtigeres Besalien einzusetzen!"

„Sieh an, dein Onkel hat auch noch einen Platz am Tisch erhalten?! Ich sehe, ihr lasst nichts anbrennen. Das kann ich respektieren!"

Das wohldosierte Lob genoss ihr junges Gegenüber sichtlich, was ihre Mitteilsamkeit am Laufen hielt.

„Ich kann dir nicht versprechen, dass du es erleben wirst, aber die Frauen in unserem Reich werden in Zukunft ebenso geachtet sein, wie sie es in deinem Land sind. Hadrien war das, wenn ich mich recht entsinne?"

Fast hätte Mostra geschmunzelt über den plumpen Versuch, ihr etwas zu entlocken. Aber da sie hier als Ivosi von Tarsit im Kerker saß, gab es keinen Grund, etwas an dieser Legende zu verändern.

„So ist es. Aber verrate mir doch, weshalb wir beide dieses Gespräch führen. Ich bin doch keine Konkurrenz für dich, insbesondere nachdem ich euer Land längst verlassen hatte. Was willst du also von mir, wenn es nicht um Rache geht? Aber wenn du die wolltest, dann hättest du mich vermutlich direkt dem Kaiser überlassen, statt mit mir ein Schwätzchen zu halten?!"

„Ich will ehrlich mit dir sein, meine Liebe! Ich war einfach nur neugierig auf die Frau, die die ganze Hauptstadt um ihren Finger gewickelt hat … oder zumindest den männlichen Teil davon …", zwinkerte die Kleine frech. „Deine Schönheit spricht natürlich für sich, auch wenn du sie momentan nicht so vollendet präsentieren kannst wie noch vor ein paar Monaten. Aber meinen Gatten wird es erfreuen, wenn ich dich ihm als Geschenk übergeben werde. Es wird dich kaum überraschen, dass er schon die ganze Zeit seit deiner Flucht nach dir suchen lässt. Deshalb werde ich dich vielleicht noch ein bisschen in der Hinterhand behalten, bis ich sein Wohlwollen mal besonders benötige. Oder aber du entschließt dich, dein sicherlich breites Wissen und die Hintergründe deines Anschlages mit mir zu teilen. In diesem Fall könnte ich mich möglicherweise sogar entscheiden, dich ebenso entkommen zu lassen, wie es dir schon einmal geglückt ist."

„Was könnte ich dir schon erzählen, was du noch nicht von mir und den Ereignissen weißt? Dein Gatte bot mir eine Gelegenheit in seinen Diensten, ich fiel in Ungnade, rächte mich dafür, entkam mit viel Glück, um mich jetzt erneut in besalischer Gefangenschaft wiederzufinden. Das ist kurz zusammengefasst die ganze traurige Geschichte."

„Ich würde mich viel mehr über die Wahrheit freuen", grinste die Kaiserin frech. „Wer sind deine Hintermänner? Oder noch besser – wer hat dich beauftragt? Woher kannst du, was du kannst? Wie ich berichtet bekomme, haben schon ein paar Krieger versucht, deine Früchte zu pflücken, allerdings nicht ohne Gegenwehr, und darum sind sie wohl nicht so schadlos geblieben wie du!"

„Wenn du Wahrheiten hören möchtest, habe ich jede Menge davon für dich. Fangen wir damit an, dass jede Frau der Welt sich wehren würde, wenn irgendein Schwein versucht, sie zu vergewaltigen. Oder würdest du nicht versuchen, dem zu entgehen?"

Sehr viel ernster kam nun zurück: „Natürlich würde ich das. Aber lassen wir doch diese Spielchen. Ich werde jetzt gehen und dir Zeit geben, über ein ganz einfaches Angebot nachzudenken: dein Leben und deine Unversehrtheit gegen Informationen! Ganz einfach! Überlege dir gut, ob du mit mir nicht eine besonders wohlwollende Befragerin vor dir hast. Viel wohlwollender als mein Gatte! Gute Nacht, ‚Ivosi‘!"

KAPITEL XXXIX - KARISSA

Sie stand am Bug eines kleinen Seglers und genoss die Fahrt bei bestem Wetter. Summend und gedankenverloren, mit einer Hand auf dem leicht gewölbten Bauch. Freiheit wehte zusammen mit dem kräftigen Wind um ihre Nase.

„Er liebt uns, meine Kleine, dein Vater liebt uns wirklich", flüsterte sie dem Ungeborenen zu und schmunzelte dabei über sich selbst. Bis zu ihrer eigenen Schwangerschaft hatte sie nie begreifen können, weshalb werdende Mütter sich ständig selbst streichelten und mit ihrem eigenen Bauch redeten. Noch immer erschien es ihr völlig unlogisch, doch war es ihr einerlei, denn es fühlte sich richtig an. Auch die Liebe zu Treju durchdrang sie mehr denn je. Der letzte Liebesbeweis für Karissa war diese Mission, auf die er sie geschickt hatte, um ihr die Chance zu geben, einer ungeliebten Aufgabe zu entkommen. Für die meisten Frauen wäre es vermutlich die Erfüllung gewesen, so maßgeblich an der Gestaltung der Hauptstadt und des Palastes teilhaben zu können. Das hatte Treju ihr mit bestem Willen ermöglicht. Aber Karissa wollte ihr kreatives Potential nicht dafür einsetzen, sich ein schönes Heim zu schaffen – das mochten andere machen, die dafür eine bessere Ader hatten. Die Elster war eine Kriegerin, eine Assasine und eine Diplomatin – wenn auch momentan eine immer weniger belastbare – und sie würde ihre wahrhaften Talente für das Wohl ihres Volkes einsetzen, denn dafür hatte nun einmal sie selbst eine Ader. Das nicht nur einzusehen und zu akzeptieren, sondern ihr trotz seiner verständlichen Bedenken die Möglichkeiten zu eröffnen, eine wichtige Mission zu übernehmen, das zeigte echte Liebe. Natürlich war ihr bei ihrem kleinen Wortgefecht völlig klar gewesen, dass Treju seine Überlegungen zuerst mit ihr und nicht dem Rat teilte, um ihr den sofortigen und unangefochtenen Zugriff auf diesen Auftrag zu ermöglichen. Und vor allem hatte sie ihm keinen Moment abgenommen, er hätte nichts davon gewusst, dass die Krebse in einem Matriarchat lebten. Das war sicherlich nicht jedem bekannt, ihrem Treju aber gewiss, auch wenn er sich unwissend stellte.

„Wir werden ihm das Volk für seinen Hafen schenken, meine Süße, ja, das bekommt er von uns, das wirst du sehen!"

Das Boot begann etwas mehr zu stampfen, und Karissa hangelte sich zum Heck, um sich dort zu setzen.

„Verzeiht, Herzogin, aber in diesen Gefilden ist die See etwas rauer, und ehrlich gesagt ist heute sogar ein recht harmloser Tag. Aber lasst die Sonne noch ein wenig mehr wandern, dann wird es wieder ruhiger, und wir nähern uns einer der größeren Krebssiedlungen."

„Ich danke dir, Sioron, aber wenn du mich noch einmal Herzogin nennst, dann gehst du schwimmen! Du kennst genügend andere Möglichkeiten, mich zu titulieren, am besten nennst du mich Elster!"

„Aye, Herrin, ich werde es versuchen", grinste der junge Mann. Er war einer der Rekruten, die zu Trejus Papageien ausgebildet werden sollten, und gehörte mit vier weiteren Kameraden und zwanzig vollwertigen Kriegern der Elitetruppe zu ihrer Leibwache auf dieser Reise. Da er hier aufgewachsen war und gut mit einem Boot umgehen konnte, steuerte er den kleinen Segler, denn Karissa wollte niemanden außerhalb des Rats und ihrer Truppe wissen lassen, was sie vorhatten, weshalb es keine sonstige Besatzung gab. An Bord waren auch vier Spatzen, die Karissa selbst als ihre Leibgarde ausbildete. Eine davon war Ruvoli. Seit ihren gemeinsamen Abenteuern in der Waldseite hatte sie sie besonders schätzen gelernt und förderte ihr Talent.

Das Boot kämpfte mit den Strömungen und den drehenden Winden, aber Sioron zeigte, er hatte nicht zu viel versprochen und war vollauf in der Lage, ihrem Untersatz seinen Willen aufzuzwingen. Gegen Mittag des nächsten Tages rief er Karissa zu sich.

„Seht, Elster, wenn Ihr genau hinschaut, könnt Ihr die ersten Häuser der Krebse schon erkennen!"

Sie beschattete ihre Augen und suchte die rauen Felswände systematisch ab, konnte aber nichts erkennen.

„Worauf muss ich achten, Rekrut? Sie sind sehr gut verborgen, deine Krebse!"

„Das sind sie, Elster! Folgt bitte meinem Finger an der Wasserlinie entlang. Dort, wo der vorgelagerte Fels etwas höher aus dem Wasser ragt, schaut etwas nach oben. Könnt Ihr es erkennen?"

„Darin wohnen sie? In diesem zu groß geratenen Schwalbennest? Wie haben sie das denn geschafft, es in die Spalte zu kleben?"

Inzwischen bestaunten alle an Bord die ungewöhnliche Bauweise und spekulierten über die Technik, mit der es möglich war, dem Bauwerk Halt zu geben.

„Das Geheimnis ist das Innenleben, Elster. Die Krebse nutzen natürliche Höhlen, die Wind und Gezeiten in den Kalk gearbeitet haben. Was man von außen sehen kann, ist nur eine Art Vorraum, der Auf- und Abstieg erleichtert und durch den man viel einfacher Vorräte hineinbringen kann. Sie haben sich einiges einfallen lassen, die Krebse!"

Je näher sie kamen, desto mehr verringerte ihr Bootsführer die Fahrt, und sie signalisierten mehrfach ihre friedlichen Absichten. Erst als sie schon recht nahe herangekommen waren, rief man ihnen aus der Felswand zu, und es war erstaunlich, wie gut man die Sprecherin von oben hören konnte.

„Wer seid ihr, Fremdlinge, und was wollt ihr von uns? Hier gibt es nichts zu holen, und wer es dennoch versucht, lernt sehr schnell, dass wir nicht hilflos sind!"

Karissa stellte sich gut erkennbar in den Bug und breitete die Arme aus.

„Wir kommen in Frieden und möchten eure Anführerin sprechen! Ich überbringe ein Angebot aus Chanien!"

Es dauerte etwas, bis endlich eine Antwort kam.

„Bleibt, wo ihr seid, und wartet auf einen Lotsen von uns, der euch in unseren Hafen bringt!"

Als sie später anlandeten, hatte sicherlich niemand an Bord Zweifel, dass sie ohne den Lotsen niemals unbeschadet in der kleinen Bucht angekommen wären. Zu viele natürliche und manche möglicherweise auch künstliche Hindernisse machten den Zugang zu einem Kunststück.

„Nicht schlecht, Kleiner!", lobte der gedrungene, alte Lotse durch einen struppigen Bart. „Aus dir könnte man vielleicht sogar einen halben Krebs machen!"

Mehrere ihrer Begleiter schienen Anstalten zu einer Erwiderung zu machen, doch ein Blick von Karissa ließ alle ihre Worte herunterschlucken. Sie konnte keine Missstimmungen mit den Einheimischen brauchen, besonders, weil es ja einfach nur als Lob aufgefasst werden konnte, was der Alte gesagt hatte.

Der kleine Hafen lag sehr versteckt in einer seichten Bucht, die von der Meerseite nur durch eine Festspalte erreicht werden konnte. Einem größeren Schiff als ihrem hätte die Einfahrt kaum Zugang gewährt. Die Bucht lief in einem kleinen Strand aus, auf den die Fischerboote der Krebse gezogen wurden, außerdem hatte noch ein kleiner Markt Platz und ein Versammlungshaus, welches offensichtlich schon stufenweise in den Fels hatte hineingebaut werden müssen.

Als alle bis auf zwei Wächter, die an Bord blieben, durch das seichte Wasser an Land stakten, wurden sie schon von allem erwartet, was in diesem Dorf Füße hatte. Wahrscheinlich verirrten sich Fremde nicht allzu oft hierher, und Karissa begrüßte freundlich all die neugierigen Menschen, die ihnen entgegenkamen. Die Krebse waren interessiert, aber nicht offen für die Neuankömmlinge, eher abwartend, hatte Karissa das Gefühl. Es dauerte nicht lange, bis sich die Reihen der Dörfler teilten und eine kleine Gruppe Frauen auf sie zukam, in deren Mitte die klar erkennbare Anführerin ging. Sie wirkte sehr selbstbewusst, mit äußerst kontrollierten Zügen, war eine Frau, die wohl um die vierzig Sommer gesehen hatte und harte Arbeit kannte. Ihre Kleidung war sorgsam gepflegt, aber recht einfach und zeugte nicht von Wohlstand. Aber das hätte Karissa in dieser Umgebung auch überrascht.

„Ich bin Tassna und spreche für die Krebse von Tanglifu. Ihr habt also ein Angebot an die Anführerin unserer Siedlung auszusprechen?! Sprecht, wir hören euch alle zu!"

Von einem freundlichen Entgegenkommen konnte hier tatsächlich nicht die Rede sein, und Karissa hatte nicht die Absicht, mit ihrem Angebot ein diplomatisches Risiko einzugehen, solange sie nicht wenigstens den relativen Schutz des Gastrechts genossen.

„Geehrte Vorsteherin – ich entschuldige mich, wenn die Betitelung nicht ganz richtig sein sollte. Wenn ich euch um einen Becher Wasser bitten dürfte … ich …"

Eine zart auf ihren Bauch gelegte Hand genügte, um alle weiblichen Wesen in der Menge wissen zu lassen, dass ihr etwas unwohl war und auch, warum. Karissa registrierte sofort, dass der Vorsteherin die Situation gerade entglitt und sie vor ihrem Dorf das Gesicht verloren hätte, falls sie der Besucherin die Bitte abgeschlagen hätte. Doch so erhielt Karissa ihren Schluck Wasser – und war somit offiziell ein Gast dieses Dorfes. Beide, Karissa und die Vorsteherin, wussten, dass sich die Lage dadurch ein klein wenig zu Gunsten der Elster gedreht hatte, sollte es eine Bedrohung hier gegen sie geben. Der Argwohn, der ihnen an diesem Ort von Anfang an entgegengeschlagen war, vertiefte sich dadurch aber unzweifelhaft auch.

Es schien, als würde die Vorsteherin ihre Strategie wechseln, als sie Karissa – und nur Karissa – in das Versammlungshaus einlud. Nur die vier Krieger als Ehrenwache, die man einer hochgestellten Persönlichkeit nicht versagen konnte, ohne sie zu beleidigen, wurden zugelassen. Wie hätten die Frauen des Rates auch ahnen sollen, mit der Elster die eindeutig gefährlichste Person im Dorf sowieso in ihr Ratszimmer vorzulassen? Als ein Entgegenkommen wählte die Herzogin die vier Frauen aus, die der Einheit nicht zufällig angehörten – zwei Spatzen und zwei Rekrutinnen.

„Lasst euch nicht trennen, sichert euch gegenseitig in alle Richtungen, achtet auch darauf, was in den Felswänden vor sich geht. Am besten bleibt ihr am Strand und sucht euch Deckung durch die Boote. Und lasst auf jeden Fall eure Waffen stecken, solange euch niemand angreift, selbst wenn ihr euch bedroht fühlt solltet! Verstanden?!", so hatte sie ihre Papageien hinter sich gelassen und war dann möglichst selbstsicher in die Höhle der Löwinnen gegangen.

„Hier sind wir nun, meine Dame, und Ihr seid uns gegenüber klar im Vorteil, denn Ihr wisst bereits, wer wir sind, nicht wahr?!", stellte die Vorsteherin brüsk fest und schaute Karissa direkt an.

Karissa hatte das leise Gefühl, dass die Dörflerinnen hier im Raum allesamt Angst hatten, denn die Atmosphäre war, anders als noch vor der Tür, davon geschwängert. Die Elster versuchte dem mit Freundlichkeit und Offenheit zu begegnen.

„Mein Name ist Karissa, und ich bin Gesandte des Chanischen Herzogtums am Fjord. Der Hykimo hat das Recht, im Sinne des Königreiches in Verhandlungen zu treten, und wünscht durch meine Person den Kontakt zum Rat der Krebse aufzunehmen! Er entrichtet seine respektvollsten Grüße."

Die Missstimmung schien durch ihre Worte eher noch zugenommen zu haben, statt sich abzuschwächen.

„Wir … wir kennen keinen Hykimo, und wir können uns keinen Grund vorstellen, weshalb ein chanischer Adliger sich mit den Krebsen abgeben sollte, außer um uns für seine Zwecke einzuspannen. Wenn Ihr also nichts Konkreteres anzubieten habt, dann solltet Ihr besser wieder gehen, Karissa aus Chanien!"

„Ich weiß nicht, was Euch bewegt, mir mit solchem Misstrauen zu begegnen. Noch wisst Ihr gar nicht, worum es geht. Lasst mich frei heraus fragen: In den Zeiten, in denen Arratäa durch die Könige in Seisilon regiert wurde – ist Euch jemals eine Ungerechtigkeit widerfahren? Denn ich habe davon nichts gehört."

Die Ratsfrauen tauschten zweifelnde Blicke, die Vorsteherin sprach schnell, um die Frauen nicht verunsichern zu lassen.

„Nein, es waren friedliche Zeiten für uns, doch was tut das zur Sache? Ihr seid doch nicht hier, um mit uns über die gute alte Vergangenheit zu reden?!"

„Im Gegenteil, ich bin hier, um mit Euch über das Heute, Hier und Jetzt zu reden. Ich möchte mit Euch über Bedrohungen für ganz Tungä reden, die von Besalien ausgehen, einer Macht, deren Hunger niemals gestillt ist, und die alles, was sie erreichen, nur durch Härte, Brutalität, Niederträchtigkeit und die Kraft ihrer Sklaven schaffen!"

Karissa merkte, dass sie seit ihrer Schwangerschaft ihr Temperament viel weniger unter Kontrolle hatte, als sie es gewohnt war, und ärgerte sich über ihren kleinen Ausbruch. Sie hoffte, den Rat nicht allzu sehr angegangen zu sein.

KAPITEL XL - ULTON

„Du wolltest doch Pferde für deine Krieger, Adler?! Da sind sie!"

Grinsend wies Sterrgod auf einen Kavallerieverband der Besalier von vielleicht achtzig Mann. Mit fünf Raben hatte Ulton sich einem tessratischen Stoßtrupp angeschlossen, der gerade einmal fünfzehn Mann stark war. Trotz der Übermacht der besalischen Reiterei waren alle Tessrati entspannt beim Anblick der Feinde und übertrugen ihre Lockerheit und Vorfreude auf den Kampf auf ihre Reittiere.

„Bist du nicht etwas zu selbstbewusst bei einem Verhältnis von vier Feinden auf einen von uns?"

„Dabei bleibt es ja nicht, wir locken sie nur ein wenig. Da die Besalier reiten wie die kleinen Kinder, kommen sie sowieso nicht so nah an uns heran, um uns mit ihren Lanzen gefährlich zu werden. Und ich habe in meinem Leben noch nicht einen Besalier gesehen, der vom Rücken eines Pferdes einen Bogen nutzen könnte."

Ulton hätte das Können der besalischen Reiter auf passabel bis gut eingeschätzt, doch Künstler im Sattel, wie es die Tessrati waren, die auf Pferderücken geboren wurden, mochten sich ein hartes Urteil wie dieses erlauben können. Der Adler bewunderte, wie die Steppenreiter gleichsam mit ihren Tieren zu einer Einheit verschmolzen, kaum dass sie den Sattel berührten. Die Rösser schienen bereits auf die Gedanken der Pferdeleute zu reagieren, und selbst unter Raben und Spatzen hatte er kaum jemals eine solche Selbstverständlichkeit und Perfektion beim Bogenschießen aus dem Sattel gesehen. Nur Karissa und Douson kamen ihm in diesem Zusammenhang in den Sinn.

„Lassen wir sie ein wenig aufkommen, dann über den Hügel dort hinten, wo unsere Brüder warten!", befahl Scherrgod. „Holt keinen aus dem Sattel, bevor sie in der Falle sind, wir dürfen keinen entkommen lassen! Der besalische Kommandant soll nicht wissen, wo sie geblieben sind!"

Bei Ankunft auf dem besagten Hügel waren die Verfolger bis auf zwei Pferdelängen heran und von der Jagdlust gepackt. Sie strahlten Freude auf den kommenden Sieg aus, wollten ihre Lanzen gleich in Blut tauchen. Kaum über die Kuppe des Hügels, stießen Scherrgods Tessrati Schreie aus, und ihre Pferde zogen den Galopp an, als seien sie zuvor nur getrabt. Gleichzeitig drehten sie sich im Sattel und schossen mit ihren Kurzbögen nach hinten auf die nächsten Verfolger. Von der Seite kamen neue Tessrati herangeprescht, schossen Pfeil um Pfeil, in den Steigbügeln stehend. Für einen Krieger wie Ulton war es ein mehr als ungewohntes Erlebnis, mehr oder minder als Beobachter den Kampfhandlungen beizuwohnen. Immerhin fing er aber drei der herrenlos gewordenen Pferde ein, nachdem die kurze Schlacht beendet war. Die Tessrati nahmen den Leichen alles Brauchbare ab, sammelten ihre Pfeile wieder ein, trugen die toten Besalier auf einem Haufen zusammen.

„Ihr seid wahrlich zu Recht die Herren der Steppe, mein Freund", lobte Ulton Scherrgod vor dessen Männern.

„Keiner ist entkommen, Adler, aber wir sollten jetzt abziehen, um Überraschungen auszuschließen!"

Es dauerte noch eine weitere Attacke dieser Art und einen nächtlichen Überfall auf eine Marschtruppe auf der Westflanke der besalischen Formation, bis der Gegner größere Anpassungen an der Marschordnung vornahm. Welche, das machte Ulton und seinen Verbündeten allerdings Kopfzerbrechen.

„Nicht das, was wir wollten, Adler! Sie vergrößern nur die Einheiten, verringern die Abstände und decken dafür eine geringere Breite des Gebiets ab. Ich glaube nicht, dass wir so noch weitere Angriffe riskieren können. Den Rest ihrer Strategie haben sie beibehalten, so kommen wir nie an den Tross heran, ohne aufgerieben zu werden!"

„Ich fürchte, du hast Recht, Kriegsfürst, aber wir sollten noch etwas deutlichere Fährten legen, damit sie das Lager endlich finden, das wir als Köder platziert haben. Bisher habt ihr ihren Fährtensuchern vielleicht zu viel zugetraut. Macht es ihnen leichter, denn noch ein paar Tage länger und wir müssen das Lager nochmal verlegen und unsere ganzen Vorbereitungen wiederholen. Sonst haben wir kaum noch eine Chance, dass der Plan aufgeht.

„Es scheint wohl so, als müssten wir alles auf diese Karte setzen. Sei's drum, Adler, wir vertrauen auf deinen Instinkt!"

Zwei Tage später setzten sie mit einem scheinbar verzweifelten Angriff auf eine Einheit Lanzenträger einen letzten Impuls. Sie ließen sich nach nur einer Attacke zurückschlagen, viele Tessrati simulierten beim überstürzten Rückzug Verletzungen, nur wenige tote und verletzte Besalier blieben zurück. Die Siegesmeldung musste den Kaiserlichen Offizier schnell erreicht haben, denn endlich – und keinen Tag zu früh – musste der Befehl an die linke Flanke seiner Formation ergangen sein, das Marschtempo zu verdoppeln und nach Südwesten umzuschwenken.

Zwei Nächte danach geschahen zwei Überfälle fast zeitgleich. Ulton ging davon aus, gerade wurde von Oberst Xalorots Besaliern ein verlassenes Nomadendorf niedergebrannt und eine Schafherde mit ein paar Kühen durch die Besalier erbeutet, als er mit seinen Raben die Wachen des lagernden Trosses der Besalier überfiel. Nur wenige Männer patrouillierten um das schlafende Biwak und die Herden, Lasttiere und Getreidewagen. Offenbar fühlte man sich sehr sicher, überzeugt, die Tessrati in die Defensive gezwungen zu haben. Schnell war jeder beseitigt, der hätte Alarm schlagen können. So donnerte die geballte Kraft der gesammelten Reiterhorden aus Tessrati und Arratäern wie aus dem Nichts durch die geordneten Reihen der Zelte und machte alles nieder, was sich ihnen in den Weg stellte. Ungerüstet und aus dem tiefen Schlaf gerissen, war der Widerstand der Besalier nicht stark, und die Verluste unter den Angreifern blieben verhältnismäßig gering.

Der Ablauf nach dem Überfall war minutiös vorbereitet. Noch während die Krieger Nachlese hielten, die Besalier fledderten und verletzte Feinde töteten, schirrten die arratäischen Flüchtlinge bereits die Ochsen für die Getreidewagen an und beluden die unwilligen Maultiere, nebst allen Pferden, die nicht für die anstehenden Pläne gebraucht wurden. Kaum eine halbe Stunde später setzte sich der Beutezug aus schwerbepacktem Mensch und Vieh in Bewegung, gefolgt von Reitern, die die Spuren bestmöglich verwischten, während eine weitere Gruppe eine neue Fährte in anderer Richtung platzierte. Kurz vor Sonnenaufgang ging alles, was sie nicht hatten rauben können, in Flammen auf – so weh es auch tat, wertvolles Getreide vom Feuer auffressen zu lassen.

Erschöpft erreichten die erfolgreichen Räuber die vorbereiteten Verstecke in ein paar Ruinendörfern, doch nirgends erwartete sie Jubelstimmung.

„Adler, endlich finde ich Euch! Holtekaion ist gefallen, Herr! Oberst Wulfton hat mich auf den Weg geschickt, als nichts mehr zu retten war!"

Ulton schluckte hart und suchte nach Worten.

„Gefallen? Mann, berichte, sag mir, was geschehen ist!"

Der Schrecken dieses Schlags stand dem Melder noch immer ins Gesicht geschrieben. Kaum siebzehn Sommer mochte er gesehen haben, ein Rekrut, der den Anblick des Todes schon vielfach hatte ertragen müssen. Schwer legte Ulton seine Hände auf die Schultern des Jünglings und schaute ihm intensiv in die Augen.

„Atme, Rekrut, atme tief ein und aus! Ich weiß, es ist unfassbar schwer, über Verluste wie diese zu reden. Aber ich bin der Adler, ich, mein Freund, muss wissen, wie schlimm es ist. Also bitte ich dich, lass nichts aus!"

„Alle unsere Ausbilder, Herr, alle aus der Versehrteneinheit … sie sind alle tot. Sie haben gekämpft, Adler, bis zuletzt, haben uns die Zeit erkauft, um alle in die Tunnel zu bringen. Mit den ersten Meldungen über das Nahen des großen Heeres aus mehreren Richtungen hat Wulfton die Evakuierung befohlen. Alle Vorräte wurden in den Berg gebracht, die Höhlen geschlossen und mit Schutt verborgen. Als das Fort nicht mehr zu halten war, haben Wulfton und ein paar wenige Helden das Tor verteidigt, bis die letzten von uns in den Tunneln waren, dann wurde die Spalte geschlossen, ich hoffe, der Steinschlag hat die Schweine alle erschlagen. Etwa die Hälfte unserer Krieger hat überlebt, Adler, doch die meisten von uns sind verletzt. Die meisten Kinder sind wohlauf, alle außer acht Rekruten haben es geschafft, die meisten der Alten und Kranken kamen nicht durch. Das Feuer … ich …"

Weiter ließ der Adler seine großen Hände auf den Schultern des Rekruten ruhen, der jetzt so jung wirkte, wie er war, und die Tränen nicht mehr halten konnte. Auch Ulton selbst war erschüttert bis ins Mark.

„Es ist gut, mein Junge, lass es raus. Es ist keine Schande, um die zu weinen, die wir lieben!" Doch dann musste er noch mehr wichtige Fragen stellen. „Wo sind die Überlebenden? Wie viele sind es?"

„Etwa viereinhalb tausend, Adler, viele können ohne Hilfe nicht gehen und müssen transportiert werden. Als die Besalier endlich abgezogen sind und sie ihre Suchaktionen eingestellt haben, haben die Späher uns aus den Tunneln geholt. Die etwa zweihundert Krieger, die sich noch kampftauglich fühlen, sind mit zwei Ärzten, den Kindern und den meisten Frauen an den Waldrand geschickt worden. Mit den Stärkeren von uns ist Kunia schon Richtung Saffiron aufgebrochen. Etwa zweitausend sind bereits mit ihr auf dem Marsch. Der Rest derjenigen, die nicht gut transportfähig sind, ist noch immer am oder im Tunnel, und wir versorgen sie so gut es eben geht. Zur schwächeren Hälfte – denjenigen, die also noch im Wald sind – zählt auch der größere Teil der Kinder. Unter den Kindern gab es den Göttern sei Dank die wenigsten Verluste. Alles in allem sind noch gut anderthalb, vielleicht zweitausend Leute aus Holtekaion dort, Herr, und halten sich verborgen. Wir Rekruten leisten die Dienste als Späher, Herr ... Wir ... wir brauchen schnell Hilfe, Adler!"

Ulton nahm mit beiden Händen den Kopf des jungen Mannes und hob dessen Blick in seinen, dann drückte er kurz seine Stirn an die des Melders.

„Das hast du wirklich gut gemacht, mein Junge! Du bist aus dem Holz, aus dem man Raben schnitzt! Schlaf jetzt, sobald du gegessen und getrunken hast. Morgen brauchst du alle Kraft, dann führst du uns zu den Überlebenden", versprach er und dachte dabei: „... und bis dahin weiß ich hoffentlich auch, wie und was wir anschließend mit all den Menschen machen sollen."

Am nächsten Morgen verging auch den Tessrati die gute Laune, als Ulton sie auf den neuesten Stand brachte.

„Was fällt dir zu dieser Misere ein, Kriegsfürst? Wie können wir so viele Flüchtlinge unter der Nase der Besalier hindurch in Sicherheit bringen?"

„Hat sich denn die Lage durch die zusätzlichen Flüchtlinge so grundsätzlich geändert? Wir operieren doch jetzt schon lange unter ihrer Nase?!"

„Damit liegst du natürlich nicht falsch. Nur sind es eben nicht mehr ein paar hundert, sondern ein paar tausend Menschen, die wir verbergen und versorgen müssen. Trotzdem – wenn wir es schaffen, die besagte Nase noch ein wenig weiter von uns weg zu drehen, werden sie uns nicht bemerken! Der Gedanke ist gut."

„Genau, wir werden unsere Taktik anpassen und sie einfach gar nicht zur Ruhe kommen lassen!"

„So muss es sein! Allerdings dürfen wir auch nicht außer Acht lassen, dass die besalischen Truppen, die Holtekaion geschlagen haben, vielleicht noch immer Patrouillen ausschicken, um die Bewohner zu finden, die vor ihnen geflohen sind. Jedenfalls kann sich keiner der gesunden Flüchtlinge ausruhen, jeder Mensch, jedes Tier muss in Bewegung bleiben, um alle Leute aus Holtekaion über die Dörfer im Siedlungsstreifen zu verteilen, die es noch nicht nach Saffiron schaffen. Wir werden zwei Orte aussuchen, in denen wir die Verletzten und Kranken behandeln lassen, alle anderen Flüchtlinge gehen in die etwas weiter entfernten Dörfer. Holtekaions Krieger sorgen für Schutz. Wir alle anderen werden den Feind beschäftigen. Und sobald die Flüchtlinge so weit wieder hergestellt sind, dass sie den Marsch nach Saffiron antreten können und wir die Überführung riskieren können, ziehen sie so schnell wie irgend möglich los. Wir stellen immer die Gruppen zusammen, die schon in der Lage sind und nicht hier gebraucht werden."

„Du sagst, den Feind beschäftigen?! Was schwebt dir vor, Adler?"

„Was würde ihnen denn gerade am meisten weh tun?"

Ein Pfiff entfuhr Sterrgod, und trotz der prekären Lage, in der sie sich befanden, stahl sich ein kleines Lächeln in sein Gesicht. „Den zweiten Tross zu verlieren!"

„So ist es, mein Freund! Wir müssen also zweierlei tun: Wie geplant werden wir alle feindlichen Späher, alle Stoßtrupps, die irgendwie auf unserer Spur sein mögen, bekämpfen und fortlocken, bestenfalls beseitigen. Denkst du, die Hälfte deiner Reiter reicht dafür aus?"

„Sicher, wenn wir Glück haben, bringen sie uns auf diese Weise sogar noch ein paar mehr von ihren Pferden. Wir könnten sie ja wohl gerade besonders gut gebrauchen, nicht wahr?!", sagte der Tessrati selbstsicher.

„Mit dem Rest deiner Reiter und meinen Kriegern werden wir wie die hungrigen Wespen um den Tross kreisen und bei jeder sich bietenden Gelegenheit einen Stich setzen. Kein übertriebenes Risiko eingehen, Männer dabei zu verlieren, wir dürfen nicht damit rechnen, nochmal Beute in der Größenordnung zu machen wie bei unserem letzten Überfall. Wir zeigen Präsenz, locken immer gern ein bisschen, wenn möglich schneiden wir Einheiten des Feindes ab und schlagen zu, sonst ziehen wir uns einfach direkt wieder zurück. Wir selbst dürfen jedenfalls keine Angriffsfläche bieten. Ich hoffe, der besalische Kommandeur wird in erster Linie darauf bedacht sein, alles, was ihm geblieben ist, zu sichern. So können wir im Idealfall auch dafür sorgen, dass er nicht etwa auf die Idee kommt, sich unsere Beute zurückzuholen!"

„Beten wir zu allen Göttern, dass er tut, was er soll! Nie waren wir verletzbarer, mein Freund! Wenn er jetzt seine Truppen mit geballter Macht hierherführt, kann er ganz leicht in unseren bloßen, weichen Bauch stoßen, und wir haben dem einfach nicht genug entgegenzusetzen. Wir würden kämpfen, bis der letzte Pfeil verschossen ist, aber wir hätten gegen diese Übermacht nicht die geringste Chance. Wer überleben würde, würde wieder in der Sklaverei landen!"

„Ja, beten wir, Scherrgod, und kämpfen wir, um es den Göttern leichter zu machen!"

KAPITEL XLI - ACHFOSS

Der Prinz von Tulon hielt einen großen Kriegsrat ab, und Teilnehmer aus allen Teilen seines Landes halfen ihm, ein realistisches Bild der gegenwärtigen Lage zu erarbeiten. Mit gemischten Gefühlen ging er aus dem Treffen hervor, denn nicht in allen Regionen schien die Begeisterung, gegen die Besatzer vorzugehen, ausreichend groß zu sein, um auf rückhaltlose Unterstützung durch die Bevölkerung setzen zu können.

Endlich war auch im nördlichen Tulon der Frühling eingezogen, aber auf einem langen Spaziergang durchs geschäftige Hauptlager seiner Loyalisten konnte Achfoss die explodierende Natur nicht genießen. Zu sehr ließen ihn die Erkenntnisse des Vortages zwischen Freude und Bangen schwanken. Nachdenklich schaute er auf den Raben, der, auf seinen Händen neben ihm her stapfend, eine überraschende Zuversicht zur Schau trug. Trullon vollzog seit Wochen einen Wandel, der ihn inzwischen zu Achfoss wertvollstem Ratgeber werden ließ. Ihre beiderseits unerfüllbare Liebe zu Mostra schmiedete gerade im Verlust ihrer Geliebten ein festes Band zwischen ihnen, und die Hingabe zur tulonischen Sache wuchs zur vollständigen Loyalität des Mannes. Der versehrte Krieger zeigte noch immer alle Tugenden und Kenntnisse eines Absolventen der Akademie von Seisilon, aber der Prinz war überzeugt, dass der Verlust seiner Beine dessen Kreativität, sein unkonventionelles Denken auf ein ganz außergewöhnliches Maß gesteigert hatten.

„Sag mir, mein Freund, was gibt dir deine Kraft und deine Entschlossenheit? Was lässt dich das Leben bejahen, warum kannst du Tage voller Tatkraft angehen und so viel mehr erreichen, als irgendjemand sich ausrechnen könnte?"

Der Rabe blieb unvermittelt stehen und ließ sich neben einem Baum am Pfad im Gras nieder, um sich an den Stamm anzulehnen. Die Zeit, bis Achfoss zurück zu ihm geschritten kam, nutzte er zweifellos, um die Überraschung über die persönliche Frage zu verarbeiten.

„Ich war schon immer ein Mensch, Achfoss, für den jeder Tropfen in seinem Kelch gezählt hat, nicht nur, ob er halbvoll oder halbleer war. Mein Vater hat als kleiner Junge beim Spiel ein Auge verloren. Trotzdem hat er das hübscheste Mädchen im Dorf geheiratet, war geachtet unter den Dörflern und für meine acht Geschwister und mich ein besserer Vater als alle anderen Männer in der Gemarkung zusammen. Er hat mich viel gelehrt. Für alles, was ich als kleiner Bursche verzapft habe, hatte er Verständnis und hat immer vor mir gestanden, doch eines hat er mir nie gestattet – aufzugeben! Es war mein größter Stolz im Leben, seine Träume zusammen mit meinen eigenen zu erfüllen, als der König mir die Rabenfeder angesteckt hat. Die Besalier konnten mir meine Beine nehmen, aber nicht diesen Stolz. „Wenn dich einer heulend nach Hause jagt, trockne deine Tränen, denke nach und gehe mit einem Plan zurück! So lange und so oft, bis der Kerl weiß, dass er dich nicht dauerhaft in die Knie zwingen kann!" Danach hat mein Vater gelebt, und zu Adler Treju kann ich deshalb aufschauen, weil er ein ebensolcher Mann ist! So lange ich lebe, werde ich alles tun, um auch ein solcher Mann zu sein!"

Nie zuvor hatte Achfoss Trullon so lange und so ernst reden hören. Bedächtig nickte er und antwortete kurz darauf: „Niemand macht diesen beiden großen Männern mehr Ehre als du! Ich schätze mich glücklich, dich zu meinen Freunden zu zählen. Eine große Bitte habe ich an dich: Wenn ich mal wieder heulend nach Hause komme, dann schicke mich wieder los!"

Damit bot er Trullon seine Hand, und mit dem für ihn so typischen verschmitzten Lächeln schlug der ein.

„Du wirst es vielleicht eines Tages bereuen, wenn ich dich piesacke, aber ich werde dafür sorgen, dass du es nicht vergisst!"

In stillem Einverständnis setzten die beiden ihren Weg fort. Es dauerte einige Zeit, in der sich das Gefühl einer neuen, stärkeren Bindung zwischen ihnen setzen musste, bis Achfoss einen neuen Gesprächsfaden spinnen konnte.

„Ganz in Mostras Sinne knüpfen wir ein immer dichteres Netz unserer Kontakte in ganz Tulon und sichern uns dabei stets durch Mittelsmänner ohne Detailkenntnisse vor Verrat ab. Nur falls uns scheinbare Unterstützer täuschen und an den Gouverneur verkaufen wollen. Unsere Zahl steigt stetig an!"

„… und doch zögerst du, diese Krieger zur Befreiung der Städte einzusetzen", sprach der Rabe seine Gefühle aus.

„Genau, alles treibt mich dahin, den nächsten Schritt zu gehen, und doch will ich nicht Bruder gegen Bruder kämpfen lassen!"

„Und daran tust du gut, solange du davon ausgehen musst, dass viele Krieger auf Seiten der Besalier gar nicht kämpfen wollen!"

„Dann stecken wir fest! Das Kalkül der Besalier geht auf, und ausgehend von den Städten werden sie sich nach und nach wieder über die gesamte Fläche Tulons ausbreiten!"

„Was hindert die tulonischen Soldaten daran, zu uns überzulaufen? Nur die Angst vor ihren Offizieren! Es fehlt nur ein leichter Schubser …"

„Fang nicht schon wieder von den Attentaten an. Du weißt, wie das Monster in Seisilon reagiert hat. Was dort geholfen hat, die Arratäer abzuschrecken, werden die Besalier auch hier nutzen und Tulonier töten!"

„Ich habe viel darüber nachgedacht, und ich glaube, die Situation ist hier eine ganz andere. In Arratäa haben sie Sklaven hingerichtet … oder vielmehr zu Tode gefoltert. Wenn sie hier in Tulon die Schuldigen unter den Einheimischen vermuten, dann sind das Freie, Bürger des Besalischen Reiches, die selbst die Besalier nicht einfach grundlos und ohne Beweise anklagen und hinrichten können. Wenn sie es doch tun sollten, wäre das die sicherste Methode, einen Aufstand herbeizuführen und die letzten Zweifler davon zu überzeugen, sich dir anzuschließen. Und weil die besalischen Hunde das wissen, können sie nicht so reagieren!"

„Du kannst wirklich sehr überzeugend sein, Rabe!"

Trullon kam jetzt erst richtig in Fahrt.

„Ich meine, wir sollten jetzt handeln und alle Ressourcen nutzen. In jeder Garnison, in jeder Stadt und jedem Flecken, wo es eine Gruppe von uns gibt, sollen die besalischen Offiziere sterben und alle anderen Besalier eingesperrt werden. Deine Hauptstadt schneiden wir von der Außenwelt ab und beginnen systematisch mit Attentaten, wo auch immer sich Chancen ergeben."

Sein schon fast kindlicher Eifer brachte Achfoss zum Schmunzeln.

„Und ich denke, du hast auch schon im Sinn, wer das auf welche Art bewerkstelligen könnte?!"

„Ich brauche zwei unserer arratäischen Kameraden aus Seisilon und zwei deiner Tulonier aus Pusilsaron mit Verbindungen und Ortskenntnissen. Wie es der Zufall will, habe ich schon ein paar geeignete Kandidaten, die vorsorglich schon ein wenig gespäht haben."

„Wann würdest du mit den Anschlägen beginnen?"

„Wie wäre es mit … heute Nacht?! Lass uns unsere Arbeit tun, und in ein paar Wochen sind wir dem Erfolg schon deutlich näher!"

KAPITEL XLII- ZOROS

Zoros fühlte eine tiefe Unzufriedenheit. So tief, wie sie seit seiner Heilung nach dem Attentat nie mehr gewesen war. So tief, dass die stets erfüllende Besteigung seiner Gemahlin oder die Züchtigung eines Sklaven ihm nicht mehr länger als ein paar Momente der Erlösung verschafften. Es konnte nur der schleppende Fortgang des Krieges sein, der ihn belastete, denn sein Kanzler und sein Weib hielten das Innere seines Reiches unter Kontrolle und vermittelten ihm angenehmerweise, sich auf die Schlachtengeschicke konzentrieren zu können. Zu Stelions Zeiten hätte Zoros sich längst persönlich aufs Schlachtfeld begeben, um den Befehl vor Ort zu übernehmen und die Sache zu Ende zu bringen. Doch immer mehr beschlich ihn das Gefühl, dass nicht alles in der Hauptstadt so perfekt lief, wie die Unaufgeregtheit seiner Vertrauenspersonen ihm suggerieren wollte. Und trotzdem sprachen sie ohne Beschönigung und offen von allen möglichen Schwierigkeiten, erwartbare und unerwartete. Immerhin hob die Ausradierung dieses Widerstandsnests im Arron seine Stimmung, was zeigte, dass sein Schwager Futtinu, wie erhofft, sein Geschäft verstand. So glaubte Zoros mehr denn je an einen Glückgriff bei der Verbindung des Kaiserhauses mit den Caviros. Sobald der Gouverneur für Ordnung gesorgt und die Provinz von den lästigen Vögeln bereinigt haben würde, könnten sie sich endlich wieder auf Chanien konzentrieren. Natürlich hing das auch von den weiteren Entwicklungen im übrigen Reich ab. Hadrien war gefallen, und dessen beide Hauptstädte waren unter Kontrolle. Oder zumindest das, was davon übrig war. Denn offensichtlich war das Land bei der Invasion nicht kampflos gefallen, und bei der Flucht seines Monarchen aus dem hadrischen Königssitz war sogar Feuer gelegt worden, um den Eroberern nichts in die Hände fallen zu lassen, woran sie sich erfreuen konnten. Die Berichte besagten, der hadrische König habe die Stadt räumen und anzünden lassen. Stolz hatten sie immerhin, die Hadrier, Stolz und Schönheit der Menschen, das zumindest verlangte Zoros insgeheim Respekt ab, und unwillkürlich wanderten seine Gedanken zu Ivosi von Tarsit zurück, die für den Kaiser immer das verkörpern würde, was er mit Hadrien verband. Und deshalb wollte er diese Provinz! Unterworfen und geknechtet, gebrochen!

Woher rührte aber seine Unruhe, angesichts von so vielen Erfolgen bei gegenläufigen Vorkommnissen, die sich alle in einem normalen Rahmen zu bewegen schienen? Zoros wollte dem auf den Grund gehen und beschloss, die vermeintlich schwächsten Glieder in der Kette anzugehen, wenn es um die Loyalität ihm gegenüber ging.

Zunächst hatte er sich Hohepriester Kaldaru von Caviros vorgenommen, Felonias Onkel, allerdings war der harmlos und offensichtlich nicht in die Geheimnisse des inneren Zirkels um Zoros eingeweiht, dessen war er sich schnell sicher gewesen. Jetzt stand erneut Oberpriester Lagrontu vor ihm, sein souveräner und stets überlegt handelnder Kanzler. Die Absenz der Kaiserin, die seit dem Umsturzversuch durch die Priesterschaft nahezu allen Treffen des Kaisers beiwohnte, beunruhigte den Mann noch nicht, obwohl er sich an ihr letztes Einzelgespräch sicherlich gut erinnerte. Doch Zoros' Eröffnung ließ den Kanzler erschauern, und so sollte es sein.

„Tritt näher, mein Freund!", hatte die Wirkung eines Peitschenknalls. Jeder wusste, dass das Wort ‚Freund' in Zoros' Wortschatz nicht die gleiche Bedeutung hatte wie beim Rest der Menschheit.

„Was kann Euer Diener für Euch tun, mein Kaiser?"

„Nennen wir es Intuition, Priester, die mir sagt, dass man mir etwas verschweigt. Etwas Wichtiges, was in meinem Reich vor sich geht. Ich will wissen, was das ist, und du, mein Freund, wirst es mir sagen!"

„Aber Majestät, ich versichere Euch aus tiefstem Herzen, niemals würde ich wagen, Euch etwas zu verheimlichen. Ich bin Euer untertänigster Knecht, Herr! Ich tue alles für Euch und in Eurem Namen, mein Kaiser!"

„Schön, das erneut zu hören, mein Lieber!" Spätestens jetzt hätte es jedem, der Zoros kannte, in den Ohren geklingelt, und er genoss es, zuzusehen, wie die Angst seinem Gegenüber in die Knochen kroch, weit mehr noch, als dies bei ihrem letzten Austausch geschehen war. Das Männlein schrumpfte um eine Handbreit, und Zoros konnte den nächsten Stoß setzen.

„Es ist nicht so, dass ich Grund zum Misstrauen in deine Arbeit oder Integrität sehe, denn du erinnerst dich genauso gut wie ich an das Ende deines Vorgängers, an dem du maßgeblich beteiligt warst. Dennoch … du weißt, ich bin ein Herrscher, der durchaus auch seinen Eingebungen folgt, nicht wahr?! Augenblicklich warnt mich mein Bauchgefühl vor Gefahr aus dem Inneren. Deshalb wirst du dich für mich umschauen, wie es im Grunde ständig und immer deine Aufgabe ist, wie ich dich erinnern möchte. Ich will wissen, woher der Gestank rührt, der meine Nase beleidigt. Opponiert ein Gouverneur, vielleicht der aus Tulon, was die Unruhen verschärft? Felonia ergeht sich in Andeutungen. Oder gibt es etwa Subversion unter den Offizieren? Störfaktoren gar im Kabinett oder wieder der Priesterschaft? Schau dir alles an, und ich sage dir ausdrücklich – alles!! Selbst mein Weib soll davon nicht unbeachtet bleiben, denn schließlich verfügt sie über mehr Macht als irgendeine Besalierin zuvor in der Geschichte unseres Reiches!"

Wenn es das Geringste zu entdecken geben sollte, Lagrontu würde es seinem Kaiser bald offenbaren, sagte dessen ergebenes Nicken, ohne der offensichtlichen Ungerechtigkeit zu widersprechen, die der Vorwurf der Untätigkeit an einen tags wie nachts arbeitenden Mann darstellte.

Allein auf diese Quelle wollte Zoros sich trotzdem nicht verlassen. Er benötigte jemand Argloseren, und ohne viel zu denken konnte man auf Nafriti, die Hohepriesterin, kommen. Wenig später, nachdem Lagrontu den Thronsaal verlassen hatte, betrat sie die Halle, um ihren Pflichten nachzukommen. Zoros gefiel es sehr, wie peinlich ihr die Situation noch immer war, und er nutzte diesen Fakt voller Wonne.

„Nafriti, mein Täubchen, was würde wohl die Kaiserin sagen, wenn sie wüsste, dass du inzwischen eine Rivalin im Rennen um die erste Niederkunft mit einem Spross von mir bist? Und so fleißig tust du deine Pflicht – du bist wahrhaftig ein Vorbild für die Weiber dieses Reiches!"

Er lehnte sich zurück und genoss, wie sie ihn für alles Weitere vorbereitete, obwohl sie ihn nicht anschauen konnte. Er sah die Röte in ihrem Gesicht und wusste, sie wollte auf keinen Fall ihre Freundin hintergehen, konnte sich aber seiner Nötigung auch nicht widersetzen.

„Kleines, ich verstehe, du möchtest Felonia nicht kränken, und glaube mir, auch mir liegt das fern. Lassen wir unsere Stelldichein einfach unser kleines Geheimnis bleiben, das ist in unser aller Sinne. Doch im Gegenzug möchte ich auch einen kleinen Gefallen von dir, Nafriti. Ich erwarte, dass du mich informierst, wenn Felonias Aktivitäten über die Belange des Reiches hinausgehen. Dinge, selbst wenn sie dir unwichtig erscheinen mögen, die nicht zu ihren Pflichten mir und dem Reich gegenüber gehören. Dinge, die du im zwanglosen Plausch erfährst und die die Neugier eines interessierten Gatten stillen können. Das tust du doch für mich, nicht wahr, Täubchen? Wenn du mich mit all dem versorgst, was ich gern von dir haben möchte, dann gibt es auch keinen Grund, weshalb sich angestaute Wut in einem Akt zwischen uns entladen sollte. Ich mag es nicht, wenn sich derart hin und wieder hässliche Dinge ereignen, die ich hinterher bereuen müsste."

Sicherlich war es auch Nafriti klar, Zoros hatte noch nie etwas wie Reue empfunden, wenn er einem Weib oder einer Sklavin Schmerz oder Leid angetan hatte, aber es hörte sich gut für ihn an. Und der Kaiser musste nicht zweifeln, Nafriti hatte die schlecht verborgene Drohung verstanden.

KAPITEL XLIII - ATTRUE

Langsam war der Punkt erreicht, an dem Attrue ihre Sorgen nicht mehr länger verbergen konnte. Gerade ihre kleine Funji hatte ein feines Gespür für ihre Stimmung und ließ sich kaum hinters Licht führen. Und darüber hinaus war sie sehr aufmerksam und konnte bereits mehrere Fakten in Zusammenhang bringen.

„Mama, wo steckt denn Killiu? Warum ist er denn heute Nacht nicht zurückgekommen?"

„Wieso denn, Kleines, du weißt doch, dass Onkel Killiu und seine Raben immer genau schauen, was unsere Feinde tun, nicht wahr?!"

„Ja, weiß ich, Mama! Und dann kommt er immer zurück und erzählt dir vor allen anderen, was er gesehen hat. Das tut er immer und immer!"

„Bestimmt kommt er heute Abend wieder. Es gibt einen Grund dafür, weshalb er sich verspätet, glaub mir, Funji."

So nahm ihr Mädchen das vorerst hin, aber Attrue konnte sehen, wie die Zweifel in dem Kind wühlten, was nicht verwunderlich war, denn die Gemeinschaft wanderte anders als sonst nicht weiter, und alle wollten gern wissen, warum das so war.

Erst kurz vor Sonnenaufgang tauchte endlich einer der Raben im Lager auf.

„Mutter, Killiu schickt mich. Ich soll euch berichten, dass alles in Ordnung ist. Wir sind gestern beim Spähen auf eine berittene Patrouille getroffen, die gerade ihre Pferde getränkt hat. Tessrati, Mutter, wie sich herausgestellt hat. Unsere Freunde hatten gute, aber auch schlechte Nachrichten für uns. Das besalische Heer hat die Steppe hinter sich gelassen, was für uns bedeutet, die akute Bedrohung ist weitaus geringer geworden. Aber es hat sich mit weiteren großen Kontingenten zu einer großen Streitmacht unter

Befehl des Gouverneurs aus Seisilon zusammengeschlossen. Saffiron soll mit aller Macht für das Reich zurückgewonnen werden, und die Tessrati hegen große Zweifel, ob die Stadt standhalten kann. Mehr konnten die Reiter nicht berichten. Der Milan will herausfinden, ob und welchen Beitrag unsere Kriegerschaft leisten kann, um Saffiron zu helfen. Darum ist er auf dem Weg, einen der Kriegsfürsten der tessratischen Stämme zu treffen. Meine Brüder sondieren in der Zwischenzeit den Weg für die Gemeinschaft zu einem befestigten Lager, welches die Tessrati als Stützpunkt für ihre Patrouillen halten. Dort können sie uns Unterschlupf gewähren. Ich soll euch so bald wie möglich dorthin führen."

„Die Tessrati halten also den Siedlungssaum vor der Halbinsel?"

„Soweit wir es verstanden haben zumindest den größten Teil davon. Aber fest in Händen der Tessrati scheint die Region auch nicht zu sein, denn die Krieger haben uns klar zu verstehen gegeben, dass wir so schnell wie möglich das ungesicherte Gebiet verlassen sollen. Die tessratischen Stämme haben all ihre Familien nach Saffiron und in den Ariid gebracht."

„Auch in den Wald? So viele Menschen?"

„Unser Volk hat im Ariid begonnen, eine große Stadt zu errichten. Der Adler hat unseren tessratischen Freunden dort Zuflucht gewährt, und die Königin hat die Tessrati sogar persönlich willkommen geheißen. Offenbar musste das Steppenvolk seine Heimat im tiefsten Winter Hals über Kopf verlassen, um der Säuberungsaktion zu entgehen, zu deren Zweck dieses besalische Heer durch die Lande gezogen ist, dem wir gefolgt sind. Niemand hat es so direkt ausgesprochen, aber es scheint viele Leben gekostet zu haben, die Winterlager unter diesen Umständen abzuschlagen."

„Ihr Götter, so viel Leid!"

„Ja, Mutter, und der Druck der Besalier nimmt weiter kein Ende. Die größte Angst der Tessrati ist, was passiert, wenn Saffiron erneut fällt und der Gouverneur all die Krieger, die jetzt noch vor der Stadt stehen, geballt gegen die Tessrati wendet."

Wenige Tage später erreichte die Gemeinschaft die relative Sicherheit des ehemals besalischen Forts. Die Art der Anlage war unverkennbar durch den verhassten Feind konzipiert, und eine entspannte Atmosphäre unter Attrues Schützlingen wollte in dieser Umgebung nicht entstehen. Trotzdem empfand die Anführerin zum ersten Mal seit Wochen so etwas wie ein Gefühl, nach außen abgeschirmt zu sein. Killiu und seine Raben erwarteten sie bereits bei ihrer Ankunft, und alles war vorbereitet für die vielen Arratäer. Alle Krieger würden außerhalb der Palisaden campieren müssen, denn das Fort war für eine solche Anzahl an Bewohnern nicht ausgelegt, und selbst mit dieser Trennung blieb es sehr beengt.

„Killiu, es tut gut, dich zu sehen. Welche Neuigkeiten hast du für uns? Wie steht es?"

„Ich habe nicht viel Zeit, Attrue. Ich konnte einen der Kriegsfürsten der kleineren Stämme sprechen. Die meisten seiner Stammesangehörigen sind in der Stadt. Es herrscht große Unsicherheit, was der Feind als Nächstes tun wird. Jedenfalls rechnen sie mit allem, und keiner weiß, ob es zu einer langen Belagerung Saffirons kommen wird. Genauso gut können die Kämpfe jederzeit ausbrechen. Der Kriegsfürst hat uns für alle Fälle um jeden verfügbaren Krieger zur Unterstützung gebeten. Wir werden uns marschbereit machen und morgen früh aufbrechen. Alles steht auf dem Spiel."

„Du willst mich hier zurücklassen? Während du mit den Männern in den Kampf ziehst? Ist es das, was du mir sagen willst?"

„Ihr braucht uns hier nicht mehr, ihr seid in Sicherheit – soweit man davon in unseren Zeiten sprechen kann. Also ja – genau das will ich sagen. Wir können hier nicht unsere Hände in den Schoß legen, während unsere Brüder und Schwestern in Saffiron für uns bluten.“

„Ich verstehe dich, aber Ulton ist auch dort und blutet mit den anderen. Und ich muss ihm helfen, wenn ich irgend kann!“

„Du hilfst ihm jeden Tag, indem du eure Kinder so beschützt, wie du es tust. Das kann ich dir versichern, ohne ihn persönlich zu kennen. Die beiden brauchen aber auch morgen ihre Mutter, sie sind zu klein, um allein zurückzubleiben. Und ich habe gerade erfahren, dass die Tessrati dieses Fort aufgeben werden, um die Krieger in Richtung Stadt zu verlegen. Wir werden das Fort also selbst bemannen müssen, um es zu halten. Fünfzig Krieger werden hierbleiben, unter deinem Kommando, Mutter! Alle anderen gehen mit mir mit. Ihr werdet euch hier einigeln und still verhalten, dann wird der Sturm über euch hinwegbrausen. Einer meiner Raben bleibt ebenfalls zurück, um dich zu unterstützen und als Späher zu dienen. Bitte, verstehe mich, und widersetze dich mir nicht. Du musst doch auch sehen, dass das die richtige Vorgehensweise ist, nicht wahr?!“

Attrue schwieg unter seinen flehenden Blicken. Und natürlich wussten sie beide, dass er den empfindlichsten Nerv traf, wenn er ihre Kinder ansprach. Er hatte recht, sie konnte Funji und Kolju nicht irgendwem überlassen, sie mussten bei ihr sein, und zweifellos nicht auf dem Feld und im Schlachtengetümmel. Alles rebellierte in ihr, diese Machtlosigkeit zu akzeptieren und zurückzubleiben, aber so musste es sein und würde es sein. Ein leichtes Nicken war alles, was sie Killiu als Antwort geben konnte, aber es genügte, um ihn hörbar ausatmen zu lassen.

„Danke, Attrue, du tust das Richtige!“

„Was habt ihr mit meinen Männern gemacht? Und wie geht es meinen Kriegerinnen?", wollte Karissa als Erstes wissen, als die Vorsteherin der Krebssiedlung sich nach Tagen zum ersten Mal sehen ließ.

„Ich kann mir gut vorstellen, dass Euch tausend Fragen quälen müssen. Es ehrt Euch, trotzdem zuerst an Eure Leute zu denken. Ich kann Euch beruhigen, denn alle sind wohlauf, und niemand wird ihnen etwas tun! Wir sind keine gewalttätigen Menschen!"

„Warum haltet ihr uns dann hier fest, Tassna? Wir sind nach allen Traditionen Eure Gäste, und wir haben Euch nichts getan. Was wollt ihr?"

„Die letzte Eurer Fragen ist die wesentliche: Was wollen wir? Und die Antwort ist seit Ewigkeiten immer nur die gleiche: überleben! Wir Krebse sind ein kleines Volk – ohne Macht und Reichtümer wie die Chanier, Besalier oder Arratäer sie haben oder hatten. Eines aber hat uns niemals jemand genommen, und das ist unsere Freiheit! Gerade Ihr versteht sicherlich den höchsten Wert, den das darstellt. Ihr müsst gar nicht abstreiten, eine Arratäerin zu sein – ich höre und sehe es!"

„Warum sollte ich es abstreiten? Meine Herkunft ist nichts, wofür ich mich schämen müsste! Im Gegenteil sind wir alle sehr stolz darauf!"

„Meiner persönlichen Ansicht nach gibt Euch das große Erbe der Arratäer ein Recht darauf! Euer Volk hat unseres stets in Frieden leben lassen. Ganz im Gegensatz zu den neuen Herren Eures Landes. Die Abgaben, die sie von uns fordern, lassen uns kaum Luft zum Atmen, und wer nicht zahlen kann, muss seine Kinder in die Sklaverei verkaufen, um seine Schulden zu begleichen. Unser Dasein war nie leicht, doch seit Menschengedenken noch niemals so hart!"

„Ihr habt von Herzen mein Mitgefühl, Vorsteherin! Doch das Angebot, weswegen ich hier vor Euch stehe, könnte genau die Lösung für Euer Problem sein!"

„Ich verstehe Euch wirklich sehr gut, meine Dame! Ich würde wahrlich in Eurer Lage auch das Blaue vom Himmel versprechen, um freigelassen zu werden. Nur wissen wir leider beide, dass die Arratäer keine Macht mehr haben, um die Krebse zu beschützen. Und trotzdem ist mit Euch die Erlösung für unser Volk nach Tanglifu gekommen. Denn wie es der Zufall will, haben wir vor kurzem unliebsamen Besuch von besalischen Kriegern gehabt. Es wurde ein Kopfgeld auf arratäische Widerständler und Verschwörer ausgesetzt. Ein Kopfgeld in einer Höhe, mit dem wir für eine ganze Generation unsere Abgaben bezahlen können!"

„Lasst mich Euch erklären …!"

„Ich will nicht hören, welche Versprechungen Ihr zu machen habt! Ich bin nur gekommen, um Euch persönlich ins Gesicht zu sagen, dass es mir leidtut, aber uns keine andere Wahl bleibt, als Eure Freiheit gegen die unsere einzutauschen! Ich erwarte nicht, dass Ihr das akzeptieren werdet. Aber vielleicht könnt Ihr uns wenigstens ein bisschen verstehen!"

„Wenn Ihr mir nur einen Moment zuhören …!", setzte Karissa noch an, ehe sich die massive Tür hinter der Vorsteherin mit einem Schlag schloss.

Wie sollte sie diese starrsinnige Frau nur mit ihrer Nachricht erreichen, wenn sie sich weigerte, auch nur zuzuhören? Es war zum Verzweifeln! Konnte hier jemand lesen? Eine ihrer Wächterinnen anzusprechen hatte sie natürlich längst versucht, doch deren Ohren waren ebenfalls versiegelt.

Würde ihr Baby in die Sklaverei geboren werden? Das konnte Karissa unmöglich zulassen. Sie hasste diese Machtlosigkeit!

Die Zelle hatte sie längst von oben bis unten auf Schwachpunkte gesichtet, aber hier kam sie nicht raus, denn die Kammer war in den Fels hineingearbeitet worden. Das Gestein würde sie ohne schweres Werkzeug nicht bearbeiten können, und außer kunstvoll aus Treibholz gearbeiteten Näpfen und Bechern bekam sie nie etwas ausgehändigt. Licht fiel nur durch den vergitterten, zwei Hand breiten Spalt in der Luke, und abgesehen von den aufmerksamen Wächterinnen, die sich dort draußen immer abwechselten, würde auch das dicke Eichenholz jeden Ausbruchsversuch unterbinden.

„Beruhige dich, Karissa", sagte sie zu sich selbst und setzte sich auf die Pritsche, auf der sie bereits viele Stunden verbracht hatte. Unwillkürlich landeten die Hände wieder auf dem Unterleib, und während sie, ohne darüber nachzudenken, ihren Bauch streichelte, ertappte sie sich dabei, beruhigend zu summen. Als es ihr auffiel, kam ihr auch ein anderer Gedanke. Wenn sie für ihr Kind sang, könnte niemand wissen, ob das Ungeborene etwas hörte, und unabhängig davon tat es so ziemlich jede Frau in Erwartung. Karissa war alles andere als eine gute Sängerin, aber wenn die Wächterinnen sie jetzt auch ignorierten, würden sie dauerhaft weghören können, wenn ihre Gefangene vor sich hin krächzte? Mit einem Versuch hatte sie nichts zu verlieren. Sie nahm die Melodie des Kinderliedes auf, welches ständig in ihrem Kopf hing, und improvisierte ihre Nachricht an die Zuhörer.

„Wollt ihr eure Freiheit, so hört mir bitte zu.

Besalier sind so grausam, lassen euch keine Ruh.

Wollt ihr dem Feind entgehen, kommt mit uns und fürwahr,

wird der Wunsch nach Fried' und Freiheit Wirklichkeit und

wahr."

Einem künstlerischen Anspruch konnte sie mit diesem Text sicherlich nicht gerecht werden, aber die Information an die Außenwelt ließ sich auf diese Weise hundertfach wiederholen, und mit der zugrundeliegenden Melodie war das Lied sehr eingängig. Karissa sang!

Es wurde dunkel, und Karissa sang noch immer, seit Stunden! Auch wenn sie das Gefühl hatte, sich mit jeder Wiederholung schlechter anzuhören.

„Halt endlich dein Maul, du verfluchte Schlampe!", kam mit dem entnervten Fluch von draußen die Bestätigung. Die Wut, die ihr entgegenschlug, ließ sie kurz innehalten.

„Lass uns ein Geschäft machen! Ich höre auf zu singen, und du bringst eurer Vorsteherin eine Nachricht!"

Als nach mehreren Sekunden keine Antwort kam, nahm Karissa ihre Gesänge wieder auf.

„Sei verdammt nochmal still, oder ich bringe dich eigenhändig um!"

„Das könntest du versuchen! Aber wäre es nicht viel einfacher, deine Vorsteherin für ein paar Minuten herzubitten?"

Wieder kam keine Antwort, wieder stimmte Karissa ihr Lied an.

„Dieses irre Weibsstück!", hörte sie mit sich überschlagender Stimme einen Schrei vor der Tür. Mit Elan wurde der Riegel der Pforte aufgerissen, mit Schwung aufgestoßen, so dass sie krachend gegen den Rahmen schlug. Der niedere Durchgang wurde vollständig durch eine schäumende Matrone mittleren Alters ausgefüllt, einen Fischerspeer mit großen, scharfen Widerhaken in den starken Händen. Haltung und Bewegungen der Frau unterstrichen den unbändigen Zorn, zeigten Karissa aber auch, ihr Gegenüber konnte mit dieser Art Waffe sehr routiniert umgehen. Eine Kriegerin war sie jedoch nicht.

„Hältst du jetzt endlich die Klappe, du verrückte Kuh?", machte sie noch einen energischen Schritt auf Karissa zu, um ihrer Forderung letzten Nachdruck zu verleihen.

Einen Schritt zu viel, denn sie war sofort entwaffnet und fand sich schneller auf dem Boden wieder, als sie denken konnte. Jetzt war es die Wächterin, auf die die Spitze des Speers zeigte.

„Schön, jetzt also nochmal langsam! Sage bitte Tassna, dass ich mit ihr und dem Rat sprechen muss. Ich hoffe, als Beweis meiner guten Absichten genügt es, dir kein Haar zu krümmen und nicht zu fliehen. Deinen Zahnstocher werde ich aber behalten!"

Schreckensbleich rappelte die Frau sich auf und schaute noch einmal ungläubig in Karissas Gesicht, bevor sie sich ohne ein weiteres Wort beeilte, die Zelle zu verlassen. Vor deren Eingang ließ sich Karissa direkt wieder nieder. Wie sich zeigte, hatte die Elster sie beim Essen gestört, welches sich die Gefangene jetzt munden ließ, weil es viel ansprechender war als die Mahlzeiten, die man ihr gegönnt hatte. So fiel es auch deutlich leichter, ruhig zu bleiben und auf die Vorsteherin zu warten. Sie unterdrückte den starken Impuls, sich auf die Suche nach ihrer Leibgarde zu machen, um sie zu befreien, denn damit hätte sie jede Chance, ihr Ziel noch zu erreichen, verwirkt.

Es dauerte nur wenige Minuten, bis nicht nur die Vorsteherin mitsamt des Rats, sondern auch zwanzig bewaffnete Männer vor der Zelle erschienen, die sich tatsächlich in der Seite des Ratsgebäudes befand, aber nur von außen betreten werden konnte.

„Nun, Frau Karissa, Ihr habt bewiesen, nicht einfach eine schwangere Adelige zu sein, sondern darüber hinaus eine Kriegerin. Wir sind überrascht zu sehen, dass Ihr nicht versucht habt, Euer Gefolge zu befreien oder gleich geflohen seid. Ein Teil von mir möchte es bedauern, denn es war mit Sicherheit Eure letzte Chance, der Sklaverei zu entkommen. Ihr mögt unseren Respekt errungen haben, aber wir sind ein Volk des Meeres, das gelernt hat, sich den Gezeiten zu beugen. Ihr steht gerade jetzt in der aufsteigenden Flut, und die Notwendigkeit sagt uns, dass Ihr untergehen müsst. Und nun, meine Dame, legt diesen Speer nieder und ergebt Euch!"

„Ich habe meine treuen Kameraden nicht befreit, um Blutvergießen zu vermeiden. Das Blut eurer Leute, nicht meiner, das versichere ich euch! Und ich bin nicht geflohen, weil ich ebenso wie mein Gatte, der Gebieter des Herzogtums am Fjord, zutiefst überzeugt bin, dass sich die Feinde der Besalier nicht sinnlos untereinander bekämpfen dürfen. Ich habe verstanden, ihr werdet brutal unterdrückt und beraubt, seid aber kein kriegerisches Volk und glaubt, nicht für die Freiheit kämpfen zu können. Und ja, ihr habt recht, es ist schier unmöglich, als ein kleines Dorf gegen die geballte Macht des Kaisers zu bestehen. Was aber, wenn ich euch sage, dass ihr Krebse nicht allein seid, euch nicht nur auf euch selbst verlassen müsst?! Was, wenn ihr hört, Arratäa hat sich unter Königin Leseba I. in Saffiron erhoben?! Was, wenn ihr erfahrt, immer mehr Menschen stehen in vielen Teilen des Landes gegen die Unterdrücker auf, genauso wie in anderen Provinzen des Reiches. Was, wenn …!"

Mit lauter Stimme übertönte die Vorsteherin Karissas immer mitreißender werdenden Vortrag vor der anwachsenden Zahl an Dörflern um sie herum.

„Euer Widerstand ist aller Ehren wert, doch seht Euch doch um! Wir sind keine Krieger, die ihr Dorf gegen Feuer und Schwert verteidigen können!"

„Aber wir! Wir sind es! Wir sind Krieger und stehen schon seit Jahren im Kampf gegen Besalien! Und wir bieten euch Schutz für euch und die euren an, den nur die Gemeinschaft bietet!"

„Welch ein großzügiges Angebot, wenn man bedenkt, was aus dem großartigen Arratäa geworden ist?! Ihr konntet nicht einmal Euch selbst verteidigen, und jetzt wollt Ihr uns schützen? Und warum wollt Ihr das tun? Aus purer Freundlichkeit, nehme ich an?!", höhnte die Vorsteherin.

„Ehrlich gesagt, wusste ich bei unserem Aufbruch noch nicht, dass wir euch wirklich etwas Wertvolles zu bieten haben. Inzwischen ist aber klar, dass es bei unserem Angebot wie bei jedem guten Geschäft nur Gewinner gibt. Wir bieten euch eine neue Heimat an, Sicherheit für eure Familien. Im Gegenzug möchten wir eure Kenntnisse der Gewässer, euer seefahrerisches Geschick und die Fähigkeiten in der Fischerei – einfach das, was ihr jeden Tag sowieso lebt und tut!"

„Für mich hört sich das so an, als ob wir nur einen Herrn gegen den anderen tauschen! Wir aber wollen unsere Freiheit zurück und nicht unsere Heimat verlassen, alles, was uns lieb und teuer ist, unser angestammtes Leben! Aber genau das ist es, was Ihr von uns aufzugeben verlangt!"

„Ich weiß, euer Volk war immer frei, ihr habt euch selbst verwaltet und eure eigenen Entscheidungen getroffen. Doch ist es nicht auch die Wahrheit, dass ihr vom Frieden profitiert habt, den die arratäischen Könige in Seisilon über so lange Zeit dem Land gewährt haben?! Es ist leicht, etwas für selbstverständlich zu halten, was man selbst nie anders erlebt hat. Doch diese guten Zeiten sind jetzt leider vorbei, und das Dreigestirn ist mein Zeuge, wie viele schmerzliche Einschnitte wir alle schon haben hinnehmen müssen. Aber mein Ehemann wird in seinen Gebieten von allen als Landesvater angesehen, als gerechter und gütiger Herrscher über verschiedene Völker, die friedlich nebeneinander leben, und das auch schon lange vor seiner Zeit. Was er mit viel gutem Willen von allen Seiten anstrebt, ist ein Miteinander, nicht nur ein Nebeneinander. Und in diesem Miteinander ist auch für die Krebse Platz!"

Während der Diskussion hatten sich immer mehr Zuhörer eingefunden. Diese Menge schwieg, die Frauen des Rates tauschten bedeutungsvolle Blicke.

„Ich weiß, es sind extrem schwerwiegende Entscheidungen, die für euch alle anstehen. Ich schlage vor, ihr lasst mich zu meinen Leuten gehen, damit ihr unter euch beraten könnt. Und denkt daran – das Angebot gilt für alle Krebse, auch aus den anderen Siedlungen!"

Kaum war Karissa auf dem Weg ins Quartier ihrer Begleiter, da erhoben sich hinter ihr laute Stimmen, und wilde Diskussionen unter den Dörflern begannen.

„Geben die Götter, dass die Menschen hier richtig entscheiden, mein Kind!", streichelte sie ihren Bauch.

KAPITEL XLV - FELONIA

„Unterschätzt Euren Gatten nicht!", eröffnete Lagrontu unmittelbar nach Betreten ihrer Halle. Sein schreckensbleiches Gesicht und die ungewöhnlich nervösen Hände unterstrichen die Warnung mehr, als es jedes zusätzliche Wort vermocht hätte.

Dennoch antwortete sie selbstsicher: „Wie immer achte ich jedes Eurer Worte, Kanzler, aber ich versichere Euch, niemand ist im Umgang mit dem Kaiser vorsichtiger als ich!"

„Majestät, ich fürchte, auch Ihr seht nur, was er Euch sehen lässt. Ein letztes Mal will ich Euch jetzt enthüllen, was er heute Morgen zu mir gesprochen hat. Danach werde ich nur noch Informationen mit Euch teilen, die der besalischen Sache in seinem persönlichen Sinne entsprechen. So, wie es meine Stellung als sein Kanzler von mir verlangt."

„Ich bedanke mich für Eure Offenheit und schätze Eure Loyalität, mein Freund", betonte Felonia. Es ergriff sie eine wachsende Angst, dass gerade ihr mühsam geformtes Gebilde einer gewissen Unabhängigkeit deutliche Risse bekam. Sie drohte, in diesen Momenten ihren wichtigsten Aktivposten einzubüßen.

„Ihr erinnert Euch, wie der Kaiser mich heute Morgen nach der Ratssitzung zurückhielt?! Ich kann Euch wörtlich wiederholen, was er zu mir gesagt hat: ‚Lagrontu, mein Bester', sagte er, ‚denke immer daran, dass alles, was zwischen einem Kanzler und dem Krähenkäfig am Haupttor Askarions steht, seine Loyalität ist! Loyalität zu mir, und nur zu mir! Nicht zum Orden der Askarier, noch zur Kaiserin oder deiner Mutter! Solange du das nie vergisst, können du und ich viele Jahre erfolgreich zusammenarbeiten, wie der treue Stelion das mit mir getan hat. Du weißt selbst am besten, dein verräterischer Vorgänger Sinomon hatte ein weniger rühmliches Ende!'"

„Nun, Stelion wurde von einer hadrischen Hure ermordet, und ich kann nicht erkennen, was daran glorreich gewesen sein soll", gab Felonia trocken zurück. „Aber natürlich verstehe ich deine Bedenken! Wir müssen in Zukunft noch vorsichtiger sein, auch wenn ich nicht erkennen kann, an welcher Stelle er Euch einen Vorwurf machen könnte, gegen seine Interessen gehandelt zu haben!"

Lagrontu gelang es, seine Fassung zurückzugewinnen, und auch ein wenig Farbe kehrte in sein Gesicht zurück. „Ihr wisst so gut wie ich, Eurem Gatten genügt häufig schon der Verdacht der Missachtung seiner höchsten Person, um endgültige Maßnahmen zu ergreifen! Aber ohne jede Frage unterstelle ich, dass Eure Interessen, meine Kaiserin, denen von Kaiser, Reich und Askarion nicht zuwiderlaufen! Und Ihr wisst, ich würde mich unter keinen Umständen gegen diesen Dreiklang verschwören!"

„Das weiß ich, mein treuer Lagrontu", betonte sie, obwohl sie sich gut an Zeiten erinnern konnte, als er sich ausschließlich der Sache des Askarischen Rates verpflichtet gefühlt hatte. Aber sie war sicher, das gehörte der Vergangenheit an. Seine Loyalität zu ihr teilen wollte die Kaiserin allerdings auch nicht. Dennoch musste sie sich vorerst damit zufriedengeben, wenn sie nicht riskieren wollte, die persönliche Verbindung mit ihm vollends zu verlieren. Der Schrecken, den Zoros ihm eingepflanzt hatte, hatte tief gewurzelt.

„Doch nun, Kanzler, helft mir bitte zu verstehen, was seinen Argwohn erzeugt hat?! Man kann doch wirklich nicht behaupten, dass irgendjemand von uns gegen den Kaiser arbeiten würde!"

„Gegen Euren Gatten? Sicher nicht, und wenn er das wirklich ernsthaft glauben würde, wären wir längst tot! Aber ich befürchte, es reicht schon, wenn er das Gefühl hat, es ginge etwas an ihm vorbei. Und ... das ist nicht ganz von der Hand zu weisen, Majestät, nicht wahr?!"

„Natürlich kann ich Euch gegenüber nicht behaupten, ich würde alle Details der Informationen mit dem Kaiser teilen, die mich erreichen. Ihr wisst es besser. Gleichzeitig ist es im Sinne des Reiches und letztendlich auch in seinem, wenn wir vermeiden, dass er sich unnötig aufregt. Manche Dinge wollten wir ihm doch erst offenbaren, wenn sie besser geordnet sind, waren wir uns da nicht einig?"

„Meine Kaiserin, ich habe Euch diesbezüglich nie widersprochen, und ich bin mir der guten Gründe bewusst, weshalb Ihr versucht, nicht mehr Köpfe rollen zu lassen, als es unserer Sache dienlich ist. Selbst Eure Zurückhaltung, die Attentäterin zum jetzigen Zeitpunkt auszuliefern, verstehe ich als Ambition, eine Chance für das Reich nicht ungenutzt verstreichen zu lassen. Andererseits ist es zum jetzigen Zeitpunkt sicherlich weise, von diesem Pfad abzuweichen. Ich möchte vorschlagen, die Sorgen um unsere Provinz Tulon mit dem Kaiser offen zu besprechen und unsere Maßnahmen von ihm absegnen zu lassen. Wenn dies das Ende seines Vetters, des Gouverneurs, bedeuten sollte, so wäre dies ob seines objektiven Versagens tatsächlich sogar angebracht, findet Ihr nicht?"

Felonia verstand die Intention ihres Mentors und auch die Notwendigkeiten, die ihn antrieben. Es galt abzuwägen, welches Zugeständnis sich leichter ertragen ließ, wenn man schon nicht ohne einen solchen Schritt auskommen würde.

„Da wir der Loyalität des Gouverneurs derzeit sicher sind, ist es wirklich ein Opfer, welches wir bringen, wenn wir ihn ans Messer liefern. Immerhin ist ihm bewusst, was er uns verdankt. Gleichwohl sehe ich ein, ein notwendiges Opfer! Er ist nicht zu halten, wir haben auf das falsche Pferd gesetzt. Geben wir dem Kaiser, wonach er sucht – einen Ausweg für seine Wut!"

Lagrontu wirkte sichtlich erleichtert, schickte sich aber noch nicht an zu gehen.

„Wie macht sich unser neuer Vizeadmiral, meine Kaiserin?"

Sie erschrak heftig wegen dieser unerwarteten Frage, beherrschte aber ihre Gesichtszüge gekonnt.

„Was meint Ihr, Kanzler? Ah, Ihr sprecht von unserem kleinen Xifonier, nicht wahr?! Ich habe den Eindruck, er ist begeistert von der Möglichkeit, die wir ihm hier an unserem Hof eröffnet haben."

„Was genau haben wir denn eröffnet, Majestät?", forschte der Priester weiter, was Felonia nicht schmecken wollte.

„Hatten wir uns im Vorfeld nicht mit meinem Gatten verständigt, dem Jungen Zugang in die größeren Beratungen zu gewähren und ihn eine Idee davon gewinnen zu lassen, welche Vorteile sein Haus davon haben wird, als verlängerter Arm des Kaisers in Xifon zu herrschen?"

„Das waren also die Themen in der längeren Privataudienz, die Ihr dem Burschen gewährt habt, meine Kaiserin? Natürlich entscheidet Ihr selbst, wie Ihr die Beschlüsse des Rates umsetzt, doch gebe ich zu bedenken, dass es zu unerfreulichen Gerüchten führen kann, wenn Ihr allzu vertraut mit einem jungen Gesandten werdet. Verzeiht meine Offenheit, aber ich hoffe, Ihr versteht, es geht mir um Euren Schutz!"

Felonia ärgerte sich sehr über diese nur ganz leicht verdeckte Zurechtweisung, die sie erhielt, aber in Wirklichkeit noch mehr darüber, dass Lagrontu Recht hatte. Der Xifonier hatte sich im Gespräch als unerfahrener, dafür sehr charmanter Diplomat erwiesen, der viele kluge Fragen gestellt hatte und sich in einer Form auch für sie persönlich interessierte, wie sie es in ihrem Leben noch nie von einem Mann erlebt hatte. Ihr Bruder Futtinu kannte sicherlich jeden Wesenszug seiner kleinen Schwester, aber deshalb, weil er sie in die Richtung geformt hatte, in der sie sich entwickelt hatte. Wie es ihr ging, was sie antrieb und sich wünschte, war für das Familienoberhaupt aber, wie in Besalien üblich, völlig egal gewesen. Nicht so diesem gutaussehenden Exemplar, welches sie ständig direkt angesehen und sich mit seinen Blicken auch an ihrer Schönheit geweidet hatte. Nicht wie bei einer Sklavin oder einer Hure, vielmehr in aufrichtiger Bewunderung, wodurch es in ihrem Bauch gekribbelt hatte. Es war eine echte, angeregte Unterhaltung entstanden, und die Zeit war geflogen, sodass tatsächlich jedes schickliche Maß gesprengt worden war, wie Felonia sich eingestehen musste. Und aus diesem Grund schluckte sie auch eine bissige Erwiderung herunter, die ihr ihrem Mentor gegenüber auf der Zunge gelegen hatte.

„Vater … Ihr habt Recht! Ich werde mich vorsehen und zukünftig sowohl bei der Dauer als auch dem Rahmen solcher Treffen mehr Rücksicht auf die möglichen Gedanken von weniger wohlwollenden Beobachtern als Euch nehmen. Ich danke Euch für den Hinweis!"

Und dieser Dank war angebracht, nicht auszudenken, wenn jemand ihrem Gatten auch nur den leisesten Verdacht einpflanzte, ihm könnten Hörner aufgesetzt werden. Selbst wenn sie das überleben sollte, wären garantiert alle errungen Privilegien für immer dahin.

Wenn das Treffen nur nicht so schön gewesen wäre.

KAPITEL XLVI - DOUSON

Douson war mit der größten Truppe vor Auseilon angelandet, die er bisher befehligt hatte. Sechzig Männer waren bei Nacht und Nebel, schwer mit Krügen voller Öl und Teer und sonstigem Brennmaterial beladen, aus den Booten gestiegen und auf dem bekannten Weg in die Katakomben geschlichen. Am Sammelpunkt in der Kaverne teilte Changdi die Krieger mit ihrer Beladung jeweils einer der Meisen zu, die sie zu den Stellen führten, wo die Feuer entzündet werden würden. Es würden fünf große Brände werden, von denen nur vier angefacht werden müssten. Eine Idee für den fünften war Tilldo gekommen, einem der Jüngsten, der arglos gefragt hatte: „Warum mopsen wir eigentlich alles von dort, wenn wir das Lager daneben abfackeln wollen?" Sie würden im Arsenal der Besalier einen Brand legen. Dort lagerten diese ihr Material für Brandbomben, welche sie für den Verteidigungsfall einsetzen wollten. Der Gedankengang war ebenso simpel wie überzeugend gewesen, und als Changdi es lachend Douson berichtet hatte, waren sie sich sofort einig gewesen, dass sie zu Recht die Kräfte der Kinder anders und weniger riskant eingesetzt hatte, indem sie alles in der Lagerhalle beließ. Dort würde das Feuerwerk beginnen, und erst, wenn die Besalier all ihre Mannschaften zur Bekämpfung des Feuers an dieser Stelle massiert haben würden, sollten gleichzeitig die vier anderen Brandherde entstehen.

Angespannt, aber mit großer Zuversicht war Douson mit zwanzig Papageien und vierzig kampferprobten Seemännern angekommen. Dass seine positive Grundstimmung inzwischen erheblich gelitten hatte, lag an der tapfer lächelnden Changdi, die ermattet von all den durch die Schwangerschaft hervorgerufenen Beschwerden vor ihm lag.

„Mein Liebster, ihr schafft es auch ohne mich! Ich kann beim besten Willen keinen der Aufträge übernehmen!

„So viel Vernunft?! Wer bist du, und was hast du mit meiner Changdi gemacht!?"

„Auf gar keinen Fall, Douson", bekräftigte Duntra. „Und frag nicht, wie viele Worte es mich gekostet hat, bis sie die Entscheidung ihres Körpers endlich akzeptiert hat! Changdi wird nicht rennen, nichts heben und schon gar nicht kämpfen! Am besten bleibt sie einfach nur liegen und sonst gar nichts, denn ich kann nicht sagen, was passiert, wenn sie sich auch nur im Geringsten belastet! Und ich hoffe sehr, wir sind uns alle einig, dass wir weder Mutter noch Kind oder gar alle beide verlieren wollen?!", betonte sie streng.

In diesem Moment war Douson die Mission fast egal.

„Wenn ihr mir Angst machen wolltet, dann gratuliere ich! Es hat funktioniert! Sagt ihr mir jetzt, verdammt nochmal, was los ist?!"

„Sind alle Männer so schwer von Begriff?", brach es aus Changdi heraus. „Ich bin müde und fett und kann mich kaum bewegen. Ich habe einen Kopf wie ein Fass und kotze bei jeder sich bietenden Gelegenheit, egal ob oder was ich auch esse! Willst du so jemanden im Kampf neben dir haben?"

„Im Kampf??? Du glaubst ernsthaft, ich denke noch an Kampf?? Ich frage mich eher, warum ich vorher noch nichts davon wusste, wie schlecht es dir wirklich geht, und wir die leeren Boote ohne dich wieder haben abfahren lassen!"

„Danke, Falke!", sagte die Kräuterfrau heftig ausatmend und erntete dafür einen giftigen Blick von Changdi.

Douson versuchte, seine Gedanken zu ordnen.

„So kommen wir nicht weiter! Habt ihr euch schon etwas überlegt? Dann raus damit, sonst müssen wir schleunigst damit anfangen!"

„Ist doch klar! Wenn ihr flieht, komme ich mit!"

„Gar nichts ist klar! Bei der Art von Flucht, die uns bevorsteht, kann man dich nicht in Watte packen! Wir zwei müssen bleiben und uns irgendwo verkriechen! Und wenn das Kleine da ist, holt Douson uns ab!", sagte Duntra entschieden.

„Klingt nach der einzigen sinnvollen Lösung, auch wenn sie mir nicht gefällt", stimmte Douson sofort zu.

„Douson, du wirst uns auf gar keinen Fall hier zurücklassen! Mein Kind wird nicht als besalischer Sklave zur Welt kommen! Egal, wie unser Angriff ausgehen wird, die Hunde des Kaisers werden danach jeden verdammten Stein der Stadt umdrehen, und ich bin sicher, es wird nicht den allergeringsten Zweifel geben, wo wir uns die ganze Zeit verborgen haben. Wir kommen mit! Das ist mein letztes Wort! Und wenn ich mich dafür unter der Fuchtel dieses Besens hier halten muss, dann werde ich das hinnehmen!"

Er wusste, wenn er jetzt und hier ihren Willen brechen wollte, dann würde er sie für immer verlieren, zumal ihre Einwände auch nicht von der Hand zu weisen waren.

„Wir werden jetzt die Vorbereitungen für den Kampf besprechen. Wenn wir damit fertig sind, habt ihr etwa zwei Tage Zeit, um von hier zum Ausgang unter den Klippen zu gelangen. Schafft ihr das?"

„Schon bis hierher hat sich Changdi sehr …", setzte die Kräuterfrau an.

„… natürlich schaffen wir das! Die Kleinsten müssen wir ohnehin aus euren Füßen schaffen. Die nehmen wir mit, und sie werden uns helfen!"

„Helfen!", verdrehte Duntra die Augen. „Helfen! Genau!"

Harte Arbeit bei zu wenig Schlaf lenkte Douson von der Sorge um Changdi ab, doch schickte er zwischendurch immer wieder Stoßgebete zum Dreigestirn, um um Schutz für seine Gefährtin zu bitten.

Endlich war der Moment für den Angriff gekommen, und gemäß Absprache würde Changdi gerade Tauben nach Saffiron und an Treju schicken, um über den Stand ihres Vorstoßes zu informieren.

„Meisen, es ist so weit! Haltet euch bereit, um die Meldungen zu den Kriegern zu bringen! Eure Aufgabe ist sehr wichtig! Und danach geht jede und jeder von euch sofort zum Sammelpunkt im Hafen! Wir werden später keine Zeit haben, um irgendjemanden zu suchen. Wer nicht dabei ist, wird zurückgelassen, vergesst das nicht! Also: keine Alleingänge und zusätzlichen Heldentaten, die uns alle in Schwierigkeiten bringen können! Haltet euch an den Plan, und befolgt eure Befehle, dann wird alles gut! Changdi und ich sind sehr stolz auf euch! Lautlos, Meisen!"

„Lautlos, Falke!", antwortete der kakophone Chor aus entschlossenen, wenn auch teilweise etwas ängstlichen Stimmen.

Geführt von einem Rekruten, gelangte Douson mit fünf seiner Papageien ins Arsenal, ließ sich noch die ausgespähten Positionen der Wachmänner zeigen und schickte den Jüngling zurück. Die beiden Besalier im Arsenal selbst waren schnell überwältigt, zehn Sklaven, die dort eingepfercht waren, wurden befreit. Diese bestätigten die Stellungen der Posten außen vor und auf dem Gebäude und halfen sofort, das Feuer vorzubereiten. Dank dieser unerwarteten Unterstützung konnten sie zu fünft die Besalier nach und nach alle beseitigen und trotzdem noch vor dem Zeitplan liegen, denn nur einer der Papageien reichte aus, den Sklaven zu helfen und ihnen Anweisungen zu geben.

„Wie weit seid ihr?", fragte Douson, während die letzte Leiche verborgen wurde.

„Wir haben alles verteilt und nur unseren Abgang in die Katakomben hier freigelassen."

„Dann sofort alle raus aus dem Gebäude, bevor sich noch etwas ohne unser Zutun entzündet und wir selbst in Flammen stehen!"

Die Befreiten waren alle bereit, sie bei allem zu unterstützen, anstatt sich zum Sammelpunkt in Sicherheit bringen zu lassen. Douson nahm die Hilfe dankbar an, Waffen und Rüstungen von den beseitigten Besaliern waren nicht für alle ausreichend, aber immerhin waren sechs Mann mehr als ordentlich gerüstet. In den Katakomben angekommen, hörten sie die Flammen bereits fauchen, noch bevor der Papagei zu ihnen stieß, der die Fackel ins Öl geworfen hatte. An zuvor präparierter Stelle brachten sie das Gewölbe hinter sich zum Einsturz und versiegelten so den Gang. Ein Späher meldete, die ersten Flammen züngelten schon am Dach des Arsenals, Rauch würde bald in dicken Schwaden herausziehen, die kommende Katastrophe war kaum noch zu stoppen. Das genügte Douson, um den Befehl zur Entzündung der anderen Brände anzustoßen, und er schickte die Melder aus, setzte sich gleichzeitig mit seiner Truppe in Richtung Hafen in Bewegung.

Als seine Männer und er kurz vor der Mole aus dem Untergrund traten, brauste das Feuer in der Stadt bereits wie ein Sturm. Gespenstisch schön erhellten die fünf Feuersbrünste den Nachthimmel, die erste im Arsenal bereits besonders hoch und rot. Douson hatte keinen Zweifel, die strategisch wichtigen Teile der Stadt würden nicht mehr zu retten sein. Sie mussten jetzt schnell handeln, bevor die Besalier zur selben Erkenntnis kamen und die Fluchtbewegungen zum Hafen einsetzten.

Der Falke ließ einen einzelnen Feuerpfeil steigen, das Signal für alle Kämpfer, zuzuschlagen. Im blinden Vertrauen auf seine Kriegerinnen und Krieger an den übrigen Stellen am Hafen und in der Stadt konzentrierte er sich auf die unmittelbare Aufgabe.

Wie erwartet waren in den Stellungen im Hafengebiet nur Rumpfbesatzungen der Besalier verblieben, die auch nur sorgenvoll auf das Schauspiel am Arsenal starrten. Es ging fast zu leicht! Nach kürzester Zeit war die Hafeneinfahrt offen, die Ballisten zerstört, ebenso die Katapulte, alle Schützen beseitigt – nachdem auch die Wachmannschaften im Quartier getötet waren, gehörte der Hafen ihnen! Etwas mehr Widerstand gab es auf den Handelsschiffen, auf denen aufmerksamere Männer wachten, denen das Feuer in der Stadt weniger bedeutete. Doch Dousons Seebären schwappten wie eine Welle über die Verteidiger und schwemmten den Widerstand in kürzester Zeit hinfort, übernahmen ein um das andere Boot, Schiff, Galeere, alles, was brauchbar war und schwamm. Alles andere wurde versenkt oder in Brand gesetzt. Die ersten Schiffe liefen aus, die Changdi mit den Kindern und anderen Flüchtlingen aus den Katakomben aufnehmen sollten. Erste Gruppen von befreiten Sklaven erreichten den Hafen. Kaum war eines der Wasserfahrzeuge gefüllt, verließ es auch schon in aller Eile die Landestelle.

„Falke, auf dem Sklavenmarkt im Tempel ist es zu Kämpfen gekommen. Wir haben elf Krieger verloren, aber die Oberhand behalten. Soweit wir es mitbekommen haben, ist kein Alarmsignal nach draußen gedrungen, achthundert Sklaven konnten befreit werden. Das Aufbrechen von Ketten und Schellen der Sklaven hat wertvolle Zeit gekostet, ließ sich aber nicht noch weiter beschleunigen. Wenn die Flucht aus dem alten Tempel noch immer nicht bemerkt worden ist, dann kann es nicht mehr lange dauern."

„Wir können uns jetzt nicht mit Überflüssigem wie dem Aufbrechen von Schellen aufhalten – alle weiteren Sklaven, die vielleicht noch zu uns stoßen, behalten vorerst ihre Ketten, dafür bleibt keine Zeit. Treibt die Leute an, jetzt geht es ums blanke Leben! Los, los, los! Die Zeit läuft uns davon, und der Platz auf den Schiffen ist begrenzt!"

Es wurde absehbar, dass auch aus den Haushalten immer mehr Sklaven die Chance zur Flucht ergriffen und sich ihnen anschlossen.

„Wir müssen improvisieren, sonst werden zu viele zurückbleiben! Nur noch Frauen, Kinder, Jünglinge und Verletzte auf die letzten Schiffe, wir gehen mit dem Rest durch die Gänge, und ihr schickt uns sofort nach eurer Ankunft alles zur Evakuierung zurück!", befahl Douson den letzten Schiffsführern, die bald ablegen mussten.

Immer mehr Besalier drängten nun ebenfalls in den Hafen, die befahlen, sie auf die Schiffe zu lassen, und teilweise auch Leibwächter beauftragten, Gewalt einzusetzen. Es kam vermehrt zu Kämpfen, und es war ein Glück, dass immer mehr Befreite bewaffnet werden konnten, um auf Seiten der Arratäer einzugreifen. Sie errichteten eine Sperre am Eingang zum Hafengebiet, um die besalischen Flüchtlinge am Zutritt zu hindern, und Douson ließ nur noch Sklaven passieren. Die Schiffe waren nun längst alle weg, die letzten Boote legten ab, besalische Krieger begannen, in steigender Zahl in die Kämpfe einzugreifen.

„Rückzug!", befahl Douson und deckte mit wenigen Bogenschützen die Barrikade, bis die letzten Befreiten, die es zu ihnen geschafft hatten, in den Gängen verschwunden waren. Dann rannten sie um ihr Leben. Auch im Hafen hatten sie inzwischen zur Ablenkung überall Feuer gelegt, Rauchschwaden störten die Sicht und erschwerten das Atmen. So mochte das Heim der Dämonen aussehen! Mit letzter Kraft schafften es der Falke und seine verbliebenen Papageien in die Gänge. Mehrere Männer mit schweren Hämmern warteten bereits angespannt auf sie und brachten mit wenigen Schlägen den Durchgang, den sie zuvor offensichtlich schon heftig bearbeitet hatten, endgültig zum Einsturz.

KAPITEL XLVII - CHANGDI

Sie waren entkommen, Changdi und alle ihre Meisen, dazu viele hundert Sklaven. So viele, dass die erbeuteten Schiffe tatsächlich samt und sonders zweimal hatten fahren müssen, um die Flüchtlinge in Sicherheit zu bringen. Mit dem letzten Transport war schließlich auch Douson wieder zurück in Chanien, und zusammen mit den großen Zerstörungen in Auseilon und dem Raub der gesamten – wenn auch kleinen – Seestreitmacht der Besalier im Fjord war der errungene Erfolg mehr als enorm! Und trotz all dieser Triumphe war Changdi am Boden zerstört, als ihr Liebster sie freudestrahlend an sich drückte.

„Was ist mit dir Liebste?", fragte er gleichermaßen besorgt wie irritiert. „Geht es dir nicht gut?"

Sie brach in Tränen aus und war froh, dass er sofort verstand und sie ohne weitere Worte in den Arm nahm. Seltsamerweise empfand sie es als tröstlich, als auch seine Tränen flossen, nachdem er ein gequältes Stöhnen nicht hatte unterdrücken können.

„Wie …?", setzte er einige Minuten später zaghaft zu einer Frage an.

„Ein dämlicher Umstand hat einen dummen, gierigen Besalier einen zufällig gefundenen Gang folgen lassen. Einfach ein Zivilist, nicht einmal ein Krieger, Söldner, Späher. Der Mistkerl ist unerwartet in unsere Gruppe hineingelaufen und hat sich sofort eines der Kinder geschnappt. Er hat wohl gedacht, wir wären der Fang seines Lebens! „Ergebt euch, oder das Balg ist tot!", hat er gedroht, und mir blieb keine Wahl. Er war kein Gegner, und er hat mir auch nichts getan, als ich ihn erstochen habe, aber … es ging sehr schnell, Douson! Ich hatte furchtbare Schmerzen, habe vor lauter Krämpfen kaum etwas mitbekommen, von dem, was um mich her vor sich ging. Duntra, die gute Seele, hat mir so gut geholfen, wie sie konnte, aber unser Kind … sie war nicht zu retten … ein Mädchen, Douson … unser kleines Mädchen … wir haben sie verloren!"

Bevor Douson angekommen war, hatte Changdi kaum ein Wort sprechen können nach dem furchtbaren Verlust, war in Schock und Trauer versunken, war durch und durch nur noch Schmerz! Jetzt mit ihm war das Geschehene plötzlich aus ihr herausgesprudelt, hatte sich seinen Weg gebahnt. Es war, als hätten sich mit seinen auch ihre Schleusen geöffnet, und die Tränen flossen, als drohten sie beide vollkommen auszulaufen. Sie hielten sich, sie drückten einander, und immer wieder küsste Douson ihr nasses Gesicht, als wolle er ihre Trauer in sich aufnehmen, um sie zu entlasten.

„Oh, ihr Götter des Dreigestirns! Wie konntet ihr das zulassen?", schrie Douson irgendwann gen Himmel, scheinbar auf der Suche nach einem Schuldigen. Doch Changdi hatte das Gefühl, nur sie war verantwortlich für das Geschehene. Hätte sie sich geschont und nicht aus Sturheit all die guten Ratschläge in den Wind geschlagen. Sie verbot sich, die Kräuterfrau zu beschuldigen, die vielleicht noch strenger mit ihr hätte sein müssen, tief in ihrem Inneren war ihr klar, wie ungerecht dieser Vorwurf gewesen wäre.

Irgendwann, Changdi hätte nicht zu sagen gewusst, wie lange sie in ihrer Umarmung verharrt waren, schlief Douson ein, entkräftet durch all die Strapazen der letzten Wochen und den erlittenen Verlust. Der Klang seiner ruhigen, gleichmäßigen Atemzüge half endlich auch Changdi in einen Erschöpfungsschlaf.

Sie erwachte und blinzelte in die helle Sonne, die durch ein weit offenes Fenster fiel. Sie fühlte eine weiche Matratze unter sich und nahm den angenehmen Kräuterduft war, den sie verströmte. Der weiche Stoff einer dünnen Decke schmeichelte ihrer Haut, der warme Körper des an sie geschmiegten Douson vermittelte Geborgenheit, und sie seufzte wohlig. Erst danach kehrte die

Erinnerung wieder, als sie vollends zu sich kam, und ein schlechtes Gewissen überfiel sie.

Anscheinend registrierte Douson, der sie offenbar schon länger betrachtet hatte, den Wandel in ihrer Miene, denn er küsste sie sanft auf die Stirn und streichelte ihr die Haare aus dem Gesicht. Mit seiner warmen, dunklen Stimme brummte er: „Unsere Freunde haben uns hierhergebracht, während wir geschlafen haben. Ist es nicht ein wundervoller Trost, wie sie mit uns trauern und uns helfen möchten?! Lass es zu, es ist nichts Schlechtes, sich umsorgen zu lassen!"

Er schaute sie voller Liebe an, obgleich eine tiefe Traurigkeit in seinen Augen lag.

Sie sagte nichts, sie weinte nur wieder, und er hielt sie die ganze lange Zeit, bis sie wieder eingeschlafen war.

Das nächste Mal erwachte sie von lauwarmen, weichen Tüchern, mit denen kräftige Hände sie vorsichtig wuschen.

„Ah, die Dame erwacht!", neckte die bekannte Stimme ihrer Kräuterfrau Duntra. „Du musst langsam zu dir kommen, Changdi. Ich werde dich untersuchen, und dann machen wir einen Spaziergang!"

Das war eher ein Befehl, eine Feststellung, kein Vorschlag und keinesfalls verhandelbar. So sparte sich die Leidende den Widerspruch, der sinnlos gewesen wäre.

Der Weg zurück ins Leben begann. Geduld, Liebe und Wärme bildeten die Markierungen am Rande des Pfades.

KAPITEL XLVIII - MOSTRA

Eine grobe Hand auf ihrer nackten Brust weckte Mostra dämmernd auf. Die plötzliche Erkenntnis, dass man sie bewegungsunfähig fixiert und geknebelt hatte, blies das letzte bisschen Benommenheit weg. Sie konnte den Kopf leicht heben und sich betrachten. Die weit ausgebreiteten Arme waren an drei Stellen festgebunden, die gespreizten Beine ebenso, ihr Gesäß lag nur noch halb auf einer harten Holzplatte, sodass man von vorne an sie herantreten konnte. Oberkörper und Hals waren mit breiten Riemen festgeschnallt, die Brüste blieben dabei frei. Es konnte nicht den leisesten Zweifel geben, wofür man sie in diese hilflose Position gebracht hatte. Ihr Atem ging stoßweise durch die Nase, der Mund war durch einen Knebel behindert.

„Wie schön, meine Schöne, dass du doch noch aktiv an unserer gemeinsamen Nacht teilnehmen willst. Ich hatte schon befürchtet, du würdest gar nicht mitspielen!"

Hämisch grinsend trat ein schmerbäuchiger und stark behaarter Mann in ihr Blickfeld. Aus dichtem Bart, der über sein gesamtes Gesicht wucherte, funkelten sie zwei gierige Augen an. Ein Offizier, registrierte Mostra, der seine Rüstung abgelegt hatte. Die Färbung der Ärmel seines Leinenhemds zeigte, dass er kein einfacher Soldat war, welchen Rang er innehatte, war an dem fleckigen Kleidungsstück allerdings nicht zu sehen.

„Prachtvolle Titten hast du wirklich, eines Kaisers würdig, das muss ich schon sagen, nicht wahr?! So voll und rund! Und diese Zitzen!"

Er beugte sich über ihren Oberkörper, knetete brummend ihre Brüste, dann saugte er plötzlich ausführlich an ihrer rechten Brustwarze und biss schließlich leicht hinein. Er ließ von ihr ab und schaute auf die reflexhaft verhärtete Spitze.

„Ah, wundervoll! Wie ich sehe, willst du es auch, nicht wahr, Süße? Ich verspreche dir, ich werde mich um dich kümmern, meine Schöne, so, wie du es verdienst!"

Mostra versuchte ruhiger zu atmen und ihre Panik zurückzukämpfen. Welche Optionen gab es? Keine! Sich zu befreien war unmöglich, nicht einmal ein wahrscheinlich ohnehin nutzloser Hilferuf war möglich. Die Nachtigall hatte sich in ihrem Leben als Spionin schon häufiger widerlichen Kerlen hingeben müssen, Sex war nicht immer angenehm und schön gewesen. Aber bisher hatte sie bis zu einem gewissen Grad die Regeln bestimmen können. Hier war es anders, ihre erste Vergewaltigung stand bevor, und es gab schlicht nichts, womit sie es noch hätte verhindern können.

Sie zuckte zusammen, als ein dünnes Rinnsal einer Flüssigkeit auf ihre Haut traf. Öl – Olivenöl, sagte ihre Nase. Der Kerl massierte mit dem Öl erneut ausführlich ihre Brüste, und Mostra hörte sein obszönes Grunzen. Seine Hände glitten tiefer, und er verrieb das Öl bis über ihre Oberschenkel. Dann beschäftigte er sich mit den Innenseiten ihrer Schenkel und den Backen ihres Hinterns. Nur die Scham ließ er aus.

„Ah, Täubchen, du bist sicher schon ganz aufgeregt und freust dich auf das, was jetzt kommt, nicht wahr? Wir müssen doch ein bisschen Spannung aufbauen, das gehört zum Spiel, oder?!"

Den Impuls, zu strampeln und zu schreien, unterdrückte Mostra mühsam. Diesen Triumph würde sie ihm nicht gönnen! Was hätte sie darum gegeben, ihm das Knie zwischen die Beine zu rammen, wie er es verdiente. Sie drehte den Kopf zur Seite, versuchte regelmäßig zu atmen, schloss die Augen und wappnete sich für das Unvermeidliche, hoffend, es möge schnell vorübergehen. Aber das Schwein war offensichtlich auf anderes aus. Sie roch moschusartigen Schweiß, den Gestank eines wochenlang ungewaschenen Körpers.

„Mach die Augen auf, Weib, oder ich helfe dir dabei. Schau dir den Schaft an, der es dir gleich ordentlich besorgen wird! Na los, mach schon, sonst wird das Ganze weniger schön für dich, als ich es geplant habe!"

Mit größtem Widerwillen öffnete sie die Augen, um ihn nicht zu reizen. Er konnte sich ohnehin alles nehmen, sie wollte die Situation nicht noch schlimmer machen, als sie bereits war. Unter einem speckigen Bauch quoll aus einem verfilzten Busch das Gemächt. Sie nahm Bewegungen von Läusen im Gestrüpp wahr. Der Kerl war noch widerwärtiger, als sie befürchtet hatte.

„Na, siehst du, Kleine, das ist der Knüppel, den du gleich spüren wirst. Danach werden wir sehen, was du tun kannst, um ihn wieder aufzurichten. Aber jetzt bist du bestimmt schon genauso ungeduldig wie ich, nicht wahr?!"

Er ging um sie herum, ließ dabei seine Pranke über ihren öligen Körper gleiten. Ein Schrei wollte ihrer Kehle entkommen, aber der Knebel ließ nur ein Wimmern herausdringen.

„Ja, du bist so weit, nicht wahr? Ja, das bist du, lass mich mal fühlen, ob wir dich erst noch ein bisschen massieren müssen, hm?"

„Ihr Götter!", sandte sie ein Stoßgebet zum Dreigestirn! „Nicht auch noch das!" Mostra war alles andere als religiös, das unwillkürliche Gebet unterstrich für den freien Teil ihres Geistes die Verzweiflung der Lage.

Gerade strich einer seiner fleischigen Finger durch ihr gestutztes Schamhaar über ihre Lippen, als das Quietschen schwerer Scharniere zu hören war. Offenbar öffnete jemand die Tür der Kerkerzelle. Ihr Peiniger war alles andere als begeistert über die Störung, blieb aber in seiner Position zwischen ihren Beinen.

„Welcher verfluchter Hurensohn wagt es, verdammt nochmal …?", hob er brüllend an.

„Ich wage es, du Scheusal!", war überraschend die Stimme Felonias zu hören, was ihn dazu brachte, hochzuschrecken und von ihr abzurücken.

Erleichterung flutete durch jede von Mostras Zellen! Das musste die Rettung für sie sein!

„Meine Kaiserin, aber ich … Ihr habt doch … ich …", rang der Kerl um Worte, die in einem Gurgeln untergingen, als Mostra das schmatzende Geräusch einer starken Klinge hörte, die in Fleisch eindringt.

Dieses Schwein würde keine Frau mehr vergewaltigen!

Die Düsternis der bisher nur durch ein Talglicht beleuchteten Zelle wurde durch mehrere Fackeln vertrieben. Die wunderschöne Gestalt der Kaiserin trat in Mostras Sichtfeld, mit eigener Hand löste sie ihren Knebel.

„Du Ärmste, bist du unversehrt?", fragte Felonia mitfühlend und winkte dabei anderen Anwesenden, ihre Fesseln zu lösen.

Wie sich schnell herausstellte, waren es der schmächtige Priester und ein gewaltiger Leibwächter, die außer der Kaiserin im Raum waren. Der Gelbe steckte nacheinander zwei lodernde Fackeln in Wandhalterungen, während der Fleischberg mit dem besudelten Schwert, mit dem er wohl dem Fetten zuvor den Garaus gemacht hatte, die Fesseln zerschnitt. Der Mann schaute sie dabei nicht mehr an, als er musste, berührte sie kaum und reichte ihr eine Decke.

„Danke", hauchte Mostra erschöpft, was er mit einem Nicken und einem dunklen Brummen quittierte. Dann wischte er sein Schwert am Kittel des Toten ab, steckte es in die Scheide und trat mit verschränkten Armen hinter die Kaiserin. Die Nachtigall vermutete, dass der Hüne keine Zunge mehr hatte, wie es in besalischen Adelskreisen bei Leibwächtern favorisiert wurde.

„Es freut mich, dass wir diesem treulosen Kerl zuvorkommen konnten! Nicht auszudenken, wenn der Kaiser davon erfahren hätte! Dir ist nichts geschehen, nein?"

Sie schüttelte nur leicht den Kopf. Mostra verzeichnete automatisch, dass sie jetzt die einmalige Chance hatte, die Kaiserin zu töten. Selbst dieser gewaltige Leibwächter hätte trotz ihrer Angeschlagenheit nicht rechtzeitig einschreiten können. Doch die Nachtigall verwarf den Gedanken sofort, immerhin verdankte sie ihr ihre Rettung. Darüber hinaus konnte Zoros leicht eine neue Kaiserin finden – buchstäblich hunderte wie Felonia hätten sich um diese Ehre gerissen! Vielleicht weniger schön und vermutlich weniger intelligent als die Frau vor ihr, doch das spielte keine wirkliche Rolle in einem Land, in dem die Frauen nur für die Fortpflanzung gebraucht wurden.

„Gut! So etwas wird nicht wieder vorkommen! Ich lasse dich in eine sichere, separate Zelle bringen, du kannst dich waschen. Wir reden ein andermal! Ich möchte erst herausfinden, wie es zu diesem Vorfall kommen konnte."

Damit verließ die Kaiserin sie, gefolgt von dem schmächtigen Askarier. Der Leibwächter hingegen blieb, fesselte ihr mit wenigen geübten Griffen die Hände auf den Rücken und zog ihr einen groben Sack über den Kopf. In ihrem derzeitigen Zustand hätte sie gegen diesen Krieger keine Chance, darum versuchte sie es gar nicht erst.

Der Sack verhinderte jegliche Orientierung auf dem Weg durch die verschiedensten hallenden Gänge und über zwei Höfe. Gleichzeitig wollte die Kaiserin offensichtlich, dass Mostras Anwesenheit an diesem Ort weiter ein Geheimnis blieb. Wo auch immer sie sich befanden, es musste in der Nähe von oder gar in Askarion sein. Wo sonst würde die Kaiserin sich aufhalten!?

Befand Mostra sich möglicherweise sogar im kaiserlichen Palast? Trotz der gerade durchlittenen Situation nahm ihr Verstand automatisch alles auf, was es zu beobachten gab. Das war ohnehin wenig genug.

Schließlich führte der Große sie in eine großzügige Zelle, wo er ihr den Sack vom Kopf zog. Durch ein Oberlicht drangen erste Strahlen einer aufgehenden Sonne in den sonst fensterlosen Raum. Allein die massive Tür sagte deutlich, dass sie nicht plötzlich zu einem Gast geworden war. Doch deutete der Leibwächter auf saubere Kleidung, die auf einem echten Bett lag, es gab einen feingearbeiteten Tisch mit zwei Stühlen und eine Wanne, aus der Dampf einladend aufstieg.

Vor Dankbarkeit hätte sie dem Krieger um den Hals fallen mögen, als er ihr aus sicherem Abstand mit ausgestrecktem Schwert die Fesseln durchtrennte, aber Mostra wusste, in diesem Spiel gab es für alles einen Preis, und diese Annehmlichkeiten wurden ihr nicht einfach geschenkt. Allerdings war ihr das in diesem Moment egal, und sie warf sofort die Decke von sich, kaum dass die Tür hinter ihr ins Schloss gefallen und verriegelt worden war. Sie ließ sich in das eigentlich noch zu heiße Wasser in der Wanne gleiten, tauchte unter und blieb einige Sekunden unter Wasser. Sie würde sich mit Bürste und Seife das Öl und all die widerwärtigen Berührungen dieses Scheusals herunterwaschen. Sie würde die Wärme des Bades in sich aufnehmen, die Erschöpfung und das Leid fortspülen und schlafen. Und dann würde sie alles im Geiste durchgehen, was in den vergangenen Stunden passiert war, als hätte sie alles nur beobachtet und nicht selbst erlitten, so, wie sie es gelernt hatte. Wenn es etwas herauszufinden gäbe, was über die Tat eines perversen Schweines hinaus ging, dann musste sie es wissen!

„Es sind keine Xifonier mehr an Bord der Morgenröte, Herr. Alle, die noch nicht an Land waren, haben wir tot im Hafenbecken gefunden. Alle, außer Ikalo!"

Ibonsa unterdrückte ein Heulen verzweifelter Wut. Es zerriss ihn zwischen Erleichterung darüber, dass sein Sohn wahrscheinlich noch am Leben war, der Trauer über die vielen sinnlosen Opfer und seiner Ohnmacht. Warum hatte er es nicht kommen sehen? All seine Vorkehrungen, all die bisher sichtbaren Erfolge bei der Integration der Sträflinge hatten ihn augenscheinlich seine Vorsicht verringern lassen. Hatte er einfach die Augen geschlossen, irgendwelche Zeichen nicht erkannt? Es war niemand unter den Xifoniern da, den er zu den Geschehnissen hätte befragen können, nein, es war niemand *übrig*, den er hätte befragen können.

„Haben wir eine Ahnung, welchen Kurs die Schweine genommen haben?"

„Anscheinend haben sie sich nach Norden gewandt, Herr. Sie haben von anderen Schiffen ihre Mannschaft ergänzt. Die meisten Männer haben das Angebot ausgeschlagen und sind geblieben. Zur Bemannung weiterer Schiffe reichten die Meuterer offensichtlich nicht aus, aber daran, die Galeeren außer Gefecht zu setzen, konnte die Schurken wohl keiner hindern. Die zurückgebliebenen Sträflinge berichten, ein Mann namens ‚Bosko, der Amboss' hätte das Kommando übernommen, und man wolle jetzt für den eigenen Säckel Beute machen!"

„Als fremder, ortsunkundiger Pirat in xifonischen Gewässern? Sind die wirklich so dumm?", fragte Hanju.

„Sie werden kaum Erfolg haben mit einem Küstenschiff ohne Hafen, ohne Wissen um Strömungen und Gezeiten oder gar über

Seekämpfe, wenn sie andere Schiffe kapern wollen", bekräftigte einer der Kapitäne.

Ibonsa hatte inzwischen zehn seiner Schiffe zur Jagd zusammengezogen und beriet sich gerade mit den Befehlshabern.

„Genau darin liegt die Gefahr. Sie sind völlig unberechenbar und werden bald verzweifelt sein. Es kann nicht lange dauern, bis sie nicht mehr über Beute, sondern Wasser und Proviant nachdenken. Und es gibt wohl genau eine Person an Bord, die ihre Probleme lösen kann – Ikalo!"

„Und er wird es tun, um zu überleben, aber er wird versuchen, sie zu manipulieren, wenn er kann. Es sei denn, die Kerle haben schon ein Ziel vor Augen. Nochmal zurück zu den Männern, die das Angebot dieses Bosko ausgeschlagen haben – haben sie gesagt, warum sie das getan haben?"

„Sie haben ihn alle als Großmaul beschrieben. Einer der Männer hatte sogar wochenlang in der Ruderbank neben ihm gesessen. Der begreift gar nicht, wie ein Kerl wie dieser die ganze Mannschaft für eine Meuterei hinter sich bringen konnte. Jedenfalls scheint er nie irgendetwas anderes als ein Gauner gewesen zu sein. Und natürlich hat er keine Ahnung von Seefahrt, Navigation oder unseren Gewässern."

Hanju verdrehte die Augen zu diesem Bericht, was Ibonsa sofort aufgriff, weil er seine Intuition schätzte.

„Was stört dich, Seefalke?"

„Bin ich der Einzige, für den das alles nicht zusammen passt? Eine Galeere voller Landratten, befehligt von einem Schwachkopf, und dann so eine geschickte Vorgehensweise bei der Meuterei?"

„Du hast Recht, da stimmt etwas nicht, aber wie sollen wir herausfinden, was das ist? Doch egal, was hier wirklich gespielt wird – was könnte schlimmstenfalls passieren? Ob beabsichtigt oder nicht?"

„Die Seraitu könnten sie vor uns schnappen", sprach Hanju aus, was alle dachten.

„So ist es, mein Freund! Glücklicherweise sind momentan keine Seraituschiffe mehr hier unterwegs, aber die Morgenröte könnte einen Seraituhafen ansteuern. Und deshalb werden vier unserer Segler zwischen den Titten der Göttin patrouillieren, um die Piraten abzufangen. Einen schicken wir zu den Galeeren, die die Insel Seraitu abriegeln, die restlichen fünf schwärmen nach Norden aus und hoffen, zufällig auf sie zu stoßen. Und wer auch immer von uns sie stellt – treibt sie nicht zum Äußersten! Ich will meinen Sohn zurück! Lebend!!!"

KAPITEL L - ACHFOSS

„Der Gouverneur wurde zurück nach Askarion beordert, mein Prinz! Der Standortkommandant von Pusilsaron soll die Stellung halten, bis ein neuer Gouverneur bestellt ist!"

Mit schlecht gespieltem Bedauern antwortete Achfoss: „Oh, der Arme, da wird der Papa sicher schimpfen, wenn er nach Hause kommt!"

Trullon grinste. „Diese Reise wird weniger komfortabel für ihn, als er es gewöhnt ist, so viel darf man annehmen! Und mit der Eskorte, die ihn in die Kernlande bringt, haben wir wieder einige Elitekrieger aus den Kernlanden weniger, die wir in Pusilsaron bekämpfen müssen!"

„Die Götter sind mit uns, mein Freund. Sind wir denn bereit für unseren nächsten Schlag?"

„Im Rest Tulons ist alles bereit für einen koordinierten Angriff, und auf deinen Befehl werden die Überfälle zeitgleich erfolgen. In der Hauptstadt hat der Gouverneur vor seiner Absetzung allen Offizieren befohlen, ihre Häuser zu verlassen und sich in der Kaserne einzuquartieren. Ich befürchte, das wird der Standortkommandant schnell zurücknehmen, weil die Offiziere sich seitdem über den mangelnden Komfort beklagen. Das ist das Einzige, was mir an der Abberufung nicht schmeckt. Es wäre so praktisch gewesen, alle auf einen Schlag zu erledigen!"

„Schön, warten wir nicht länger! Übermorgen, zwei Stunden nach Mitternacht, schlagen wir überall im Land zu. Dann sollte der ehemalige Gouverneur unterwegs sein. Ist die besalische Führung dann noch in der Kaserne – umso besser. Dann schließen wir alle im Offiziershaus ein und lassen es in Flammen aufgehen. Wenn nicht, dann beseitigen wir eben weiter so viele einzeln, wie wir kriegen können, und werden sehen, ob wir ausreichend viele Überläufer bekommen, um die Stadt endgültig zu nehmen!"

„Ich danke dir, mein Prinz, so soll es sein!", bestätigte Trullon freudestrahlend.

„Mein Prinz", dachte Achfoss. Zum ersten Mal hatte er das aus dem Mund des Raben gehört, und rasch blinzelte er eine einzelne Träne aus dem Augenwinkel. Er war umgeben von zahlreichen aufrechten und guten Männern und Frauen, die seine große Zuversicht trugen, Tulon bald wieder unter die Herrschaft seiner Dynastie zu bringen und sich zum ersten Mal in seinem Leben die Krone seines Landes aufzusetzen. Aber keiner unter diesen guten Menschen war ihm so sehr ans Herz gewachsen wie dieser verkrüppelte Arratäer – der beinlose Rabe mit dem großen Herzen!

„Vor zwei Generationen haben sie uns alles genommen, diese besalischen Hunde. Unsere Freiheit, unseren Stolz, unsere Kraft! Jetzt, meine Freunde, jetzt endlich ist es so weit, und wir holen uns alles zurück!"

KAPITEL LI – FELONIA

Erhitzt, ermattet, erfüllt und gleichzeitig ängstlich. Hatte sie an alles gedacht? Zoros war gerade zugange mit Nafriti, wie Felonia sicher wusste, weil ihre Spitzel noch nicht signalisiert hatten, dass er zum Ende gekommen wäre. Anfangs hatte ihr diese Nachricht einen kleinen Stich verpasst. Nicht etwa, weil sie eifersüchtig gewesen wäre, denn Zoros war schließlich kein Mann zum Lieben, den man ungeteilt für sich haben konnte. Von Anfang an hatte sie sich niemals eingebildet, für längere Zeit als bis zu ihrer Schwangerschaft die Einzige für ihn zu sein. Aber zweierlei störte sie trotzdem mehr, als sie erwartet hatte. Zum einen, dass er sich – abgesehen von den Sklavinnen, die ihm zwischendurch des Öfteren Erleichterung verschafften – schon jetzt, wo er noch gar nicht wusste, dass sie seinen Erben ausbrütete – Abwechslung suchte. Hatte die Faszination sich schon so bald abgenutzt, die von ihr ausging? Und zum anderen belastete sie weit mehr, ihre beste Freundin Nafriti in der Rolle ihrer Rivalin zu sehen. Dass er sie bestieg, konnte Felonia im Grunde kaum wundern, denn schließlich war er zu Recht schon Monate, bevor er Felonia kennengelernt hatte, von ihrer Schönheit und Kunstfertigkeit begeistert gewesen. Aber die Heimlichkeit war es, die sie traf. Warum hatte Nafriti es ihr nicht sofort frei heraus mitgeteilt? Das musste geklärt werden, denn Felonia brauchte die Hohepriesterin in vielerlei Hinsicht für ihre Pläne und konnte Zoros' Brünstigkeit nicht zwischen sie kommen lassen. Felonia wollte ihr wieder vollständig vertrauen können, gerade jetzt, wo sie sie gerne ins Vertrauen gezogen hätte, um ihre Schäferstündchen mit Akhfino zu ermöglichen. Die junge Kaiserin musste mehr als nur vorsichtig sein, wenn sie sich nicht um die heißen Küsse, gehauchten Liebesschwüre und zarten Berührungen dieses schönen Xifoniers bringen wollte. Hin und wieder hatte es sie wirklich begeistert, wenn die Stimmung die richtige war und Zoros sie wild nahm. Aber die Qualität des Akts mit diesem Jüngling war eine ganz andere gewesen. Sie glühte bei der Erinnerung, wie er die Innenseiten ihrer Schenkel sanft geküsst hatte, seine Zungen-spitze über die Höfe ihrer Brustwarzen gestrichen war, die derzeit ohnehin besonders empfindsam waren. Sein warmer Atem in ihrem Nacken, seine feingliedrigen Hände um ihre Taille und schließlich sein Schaft in ihr, der den perfekten Rhythmus gesucht und gefunden hatte, um ihr so mühelos leise Schreie zu entlocken. Oh ja, so konnte es sein, so schön und … gefährlich! Fe-lonia schalt sich eine Närrin, alles zu riskieren für ein biss-chen Zärtlichkeit und Glut in ihrem Herzen, und doch sehnte sie sich schon nach dem nächsten Treffen mit diesem Burschen, der ihr Lager kaum verlassen hatte.

Die Kaiserin zwang sich, ihren Kopf klarer zu bekommen, und wusch sich Akhfinos Duft vom Körper. Währenddessen wartete sie auf Nafriti, nach der sie geschickt hatte. Bis diese endlich bei ihr ankam, war Felonia sich längst sicher, wie sie mit der Situation umgehen wollte – mit Offenheit.

„Da bist du ja, meine Liebe! Es ist schön, dich zu sehen, und ich muss dringend etwas mit dir besprechen", hieß sie Nafriti willkommen und fühlte es auch so.

„Ich danke dir, meine Kaiserin, und … ich habe auch wichtige Neuigkeiten für dich. Könnten wir … unter vier Augen spre-chen?"

Diese Eröffnung klang vielversprechend, und Felonia winkte alle Sklavinnen und Leibwächter aus der Halle, bevor sie die Freun-din bei der Hand nahm und in den privateren Nebenraum zog. Augenblicklich kehrten ihre Gedanken zu Akhfino zurück, mit dem sie hier noch vor kurzem gelegen hatte.

„Nun, dann fange du an, Nafriti! Was hast du auf dem Herzen, mein Schatz?"

„Ich bin sicher, du weißt bereits, dass dein Gatte mich seit Tagen immer wieder zu sich kommen lässt?! Und zweifellos ist es auch schon kein Geheimnis mehr, warum?!"

Es sprach für Nafriti, Felonia nicht zu unterschätzen und nicht zu versuchen, ihr diese Enthüllung als die große Neuigkeit verkaufen zu wollen. „Wir wussten wohl beide, er würde sich irgendwann wieder danach sehnen, dir beizuwohnen, nicht wahr? Auch wenn ich ehrlich gesagt noch nicht so bald damit gerechnet hätte!"

„Ich hatte gehofft, er würde mein Amt höher schätzen und sich eine andere Gespielin suchen. Besonders, weil er offenbar noch immer nicht weiß, dass du guter Hoffnung bist!"

War da ein leiser Vorwurf in Nafritis Stimme, der in diesem Satz mitschwang?

„Dem Kaiser sind Anstand, Höflichkeit und Erwartungen der Gesellschaft egal, wenn es um sein persönliches Vergnügen geht. Daran kann es doch absolut keinen Zweifel geben, Nafriti. Was meine Schwangerschaft angeht, so wollte ich längst mit Zoros gesprochen haben, aber er hat derzeit kein offenes Ohr für solche Belange!"

„Ach, hat er nicht? Ich sage dir, wie wichtig ihm sein Nachwuchs ist, Felonia! So wichtig, dass er mich beackert, wie er es zu seinen wildesten Zeiten getan hat. Ungezügelt und hemmungslos ist er immer, aber die Forderung an mich, keine Vorkehrungen mehr zu treffen, ist neu!"

„Keine …? Er will ein Kind von dir?"

„Er will ein Kind von mir, und er will den Umstand sogar gegen mich nutzen! Ich soll dich bespitzeln, und wenn ich das nicht tue, will er mich als deine Rivalin bei dir anschwärzen! Aber da spiele ich nicht mit", brach es aus Nafriti heraus. Tränen von Angst und

Wut rannen über ihr Gesicht, und hilfesuchend starrte sie Felonia an. Die entwaffnende Ehrlichkeit dieser Eröffnung ließ die Kaiserin ihre Freundin impulsiv an sich drücken und ihr einen Kuss auf die nasse Wange geben.

„Du bist eine wahre Freundin, Nafriti! Eine wahre Freundin, und nichts und niemand soll zwischen uns stehen. Schon gar nicht mein Gatte, hörst du?!"

„Aber was soll ich denn jetzt tun, Felonia? Ich kann mich ihm doch nicht widersetzen? Ihm, dem Kaiser?!"

„Nein, mein Schatz, nein, das kannst du nicht. Zumindest nicht offen. Wir müssen uns gemeinsam dagegenstellen. Zuallererst muss ich ihm bei nächster Gelegenheit eröffnen, dass der ersehnte Erbe unter meinem Herzen wohnt. Wenn das Zoros' größte Triebfeder ist, sollte das schon den größten Druck von dir nehmen. Jetzt verstehe ich dich viel besser, Nafriti."

Dankbarkeit sprach aus den Augen der Priesterin, und sie tupfte sich die Tränen aus dem Gesicht.

„Außerdem wirst du wieder die Vorkehrungen gegen die Empfängnis treffen, wie du es auch in der Vergangenheit immer getan hast. Du wirst es hier in meinen Räumlichkeiten tun, wo wir sicherstellen können, dass niemand dich dabei beobachtet. Sollte sich tatsächlich jemand Gedanken machen, weshalb du so oft zu mir kommst, kannst du Zoros leicht glaubhaft machen, du würdest nur seinem Auftrag nachkommen, mich im Auge zu behalten."

„Wie du es wünschst, meine Kaiserin! Und was soll ich ihm sagen, was seine Neugierde über deine Aktivitäten befriedigt?"

„Da werden wir uns noch etwas einfallen lassen müssen. Vorerst wirst du ihm berichten, ich lasse mir bei den geheimen Geschäften im Dienste von Kaiser und Reich nicht in die Karten schauen.

Darüber kann er sich kaum beklagen, denn wenn die geheimen Geschäfte beim Tratsch zwischen uns zur Sprache kämen, wären sie ja kaum noch geheim", zwinkerte sie.

Mühsam unterdrückte Felonia den großen Drang, ihrer Freundin von ihrem Schäferstündchen zu erzählen. So dringend hätte sie dieses Erlebnis mit ihr teilen wollen, doch wäre es Wahnsinn gewesen. Was, wenn Zoros irgendwann einen Verdacht hegte und Nafriti unter Druck setzte? Ihr Gatte würde alles aus jedem herausbekommen, wenn er das wirklich wollte – selbst, wenn der- oder diejenige nicht einmal etwas verbrochen hatte. Der beste Schutz für Nafriti wäre ihre Unwissenheit, auch wenn Felonia mit Unbehagen erkennen musste, dass es mehr als genug Interessantes für Zoros gab, was Nafriti im Zweifelsfall bereits aus der Vergangenheit wusste.

KAPITEL LII - KARISSA

Karissa war am Tag ihres Plädoyers für die Flucht der Krebse nach Chanien bei ihren Kriegern geblieben, und man hatte sie nicht zurück in die Einzelhaft gezwungen. Sie und ihre Leute galten unverändert nicht als Gäste der Krebse und durften sich nicht frei in der Siedlung bewegen. Immerhin behandelten die Dörfler sie gut. Mit jedem Tag, den man sie hinhielt, glaubte Karissa weniger an eine positive Antwort auf ihr Angebot.

In einer räumlich sehr beengten Umgebung wie in diesem Siedlungskern war eine Abschottung kaum soweit möglich, als dass man hätte größere Vorkommnisse komplett verheimlichen können. So konnten sie bald erschließen, dass viele Gäste erwartet wurden. Besalier, um Karissa zum Wohle der Krebse zu verschachern? Eine Ratssitzung mit anderen Krebsen, wie von der Elster angeregt? Oder hatte es vielleicht mit der Sache gar nichts zu tun? Unwahrscheinlich, aber möglich, denn niemand redete mit ihnen, um sie aufzuklären. Das Gewusel der Vorbereitungen ging in den Lärm der Willkommenheißung von mindestens acht größeren Gruppen über, die nur in einem Fall eine nicht mehr oder minder herzliche Atmosphäre ausstrahlten. Doch bei dieser Ausnahme konnte man eine gewisse Anspannung wahrnehmen. Inzwischen hoffte Karissa durch die neue Konstellation wieder auf eine große Ratssitzung und schloss bei der besonderen Delegation auf eine gewisse Rivalität. Ob das nun ein gutes oder schlechtes Zeichen war, konnte natürlich noch niemand einordnen.

Sie hörten an diesem Abend viel Musik, Jubel und Betriebsamkeit, auch die Gefangenen bekamen vom Festmahl, welches bereitet worden war, etwas ab und genossen die für ihre Gaumen ungewöhnlichen Geschmäcker.

„Wenn ihre Freundlichkeit so vorzüglich wäre wie ihre Koch-kunst, würden wir uns alle lieben", fasste einer ihrer Männer zusammen.

„Zwar scheint bei dir die Liebe durch den Magen zu gehen, aber bei den Krebsen muss sie leider den Weg durch den Kopf nehmen. Das wird auf jeden Fall schwieriger!"

Es sollte noch einen ganzen, endlos langen Tag dauern, bis man Karissa vor den Rat lud.

„Du musst hier nicht alles wiederholen, was du uns bereits erzählt hast. Deine Angebote wurden bereits ausführlich diskutiert", eröffnete die bekannte Vorsteherin Tassna ohne Vorstellungen oder Begrüßungen. Offensichtlich wollte sich die Frau nicht das Heft aus der Hand nehmen lassen und den Fortgang der Besprechung vorgeben. Noch während Karissa in Sekundenbruchteilen eine Strategie dagegen ersinnen wollte, kam ihr unerwartet aus dem Kreis des Rates jemand zur Hilfe. Gut achtzig Frauen mittleren bis hohen Alters starrten sie an, manche neugierig, andere ängstlich, wenige feindselig, doch eine der ältesten Frauen offen und interessiert aus listigen Äuglein. Die Frau war klein und hutzelig, die Haut von Wetter und Alter gebräunt und gefurcht, einen hohen Turm aus kräftigem, schloh-weißem Haar auf dem Kopf. Als sie mit brüchiger Stimme zu reden begann, beobachtete Karissa die Reaktion der hiesigen Vorsteherin und wusste instinktiv sofort, ihre beste Chance auf einen erfolgreichen Abschluss der Mission war diese Alte. Die Elster hätte gewettet, dass es deren Delegation gewesen war, welcher der relativ frostige Empfang gegolten hatte, wie Karissa ihn registriert hatte.

„Tassna, ich bitte dich, lass uns doch erst mit unserem Gast sprechen, bevor du sie durch deine Vorschläge an den Rat verschreckst!"

Mit hochrotem Gesicht fuhr die Gastgeberin auf: „Diese Frau ist kein Gast in diesem Rat. Und es geht schon lange nicht mehr um Vorschläge, sondern um Beschlüsse, verehrte Wasolla!"

„Tassna, mein Kind, du sitzt als diejenige, die die Versammlung einberufen hat, dem Rat vor. Doch dass deine Vorschläge dadurch sofort zum Beschluss werden, wäre mir neu! Und ich gehörte diesem Rat schon an, als du noch Köderfische gefangen hast!"

„Wir haben alles seit vielen Stunden besprochen, und jetzt …"

„… und jetzt erhebe ich zum ersten Mal meine Stimme in diesem Rat! Und du, mein Kind, wirst keiner der Ältesten den Mund verbieten! Oder willst du auch diese altehrwürdige Regel nach deinem Geschmack beugen?!"

Die Vorsteherin konnte die Stimmung im Versammlungshaus nicht anders erfassen, als dass es Zeit wäre, den Blick zu senken, sich zurückzusetzen und der Alten das Feld zu überlassen.

„Na also, mein Kind, dann können wir ja beginnen", brummte die kleine Person mit der großen Ausstrahlung und ließ sich helfen, um sich bequemer zu setzen. Zu Karissa gewandt fuhr sie fort: „Wie du zweifellos bereits erahnt hast, junge Frau, sitzt du hier vor dem Großen Rat der Krebse am Fjord! Ich bin Wasolla und eine der Ältesten im Rund. Unsere Schwester Tassna hat dich als eine Adlige aus Chanien vorgestellt, was mich etwas irritiert, weil du wie eine Arratäerin aussiehst und wirkst. Und du zettelst also Aufstände gegen die besalische Herrschaft an? Bitte wiederhole doch deine Forderungen noch einmal mit deinen eigenen Worten!"

Karissa war eine Kriegerin, die wusste, wann sie in die Offensive gehen musste.

„Verehrte Wasolla, im Namen meines Gatten, des Herzogs am Fjord, Hykimo des Chanischen Königreiches, erweise ich Eurem Hohen Rat unseren Respekt", erhob sich Karissa, um sich zu verneigen. Dabei fiel der Alten sofort die Schwangerschaft auf.

„Setz dich wieder hin, Mädchen. Wir danken dir, dass du die Reise auf dich genommen hast, obgleich du ein Kind unter dem Herzen trägst. Dein Gatte scheint der Angelegenheit viel Bedeutung beizumessen, wenn er dich trotzdem hierher entsendet!"

„Das tut er, und auch ich tue das! Und lasst mich vor dem geehrten Rat zunächst die wahrscheinlich verkürzte und entstellte Sicht auf meinen Auftrag richtigstellen, die hier vermittelt wurde!"

Im Rund sah Karissa das eine oder andere schuldbewusste Gesicht unter den Frauen des gastgebenden Rates und ein höchst erzürntes. Doch eine Widerrede Tassnas wurde von der Alten unterbunden.

„Du schweigst jetzt, Mädchen, du redest seit vielen Stunden ununterbrochen und solltest dir und uns ein wenig Ruhe gönnen. Fahre fort, Herzogin!"

„Es ist wahr, dass wir uns im Aufstand gegen die Besalier in Arratäa befinden. Aber wir sind keine Buschräuber, sondern der Kern unserer Bewegung ist aus der Königlichen Leibgarde Arratäas entstanden. Ich selbst war eine Hauptfrau der Einheit im Dienste der neuen Königin Leseba I., die jetzt aus Saffiron-up-Offvei heraus regiert und das Land befreien will!"

„Eine Elster, wie?!", keckerte die Alte und belustigte damit das Rund, doch als der Ernst in ihr faltiges Gesicht zurückkehrte, erstarb die Heiterkeit auch der anderen sogleich.

„Ihr seid mit unseren Rängen vertraut, wie ich höre, verehrte Wasolla. Ja, mit Stolz habe ich diesen Rang bekleidet, und mein

Gatte war der Adler der Königlichen Gebirgsjäger, bevor er das Bündnis mit unseren chanischen Nachbarn zu deren Verteidigung geschmiedet hat. Dafür wurde ihm die Herzogswürde und ein Lehen verliehen!"

„Ein Adler und eine Elster! Und keine falsche Bescheidenheit, meine Liebe, wir mögen ein wenig abgelegen leben, doch von der Besonderheit des Ranges eines Hykimo wissen auch wir! Aber komm zur Sache, Herzogin. Verschuldet durch unsere Gastgeberin reden wir schon sehr lange um den heißen Brei!"

„Wie ihr wünscht! Aus den Schilderungen Tassnas habe ich verstanden, ihr werdet – anders als zu Zeiten der arratäischen Herrschaft in Seisilon – um hohe Abgaben gepresst und teilweise in Schuldsklaverei gezwungen?!"

Alle im Kreise nickten betreten.

„Diese Situation ist keinesfalls tragbar, für keinen freien Menschen auf dieser Welt. Und ich habe Verständnis dafür, dass auf der Suche nach Auswegen auch harte Entschlüsse getroffen werden müssen!"

„Ha!", wollte die Vorsteherin wieder einhaken, doch Karissa redete einfach etwas lauter weiter.

„... aber ich bin mit einem Angebot angereist, welches eure Unterdrückung beendet und euch darüber hinaus mehr Wohlstand und ein leichteres Dasein bieten kann, als ihr es derzeit fristet!"

Jetzt schrie Tassna doch ihren Widerspruch heraus: „Ihr wollt uns doch nur in die Sklaverei in Chanien führen! Ihr wollt uns unsere Lebensweise nehmen, ihr wollt uns diesen schwarzen Plattnasen unterordnen ..."

Wasolla schlug mit einem fischbeinernen Krückstock mehrfach auf den Boden, bis die Vorsteherin verstummte.

„Wir kennen deinen Standpunkt zur Genüge, Mädchen. Und jetzt wollen wir die Herzogin hören! Also schweig!"

Das war überdeutlich gewesen, und mehrere der Anwesenden sogen die Luft scharf ein, aber alle respektierten das Machtwort.

„Hykimo Treju will an der Steilküste auf der anderen Seite des Fjordausgangs eine Hafenstadt gründen, und die Arbeiten daran dürften inzwischen längst begonnen haben. Eine Stadt, die von Fischerei und Handel leben soll, die zur Verteidigung gerüstet und zu einer Metropole heranreifen soll. Die Klippen sind dort in Teilen von ähnlicher Beschaffenheit wie hier, doch gibt es weniger Riffe und Untiefen, wie man mir sagt. Zweifellos würdet ihr das gegebenenfalls viel besser beurteilen können als ich. Nun – was bieten wir euch an? Treju bietet euch Freizügigkeit unter seiner Herrschaft, Baustoffe und Unterstützung zur Errichtung von Häusern oder anderen Unterkünften eurer Wahl für jede eurer Familien, die mit uns kommen will. Schulen für eure Kinder, Arbeit, Brot und Schutz. Im Gegenzug werdet ihr Bürger des Chanischen Königreiches mit allen Rechten und Pflichten, die alle Bewohner des Königreiches teilen. Ab dem fünften Jahr werdet ihr die gleichen Abgaben entrichten wie die anderen Bewohner des Landes, werdet kämpfen, wenn wir angegriffen werden, werdet Teil unserer Gemeinschaft sein. Geehrte Wasolla, Ihr habt bereits Eure Kenntnis Eurer Nachbarn bewiesen. Dann wisst Ihr auch, dass in Chanien zahlreiche Völker unter der Herrschaft einer Königin leben, die allen ihre Gebräuche und auch alle möglichen Formen der Eigenverwaltung zugesteht. So wird es Treju auch für die Krebse garantieren und ist bereit, das offiziell zu dokumentieren. Ich weiß aus eigener Erfahrung, wie mühsam und gefährlich ein Neuanfang sein kann. Doch werdet Ihr nicht alleine stehen, und überlegt gut, ob Mühsal und Gefahr nicht viel größer für Euch sein werden, wenn Ihr Euch entschließen solltet zu bleiben. Und lasst mich noch einen letzten Satz ergänzen: Wir heißen Euch als ganze Gemeinschaft willkommen – alle! Aber wenn sich nur Einzelne von Euch entscheiden sollten, sich uns anzuschließen, falls Ihr den Krebsen die persönliche Wahl lassen wollt, so bleibt unser Angebot ebenfalls bestehen!"

Wieder verschaffte sich Tassna trotz aller Machtworte Gehör.

„Natürlich, euch wäre es ja gleich, was mit den Zurückgebliebenen geschieht, du Schlange! Wenn eine Hälfte von uns geht, wird die andere versklavt, das wissen wir doch alle!"

„Das waren heute deine ersten vernünftigen Worte, mein Kind! Wir können nur alle gehen oder keiner!"

„Oder Einzelne, und nur so war es gemeint und gesagt! Mir genügen jetzt diese permanenten Beleidigungen und das Herumdrehen der Worte in meinem Mund. Wir sind jetzt an einem Punkt, wo ihr eure Entscheidung ohne mich diskutieren solltet. Ich werde heimkehren, und ihr werdet willkommen sein, falls ihr euch für eure Freiheit in Chanien entscheidet!"

„Nicht ganz, meine junge Herzogin, nicht ganz! Du hast gut gespielt, aber ihr könnt uns leider noch nicht verlassen. Deine Kriegerschar wird nach Chanien zurücksegeln, du aber wirst unser geschätzter Gast bleiben, bis unsere Entscheidung gefallen ist. Denn dieses törichte Kind hier hatte noch mit einer zweiten Sache Recht: Sollten wir bleiben, bist du unsere einzige und beste Handelsware für den Gouverneur Futtinu von Caviros in Seisilon. Und er hat sehr klar gemacht, dass er bereit ist, großzügig zu sein, wenn jemand Vögel liefern kann! Was wird ihm dann wohl eine Elster wert sein, die darüber hinaus sogar das schwangere Weib des Adlers ist?!"

KAPITEL LIII – FUTTINU

„Saffiron muss fallen!", wiederholte Futtinu innerlich immer und immer wieder. Dem Gouverneur war nicht in letzter Konsequenz klar, welche Kräfte an ihm und der Stabilität der Provinz zerrten, aber zumindest gab es ein eindeutiges Zentrum der feindlichen Macht, und das musste beseitigt werden! Das Zertreten des Nests der Vögel im Arron war zunächst ein bejubelter Erfolg gewesen, doch erfuhr er nach und nach, dass es nur verhältnismäßig geringe Beute, dafür aber überproportionale Verluste gegeben hatte. Er war nicht zufrieden.

Kurz entschlossen zog er selbst ins Feld in Richtung Saffiron, ritt mit nur hundert Mann seiner Leibgarde los, um so schnell wie möglich ins Geschehen eingreifen zu können. Sein Vertrauen in die Fähigkeiten von Oberst Xalhodot hatten gelitten. „Wenn du willst, dass etwas ordentlich erledigt wird, erledige es selbst", war der letzte Schluss, den er für diese entscheidende Stunde ziehen musste.

In Futtinus Kopf schwelten die Maßnahmen gegen all die Schläge, die sie vom Feind hatten hinnehmen müssen. Er hasste es, in der Defensive zu sein. Er selbst wollte den Fortgang eines Kampfes bestimmen. Mit der Rückeroberung Saffirons würde es damit ein Ende haben, dass der Feind ihm die Gangart aufzwang.

In jeder Siedlung, die sie auf ihren strammen Ritten passierten, fiel ihm an allen möglichen Stellen das Symbol des gebrochenen Pfeils ins Auge. Er lernte, dass es sich um die gleiche Verunglimpfung des Kaisers handelte wie in dem Kinderlied, welches inzwischen in der ganzen Provinz kursierte. „Knickschwanz!", war eine der Bedeutungen dieses Symbols und bezog sich damit zweifellos auf eine Verletzung, die die Sklavenkönigin seinem Herrn vor ihrem Tod beigebracht hatte. Also war es offensichtlich nicht gelungen, diese peinliche Geschichte unter dem Teppich zu halten. Er hatte seine Arroner-Kinder bald nach der

Entdeckung der ersten Wandschmierereien in der Hauptstadt ausgeschickt, um mehr zu den Hintergründen und Zielen dieser Vorkommnisse herauszufinden. Anders als sonst ohrfeigte er das mühsam unterdrückte Grinsen aus ihren Gesichtern, als sie ihm die Lieder vom „Knickschwanz" vorsangen, die sie von den spielenden Gleichaltrigen auf den Gassen gelernt hatten. Längst kannte jedermann in der Stadtbevölkerung diese Schmähverse, und hinter vorgehaltener Hand lachten selbst die Haushalte der Eingewanderten aus den übrigen Provinzen darüber. Mit dieser Erkenntnis befahl er rigoroses Vorgehen, die Symbole wurden in ganz Seisilon entfernt, Kinder, die beim Singen der Knickschwanz-Lieder erwischt wurden, wurden ebenso wie ihre Eltern ausgepeitscht. Doch Futtinu hatte den Reiz des Verbotenen unterschätzt, und die Verbreitung der Symbole wie auch der Verse ließ sich nicht mehr aufhalten. Selbst in den kleinsten Siedlungen auf ihrem Weg konnte man das sehen.

„Verdammtes Sklavenpack! Sie wissen, was sie tun! Oh ja, sie wissen es genau!"

Futtinu fluchte innerlich und schätzte die Dringlichkeit, der Schlange den Kopf abzuschlagen, immer höher ein.

„Auseilon brennt, mein Gouverneur!", war eine unfassbare Meldung gewesen, die die Situation aufs unerträgliche Maß verschärft hatte. Vier seiner Sklavenkinder hatte er zuvor als Spione ausgeschickt, um eine vermutete Untergrundbewegung in der Stadt zu infiltrieren. Wer würde schon Kinder verdächtigen? Doch zwei von ihnen waren erfolglos zurückgekehrt, eines war auf ungeklärte Art verschwunden, das vierte hatte er vor den Augen aller anderen wegen Verrats hinrichten lassen. Es hatte die Chance zur Flucht nutzen wollen! Ein Sklavenkind blieb einfach ein Sklavenkind, auch wenn es ordentliche Kleidung trug. Dem Pack war nicht zu trauen!

Hätte er vor dem verheerenden Anschlag geahnt, welche Schlagkraft die Widerständler in Auseilon hatten, hätte er kein chirurgisches Besteck genutzt, sondern ein Schwert, um des Problems Herr zu werden. Ein Fehler mehr, wegen dem er mit sich haderte.

„Hauptmann, sucht Euch zehn Mann aus und reitet nach Auseilon! Ihr nehmt jeden einzelnen Krieger, der in der Stadt noch krabbeln kann, und dreht mir dort jeden Stein um. Schaut in jedes Rattenloch, und bringt mir Gefangene. Ich will alles wissen, was es über diesen Vorfall zu wissen gibt! Und schickt Boten nach Seisilon. Die Baumeister sollen sich auf den Wiederaufbau Auseilons vorbereiten, jeder Tag, den sie früher damit beginnen, ist ein gewonnener Tag.... Ach, … und erschlagt persönlich den Standortkommandanten! Den Kopf schickt nach Askarion, der Kaiser wird ihn sehen wollen!"

Sie hatten fast eines der großen Heerlager an der Landscheide erreicht, um noch einige Truppen für den Angriff auf Saffiron einzusammeln, da traf mit einem Eilboten eine heißersehnte Meldung bei Futtinu ein:

„*Geehrter Gouverneur!*", schrieb der Organisator seiner Spitzel im Land. „*Die Münzen an die Fischerin an der Ostküste zahlen sich aus. Sie berichtet, der Hohe Rat der Krebse sei zusammengetreten. Über den Inhalt der Besprechungen im Rat konnte sie wenig erfahren, wohl aber, dass am Versammlungsort Geiseln gehalten werden. Es scheint eine chanische Delegation zu sein, und die Spionin hat von der Anwesenheit einer Elster gehört. Sollte dies sich bewahrheiten, wäre es eine einmalige Möglichkeit, eines Vogels habhaft zu werden. Eure Zustimmung voraussetzend, habe ich eine Hundertschaft in das Dorf geschickt, um das Weib zu verhaften und das Dorf vernichten zu lassen. Untertänigst, Zolomu, Koordinator der geheimen Dienste des Kaisers in der Provinz Arron!*"

„Guter Mann!", lobte Futtinu stellvertretend das Papier für den Verfasser des Briefes. Sofort sandte er den völlig verausgabten Boten erbarmungslos zurück.

„Unterschätze die Vögel nicht, vor allem keine Offiziere! Sobald du sie hast, bereite sie zum Verhör vor. Dunkelheit, Hunger, Durst, aber nur einmal am Tag Schläge, keine ernsthaften Verletzungen oder Brüche. Keiner besteigt das Weib!", lauteten seine klaren Anweisungen an den Hauptmann auf dem Weg zur Vogeljagd.

„Erreicht das Schreiben Zolomu noch vor dem Angriff, ist eine Beförderung für dich möglich, Krieger", spornte er den Boten an.

Endlich ein Lichtblick, vielleicht ein Zeichen Askarios, die Unterwerfung endlich und endgültig zu seinem höchsten Ruhm durchzuführen.

Mit zwei ärgerlichen Tagen der Verzögerung brachen sie auf, verstärkt durch 1500 Mann der Belagerungstruppe, was der Oberkommandierende schon allein deshalb als einen Gewinn ansah, weil die untätigen Männer in den Stellungen nur verlotterten und auf dumme Gedanken kamen. Den Einheiten, die am Ort verblieben, donnerte Futtinu allerlei Aufgaben auf, um sie in Bewegung zu halten. Es waren noch immer 4000 Mann und damit genug, um noch eine dauerhafte und massive Bedrohung der chanischen Grenze zu bilden und Druck auf das Königreich auszuüben. Gleichzeitig natürlich viel zu wenige für einen erfolgreichen Angriff. Das Risiko, einen Teil der Truppen abzuziehen, nahm Futtinu in Kauf. Gleichzeitig durfte es auch nicht zu einer Aufforderung an die Chanier werden, sich der lästigen Besalier vor ihrer Tür zu entledigen. So zogen sie mit den Kräften ab, die der Gouverneur verantworten wollte und konnte. Zwölfhundert Lanzenträger, dreihundert Armbrustschützen und seine neunundachtzig Elitekavalleristen konnten einen Unterschied in den bevorstehenden Kämpfen um Saffiron ausmachen.

Besonders, wenn man bedachte, die mit den arroner Sklaven verbündeten Tessrati hatten wegen ihrer reiterlichen Überlegenheit ihren nutz- und fruchtlosen Landstrich verteidigen können – aus purer Halsstarrigkeit, wie Futtinu es sah.

KAPITEL LIV - HORTAG

Späher war eine Rolle, die Hortag in seinem Leben als Krieger noch nie übernommen hatte. Dementsprechend fühlte er sich alles andere als wohl in seiner Haut auf dem Weg zum hoffentlich unbewachten Eingang zur Stadt. Oberst Xalhodot brachte ihn persönlich dorthin. Es war extrem auffällig, wie viel der Kommandeur währenddessen redete, und Hortag merkte wohl, wie er von den Gefahren abgelenkt werden sollte, die auf ihn warteten. Vermutlich befürchtete der Befehlshaber, er könnte es sich nochmal anders überlegen und sich davonstehlen, statt den Auftrag auszuführen. Wäre Hortag auf diese Möglichkeit angesprochen worden, hätte er lügen müssen, um nicht zu gestehen, dass er groß und breit darüber nachgedacht hatte, aber inzwischen fühlte er neben Angst auch einen gewissen Kitzel bei der Sache. Und schließlich nagten auch noch immer verschiedene Demütigungen an ihm, die das Sklavenpack ihm zugefügt hatte. Das Hühnchen war noch lange nicht gerupft!

„Wir sind gleich da!", verkündete Xalhodot und winkte die Männer seiner starken Eskorte zu den Seiten, wo sie etwas zurückbleiben, aber bereit zum Eingriff sein sollten, falls wider Erwarten jemand auf sie aufmerksam werden würde.

Vor ihnen ragte der neue und objektiv betrachtet extrem hässliche Teil der Stadtmauer Saffirons auf. Jener Teil, der von den besalischen Baumeistern nach der Zerstörung der alten Mauer durch die Belagerungsmaschinen ergänzt worden war: klobig, wuchtig, unansehnlich, aber zweckmäßig und eben das Einzige, wozu sie in der Lage waren. Wie viel eleganter und einladender, ja feiner wirkte doch der übrige Ring um die Stadt, wie selbst Hortag nicht übersehen konnte. Und er war wahrhaftig nicht durch einen Sinn für Ästhetik belastet.

„Hier ist es! Es scheint, als müssten wir ein wenig graben, man kann es nur erahnen. Bevor unsere schweren Katapulte alles zermalmt haben, haben die Arratäer ihre Abwässer hier abgeleitet und durch einen Graben nach dort hinten in die See abfließen lassen. Sie haben das natürliche Gefälle und den kürzesten Weg genutzt. Nicht dumm, diese Arratäer!"

Nein, dumm waren sie wirklich nicht, die Arratäer, und deshalb auch so gefährlich! Dafür kannten sie Skrupel, wo die Besalier keine Rücksichten nahmen, und das wiederum war nach Hortags Ansicht nicht besonders klug. Mit schöner Architektur und schöngeistigem Geschwätz hatte noch niemand einen Krieg gewonnen!

„Den Graben hat der General zuschütten lassen, aber Abflussrohre sollten noch da sein, möchte ich hoffen. Ich weiß nicht, wie sie aussehen und ob du durch sie hineinkommen kannst, aber bald werden wir es wissen. Wenn du es schaffst, kannst du einen deiner Begleiter zurückschicken, und wir wissen zumindest, ob wir auf diese Weise einen Stoßtrupp in die Stadt bekommen."

Begleiter? Davon sprach der Oberst gerade zum ersten Mal. Traute er ihm nicht, oder sollte er schlicht Unterstützung für seine Mission erhalten?

„Wie viel Mann bekomme ich für den Vorstoß?", fragte er, um gleich klarzustellen, dass er erwartete, die Einheit anzuführen, unabhängig davon, wie groß sie war.

Xalhodot verstand das, grinste und nickte.

„Fünf Mann unter deinem Befehl, die im Notfall für dich kämpfen können, aber eigentlich als Transporteure für deine Nachrichten gedacht sind, wenn es größere Berichte gibt oder ihr Unterstützung irgendeiner Art braucht. Für kleine, kurze Meldungen nehmt ihr Brieftauben mit!"

Die Ausrüstung, die gerade mit seinen Helfern nach und nach eintraf, bekam Hortag gerade zum ersten Mal zu Gesicht, und er ärgerte sich darüber, so lange unwissend gehalten worden zu sein. Wo war denn der Vorteil für einen Kommandanten, wenn er nicht die Möglichkeit bekam, mit den Ressourcen zu planen, die ihm zur Verfügung standen? Abgesehen davon betrachtete er die Verstärkung nicht nur als Vorteil, sondern auch als Gefahr, denn keiner der Krieger, die sich ihm anschließen sollten, ging vom Aussehen her als etwas anderes als ein Besalier durch. Und natürlich waren die Männer vor allem eines: ein Ausdruck des Misstrauens und der Sicherstellung seiner Treue, seines Einsatzes im Sinne Xalhodots.

Die Rohre waren eng, die Luft war abgestanden, stickig und feucht. Zunächst war es harte Arbeit gewesen, den zugeschütteten Eingang in die Unterwelt zu finden und freizulegen. Und jetzt, da es endlich geschafft war und sich die Sonne bereits zum zweiten Mal wieder erhob, seitdem sie die Mission begonnen hatten, wurde es noch unangenehmer. Die Ablagerungen, durch die sie wateten, waren alles andere als einladend, auch wenn es jetzt nur noch die reine Vorstellung war, durch die Exkremente ganzer Generationen von Sklaven zu waten. Die Begleitung durch seine fünf Wächter bot Hortag immerhin die Möglichkeit, alle zusätzlichen Unannehmlichkeiten, die mit ihrer Erkundung verbunden waren, auf andere abzuladen. Schon ohne weiteres Gewicht war das Vorankommen beschwerlich genug. Hortag ließ einen Mann an der Spitze der kleinen Karawane mittels eines langen Speerschafts jeden Schritt auf mögliche Fallen prüfen, während ein zweiter mit einer Fackel für Licht sorgte, dann kam Hortag in sicherem Abstand mit einer zweiten Fackel, gefolgt von den beiden Kriegern, die Proviant, Ausrüstung und einen Käfig mit diversen Brieftauben trugen. Es gab Hortag ein gutes Gefühl, all die Dinge wie Seile, Haken, zusätzliche Waffen und ähnliches dabei zu haben, die er selbst in jedem Falle am Marschgepäck eingespart hätte, wen er allein losgezogen wäre. So hatten die Männer jedenfalls alle ihren Nutzen, und Hortag versöhnte sich mit den wahrscheinlichen Gründen für die Vergrößerung der Expedition.

Langsam, aber stetig kamen sie voran, und Hortag achtete darauf, dass die Aufmerksamkeit unter seinen Männern nicht nachließ.

„Verdammte Bullenscheiße!", erscholl ein Fluch von vorn.

„Was ist los, Mann?"

„Gitter, Scharführer!"

Es wäre wohl zu einfach gewesen, in die Stadt zu gelangen, wenn es keine Hindernisse gegeben hätte.

„Lass mich sehen!", schob er sich mühsam an den Vorangehenden vorbei, um das Problem selbst in Augenschein zu nehmen. Die arratäischen Handwerker hatten auch hier wieder ihre Perfektion bewiesen, denn die drei senkrecht verlaufenden Eisenstangen waren fest und tief in das Gemäuer eingelassen und verankert. Doch egal, wie gut die Arbeit handwerklich ausgeführt worden war, gegen den Zahn der Zeit gab es kein Mittel. Hortag stellte fest, die Stangen waren besonders an den unteren Enden, mit denen sie schon Ewigkeiten im Morast stehen mochten, vom Rost zerfressen und porös. Er befahl seinen Männern, vollends den Matsch um die Stangenenden fortzuschieben, und dabei fanden sie schnell heraus, dass die rechte Stange besonders gelitten hatte. Seine Männer bearbeiteten die Stange im Wechsel mit schweren Tritten, und nach knapp einer Stunde unermüdlich angetriebener Arbeit brach das störrische Ding endlich ab. Sie jubelten gemeinsam wie über einen Sieg, und dann bogen und rissen sie, hebelten mit ihren Speerschäften, und schließlich glitt das gelockerte obere Ende der Stange aus der Vertiefung in der Vermauerung. Die Lücke war schmal, aber der Jüngste von ihnen konnte sich durch den entstandenen Durchlass schieben. Auf der anderen Seite bezahlte er jedoch mit seinem Leben, dass keiner von ihnen in Betracht gezogen hatte, es könnte eine Sicherung gegen Eindringlinge geben. Es war nicht nachvollziehbar, welchen Mechanismus der Krieger ausgelöst haben musste, doch den Effekt sahen alle, als eine sichelartige Klinge ihn köpfte, kaum dass er sich aufgerichtet hatte.

Einer der Männer, der wohl mit dem Opfer befreundet gewesen war, erbrach sich heftig, aber auch alle anderen waren sie geschockt. Selbst Hortag musste trocken schlucken, aber er wusste, er musste die Männer schnell wieder in Bewegung bringen und sie nicht über das gerade Erlebte nachdenken lassen. Er entriss dem zweiten Mann seinen Speer und drückte ihm stattdessen seine Fackel in die Hand, um sich leuchten zu lassen.

„Wir müssen weiter, Männer, sonst verrecken wir hier noch alle", murmelte er und prüfte sorgsam zwischen den Stäben hindurch das ganze Vorfeld des Gitters auf der anderen Seite. Nichts rührte sich mehr, und Hortag riskierte es, hier selbst vorauszugehen, um den Männern die Angst zu nehmen, die ihm selbst in den Knochen saß. Das kleine Schlupfloch zeigte Hortag deutlich, was das gute Leben als Gast des Gouverneurs in Seisilon bewirkt hatte, denn seinen Wanst konnte er nur mit Mühe am Gitter vorbei quetschen. Nachdem er noch mehrere Schritt weit den Gang geprüft hatte, ließ er die anderen Krieger nachkommen. Sie hatten sich inzwischen gefasst, und Hortag verteilte die Lasten neu, wobei auch er selbst einen Teil des Gepäcks übernahm. Den Taubenkäfig mussten sie zurücklassen, denn das Ding war schlicht zu groß und passte nicht durch, egal wie sie es drehten oder wendeten. Aus dem Mantel des Toten machten sie einen provisorischen Sack und stopften die Hälfte der Tiere hinein, hoffend, sie mochten es überleben, bis man etwas Besseres gefunden haben würde.

Die Mattigkeit, mit der alle nach der Entfernung der Gitterstange noch gekämpft hatten, war verflogen, und Hortag musste keinen der Männer mehr ermahnen, vorsichtig zu sein. Der zunehmende Gestank des frischer werdenden Mists unter ihren Füßen deutete stark darauf hin, sich dem Ziel zu nähern. Langsam fühlten sie sich wieder etwas sicherer. Zwar hatte es noch eine weitere tödliche Falle gegeben, aber dank ihrer Vorkehrungen hatte die Klinge niemanden von ihnen erwischt. Trotzdem hatte es noch eine andere Verletzung gegeben. Einer seiner Träger war in eine Scherbe oder etwas ähnliches hineingetreten, wobei es Hortag schon fast für ein Wunder hielt, wie gut sie in dieser feindlichen Umgebung bisher weitgehend ohne Kratzer und Schnitte durchgekommen waren. Die Wunde am Fuß des Mannes sah allerdings nicht schön aus, denn was immer es gewesen war, war durch die Sohle des Stiefels durchgestochen und an der Ferse bis an den Knochen eingedrungen. Dunkelheit und der ganze Dreck machten es unmöglich, mehr zu sehen, denn auch ihre kleinen Wasservorräte waren längst erschöpft, und sie konnten die Wunden nicht auswaschen. Sie formierten sich nochmals neu, und Hortag ging wieder voraus, wobei die beiden Unverletzten den anderen in die Mitte nahmen und sich zusätzlich das Gepäck aufbürden mussten, welches er zuvor transportiert hatte. Sie mussten endlich raus aus dieser Röhre, sie alle waren erschöpft und würden nicht mehr lange durchhalten.

Hortag schob sich immer weiter voran, bis er schließlich etwas wahrnahm.

„Still Männer, bleibt stehen! Hört ihr was?"

Sie alle lauschten ins Dunkel, und tatsächlich hallte etwas aus weiter Ferne zu ihnen. Bei den nächsten Schritten merkten sie auch, wie sie gegen ein etwas stärkeres Gefälle anliefen. Hoffnung auf ein baldiges Ende der Mühsal stieg wieder auf. Mit jedem Schritt konnten sie die sich verstärkenden Geräusche besser auseinanderhalten, und bald waren sie sich sicher, dass sie von einem Markt kamen.

Schließlich erreichten sie eine Stelle, wo tatsächlich Licht in ihre Röhre fiel. Ein Schacht ging senkrecht nach oben, und man hätte in Aussparungen in den Wänden nach oben klettern können. Doch so belebt, wie es dort oben war, wären sie beim Ausstieg ohne Zweifel nicht unbeobachtet gewesen.

Hortag ließ die entkräfteten Männer zurück und tastete sich allein weiter, um eine Alternative zu suchen. Einige Zeit später fand er eine Stelle, an der die Hauptröhre, in der er sich bewegte, Zulauf aus mehreren, schmäleren Nebenröhren erhielt. Er leuchtete überall hinein, um nichts zu übersehen, wodurch aber nur klar wurde, dass er dort nicht hindurchpassen würde und weitergehen musste wie bisher.

Ein weiterer Schacht führte bald wieder in die Höhe. Diesmal war es vielversprechender, denn es ging nicht ganz so weit hinauf, und der Lärm über ihm war weitaus gedämpfter. Er fasste sich und stieg nach oben, nachdem er die stark heruntergebrannte Fackel in einer Halterung festgeklemmt hatte. Ein runder Bronzedeckel mit vielen Aussparungen verschloss den Aufstieg, und Hortag versuchte ihn anzuheben. Vergeblich! Grund war nicht einmal dessen Gewicht, aber das Ding rührte sich in keiner Weise, sondern saß kapitelfest. Der Einäugige tastete alles ab, konnte aber keine Verriegelung oder ähnliches finden. Irgendwann gab er es auf und stieg wieder hinunter, wo inzwischen nur noch ein kläglicher Rest der Fackel brannte. Einen Ersatz hatte er nicht mitgenommen und verfluchte sich selbst für sein Versäumnis. Für den Weg zurück zu den Männern würde der Stummel nicht mehr reichen, also entschied er sich weiterzugehen.

Kaum zwanzig Schritt weiter trafen zwei ähnlich große Hauptgänge mit seinem zusammen, zeichneten sich durch etwas stärkere Steigung aus. Hortag entschied sich für den rechten und folgte diesem mehrere Schritt, bis er plötzlich von einem Wasserschwall von oben getroffen wurde. Er erschrak heftig und nahm erst kurz darauf wahr, wie widerlich das Zeug stank. Wie eine Kneipe nach durchzechter Nacht, nach abgestandenem Bier und Erbrochenem. Über ihm in der Decke war ein Schacht, den er ohne den stinkenden Guss übersehen hätte. Es war etwas beschwerlich, sich hineinzuwuchten, aber dann war er für den Aufstieg breit genug. Gerade war seine Fackel zischend ausgegangen, dies hier schien der nächste Ausgang zu sein, sodass Hortag es als Wink des Schicksals nahm und nach oben stieg. Der Weg nach oben war diesmal um einiges kürzer, aber der Deckel war genauso gestaltet wie der letzte und ebenso verschlossen.

„Wie die Ratten in der Falle", murmelte er, ohne es zu merken.

Über ihm bewegte sich etwas neben der Luke.

„Was is'n das?", lallte eine versoffene Stimme, dann würgte deren Besitzer heftig und erbrach sich ausführlich über den Kanaldeckel.

Hortag hatte nicht die leiseste Chance, dem zu entgehen, und bekam durch zahlreiche Aussparungen im Deckel die ganze Ladung ab. Die Brühe lief ihm über den kahlen Kopf, die Brocken klebten auf seiner Lederrüstung, der Ekel durchfuhr ihm Mark und Bein.

„Du verschissenes Arschloch, kotz dich doch woanders aus!", schrie er impulsiv nach oben, nur um sich in der nächsten Sekunde dafür zu verfluchen.

„Was willsu vonn miir, duuuu …!", lallte der Kerl von oben zurück und hämmerte mit der Faust auf die Bronzeplatte, dass es nur so in Hortags Schädel dröhnte.

Hortag setzte alles auf eine Karte und brüllte nach oben.

„Mach dieses Ding auf, du versoffenes Schwein, und ich zeige es dir!"

Kurz rumpelte es, wie wenn jemand mit ungeschickten Fingern am Deckel herumhebelte, dann hörte Hortag das Klacken eines Riegels. Das war es gewesen, weshalb er von unten nichts bewegen konnte! Knirschend wurde die Bronzeplatte ein Stück zur Seite geschoben, und ein Stückchen Abendhimmel kam zum Vorschein, nur um gleich darauf von einem flächigen Gesicht mit schielenden Augen und sabberndem Mund wieder verdeckt zu werden.

„Soo, jezz komm, du Helld, duuu … isch polllier dir die Fresse, duuu …!"

Mit aller Kraft packte Hortag den Rand des Kanaldeckels, und es gelang ihm, ihn so weit zur Seite zu schieben, dass er sich hinaushieven konnte.

Der Säufer ging in etwas ähnliches wie eine Angriffsposition, und mit einem beiläufigen Schwinger schickte Hortag ihn zu Boden. Erst dann betrachtete er ihn genauer. Seine Kleidung war für Hortag nicht geeignet, denn das Einzige, was an ihm groß war, war sein Kopf. Aber immerhin trug er einige nützliche Dinge mit sich herum, unter anderem ein scharfes Messer, welches der Einäugige einsetzte, um den Mann endgültig zum Schweigen zu bringen. Nachdem also anschließend niemand mehr lebte, der wusste, woher er kam, warf er den Kadaver in den Schacht, aus dem er entstiegen war, und verriegelte sorgsam wieder die Luke. Er machte sich auf die Suche nach einer brauchbaren Fackel, um seine Männer holen gehen zu können, und hoffte, dabei vielleicht auch etwas unauffälligere Kleidung stehlen zu können. Er würde vermutlich nie erfahren, wie es dazu gekommen war, aber kurz darauf wurde ihm schlagartig klar, dass er für seine Begleiter keine Anstrengungen mehr unternehmen musste. Unweit innerhalb der Mauern erscholl ein Alarmsignal, eine Folge von Hornstößen.

Schon wieder musste Hortag einen Fluch unterdrücken. Wenn man seine Männer schnappte und die Kerle ihn verpfiffen, war er so gut wie tot in diesem schwirrenden Nest voller Feinde. Er versuchte, nicht allzu grob zu sein, während er sich durch die vollen Gassen zum Ort des lautesten Tumults arbeitete. Dabei mopste er im Vorbeigehen noch einige Kleidungsstücke, die ihn ein wenig unauffälliger machen sollten. Männer seiner großen und breiten Statur stachen immer etwas heraus, das war nicht zu ändern, aber da er nicht ausschließen konnte, dass sich auch einige seiner eigenen Sklaven in dieser Stadt aufhielten, wollte er nicht auf den ersten Blick erkennbar sein. Wie groß die Gefahr für ihn tatsächlich war, leuchtete ihm jetzt viel mehr ein als noch am Vortag außerhalb der Stadt. Unterstrichen wurde es nachdrücklich durch das, was er gerade noch bezeugen konnte. Die wütende Menge war gerade dabei, seine drei besalischen Begleiter ohne viel Federlesens aufzuknüpfen. Das war völlig untypisch und von daher überraschend, aber offenbar auch Folge dessen, dass noch keine Ordnungskraft anwesend war, die hätte einschreiten können. Alle drei standen bereits auf Holzblöcken, und man legte ihnen Stricke um ihre Hälse.

„Die haben sich ja lang versteckt, muss man ihnen lassen!"

„Ja, knüpft sie auf, die Hunde!"

„Das wird der Königin nicht gefallen!"

„Schneidet ihnen ihre verdammten Schwänze ab …"

„Mama, was passiert mit den Männern da oben?" … All das waren Gesprächsfetzen, die Hortag im Gehen aufschnappte. Wenigstens beruhigte ihn einigermaßen, dass man anscheinend nicht nach weiteren Besaliern suchte. Immerhin ein Vorteil, falls die Krieger jetzt wirklich so schnell ins Gras beißen mussten.

Er war schon dabei, sich wieder aus dem Zentrum der Unruhe zurückzuziehen, da ging ein Raunen durch die Menge, und

Hortags Neugierde wurde nochmal angefacht. Eine Leibgarde von zwanzig Männern und Frauen schirmte eine junge Frau ab, der die Menge aber ohnehin bereitwillig den Weg räumte. Vereinzelte Hochrufe sprachen dafür, Hortag wurde ein exklusiver Blick auf die Sklavenkönigin gewährt. Ein sehr schönes Mädchen, musste der Scharführer anerkennen, und ihre Ausstrahlung wirkte ausnehmend beruhigend auf das Pack. Ein kurzer Wink genügte, und man holte die Totgeweihten auf den Boden zurück. Im gleichen Maße, wie seine Männer die Erleichterung durchströmen mochte, durchflutete Hortag jäh die Angst.

„Arratäer, hört mir zu! Haben wenige Monate der Tyrannei durch die Besalier euch wirklich schon euren Sinn für Gerechtigkeit genommen? Wir lynchen nicht, wir bestrafen, wenn es angebracht ist. Um das festzustellen, haben wir unsere Gerichtsbarkeit wieder eingeführt, und wenn es unser aller gemeinsames Ziel ist, unser Land wieder zu dem zu machen, was es bis vor kurzem war, dann gehört es ganz wesentlich dazu, unsere Werte zu leben! Stadtwache – führt diese Männer zur Befragung ab. Und noch eines will ich euch Arratäern mit auf den Weg geben: Ein toter Besalier kann uns nicht erzählen, warum er hier ist und ob es noch weitere Feinde in der Stadt gibt! Mein Appell an euch ist: Bleibt aufmerksam, und berichtet alle Beobachtungen! Die Besalier sind im Anmarsch, sie schließen unsere Stadt ein, Zeiten von Kämpfen und Entbehrungen stehen uns bevor. Doch Arratäer, vergesst nicht, wer wir sind, was uns stark macht!"

Ohne weitere Worte wollte die junge Königin weitergehen. Ein kleines Mädchen mit den roten Haaren und der blassen Haut der Hadrier piepste laut vernehmlich.

„Aber Königin, was machen die, die keine Arratäer sind? Schickst du uns raus zu den Monstern?"

Impulsiv nahm die arratäische Herrscherin das Kind in den Arm, hob sie hoch und richtete sich nochmals an die Menge.

„Aus Saffiron, aus Arratäa schicken wir niemanden fort, der zu uns gehören will, der Teil unseres Landes sein will! Du bist hier, mein Kind, du bist in Arratäa und damit bist du eine Arratäerin, wie ich es bin, ab dem Moment, in dem du dich zu unserer Art zu leben, unseren Überzeugungen bekennst!"

Selbst Hortag spürte die Erhabenheit dieses Moments, nur war der Schluss, den er zog, zweifelsohne ein anderer, als es der Einstellung der restlichen Menge entsprochen hätte. Diese Frau war ein Problem!

„Siehst du, Mutter, ich habe es dir gesagt! Sie ist großartig, und wie Mufilon immer sagt, wir müssen nicht zurück nach Besalien, wenn wir es nicht wollen", riss ihn die Stimme einer jungen Frau knapp vor sich aus seinen Überlegungen. Hortag schaute genauer hin. Statur und Gesicht verrieten sie als eine Besalierin aus den Kernlanden, ihre Haartracht glich der der anderen Frauen in der Menge, das hatte ihn sie nicht erkennen lassen, solange sie mit dem Rücken zu ihm gestanden hatte. Die Person neben ihr hatte sich mit einem langen Tuch von Kopf bis Fuß verhüllt und war deshalb seiner Aufmerksamkeit völlig entgangen, wie es von einer Besalierin erwartet wurde. Jetzt konnte er in ihren Augen sehen, dass sie die Ansicht ihrer Tochter nicht teilte.

Die Königin war weitergegangen, die Menge begann, sich zu verteilen, denn es gab nichts mehr zu sehen. Hortag folgte den Besalierinnen.

KAPITEL LV - FELONIA

Es schien ihr, als sei es in einem anderen Leben gewesen, seit sie ihren Lehrer Lagrontu das letzte Mal so niedergeschmettert erlebt hatte, und sie hätte nicht erwartet, ihn jemals wieder so zu erleben.

„Meine Kaiserin, wir müssen ihm etwas geben, etwas von Bedeutung, sonst wird er sich meinen Kopf nehmen und trotzdem weiter suchen!"

Es sprach für ihn und seine Ergebenheit, nicht mit seinem ersten Satz ihren Trumpf zu fordern, den sie auf der Hand hielt. Mostra an Zoros zu übergeben würde ihn für längere Zeit absorbieren, denn er würde Wichtigeres zu tun haben, als sich um eine scheinbare oder echte Bedrohung zu kümmern. Aber Lagrontu wusste sehr gut, dass Felonia noch nicht bereit war, ihre Lieblingsgefangene herzugeben. Obwohl sie seine furchtbare Angst schon fast riechen konnte, behielt er einen klaren Kopf. Bewundernswert, ein wahres Vorbild.

„Lasst uns gemeinsam nochmals überlegen, Kanzler, ob wir etwas übersehen haben, was wir noch zu unseren Gunsten einsetzen können. Welche Verfehlungen sind uns bekannt? Die Stümperhaftigkeit des Kaisers Vetter im Gouverneurspalast in Tulon war meinem Gatten bereits bekannt, bevor er ihn dorthin entsandt hat. Das will er nicht hören, auch wenn es wahr ist. Ich habe bereits versucht, diese Geschichte an ihn heranzuführen, und bin damit nicht weit gekommen. Beschäftigen wir uns dagegen mit Hadrien, geraten wir schnell wieder in die Enge, obwohl unsere letzten Maßnahmen wieder etwas Bewegung ins Spiel gebracht haben. Das Land wankt, aber es fällt noch nicht, und bis das nicht geschehen ist, schweigen wir besser zu diesem Thema. Was käme noch in Frage? Askarios Priesterschaft scheint unter der Führung meines Onkels nach der Bereinigung so ruhig zu sein wie selten zuvor. Oder was meint Ihr, mein Freund?!"

Felonia wusste, er liebte es, wenn sie ihn hin und wieder so nannte, und über die vielen Stunden geduldiger Lehren, die sie von ihm erhalten hatte, hatte er sich wirklich mehr als nur ihren Respekt erworben. Es gefiel ihr nicht, aber es war nicht zu ändern, er war ihr nicht mehr egal, kein bloßer Pfeil in ihrem Köcher.

„Ja und nein, geehrte Kaiserin. Es ist richtig, dass der geheiligte Hohepriester die Umtriebe der Askarischen Bruderschaft sehr stark dämpft und sich der neuen, handverlesenen Brüder im Rat bedient, um alle Beschlüsse nach seinem Gusto vorzunehmen. Doch trotzdem gibt es tatsächlich lautes Murren gegen die Wiederbelebung des Roten Kultes. Vor allem die Schar der weiblichen Gläubigen wendet sich sehr stark der Muttergöttin Vula zu, und überall, wo die Hohepriesterin Nafriti auftritt, hängen auch die Männer an ihren Lippen!"

Zwar war ihnen insgeheim beiden klar, dass es bei den Männern eher nicht Nafritis Lippen waren, an denen sie hingen, aber welche Rolle spielte das schon?! Und wie sehr befriedigte Felonia die Tatsache des Erfolgs der Hohepriesterin, war sie doch rein ihr Geschöpf. Jedes Wort ihrer Predigten legte Felonia in ihren Mund, spielte jede Inszenierung mehrfach mit Nafriti durch, bevor sie vor die Massen trat. Inzwischen wuchs die kaiserliche Mätresse immer mehr in die ihr zugedachte Rolle hinein, und die Kaiserin war stolz auf ihre Freundin, wie sie inzwischen sogar ab und an improvisierte. Und jetzt sollte dieser Erfolg zur Gefahr werden? Felonia war voller Hoffnung gewesen, dass die alten Gelben ihren Widerstand eher früher als später aufgeben würden.

„Aber wir sehen doch, wie die Rückkehr zu alten Traditionen die Hingabe der Menschen nur verstärkt, oder nicht?"

„Oh ja, das verneint keiner meiner Brüder im Rat, jedoch sehen sie jeden Machtzuwachs der Roten als ihren Verlust an, nicht als gemeinsamen Gewinn. Und leider – aber das wisst Ihr – teilt Euer

Onkel diese Ansicht aus tiefster Überzeugung. Er sagt es nicht, aber jeder Idiot weiß es! Manche Brüder fragen sich sogar schon, ob jetzt noch mehr der Untergötter wieder erhoben werden sollen. Manche höhnen bereits, wenn jetzt die Roten wieder predigen dürfen, ob nicht auch die Braunen, die Grünen und die Schwarzen bald vor den Altären stehen werden!?"

„Bei allem Groll – birgt das wirklich momentan großes Potential für Verwerfungen im Inneren des Reiches?"

„Nein, Ihr habt Recht, meine Kaiserin, wir können hier niemanden mit einer halbwegs gerechtfertigten Anklage vor Euren Gemahl zerren. Würde er den Eindruck gewinnen, dass ich etwas vorschiebe, würden wir das exakte Gegenteil erreichen!"

„Dann sind wir noch genauso weit wie vorhin. Schauen wir noch in die Provinz Arron zu meinem Bruder: Derzeit kommt aus dieser Richtung der einzige echte Lichtblick. Das Widerstandsnest im Wald ist gefallen, und mein Bruder zieht persönlich gegen Saffiron. Wir hören zwar noch immer von Episoden, mit denen die Sklaven Ärger machen, aber solange mein Gatte nicht nach Haaren in der Suppe sucht, wollen wir ihm auch keine servieren!"

„Das kann ich nur unterstützen, Herrin, die Erfolge in unserer jüngsten Provinz sind momentan das, was des Kaisers Laune noch beflügelt! Zwar glaube ich nicht, dass wir die Anschläge in Auseilon als Kleinigkeit abtun können, aber bisher ist es uns gelungen, die Ausmaße vor Eurem Gatten zu verbergen. Und so sollten wir es belassen. Fallen uns noch andere Möglichkeiten ein, dem Erhabenen seine Zweifel an uns zu nehmen?"

Felonia verstand, wie Lagrontu selbst aus dieser Misere, in der sie sich befanden, noch eine Lektion für sie formte. Sie wusste das zu schätzen, auch wenn ihr Unbehagen wuchs. Vermutlich und wahrscheinlich würde sie bald ein liebgewonnenes Spielzeug hergeben müssen, mit dem sie anderes geplant hatte. Und noch etwas verstand sie ebenfalls, was Lagrontu sie zwischen den Zeilen lesen ließ: Ihr kaiserlicher Gatte hatte auch sie selbst im Blick! Ihr Lehrer hatte ohne Zweifel nicht umsonst das Wort „uns" gewählt. Und das, ohne dass er wusste, wie Zoros ihre Freundin Nafriti auf sie angesetzt hatte. Dieses Signal erhöhte nochmals den Druck, die Spionin auszuliefern. Zwar glaubte Felonia trotz aller Einschüchterungen, denen er ausgesetzt gewesen war, an Lagrontus Loyalität. Er würde seine Herrin nicht ans Messer liefern, um sich zu retten, aber er hatte sicher denselben Anspruch an sie.

„Vater Lagrontu, was würdet Ihr tun? Ich sehe nichts, was groß genug wäre, um ihn zufrieden zu stellen!"

Beide wussten, was kommen musste, und beide wussten, dass sie die Entscheidung nicht fällen mochte – wenigstens nicht allein. Doch Lagrontu tat ihr nicht den Gefallen, seine Lehrerrolle zu verlassen.

„Majestät, Ihr spürt genau, was zu tun ist. Ihr habt sehr schnell laufen gelernt, meine Kaiserin, jetzt müsst Ihr diese Fähigkeit auch dann zu nutzen lernen, wenn Ihr lieber stehenbleiben würdet!"

„Also gut, Unerbittlicher! Dann berichte meinem Gatten, ich wäre dabei, ein besonderes Geschenk für ihn vorzubereiten. Ich mache viel Gewese um die Geheimhaltung, will Euch nicht einweihen, wehre mich gegen Eure Einmischung. Ihr glaubt aber zu verstehen, es dauere nicht mehr lange bis zur Enthüllung. Was denkt Ihr, geehrter Lehrmeister?"

„Ich denke, Ihr erkauft Euch etwas Zeit und bringt mich aus der akuten Gefahr heraus. Gut gemacht, meine Kaiserin, ich werde es noch mit ein paar Bröckchen aus Eurer zuvorigen Sammlung garnieren, dann sollte Kaiser Zoros einiges zu verdauen haben. Aber überspannt den Bogen nicht, Herrin, denn Ihr wisst ebenso gut wie ich, wie ungeduldig er ist. Eine Woche, keinesfalls zwei, dann müsst Ihr etwas Überzeugendes liefern, und aus meiner jetzigen Sicht kann das nur Eure Gefangene sein!"

KAPITEL LVI - ACHFOSS

„Ihr Götter, warum habt ihr mich verflucht?"

Achfoss lag lang ausgestreckt auf dem Boden des ehemaligen Haupttempels in Pusilsaron. Vor gut achtzig Jahren noch dem Dreigestirn geweiht, hatten die Besalier dort den Viehmarkt etabliert. Er drückte dort das Gesicht in den Staub, wo ehemals der Hauptaltar emporgeragt hatte, und ganz Tulon nahm an, dass er sich dort für den Sieg bedankte, der seine hohen Ziele in immer greifbarere Nähe gebracht hatte. Doch Achfoss fühlte sich nicht wie ein Sieger angesichts großer Opfer, die seine Unterstützer gebracht hatten.

„Heiliges Dreigestirn, ist es mein Schicksal, niemals in Eurem Licht zu wandeln? Warum muss der Preis für jeden unserer Erfolge so hoch sein? Warum reißt Ihr für jeden Sieg ein Stück aus meinem Herzen? Wollt Ihr, dass ich aufgebe? Meine Sache ist gerecht, und ein Teil davon ist es, dem tulonischen Volk seinen Glauben wieder freizustellen. Wollt Ihr denn nicht, dass die goldenen Kappen Eurer Stelen wieder in der Sonne glänzen?"

Bittere Tränen bildeten kleine Pfützen auf dem harten Granit, und Sehnsucht nach der unerreichbaren Mostra brannte lichterloh in seinem Bauch. Lebte sie noch? War sie bereits in Zoros' Händen? Was würde sie erleiden müssen? Ihre brutale Schändung durch dieses Tier wäre noch das Harmloseste, was zu befürchten war.

Die Ereignisse der letzten Nächte durchblitzten seinen Geist, und grelle Farben spiegelten sich an den geschlossenen Lidern seiner Augen. Nachrichten aus der Provinz, zunächst getröpfelt, dann zahlreich, einer, drei, zehn Erfolge. Dann ein herber Rückschlag – in der Hafenmetropole Wipperon hatten die Krieger trotz tulonischer Herkunft den Besaliern die Treue gehalten. Seine Mannen waren ergriffen und auf bestialische Weise hingerichtet worden. Danach hatte sich das Blatt wieder zu ihren Gunsten gewendet, und noch ein paar andere Orte kamen unter tulonische Kontrolle, milderten den schlechten Geschmack trotzdem nur leicht, der ihm am Gaumen klebte. Doch mit der wichtigsten Attacke in der Hauptstadt konnte die Konzentration nicht mehr mit anderen Zielen geteilt werden, bei denen Achfoss zuvor keinen direkten Einfluss hatte nehmen können. Er ging volles Risiko und betrat selbst die Stadt über einen Mauerabschnitt, der ihm schon kurz zuvor durch loyale Teile der Bevölkerung und Überläufer aus den Reihen der besalischen Besatzung übergeben worden war. Die Garnison würde keine Gegenwehr leisten, und Männer, deren Gesinnung unklar war, waren schon vor Stunden durch ihre Kameraden unschädlich gemacht worden. Er schlich, begleitet durch eine wachsende Zahl von Tuloniern, durch die schlummernde Stadt, im Wissen, dass binnen Minuten nichts als die Offiziersgebäude am Rande der Kaserne zu erobern bleiben würden. Drei massive Gebäude mit schießschartenartigen Fenstern und eisernen Toren. Wider Erwarten waren die Offiziere nach dem Abtransport des abgesetzten Gouverneurs nicht zurück in ihre Häuser gezogen, sondern hatten sich mit den verbliebenen Elitekriegern aus den Kernlanden dort eingeigelt. Der Rabe Trullon hatte sich gefreut.

„Man kann es von zwei Seiten betrachten, wenn sie sich dort einschließen, Achfoss. Tore kann man von innen verriegeln oder von außen. Wir blocken die Tore, verrammeln alle Fenster, und dann räuchern wir sie wie die Aale. Mal sehen, ob und wie viel Widerstand sie nach ein paar Stunden noch leisten können!"

Die prinzipielle Vorgehensweise war leicht nachvollziehbar, funktionell und erfolgreich, aber es stellte sich heraus, sie hatten die Besalier unterschätzt. Die Tulonier rückten zu Beginn des Angriffs vorsichtig vor, doch sie fanden die Verschanzten weit besser vorbereitet als erwartet. Mehrere Nester von Armbrustschützen waren heimlich und unbemerkt in angrenzenden Gebäuden platziert worden und hatten sich perfekt getarnt. In dem Moment, als die Tulonier attackieren wollten, brachen die Schützen plötzlich hervor und nahmen sie gemeinsam mit den Schützen an den Schießscharten der Offiziersgebäude ins Kreuzfeuer. Achfoss wurde Zeuge eines Gemetzels, und mehr als hundert seiner besten und treuesten Krieger fielen mit den ersten beiden Salven, die rasch nacheinander abgefeuert wurden. Es waren die schiere Zahl seiner nachrückenden Männer und die kaltblütige Geistesgegenwart des Raben, die den Sieg retteten. „Macht sie nieder!", dirigierte Trullon die zweite Reihe der Reserven gegen die ausgelagerten Schützenstellungen der Besalier. Doch seine Befehle hatte auch der Feind wahrgenommen. „Da ist der Anführer!!", erscholl eine Warnung, und einer massiven Salve von Bolzen auf Trullons Stellung hielten weder Schilde noch Rüstungen Stand. Achfoss sah aus sicherer Entfernung, wie sein Freund und dessen Flankenmänner gespickt von Geschossen fielen. Es zeichnete General Verudon aus, direkt das Heft in die Hand zu nehmen, aber im Grunde wurde nur noch der Plan des Raben vollends umgesetzt. Die Armbrustschützen hatten sich gut verschanzt und erhielten Schützenhilfe aus den Hauptgebäuden. Aber der Übermacht der Tulonier hielten sie nicht Stand. Es verschaffte Achfoss kaum Genugtuung, zu beobachten, wie danach die letzten Luken der Häuser geschlossen wurden, nachdem mit Brandbomben zahlreiche qualmende Ölfeuer gelegt worden waren. Die besalischen Offiziere konnten sie nicht alle löschen, und sie fraßen die Atemluft der Belagerten. So wurde der qualvolle Tod der Besalier besiegelt, und kein einziger der Krieger um Achfoss zeigte einen Funken von Mitleid. Die Tulonier warteten mehrere Stunden, bevor sie die Häuser rundherum öffneten und den dunklen Rauch abziehen ließen. Es musste keine Nachlese mehr gehalten werden, und die Vorsicht erwies sich diesmal als unbegründet, die feindlichen Offiziere waren allesamt erstickt.

Die Tulonier feierten die Befreiung ihrer Hauptstadt Pusilsaron, und bald würde König Achfoss zum ersten Mal in seinem Leben eine Krone tragen. Doch dort im Treck des befleckten Tempels beweinte er den hohen Preis, den er gezahlt hatte – viele gute Männer und dazu seinen teuersten Freund.

KAPITEL LVII - LESEBA

Gasina, Lesebas oberste Leibwächterin, war auf der Jagd.

„Meine Königin, ich habe Berichte erhalten, die wir sehr ernst nehmen müssen. Die Besalier, die durch die Kanalisation in Saffiron eingedrungen sind, waren offenbar nicht allein. Wir haben den Zugang ausfindig gemacht und blockiert – da kommt niemand mehr durch. Aber wenigstens ein alter Bekannter scheint uns durch die Lappen gegangen zu sein. Hortag, der ehemalige Herr der Sklavenstation am Knuvei, der uns im Arron nach der ersten Schlacht um Holtekaion entkommen war. Er wurde zweimal und unabhängig voneinander von früheren Sklaven seiner Station erkannt. Beide Berichte sind absolut glaubhaft, aber bisher sind alle Patrouillen erfolglos von ihren Suchaktionen zurückgekehrt. Die Stadt ist einfach zu groß, als dass wir jedes mögliche Rattenloch kontrollieren könnten!"

„Schätzt du die Gefahr als sehr groß ein, die von einem einzelnen Mann ausgehen kann?"

„Dieser Hortag hat mehrfach bewiesen, großen Ärger machen zu können. Außerdem kann ein Besalier in unseren Mauern einen entscheidenden Unterschied für die Belagerer bilden. Ein offenes Tor, ein Feuer, Attentate – genau diese Art von Aufträgen, für die wir Arratäer Raben und Spatzen haben, meine Königin!"

Leseba ließ diese Information sacken und winkte das Mädchen heran, welches ihr an diesem Nachmittag aufwartete, um sich ihren Kelch mit Quellwasser auffüllen zu lassen. Die junge Frau verschüttete etwas Wasser, weil ihre Hände zitterten. Leseba schaute sie genauer an. Es war das aufgeweckte besalische Mädchen, welches gemeinsam mit seiner Mutter in arratäische Gefangenschaft geraten war. Sie war ein wunderbares Beispiel dafür, wie leicht man einen Menschen, der offen und guten Willens war, in ihre arratäische Gesellschaft integrieren konnte –

sie war ihr rasch ans Herz gewachsen und war derzeit eines ihrer Lieblingsmädchen.

„Geht es dir gut, Xamusi? Kann ich dir helfen? Sollen wir dich ablösen lassen?"

„Oh nein, meine Königin, bitte nicht, verzeiht mir, meine Königin", stammelte die Dienerin.

„Verzeihen? Es gibt nichts zu verzeihen, meine Liebe, es ist Wasser! Komm, setz dich einen Moment!"

Gerade wandte sich die junge Königin wieder ihrer Leibwächterin zu, als das Mädchen heftig aufschluchzte. Impulsiv nahm Leseba das Kind in den Arm.

„Ist ja gut, Kleine, ist ja gut, es gibt nichts, was wir nicht wieder hinbekommen! Sag mir, was los ist!"

Jetzt schüttelte ein Weinkrampf die Dienerin, sie konnte kein Wort sagen, löste sich aber von Leseba und zog zitternd und mit spitzen Fingern einen kleinen, klebrig beschmierten Dolch aus ihrem Gewand. Gasina schlug ihn ihr im selben Moment aus der Hand und stand mit gezogenen Stiletten zwischen der Königin und dem Mädchen, schirmte Leseba ab.

„Was tust du da? Sprich oder stirb!", zischte Gasina die offensichtlich Verzweifelte an.

„Hier stirbt heute niemand!", schob Leseba Gasina sanft, aber nachdrücklich zur Seite und bedeutete ihr, die Waffen zu senken. Dann trat sie zu dem aufgelösten Kind, legte ihm die Hand unters Kinn und schaute ihr ins Gesicht.

„Hab keine Angst vor Strafe, Kind! Sprich mit uns! Du wolltest mir doch gar nichts tun, nicht wahr?!"

Die Worte kamen nur stoßweise hervor.

„Bitte meine Königin, meine Mutter, bitte tötet sie nicht, sie glaubt, sie tut das Richtige …"

„Indem du deine Königin für sie ermordest?", schnaubte Gasina.

„Dieser Hortag, er ist es, er hatte die Idee, er hat mir die Waffe gegeben … !"

„Wo ist dieses Schwein? Weißt du, wo er ist?", ging Gasina Xamusi heftig an, gebremst durch einen strengen Blick Lesebas.

„Sag uns, was du weißt, Kind, und ich werde gnädig mit deiner Mutter sein! Auch wenn ich dir nicht versprechen kann, dass sie straflos bleiben wird!"

Die junge Besalierin zögerte nicht, verstand ohne Zweifel, mehr durfte sie nicht erwarten.

„Ich zeige Euch sein Versteck! Meine Mutter versorgt ihn dort nachts. Jetzt gerade wartet er darauf, dass mein … dass das Attentat erfolgreich ist … er will sich versteckt halten, bis alle Durchsuchungen danach beendet sind, um anschließend weiter vorzugehen!"

„Was hat deine dich liebende Mutter denn gedacht, was mit dir geschieht, wenn du die Königin ermordest? Das würde mich interessieren", schnaubte Gasina, und das Mädchen schaute nur zutiefst betreten auf den Boden.

„Du wirst die Elster zu dem Versteck führen! Gasina, bringe mir diesen Kerl lebend! Ich will wissen, was er uns über die Belagerer erzählen kann!"

„Selbstverständlich, meine Königin!"

Leseba blieb unter der Obhut der vier weiteren Spatzen im Thronsaal, die gerade Dienst taten, während Gasina draußen zehn Raben zu ihrer Unterstützung beorderte und dem Mädchen folgte.

Unruhig wanderte die Königin vor dem Thron auf und ab. Jeder Monarch musste wissen, dass sein Leben ständig bedroht war. Nicht umsonst waren die Gebirgsjäger aus der Akademie als die wohl schlagkräftigste Truppe des Kontinents gegründet worden und stellten seitdem die Leibwächter für das Königshaus. Doch Leseba selbst war an diesem Tag zum ersten Mal so unmittelbar und deutlich vor Augen geführt worden, wie gefährdet und exponiert sie seit der Übernahme des Amtes war. Musste sie misstrauischer werden, sich noch mehr von potenziellen Bedrohungen fernhalten? Leseba fühlte die Einsamkeit mehr denn je, die ihre herausgehobene Stellung mit sich brachte, und ihre Bereitschaft, die Kluft zwischen ihr und den übrigen Menschen zu vertiefen, war schlicht nicht da! Das letzte bisschen Offenheit und Nähe wollte sie sich um jeden Preis bewahren! Lieber wollte sie weiter für ihre Selbstverteidigung üben bis zum Umfallen, lernen, in Situationen, wie der an diesem Tage, auch persönlich schneller und routinierter zu reagieren und sich nicht mehr allein auf Gasina und ihre Truppe verlassen zu müssen. Eigentlich sollte sie längst alle Grundzüge beherrschen, und doch – eine blitzschnelle Reaktion wie die Gasinas war ihr nicht in den Sinn gekommen, zu groß ihr naives Vertrauen in die Dienerin, die sie vor kaum ein paar Wochen kennengelernt hatte.

Sie beschloss, den bedrückenden Grübeleien ein Ende zu setzen und lieber ihren Regierungsgeschäften nachzukommen. Sie schickte nach dem kleinen Rat, der längst hätte tagen sollen und im Vorzimmer wartete.

„Verzeiht, dass ihr warten musstet, es ist etwas Unerwartetes dazwischen gekommen. Wie ich sehe, habt ihr bereits das neue Mitglied im Rat kennengelernt. Ich begrüße in unserer Mitte Kunia, die als Kämmerin in Holtekaion Großes geleistet hat. Sie wird ab jetzt der Verwaltung Saffirons vorsitzen und damit dich, Komrektu, ablösen. Dich möchte ich bitten, zukünftig als mein Kanzler und meine Rechte Hand zu fungieren. Du wirst außerdem dafür Sorge tragen, dass zukünftig alle Korrespondenz, die in meinem Namen herausgeht, ausschließlich durch dich oder meinen Privatsekretär verfasst wird. Kein offizielles Schreiben wird mehr von irgendeiner nicht ausdrücklich autorisierten Person aus der Verwaltung verfasst werden!"

Allen musste klar sein, worauf diese Maßnahme zurückzuführen war, denn es war inzwischen nur noch ein offenes Geheimnis, dass es zu Verwerfungen zwischen Arratäa und Herzog Treju gekommen war. Schon allein die Tatsache der Verbreitung solcher Schwierigkeiten, ohne auch nur einer einzigen Erwähnung des inneren Kreises nach außen, zeigte den Übereifer und die Indiskretion wenigstens eines der Magistrate von Saffiron. Und auch jetzt schätzten jene drei Herren aus Xeleron die Lage wieder völlig falsch ein, denn sie setzten aller Vernunft zum Trotz zu Widersprüchen an. Leseba war alles andere als in Stimmung für die gönnerhaften Belehrungen alter Männer. Sie blickte alle fünf Stadtverwalter streng an.

„Ich werde von jetzt an sehr genau verfolgen, wer seine Aufgaben zum Wohle Arratäas erfüllt und für wen persönliche Eitelkeiten oder Eigeninteressen im Vordergrund stehen. Leider habe ich durch negative Erfahrung lernen müssen, dass Loyalität und Gemeinsinn nicht zwangsläufig mit arratäischer Abstammung und Kenntnisreichtum einhergehen. Mein Vater war bekannt dafür, wie sehr er Korruption und Misswirtschaft gehasst hat. Ich sehe immer mehr, wie viel von meinem Vater in mir schlummert!"

„Ihr tut uns Unrecht, Majestät! Wir hatten nie etwas anderes als das Beste für Arratäa im Sinn!"

„Ihr meint, Magistrat, indem ihr die treuesten Kämpfer unseres Landes verprellt und ihrer Heimat entfremdet?! Aber ich werde über derlei Themen nicht mehr mit Euch streiten. Ihr werdet Euch von jetzt an nur und ausschließlich um die Verwaltung

Saffirons kümmern und an Kunia als oberste Magistratin berichten. Und sollte es dabei zu berechtigten Klagen über Euch oder Eure Leistungen kommen, werdet Ihr in Zukunft nur noch Euer eigenes Heim verwalten!"

Die Königin war jetzt so sehr in Fahrt, sie hätte sich fast darüber gefreut, wenn jemand versucht hätte, weitere Einwände zu erheben. Aber ihre Rede war augenscheinlich unmissverständlich gewesen. So gingen sie ohne Weiteres zum Tagesgeschäft über, und Leseba ließ sich über Lagerbestände, aktuelle Bevölkerungszahlen von Djaniron und Saffiron sowie den Fortgang der Baumaßnahmen berichten. Vom Standpunkt der Versorgungslage aus würden sie mit Leichtigkeit einer monatelangen Belagerung standhalten können, bevor es möglich werden würde, sie auszuhungern. Es war mehr als zweifelhaft, ob die Besalier ein Heer in der Größenordnung, wie es vor Saffiron aufzog, auch nur halb so lange würden verköstigen können. Der Feind baute auf die Erbeutung von Lebensmitteln und brauchte somit einen relativ schnellen Erfolg – so war es bei den Besaliern stets gewesen, und viel zu oft war dieses Kalkül aufgegangen. Schnelligkeit vor Sorgfalt.

Bald schickte Leseba den Rat fort, nicht ohne Kunia noch ihr Beileid auszudrücken.

„Dein Mann ist als wahrer Held Arratäas gestorben, der im Kampf um Holtekaion gleich zweimal viele hundert Leben gerettet hat. Jede gute Frau und jeder gute Mann, die sich für unser Land und seine Menschen opfern, sind zu viele! Doch es sind die großen und selbstlosen Anführer wie er, die den Unterschied machen und unser Überleben sichern. Wir sind alle sehr stolz auf ihn und werden ihn mit Hochachtung in Erinnerung behalten. Ich habe seinen Namen auf die Heldentafel setzen lassen, die in den Hauptplatz Saffirons eingelassen wird!"

Der etwas hölzerne Hauptmann war Leseba nicht sympathisch gewesen, ganz anders als die herzliche, stets aufgeräumte Kunia, seine Verdienste aber standen außer Frage und mussten gewürdigt werden!

Auch nach dieser Ehrung wurde Leseba ihre Anspannung nicht los, bis endlich Gasina den gefangenen Hortag vorführen ließ. Sie hatte schon einiges von diesem verabscheuungswürdigen Kerl gehört, aber sie sah ihn jetzt zum ersten Mal. Verächtlich und trotzig gab er sich, aber eine gewisse Besorgnis war ihm auch anzusehen.

„Wir konnten ihn leicht überwältigen, meine Königin, er war gerade mit der Besalierin zugange", wies die Elster auf die Matrone im Hintergrund, die die Mutter ihrer jungen Dienerin war. Das Mädchen war auch wieder im Saal, schrumpfte unter den vernichtenden Blicken seiner Mutter auf die Größe einer Maus.

„Lasst das Weib in den Kerker bringen, wir werden sie getrennt von diesem Grobian hier befragen!"

Fasziniert wie von einem fremdartigen Raubtier umrundete sie den in schweren Ketten am Boden hockenden Mann. Während ihrer Gefangenschaft in Seisilon hatte sie üble Figuren unter den Besaliern hassen und fürchten gelernt – Zoros allen voran. Doch dieser zu groß geratene Gnom hier war kein Adliger, noch war er gebildet, und so war es unergründlich, wie ein solch minderwertiges Subjekt sich allein wegen seiner Zugehörigkeit zum Volk der Besalier den übrigen Menschen des Kontinents überlegen fühlen konnte.

Die Königin setzte sich auf ihren Thron und signalisierte Gasina, die Befragung zu übernehmen. Außer ihnen hatten sich inzwischen auf ihre Einladung Baumeister Istrenu, Ratsfrau Kunia und Hortags ehemaliger Schreibersklave, der Ehrwürdige Boras vom Dreigestirn, eingefunden. Leseba wollte sich für das Verhör mit scharfsinnigen Menschen umgeben, die vielleicht andere Dinge beobachteten und verstehen würden als sie selbst – zumal Boras, der seinen früheren Peiniger gut kannte.

„Besalier, wir wissen von deinen Spießgesellen, wie ihr hinter unsere Mauern gelangt seid und auch, was du vorhattest. Lass uns deine Version der Dinge hören. Vom Wahrheitsgehalt deiner Geschichte und weiterer Informationen, die uns dienlich sein könnten, wird deine Todesart abhängen!"

Der Einäugige räusperte sich, zögerte noch einen langen Moment, sagte dann leise: „Ich … werde kooperieren."

Leseba war sicher, alle übrigen Arratäer im Saal waren ebenso überrascht wie sie. Gasina hakte dementsprechend auch gleich nach.

„Du meinst, dass wir dir vertrauen sollen, wie Uliron, den du zu Tode gefoltert hast? In etwa so?"

„Vertrauen?", spie Hortag hervor. „Ihr könnt über diesen verdammten Bastard sagen, was ihr wollt, aber er war alles andere als ein Idiot! Er hat mir nie vertraut, auch nachdem er seine Maskerade beendet hatte. Nein, im Gegenteil, er hat MICH zum Narren gehalten, und anschließend hat er MICH benutzt wie einen alten Lappen! Was mich angeht, so hatte er jedes Quäntchen Schmerz verdient! Und noch viel mehr!"

Wenn der Sklavenzüchter versuchte, hier jemanden auf seine Seite zu ziehen, so war das die falsche Methode, denn blanker Hass sprach aus allen Augen, insbesondere aus Kunias und Boras', die Uliron persönlich gekannt und geschätzt hatten. Ein Held, der sich wie Kunias Ehemann für sein Volk geopfert hatte.

„Mach es kurz, du Hund! Was willst du? Und was glaubst du, uns bieten zu können?"

„Was ich will, ist ganz einfach – ich will leben! Lasst mich ziehen, und ich kann euch etwas Zeit verschaffen, vielleicht die Zahl der Angreifer etwas reduzieren?!"

Der Priester mischte sich mit einem Kommentar ein.

„Dieser Mann hat nur so lange mit uns zusammengearbeitet, wie wir ihn unter Kontrolle hatten. Wir können nicht auf ihn vertrauen, Majestät, sein Wort ist nicht das Schwarze unter seinem Nagel wert!"

„Was soll ich aus meiner derzeitigen Lage heraus schon gegen euch ausrichten, Schreiber?! Ich könnt mich doch jederzeit töten, wenn ich Verrat begehe, oder?!", zuckte er die Schultern.

„Wir sollten uns anhören, was er konkret anzubieten hat, meine Königin, das kann schließlich nicht schaden", forderte Istrenu. „Also sprich, Kerl! Was hast du vorzuschlagen?"

„Erst will ich die Zusicherung dieser Kleinen hier, dass man mich gut behandeln wird!"

Seine Unverschämtheit zahlte er mit einem wohlplatzierten Tritt in die Nieren, und er krümmte sich ächzend und stöhnend. Leseba musste Gasina Einhalt gebieten, die ihn sonst zweifellos weiter traktiert hätte. Aber diese Züchtigung war ohne jeden Zweifel hochverdient gewesen.

„Mein Wort hängt von deinem Verhalten ab, Besalier! Wenn du lügst oder weiter Beleidigungen ausstößt, werde ich dich nicht schützen. Nur dein Wohlbetragen kann dir helfen!"

Als Hortag endlich wieder sprechen konnte, schlug er vor: „Fangen wir mit den Brieftauben an, die meine Kameraden bei sich hatten!"

„Die sind alle längst gegessen! Warum hätten wir eine potenzielle Gefahr erhalten sollen?"

Man konnte den Geistesblitz förmlich sehen, der ihn durchzuckte.

„Im Gang! Im Gang sind noch welche in einem Käfig, den wir an einer Engstelle zurücklassen mussten. Vielleicht leben die noch?!"

KAPITEL LVIII - FUTTINU

War er denn nur von Unfähigen umgeben? Eigentlich hatte er mit einer sehr komfortablen Streitmacht zur Belagerung Saffirons gerechnet. Jetzt schien es dem Gouverneur, seine Offiziere arbeiteten mit dem Feind zusammen und seine Krieger verschwänden nach und nach, wie das Salz im Meer. Oberst Xalorot hatte viel zu viele Kämpfer im Wald verloren, als er dieses lästige Nest im Wald zertreten hatte. Die gemachte Beute, die kaum nennenswerte Werte und nur ein paar Handvoll Sklaven umfasste, stand in keinem Verhältnis zu ihren Verlusten. Darüber hinaus hatte sich dessen Vetter, der einstige Standortkommandant Saffirons, Oberst Xalhodot, einmal mehr zum Narren gemacht. Seine Lieblingsfeinde, die Tessrati, hatten ihn erneut vorgeführt. Bereitwillig hatte der Kommandant aus den Kernlanden den Wurm heruntergeschluckt, den man ihm vor das Maul gehalten hatte. Der Flüchtlingstross aus Saffiron war ihm mit Sicherheit vom Feind entgegengetrieben worden, und er hatte nichts Besseres gewusst, als ihnen generös Begleitschutz, zahlreiche Reittiere und reichlich Vorräte zu überlassen. Derart geschwächt hatte sich der größere Truppenteil daran gemacht, die Steppe von Tessratien von den Stammesleuten zu säubern. Verbrämt hinter geschickt gedrechselten Worten hörte der ehemalige General allerdings aus den Schilderungen des Oberst heraus, wie die Tessrati die Besalier mit heimtückischen Überfällen teils gelockt, teils gejagt, doch in jedem Fall hemmungslos genarrt hatten. Futtinu war nicht in der Stimmung, den Führungsoffizier mit Beschönigungen davonkommen zu lassen.

„Schön und gut, Kommandant. Nachdem wir viel und noch viel mehr von Euren Heldentaten gehört haben, lasst diesmal die Zahlen sprechen, damit ich Euren Erfolg besser einordnen kann. Sagt uns, wie viele Dörfer Ihr vernichtet, wie viele Sklaven und Pferde Ihr erbeutet habt und wie viele tessratische Krieger für Eure Verluste mit dem Leben bezahlt haben."

Der Oberst bekam ein hochrotes Gesicht, stockte.

„Gouverneur, nach diversen Kämpfen hielt ich … hielt ich es für wichtiger, Euch die Truppen unbeschadet für die Belagerung zu bringen.“

„Ich fasse kurz zusammen: Ihr überlasst den Feiglingen, die die Stadt durch ihre Dummheit verloren haben, hunderte von Kriegern, einen großen Teil der Vorräte und jede Menge Pferde für den Transport. Anschließend lasst Ihr hunderte Eurer Männer Häppchen für Häppchen niedermetzeln, und das ohne zählbaren Erfolg an Beute oder Köpfen unserer Feinde. Ist es das, was Ihr sagen wollt?“

„Nicht … ganz, … ich meine, … der Feind hatte auch Verluste, …. gr .. große Verluste, will ich sagen …“

Es geschah etwas, was niemand von Futtinu kannte, am wenigsten er selbst. Die geballte Inkompetenz dieses Offiziers ließ ihn völlig die Beherrschung verlieren, und er schrie ihn an.

„Wovon reden wir, bei Askarios Glocken? Fünf Mann? Zehn? Wen willst du hier verarschen, Mann? Wir alle hier können ein Debakel von einem Sieg unterscheiden. Leider kann ein kaiserlicher Offizier durch mich nicht degradiert werden, sonst wärest du, die Götter sind meine Zeugen, nur noch ein Fähnrich! Bei allen anstehenden Kämpfen wirst du ab jetzt in erster Reihe stehen, und ich rate dir, schleunigst deinen Heldenmut wiederzufinden, mit dem du pausenlos prahlst, damit Kaiser Zoros auch noch andere Berichte von mir erhalten kann als den, der ihm noch heute Abend zugehen wird. Und jetzt aus meinen Augen, bevor ich mich vergesse!“

Zumindest erkannte der Idiot, alles andere als ein Rückzug wäre Wahnsinn, nahm mit kreidebleicher Miene kurz Haltung an und verließ das Zelt.

Binnen Sekunden kehrte die übliche Gleichmut in Miene und Ton des Gouverneurs zurück, egal was er fühlen mochte. Er war jetzt wieder ganz Heerführer und Stratege, so, wie er sein musste, um diese harte Nuss von einer Stadt zu knacken, deren Schale keine Risse zeigen wollte.

„Oberst Xalorot, bringt mich auf den neuesten Stand Eurer Maßnahmen bei der Belagerung. Ich will den Hergang vollständig hören, auch alle Maßnahmen des Feindes und Eure Reaktionen. Und das ohne dämliche Beschönigungen wie die, die Euer teurer Vetter uns aufgetischt hat, wenn ich bitten darf. Davon haben wir heute bereits mehr als genug gehört. Und Euch kann ich degradieren! Und ich werde es tun, selbst wenn irgendwann ein kaiserlicher Hund durch Euren Stammbaum getrottet ist!"

Auch wenn allen klar sein musste, dass eine Degradierung durch den Kaiser in der Regel mit dem Verlust des Kopfes einherging, während man bei ihm lediglich im Rang abgestuft wurde, wirkte die Drohung doch nachdrücklich.

„Mein General Futtinu, Herr Gouverneur, wir haben durch unsere befestigten Stellungen das ganze Stadtareal weiträumig umfasst. Die Stellungen in den Türmen am Fjord hat der Feind ebenso kampflos preisgegeben wie die Kampfposition zum Abfangen von Schiffen an der Schmalstelle des Meeresarms. Zunächst, wie sich gezeigt hat, wollte der Feind uns solcherart dezimieren, weil die abgelegenen Einheiten mehrfach nachts überfallen wurden. Inzwischen habe ich die Besatzungen verdoppelt und zur Kontrolle eine Kette von Lichtzeichen angeordnet. Seitdem hat es an dieser Stelle keine Verluste mehr gegeben. Vor dreizehn Tagen hat Scharführer Hortag einen Stoßtrupp durch ein Tunnelsystem in die Stadt angeführt. Nach einer Woche erreichte uns eine Nachricht des Inhalts, er erwarte Verstärkung auf dem gleichen Weg. Außerdem würden er und die Männer zu Neumond das Westtor öffnen. Alles war korrekt kodiert und mit seiner tumben Schrift verfasst. Es war eine Falle, Herr! Aus den

Tunneln ist niemand zurückgekehrt – einhundertdrei Mann. Vor dem geschlossenen Tor gerieten unsere Krieger in einen Hinterhalt, und zweihundertsiebenundneunzig wurden getötet oder schwer verwundet, bis wir ausreichend Verstärkung heranführen konnten, um den Feind zurück in die Stadt zu zwingen."

„Einmal ein Verräter, immer ein Verräter!", murmelte der Kommandant mehr zu sich selbst. „Der Kerl ist ein Überlebenskünstler und hat schon einmal mit dem Feind kooperiert, um seinen Pelz zu retten. Elender Köter!"

„Herr, die willkommene Verstärkung, die Ihr uns gebracht habt, wurde bereits auf die Stellungen verteilt. Allerdings muss ich Euch bedauerlicherweise mitteilen, dass sie unser Versorgungsproblem noch verstärken. Meine Truppen hatten Rationen für gut zweieinhalb Monate. Die erwartete Beute aus der Siedlung im Arron blieb leider fast vollständig aus. Die Verstärkung aus den Kernlanden verfügt über Rationen für etwa vier Wochen …"

„Was sagt Ihr da? Vier Wochen??? Sie können doch nicht derartig viele Vorräte den Flüchtlingen überlassen haben?!"

„Nein, Herr, das haben sie nicht, aber … wie soll ich sagen … im Bericht wurde wohl vergessen zu erwähnen, dass die tessratischen Reiter den Tross überfallen und ausgeraubt haben. Als sie einige der Transportwagen auf der Flucht nicht schnell genug mitnehmen konnten, haben sie sie stattdessen in Brand gesetzt. Mehr als sechzig von hundert Teilen gingen auf diese Weise verloren …"

„Der Zug von der Landscheide wurde von mir mit leichtem Marschgepäck hierher überführt – in der Annahme, dass die Versorgung hier vor Ort geregelt wäre. Die Rationen dieses Trupps genügen also maximal für zehn Tage, eher weniger." Er überschlug die Versorgungslage und kam zum Schluss: „Vier Wochen! Mehr Zeit haben wir nicht, um diese Stadt zu nehmen! Wir haben dem Sklavenvolk seinen König genommen, aber kluge Köpfe mit strategischem Verstand haben sie noch immer. Sie setzen uns unter Zugzwang und nehmen uns bei jeder sich bietenden Gelegenheit wieder eine Handlungsoption. Ihr wart doch bei der letzten Einnahme dieser Stadt dabei, Oberst. Können wir daraus etwas lernen?"

„Nur, dass wir es anders angehen müssen, Herr! Wir setzten damals schweres Belagerungsgerät ein und haben erhebliche Verluste an Mensch und Material erlitten. Diese Mittel stehen uns diesmal nicht zur Verfügung. Außerdem wurde der Mauerabschnitt, den wir nach Monaten der vergeblichen Angriffe durchbrechen konnten, durch unsere eigenen Baumeister wieder aufgebaut und doppelt verstärkt."

„Ja, die besalische Arbeit ist unverkennbar", kommentierte Futtinu mit leichtem Spott in der Stimme, den nur er sich erlauben durfte. „Was ist mit dem Wald? Bietet der uns irgendeine strategische Möglichkeit, abgesehen davon, dass wir ihn zur Materialgewinnung einsetzen können?!"

„Unser Statthalter hat einen gut zweihundert Schritt breiten Streifen vor den Mauern roden lassen. Also nein, Herr, das hilft uns nicht! Außerdem ist es ein völlig unwegsames Gebiet, kaum zu betreten, viel schlimmer als der Arron, wenn ich das sagen darf!"

„Ruft Eure besten zehn xaronischen Späher! Sie sollen mir berichten und mich begleiten! Mein Pferd! Ich will mir selbst ein Bild machen!"

Futtinu umritt mit seinen Begleitern das gesamte Hufeisen um die Stadt und betrachtete auch den Hafenzugang. Ob es ihm gefiel oder nicht, die städtebauliche Kunst der Arratäer rang ihm ein ums andere Mal Respekt ab. Und selbst wenn der ehemalige besalische Statthalter von Saffiron-up-Offvei ein Idiot war, so hatte er doch den Sklaven, die sie zurückerobert hatten, mit den Rodungen einen großen Gefallen getan. Die strategische Position der Metropole war perfekt gewählt für den Handel und die

Kontrolle sowohl der Flussmündung als auch des Fjords. Topographische Mängel der Lage waren baulich ausgeglichen. Ohne die Möglichkeit, die Stadt auszuhungern, zu infiltrieren oder jemanden zum Verrat zu bewegen, war sie eine einzige, kaum einnehmbare Festung. Die Mittel und die Zeit für eine dauerhafte Belagerung fehlten ihnen, jemanden in die Stadt einzuschleusen hatte der Oberst bereits versucht. Sein Mann hatte keinen augenscheinlichen Fehler gemacht, und Futtinu war geneigt, ihm zu verzeihen – zum gegebenen Zeitpunkt. Sollte er sich ruhig ein wenig abstrampeln, seine Scharte auszuwetzen.

Auf dem Weg zurück ins Kommandantenlager ließen sie die Pferde nur im Trab am Waldrand entlang gehen.

„Herr, lasst uns etwas mehr Abstand von den Bäumen halten, die Kerle haben sehr gute Bogenschützen in ihren Reihen."

„Recht hast du, Mann. Galoppieren wir, und bringen wir diesen Abschnitt schnell hinter uns", spornte er sein Pferd an. „Habt ihr schon versucht, hier zu jagen? Gibt es Wild in Mengen, die uns helfen könnten, den Proviant aufzubessern?"

„Herr, wir wissen nicht, wie es mit dem Jagdbestand hier im Wald aussieht. Die Kameraden, die zur Jagd hineingegangen sind, sind ausnahmslos dort geblieben."

Man musste kein Hellseher sein, um zu erahnen, dass nicht alle Besalier, die den Wald betraten, Jagdunfälle erlitten. Warum also machten sich die Sklaven die Mühe, den Wald frei von Besaliern zu halten?

„Ist das ein neues Phänomen? Oder wisst Ihr, ob es dieses Problem schon vorher zu Zeiten der besalischen Kontrolle dieser Stadt gab?"

Die Späher waren erst seit kurzem hier und wussten es nicht zu sagen. Aber einer musste es wissen – Xalhodot, der ehemalige

Standortkommandant Saffirons, der allen Grund hatte zu versuchen, mit seinem Wissen zu glänzen. Deshalb befahl der ihn überraschend sofort nochmals zu sich, als er sein Kommandozelt erreichte.

„Mein Gouverneur, die Befehle, den Wald zu meiden, sind schon Monate alt. Ihr wisst, dass wir lange mit den Tessrati zu kämpfen hatten. Sie terrorisierten den Landweg zur Stadt und hatten Saffiron schließlich weitgehend abgeschnitten."

Das brachte Futtinu nicht weiter, aber er verbiss sich in den Gedanken. Was wollten die Feinde verbergen? Wozu die Mühe? Er wollte dem auf den Grund gehen! Den Eingang zu einem Fluchttunnel? Das würde zur arratäischen Art zu denken passen, wie er sie kennengelernt hatte. Was sonst würde das Risiko und den Aufwand rechtfertigen? Doch nicht ein bisschen Wild?!

„Oberst, ich will einen Stoßtrupp von hundert Kriegern, die im Morgengrauen in den Wald eindringen, angeführt von den xaronischen Spähern. Fünfzig Armbrustschützen, fünfzig Schildträger sorgen dafür, dass die Waldläufer ihre Arbeit tun können. Wenn es dort etwas zu sehen und zu wissen gibt, dann erwarte ich einen detaillierten Bericht!" „... und wenn sie nicht zurückkehren sollten, dann wissen wir, dass es sich lohnt, noch mehr zu investieren", ergänzte er im Stillen für sich.

„Hykimo, wir wissen nicht, wie wir mit dieser Schande weiterleben sollen. Aber man droht, Eure Gattin an die Besalier auszuliefern, und sie hat sich dagegen entschieden, uns kämpfen zu lassen. Sie sagte, sie wolle ein Blutbad vermeiden. Herzogin Karissa gab uns den Befehl zum Abzug. Sie hat nur zwei der Spatzen bei sich behalten!"

„Weil Karissa wusste, was sie tun muss, Falke! Wäret Ihr nicht hier, wüsste ich nicht, warum sie so lange fort bleibt und vor allem, wo sie sich befindet. Jetzt aber habe ich die Chance einzugreifen und baue dabei auf deine und die Hilfe der anderen Krieger, die mit dir dort waren!"

„Herr Treju, mein Herzog, wir danken Euch von ganzem Herzen für Euer Vertrauen! Wir werden alles geben, um die Herzogin zu befreien, das schwöre ich Euch bei allen Göttern!"

„Zuerst brauchen wir eine Karte und Eure Ortskenntnis, Falke! Rufe deine Leute zusammen und weitere dreißig Papageien. Wir besprechen unser Vorgehen, dann brechen wir morgen in aller Frühe auf!"

Die Mitglieder des Stabes, die ihn in diesem Moment umgaben, wagten alle keinen Einwand zu erheben, dass Treju selbst die Rettungsmission anführen wollte – selbst wenn allen klar sein musste, wie unvernünftig es war, sein Leben und seine Freiheit aufs Spiel zu setzen. Er wusste selbst am besten, seine Verantwortung umfasste inzwischen so viel mehr als nur die für seine Frau. Andererseits, was hätten die Menschen in seinem Herzogtum von einem gebrochenen Anführer, einem erpressbaren und gescheiterten Mann?! Die Rettungsaktion würde er niemandem als Spatzen oder Raben anvertrauen, die mit Arratäa vertraut waren, und vor allem das Terrain aus persönlicher Anschauung kannten. Auf Douson wäre unter anderen Umständen seine Wahl gefallen, doch der war gerade erst von ihrem Schlag auf Auseilon zurückgekehrt. Und was noch viel schwerer wog war der herbe Verlust, den Changdi und er gemeinsam zu verwinden hatten. Karissa hätte es niemals gutgeheißen, den Falken in dieser Situation loszuschicken.

Am Abend versammelte Treju in großer Runde all seine Berater und den militärischen Stab. Bevor er anfing, Anweisungen für seine Abwesenheit zu verteilen, war ihm besonders wichtig, keine Gerüchte aufkommen zu lassen.

„Ich will keine Zweifel existieren lassen, dass ich sehr wohl weiß, wie viele fähige Frauen und Männer zu uns zählen, denen ich selbst die wichtigsten Aufgaben anvertrauen könnte! Und genau das tue ich täglich voller Vertrauen und Überzeugung! Aber ihr kennt mich inzwischen alle gut genug, um zu verstehen, es gibt Dinge, die ich selbst tun muss. Und ein solcher Fall ist mit der Festsetzung meiner Frau eingetreten. Ich habe mit einem Auftrag meine Frau und mein ungeborenes Kind in Gefahr gebracht, und aus dieser Lage muss ich sie wieder befreien. Viele unter Euch werden dies nicht gutheißen, doch ich muss und werde sie zurückholen! Das ist meine heiligste Pflicht, denn wie kann ich mich einen Anführer schimpfen, wenn ich nicht zu den Meinen stehe?!"

Treju spürte Angst und Beklommenheit unter seinen Gefolgsleuten, aber auch Verständnis und Unterstützung.

Der Mond stand hell am Himmel, und Treju wanderte unruhig durch die entstehende Stadt Hykimóon, die Hunde Guffi und Mopp wie immer an seinen Seiten.

„Ich kann euch nicht mitnehmen, meine zwei Helden", bückte er sich zwischendurch, um mit ihnen zu balgen, wie sie es so gerne mochten. „Aber solange ich nicht da bin, habe ich eine wichtige Aufgabe für euch!"

Ein schwerer Gang führte ihn zu einem Quartier, vor dem er kurz zögerte, tief durchatmete und dann klopfte. Es dauerte ein wenig, bis Douson überrascht öffnete.

„Adler? Ich meine, … mein Herzog, … ich …"

Treju drückte den jungen Mann wortlos an sich und hielt ihn einige Zeit fest, bevor er die Sprache wiederfand.

„Es tut mir unendlich leid, Douson! Wir alle leiden mit euch, und ich bitte dich, alles zu äußern, was ich tun kann, um euch die Überwindung der Trauer ein wenig leichter zu machen!"

Douson zog ihn mit sich ins Innere des Hauses, wo Changdi vor einem leise glimmenden Herd saß und sich bei seinem Anblick sofort erheben wollte.

„Ich bitte dich, Changdi, bleib sitzen. Ich bin nur hier, um zu hören, was ich für euch tun kann! Habt bitte keine Scheu, ihr beiden!"

Die jungen Leute schauten sich kurz an, dann sagte Changdi: „Es gibt etwas, Adler, was wir uns am meisten wünschen – außer dem, was die Götter uns genommen haben. Wir möchten nicht ausgeschlossen werden, Herr! Wir möchten nicht außen vor sein, wenn Ihr für unsere Karissa in den Kampf zieht! Bitte, Treju, Ihr müsst doch wissen, dass es keinen Besseren für Eure Aufgabe geben kann als meinen Douson!"

Treju war überwältigt von so viel Treue und Selbstlosigkeit. Er konnte nicht anders, als nun auch sie an sich zu drücken, und Tränen der Rührung saßen in seinen Augenwinkeln.

„Oh mein Kind, keinen Krieger hätte ich lieber an meiner Seite! Aber glaubst du nicht, dass Douson lieber hier bei dir sein sollte?!"

„Adler, wir haben von Eurer Ansprache gehört … ja, Ihr wisst, nichts Wichtiges braucht hier viel Zeit, um die Runde zu machen. Ihr habt an die Versammlung appelliert, Euch ziehen zu lassen, um zu tun, was Euch ausmacht, wer Ihr seid, wofür Euch Euer Volk liebt, welches sich gerade erst aus so vielen Teilen zusammenfindet. Hykimo, was Ihr für Euch fordert, gönnt auch uns, das ist unser Wunsch!"

Treju fand ein kleines Lächeln wieder und blickte von ihr zu ihm.

„Douson, es wird mir eine große Erleichterung sein, wenn du mir den Rücken freihältst! Auch wenn ich hoffe, dass du bis dahin selbst die Sprache wiederfindest. Aber, Changdi, wenn du mir deinen Gefährten an die Seite gibst, erfülle mir bitte auch einen Wunsch: Meine zwei Freunde hier kann ich nicht mitnehmen bei dem, was wir tun müssen. Kann ich sie dir anvertrauen? Du müsstest dafür ein paar Tage in unser Haus übersiedeln. Würdest du dich um sie kümmern?"

„Von Herzen gern, Herr … vorausgesetzt, sie fressen mich nicht auf!", schaute Changdi mit großem Respekt auf die zwei großen, jungen Hunde.

„Komm nur her, sie werden dir nichts tun! Sie sind zwar Flegel, aber vor ihnen müssen sich nur meine Feinde fürchten!"

Als Guffi und Mopp ihr schlabbernd die Hände leckten, war das Eis schnell gebrochen.

KAPITEL LX - FELONIA

Es hätte mehr als genug gegeben, was Felonias Aufmerksamkeit bedurft hätte – neben der Tatsache, dass die Anzeichen einer frühen Schwangerschaft sie mehr und mehr plagten. Dafür allerdings dankte sie täglich den Göttern, und es war ein Trumpf auf ihrer Hand, von dem bisher nicht einmal Lagrontu wusste. Trotzdem und obwohl die Flut der Berichte von Spionen im In- und Ausland niemals abebbte, bewegten sich die Gedanken der Kaiserin hauptsächlich um Ivosi von Tarsit. Die hadrische Spionin! Noch immer suchte Felonia nach einem Weg, diese härteste aller Nüsse zu knacken, bevor sie in ihres Gatten Händen landen und zerbrochen werden würde wie eine zarte Figur aus Glas. Denn es bestand nicht der Hauch eines Zweifels, wie Zoros mit ihr verfahren würde. Sicherlich würde sie noch einige Zeit leben – oder eher vegetieren – aber um Informationen würde es ihm bei den Martern und Vergewaltigungen nur vordergründig gehen. Er würde seine ins Unermessliche getriebenen Rachefantasien an ihr ausleben. Felonia war Besalierin durch und durch und wusste seit ihrer frühesten Kindheit, wie man dem Leiden von Sklaven mit Gleichgültigkeit begegnete. Doch Ivosi war monatelang ihr Idol gewesen, dem es nachzueifern galt. Wunderschön, durchtrieben, kaltblütig und hart wie Stahl. Und auch, wenn sie bis dato noch kaum irgendetwas Wesentliches von der Spionin erfahren hatte, ihre ursprüngliche Einschätzung war voll bestätigt worden. Es widerstrebte Felonia, diesen Quell an Wissen und Inspiration dem Kaiser auszuliefern, dessen einziges Vergnügen die Zerstörung dieses einzigartigen Wesens war. So sehr Felonia gewillt war, Ivosi länger am Leben zu erhalten, so sehr geriet sie zur Überzeugung, dafür verdiene sie auch eine Gegenleistung. Unter dem Druck der Ereignisse zog sie ihre neue Attacke auf Ivosis Widerstand vor.

„Meine Liebe, war dir eigentlich bewusst, auf welchem Weg du hierher gereist bist? Du hast dabei unsere jüngste Provinz durchquert. Weißt du, wie sie heißt? Nein? Hadrien, meine Liebe, deine geliebte Heimat! Genau genommen bist du also längst eine Untertanin des Kaisers!"

Als ihrer Gefangenen die Tränen in die Augen stiegen, pendelten Felonias Gefühle zwischen einem leichten Hauch von Mitleid und einer gewaltigen Faszination von der Macht, die gesprochene Worte selbst bei einer solch starken Person wie Ivosi entfalteten. Was hatten diese wenigen Sätze für eine Spionin schon geändert? Nichts! Und offenbar doch ganz viel!

Vor der Kaiserin saß wieder die schöne Ivosi von früher. Felonia hatte sie mit guten Speisen füttern lassen und ihr auch Getränke nicht vorenthalten. Mit der Erkenntnis, dass man Ivosi durch Hunger, Durst und Schlafentzug nicht wirklich mürbe machen konnte, hatte Lagrontu seine Herrin daran erinnert, wie wütend es den Kaiser machen würde, wenn man ihm nur noch einen Schatten des Objekts seiner Begierde aushändigen würde. Außerdem hatte man Ivosi sich pflegen lassen und ihr Kleider aus dem Fundus gebracht, den Zoros hatte einlagern lassen. Und trotz alledem war diese Frau mit Vernehmen der Nachricht über ihre Heimat gerade merklich in ihrer Präsenz geschrumpft.

„Willst du denn gar nichts sagen?", fragte Felonia mit aufgesetztem Mitleid.

Ivosi musterte ihre Peinigerin einige Momente, bevor sie zurückgab: „Was möchtest du denn von mir hören?"

Unwillkürlich verglich Felonia die Gefangene in diesem Moment mit ihrer Freundin Nafriti. Betrachtete man nur die körperlichen Vorzüge der beiden, so mochten sie ebenbürtig sein, und es blieb schlicht eine Frage des Geschmacks des einzelnen Beobachters, wer die Nase vorn hatte. Aber es war die Tiefe dieser Frau, die Intelligenz, die Ausstrahlung, die, selbst wenn sie trauerte, noch in ihren Bann schlugen.

„Fangen wir doch damit an, dass jetzt kein Königshaus in Hadrien mehr existiert, dem du Loyalität schuldest. Jetzt, wo deine Auftraggeber alle tot sind, gibt es doch nichts mehr zu verheimlichen. Findest du nicht?"

„Würde das nicht aber auch bedeuten, egal was ich dir erzählen könnte, hätte ohnehin jede Relevanz für dich verloren?"

„Warum lässt du es nicht einfach mich bewerten, nachdem ich es gehört habe?"

„Weil ich dir nicht vertrauen kann, meine Liebe! Und weil du mir außer Hunger, Durst, Folter und Schmerz nichts gegeben hast – nur die Aussicht auf mehr davon. Warum ziehst du alles künstlich in die Länge? Übergib mich dem Kaiser, denn dass es so enden muss, wissen wir beide. Und bis es so weit ist, hast du nichts von mir verdient als meine Verachtung!"

Dieser Rückschlag traf Felonia völlig unvorbereitet und brachte sie tatsächlich leicht aus dem Gleichgewicht.

„Oh, ein Erbe? Dein Gatte muss so stolz sein! Du sicherst dir also immerhin deinen Platz im Palast!"

„Woher weißt du …?!"

„Ich sehe, was ich sehe!"

Dieses Weib war unfassbar in ihrer Abgebrühtheit. Felonia hatte wirklich geglaubt, sie in die Defensive gedrückt zu haben, doch mit dem Rücken an der Wand schlug sie um sich. Trotzdem war dieser Fakt immerhin ein Fortschritt gegenüber der rein abwartenden Haltung von zuvor.

„Du willst also eine Gegenleistung dafür, dass du redest? Was schwebt dir denn vor?"

„Mein Leben und meine Freiheit! Nichts weiter."

„Und doch hast du gerade selbst gesagt, dass dein Weg nur in die Hände des Kaisers führen kann!"

„Wenn du nur tätest, was er will, dann auf jeden Fall! Doch allein die Tatsache, dass wir hier sitzen und reden, beweist, er hat keine Ahnung von meiner Gefangenschaft. Sonst hätte er schon seit Wochen seinen Spaß mit mir, ist es nicht so?!"

Wozu die Intelligenz dieser Frau beleidigen? „Ja, so ist es. Und weiter?"

„Ich schlage vor, du berätst dich mit diesem ausgemergelten Gelben aus dem Gefolge des Hohepriesters, mit dem du dich schon öfter hier befunden hast. Und dann mach mir ein akzeptables Angebot für Informationen, die über den Fortbestand eures Reiches entscheiden können!"

Diese Ivosi war eine erschreckend gute Beobachterin. Oh ja, Felonia würde sich mit Lagrontu beraten! Denn sie würde entscheiden müssen, ob sie auf das Angebot einging. Und falls sie das tat, dann brauchte sie eine Strategie, um sich die Frau dauerhaft gefügig zu machen. Sie fürchtete, daran würde diese verlockende Chance scheitern.

KAPITEL LXI - MASKON

Ein Idiot war er nicht, dieser junge Feratu, das musste Maskon anerkennen. Im Zickzack fuhren sie von einer der kleinen, teilweise unbewohnten Inseln zur anderen, vermieden die Häfen, wie es von dem Burschen verlangt wurde. Doch drehte er die „Piratenlegende", die Maskon dem Amboss in den Mund gelegt hatte, gegen ihn. So kamen sie auch den Seraitu-Häfen niemals näher, die Ikalo als die gefährlichsten stilisierte, wenn man auf der Flucht vor den Obrigkeiten war. Natürlich, für den Jungen waren sie das ja auch tatsächlich. Er nutzte Maskons eigene Kreatur, Bosko, der als neuer Kapitän glänzte und sich damit brüstete, sicher durch die xifonischen Gewässer zu kreuzen und die Mannschaft zu versorgen. So konnte das nicht weitergehen, der Amboss wurde lästig, schlimmstenfalls würden sie sich noch irgendwann den Feratu ergeben, wenn der Dummkopf weiter auf die falsche Stimme hörte.

Maskon entschied, dass sein Werkzeug ausgedient hatte, und plante für seine Beseitigung eine mangelnde Fähigkeit zu nutzen, die an Bord fast alle teilten. Nur drei Männer in der Mannschaft konnten schwimmen, und Bosko war, nach allem, was Maskon wusste, keiner davon. Der Besalier selbst hatte auch immer wieder so getan, als fürchte er sich vor Wasser und könne sich selbständig nicht über Wasser halten. Er wartete einen geeigneten Tag mit leicht bewegter See ab, ihr Schiff weit draußen mit Inseln nur fern am Horizont. Die beiden Schwimmfähigen waren unten auf ihren Ruderbänken, zu weit weg, um sich in das Kommende einzumischen. Gemeinsam lehnten Bosko und er gerade im vertraulichen Gespräch an der hinteren Reling des Achterdecks.

„Wir sind schon ein hartes Stück Weg miteinander gegangen, mein Freund, und du hast einiges erreicht", lobte Maskon sein Sprachrohr.

„Ja, nicht wahr?! Wer hätte gedacht, dass ich einmal Kapitän werden würde?!", strahlte der Amboss selbstzufrieden, streckte die Arme aus und lehnte sich zurück.

Einfacher hätte er es Maskon nicht machen können. Der Spion schaute sich vorsichtshalber noch einmal nach Beobachtern um, sah sich in diesem Moment unbehelligt, tat, als würde er stolpern und warf sich plötzlich und ansatzlos gegen Bosko. Mit einem blitzschnellen Reflex klammerte der sich an ihn, und so fielen sie gemeinsam schreiend über Bord.

Um sich patschend schrie Bosko: „Du Idiot, wir ersaufen!" und hatte offenbar keinen Verdacht geschöpft. Immerhin, denn dass Maskon selbst auch im Meer gelandet war, entsprach nicht gerade seinem Plan.

„Ich bin ausgerutscht, tut mir so leid!", heulte er und schrie dann gemeinsam mit dem Amboss um Hilfe. Dabei schaffte er unauffällig ausreichend Distanz zum anderen, um nicht von ihm festgehalten zu werden, denn wenn die Panik Bosko vollends erfasste und er Maskon zu packen bekam, konnte er ihn auch mit in den Tod ziehen, wie der Besalier wusste. Die Galeere machte noch einiges an Fahrt, und die Entfernung zum Schiff wuchs rasch an, aber ihre Hilferufe brachten schnell zahlreiche Männer an Deck. Die waren aber alle reichlich unerfahren mit derlei Situationen an Bord eines Schiffes und standen sich bei allem Eifer eher gegenseitig im Weg, bestrebt, schnell zu helfen. So verstrich viel wertvolle Zeit, und keins der Taue, die endlich unbeholfen ausgeworfen wurden, war lang genug, um ergriffen werden zu können. Der Wellengang war nicht stark, machte es dem ungelenk strampelnden Bosko aber noch schwerer, an der Wasseroberfläche zu bleiben, und dessen Angst vergrößerte sich zu Recht immer mehr, weil die Galeere noch immer ungebremst weiter von ihnen weg glitt.

„Ihr verdammten Hurensöhne, holt uns hier raus!", kreischte er.

Endlich übernahm einer an Bord den Befehl und zwang den Xifonier Ikalo mit vorgehaltenem Dolch aufs Achterdeck.

„Mach was, du Dreckskerl, oder ich stech' dich ab wie ein Schwein!", hörten sie die schrille Stimme aus der Ferne noch leise übers Wasser hallen.

Dem Xifonier war vermutlich klar, was mit ihm passieren würde, wenn die hilflose Mannschaft nach einem Schuldigen für den Tod ihres Kapitäns suchen würde, und er gab allem Anschein nach schnell und effektiv Anweisungen, die Ordnung in das Gewusel an Bord brachten. Maskon wurde es inzwischen sehr kalt, und er begann sich zu fragen, ob sein Plan ihn nun selbst sein Leben kosten würde, während der Amboss sich weit tapferer hielt als erwartet und noch immer nicht untergehen wollte. Immerhin hatte Bosko bislang nicht realisiert, dass es kein Unfall war, der sie in diese Lage gebracht hatte, er war vollauf mit Wassertreten beschäftigt. Maskon beobachtete, wie die Galeere in der Ferne wendete und Fahrt zurück zu ihnen aufnahm. Und noch immer kämpfte Bosko erfolgreich, wohl gestärkt durch neue Hoffnung. Der Hund durfte nach alldem nicht überleben, selbst ein beschränkter Kerl wie er würde sicher irgendwann verstehen, was wirklich vor sich gegangen war. Mit einigen Schwimmstößen näherte er sich ihm, tauchte ab und umklammerte ihn unter Wasser, um möglichst niemanden sehen zu lassen, was hier gerade passierte. Bosko sank mit ihm nach unten, entwickelte nochmals ungeahnte Kräfte und kämpfte sich aus Maskons Umfassung. Kurz kamen beide an die Oberfläche, um japsend Luft zu holen. Plötzlich fand sich Maskon seinerseits in einer festen Umklammerung des verzweifelten Bosko, er holte tief Luft und ließ sich sinken. Der Aufschrei Boskos erstickte im Meerwasser, er schluckte sicher eine kräftige Menge davon und verschwendete seine Luft. Er ließ Maskon los, der ihn jetzt wieder seinerseits festhielt und immer weiter absinken ließ. Sie rangen unter Wasser, aber ausschlaggebend wurde, dass Maskon wusste, wie er sich in diesem Element bewegen musste. Schließlich versetzte er dem Mann einen Stoß unter die Nase, was den Besalier aus der Umklammerung befreite. Dann stieß er sich mit aller Kraft seiner beiden Beine vom Ertrinkenden ab und kämpfte sich mit starken Armzügen zurück zur Wasseroberfläche. Mit letzter Kraft durchstieß er sie und konnte schwer atmend nur noch in Rückenlage auf die Retter warten, die inzwischen nicht mehr weit waren. Bange schaute er sich um nach Bosko, doch der tauchte nicht mehr auf. Maskon musste gar nicht spielen, gerade noch mit dem Leben davongekommen zu sein. Er war kurz vor der Ohnmacht, als man ihn endlich an Bord zog.

KAPITEL LXII · ULTON

Der Belagerungsring der Besalier um Saffiron-up-Offvei war dicht und geschlossen, selbst übers Meer würde niemand mehr in die Stadt hinein- oder herauskommen. Trotzdem konnte Ulton einigermaßen beruhigt aus einem hohen Baum am Rande des Ariid auf die Stadt blicken. Tasko, der seit etwas mehr als einer Woche mit seiner Einheit und einigen Befreiten in Djaniron war, saß neben ihm und setzte ihn über den Stand der Dinge in Kenntnis.

„Saffiron wird sich halten, Adler! Es sieht nicht so aus, als würden sie ein Mittel für einen Sturmangriff finden, und die Zeit läuft ihnen davon. Dank eurer Erfolge und ihrem Mangel an Versorgungsgütern!"

„Ja, damit bin ich auch sehr zufrieden, aber deshalb sind wir doch nicht hier, oder?!"

„Nein, Adler, leider nicht. Du weißt, dass wir vor drei Tagen einen Angriff im Ariid abgewehrt haben?! Der besalische Stoß-trupp ist nicht weit gekommen, drei Mann sind uns aber entkommen. Die verdammten Schilde, Herr, haben sie gerettet. Immerhin, von der ersten Sichtung des Feindes bis zu unserem Angriff haben wir kaum eine Stunde benötigt, wir waren gut, die Männer machen sich immer besser!"

„Verluste?"

„Fünf Mann und noch zwei Verletzte. Beide werden hoffentlich in ein paar Wochen wieder ganz die alten sein. Aber ..."

„... aber das war noch immer nicht, was du mir zeigen wolltest?"

„Nein, Adler, war es nicht. Wenn du die Belagerungsverbände dort drüben und hier am Waldrand betrachtest, fällt dir etwas auf?"

Ulton spähte angestrengt, zählte und verglich. „Milan, dir entgeht wirklich nichts! Und das ist eine neue Entwicklung?"

„Ja, Herr, nach ihrem Angriff haben sie nachts still und heimlich Krieger hierher verlagert. Als ich das bemerkt habe, habe ich mich noch etwas umgeschaut. Sie bauen große Schilde und Brandbomben. Außerdem sind die neuen Einheiten aus den Kernlanden näher an den Wald gerückt."

„Dieser gewiefte Hund von einem Gouverneur! König Farion hat ihn als General sehr respektiert, ein gefährlicher Gegner mit Verstand und Instinkt. Ich kann mir nicht vorstellen, dass die Besalier schon wissen, was wir im Wald verbergen, ihr habt sie ja nicht weit kommen lassen. Aber zumindest ist diesem Kerl irgendwie die Erkenntnis gekommen, dass es etwas Wichtiges sein muss. Ja, du hast Recht, er wird zuschlagen, denn er will wissen, was da ist. Garantiert wird er diesmal nicht nur ein paar Männer schicken, sondern einen Teil seiner Armee. Und wenn die es nicht schaffen sollte, dann auch alle Mann!"

In der folgenden Nacht gingen Ulton und Tasko nach Beratungen mit den tessratischen Kriegsfürsten über die Mauer in die Stadt, um einen Kriegsrat mit der Königin abzuhalten.

„Unsere schlimmsten Befürchtungen könnten also wahr werden, und die Besalier zerstören Djaniron, bevor die Stadt sich wirklich verteidigen kann", summierte Königin Leseba vor dem großen Rat aus den Stäben und dem Magistrat alle Schilderungen ihrer militärischen Befehlshaber. Mit leicht eigenartigem Gefühl begrüßte Ulton auch Gasina dabei, die selbstverständlich bei ihrer Herrscherin war. Die Elster nahm es nur mit einem leichten Kopfnicken entgegen.

„Majestät, der Gouverneur tut, was sich in jedem Kampf empfiehlt, in dem sich ein scheinbares Patt entwickelt. Er sucht nach Schwachstellen! Wir haben uns lange auf einen Angriff vorbereitet, und es kommt sehr darauf an, in welchem zahlenmäßigen

Verhältnis der Feind seine Kräfte aufspaltet, bis wir unsere Taktik anpassen können. Zwei Gegenmaßnahmen sind aber klar. Betrachten wir zunächst den Ariid. Sie werden sicherlich, wie schon erfolgreich im Arron praktiziert, von mehreren Seiten vorstoßen. Nur, dass sie diesmal keinerlei Ortskenntnis haben, was uns helfen wird. Wir haben dafür gesorgt, dass viele Hindernisse auf sie warten, neben den natürlichen auch künstliche. Fallen sind gestellt, und Stellungen für Hinterhalte sind vorbereitet, trotzdem werden sie bei der zu erwartenden Wucht des Schlages und der Vorsicht ihres Kommandeurs bluten, aber nicht fallen. Je nachdem, an welcher Stelle sie auf die neuen Verteidigungsanlagen Djanirons treffen, werden wir mehr oder weniger gut dagegenhalten können, sobald der Feind unsere Siedlung erreicht. Manche Abschnitte der Befestigungen sind weitgehend fertig, und wir können die Besalier sogar mit Ballisten und Steinschleudern beschießen. Doch andere Teile der Mauer sind noch im Anfangsstadium des Baus – große Teile! Wir haben dort Baumfestungen, einen halben Turm, lange standhalten könnten wir aber mit hoher Wahrscheinlichkeit nicht, wenn sie ihre Kräfte dort massieren. Unsere beste Chance besteht also nur und fast ausschließlich darin, den Feind auf dem Vormarsch so entscheidend zu schwächen, dass es für einen Durchbruch seinerseits nicht mehr reicht. Was ich damit sagen will: Wir müssen uns etwas eingestehen, was Krieger so sehr hassen wie nichts anderes – wir sind auf Glück und die Hilfe der Götter angewiesen. Und darum werden wir es unserem Gegner gleichtun und ihm ein paar Überraschungen bereiten!"

„Kommt jetzt endlich der ermutigende Teil Eurer Ansprache, Adler? Bis jetzt hört es sich noch so an, als ginge es nur darum, den Feind ein wenig zu piksen, während er uns den rechten Arm abhackt!"

„Meine Königin, Ihr werdet nicht erleben müssen, dass wir uns winselnd und untätig wie ein Welpe auf den Rücken werfen. Eure

Raben sind im Wald und sind bereit zum Sturzflug. Milan Tasko wird mit sechzig Raben und so vielen zusätzlichen Kriegern, wie ich es verantworten kann, den Süden halten, mit mir wird jeder Mensch, der sonst noch im Wald ist, seine Heimat verteidigen. Alle sind so gut wie möglich gerüstet, jeder weiß, was zu tun ist. Aber wir werden sehr viel mehr tun, meine Königin. Die Tessrati werden nicht mit uns im Wald kämpfen, falls Ihr Euch gefragt haben solltet, warum ich sie nicht erwähne. Sie werden dort kämpfen, wo sie am effektivsten sind und am meisten Schaden anrichten können – im freien Feld, zu Pferd und mit ihren Bögen!"

„Die meisten Tessrati sind aber in Saffiron, um ihre Familien zu verteidigen!"

„Das sind sie, Majestät, aber das dürfen sie nicht bleiben, denn diesmal findet der wichtigste Teil unserer Verteidigung vor den Mauern statt. Jeder Krieger, den der Feind in den Wald führt, fehlt ihm vor Saffiron. Wenn der Sturm losbricht, meine Königin, müssen Mann und Maus aus dieser Stadt mit Kochtopf und Besenstiel auf den Mauern stehen. Der Feind muss denken, jeder Fuß breit der Mauer sei voll bemannt und starre vor Waffen. Doch alle Tessrati werden von Scherrgod angeführt in der Stadt mit den Pferden auf der Hauptstraße stehen, bereit zum Ausbruch. Schleudern, Ballisten, Schützen decken die Blockade des Haupttores von Saffiron ein mit allem, was wir haben. Die Reiter, die wir draußen im Feld haben, stoßen gleichzeitig von hinten auf die Stellung vor, der Ausbruch wird perfekt sein, wenn das Tor sich öffnet und die Reiterhorde heraus flutet. Im gleichen Moment werden wir den Feind noch an einer anderen Stelle beschäftigen, und auch dort müssen wir Kräfte bündeln. Am Versorgungslager! Was uns nicht gefallen kann, ist, dass die Besalier dort in der Nähe ihren Kommandostand haben, weil das eine schnelle Reaktion der Verteidiger ermöglicht. Andererseits können wir hoffen, Futtinus Aufmerksamkeit dort ist eine Nachlässigkeit an anderer Stelle!"

„Sollten wir wirklich ans Beutemachen denken, wenn es ums blanke Überleben geht?", mischte sich ein grimmiger Magistrat ein.

Offenbar gab es eine Vorgeschichte zwischen ihm und der Königin, die sich sofort ungehalten gegen den nicht von der Hand zu weisenden Einwand stellte.

„Ich habe Euch bereits deutlich gewarnt, jene Kriegerinnen und Krieger herabzusetzen, die an vorderster Front für uns bluten und weit mehr von Strategie und Taktik verstehen als Ihr und ich zusammen. Fahrt bitte fort, Adler, und sagt uns, warum Ihr so vorgehen wollt?!"

„Der Feind hat durch verschiedene erfolgreiche Überfälle, die die Tessrati und wir verübt haben, massiv von seinen Vorräten eingebüßt. Darüber hinaus gab es schon zuvor einen kräftigen Aderlass zur Versorgung der Flüchtlinge aus Saffiron. Deshalb läuft den Besaliern die Zeit davon, eine langwierige Belagerung kommt für sie nicht mehr in Frage. Wenn wir es schaffen, sie bei dieser Attacke abzuwehren, dann ist es fast ausgeschlossen, dass sie sich vor unseren Mauern noch einmal festsetzen. Dafür müssen wir ihnen allerdings auch noch die restlichen Reserven nehmen. Es geht demnach nicht um Beute, meine Königin, eher um die Vernichtung der Versorgungsgüter, falls wir es nicht schaffen können, alles zu transportieren."

„Ich danke Euch, Adler, für Eure Ausführungen, und ich bitte Euch als Oberkommandierenden die Stäbe in Eurem Sinne zu instruieren. Gasina, du wirst einen Mauerabschnitt wählen, den wir mit der Leibgarde beschützen werden. Wenn alle auf den Mauern stehen, werde ich nicht zurückbleiben. Mein Vater hat sich in der Schlacht nie versteckt, ich werde das auch nicht tun!"

Ulton schluckte seine persönliche Meinung dazu herunter, denn sie hatte Recht, ein Anführer, der sich selbst nicht schonte, war extrem förderlich für die Moral. Und eine gute Moral konnten sie für die nächsten Tage bei allen Göttern gut gebrauchen!

KAPITEL LXIII - FUTTINU

Im letzten großen Kriegsrat vor der Schlacht hatte der Gouverneur seine Erwartungen nochmals klar formuliert.

„Wenn Ihr jemals General werden wollt, Oberst Xalorot, dann will ich jetzt einen Erfolg! Die Sklaven verteidigen in diesem Wald etwas mit Klauen und Zähnen. Ich will wissen, was das ist, und wie wir es gegen sie benutzen können. Ein Heiligtum? Zerstört es, und bringt mir Beweise, die wir dem Sklavenpack in ihrer Stadt zeigen können. Ein Priester, ein Heiliger Mann? Ich will ihn vor mir auf den Knien sehen. Ein Tunnel in die Stadt wäre das Beste, und wenn es so sein sollte, dann will ich Euch bald aus Saffiron zu uns winken sehen! Wann könnt Ihr beginnen, Oberst?"

„Für Euch schon morgen früh, mein Gouverneur! Heute Abend beginnt der Aufmarsch, und die Heimlichkeit unserer Vorbereitungen wird uns beim Angriff sicher einen Vorteil gewähren. Sie werden nicht wissen, wie ihnen geschieht, wenn wir machtvoll und geschlossen vorrücken und alles niederwalzen, was uns im Wege ist!"

„So sei es! Standortkommandant Xalhodot, Ihr werdet die Nordseite der Stadt und den Osten bis zum Hauptportal halten. Eure Reihen werden etwas ausgedünnt sein ohne die Truppen, die in den Wald ziehen, doch noch immer stark genug. Solltet Ihr wider Erwarten angegriffen werden, so bündelt Eure Einheiten, außer Euren Kriegern gibt es hier nichts zu verteidigen. Um den Süden, das Meerestor und unser Versorgungslager kümmere ich mich selbst. Für Kaiser Zoros und das Besalische Reich, meine Herren!"

Während der ganzen Nacht war Futtinu überall, patrouillierte durch alle Stellungen und die aufmarschierenden Truppenteile, ermahnte hier, spornte dort an. Seine Präsenz wirkte wie stets disziplinierend und ermutigend zugleich, so wie er es kannte und erwartete. In den halb geleerten Lagern sorgte er dafür, dass nicht weniger Feuer brannten als in den Nächten zuvor, und entlang des Waldrandes stellte er die Vermeidung von Lärm bei der Einnahme der Marschordnung sicher. Dabei schaute er beständig und immer wieder auf die Mauern Saffirons. Er registrierte Bewegungen, Wachwechsel, dann wieder Ruhe, keine hektischen Meldungen, Hornstöße oder ähnliches. Gut so!

Das erste Glimmen am Horizont gab den besalischen Angreifern das Signal. Die drei überlebenden Späher aus dem ersten Vorstoß in den Wald von Ariid fünf Tage zuvor führten die Krieger im Süden ins Gehölz – dorthin, wo sie bereits einmal gewesen und mit knapper Not entkommen waren. Sollten die Männer diese Schlacht überleben, mit der auch diesmal zu rechnen war, würde er sie wohl belohnen müssen, selbst wenn es nur Xaronier waren. Die Besalier rückten in breiter Front vor, so dass nach wenigen Minuten alle zwischen den Bäumen verschwunden waren. Im Osten waren die Breite des Waldes und die Masse der Kämpfer viel größer, so sah er noch eine ganze Weile die Einheiten in den Wald sickern.

Unruhe packte ihn dennoch auf dem Rückweg zu Kommandantenzelt. Was, wenn die Krieger im Wald nichts Nennenswertes fanden? „Beruhige dich, Futtinu, dann finden sie eben nichts und machen nur ein paar entflohene Sklaven nieder", sprach er sich zu. Seit Tagen hatte er sich kaum ein paar Minuten Ruhe gegönnt und zwang sich, nach der geschäftigen Nacht, zu schlafen.

Ein Rütteln an seiner Schulter ließ ihn aus dem Tiefschlaf hochfahren. Ein schreckensbleicher Adjutant nahm Haltung an, Futtinu winkte ihn zur Meldung heran, während er zwischen den Hornstößen und den tumultartigen Lagergeräuschen draußen zu sich kam.

„Ein Ausbruch, mein Gouverneur! Es hat einen Überraschungs-angriff am Haupttor gegeben, und unsere Blockade wurde durch-brochen. Viele hundert tessratische Reiter, Herr, sie haben in unseren Lagern gewütet, bis die Schildkröten formiert waren. Sie hatten es auf die Koppeln abgesehen, mein Gouverneur, bestimmt die Hälfte unserer Pferde sind an den Feind verloren, etwa neunhundert unserer Gäule!"

Futtinu war bereits fast vollständig angezogen, ließ sich nur noch in den Harnisch helfen.

„Wo sind sie jetzt? Das wird ja kaum alles gewesen sein?!"

„Sie sammeln sich da draußen, Herr. Oberst Xalhodot hat die Lücken schließen lassen, und wir errichten die Barrikaden vor dem Tor neu. Die Einheiten werden zusammengezogen, mit Schildwällen und Barrieren lässt er die Verteidigung gegen die Reiterei verstärken!"

„Verdammt! Wie konntet ihr mich schlafen lassen?! Wie lange geht das hier schon?", rauschte er aus dem Zelt, gefolgt vom eilenden Adjutanten.

„Der Standortkommandant befahl, Euch ruhen zu lassen, Herr, er sei der diensthabende Kommandant und …"

In diesem Moment schlug Futtinu wie ein Blitz in den Kriegsrat ein, den Xalhodot auf einer nahegelegenen Anhöhe abhielt – gerade rechtzeitig, um dem Schauspiel beizuwohnen, wie die an die Tessrati verlorenen Pferde mitten in die Verteidigung des Versorgungslagers hineingetrieben wurden. Sie beobachteten, wie die große Herde die zuvor eiligst errichteten Bastionen nie-dertrampelte, Stellungen mit Lanzenträgern hinwegschwemmte, alles brach und splitterte und Männer über den Haufen gerannt wurden. In dieses blanke Chaos strömten berittene Bogenschüt-zen und nahmen all den fliehenden, ungeschützten Kriegern das Leben. Schon wurden die freien Pferde, die den Sturm ohne

Verletzungen überstanden hatten, zurück in die Steppe getrieben, gleichzeitig legten andere Reiter Feuer an die Vorräte, nahmen auf der Flucht mit, was sie in aller Eile packen konnten, und waren sogleich wieder fort.

„Solche Krieger in meinen Händen!", wünschte er sich von Askario, bekam endlich wieder genug Luft, um zu poltern: „Warum habt ihr unsere Vorräte nicht einfach direkt an die Stadt geliefert, ihr Stümper?"

In diesem Moment durchzuckte den Strategen ein Geistesblitz – wie konnten 2000 Reiter hier auf dem Feld vor ihm plündern und brandschatzen, wenn die Mauern voll besetzt waren? Seine Offiziere verstanden seinen plötzlichen Stimmungsumschwung nicht, der ihn von rotkochender Wut auf eine kühlberechnende Aktion pendeln ließ, aber sie wussten, wann sie schlicht Befehle auszuführen hatten.

„Alle Mann auf die Leitern! Gebt das Signal zum Sturm! Reitet wie der Wind zu euren Mauerabschnitten, sucht die schwächsten Stellen und jagt die Krieger mit Feuer und Blitz hinauf! Betet um eurer selbst willen zu Askario, dass Saffiron fällt, sonst rollen eure strohgefüllten Köpfe! Geht! Jetzt!!"

Das Signal zum Sturmangriff verwirrte die Krieger ebenso wie die Unteroffiziere, die meisten vermuteten wohl falsche Hornsignale.

„Ihr wiederholt die Hornstöße bis alle auf den Mauern sind oder ihr umfallt, verstanden?!", befahl er den Bläsern und rannte zu seinem Pferd, gefolgt von den verbliebenen Stabsoffizieren.

„Ich nehme jenen Abschnitt hier, jeder von euch nimmt sich einen anderen vor, in zwanzig Minuten will ich jeden von euch auf der Mauerkrone kämpfen sehen! Diese Stadt muss heute fallen! Wer auch immer dort oben auf euch wartet, ist euch nicht gewachsen, denn die meisten ihrer Krieger reiten dort draußen in der Steppe herum!"

KAPITEL LXIV · TREJU

Die Tatsache, die Besalier beim Angriff auf Auseilon ihrer kompletten Seestreitkraft im Fjord beraubt zu haben, zahlte sich sofort in einer ungestörten Überfahrt bis knapp ans Ende des Fjords aus. Seit ihrem Aufbruch vor fast sechs Tagen zwang sich Treju, über andere Dinge nachzudenken als über seine Ängste bezüglich seiner Frau. Weil dies eine fast unmögliche Übung war, konzentrierte er sich auf das naheliegendste Thema, welches er während der ganzen Zeit vor Augen hatte – seine neue Elitetruppe. Unter anderen Umständen hätte er sich fast gefreut, den Kern seiner neuen Einheit bei ihrer ersten Bewährungsprobe in Aktion zu sehen – seine besten vierzig Männer. Es war als Geschenk der chanischen Königin Ulinia zu sehen, welches mit seiner Ernennung zum Hykimo einherging, ihm das Recht zu geben, in allen Landesteilen Chaniens Männer zu rekrutieren, die nicht seinem eigenen Herzogtum entstammten. Den Grundstock seiner Kriegerschaft bildeten natürlich die Arratäer und das Nomadenvolk der braunen Steppe, die Somanida, welche ihn als Oberherren anerkannt hatten. Feste Siedlungen gab es in den bis dahin dünn bevölkerten Gebieten wenige, geschweige denn Städte, obwohl das Land alles andere als unfruchtbar war. Aber die Krieger, die die Hirten zur Verteidigung des Landes stellten, verstanden sich aufs Kämpfen. Darüber hinaus stießen aus seinem Herrschaftsgebiet Kämpfer aus den Ausläufern des Gebirgszugs der Landscheide, der Waldseite sowie der zentralen Sumpfregion um die Hauptstadt Chandrision zur Truppe. Deren Heimatregionen waren dem Herzogtum aus Kronbesitz zugeschlagen worden, um seine Bedeutung im Reich zu erhöhen und zu unterstreichen. Schließlich kamen jeweils fünf Krieger aus der Wüstenregion im Süden, aus Lifusion, der Sommerresidenz der Königin im äußersten Westen, und aus Fonon, der nordöstlichen Metropole. Die Männer waren als eine Respektsbezeugung der jeweiligen Provinzfürsten entsandt und auf Treju eingeschworen worden. So hatte der Hykimo eine wahrhaft bunte Truppe zusammen-gewürfelt, nicht nur an Gestalten und Hautfarben, sondern auch an Waffengattungen und den jeweiligen kämpferischen Stärken.

Durch die intensiven Übungen der vergangenen Wochen hatten die Papageien begonnen, sich trotz aller Unterschiedlichkeiten als eine Einheit zu sehen, die Bewunderung von außen trug stark dazu bei. Die Arratäer wussten aus der Vergangenheit, wie herausragend die Leistungen der feingesiebten Krieger der Akademie waren. Trejus Papageien würden dem in Zukunft in nichts nachstehen, aber gleichzeitig von zahlreichen Impulsen durch die Vielfalt der kulturellen Einflüsse Chaniens profitieren. Schon jetzt wollte jedes Kind in seinem Herzogtum ein Papagei sein, gleich, woher es kam oder welchem Volk es angehörte.

„Männer, euer Vorteil im Kampf muss eure Vielseitigkeit, eure Unberechenbarkeit sein. Unser Ziel ist es, die Stärken all eurer verschlungenen Wurzeln in einem neuen prächtigen Baumriesen zur Blüte zu bringen. Von euch erwarte ich nichts weniger, als dass die Ausbildung neuer Papageien diese Besonderheit und Stärke zu Tage fördert. Ihr seid die Keimzelle einer neuen Truppe und einer neuen Akademie, und es ist mein ganzer Stolz, mit euch gemeinsam etwas Außergewöhnliches zu erschaffen!"

Das war die Rede zur Gründung seiner neuen Eliteeinheit gewesen, und er war begeistert, was bisher bereits erreicht worden war. Mit seinem geschulten Blick für Kleinigkeiten konnte er so viele Fortschritte und Veränderungen an seinen Kriegern beobachten, bei Bewegungen, im Verhalten, selbst bei Alltäglichem. Er sah, wie die Männer von den Bergziegen aus den rauen Gebirgszügen der Landscheide gelernt hatten, schneller und effizienter zu klettern. Er sah, wie inzwischen alle ganz selbstverständlich ein Blasrohr der Sumpfratten mit sich trugen, die Peitsche schwangen wie die Steppenwölfe und immer besser mit den gebogenen Hakenklingen aus der Waldseite umgehen konnten. Die Wald- und Sumpfbewohner fühlten sich mittlerweile nicht mehr durch die Lederrüstungen beengt, lernten sogar die arratäischen Helme zu schätzen, und alle trugen jetzt die praktischen, engen Schnürstiefel mit den weichen Lederschäften, wie sie aus Fonon an der Südküste kamen. Bis vor kurzem hatte Treju nicht geglaubt, es könne bessere Krieger geben als die Spatzen und Raben der Akademie in Seisilon, jetzt war er tatsächlich bereits überzeugt, die Frauen und Männer seiner Papageientruppe würden sie in Zukunft noch in den Schatten stellen können. Unter anderem deshalb, weil es sein langfristiges Ziel war, beide Geschlechter gemeinsam auszubilden. Noch waren sie lange nicht so weit, denn sie begannen gerade erst damit, auch unter den Mädchen und jungen Frauen zu rekrutieren, und in vielen Bevölkerungsgruppen des Herzogtums herrschte noch große Skepsis unter den Erwachsenen. Dies im Gegensatz zu den potenziellen Rekruten, deren Begeisterung bei den Sichtungen nicht geringer war, als Treju es aus seiner Vergangenheit als Rekrutierer für die Akademie kannte. Alles, was sie brauchten, war Zeit, um alles wachsen zu lassen, also genau das, was ihnen am meisten fehlte zur Vorbereitung der Verteidigung gegen den übermächtigen Feind aus Besalien.

All das überdachte Treju auf der kurzen Reise sicher tausendmal, doch die wachsende Sorge um Karissa konnte auch dies kaum betäuben.

Endlich erreichten sie das Ende des Guusla Fjords. Unbehelligt landeten Treju und seine Krieger auf der arratäischen Seite der Meerenge, erstiegen die Felswand und sickerten in die Landschaft, ohne einer Menschenseele zu begegnen. Schon zeigte sich, wie gut das Beisein des ungewohnt schweigsamen Douson war, denn seine Umsicht und Kenntnis der Region waren außergewöhnlich. Bis zum Nachmittag führte er sie schon zum Dorf der Krebse, in dem Karissa festgehalten wurde, harmonierte prächtig mit den geschickten Spähern der Sumpfländer und des

Waldvolkes. Ein geborener Anführer, wie Treju nicht erst anhand dessen registrierte.

„Oh Dreigestirn, lasst uns nicht zu spät kommen, und schützt meine Karissa!", flehte Treju und kämpfte gegen die Verzweiflung an, die in ihm aufsteigen wollte.

Da war sie endlich! Die erste erkennbare Chance auf einen Ausweg seit dem Beginn ihrer Gefangenschaft vor vielen Wochen. Das kleine arrogante Miststück, welches seine mehr oder minder subtilen Spielchen mit ihr getrieben hatte, war anscheinend unter Zeitdruck geraten. Woher dieser rührte, war letztlich egal, zumindest hatte er den Effekt, dass die Kleine hastig vorging. Die junge Kaiserin hatte einen Schuss ins Blaue abgegeben, und Mostra hatte ihr den Gefallen getan, das getroffene Reh zu sein. Die Nachricht, Hadrien sei gefallen, war tatsächlich keine gute für das Land, aber für Mostra persönlich nicht erheblich. Insbesondere deshalb, weil sie dem Mädchen nicht abnahm, dass das die volle Wahrheit war. Nach Einschätzung der Nachtigall konnte das sogar noch eine weitere Front des Widerstandes mehr eröffnen, um nach Arratäa, Chanien und Tulon die Zahl der aktiven Provinzen im Aufstand gegen Besalien zu vergrößern. Die Kaiserin musste wissen, selbst die Kräfte ihres Reiches waren groß, aber endlich und bald würde ein Punkt erreicht werden, wo alles kippte. Die letzten Wochen hatten Mostra allzu viel Zeit gelassen, um zu verstehen, was Felonia alles getan hatte, um sie zu brechen. Selbst bei der in letzter Sekunde verhinderten Vergewaltigung durch diesen widerlich stinkenden Halbaffen war Mostra inzwischen fast sicher, dass es sich um eine perfide Inszenierung gehandelte hatte. Das teilweise subtile, teilweise skrupellose Vorgehen ihrer Gegnerin hatte die Nachtigall bestens motiviert, viele Szenarien der Konfrontation mit dem Luder durchzuspielen, und spontan hatte sie bei ihrem letzten Zusammentreffen auf ein sehr aggressives zurückgegriffen. Auch wenn sie dabei riskierte, die junge Frau registrieren zu lassen, dass sie Mostra maßlos unterlegen war. Zunächst hatte sie Felonia deutlich gezeigt, all die aufgewandten Mühen, sie mürbe zu machen, hatten nichts gebracht. Die Erkenntnis war hart bei dem Mädchen eingeschlagen, aber sie hatte sich auch schnell wieder gefangen, wie Mostra es vorausgesehen hatte. Anschließend hatte die

Spionin mittels einiger Bemerkungen ihren Scharfsinn durchblitzen lassen, um am Ende einen dreisten Vorschlag zur Kooperation mit einem leeren Versprechen zu verbinden. Seitdem köchelte Mostra jetzt bereits zwei Tage in ihrem eigenen Saft in Erwartung einer Antwort.

Äußerlich blieb Mostra ruhig und gelassen und zwang sich, mit allerlei körperlichen Übungen, die unter Garantie wie alles andere, was sie tat, beobachtet wurden, zu eiserner Disziplin. Innerlich hingegen hätte sie schreien mögen, denn alles stand auf Messers Schneide, und selbstverständlich wollte sie auf gar keinen Fall in die Klauen des Kaisers geraten. Und das war unverändert die klare Aussicht, wenn Felonia Mostras Avancen ablehnte. Immerhin nutzte sie die vielen Stunden, um eine plausible Geschichte auszufeilen, die auch bohrenden Fragen wohlinformierter Leute standhalten musste. Sie basierte auf der Vermutung, der Druck von allen Seiten auf Besalien war tatsächlich angewachsen. Es zeigte sich, dass sie sich auf Geduldsspiele besser verstand als ihre Gegner. Der asketendürre Priester betrat heute wieder gemeinsam mit der Kaiserin ihr Gefängnis, diesmal mehr als bloßer Beobachter.

„Ivosi, deine Vermutung, dieser ehrwürdige Oberpriester sei mein Berater, war korrekt! In dieser Eigenschaft ist er wieder hier, um mit mir gemeinsam über dein Angebot zu reden. Du wirst uns beide überzeugen müssen, durch die Arbeit mit dir nicht mehr zu riskieren, als wir gewinnen können!"

„Natürlich, Kaiserin, das ist nicht weniger als vernünftig."

Der schmale Mann übernahm ungefragt das Wort

„Beginnen wir doch damit, uns gegenseitig mit dem gebührenden Respekt zu behandeln. Mir ist bewusst, die letzten Monate haben dein Vertrauen in uns nicht befeuert, doch auch wir haben viel Grund, an deinen Worten zu zweifeln. Deshalb sollten wir eine neue Basis gründen, auf die wir alles Folgende aufbauen können."

Die Nachtigall schaute ihn unverwandt an und schenkte ihm ein Nicken.

„Also schön, dann sprecht, meine Dame, und lasst uns wissen, mit welchem Namen wir Euch ansprechen können?!"

„Warum sollten wir so einen schönen Namen ändern, an den wir uns alle schon gewöhnt haben? Auch meine Auftraggeber kennen mich unter diesem Namen. Und nun gebe ich Euch zum Auftakt unserer Geschäftsbeziehung eine wichtige Information – quasi als Vorschuss: Hadrien und dessen Königshaus waren nichts als Mittler, um mich anzuheuern. Denn nur in Hadrien wusste man, dass ich nicht nur eine Kauffrau bin, sondern auch über andere Fähigkeiten verfüge."

„Das tut Ihr zweifellos, Ivosi, wir waren Zeugen einiger Kostproben. Und wie heißt denn nun dieser obskure Feind, der Euch gegen den Kaiser und Besalien eingesetzt hat?"

„Jemand, der seit Jahren die wachsende Machtgier Besaliens und des Kaisers Zoros beobachtet hat. Jemand, der befürchtet, dass der Appetit nach Eroberungen mit Hadrien und Chanien nicht gestillt sein wird. Jemand, der über die nötigen Mittel verfügt, um großräumig und vorausschauend zu agieren. Und mehr werde ich dazu nicht mehr sagen, solange wir uns noch nicht einig geworden sind!"

„Ihr seid also nichts als eine Söldnerin?", brach es aus der Kaiserin hervor, die offenbar etwas Glorreicheres erwartet hatte. Dass Felonia mit ihrer ursprünglichen Annahme weit näher an der Realität war, als Mostra sie glauben machte, konnte sie ihr natürlich nicht offenbaren.

„Enttäuscht Euch das, Kaiserin Felonia? Denkt Ihr nicht, es ist viel einfacher mit jemandem zu arbeiten, dessen Motive so klar, einfach und nachvollziehbar sind wie meine?"

„Doch, das denken wir tatsächlich, meine Dame! Götterglaube, Verbundenheit, Liebe zum eigenen Volk sind nichts, was man so einfach abschütteln und ersetzen kann. Wie viel einfacher dagegen ist es, seinen Geldbeutel ganz unsentimental von einer anderen Hand füllen zu lassen?! Und Ihr wisst, Besalien ist nicht knauserig beim Kauf seiner Unterstützer!"

„Ja, den Eindruck konnte ich gewinnen. Darf ich das so verstehen, dass Ihr mir nun Eurerseits ein Angebot machen wollt?"

Ein kurzer Tausch von Blicken genügte, und die Kaiserin sprach: „Wenn es Gold ist, wonach Ihr sucht, dann soll es Gold für Euch regnen. Mir scheint, Ihr seid so manches Goldstück wert. Lagrontu wird einen Vertrag aufsetzen und alle Modalitäten mit Euch klären. Danach erwarte ich absolute Offenheit von Euch, und wir werden sehen, was wir mit all den wichtigen Erkenntnissen anfangen können. Anschließend werden wir entscheiden, für welche Aufgaben wir in Zukunft auf Eure Dienste setzen wollen."

„Eure Majestät, das hört sich schon sehr gut an, doch habt Ihr einen für mich ganz wesentlichen Teil der Vereinbarung vergessen: meine Unversehrtheit! Wie wollt Ihr garantieren, dass Euer Gatte nicht ganz andere Pläne umsetzt, als Ihr sie verbriefen wollt?"

Lagrontu übernahm die Rede wieder: „Unsere Kaiserin hat diese Garantie nicht erwähnt, weil schlicht niemand im Besalischen Reich eine solche geben kann – außer dem Kaiser selbst. Doch andererseits sollte allein die Tatsache, wie Ihr völlig unbeschadet mit uns reden könnt, Euch überzeugen, bisher gut und erfolgreich abgeschirmt und geschützt worden zu sein."

Dieser Priester war ein Gegner ganz anderen Zuschnitts als dieses Mädchen. Felonia war bereits jetzt eine gefährliche Frau, aber unter dem Einfluss dieses Mannes würde sie das Kaiserreich zu einem noch erfolgreicheren und kontrollierteren Gebilde machen. Eine Frau mit Macht und Machtbewusstsein war in Kombination mit ihrem Gatten Zoros der Albtraum der Welt. Zum gegebenen Zeitpunkt musste Mostra sich über ihre Beseitigung Gedanken machen, ebenso wie im Falle dieses Priesters hier. Doch ein Schritt nach dem anderen, jetzt galt es zunächst das Erreichte festzuhalten.

„Ich verstehe, Oberpriester Lagrontu, wir werden wohl beiderseits lernen müssen, einander zu vertrauen. Lasst uns also diesen Vertrag bereden und dabei auch, wie ich bald Besalien verlassen kann. Außerdem sollten diese lästigen Kopfgelder nicht länger ausgelobt werden. Schließlich wollt Ihr doch nicht Eure eigene Streiterin zur Strecke bringen?!"

Während sie wahrnahm, wie wenig der Kaiserin der Wandel des Bildes von Ivosi von Tarsit in ihrem Kopf gefiel, war es unübersehbar, dass sich bei Lagrontu genau das Gegenteil vollzog. Käuflichkeit war etwas, was er kannte, womit er umgehen konnte. Und Söldner waren nur an Gold interessiert, warum sonst sollten sie im Auftrag töten, ohne einen Groll gegen das Opfer zu hegen? Ihr war es gelungen, sich wie ein passendes Steinchen in sein Raster zu setzen. Ab jetzt würde sie daran arbeiten, sein Lieblingssteinchen zu werden.

KAPITEL LXVI - ATTRUE

Nachdem die allermeisten Krieger, arratäische und tessratische, mitsamt ihren Pferden abgezogen waren, schafften Attrue und ihre Leute es, sich trotz Einschränkungen in dem Fort einzurichten. Die rund einhundert Kämpfer, die Killiu zum Schutz zurückgelassen hatte, waren allesamt aus den Reihen der ehemaligen Sklaven aus der Station am Anker rekrutiert. Sie hatten seitdem die Grundbegriffe des Kämpfens gelernt, aber vollwertige Krieger waren sie beileibe nicht. Trotzdem war Attrue sicher, sie würden ihren letzten Tropfen Blut geben, um all die Menschen unter ihrem Schutz zu verteidigen. Kalluto, ihr Retter in der Auseinandersetzung gegen die Vergewaltiger, war als ihr Vertrauensmann zu einem der Offiziere auserkoren worden, auch wenn er als Kämpfer nicht gerade herausragend war. Für Attrue zählte seine Loyalität mehr als das.

Die Zeit zog träge dahin, und drei Tage nach dem Abzug Killius und seiner Männer hatte Attrue das Gefühl, als seien schon Wochen vergangen, seit sie zurückgeblieben war. Ihr Rabe war heute am Waldrand unterwegs und sollte herausfinden, ob es irgendwelche Anzeichen gab, dass Feinde sich in dieser Region herumtrieben. Die halbe Nacht blieb sie auf, bis er endlich zurückkehrte.

„Verdammt, Nikomo, ich hoffe, du hast eine gute Erklärung für deine Verspätung."

„Verzeih, Mutter, aber die habe ich. Die Luft für uns wird sehr, sehr dünn hier. Hunderte von Besaliern verteilen sich entlang des Waldrandes, soweit das Auge reicht. Ich nehme an, dass sie den Ariid nach unseren Freunden durchkämmen wollen. Zumindest sieht es danach aus. Sollten sie sich allerdings in die andere Richtung bewegen und erneut die Steppengebiete durchstreifen wollen, dann würde es keinen Tag dauern, bis sie uns hier ausheben. Und dabei spielt es keine Rolle, ob das Fort von hundert

Kämpfern oder fünfhundert Elitekriegern beschützt wird. Wir hätten nicht die geringste Chance zu entkommen!"

„Du schlägst also vor zu fliehen?"

„Ehrlich gesagt, Mutter, schlage ich eher vor zu warten. Wenn sie in den Wald ziehen, sind wir sicher. Ziehen sie uns entgegen, haben wir ihnen nichts entgegenzusetzen, und entkommen können wir ihnen auch nicht, denn was wir auch tun, mit der Zusammensetzung unserer Gemeinschaft können wir niemals das Marschtempo einer Truppe erreichen, die uns verfolgen würde."

„Du willst wirklich sagen, wir sollten uns ergeben? Wofür hätten wir monatelang gekämpft, uns gequält und geschunden, wenn wir uns jetzt einfach ergeben würden?"

„Wenn die Wahl zwischen Tod und Unterwerfung liegt, dann sollte aus meiner Sicht in einer ausweglosen Situation das Überleben der ausschlaggebende Punkt sein. Wer lebt, kann befreit werden. Die Alternative ist dafür zu endgültig."

„Das hört sich extrem weise an für solch einen jungen Mann. Ich sehe aber noch eine andere Möglichkeit, und die lautet: Verstecken! Dieses Fort werden die Besalier nicht übersehen, und so, wie wir hier leben, können wir ihnen nicht entgehen. Aber anstatt deine Pfeile zu zerbrechen, bevor du den ersten Schuss abgegeben hast, solltest du lieber deinen Dienst tun und morgen früh nach einem Unterschlupf suchen, der so unauffällig ist, dass kein Besalier sich die Mühe machen wird, dort nach uns zu schauen."

Mit hochrotem Kopf antwortete der junge Rabe: „Jawohl, Mutter, selbstverständlich, Mutter. Wie du befiehlst!"

Während sie ihren Ärger über Nikomo herunterkämpfte, begann schon ein Entschluss in ihr zu gären. Sich, ihre Kinder und all diejenigen, die sie so lange beschützt hatte, kampflos in Feindeshand zu übergeben, konnte niemand ernsthaft von ihr erwarten, der sie kannte. Der Bursche hatte es natürlich gut gemeint, aber aufzugeben war keine Option.

Mit kälterem Blut schickte sie mit den ersten Sonnenstrahlen den Raben zurück an den Waldsaum und statt seiner zwei andere Männer nach Verstecken suchen. Die letzteren waren nach wenigen Stunden zurück und konnten von mehreren geeigneten Ruinendörfern berichten, auf die man die Gemeinschaft in kleineren Gruppen verteilen konnte. Auch diese Vorstellung behagte Attrue nicht, aber auf die Schnelle würde es keine bessere Lösung geben. Doch als am Nachmittag der Rabe von seiner Spähmission zurückgeeilt kam, erledigten sich damit diese Überlegungen.

„Mutter, die Besalier stoßen in den Wald vor – alle! Allerdings mit einer ganz wesentlichen Änderung: Sie ziehen alle Krieger im nördlichen Teil zusammen. Anscheinend haben sie dort einen Pfad gefunden, den unsere Brüder angelegt haben, und fluten auf diesem Weg in den Ariid. Ihr Götter, es sind so viele! Ich kann mir nicht vorstellen, dass wir auch nur annähernd eine solche Zahl von Kriegern im Wald haben, um ihnen standzuhalten."

„Unter diesen Umständen müssen wir umdenken und unser Vorgehen anpassen." In diesem Moment sah Attrue kristallklar, ihre Überlegungen der Nacht waren keine bloßen Gedankenspiele gewesen, sondern eine Eingebung. Die Götter wollten, dass sie ihrem Herzen folgte. Daran hegte sie jetzt und hierfür keinen Zweifel!

Karissa hatte sich immer durch und durch als eine Optimistin gesehen, doch augenblicklich fiel es ihr unfassbar schwer, die Hoffnung nicht zu verlieren. Die Sorge um ihr Baby und ihre immer stärker eingeschränkte Beweglichkeit trugen in besonderem Maße dazu bei, denn wenn sie bis vor wenigen Monaten sicherlich längst versucht hätte, auszubrechen und zu fliehen, war sie dazu schlicht nicht mehr in der Lage. Zum Klettern war inzwischen ihr Bauch einfach zu dick, die Beine waren schwerer, als sie es jemals erlebt hatte, und ihre Ausdauer würde vermutlich nicht für einen größeren Aufstieg in den Felswänden ausreichen. Inzwischen war sie mit ihren letzten beiden verbliebenen Spatzen in eine der Wohnhöhlen der Krebse umquartiert worden, wo ihr eine der älteren Damen des Rates Gastfreundschaft gewährte. Und das im besten Sinne des Wortes, denn die Frau teilte nicht die Auffassung derer, die scheinbar die Mehrheit im Rat ausmachten, die Auslieferung Karissas an die Besalier sei der beste und einfachste Weg des Überlebens für die Krebse.

„Man will Euch glauben machen, Herzogin, das Volk stünde hinter der Entscheidung der Sprecherinnen, aber dem ist nicht so. Eure Ansprache hat die Herzen vieler im Dorf erreicht, und es gibt offenen Widerspruch. Besonders die jungen Männer wollen lieber kämpfen, als sich dauerhaft zu unterwerfen und unsere Ehre zu verkaufen. Ich werde Euch auf dem Laufenden halten, edle Dame, vielleicht ist hier noch nicht aller Tage Abend!"

„Ich danke dir für den kleinen Schimmer Hoffnung, den du mir schenken willst, gute Frau. Und bitte nenne mich Karissa, ich möchte gern das Gefühl haben, meine letzten Stunden in Freiheit wenigstens bei einer Freundin verbracht zu haben!"

Ihr schlechtes Gewissen trieb ihre Gastgeberin bald zurück zu deren Nachbarn, um das Gespräch über Recht und Unrecht wieder aufzunehmen. Wächter brauchten sie hier nicht, denn ohne

Seil war in der Steilwand allenfalls hervorragenden Kletterern eine Flucht möglich – und eine solche war sie einfach derzeit nicht.

Laute Streitgespräche hallten immer wieder aus der Tiefe nach oben, deren Inhalt die Arratäerin zwar nicht erlauschen konnte, aber dass es in irgendeiner Form um sie ging, das war relativ klar.

Acht Tage nach ihrem letzten Auftritt vor dem Rat veränderte sich die Stimmung im Dorf massiv, und die Heftigkeit der Streitereien nahm deutlich zu.

„Herrin, die Besalier sind da", meldete Ruvoli, die als eine ihrer Leibwächterinnen geblieben war. „Eine Abordnung von fünf Mann habe ich zunächst gesehen, aber jetzt rückt eine ganze Kolonne ein."

„Konntest du irgendwas verstehen von dem, was unten geredet wurde?"

„Nichts, Herrin, zuerst war da ein Unteroffizier mit vier Mann, der eine Forderung gestellt haben muss, aber die Antwort der Krebse war wohl nicht die gewünschte, denn er hat nur seinen Arm gehoben, und schon erschien der Rest der Besalier. Ich schätze, an die hundert Mann!"

Es lag auf der Hand, dass die Besatzungsmacht nicht mit sich verhandeln lassen wollte, sondern mit der Möglichkeit gerechnet hatte, nicht auf Anhieb zu bekommen, was sie wollte. Karissa konnte jetzt davon ausgehen, man würde nicht mehr lange warten, bis die Dörfler dem Druck nachgeben würden.

„Spatzen, verbarrikadiert den Eingang und schaut euch nach allem in der Höhle um, was wir als Waffen einsetzen können. Zwar ist es gut zu sehen, dass die Krebse uns nicht auf den leisesten Wink übergeben wollen. Allerdings können wir davon ausgehen, nur ein Handelsritual auf dem Basar zu verfolgen –

und wir sind die Ware! Eine Ware, die sich nicht einfach ausliefern lassen wird. Erhöhen wir die Transaktionskosten, ihr beiden. Zwar glaube ich kaum an eine Chance zu entkommen, aber zumindest werden sie mich nicht lebend bekommen! Und wenn ich kann, werde ich ihnen noch ein bisschen Ärger machen. Seid ihr dabei?"

„Alles, was Ihr befehlt, Elster, aber verzeiht mir, wenn ich Euch an Euer Kind erinnere. Würde der Herzog sich nicht wünschen, Ihr würdet Euch stellen, um ihm die Möglichkeit zu geben, Euch und Euer Kind freizukaufen oder zu befreien?"

„Ich bin sogar ganz sicher, Treju wird uns nicht im Stich lassen, sobald er erfährt, was hier geschieht. Nur fürchte ich, er wird zu spät kommen. Denn sollten die Besalier mich in die Finger bekommen, wird ihnen meine Schwangerschaft nicht nur egal sein, sondern sogar eine hervorragende Möglichkeit bilden, mich unter Druck zu setzen. Ich habe gehört, dass die Priester bei der Folter sogar mit Nadeln in den Mutterbauch stechen, um Schwangere zum Reden zu bringen. Und ich befürchte, das könnte auch bei mir funktionieren. Das kann ich nicht riskieren! Es steht zu viel auf dem Spiel, für Arratäa, für das Herzogtum am Fjord und damit auch für Chanien!"

Die beiden Leibwächterinnen blickten betroffen, aber entschlossen zu Karissa. Sie machte ihnen nicht das Angebot zu fliehen, was sogar einigermaßen erfolgversprechend gewesen wäre. Die Frauen hätten ohnehin abgelehnt, und die Elster wollte sie nicht beleidigen.

KAPITEL LXVIII - ULTON

Der besalische Aufmarsch war in der Nacht wie erwartet erfolgt, und die Späher hatten von erheblichen Zahlen an Kriegern auf breiter Front berichtet. Der Feind wollte sich ohne Zweifel gleichzeitig von Süden nach Norden und von Ost nach West vorarbeiten und so die Halbinsel Ariid vollständig durchkämmen, bis sie auf arratäischen Widerstand treffen würden. Es waren mindestens sechstausend Männer, die sich im Morgengrauen in Bewegung gesetzt hatten, und es war Gebot der Stunde, die Massen an Angreifern auf dem Vormarsch so weit zu reduzieren, dass die Chancen standzuhalten, wenn sie auf das Siedlungsgebiet trafen, noch im Entferntesten gegeben waren. Schafften sie das nicht, war der letzte Weg die Flucht übers Meer. Je nachdem, wie viele Arratäer in diesem übelsten aller Fälle noch am Leben wären, würden sie die Evakuierung improvisieren müssen. Doch Ulton hoffte ungebrochen, das zu vermeiden.

Den ersten Beitrag zu diesem Ziel leisteten Taskos Krieger im südlichen Ariid. Ihm standen gut dreihundert Krieger zur Verfügung, davon sechzig Raben. Dank der großen Geländevorteile baute Ulton darauf, dass der Angriff sich dort festfahren würde und der Milan die Besalier Mann um Mann aufreiben würde. Erste Meldungen besagten zwei Stunden nach Sonnenaufgang, die Feinde liefen wunschgemäß in einige natürliche Sackgassen in der zerklüfteten Landschaft hinein. Jene Besalier, die das Pech hatten, zu dieser Truppe zu zählen, würden mühelos ausradiert werden, und Tasko würde für die nötige Schnelligkeit der Aktionen sorgen. So konnte Ulton hoffen, die Besalier würden seinen Kriegern nicht auf anderem Wege in den Rücken fallen können.

Auf der anderen Flanke der Halbinsel, die Ulton mit dem größeren Teil der Verteidiger halten wollte, führte nach ihren Erkenntnissen ein alter Bekannter die Besalier in die Schlacht – Oberst Xalhodot, der Zerstörer Holtekaions. Es hatte natürlich nicht lange gedauert, bis die Angreifer beim Vorrücken auf den sorgsam verborgenen Pfad gestoßen waren, der im Nordosten des Waldes durch viele hundert Füße unverkennbar und dauerhaft ausgetreten war. Mit zwei Reaktionen auf diese Entdeckung hatte Ulton gerechnet, und beide traten ein. Zum einen zog der Oberst mit dem neuen Wissen über den stark frequentierten Zugang seine Truppen dort zusammen. Und die andere Beobachtung war, wie der Offizier die Gefahr, die von Fallen und möglichen Hinterhalten ausging, richtig einordnete und mit großer Vorsicht vorrücken ließ. Andererseits resultierte aus dieser Strategie auch ein Vorteil für die Verteidiger. Die gut ausgebauten Verteidigungsstellungen der Arratäer auf diesem Pfad halfen ihnen, dem Feind den Vorstoß sauer zu machen und die dichtgedrängten Männer in große Schwierigkeiten zu bringen. Aber die harte Hand des Kommandeurs und die eisern disziplinierte Formation der Besalier ließen die Verluste in einem überschaubarem Maß bleiben, bevor man sich Mal um Mal zurückziehen musste. An diesem Punkt der Front war Ulton allerdings der Zeitverlust der Angreifer wichtiger. Der Pfad war, abgesehen von einigen Fallen, gut gangbar, wenn auch topographisch beschwerlich. Jedoch wurde der Weg in einem zweiten Abschnitt sehr schmal und zwang die Besalier in eine lange Kolonne, womit sie des Schutzes durch ihre Formation beraubt waren. Das langwierige Vorrücken in dieser Marschordnung gab den Arratäern viele Möglichkeiten für Überraschungsangriffe, die zu zahlreichen Opfern führten. Die Attacken waren nicht ohne Risiko und blieben auch nicht ohne eigene Verluste, aber Lohn waren Verwirrung, Angst und weiterer Zeitverlust, weil der Pfad für den Weitermarsch immer wieder von Leichen und Geröll freigeräumt werden musste. Und weiter bremsten Steinschlag, Gerölllawinen und rollende Baustämme das Vordringen ab, begleitet durch schwirrende Pfeile der Vögel und nachgeahmte Tierschreie, die die Besalier zusätzlich schockten. Dem gut nach allen Richtungen abgeschirmten Oberst gelang es trotzdem immer wieder schnell, die Ordnung herzustellen, und Ultons Kalkül, die Moral des Feindes entscheidend zu brechen, ging vorerst nicht auf. Auch am zweiten Tag des Vormarsches blieb sie unerfüllt.

„Hätte ich diesen Schweinehund doch getötet, als ich es konnte! Wir müssen ihn zur Strecke bringen, sonst erreichen viel zu viele von ihnen die Stadt. Vorschläge, Männer?"

„Die Nachhut konnten wir wie erhofft stark ausdünnen, Adler. Alle Einheiten, die nicht zum Pfad beordert wurden, sind inzwischen eliminiert, Herr. Alle unsere Krieger können sich jetzt mit der Hauptstreitmacht befassen!"

„Ich danke dir, Leutnant, aber das löst nicht das Problem, dass wir es nicht mit Idioten zu tun haben. Konnten wir schon ihre Schützen ausschalten?"

„Gerade zur Truppe um den Kommandanten zählen noch sehr viele, mindestens achtzig bis hundert Stück, würde ich sagen. Alle werden ständig mit großen Schilden abgedeckt, genau wie der Kommandant selbst. Er schickt immer eine Vorhut vor seinen Elitekriegern auf den Pfad und hat seinen Männern inzwischen nachdrücklich bewiesen, dass die Disziplin, die er ihnen abverlangt, sie am Leben hält!"

„Das scheint mir auch so! Haltet die Augen auf, und nutzt jede Möglichkeit zum Schuss, die sich bieten könnte. Ansonsten bleibt uns nur, sie weiter zu zermürben und sie ihr Nachtlager nach unseren Wünschen in der Senke am Bach aufschlagen zu lassen. Stehlen wir ihnen weiter Zeit, Männer, und so viele Leben, wie wir können. Und nochmal – tötet diesen verdammten Oberst, wenn ihr irgend könnt!"

Die Nacht wurde das Grauen für die Eindringlinge, die in rabenschwarzer Nacht nicht weiterziehen konnten und gezwungen waren, in besagter Senke zu campieren. Ihr Lager befand sich in angespannter Ruhe, da lösten die Raben gleichzeitig drei vorbereitete Geröllawinen aus. Schreie und Chaos verstärkten sich durch den Pfeilhagel, der anschließend durch den dichten Staub auf die hustenden Besalier niederging, als niemand mehr an Schilde dachte.

Das Morgengrauen offenbarte große Verluste der Besalier, aber noch immer eine sehr ernstzunehmende Streitmacht. Ulton setzte seinen letzten Trumpf, bevor ihnen harte Kämpfe bevorstehen würden. Auf sein Signal wurde ein provisorischer Damm geöffnet, und eine Welle schaffte neues Chaos unter den Besaliern. Viele zusätzliche Opfer kostete sie leider nicht, die Zeit bis zur Ankunft der Angreifer war zu kurz gewesen, um eine ausreichende Wassermasse aufzustauen, doch immerhin waren die bereits stark gebeutelten Krieger durchnässt und bekamen immer mehr das Gefühl, mit allem rechnen zu müssen. Was sie nicht wissen konnten, war, dass sie bald Terrain erreichen würden, welches den Arratäern keinen entscheidenden Vorteil mehr bot. Noch gab es einige Hindernisse und Fallen, doch bei der noch immer gegebenen Masse an Kriegern würde das nicht die Entscheidung bringen. Ulton befahl alle Verteidiger außer seinen Raben in die Stellungen der unvollendeten Verteidigungsanlagen Djanirons zurück, um sich im Bollwerk so gut wie möglich zu verschanzen.

„Raben, wir sind nur hunderteinundzwanzig Kämpfer, aber wir Gebirgsjäger sind wieder einmal diejenigen, die den Unterschied machen müssen und machen werden! Kummo, du wirst Tasko und seine Männer zu uns holen, gleich ob sie in ihrem Teil des Waldes noch Besalier übriggelassen haben oder nicht. Hier brauchen wir sie nötiger, und egal, ob der Feind in ihrem Rücken nachkommen wird, wird die Schlacht längst geschlagen sein, bis die Reste der Feinde hier eintreffen können. Raben, für einige von euch, die ihre Federn erst vor kurzem erhalten haben, wird dies die erste Schlacht sein. Bewahrt kaltes Blut, befolgt eure Befehle, aber benutzt vor allem eure Köpfe, dann werdet ihr noch viele Schlachten schlagen. Heute wird unsere Einheit in den

Sturzflug gehen, habe ich der Königin versprochen, so wie es die Greifen tun. Wir kommen überraschend über sie, stoßen auf unsere Beute nieder und sind wieder fort, ehe der Feind weiß, was vor sich geht. Bis unsere Beute erlegt ist, gibt es kein anderes Ziel. Wir werden eine Armee von Nachtmahren sein, und sollte einer der Schweinehunde unseren Ariid lebendig verlassen, dann nur, um von seinen schlimmsten Albträumen zu berichten. Doch zunächst erlegen wir diesen Oberst! Er markiert die Standhaftigkeit und das Herz dieser Truppe, er ist das Mittel, um diesen Haufen zusammen zu halten und zu lenken. Fällt dieser Mann, dann wird die Angst unser Verbündeter sein, sie werden ihren eigenen Schatten fürchten, jeden Schrei und jedes Signal. Und das ist es, was wir genau tun werden: Steigt in die Bäume, tarnt euch, und lasst sie unter uns durchziehen. Doch diesmal tun wir nichts, gehen kein Risiko ein, schlagen nicht zu, bis wir in ihrem Rücken sind. Raben, schärft euren Blick, achtet auf jede Bewegung, wir müssen diesen gefährlichen Feind lesen wie ein Buch. Und dann, wenn die Besalier denken, sie hätten uns gestellt, wenn sie die Attacke beginnen und ihr Streben nur noch eine Richtung kennt, dann schlagen wir von hinten zu und nehmen dieser Schlange den Kopf!"

Es dauerte länger als erwartet, und die Besalier spähten zunächst die arratäischen Stellungen aus. Kein Angriff erfolgte, der Feind ließ sich zu keinem übereilten Vorrücken hinreißen. Im Gegenteil ging der Oberst weiter intelligent und kalkuliert vor. Es war lediglich ihrer völligen Unkenntnis des Terrains geschuldet, dass sie die größten Schwachstellen der Verteidigungsanlagen nicht ausmachten und sich für andere Orte entschieden, wo sie den Hebel ansetzen wollten, um das Bollwerk der Stadt aufzubrechen. Die Arratäer hatten dort mehrere Möglichkeiten für ihren Widerstand, nichtsdestotrotz würde die schiere Masse an Kriegern, die den Besaliern noch verblieben war, den Ausschlag geben, und der Durchbruch wäre nur eine Frage der Zeit. Zumindest dann, wenn die Raben versagten! Der Tag bot wohl noch gut zwei Stunden Tageslicht, da schickte sich der Feind an, den Sturm zu beginnen. Ulton schätze noch etwa dreitausend rasend wütende Krieger.

Die Raben fanden den Kommandeur in einem Kokon aus Schilden, umgeben von gut achtzig Elitekriegern, die nicht eine Handbreit ihre Stellung auf einem großen Felsen verließen, als die Besalier auf Djaniron zurollten. Der Feind war gefürchtet für seinen Sturmangriff, und auch diesmal war der Fanatismus angesichts einer Kampfsituation, mit der die besalischen Krieger vertraut waren, beklemmend. Der Fels, auf dem ihr Anführer stand, machte ihn von unten quasi unangreifbar, aber ein unweit von einer Felswand ausgehender Überhang bot für versierte Langbogenschützen eine akzeptable Bastion, darüber hinaus einen guten Überblick für den Adler, um die Attacke im Schatten der Schlacht zu leiten.

Die Aktion begann, als das Getümmel vor Djanirons Befestigung gerade losbrach. Dreißig Raben ließen mehrere Salven aus der von Ultons Stellung aus gegenüberliegenden Richtung auf die Schilde prasseln. Aus dieser Entfernung durchschlugen diverse Pfeile von den Langbögen die Holzplanken und die Lederbespannung, wenn sie von den aufgelegten Metallbewehrungen nicht abprallten. Dieses Vorgehen nahm den Beschützern des Kommandanten schon das Gefühl der Unangreifbarkeit, und der Oberst ließ eine zusätzliche Einheit der Angreifer zurückbeordern, um die arratäischen Bogenschützen zu bekämpfen und seine Leibgarde dabei nicht auszudünnen. Zum einen nahm das etwas Druck aus dem Ansturm der Besalier auf die Befestigungen, zum anderen waren die Raben längst auf dem Rückzug, als die Hilfe kam. Dabei hatten Ulton und seine fünfzehn Scharfschützen von oben mehrmals die Lücken im Panzer gefunden, doch immer wieder wurden die Schilde rasch neu ausgerichtet und überlappend gegen den Beschuss aus der Höhe positioniert. Auf diesen Moment hatten zwanzig Raben gewartet, die sich unterdessen dem Fuß des Felsen genähert hatten und mit Lanzen unter dem angehobenen Schildwall nach oben stießen. Die Lanzen, die die Besalier zu fassen bekamen, ließen die Arratäer sofort los, schnappten sich sofort eine andere, um erneut zuzustoßen. Die Verteidiger des Panzers hatten für solche Angriffe ein Gegenmittel, öffneten gleichsam Luken, um den Armbrustschützen freies Schussfeld zu geben. Doch freies Schussfeld für Besalier war auch freies Schussfeld für Ultons restliche Raben, die mit gespannten Bögen auf diesen Moment gelauert hatten. Eine tödliche Salve zerstörte die Ordnung, jetzt trafen Pfeile aus allen Richtungen, der besalische Panzer brach. „Rückzug!!!", hörten die Raben das Kommando aus der kollabierenden Formation, doch im Schlachtengetümmel erreichte der Ruf nur wenige, und die Signalbläser waren offenbar gefallen. Die überlebenden Beschützer des Obersts versuchten hastig, einen neuen Schutzwall zu bilden, doch Tote und Verletzte in ihrem Weg verzögerten den Zusammenschluss, und immer wieder fanden Pfeile ihr Ziel durch die Löcher im Schildwall. Irgendeiner der Besalier fand das Signalhorn, und auch wenn die Töne reichlich schräg klangen, erkannten die Besalier doch den Befehl zum Sammeln, den der Bläser hinbekam. Die Schützen der Raben deckten die wilde Flucht ihrer Speerkämpfer, die jetzt dringend wurde, nur Ulton lauerte noch auf seine Chance, den Kommandanten zu erwischen, sollte er noch unverletzt geblieben sein. Plötzlich ging fast wie von allein ein Pfeil von seinem Bogen, schon fasste die nächste Nock in die Sehne. Mehr gefühlt als gesehen oder gewusst, war das Ziel von ihm ausgemacht worden, und Ulton selbst hätte keine andere Erklärung als Instinkt gehabt, warum das Geschoss seinen Weg durch einen Spalt im Panzer fand. Aber nicht der gedämpfte Aufschrei eines Getroffenen markierte die Wende in der Schlacht, nur die panische Reaktion der Elitekrieger, die den Oberst umgaben. Es zeigte sich, welch magische Kraft von einem echten Anführer im Kampf ausgehen muss, denn kaum erkannten die Ersten, dass der Befehlshaber schwer verletzt war, da begannen sie statt der Schlacht an das eigene

Überleben zu denken. Ungefährlicher wurde die Situation dadurch allerdings zunächst nicht, denn wie ein in die Enge getriebenes Tier in alle Richtungen beißt und tritt, so waren die Feindesbewegungen jetzt völlig unberechenbar. Deshalb war es jetzt Ultons wichtigstes Ziel, den besalischen Strom zu kanalisieren. Die Raben räumten die einfachste und logischste Fluchtrichtung, konzentrierten ihren Beschuss unvermindert auf die vorderste Front, wo weiter mehrere hundert Angreifer anrannten. Mit Schrecken erkannte der Adler, der Durchbruch rückte trotz all ihrer Bemühungen immer näher, denn der Kampfrausch der Krieger vor der Bastion hatte dort nichts mehr mit einem Anführer zu tun.

„Zu spät!", dachte er verbissen und erkannte, selbst ein heroisches Opfer seiner Raben, sollte er sie in den Nahkampf schicken, würde das Blatt nicht mehr wenden können. Seine Überlegungen verlagerten sich schon auf Taktiken für den Kampf im Stadtgebiet Djanirons, denn an der Mauer waren schon zu viele Arratäer gefallen. Plötzlich ein arratäisches Signal! Es brachte die ersehnte Verstärkung und brach die Kampfeseuphorie des Feindes. Milan Tasko führte seine Raben über die südliche Flanke des Feindes an die Front, zusammen mit allen Kriegern, die er zur Verstärkung auf dem Eilmarsch hierher an anderen Mauerabschnitten eingesammelt hatte, die ohne Bedrohung geblieben waren. Außerdem war völlig unerwartet ein weiterer Milan mit von der Partie, der mindestens zweihundert Krieger anführte. Die bloße Zahl an frischen Verteidigern, die herbeirannten, nahm dem Feind den Glauben an den Sieg, und die Wucht die Taskos Männer in den Befreiungsschlag legten, fegte die erste Linie der Besalier direkt fort. Jubel begleitete die ankommenden Kameraden, gab den Arratäern neue Kraft. Ein weiteres Häuflein kam von hinten aus Richtung des Waldpfades herangelaufen. Keine hundert Mann, angeführt von einer zierlichen Gestalt in seltsam zusammengestoppelter Rüstung. Der

Feind mochte den Eindruck bekommen, die buchstäblich letzten Kräfte wurden ihnen noch entgegengestellt.

„Nicht nachlassen, Raben, wir schaffen es!", feuerte Ulton seine Krieger weiter an, beflügelt durch diese Wendung.

Es war, wie wenn bei einer Herde die ersten Tiere die Richtung wechselten. Zuerst vereinzelte, dann immer mehr Besalier rannten in die freie Fläche der Senke, aus der ihr Aufmarsch erfolgt war. Ein fähiger Anführer wie der besalische Oberst hätte höchstwahrscheinlich den letzten Schub für den Durchbruch der Angreifer gegeben, aber ohne diese ordnende Hand nahmen immer mehr Fliehende den Druck von der Front. Tasko verhinderte ein Nachsetzen der arratäischen Kämpfer, befahl stattdessen seinen Männern, die Bögen zu nutzen. Mit fast väterlichem Stolz beobachtete Ulton den jungen Offizier dabei, die besten Entscheidungen zu treffen, zuversichtlich, das Blatt nun endgültig zu wenden. Eine Woge von vielleicht vierhundert der Besalier brandete in den offenen Fluchtweg, schob die zuletzt angekommene Verstärkungstruppe der Arratäer mit großer Wucht zur Seite. Teile dieser Krieger konnten noch aus dem Weg hechten, andere wurden einfach niedergetrampelt. Von all den Angreifern schafften es noch einige hundert, das Schlachtfeld mehr oder minder unverletzt hinter sich zu bringen und die Senke wieder zu erreichen. Gnadenlos setzten die Arratäer nach, metzelten alle Verletzten vor ihren Mauern, erschlugen und erschossen die Nachzügler unter den Fliehenden. Die Gefahr, die von den Besaliern noch immer hätte ausgehen können, schmolz durch den ungeordneten Rückzug immer mehr dahin und die Raben hielten Nachlese unter allen, die nicht schnell genug waren.

„Noch keine Zeit zu feiern, Raben! Wir gehen auf die Jagd! Treiben wir sie, zwingen wir sie zu laufen, schlagen wir überall zu, wo es sich ergibt. Viele Arratäer sind heute gefallen, ich will, dass nicht einer mehr dazu kommt. Aber von diesen Hunden sollen so viele bluten, wie wir nur erwischen können. Seid vorsichtig, bleibt in Gruppen von fünf Mann zusammen, nutzt eure Bögen und euren Verstand. Milan Tasko, du nimmst die Hälfte der Raben und die südliche Flanke, der Rest kommt mit mir in den Norden! Esst, trinkt, erfrischt euch, in einer halben Stunde beginnt die Hatz!"

Unter seinen Raben sah er unbekannte Gesichter, jetzt auch den Milan, der ihm während der Schlacht aufgefallen war.

„Nie war jemand mehr willkommen als ihr, Brüder! Wer seid ihr? Woher kommt ihr?"

„Milan Killiu, mein Adler. Ein tessratischer Kriegsfürst namens Sterrgod hat uns vor zwei Tagen in den Wald geschickt und meinte wohl, ein wenig Verstärkung könnte nicht schaden. Meine Männer und ich kommen einen weiten Weg vom Anker, Herr! …"

Irritiert drehte sich Ulton herum, als der unbekannte Milan verstummte und hinter ihn starrte, als hätte er einen Geist gesehen. Erst einen Augenblick später fand er die Worte wieder.

„… und wie ich sehe, hat auch die Anführerin unserer Gemeinschaft den Weg hierher gefunden. Ich glaube, ihr wisst am besten, wie eigensinnig sie sein kann!"

„Oh ja, das weiß ich sehr genau.", hauchte er, bevor er seine zerschundene Attrue in die Arme nahm.

KAPITEL LXIX - LESEBA

Gerade war noch Jubel über die gelungene Attacke der tessratischen Reiter auf die Besalier durch die Hafenstadt gebrandet, da verwirrten die unablässig tönenden Hornsignale der Feinde die Mannschaften auf den Mauern. Lesebas Sicht auf ihren Mauerabschnitt zeigte alte Männer und Matronen, Mütter, Halbwüchsige, Handwerker und Händler, alle gerüstet, aber keiner davon ein Krieger.

„Oh, Ihr Götter des Dreigestirns! Sie greifen an! Sie greifen an, und alle tessratischen Kämpfer sind da draußen!"

Alarmsignale kamen nun aus allen Richtungen, und fünfzig Schritt in die eine und gut vierzig Schritt in die andere Richtung von ihrer Stellung aus gab es bereits Feindesbewegungen.

„Ja, meine Königin, die Tessrati sind da draußen, aber sie sind nicht fort! Wir müssen die Schweine nur daran hindern, die Stadt zu erstürmen, dann können die Tessrati ernten!", sagte Gasina grimmig und hatte offensichtlich ihre Gedanken gelesen. Auf Lesebas Nicken hin gab sie Befehl an eine wartende Bogenschützin, einen Brandpfeil in den Himmel zu schießen – das vereinbarte Notsignal! Ab jetzt konnten sie nur darauf bauen, dass die Steppenreiter nun um ihre Not an den Mauern wussten, und es gab noch ausschließlich einen Gedanken in allen Köpfen: Verteidigung um jeden Preis!

Zehn Spatzen von Lesebas Leibgarde schickte Gasina mit stillem Befehl dorthin, wo gerade die erste Leiter an die Mauerkrone anschlug, zog dann die Königin mit sich an die Stelle, wo sich momentan die meisten Angreifer ballten.

„Jetzt, Leseba, zeig, was du von mir gelernt hast! Dort unten ist ein Kommandant, wenn nicht gar der Gouverneur selbst! Siehst du den Geck dort unten, geschmückt wie ein Opfertier vor dem Ritual? Hier wird es heiß!"

Schon während sie sprach, verließen im Lauf die ersten Pfeile Gasinas Bogen.

„Du musst hierbleiben, damit ich kämpfen kann, verstanden?! Philima ist bei dir! Schieße, bis dir der Arm abfällt, aber um der Götter Willen, bleib in Deckung, und lasse dich auf keinen Zweikampf ein! Versprich es mir!"

„Ja, ich verspreche es! Geh, Gasina, aber komm zu mir zurück!", bat Leseba und hatte das Gefühl, als würde gerade ihre Mutter sie allein in einer dunklen Höhle zurücklassen. Gasina drückte sie jede Hierarchie vergessend kurz und fest an sich, dann rannte sie los. Neben der Königin ließ Philima längst ihren Bogen sirren, und endlich tat Leseba es ihr gleich.

„Den Bogen voll ausziehen, anvisieren, Schuss! Nicht denken, machen", sprach sie zu sich im Inneren, so wie Gasina zu einer Anfängerin, die Leseba längst nicht mehr war.

„Werft sie um!", hörte sie etwas weiter Gasinas lauten Befehl und nahm aus den Augenwinkeln wahr, wie sich gemeinsam mit anderen die kleine Person mit einer Stange gegen die Leiter der Feinde an der Mauer stemmte. Leseba selbst war zu weit weg um einzugreifen, sah aber, wie eine zweite Stange neben der ersten eingehakt wurde.

„Du gehörst mir", flüsterte sie und schoss dem obersten Krieger auf der Leiter, der die Zinne fast erreicht hatte, ihren Pfeil so perfekt in den Hals, dass er gurgelnd und Blut spuckend rückwärts seinen Kameraden entgegenfiel und sogar noch einen der weiter unten Aufsteigenden mit sich riss. Diesen Anblick würde Leseba sicher niemals in ihrem Leben vergessen – es war der erste Mensch, dem sie das Leben genommen hatte! Doch in diesem Moment gab es nicht einen Wimpernschlag lang Zeit, um über das Erlebnis nachzudenken. „Gut, Majestät", knurrte ihr Schatten Philima, und die Königin wusste, sie hatte der Mauer ein paar Sekunden an Zeit erkauft. Nächster Pfeil!

Sie sah und hörte die schreienden Männer von der kippenden Leiter in die Tiefe stürzen. Gute Dreißig Schritt an Höhe maß die Mauer an dieser Stelle, und die Besalier konnten von Glück sagen, wenn sie nur mit Brüchen davonkommen würden. Fast zeitgleich mit der Befreiung von der einen Leiter donnerten zwei neue an die Mauerkrone, und schon war der Feind dabei, die erste wieder aufzurichten, weil sie offensichtlich ohne entscheidende Beschädigungen unten aufgeschlagen war. Die besalischen Armbrustschützen am Fuße der Mauer schossen sich ein und fanden jetzt häufiger ihr Ziel. Leseba bewunderte Gasinas Übersicht im Kampf, die ihren Platz an der Schubstange jetzt einem kräftigen Mann überließ und mit dem Bogen in der Hand befahl, die besalischen Schützen zu töten.

Einer von Lesebas Pfeilen landete in der Stirn eines Schützen, und sie beobachtete mit Genugtuung, wie sich der Bolzen seiner Armbrust in den Oberschenkel eines anderen Feindes entlud. Sie nahm wahr, wie die Krieger am Fuß der Mauer mehr Angst vor dem bunt dekorierten Offizier hatten als vor dem Aufstieg, fand ihn aber auch bestens durch metallbewährte Schilde gedeckt.

„Philima, wie geht das mit den Pecheimern?", wollte sie wissen.

„Für Euch gar nicht, Majestät, sonst hackt mir die Elster persönlich den Kopf ab! Wohin soll das Zeug, Herrin?"

Die junge Kriegerin verstand sofort, was die Königin ihr zeigte, verschwand kurz, um Anweisungen zu geben, und kam kurz darauf einen schweren Stein schleppend zurück.

„Helft mir mal!", ächzte sie, und gemeinsam wuchteten sie den Brocken auf die Zinne über dem bunten Offizier. Nicht umsonst hatte ihr Gasina einen gut gearbeiteten, doch leicht gedellten älteren Helm auf ihren Kopf gestülpt, verstand Leseba jetzt.

Drei Männer erschienen hinter ihnen, einen stinkenden und dampfenden Kessel an einer stabilen Schulterstange zwischen den beiden Vordermännern hängend, der Dritte mit einem schweren Eisenhaken bewaffnet, um das Leiden und Tod bringende Zeug auszuschütten.

„Und los!", kommandierte Philima, und gemeinsam schickten sie und Leseba ihren Stein auf die Reise, sprangen direkt aus dem Weg, damit die Männer ihre Fracht entladen konnten. Sie hörten den krachenden Aufprall des Brockens, die Schreie der Zerschmetterten, gleich darauf aber noch ungleich grauenhafter den Schmerz derer, die das Pech abbekamen. Den Geruch bratenden Fleisches nahm man kurz darauf noch oben auf den Zinnen wahr.

Von ihrer alten Schussposition aus suchte Leseba den Kommandeur.

„Schaut, Majestät, der Hund lebt noch", zeigte Philima auf den flüchtenden Feind, und beide legten gleichzeitig auf ihn an. Der Kerl schlug auf der Flucht Haken wie ein Hase, und Lesebas Schuss ging fehl, dafür traf Philimas Schuss ihn voll in den Rücken. Ihr Triumph erstarb im selben Moment mit einem Bolzen, der durch die Wange tief in ihren Kopf eindrang. Leseba fing ihre Kameradin noch auf, als sie zusammensackte, aber sie war bereits tot.

Lesebas Schrecken endete mit dem herannahenden Donner tausender Hufe. Die Besalier wollten davonrennen, Teile der Truppen flohen in Richtung des Waldes. Aber der Sturm auf die Mauer endete jäh mit Haken, die in die unteren Sprossen eingehängt wurden. Sie hingen an Seilen, die an Sätteln der Tessrati vertäut waren und die Leitern umrissen. Jubel brach auf den Zinnen aus, die Reiter galoppierten weiter, doch Gasina ließ die Mauerbesatzungen keinen Atem schöpfen.

„Ihr Schützen, schaut nach unten, und gebt allen den Rest, die sich dort noch bewegen. Alle anderen kümmern sich um unsere Verletzten! Spatzen, zu mir, deckt euch mit Pfeilen ein, wir müssen weiter!"

Der Befehl schloss die Königin mit ein, interpretierte Leseba frei, die sich nicht zurücklassen wollte. Im Lauf bemerkte sie eine blutende Wunde am Oberarm der Elster. Diese Frau war wirklich hart wie ein Fels, doch dies musste dringend versorgt werden.

„Gasina, komm nach, sobald du verbunden bist! Tot nützt du uns nichts!", hielt sie die Offizierin zurück und beobachtete, wie diese ihren wütenden Widerspruch herunterschluckte. Sie nickte noch, als Leseba selbst ihre Leibgarde weiterwinkte.

„Wir haben zu tun, Spatzen!", rief sie und rannte den anderen voran.

KAPITEL LXX - FUTTINU

Er und seine schlachterprobten Männer fanden auf der Mauer kaum noch Gegner, sondern meist nur noch Opfer, nachdem sie sich verlustreich nach oben gekämpft hatten. Futtinu selbst metzelte und wütete unter dem Sklavenpack, ohne Unterschiede zu machen, und schwamm im Blut. Gut zwei von drei Teilen seiner Einheit waren bereits oben, viele Männer dreier weiterer Einheiten machte er auch aus, sie beherrschten die Mauerkrone auf gut zweihundert Schritt Breite, als die Reiter um die Leitern tosten und all seine Kämpfer hinweg mähten, die noch vor oder beim Aufstieg waren. Der Beschuss durch die berittenen Bogenschützen von unten zwang ihn selbst auf der Mauer noch in Deckung, von unten aus der Stadt drängten auch Krieger auf sie zu, ebenso wie auf der Mauer und den Wehrgängen. Diese Kämpfer waren aus einem anderen Holz geschnitzt als die Kinder und Greise, die sie hier in großer Zahl niedergemacht hatten. Die Schlacht war verloren, die tapfere und verbissene Verteidigung der Sklaven war offenbar zu stark gewesen, als dass seine Männer das Bollwerk überall so wie hier hätten einnehmen können.

Futtinu zog sich aus der ersten Reihe zurück und sondierte Fluchtmöglichkeiten. Vor den Verteidigungsanlagen wurden seine letzten Krieger gerade von der tessratischen Reiterei aufgerieben, in der Stadt würde sie nach den herben Verlusten, die sie erlitten hatten, früher oder später durch die schiere Masse erdrückt werden. Es blieb nur das Meer! Am Fjord konnte der Feind noch nicht die Übermacht haben, so käme er hier heraus.

„Blockiert den Wehrgang und die Aufgänge, so gut ihr könnt! Dann folgt mir zum Hafen!"

Er führte gut dreihundert Mann über den Mauerbogen an und wechselte die Männer an vorderster Reihe, die den Weg freikämpfen mussten, mehrfach aus. So fochten sie sich verbissen gegen hartnäckige, aber kämpferisch unterlegene Verteidiger voran. Signale, Rufe, Hornstöße überall, ihre Fluchtrichtung konnte nicht lange unerkannt bleiben, und ihre hohe Geschwindigkeit zu halten bot die einzige Chance zu überleben. War ein Krieger zu schwer verletzt, um zu folgen, ließen sie ihn zurück. Mit etwas mehr als zweihundert erschöpften Kriegern erreichte er den Hafen, und auch er war inzwischen völlig verausgabt, bekam den Schwertarm kaum noch hoch. Von oben bis unten durch das Blut seiner zahlreichen Opfer besudelt, rieb er sich die Schmiere aus den Augen und suchte sofort die Mole nach einem geeigneten Gefährt ab.

„Kann einer von euch ein Schiff führen?", fragte er mit wenig Optimismus in seine Kriegerschar und erntete lediglich das erwartete Kopfschütteln. Ein Volk von Seefahrern waren die Besalier nun wirklich nicht. Doch weit würden sie ja nicht kommen müssen. Sobald sie die erste besalische Stellung am Fjord passiert haben würden, war er in Sicherheit. Er machte eine große Ruderbarkasse aus – Platz für vielleicht zwanzig Mann. Jeder Idiot konnte rudern, er selbst traute sich zu, das Steuerruder zu übernehmen. Er befahl zwei Armbrustschützen in den Bug, füllte die Ruderbänke mit den zwanzig stärksten Unverletzten auf und schickte fünfzig Mann los, das Hafentor zu öffnen, es notfalls freizukämpfen. Mit dem Befehl: „Sucht euch Boote, Männer, und dann raus aus der Dämonenhöhle!", stieß er die Barkasse ab.

Nach hinten blickend verfolgte er, wie nach nur wenigen Minuten die Zurückgebliebenen angegriffen und bald auf der Mole aufgerieben wurden. Ein weiteres Boot mit seinen Männer folgte ihm inzwischen noch, zwei andere wurden gerade von den Sklaven zu ihrer Verfolgung bemannt.

„Pullt, Männer! Pullt um euer Leben!", feuerte er die Reste seiner Truppe an. Das Hafentor öffnete sich zögerlich, doch stetig, gleich weit genug, um mit der kleinen Barkasse hindurchzufahren. Er sah Sklavenkrieger auf die Befestigungen am Hafentor zu rennen, die seine Krieger gerade erst verlustreich erobert hatten.

Weiber?? Unfassbar! Doch schnell erfasste er, dass sie nicht zu unterschätzen waren, denn seine Krieger am Hafentor fielen einer nach dem anderen, ein Pfeil traf sogar schon einen seiner Ruderer – ein Kerl wie ein Baum, der einfach den Schmerz verbiss und heftig blutend trotzig weiterpullte. Schon begann das Tor sich wieder zu schließen, seine beiden Armbrustschützen beseitigten noch zwei der Weiber aus nächster Nähe, dann glitt die Barkasse noch eben durch den sich schließenden Spalt nach draußen. Das zweite Boot hinter ihnen war abgeschnitten.

„Pullt, Besalier!", schrie er immer wieder und machte sich dabei so klein er nur konnte. Die Distanz wuchs, doch immer mehr Pfeile griffen nach ihnen, schon aus drei Männern ragte je ein Schaft, und sie waren nicht mehr in der Lage zu rudern.

„Die Verletzten über Bord!", befahl er und wusste nicht, ob es das verringerte Gewicht oder der zusätzliche Ansporn waren, das Boot schoss nun förmlich fort vom Hafeneingang. Endlich war die Flucht perfekt! Er lebte, war frei, doch welch ein Fehlschlag! Das hier würde Zoros nicht gefallen, oh nein, ganz und gar nicht!

KAPITEL LXXI - IBONSA

Sein Freund Kolomu stürmte in Ibonsas Arbeitszimmer im Stammsitz auf Feratu, um ihm selbst die guten Nachrichten zu überbringen.

„Ibonsa, eine Taube von der Insel Mooku, mein Freund! Die Morgenröte wurde gesichtet. Fischer haben berichtet, dass sie vorgestern mit Kurs nach Süden unterwegs war!"

Sofort stand der kleine Admiral senkrecht und lief Kolomu aufgeregt entgegen.

„Unsere Patrouillenschiffe zwischen den Inseln haben nichts beobachtet. Sie müssen durch das Netz geschlüpft sein. Lass mein Schiff bereitmachen und jedes weitere, das im Hafen liegt. Wir werfen der Morgenröte alles entgegen!"

„Die Befehle sind schon ergangen, Ibonsa, ich weiß doch, was dir am wichtigsten ist! Hanju rennt wie ein Dämon über die Mullinosa und treibt die Männer an, um nichts dem Zufall zu überlassen!"

Die beiden Männer umarmten sich fest, und es tat Ibonsa so gut, die Unterstützung seines Jugendfreundes zu spüren.

„Gehe in den Tempel, mein Freund, und flehe alle Götter für mich an, dass wir sie finden! Ich lasse mir nicht auch noch Ikalo nehmen, nicht auch noch ihn!"

KAPITEL LXXII - FELONIA

Hatten die letzten Briefe ihres Bruders noch von Ärger über seine Untergebenen, aber Zuversicht in der Sache berichtet, so sprach das letzte Schreiben von einem Feldzug der Sorte, für die bei ihrem Gatten Köpfe rollten. Selbstverständlich schrieb Futtinu nur bei ihr so offen und ungeschönt, doch unter dem Strich blieb eine verlorene Schlacht, noch schlimmer: eine verlorene Stadt! Diese Nachricht nach der nur mühsam verbrämten Katastrophe in Auseilon ließ die Luft nun immer dünner werden für ihren Bruder.

„Verehrte Kaiserin und geliebte Schwester, einmal mehr ist es uns nicht gelungen, die Sklaven entscheidend zu schlagen. Mit großen Verlusten sind wir gezwungen, uns auf gesichertem Terrain zu sammeln und neu zu formieren. Das Gebiet um Saffiron-up-Offvei, der Ariid, sowie die Tessratische Steppe sind derzeit fest in Feindeshand, und selbst genaue Kenntnis über die Zahl unserer Feinde sowie Art der Stellungen haben wir nicht. Lediglich die Reinigung des Waldes von Arron kann als großer Fortschritt bei der Befriedung der Provinz angesehen werden.

In diesem Zusammenhang kann ich auch von der Errichtung zweier Forts am östlichen Ende des Waldes und in Klauroton berichten. Alles ist dort, im neuen Heim unserer Götter, bereit für den Einzug größerer Sklavenkontingente und der Askarischen Priesterschaft für den Beginn der Baumaßnahmen am neuen Heiligtum, von dem dein Gatte träumt. Erlaube mir den Rat, darauf zu dringen, dass auch die Roten Schwestern eine Abordnung entsenden sollten, um gleich von Anbeginn der neuen Tempelstadt mit von der Partie zu sein und auch der Vula einen Tempel zu errichten.

Meldungen von der Ergreifung einer hochrangigen Offizierin der Vögel sind derzeit noch nicht endgültig bestätigt. Sollte sich dieser Erfolg bewahrheiten, könnte dies die entscheidende

Wende in diesem Krieg einleiten, die wir so dringend benötigen.
Ich hoffe, dir bald melden zu können, was wir bei den Verhören
herausfinden."

Kurz blickte Felonia von dem Pergament auf, um sich selbst zu
gratulieren. Sie war in jedem Fall die erste Caviros, die einen
wichtigen Fang gemacht hatte, und darüber hinaus nicht irgendeine Sklavin aus dem Arron, sondern die Attentäterin, deren
Ergreifung ihrem Gemahl am wichtigsten war.

„Meine geliebte Felonia, ich hoffe, das Kriegsglück ist euch we-
nigstens in Hadrien hold, und ihr könnt die dort gebundenen
Kräfte bald nach der Provinz Arron entsenden. Beunruhigende
Gerüchte erreichen mich auch aus anderen Provinzen des Rei-
ches. Sollte ich davon mehr wissen, Schwester?"

„Kümmere dich lieber um deine Provinz Arron, mein Bruder,
denn sonst fürchte ich, selbst ich könnte dich nicht vor des Kaisers Zorn schützen! Niemand könnte das", murmelte sie über
dem Schreiben, welches sie besorgt auf ihren Schoß sinken ließ.
Sie erhob sich und schritt langsam und gemessen durch ihre
Empfangshalle, ohne klares Ziel, bewegte sich nur, um sich zu
bewegen. Es half ihr, die Panik herunterzukämpfen, die in ihr
aufkeimte. Wenn ihr Bruder fiel, drohte alles in sich zusammen-
zubrechen, wofür sie seit Jahren lebte, wofür sie gelitten und
zahlreiche Opfer gebracht hatte! Ihr eigenes Leben war vorerst
nicht in Gefahr, dafür sorgte Zoros' Spross, an dem sie brütete.
Aber alle, die sie unterstützten, alle, mit denen sie gemeinsam an
einer neuen Zukunft für Besalien, an einem offeneren, lebens-
werteren Besalien, vor allem für Frauen, gearbeitet hatte, drohten
im Sog der Niederlage Futtinus in die Tiefe gerissen zu werden.
Dem Kaiser lag nichts an den Caviros, und auch wenn er Felonia
verschonte, würde ihn doch nichts davon abhalten, den Rest der
Familie zu vernichten, um ein Exempel zu statuieren, wenn ihm
danach war. War ihr Onkel als Hohepriester vor Zoros' Zorn in
Sicherheit? War es Nafriti in ihrer jetzt so exponierten Situation

als Hohepriesterin, oder Kanzler Lagrontu, der auch schon mehr als eine Warnung erhalten hatte?

Alles in ihrem Inneren zog sich buchstäblich zusammen vor lauter Angst, und die Furcht, das heranreifende Kind unter ihrem Herzen könnte darunter leiden, verschärfte ihre Gefühle nur noch weiter. Sie strich zart über ihren Bauch, und es spielte keine Rolle, dass das Kleine darin noch viele Wochen nichts davon spüren würde. „Ich lasse nicht zu, dass dir etwas geschieht, mein Kindchen! Dein Geschwisterchen wurde mir genommen, und ich konnte es nicht verhindern, denn ich hatte es nicht kommen sehen. Doch ich habe mich dafür gerächt, und bei dir werde ich es nicht so weit kommen lassen. Du, mein Herz, wirst in einem Besalien aufwachsen, das besser ist als das, in dem ich meine Kindheit verbracht habe. Und wenn du eine kleine Prinzessin sein solltest, würdest du die gleiche Erziehung erhalten, den gleichen Zugang zu Bildung und Künsten, wie es einem Prinzen anstehen würde. Wir, mein Kind, werden die Welt verändern, wir werden uns nicht unterdrücken lassen und uns unsere Stellung nicht streitig machen lassen. Niemand wird uns das nehmen, niemand, auch nicht dein Vater! Er ist ein großer Mann, ein gefürchteter Herrscher und Eroberer. Aber ohne uns ist er allein! Und wenn er es wagen sollte, sich von uns abzuwenden, werden auch wir uns von ihm abwenden und alle die, die er zu vernichten droht, mit uns!"

KAPITEL LXXIII - MOSTRA

Die Schwingungen, die von der jungen Kaiserin ausgingen, hatten sich erneut stark verändert seit ihrem letzten Treffen. Dabei hatte Mostra deren Enttäuschung gespürt, eine Einbuße von Sympathie, eine Rekalibrierung des Bildes, die die Gemahlin des Herrschers von Mostra vorgenommen hatte. Auf dem Weg zu einer Geschäftsbeziehung, wie sie der Nachtigall hoffentlich in die Karten spielen würde, sah sie das als Vorteil an. Doch heute erschien vor ihr eine emotionslose Frau, die mit einer klaren Perspektive und Erwartung in dieses Treffen ging. Es musste etwas Entscheidendes vorgefallen sein, etwas, was die Aufmerksamkeit Felonias vollständig beherrschte, sie planvoll und fokussiert vorgehen ließ. Mehr als nur beachtlich für eine Frau ihres jugendlichen Alters. Und mehr denn je war Mostra auf der Hut.

„Ich grüße Euch, Kaiserin! Nimmt Oberpriester Lagrontu heute nicht an den Verhandlungen teil?", nahm sie ihre Kerkermeisterin in Empfang. Aber Felonia wollte offenbar sofort und ohne Vorgeplänkel zum Kern ihres Erscheinens kommen. Ihre Eile wertete die Arratäerin zunächst als gutes Zeichen. Jemand, der in Eile verhandeln musste, machte leichter Fehler.

„Ivosi, ich muss Euch leider mitteilen, dass alles, was wir besprochen haben, obsolet ist. In den nächsten Tagen werde ich Euch an Kaiser Zoros übergeben!"

Mostra war geschockt, doch gelang es ihr, die Fassade der Gelassenheit aufrechtzuerhalten. Ihre Ausbilder wären stolz auf sie gewesen, als sie nur genervt die Augen rollte und zu einer zickigen Erwiderung ansetzte.

„Wozu das jetzt, Majestät? Waren wir nicht längst über diesen Punkt hinaus und uns einig, dass es reine Verschwendung wäre, mich an Euren Gatten zu verfüttern?! Er kann sich auch mit einer Sklavin ablenken, wenn Ihr ihn nicht an Euch heranlassen wollt."

„Hier geht es nicht um mich! Also lassen wir einfach die Förmlichkeiten. Da du in Kürze nur noch ein Spielzeug sein wirst, will ich dir sagen, was mich zu diesem Sinneswandel zwingt. Und ich gebe gern auch zu, dass ich dich sonst lieber gewinnbringender eingesetzt hätte …. Wir haben an einer militärischen Front einen Rückschlag erlitten, und mein Gatte benötigt dringend etwas zum Ausgleich seines strapazierten Gemüts, sobald er es erfährt!"

Felonia hatte Angst vor ihrem Gatten! Nun, wer hätte das nicht angesichts seiner Persönlichkeit. Aber war sie bislang immer bis zu einem gewissen Grad latent mitgeschwungen, so hatte offenbar ein Ereignis enormer Tragweite diese Emotion extrem befeuert. Ging es um Felonias eigene Sicherheit oder um die eines für sie wichtigen Menschen? Spontan beschloss Mostra, einen Schuss ins Blaue zu wagen.

„Reden wir über einen Misserfolg des Reiches in der Provinz Arron? Wackelt der Kopf Eures Bruders, Majestät?"

Sofort erkannte Mostra, wie richtig sie lag. Sie verschloss die Freude über den Erfolg ihres Volkes tief in ihrem Herzen, und ihr gelang, woran die Kaiserin scheiterte. Mostras Blick blieb ungerührt, während ihr Herz raste. Felonia schluckte, blieb eine Antwort schuldig, was die Nachtigall zu einem weiteren Vorstoß in Form einer Frage ermutigte.

„Majestät, denkt Ihr wirklich, mich zu opfern wird Euren Bruder, wird mit ihm Euch und Euer Haus retten?"

Felonia hielt ihrem Blick nicht stand, sagte wieder nichts. Mostra ließ die Stille wie Nebel durch den Raum wabern, bevor sie den nächsten Stich setzte. „Selbst wenn sich Eure Hoffnung erfüllt und der Kaiser gnädig sein sollte, was geschieht dann nach dem nächsten Misserfolg? Wer kann schon genau vorhersagen, ob nicht noch ein weiteres Mal Euren Feinden das Glück lacht?"

Diesmal gab die Jüngere spitz zurück: „Du meinst etwa den Tuloniern, denen du dich wohl verdungen hattest?!"

„Ich bin keine Hündin und schnappe nicht nach Stöckchen, Kleines", schmunzelte Mostra innerlich, schaute dabei nur interessiert in Erwartung von mehr Angriffsfläche, die ihr geboten werden würde. Doch Felonia redete nicht weiter, und so musste die Spionin weiter kitzeln.

„Tulon … Kaiserin, Besalien ist umgeben von Feinden, woran Euer Gemahl hart gearbeitet hat. Irgendjemand wird die Situation für sich zu nutzen suchen. Und jeder Erfolg aus dieser Richtung ist eine Gefahr für Eure Familie, so wie ich Euch verstehe …!" Und schließlich sprach sie aus, was längst im Raum stand: „Ihr braucht eine andere Lösung!"

Endlich antwortete Felonia wieder: „Ja, die brauche ich! Und du kannst ein Teil davon sein!" Wieder dauerte es eine Weile, bis die Kaiserin sich überwand weiterzusprechen. „Ich werde dir nichts vormachen, du wirst auf jeden Fall meinem Gatten übergeben werden. Aber ich will dir die Wahl lassen, deinem wahrscheinlichen Tod einen Sinn zu geben. Angenommen, du hättest eine Waffe, und sei sie noch so klein, könntest du Zoros, könntest du den Kaiser … töten? Oh, ich weiß, es ist viel verlangt, sollte er dich fesseln oder betäuben oder was ihm sonst noch alles in den Sinn kommen könnte, wärst du machtlos. Andererseits kennen wir dich beide als eine Meisterin der Verführung!"

Jetzt war es heraus. Und obwohl beide zum gleichen Schluss gekommen waren, lasteten die Worte wie Blei in der Luft.

„Was, wenn ich tun sollte, was Ihr wollt, Kaiserin? Ihr würdet mich doch nicht ziehen lassen?"

„Oh nein, Ivosi von Tarsit würde natürlich öffentlich hingerichtet werden, mit mir als trauernder Witwe in der ersten Reihe der

Zuschauer. Du aber würdest längst im Bauch eines Schiffes nach Xifon unterwegs sein. Was sagst du?"

Den ersten Teil der Antwort bezweifelte Mostra keine Sekunde, den zweiten dafür sah sie als reines Märchen an.

„Wie kommt Ihr ausgerechnet auf Xifon? Warum nicht Chanien, Eisgaard oder Zaporien?

„Weil ich einen geheimen und unbeobachteten Weg nach Xifon für dich habe, nicht aber in irgendeine andere Ecke der Welt. Was du von dort ab tust oder wohin du dich wendest, ist nicht mehr meine Sache!"

„Mein Herzog, der Feind ist bereits gestern zum Dorf geritten – wir schätzen eine Hundertschaft Kavallerie", meldeten die Spurenleser. „Zurückgekommen sind sie aber noch nicht, wir sind also hoffentlich nicht zu spät und können sie noch aufhalten, Hykimo! Was hast du vor? Sollen wir einen Hinterhalt legen?"

„Für einen erfolgreichen Hinterhalt sehe ich bei unserer Zahl keinen geeigneten Ort. Mit vierzig Mann können wir keiner berittenen Hundertschaft standhalten. Wenn ihr etwas Entsprechendes sichten solltet, lasst es mich wissen. Vorerst sollten wir ihnen entgegenziehen und sehen, wie es im Dorf steht und ob wir Ansatzpunkte finden, wo wir zuschlagen können. Sind die Späher auf dem Weg?"

„Ja, Herr, vier Mann nähern sich dem Dorf im Halbkreis. Die Galeere sollte inzwischen ihre Position vor der Küste bezogen haben, um einen Abtransport der Herzogin übers Meer zu verhindern!"

„Gut, die Besalier werden kaum mit uns rechnen können, falls sie nicht von den Dörflern vorgewarnt wurden. Morgen früh sollten wir vor Ort sein. Schauen wir, welche Konstellation wir vorfinden werden. Noch wissen wir nicht, ob die Krebse mit den Besaliern zuerst verhandeln, bevor sie Karissa übergeben. Vielleicht bekommen wir in der folgenden Nacht ja noch eine Chance, überraschend zuzuschlagen und die feindliche Truppe zumindest auszudünnen. Seid doppelt vorsichtig, und denkt daran, dass die Krebse hier ihre Heimat haben und diesen Vorteil zu nutzen wissen werden. Anders als die Besalier, die kennen sich hier ebenso wenig aus wie die meisten von uns!"

Trejus Krieger der Befreiungsmission näherten sich bis zur Dämmerung dem Klippendorf immer mehr, doch war es wie erwartet, dass ein Angriff sich von der Landseite aus äußerst schwierig gestalten würde, solange die Krebse sich in ihren Höhlen verschanzten.

„Die gute Nachricht ist, Hykimo, dass die Besalier die gleichen Schwierigkeiten haben wie wir! Offenbar belagern sie die Krebse, und es gibt ein Patt. Die Besatzer haben die Versammlungshalle am Fuße der Klippe übernommen, die die Krebse offenbar direkt preisgegeben haben. Aber die Höhlen in den Klippen sind im Grunde fast unangreifbar, und solange genügend Wasser und Vorräte vorhanden sind, werden die Bewohner vermutlich lange standhalten", berichteten die Späher.

„Zumindest können wir einigermaßen sicher sein, dass Karissa noch nicht ausgeliefert worden ist, sonst wären Zoros' Hunde schon längst wieder abgezogen. Die Situation ist insofern günstig für uns, als der besalische Feind sich zweifellos auf das Dorf konzentriert. Habt ihr Patrouillen gesichtet?"

„Ja, mein Herzog, jeweils zwei Stück mit je fünf Mann ziehen gegenläufig Halbkreise vor den Abgängen der Klippe."

„Der Kommandeur geht keine überflüssigen Risiken ein, und das sollten wir auch nicht tun. Männer, wir müssen uns beeilen und alle gemeinsam und gleichzeitig vorgehen. Vorwärts!"

KAPITEL LXXV - FELONIA

Unangemeldet stürmte Oberpriester Lagrontu in Felonias Schreibzimmer – eine Dreistigkeit, die man seiner Kaiserin gegenüber mit dem Leben zahlen konnte. Doch nicht ihr Mentor, und nicht, wenn er allen Grund hatte, aufgebracht zu sein.

„Was um Askarios Willen ist in Euch gefahren, Majestät??? Wie könnt Ihr sie ihm jetzt ausliefern? Sie wird ihm alles erzählen, Euch, mich und unsere gemeinsamen Träume mit einem Schlag vernichten! Warum tut Ihr das? Warum opfert Ihr eine bessere Zukunft des Reiches?"

„Lagrontu, bitte beruhigt Euch! Setzt Euch zu mir. Ich hatte gute Gründe!"

„Gründe, meine Kaiserin? Gründe? Sagt mir bitte, dass Ihr darüber hinaus auch noch einen Plan habt!"

„Den habe ich, mein Lieber, den habe ich! Und ich freue mich, dass Ihr meiner Einladung zuvorgekommen seid, um Euch einzuweihen. Tatsächlich seid Ihr ein wesentlicher Teil meines Plans!"

Der Gelbe atmete tief aus, schritt zu ihrem Arbeitstisch, setzte sich und schaute sie erwartungsvoll an. Der Zorn schien verraucht, er wirkte äußerlich bedächtig und konzentriert wie immer. Einmal mehr rang es ihr Bewunderung ab, wie schnell dieser Mann seine Mitte finden konnte, selbst wenn die Lage brenzlig war.

„Zunächst habe ich eine gute Nachricht für Euch. Zoros' Erbe wächst in mir heran!"

„Oh, noch mehr Überraschungen heute, Majestät?! Wann wolltet Ihr mir diese Kleinigkeit mitteilen?"

„Jetzt, mein Lieber, selbst der Kaiser weiß es erst seit kurzem. Und Euch weihe ich gerade als Nächsten ein."

„Ist er denn nicht begeistert? Verschafft uns das keine zusätzliche Luft, um weiter zu planen? Euer Vorgehen wirkt unter diesen Umständen reichlich überstürzt auf mich, meine Kaiserin!"

„Oh, sicher, er war hocherfreut in der Nacht und hat mich genommen, als wolle er gleich noch ein Geschwisterchen dazu pflanzen. Aber er weiß ja auch noch nicht, wie unsere Bilanz im Kampf um Saffiron steht. Wenn die ersten Gerüchte bald die Hauptstadt erreichen, wird sich ein fürchterlicher Sturm im Thronsaal erheben, der das ganze Land verwüsten kann. Dafür müssen wir uns vorbereiten!"

„Ich stimme zu, Majestät, das müssen wir."

„Kanzler, wir werden die Machtverhältnisse im Besalischen Kaiserreich neu ordnen müssen. Sollte mein Gemahl überraschend aus dem Leben scheiden, müssten wir für eine direkte Nachfolge sorgen, denn Zoros' Erbe wird noch lange keinen Thron besteigen. Bis er so weit ist, wird auch der neue Regent einen Kanzler brauchen, und ich setze auf Kontinuität in diesen schwierigen Zeiten!"

„Reden wir davon, dass Ihr die Regentschaft für den Erben übernehmen wollt, Majestät? Davon müsste ich entschieden abraten!"

„Nein, Lagrontu, davon reden wir nicht, denn auch ich glaube, dafür ist die Zeit in Besalien noch lange nicht reif. Nein, aber wir reden von jemandem, der das Reich durch den Umbruch führen wird und den Weg für die Dynastie der Caviros vorbereitet. Mein Bruder Futtinu!"

Es war für Felonia noch immer faszinierend, wie schnell Lagrontu Situationen erfasste und pragmatisch damit umging.

„Ein solcher Umsturz erfordert seine Anwesenheit, hier vor Ort in Askarion!"

„Futtinu ist bereits auf dem Weg. Er reist mit äußerster Eile und hofft, nach den letzten Meldungen in fünfzehn bis sechszehn Tagen in Xeleron ein Schiff zu besteigen. In kaum drei Wochen wird er hier sein."

„So lange wird die Ablenkung des Kaisers durch Ivosi nicht anhalten. Ihr müsst sie noch zurückhalten!"

„Meine Schwangerschaft beschäftigt ihn derzeit noch etwas. Darüber hinaus habe ich uns ein paar Tage Zeit erkauft und dem Kaiser mitgeteilt, dass sie in Hadrien ergriffen wurde. Gestern hat sich ein Gefangenentransport mit einer schönen Frau von der Hauptstadt dort in Bewegung gesetzt, oder aus dem, was von Bastrion übrig ist. Der Anführer des Transports hat Anweisung, sehr vorsichtig zu sein, und wird vermutlich noch einige Tage unterwegs sein."

„Dann hat die echte Ivosi ja noch Zeit, sich auf das Wiedersehen vorzubereiten."

„Oh ja, das tut sie. Es ist eine Augenweide, ihr bei ihren Übungen zuzuschauen. Ich könnte so viel von ihr lernen. Schade, dass sie den Anschlag auf den Kaiser nicht überleben wird!"

Die drei Kriegerinnen begannen gemeinsam, das einfache Mobiliar zum Eingang zu räumen und nach Messern, Seilen oder bestenfalls echten Waffen Ausschau zu halten. Zu Karissas Freude fand sich ein kleines scharfes Messer an der Kochstelle, dessen Klinge allerdings vom vielfachen Schleifen schon sehr schmal geworden war. Als Waffe taugte das kleine Ding zwar kaum, aber dafür ließ sich damit die Lederbespannung eines Bettrahmens zurechtschneiden, und aus den Riemen bauten die Spatzen ein paar simple Schleudern. Einfach, aber effektiv! Aus dem dicken Fellvorhang, der selbst die schlimmste Witterung am Höhleneingang draußen hielt, machten die Frauen eine Bespannung für einen Großschild, den sie aus der massiven Tischplatte bauten. Pfeilbeschuss aus einer gewissen Distanz oder auch Armbrustbolzen würde der Schild standhalten. Wichtig war auch ein Vorrat an Trockenfleisch und Wasser, der in einem Seitenraum gelagert war. Die Verpflegung würde ihnen im Falle einer Belagerung Zeit verschaffen.

„Schwestern, die Krebse wissen schon, wie man sich zurückzieht und was einen guten Panzer ausmacht. Wer hätte gedacht, dass wir ihre Verteidigungsstrategie irgendwann nutzen würden?!", sagte Ruvoli.

„Wenn Ihr mich fragt, Elster, dann hat unsere Gastgeberin genau diese Situation vorbereitet. Für mich sieht es so aus, als wären alle Vorräte erst jüngst aufgefrischt worden", meinte der andere Spatz.

„Ich glaube, du hast Recht, aber wer mit Besaliern verhandelt, tut auch gut daran, sich auf Verrat vorzubereiten. Ist euch eigentlich irgendetwas an der Höhle aufgefallen? Gibt es irgendwelche Gänge, die uns möglicherweise zu einem zweiten Ausgang führen könnten?"

„Nein, Herrin, die Höhle ist groß und geräumig wie ein kleines Häuschen, aber leider komplett abgeschlossen, und die Wände sind scheinbar auch ohne verdeckte Hohlräume. Ich konnte nichts finden."

„Also schön, mehr als warten können wir dann nicht mehr tun! Wir werden uns alle drei Stunden bei der Wache abwechseln. Halten wir die Augen offen, und sehen wir, was auf uns zukommt!"

In den nächsten Stunden passierte scheinbar nichts. Die Besalier wussten bald, wo die Gefangene versteckt sein musste, die sie gern haben wollten, doch war ihnen offensichtlich bewusst, dass sie die Wohnhöhlen in der Felswand nicht ohne Weiteres angreifen konnten. Welche Höhle genau die Elster beherbergte, war ihnen wohl noch nicht klar. Sich durch alle durchzukämpfen war ihnen zu risikoreich oder vielleicht auch nur zu mühsam. Jedenfalls schien es zunächst ihre Strategie zu sein, abzuwarten und die Bevölkerung zu drangsalieren, um die gewünschte Information zu erpressen.

Bis zum nächsten Morgen war nichts weiter geschehen, und es herrschte angespannte Ruhe im Dorf. Doch mit der Dämmerung rief ein Hornstoß im Tal nach Aufmerksamkeit. Die drei Spatzen lugten durch die Sehschlitze in ihrer provisorischen Befestigung und beobachteten beklommen das Schauspiel, welches ihnen und den Dörflern geboten wurde. Die Frauen des Rates wurden in einer Reihe auf dem Platz vor dem Versammlungsgebäude geführt – selbst die ältesten unter ihnen. Ihre Haltung wirkte aufrecht, ungebrochen, trotzig. Doch dann zeigte der besalische Hauptmann, dass seine Geduld sich stark dem Ende zuneigte.

„Ihr liefert mir jetzt dieses Vogelweib aus oder werdet die Konsequenzen tragen! Meine Nachsicht hat euch ohne Zweifel verleitet zu glauben, es gäbe für euch etwas zu verhandeln! Dem ist nicht so! Ihr seid Untertanen Kaiser Zoros! Und im Namen des Kaisers stehe ich hier, um die Gefangene von euch zu übernehmen und einer eingehenden Befragung zuzuführen."

Auf einen leisen Wink sausten fünf blitzende Klingen auf die ältesten Ratsmitglieder nieder, und atemlose Stille folgte der unerwarteten Hinrichtung. Der Schock traf auch Karissa und ihre beiden Spatzen, aber wie viel tiefer musste er bei den Krebsen sitzen, die die ehrwürdigen Frauen in ihrem eigenen Blut liegen sahen. Auch die älteste Sprecherin Wasolla, die Verständnis für Karissa geäußert, sie aber trotzdem in Geiselhaft behalten hatte, zählte zu den Opfern. Sprecherin Tassna aus diesem Dorf dagegen, die die Herzogin von Beginn an hatte ausliefern wollen, stand jetzt zitternd ganz außen in der Gruppe und starrte wie paralysiert auf die Leichen. Die Elster rechnete fest damit, binnen kürzester Zeit verraten zu werden. Der Offizier ließ die Situation lange Minuten wirken, bis er wieder seine Stimme erhob.

„Ich denke, wir haben unsere Entschlossenheit deutlich gemacht! Ich gebe euch jetzt die Möglichkeit zu reden, und wir werden mit der Gefangenen abziehen, ohne weiteres Blutvergießen. Gouverneur Futtinu bietet euch Gnade an und erlässt eure Steuer für fünf ganze Jahre! Wenn ihr mich weiter warten lassen solltet, hätte dies negative Auswirkungen auf seine Langmut, das versichere ich euch!"

Weitere Minuten vergingen, niemand wagte die Stimme zu erheben. Wieder gingen fünf weitere Streiche auf die nächstjüngeren Frauen in der Reihe nieder, diesmal erhoben sich Klageschreie und Geheul, doch der erhobene Arm des Besaliers ließ das Gejammer sofort wieder ersterben.

„Noch stehen hier genug von diesen alten Weibern, um das Spiel noch eine Weile zu spielen. Aber wer spielt schon gern mit alten Weibern, was, Männer?!"

Das Gelächter der besalischen Krieger hallte von den Klippen wider und wirkte wie eine Ankündigung dessen, was sie vorhaben mochten.

„Viele junge Weiber scheint es bei euch ja nicht zu geben, falls ihr sie nicht irgendwo versteckt habt! Oder sie sind alle so hässlich, dass wir sie für alt halten! Aber die paar, die den Vetteln hier aufgewartet haben, schauen wir uns einfach mal genauer an!"

Vielleicht zwanzig junge Frauen wurden vor die gelichtete Reihe der alten getrieben, wo ihnen sofort die Kleider vom Leib gerissen wurden. Nackt standen sie vor der lüstern lachenden Kriegerschar, die von ihrem Offizier zurückbefohlen wurde.

„So unschuldig und schön, diese Mädchen! Doch nicht mehr lange, wenn ich diese wilden Hengste nicht beruhige, davon dürft ihr getrost ausgehen! Ihr Ratsweiber, ist denn dieses eine arratäische Vögelchen wirklich ein solches Opfer wert? Vielleicht gehört ja das eine oder andere dieser Mädchen sogar zu euren Sippen. Wollt ihr wirklich daneben stehen, wenn sie den ganzen Tag über wieder und wieder bestiegen werden? Bedenkt, wenn Krieger wie meine lange im Feld sind, dann sehen sie ebenso lange keine Weibsbilder. Das Verlangen wird damit größer und größer, und wer kann voraussagen, was ihnen noch alles einfällt, wenn die Jungfrauen hier nicht alle Erwartungen erfüllen können …"

Wieder ließ er seine Drohung wirken. Karissa konnte es der Sprecherin fast nicht verdenken, als sie diesmal vortrat und mit belegter Stimme sagte: „Haltet ein, Herr! Wir werden Euch geben, was Ihr verlangt!"

Ein kurzes triumphierendes Lachen des Offiziers ertönte, bevor er streng, ernst und laut sprach: „Warum habt ihr erst diese Opfer gebracht, bevor die Vernunft gesiegt hat? Nun mach dem ein Ende, Weib, und wir können abziehen!"

Die Sprecherin hob ihre Hand, und der ausgestreckte Finger deutete genau in Richtung der Höhle, in der Karissa und ihre Schwestern sich verschanzt hatten.

„Wehe euch, wenn das nicht stimmt! Schön, dann schickt die Weiber herunter! Worauf wartet ihr?"

„Wir … können sie nicht schicken, … sie sind allein in der Höhle. Sie können nicht fliehen, aber holen müsst Ihr sie leider selbst, Herr!"

„Denkst du nicht, Weib, dass die Zeit für Scherze vorüber ist???"

Seine Wut unterstrich er durch einen weiteren Wink, und erneut fiel eine der Alten sterbend auf den Boden.

„Ich lüge nicht, Ihr Unmensch! Sie ist da oben, in dieser Höhle, und Ihr könnt sie Euch holen! Und daran ändert sich auch nichts, wenn Ihr uns alle sinnlos niedermetzelt!"

Die Verzweiflung verlieh der Sprecherin immerhin wieder etwas Mut, das musste Karissa anerkennen, auch wenn es sie selbst in die üble Situation brachte, dass der Feind jetzt wusste, wo genau er suchen musste. Was hätte Karissa jetzt um einen guten Bogen und ein paar Pfeile gegeben, um diesem Hauptmann seine Hochmut aus dem Gesicht zu schießen, mit dem er jetzt zu ihr nach oben schaute.

„Vögelchen, willst du nicht einfach aufgeben und diese armen Menschen hier von ihrem Leiden befreien?"

Karissa war erfüllt von Mitleid, doch hatte sie schon zu viel erlebt, um daran zu glauben, dass die Besalier das Dorf wirklich verschonen würden, wenn sie aufgab! Und so sahen das offenbar alle, die sich in die Wohnhöhlen zurückgezogen hatten, denn niemand erhob hier die Stimme, um sie zum Aufgeben aufzufordern. Nicht einmal die Sprecherin, die jetzt mit nassen Augen, aber harter Miene auf den Offizier starrte.

„Ihr wisst jetzt, wo sie ist! Lasst uns jetzt in Frieden, holt sie Euch und geht, wie Ihr es versprochen habt!"

„Langsam, Alte, langsam! Nicht du gibst hier den Ton an, sondern ich sage dir, was wir tun!"

Wieder starben fünf der Ältesten, und nur noch knapp die Hälfte des Rates war lebendig, wobei die ersten der Überlebenden auch schon entkräftet zusammensackten. Dann richtete er sich erneut mit lauter Stimme an Karissa.

„Jetzt, wo wir wissen, wo du bist, mein Täubchen, kommt es mir auf ein paar Stunden mehr oder weniger nicht mehr an! Wir haben jetzt Grund zu feiern, und die Weiber hier werden meinen Männern und mir dabei Gesellschaft leisten. Wollen mal sehen, was die Vorratsspeicher hier für uns zu bieten haben. Wenn du morgen früh nicht auf diesem Platz bist, um dich auszuliefern, werden wir jeden hier in diesem Dorf abschlachten. Alle ihre Seelen werden auf deinem Gewissen lasten. Und wenn dir das dann noch immer nicht reicht, machen wir mit den Leuten in diesen Höhlen weiter. Wir räumen eine nach der anderen, bis wir uns zu dir hochgearbeitet haben. Und irgendwann, mein Schätzchen, irgendwann sind wir dann bei dir. Du wirst dann schon Hunger haben, großen Hunger. Und Durst, natürlich. Genauso wie all die anderen, die weiter wegen deiner Feigheit leiden müssen!"

Damit drehte er sich, ging zum nächsten der gefangenen Mädchen und packte lachend und grob ihr nacktes Gesäß. Es war ein animalisches Signal an seine Kriegermeute, die jetzt die jungen wie die alten Frauen in die Versammlungshallte trieben. Wütende Schreie, Heulen, Weinen hallten jetzt aus allen Höhlen in den Klippen nach unten, doch nur Häme echote zurück.

In diesem Moment schwangen zwei Männer von oben kommend krachend gegen den Großschild der Spatzen, durch den sie alle Vorgänge im Tal beobachtet hatten, und die Frauen wurden mit

Wucht nach hinten katapultiert. Doch der kurze Moment der Überrumpelung war schnell gewichen, dann standen die Spatzen schon vor Karissa, die auch bereits wieder auf den Füßen war. Die Männer brauchten ebenfalls einen Augenblick zur Orientierung und um sicheren Stand zu finden, nachdem sie hereingebrochen waren. Genug Zeit, um die Kriegerinnen ihre Schleudern laden zu lassen, während noch zwei weitere Besalier, wie Karissa jetzt eindeutig erkannte, mit ihren Seilen durch den Höhleneingang schwangen. Schon trafen die ersten beiden Krieger Steine von den Schleudern hart in die Gesichter, womit sie offenbar gar nicht gerechnet hatten. Einer ging, mitten auf die Stirn getroffen, sofort zu Boden, der andere hielt sich blutend die rechte Wange, richtete sich aber gleich wieder auf, nur um den dritten Stein von Karissas Schleuder ebenfalls ins Gesicht zu bekommen. Derweil sprangen die Spatzen nach vorn, um die Waffen der Besalier zu erbeuten. Bei dem Ohnmächtigen gelang das ohne Probleme, doch dem anderen Kerl konnte die junge Leibwächterin die Waffe nicht so leicht entwinden, und er stieß blind nach ihr, sie nur knapp verfehlend. Geschickt sprang sie nach hinten, ungetroffen, aber auch noch immer ohne Waffen. Drei Mann standen den Frauen jetzt mit gezogenen Waffen gegenüber, mit Schwert und Langdolch, gegen zwei Spatzen mit inzwischen jeweils einer Waffe, nachdem die Beute geteilt war. Wieder schoss Karissa, gedeckt durch die beiden jungen Frauen, einen Stein ab. Zwar parierte der angepeilte Krieger den Schuss geschickt, dafür gab er für den Moment seine Deckung auf, was Ruvoli vor ihm nutzte und ihm einen Stich mit dem Langdolch ins Bein versetzte. Allerdings hatte sie dabei die Rechnung ohne seinen Nebenmann gemacht, der seinerseits nach ihr stieß und dabei seine Langdolchklinge durch ihre linke Wange trieb. Sie schrie auf, zog sich flink zurück, aber die heftig blutende Wunde behinderte sie. Karissa erkannte, dass die angeschlagene Kriegerin zum Risiko wurde, schoss einen weiteren Stein, diesmal auf den überraschten Mittelmann, der den Treffer gelandet hatte. Das Geschoss traf sein linkes Auge, und seine wilden Schreie und das auslaufende

Gallert zeigten einen Volltreffer an. Die wütenden Krieger wollten Rache für den Kameraden, attackierten äußerst aggressiv und riskant, aber auch konzentriert und geschickt. Karissa nahm der Verletzten das Schwert aus der Hand, befahl sie hinter sich, ging mit ihrer Nebenfrau in die tausendfach geübte Verteidigungsformation der Spatzen. Leicht versetzt stehend, kämpfte Karissa auf der rechten, der Spatz auf der linken Seite, ihr schrittweiser Rückzug war koordiniert. Derweil fasste sich Ruvoli trotz blutender Wange, und sie nahm den Beschuss mit der Schleuder wieder auf. Die Ablenkung verschaffte den anderen beiden etwas Luft, was bitter nötig war, weil Karissa merkte, wie ihr Atem schwerer ging, als sie es jemals an sich im Kampf bemerkt hatte. Ihr Zustand blieb auch bei den Angreifern nicht unbemerkt, die jetzt ihre Attacken mehr auf Karissa konzentrierten. Der dritte Mann wollte sich in seiner verzweifelten Wut über den Verlust seines Auges auch wieder in den Kampf einschalten, und sogar der vierte kam gerade wieder zu sich. Die drohende Übermacht der Angreifer erwies sich indes sogar als Segen, weil das ungeschickte Vorgehen des halb Geblendeten für Ablenkung sorgte und der Mann, der sich im Hintergrund halb aufrichtete, seinen Kameraden den Platz für Ausweichbewegungen nach hinten nahm. Karissa erkannte ihre Chance, im vollen Bewusstsein, ein Risiko nehmen zu müssen, um den Kampf nicht gleich zu verlieren. Sie gab das Signal zum gemeinsamen Vorrücken in dem Augenblick, als der Einäugige sich neben seine Kameraden schob, so zwangen sie die Angreifer zum plötzlichen Ausweichen nach hinten, wobei sie über ihren Hintermann stolperten und einer sogar zu Fall kam. Die resultierende Verwirrung nutzte die blutende Ruvoli, um mit dem kleinen Küchenmesser dem Einäugigen sein zweites Auge auszustechen und die Waffen aufzunehmen, die er, wie ein Tier heulend, fallen ließ, um die Hände vors Gesicht zu schlagen. Ein zusätzlicher Tritt brachte ihn aus dem Gleichgewicht, und als er sich abfing, begann er brüllend in alle Richtungen zu schlagen. Zum Glück der Frauen traf er dabei empfindlich den benommenen Krieger, der gerade wieder aufstehen wollte, gab Karissa dabei sogar die Möglichkeit einer Attacke auf den einzig unbedrängten Krieger. Der konnte zwar ihren Schlag parieren, nicht aber den ihrer Nebenfrau, die mitten in seine Brust stoßen konnte. Offenbar war der Krieger mit der Stirnwunde noch immer etwas unsicher auf den Beinen, dadurch weniger gefährlich, so griffen sie zu dritt instinktiv den Mann an, der gerade wieder auf die Füße springen wollte. Vier Klingen konnte er nicht gleichzeitig abwehren, und eine fand seinen Hals. Die Verletzung war schwer, aber nicht tödlich, in jedem Fall aber ausreichend, um ihn leicht nach hinten treiben zu können, auf den Höhleneingang zu. Er kollidierte dabei mit dem Blinden, der dadurch einen Schritt weiter und damit ins Leere geschubst wurde. Der Schrei des Stürzenden endete abrupt beim Aufprall, die Spatzen schickten direkt danach den zweiten Mann hinterher. Zwei weitere routiniert gesetzte Stiche beendeten das Gefecht, und die beiden Toten folgten ihren Kameraden in die Tiefe. Die heftig atmende Karissa musste sich sofort auf den Boden legen, und ihre Lungen pumpten stoßweise Luft in sie hinein. Als sie wieder besser zu Atem kam, waren die beiden anderen Frauen bereits dabei, den Höhleneingang wieder zu schließen.

„Wir müssen den Schild besser verkeilen, damit sie ihn nicht hineinstoßen können. Lasst am Eingang einen schmalen Absatz frei. Sollte dort einer zum Stehen kommen, schieben wir ihn gemeinsam mit dem Schild über die Kannte!"

Von unten hörten sie erneut die Stimme des Offiziers.

„Du willst es uns nicht leicht machen, du Vögelchen, was? Anscheinend kannst du auch mit vier Männern gleichzeitig kämpfen, aber wenn du kein Dämon bist, musst auch du irgendwann schlafen, Weib. Wir werden sehen!"

Er zog sich wieder zurück und ging erneut in das Versammlungshaus.

„Nächstes Mal kommen noch mehr von ihnen! Wir müssen uns etwas einfallen lassen, denn es wird keine Ewigkeiten dauern, bis wir erneut Besuch bekommen!"

Daran zweifelten auch die Spatzen nicht. Karissa vernähte die Wange ihrer verwundeten Kameradin, die andere verteilte Lampenöl im Eingangsbereich und stellte ein brennendes Lämpchen bereit, welches sie im Notfall in die Öllachen werfen konnten. Außerdem füllten sie zwei Kübel aus dem Wasserreservoir, um im Zweifelsfall auch wieder löschen zu können, legten feuchte Lappen bereit, falls sie Schutz vor dem Rauch brauchen sollten.

Wieder hielten sie nacheinander Wache und lauerten auf den nächsten Angriff. Doch nichts geschah, bis die Dunkelheit hereinbrach.

„Wir warten auf deinen Befehl, die Patrouillen zu eliminieren, Herr!"

„Schön, dann schlagt jederzeit zu, und bringt mir von beiden Gruppen wenigstens einen Überlebenden. Mal sehen, was sie uns erzählen können!"

„Selbstverständlich, mein Herzog! Wir sind alle ganz erpicht darauf, die Blasrohre auszuprobieren!"

Treju war sicher, die Männer waren mit dem nötigen Ernst bei der Sache, gleichzeitig lag es aber auf der Hand, sie probierten sich in ihrem ersten gemeinsamen Kampf auch aus. Insofern hoffte der Anführer, einen in jeder Hinsicht erfolgreichen Einsatz seiner Männer zu erleben.

Er selbst machte auch eine neue Erfahrung, die Treju selbst in seiner Zeit als Adler so nicht widerfahren war – die Männer wollten ihn aus den Kämpfen heraushalten, und er spürte ihre Unruhe, wenn sie das Gefühl hatten, dass er in das Geschehen eingreifen wollte. Sie wollten seine Befehle und alles mit ihm abklären, bevor sie losschlugen, aber an der Front würde er wohl mehr Unsicherheit und Unruhe erzeugen als helfen. Zumindest in der aktuellen Situation. Mit diesem Eindruck hielt er sich als Beobachter in Hintergrund und wurde nicht enttäuscht, denn wie erwartet verliefen die beiden ersten kleinen Attacken reibungs- und geräuschlos, die Leichen der Feinde wurden beseitigt. Als Douson leicht grinsend zum Rapport erschien, konnte er auch schon eine angenehme Überraschung vermelden.

„Herr, die Späher haben unweit eine Wiese entdeckt, wo die Besalier ihre Pferde zurückgelassen haben. Deine Erlaubnis voraussetzend, haben wir die Wachen überrumpelt und die Pferd- chen übernommen. Bei jedem Überfall haben wir, wie befohlen, eins der Schweine leben lassen, und sie haben für uns gequiekt.

Es müssen noch dreiundachtzig Krieger übrig sein, die es sich wahrscheinlich alle im Versammlungshaus der Krebse gemütlich gemacht haben und sich an den Vorräten der Dörfler gütlich tun. Wir können davon ausgehen, dass Met und Bier dort unten reichlich fließen und ein Gelage stattfindet. Die Gefangen waren alles andere als begeistert, dass sie nach hier oben abkommandiert waren. Der Kommandant hat einige Hinrichtungen vornehmen lassen und ein Ultimatum an die Krebse übermittelt. Er fordert, bis morgen Mittag Karissa ausgeliefert zu bekommen. Wenn er nicht bekommt, was er will, ist er autorisiert, das Dorf zu plündern, Sklaven zu machen und hat angekündigt, der Gouverneur würde mit allen anderen Dörfern der Krebse in ganz Besalien genauso verfahren lassen. Er hat alle Krebse, die ergriffen worden sind, zusammenpferchen lassen, die Frauen wurden zum Vergnügen der Krieger alle ausgezogen und bedienen sie jetzt für ihre Feier. Glaubst du auch, Hykimo, dass wir einen Überraschungsangriff wagen müssen?"

„Ja und nein, Falke. Sie mögen abgelenkt sein, aber sie sind trotzdem deutlich in der Überzahl. Außerdem haben sie jede Menge Geiseln, denn es kann nicht in unserem Interesse sein, wenn es sinnlose Opfer unter den Krebsen gibt. Wenn es möglich sein sollte, will ich sie noch immer für uns gewinnen. Also müssen wir zusehen, das Risiko für die Dörfler möglichst klein zu halten!"

„Wie willst du also, dass wir vorgehen, mein Herzog?"

Treju richtete sich an die ganze Truppe:

„Männer, wir werden jetzt jeder für sich und alle gemeinsam das tun, was wir am besten können. Ihr Raben, schnappt eure Bögen, wir suchen uns gute Positionen in den Klippen und geben den anderen Deckung. Die Bergländer klettern in ein paar der größeren Wohnhöhlen, um die Krebse über unsere Anwesenheit zu informieren und sie um Unterstützung zu bitten. Sagt ihnen, dass wir hier sind, um sie zu befreien. Ihr Sumpfländer, schnappt eure Blasrohre, und beseitigt auf dem Weg nach unten lautlos alle Wachen in Reichweite. Der Rest von uns geht dort am Fuß der Klippen durch die Gebäude und Verschläge, um alle Leute zu befreien, die möglicherweise noch gefangen und festgesetzt sind. Die Versammlungshalle heben wir uns bis zum Schluss auf, wenn wir alles andere im Griff haben. Wir müssen einen Weg finden, den Feind zu überwältigen, ohne die Herzogin oder die Dorfbewohner zu gefährden. Und nun vorwärts, meine Vögel, gehen wir in den Sturzflug!"

„Lautlos", nahm Douson die Parole der Akademie auf, die längst von den Papageien übernommen worden war.

„Lautlos", flüsterte der Chor der Krieger.

KAPITEL LXXVIII - KARISSA

„Glauben die denn wirklich, dass sie uns hier durch das bisschen Warterei mürbe machen können?", schnaubte die verwundete Ruvoli bei der Wachübergabe.

„Mir scheint eher, sie gehen davon aus, mich hier allein vorzufinden. Schmeichelhaft zu wissen, dass sie glauben, eine einzelne, schwangere Arratäerin könnte vier ihrer Krieger allein ausschalten!", grinste Karissa ein wenig.

„Sie sind Idioten, aber leichte Gegner sind sie trotzdem nicht. Ich kann dem Dreigestirn nicht genug für meine Ausbildung danken, Herrin, so denke ich die ganze Zeit. Hätten uns die Elstern nicht so gnadenlos geschliffen, wären wir längst tot! ... Verzeiht, wenn ich das so sage, Elster!", schob sie nach.

Jetzt lachte Karissa sogar leise, und ihre Schwester schmunzelte mit. „Du hast so Recht, Spatz, mir geht es nicht anders! Und auch mich haben die Elstern vor mir nicht geschont, das darfst du getrost glauben! Aber jetzt leg dich hin, wir werden unsere Kräfte vermutlich bald wieder brauchen."

Bald hörte sie die gleichmäßigen Atemzüge der beiden Mitstreiterinnen im Hintergrund und schaute aufmerksam in die über dem Dorf hereinbrechende Dunkelheit in die Klippen und auf den Hafen. Plötzlich hörte sie schräg oberhalb etwas. Ein schabendes Geräusch. Der nächste Angriff? Kletterte da wieder jemand die Felswand hinunter? Tatsächlich näherte sich ein Mann von oben kletternd, aber ungesichert und ohne Seil. Die Elster erkannte einen Krebsmann mittleren Alters, dem sie Platz im Eingang der Höhle machte.

„Verzeiht, falls ich Euch erschreckt haben sollte, Herzogin, aber Ihr versteht sicher, dass ich mich nicht durch Rufe ankündigen konnte. Ich bin Kolsmu und komme als Sprecher der Krebse, die noch frei und in ihren Höhlen sind. Wir möchten Euch unsere

Hilfe anbieten und den besalischen Hunden das Leben möglichst weiter so schwer machen, wie ihr es getan habt, Herrin! Wir haben die Unterdrückung satt und sind endlich bereit zu kämpfen. Allerdings muss ich gestehen, wir haben kaum Erfahrung im Kampf ..."

„Wir dafür umso mehr, mein Freund! Mehr als uns lieb ist! Aber euer Angebot ist hochwillkommen, und wir sind mehr als bereit, uns mit euch zusammenzutun!"

„Dann schlage ich vor, ihr weckt die beiden anderen, und wir schaffen euch hier heraus. Dort oben macht sich schon wieder eine Mannschaft der Besalier zum Abstieg bereit!"

„Ich kann leider nicht hinter dir her klettern, das schaffe ich nicht!"

„Keine Sorge, Herzogin, wir werden Euch in einem Lastenkorb nach unten schaffen, wo man euch drei schon erwartet. Außerdem werde ich noch rasch eine kleine Überraschung für die Angreifer vorbereiten, damit für Ablenkung gesorgt ist!"

„Das trifft sich gut, wir haben hier im Eingangsbereich auch schon alles in Öl getränkt, um die Schweine in Brand zu setzen!"

„Wir dachten an etwas ganz Ähnliches. Ich würde noch den Vorbau und das Geflecht mit Öl übergießen, dann kann man das Ganze aus der Entfernung mit einem Brandpfeil entzünden!"

„Hervorragend, ich sehe, wir verstehen uns!"

Auf sein Signal geschahen gleich mehrere Dinge gleichzeitig, doch fast geräuschlos. Mehrere Seile wurden oberhalb von Karissas Domizil über den Felsen gespannt. Darüber führten die Krebse ein Seil, an dem ein Lastenkorb hing. Karissa setzte sich hinein, man ließ sie langsam herunter und dann sanft zur Seite schwingen, wo sie in Empfang genommen und in eine andere

Höhle hineingezogen wurde. Kurz darauf waren ihre Spatzen wieder bei ihr.

„Willkommen, Herrin, kommt bitte an meinen Tisch!", begrüßte eine betagte Frau sie und nötigte ihr ihren eigenen kunstvoll geflochtenen Korbsessel auf.

„Ich danke Euch, gute Frau, aber bekomme langsam den Eindruck, Ihr geht ein gewaltiges Risiko ein!"

Die Alte winkte ab.

„Schon viel früher hätten wir das tun sollen, aber unser Rat war dazu zu feige, und jetzt sehen wir ja, wohin uns das geführt hat! Wir sind nicht so wehrlos, wie alle denken, und mein Sohn, den ihr wohl gerade kennengelernt habt, wird es den Mördern und Schändern dort unten schon zeigen!"

„Gibt es in Eurem Heim irgendwelche Waffen, die Ihr uns leihen könntet? Wir wollen Euch nicht allein für uns kämpfen lassen, aber von hier aus können wir mit Schleudern und Schwertern nichts ausrichten!"

Ihr neue Gastgeberin gluckste triumphierend.

„Irgendwelche Waffen? Nein, aber Eure eigenen, Herzogin! Mein kleiner Enkel hier hat sie vor ein paar Stunden für Euch aus der Höhle der Sprecherin gestohlen. Wir dachten, Ihr hättet sie gern wieder!"

Mit Kurzbogen, Wurfmessern und ihren Stiletten fühlten sich die Spatzen der Situation schon deutlich besser gewachsen als noch kurz zuvor.

Kaum hatte Karissa sich auf den bequemen Sessel sinken lassen, als auch schon das Signal eintraf, die Besalier begännen ihren Angriff. Zehn Mann seilten sich diesmal ab, mehrere davon mit Armbrüsten auf ihren Rücken. Wild schreiend brachen die ersten beiden mit Schwung durch die Barrikade, die Kolsmu offensichtlich wieder in die alte Position gebracht hatte, bevor er zurückgeklettert war. Karissa und ihre Schwestern schauten sich an, wohl wissend, dass ihre Befestigung nicht einmal dem ersten Schlag der Angreifer standgehalten hatte. Wenige Augenblicke später waren bereits alle zehn Besalier in der Höhle, und kaum später flog eine brennende Fackel von weiter oben auf den Vorbau. Doch sie prallte von einem Balken ab, ohne Geflecht oder Holz in Brand zu setzen. Neben Karissa stehend, reagierte die Alte am schnellsten, hielt Karissa einen alten Lappen hin. Die verstand sofort und zog einen Pfeil aus ihrem Köcher. Gemeinsam hatten sie in wenigen Momenten einen Brandpfeil präpariert und entzündet, keine Sekunde zu früh, denn die Besalier hatten inzwischen zweifellos gemerkt, dass die Höhle leer war. Der erste Mann stand bereits im Vorbau der Höhle, um sich abzuseilen. Ansatzlos schoss Karissa den lodernden Pfeil ins Flechtwerk des Vorbaus, welches sich diesmal sofort entzündete. Panisch schreiend versuchte der Krieger den Flammen mit einem Sprung zurück in die Höhle zu entkommen, tat damit aber sich und seinen Kameraden einen Bärendienst, indem er auch die Barrikade und die übrigen von den Spatzen präparierten Teile des Höhleneingangs entzündete. Dichter Qualm drang entsprechend aus der Öffnung, die dumpfen Schreie schienen zu ersterben, doch schließlich stürzte ein brennender Mann mit dem abgerissenen Vorbau der Höhle in die Tiefe. Seine Todesschreie mussten auch dem letzten Besalier sagen, der Angriff war gescheitert.

Nur Momente später flammten mehrere Lagerfeuer auf dem Dorfplatz auf, und es wurde sichtbar, dass der Hauptmann und der Rest seiner Krieger in Stellung gewesen waren, um die Spatzen im Falle eines Fluchtversuchs in Empfang zu nehmen. Karissa würde nie erfahren, welche Pläne der Anführer der Besalier in diesem Dorf noch gehabt hatte, um ihrer habhaft zu werden. Denn plötzlich ging aus der Dunkelheit ein Pfeilregen auf die gut beleuchteten Besalier nieder und töte mindestens ein

Dutzend von ihnen, bevor die zweite Salve niederging. Den Überlebenden blieb keine Zeit für eine Reaktion, denn nach der dritten Salve wurden die übrigen Kämpfer von einer Gruppe disziplinierter Krieger überrumpelt, die die Belagerer fast spielerisch töteten. Der Angriff wäre für eine Kriegerin wie Karissa in seiner Perfektion fast schön zu nennen gewesen, wenn er nicht auch ein Gemetzel bedeutet hätte.

Binnen weniger Wimpernschläge war er vorbei, und die wirbelnden Schatten huschten übergangslos weiter in die Versammlungshalle, um gegebenenfalls die übrigen Besalier im Dorf zu beseitigen. Kampfgeräusche drangen keine mehr zu ihnen, doch es dauerte nicht lange, bis eine größere Gruppe aus dem Gebäude kam und ihre Erlösung herausschrie und feierte.

Fast atemlos wandte sich die alte Frau Karissa zu:

„Ihr Götter, was war denn das? Seid Ihr mit Dämonen im Bunde, Herzogin? Wie Eulen auf der Jagd haben sie zugeschlagen!"

„Ihr trefft es besser, als ihr denkt, gute Frau! Ich denke zwar, es waren keine Eulen, sondern Raben und wahrscheinlich auch ein paar Papageien, aber sonst habt Ihr Recht!", lachte Karissa gemeinsam mit ihren Spatzen gelöst in die Nacht. „Könntet Ihr veranlassen, dass ich gleich dort runterkomme? Ich glaube, ich werde schon erwartet!"

Wenig später fielen zahlreiche Strickleitern und Seile aus allen Vorbauten der Wohnhöhlen heraus, und die Dörfler strömten nach unten auf den Platz. Und auch Karissa und ihre Gastgeberin fanden sich bald dort ein.

Gerade ging Kolsmu vor einem Mann auf die Knie, der eine schwarze Kapuze abnahm. Mit Kriegern aus dem Herzogtum hatte Karissa gerechnet, nicht aber mit ihrem Mann.

„Treju, bis du verrückt geworden? Ein solches Wagnis einzugehen? Warum schickst du nicht einfach deine Krieger aus?"

„Ich freue mich auch, dich zu sehen, mein Schatz!", lachte Treju und drückte sie an sich.

„Ich werde nicht vergessen, dir den Kopf zu waschen, aber jetzt haben wir Wichtigeres zu tun. Wir müssen Boten in alle Dörfer der Krebse entsenden. Futtinu wird diese Niederlage nicht einfach hinnehmen!"

Kolsmu sprang auf, um ihren Gedanken gleich in die Tat umzusetzen. Aber dann stockte er.

„Wohin sollen wir gehen, Herzogin? So viele Menschen …"

„Wir haben einen Platz für euch, wenn ihr uns folgen wollt! Genau mit diesem Angebot ist meine Gattin doch zu euch gekommen", wunderte sich Treju.

„Jetzt haben wir keine Zeit für Diskussionen. Eure Leute sollen das Nötigste packen, sich in ihre Boote setzen und hierherkommen. Leider müssen wir mit allem viel schneller sein als ursprünglich gedacht, aber wir bekommen euch von hier weg! Los, worauf wartest du?"

„Eine unserer Galeeren kreuzt vor der Küste. Sie kann einen ersten Schwung der Krebse aufnehmen! Habt Vertrauen, Leute, wir schaffen euch hier weg!"

KAPITEL LXXIX - MOSTRA

Mostra war nie eine Frau gewesen, die Unausweichliches akzeptiert und hingenommen hätte. Und auch wenn es bei keinem der unzähligen Szenarien, die sie im Kopf während ihrer Kampfübungen durchgespielt hatte, eine realistische Chance auf Entkommen aus Zoros' Palast gab, so würde sie noch unter dem letzten Staubkorn in der Halle der Götter danach suchen. Die Nachtigall war sich ebenfalls bewusst, die Kaiserin würde sie nicht am Leben lassen können, sollte Mostra wirklich die Gelegenheit erhalten, Zoros zu töten. Niemals dürfte ans Licht kommen, dass seine Gemahlin in einen Anschlag auf sein Leben verwickelt war. Allerdings drehten sich die Gedanken der Attentäterin gar nicht in erster Linie um Flucht. Für den unwahrscheinlichen Fall einer Möglichkeit zur Ermordung des Kaisers überlegte sie vielmehr, wie sie auch Felonia und Lagrontu von der Liste der Feinde Arratäas streichen konnte. Deren Regime als Nachfolger des Monsters wäre sicherlich anders, aber für ihr Volk wohl kaum wesentlich besser als das von Zoros. Unterdrückung und Sklaverei würden die gleichen bleiben. Jeden Tag, den man ihr vor der Auslieferung an den Dämon noch gab, verbrachte sie mit Übungen. Stundenlang führte sie die Bewegungen aus, die sie seit Kindestagen verinnerlicht hatte und deren Abläufe ihr schon immer das Tor zur Meditation geöffnet hatten. Mostra war so klar und fokussiert wie noch selten in ihrem Leben, fühlte sich unerschütterlich. Käme sie ungefesselt in Zoros' Nähe, wäre sein Schicksal besiegelt. Doch diese Überzeugung allein reichte natürlich nicht aus. Versteckte Waffen wollte Felonia ihr nicht zugestehen, war doch mit einer eingehenden Durchsuchung zu rechnen, wenn Mostra ausgeliefert wurde. Aber Mostra hatte sich ausbedungen, ihre Übungen in der Kleidung und dem Schmuck durchzuführen, die sie herausgeputzt für die kaiserlichen Augen tragen würde. Eher wie eine Tempeltänzerin denn als eine Dame war sie geschmückt, doch immerhin nicht wie eine Hure. Ein hochgeschlitzter Rock, ein enges, knappes Bustier, ein Stirnband, bestickt mit hunderten Metallkügelchen und winzigen Glöckchen. Ergänzt wurde die leichte Kleidung aus feinstem Leder durch ein filigranes Gehänge aus Silber und Smaragden um ihren Hals. Mit dieser Staffage verfügte Mostra über alle Waffen, die eine Nachtigall brauchte. In den dunklen Nächten hatte Mostra unbeobachtet alle Voraussetzungen geschaffen. Das Stirnband war durch eine Metallspange verstärkt, um trotz des schweren, aufgenähten Metalls in Form zu bleiben. Inzwischen ließ sich diese Spange leicht herausziehen und eignete sich als Stichwaffe. Den sternförmigen Anhänger der Halskette hatte Mostra gespitzt und geschärft, und er gab damit eine passable Wurfwaffe ab. Die Kette selbst war stabil genug, um damit jemanden zu erwürgen.

Die Illusion, auch nur eines ihrer Mordwerkzeuge einsetzen zu können, verflog in dem Moment, als Zoros sie mit zahlreichen Lederriemen an einem schweren Kreuz aus schwarzen Balken festzurren ließ. Mit weit ausgebreiteten Extremitäten hing sie an dem Gestell mitten in einem großen Saal und war, abgesehen von ihrem Kopf, vollkommen bewegungsunfähig. Wenn sie ihn nicht davon überzeugen konnte, sie aus dieser Lage selbst zu befreien, stand ihr nichts als langes, grauenhaftes Leiden bevor, gekrönt von der Erkenntnis, mit ihrem Opfer nichts erreicht zu haben. Leider bestätigte sich nach kürzester Zeit ihr klares Bewusstsein, Zoros war alles andere als dumm. Fixiert wie sie war, winkte er bedenkenlos sämtliche Wachen und Leibwächter hinaus, und nur ein gutes Dutzend leicht- oder unbekleideter Sklavinnen, wahrscheinlich hadrischer Herkunft, blieben mit Zoros und Mostra zurück.

„Endlich allein, meine Liebe! Ivosi von Tarsit, du bist es wirklich! Du kannst dir nicht einmal annähernd vorstellen, wie groß meine Sehnsucht nach dir gewesen ist! … Halt, nein, spare deinen Atem! Erst werde ich dir die Spielregeln erklären, dann darfst auch du deiner Freude Ausdruck verleihen. Die vielen gemeinsam Stunden, die uns bevorstehen, habe ich schon in tausend Varianten durchlebt, wie du dir vielleicht denken kannst. Außer deinem abschließenden Tod haben alle eines gemeinsam: Du bleibst bis zum Ende in dieser Position. Zu gerne würde ich dich zwingen, mir alles von dir zu geben, dich mir zu unterwerfen, meine Gespielin zu sein, wie einst, als du mir noch vorgegaukelt hast, du gehörtest mir. Aber wir wissen beide, dass du nur so lange mitspielen würdest, bis du mich töten könntest. Keine Sorge, mein Täubchen, ficken werde ich dich zum Auftakt natürlich trotzdem, nur bedauerlicherweise eben ohne dein aktives Zutun."

Damit winkte er den Sklavinnen, die Mostra die spärliche Bekleidung und den Schmuck abnahmen, um anschließend ihren ganzen Körper außer dem Kopf zu enthaaren.

„Du bist ein wenig verwahrlost, meine Liebe, aber diese fleißigen Bienchen hier wissen sehr genau, was mir gefällt, und bringen das schnell in Ordnung. Glücklicherweise haben dir die Götter deine Schönheit erhalten, um mir meine Freude nicht zu nehmen."

Schweigend weidete er sich an ihrer Erniedrigung, bis abgesehen von Haupthaar und Augenbrauen kein Härchen mehr an ihrem Körper wuchs. Er signalisierte den Sklavinnen, in den Hintergrund zu treten. Lüstern grinsend kam er näher und löste langsam den schweren Gürtel über seinem Seidengewand.

Es war der Moment, als Mostra ihre Flucht nach vorne antrat. Nie funktionierte ihr Verstand besser als in höchster Bedrängnis, und sie würde sich nicht sinnlos opfern, nicht sterben, ohne den maximalen Schaden für Besalien und seinen Kaiser zu hinterlassen.

„Willst du nicht vorher hören, ob und was ich dir für mein Leben bieten kann, bevor es mir selbst nichts mehr wert ist?"

Grollendes Lachen löste sich aus seiner Kehle. „Wahrhaftig, deine Dreistigkeit geht dir nicht verloren, das hat mir von Anfang an gefallen! Das muss ein gewaltiges Angebot sein, wenn es mir wichtiger sein soll als meine Rache und das Vergnügen, gleich in dich hineinzustoßen!" Sein fester Griff umschloss dabei die Innenseite ihrer bloßen Schenkel.

Die Nachtigall unterdrückte ihren Ekel. „Du weißt doch nur zu genau, dass ein Feind, der mich schicken kann, mit einem neuen Attentäter den nächsten Anlauf nehmen wird. Solange du deinen Feind nicht kennst, kannst du dich nicht vorbereiten!"

Jetzt lachte Zoros erneut, aber diesmal war es ein fast heiteres Lachen. „Unfassbar! Etwas genau in dieser Art hat sie mir vorausgesagt! Aber Frauen wissen offensichtlich, wie Frauen denken! Zumindest solche eures Formats!"

„Du redest von Kaiserin Felonia?" Von wem sonst sollte die Rede sein. Aber Zoros war irritiert. „Hat dir dein Weib auch gesagt, wie sie darauf kommt? Vielleicht auch, wie lange sie und ihr Spießgeselle Lagrontu mich schon in ihrem Loch haben verschimmeln lassen, bevor sie mich hervorgezaubert haben? Frag sie doch einfach, aber tue es hier, damit ihr das Lügen schwerer fällt. Dass sie das gut kann, hast du bestimmt auch schon gelernt, nicht wahr?!"

Zoros zögerte einen Moment, dann schnippte er statt eines Befehls mit dem Finger, um die Kaiserin holen zu lassen. Dabei ließ er auch nicht nur für die Dauer eines Wimpernschlags die Augen von den ihren. Doch er würde nichts als Trotz in ihnen finden.

„Also schön, Hexe, ich höre! Warum sollten der schwanzlose Priester und mein Weib mich hintergehen wollen?"

„Warum sollte ich mir über ihre Motivation Gedanken machen? Jetzt, wo sie unseren Vertrag gebrochen und mich ausgeliefert haben?"

Zoros wollte – oder konnte – seine Wut nicht verbergen. Misstrauen war gesät, und damit war Mostra ein klitzekleiner Sieg schon jetzt nicht mehr zu nehmen.

Es dauerte nicht lange, bis Felonia und Lagrontu eintrafen, womit klar war, sie hatten damit gerechnet, gerufen zu werden, und sich in der Nähe aufgehalten. Wieder schickte Zoros alle Krieger aus der Halle – was es zu besprechen gab, sollte ohne Zeugen geklärt werden. Kurz wunderte sich Mostra, weshalb die Sklavinnen bleiben durften, doch schnell verstand sie, was den Frauen ins Gesicht geschrieben stand – sie würden diesen Schauplatz ohnehin nicht mehr lebend verlassen.

Lagrontu ging langsam und gemessenen Schrittes durch die Halle und blieb unweit vor Mostra stehen, während die Kaiserin mit blitzenden Augen herangebraust kam.

„Geehrter Gemahl, habe ich Euch nicht gewarnt, dass ihre Zunge in Gift getränkt ist? Was hat sie Euch erzählt, was Euch uns hierher hat befehlen lassen?"

„Verrat, Weib, nichts als Verrat!", presste er leise hervor, was schlimmer wirkte als jeder Zornesausbruch.

„Mein Kaiser, wie kann es sein, dass ihre Euter Euren Verstand noch immer stärker zu umnebeln vermögen als die Brüste Eurer Frau?"

In diesem Augenblick riss sie sich die offensichtlich dafür ausgelegte Kleidung vom Leib und stand ebenso nackt vor dem Herrscher wie Mostra. Damit genoss die Kaiserin für einen langen Moment Zoros volle Aufmerksamkeit. Der Moment, auf den Lagrontu ohne Zweifel gewartet hatte, denn plötzlich hielt er ein kleines Messer in der Rechten. Kurz zweifelte Mostra, was er damit tun würde, da stand er nach zwei schnellen Schritten vor ihr und schnitt mit scharfer Klinge die Lederschlaufen durch, die ihren rechten Arm fixierten. Bevor er sich an die Befreiung des zweiten Armes machte, drückte er ihr ein Wurfmesser in die rechte Hand. „Stirb, Hexe!", schrie er dabei.

„Fort von ihr, Priester!", schrie Zoros und stürmte auf sie zu, um ihn von der vermeintlichen Tat abzuhalten. Er war kaum zwei Schritte entfernt, als das Wurfmesser sein Auge fand. Noch in derselben Sekunde entriss die Nachtigall Lagrontu sein Messer und zog die Klinge durch seine Kehle, bevor sie mit flinken Schnitten die restlichen Lederriemen kappte, die sie an den Balken hielten.

Felonia erfasste sofort die geänderte Lage und rannte wie ein Hase im Zickzack zum Portal der Halle.

„Hilfe!", schrie sie noch, eher der Dolch ihren Rücken traf und die Flucht beendete. Felonia stolperte und fiel, schaute Mostra überrascht und um Atem ringend an, als sie wenige Sekunden später über ihr stand.

„Warum? … wir hatten … hatten doch … eine Vereinbarung …"

„Du hättest dich doch niemals daran gehalten, nicht wahr?!", stellte Mostra fest, während sie die Sterbende auf ihren Schoß zog. Aber aus ihr würde sie nichts mehr herausbekommen, denn mit der Andeutung eines Kopfschüttelns starb sie.

Angespannt lauschte Mostra nach draußen, ob von den Wachen etwas zu hören wäre, und auch die Sklavinnen wagten sich nicht zu bewegen. Nichts rührte sich vor den großen Flügeltüren, anscheinend waren derartige Hilferufe, Todesschreie und ähnliches nichts, was die Leibwächter eines besalischen Herrschers aus der Ruhe bringen konnte, denn man war es wohl gewohnt. Schrille Angstschreie hörten sich wohl bei jeder Frau gleich an in ihren Ohren. In der Halle schossen Blicke aus schreckgeweiteten Augen der Sklavinnen untereinander, zwischen den Leichen und Mostra hin und her, wobei sie sich die Münder zuhielten, um nicht zu schreien. Derweil stellte Mostra sicher, dass diesmal niemand von den Toten wieder auferstehen würde.

„Hört mir zu!", raunte Mostra ihnen zu und sprach bestimmt und ruhig weiter.

„Das ist eure Chance auf Leben und Freiheit. Kommt mit mir! Ich muss zum Hafen! Wenn dieses tote Miststück hier Wort gehalten hat, wartet dort ein Schiff auf mich, und an Bord gibt es sicher auch Platz für euch. Auf welchem Weg verlassen Sklaven üblicherweise den Palast?"

Mostra schnappte sich rasch Felonias Kleid, verhüllte auch Haar und Gesicht. Die am wenigsten verängstigte Sklavin lief auf eine hinter einem Vorhang verborgene Tür zu und murmelte: „Folgt mir!", woraufhin die elf Frauen die Halle mit den Toten hinter sich ließen.

KAPITEL LXXX - MASKON

Entspannt lehnte Maskon an der Reling und schaute in unbestimmte Richtung übers Wasser. Ihre Geisel Ikalo hatte sich jetzt schon seit Wochen als nützliches und williges Werkzeug erwiesen, und Maskon hatte als neuer Kapitän der Morgenröte bereits viel von dem jungen Mann gelernt. Es blieb ihm schleierhaft, weshalb ein intelligenter Kerl wie er sich so naiv vor ihren Karren spannen ließ, denn ihm musste doch klar sein, dass diese Flucht vor seinen Leuten kaum ein gutes Ende nehmen konnte, falls man ihn nicht freikaufte.

„Land in Sicht!", meldete der Ausguck, und sofort starrten alle angestrengt zum Horizont. Es dauerte noch eine ganze Weile, bis auch vom Achterdeck aus etwas zu erkennen war, aber Maskon sah in der Ferne nur eine Idee von Land, und es war ihm fast egal, welche der Inseln es sein mochte, wenn es nicht Seraitu war, wohin er sich in jedem Fall begeben wollte. Seine Mannschaft allerdings hatte daran kein Interesse, weil sie befürchteten, dort versklavt zu werden, wie der Feratu-Junge ihnen glaubhaft gemacht hatte, als Bosko das Schiff noch befehligt hatte. Zwar fühlte Maskon, wie ihm die Männer immer mehr vertrauten, aber noch waren die Meuterer nicht so weit, dass sie ihm überall hin gefolgt wären.

„Kapitän!", kam wieder ein Ruf von oben. „Ich erkenne diesen Hafen! Das muss Feratu sein, das Schwein hat uns verarscht!"

Maskon rannte an den Bug und spähte mit zusammengekniffenen Augen zur sich immer besser abzeichnenden Insel. Der Mann im Krähennest hatte wahrscheinlich Recht, sie fuhren direkt aufs Verderben zu. Er rannte zurück und schrie schon auf dem Weg Richtung Achterdeck seinen Befehl: „Steuermann, dreh' um, wir müssen zurück!"

Der Steuermann schlug das Steuerruder voll ein, doch die Galeere drehte sich nur sehr träge und ging erst allmählich in eine

Halbkreisbewegung über, wobei die Morgenröte noch eine ganze Weile auf die Heimatinsel ihrer Geisel zu fuhr. Ohne die Hilfe des Feratu-Welpen, der die nötigen Anweisungen für Manöver geben konnte, waren sie noch immer reichlich unbeholfen, nur das Rudern selbst hatte sich längst bei allen eingeschliffen.

Maskon rannte in die Kapitänskajüte, wo die Geisel gefesselt in einer Ecke fixiert war. Seine gute Laune zeigte, dass der Kurs, der sie auf ihre Feinde zugesteuert hatte, kein Zufall oder Versehen gewesen war.

„Du Hundsfott, das wirst du noch bereuen!"

Unverwandt schaute ihn der junge Mann an und fragte trocken: „Was willst du tun? Mich fesseln, schlagen, meinen Feinden ausliefern? Nichts, was nicht längst geschehen wäre! Hunger, Durst, zum Rudern zwingen? Siehst du mich zittern? Ich habe schon mehr erlebt, als du denkst! Und abgesehen davon merken wir doch beide, dass ihr mich braucht – oder ist dir möglicherweise entgangen, wie die Dünung sich in den letzten Minuten verändert hat? Es gibt vor Feratu einige Untiefen, und mit dem Ostkurs, den euer Steuermann gerade so mühsam gegen den Wind läuft, werden wir uns demnächst sicherlich ein schönes Leck in den Rumpf reißen. Wie gut, dass du schwimmen kannst, nicht wahr?"

Der Junge war schlauer, als gut für ihn war. Das würde ihn mittelfristig sein Leben kosten, aber leider hatte er Recht, und er wurde gebraucht – aus diesem Grund war Maskon ja auch in die Kajüte gekommen.

„Bring das sofort in Ordnung, du Mistkerl, oder du bist zu nichts mehr nütze, und ich werde dich dabei zusehen lassen, wie du langsam ausblutest!"

Dabei löste er die Fixierung und riss den Feratu auf die Füße.

„Genug jetzt mit den Spielchen – wenn du uns nicht auf dem kürzesten Weg nach Seraitu bringst, dann wirst du sehen, wie ernst ich es meine."

Zum ersten Mal seit Monaten lag Mostra wohlig ermattet in einem weichen Bett mit seidenen Laken. Mit einem ausgeprägt dämlichen Gesichtsausdruck himmelte sie der junge Kapitän der xifonischen Galeere an, den sie gerade benutzt hatte. All die angestauten Ängste, die Verzweiflung und der unverhoffte Triumpf hatten sich in ihrer Lust entladen, und dieser Junge hier war ihr williges Werkzeug dafür gewesen. Mit einem Schmunzeln gedachte sie nicht zum ersten Mal ihrer alten Ausbilderin in Liebeskünsten, die sie gelehrt hatte: „Manchmal kann ein guter Fick die beste Medizin sein!" Zwar war das normalerweise nicht das Mittel ihrer Wahl, aber in diesem Fall hatte es funktioniert, und sie war sehr zufrieden mit der Fügung. Darüber hinaus erwies sich der Mann namens Akhfino als ein Quell an wichtigen Informationen, der in jeder Beziehung kräftig sprudelte, um ihr zu gefallen. Aber dumm war er nicht, und Mostra selbst musste vorsichtig und konzentriert bleiben, um die Fassade aufrecht zu erhalten. Das fing mit der Erkenntnis an, dass er der Kaiserin verfallen war und ziemlich alles für sie getan hätte. Dank ihr war er nicht nur zum Vizeadmiral der besalischen Flotte aufgestiegen, sondern sie hatte ihn wohl auch von ihren Früchten kosten lassen. „Böses Mädchen", dachte Mostra und war noch immer fasziniert von der Vielschichtigkeit des Charakters der verstorbenen Kaiserin. Unter anderen Umständen hätte die junge Frau ihr sicher gefallen, doch wie die Dinge lagen, war Mostra stolz und glücklich über die jüngsten Entwicklungen und ihr unerwartetes Entkommen. Insbesondere, dass wirklich eine Galeere am zugesagten Punkt auf sie gewartet hatte, hätte die Nachtigall nicht erwartet. Hatte die kleine Schlange sie tatsächlich entkommen lassen wollen? Vermutlich hatte sich das Miststück nur alle Optionen offenhalten wollen. Gut so!

„Bruma, willst du mir nicht endlich offenbaren, welche Belohnung mir die Kaiserin so geheimnisvoll angekündigt hat?"

Sie lachte ihn schmutzig an, packte dabei seinen festen, jungen Hintern.

„Die Kaiserin schickt dir elf Frauen, eine schöner als die andere, und du fragst allen Ernstes nach einer weiteren Belohnung?"

Süß, wie der Bursche errötete, trotzdem verlor er nicht den Kopf, musste Mostra anerkennen.

„Sie wollte mir etwas schicken, dass meine Macht für die Zukunft festigen sollte!"

„Nicht ‚etwas', sondern ‚jemanden', um genau zu sein, mein junger Fürst!", improvisierte Mostra, selbst gespannt, wohin es sie führen würde. „Offenbar weißt du nicht, wen dir Felonia geschickt hat. Eigentlich sollte es eine Frau wie mich in Besalien auch nicht geben. Und doch kennen in Adelskreisen des Reiches alle meinen Namen – Bruma … Warum denkst du, ist das so?"

Die Erkenntnis blühte in seinem Gesicht auf. „Aber warum …?"

„Warum ich Askarion verlassen muss? Nun, sagen wir, nicht alle Männer verfügen über deine Kondition und Manneskraft, mein Fürst, und einen wilden Ritt hat ein alter Herr aus dem Hochadel nicht überlebt. Dem Kaiser kam das zwar zupass, weshalb die Kaiserin mir mit deiner geschätzten Hilfe außer Landes half, aber ich muss vor meiner Rückkehr etwas warten, bis Gras über die Sache gewachsen ist. Zeit, in der deine Gönnerin mir aufgetragen hat, dir ein wenig unter die Arme zu greifen, unauffällig Politik zu betreiben. Eine Gunst, die uns beiden zeigt, wie sehr unsere Kaiserin dir gewogen ist!"

„Ich weiß nicht so recht …"

„Schau, mein Fürst, Männer reden gern im Bett. Und eine Frau, die sich aufs Zuhören versteht, kann viel erfahren, was besser verborgen bleiben würde … wäre es beispielsweise klug, das Geheimnis zu lüften, dass du die Kaiserin bestiegen hast? Nebenbei bemerkt wäre das allein meines Erachtens schon mehr als Lohn genug für deine Dienste gewesen, mich mit nach Xifon zu nehmen! Aber sie wollte es anders, nicht wahr?! Ihr muss wirklich etwas an dir liegen, wenn ich deine Karriere fördern soll. Jedenfalls ist eure kleine Tändelei höchst gefährlich, muss ich dir sagen. Der kleine Fehltritt der Kaiserin in Verbindung mit der Tatsache, dass du Erbe der größten Senatorendynastie Xifons bist, könnte Zoros einen perfekten Vorwand für einen Krieg geben. Ob das deinem Vater gefallen würde?"

„Onkel! Akhosa ist mein Onkel, aber es reicht! Ich habe dich verstanden und erkenne deinen Wert sehr wohl, Bruma!"

Seine Lust war sichtbar abgekühlt, aber dafür setzte der Verstand wieder ein. Akhfino sah jetzt, wie risikobehaftet seine vermeintliche Belohnung war, überdachte aber sofort die neuen Möglichkeiten, wenn man selbst einen solchen Pfeil im Köcher hatte.

„Fangen wir doch damit an, dass du mir meinen Onkel noch gewogener machst. Gemeinsam werden er und ich dann sicher schnell eine geeignete Aufgabe für dich finden!"

Mostra schnurrte wie eine Katze. Akhosa! Der Bursche musste vom Kopf der Seraitu sprechen, dem Unmenschen, der ihren Verbündeten Ibonsa ins Elend gestürzt hatte. Das Schicksal wollte offenbar etwas von dem wieder gut machen, was es ihr in letzter Zeit zugemutet hatte. Wie schade, dass Akhosa sie bereits als Ivosi von Tarsit kannte, aber bis sie ihn traf, würde ihr sicher noch etwas einfallen.

KAPITEL LXXXII - IBONSA

Wollte das Leben ihm wirklich nichts als Verzweiflung lassen? Hatte er denn nicht genug bezahlt für den kläglichen Rest seines Glücks, das einst so vollkommen gewesen und ihm unverschuldet genommen worden war? Er war nicht bereit, sich damit abzufinden, würde bis zum letzten Atemzug darum kämpfen, seinen Sohn und die gesamten Xifonischen Republiken in all ihrer Unvollkommenheit zu befreien. Und die Männer an Bord standen alle für ihn ein wie sein verlängerter Arm, schunden sich zum Äußersten für jede Meile, die sie den Meuterern abnahmen. Der Wind war viel zu schwach, um den Feind mit einem Segler aufzubringen, deshalb war sein Flaggschiff, die Mullinosa, die einzige Wahl für die Verfolgung gewesen, denn alle anderen Galeeren hatten für verschiedene Missionen Feratu längst verlassen. Doch die Männer an Bord der Morgenröte waren auch bestens motiviert, sich nicht von ihnen aufbringen zu lassen, denn sie wussten, dass wegen der Meuterei und der zahlreichen Morde, die dabei begangen worden waren, nur ein Urteil auf sie warten konnte, und das war der Tod. Tagelang waren sie erfolglos gekreuzt in der Region, in der sie das Schiff vermuteten, und waren schon kurz vor der Rückkehr in den Heimathafen gewesen. Seit der unverhofften Sichtung der verlorenen Galeere vor Feratu flog das Flaggschiff über die leicht gewellte See zwischen den Inseln, und die Distanz zum Haupthafen der Feinde auf Seraitu schmolz wie Eis in der Wüste. Wer auch immer dieses Schiff befehligte, hatte die einzige Chance der Meuterer auf ein Überleben identifiziert und die logische Entscheidung getroffen, sich lieber den Seraitu zu ergeben und das wertvolle Handelsgut an Bord, welches sein Sohn darstellte, gegen ihre Freiheit einzutauschen.

Die Silhouetten, die im Laufe der nächsten Stunde am Horizont auftauchten, stürzten Ibonsa in ein Wechselbad der Gefühle. Zunächst die Umrisse der Ostküste der Insel, an der die Hauptstadt Seraitus lag, was die nahende Gefahr so greifbar machte. Bald aber die Morgenröte als immer größer werdender Punkt davor, die merklich langsamer geworden war, sodass die Hoffnung wuchs, sie noch vor dem Hafen abzufangen. Doch etwas später tauchte ein weiterer Punkt auf, der sich als die Zinofera entpuppte, die monströse Schlachtengaleere Akhosas von Seraitu. Sie lief direkt auf die Morgenröte zu, und es gab nicht die geringste Möglichkeit, dem Schiff zuvorzukommen.

„Oh verdammt, Göttin, warum spielst du dieses Spiel mit mir und säugst die Dämonen mit all deiner fetten Milch?"

Seine besten und treuesten Mitstreiter starrten mit ihm auf das drohende Ende dieser Verfolgung. Alle dachten, es könnte nicht schlimmer kommen, als gegen diesen hölzernen Giganten anzutreten, auf den sie zufuhren, da erspähten Hanjus scharfe Augen noch etwas.

„Admiral, noch ein Schiff!", deutete er nach Osten. Und tatsächlich kam von dort eine weitere Galeere unter den Farben der Seraitu mit Kurs direkt zur Zinofera und nicht etwa auf den Hafen.

„Damit wären es dann drei! Warum nicht gleich die ganze verfluchte Flotte? Die haben doch noch mehr zu bieten?!", fluchte Kapitän Halluko.

Ibonsa hörte die Männer um ihn herum fast nicht, wie sie sich über Angriffsmöglichkeiten austauschten, die alle mehr oder weniger verzweifelt klangen.

„Zerbrecht euch nicht die Köpfe, Freunde! Wenn der Schweinehund Akhosa meinen Ikalo in seinen Krallen hält, ist es vorbei! Ich werde nicht zusehen, wie er meinen letzten Sohn auch noch abschlachtet!"

Ratlose Blicke flogen von Mann zu Mann übers Achterdeck.

„Beidrehen! Wir fahren zurück nach Feratu, solange wir noch können!", befahl Ibonsa.

„Herr …!"

„Beidrehen, verdammt, wenn sie euch alle töten und uns versenken, hilft das Ikalo auch nicht. Wir müssen es anders versuchen … die Götter wissen, wie …"

Das Schiff drehte auf Gegenkurs, und Hilflosigkeit legte sich wie zäher Nebel über die gesamte Mannschaft. Rückschläge hatten sie jetzt seit Monaten keine erlebt, doch dieser scheinbar zufällig erlittene Schlag konnte all die Anstrengungen zunichtemachen. Düster und hilflos starrte Ibonsa auf das immer kleiner werdende Schiff seines Sohnes und beobachtete noch andeutungsweise, wie die Zinofera es enterte. Auch als die Szenerie aus dem Blick entschwunden war, blieb er an der Reling stehen und begann, wieder über Lösungen nachzusinnen, als in der Ferne hinter ihnen wieder ein Punkt erschien.

„Hart Steuerbord! Volle Kraft voraus, Männer, sie haben die Verfolgung aufgenommen!"

Die dem Befehl entsprechenden Pfeifsignale wurden von der Mannschaft sofort umgesetzt, doch sehr bald war offensichtlich, bei dieser Wetterlage und mit relativ frischen Ruderern auf dem Schlachtenkoloss Zinofera war ein Entkommen auch mit unerwarteten Manövern nicht möglich.

„Wenden! Und danach Ruder halt!", befahl Ibonsa. „Lasst die Männer ihre Kräfte sparen, und alle sollen sich bewaffnen. Wenn sie uns haben wollen, werden wir sie einen hohen Preis dafür zahlen lassen!"

Sie lagen inzwischen nah an der Küste von Seraitu, und das Meer war flach wie ein Teppich. So wie die Zinofera angestrahlt von der sinkenden Sonne herangeschossen kam, war sie ein wahrhaftig majestätischer Anblick. Makellos schön und absolut tödlich. Die Ruderer zum Äußersten gepeitscht, pflügte die Galeere durchs Wasser, und selbst wenn Ibonsa seiner Mannschaft alles abverlangt hätte, sie hätten sich nur wenig Zeit erkauft, bevor der Gigant sie eingeholt hätte. Bald fehlte nicht viel, bis sie in Schussweite für Hanjus Langbogen war, und längst hatte Akhosa Fahrt herausnehmen lassen, damit das Schiff ausgleiten konnte, denn rammen und versenken wollte der Feind die wertvolle Beute offenbar nicht, die die Mullinosa darstellte. Akhosa wollte sie zurück und die Mannschaft als Sklaven dazu.

„Ein Schuss genügt mir, wenn der Hund sich zeigt", sagte Hanju und prüfte gewohnheitsgemäß die Sehne des Bogens, während er drei Pfeile aus dem Köcher zog.

„Halte dich bedeckt, Seefalke! Wenn wir eine Gelegenheit für dich herbeiführen können, wirst du sie nutzen!"

Zum Rest der Männer gewandt, rief Ibonsa: „Bleibt alle, soweit es geht, in Deckung, Männer! Aus ihrer erhöhten Position heraus werden uns sonst ihre Armbrustschützen bluten lassen! Also gebt ihnen kein Ziel, und wartet ab, bis sie entern, dann sind unsere Karten weitaus besser! Bleibt unter Deck, bis es andere Befehle gibt, denn in der Enge dort unten spielt ihre Überzahl keine Rolle mehr!"

Wenig später ging die Zinofera in kaum einer Schiffslänge Abstand längsseits, und die allzu bekannte Stimme Akhosas von Seraitu hallte herüber.

„Zeig dich, Ibonsa, du Wurm! Ich will mit dir reden, und niemand wird dir für die Dauer unserer Verhandlungen etwas tun, mein Wort darauf!"

„Suche deine Chance, Hanju, wenn er sich zeigt und du wirklich sicher sein kannst! Aber nur dann! Mit Ehre hat das hier alles nichts mehr zu tun, Akhosa kennt das Wort sowieso nicht. Und wenn sie uns anschließend entern, bleibt von uns sowieso niemand mehr übrig, um sich noch dafür zu schämen!"

Nachdem er das seinem gefiederten Freund zugeraunt hatte, trat er aus der Deckung aufs Achterdeck. Die Seraitu würden ihn auf einen Wink Akhosas wie einen Igel mit Bolzen spicken, daran zweifelte Ibonsa keine Sekunde.

„Nun, Menschenschinder, was willst du?"

„Aah, ich hatte schon fast Angst, du wärst gar nicht an Bord. Aber zum Glück bist du so leicht auszurechnen, mein Lieber, denn wen würde der kleine Ibonsa schon an seiner Statt hinter seinem teuren Sohn herschicken?! Zeig dich, Junge!", befahl der Seraitu nach hinten über seine Schulter.

Gefesselt, aber äußerlich unverletzt, wurde Ikalo aufs Achterdeck gezerrt, wo neben dem verräterischen Senator ein junger Mann, eine auffallend schöne und leicht bekleidete Frau sowie ein weiterer Kerl standen. Letzteren erkannte Ibonsa als einen der Sträflinge aus Chanien, demnach vermutlich der Anführer der Meuterer, wenn er so geehrt wurde. Außerdem standen vier Armbrustschützen schussbereit an der Reling.

„Wie soll das jetzt hier weitergehen? Willst du dich entschuldigen, mir meinen Sohn übergeben und dem Bündnis mit Besalien abschwören?"

Höhnisch lachte Akhosa kurz auf. „Na, was denn sonst, mein Lieber?! Und danach halte ich dir noch meinen Arsch hin!"

Ein breites, selbstgefälliges Grinsen breitete sich im Gesicht des Seraitu aus, und er sonnte sich mit Seitenblicken auf die Schönheit und den jungen Mann neben ihm in seinem Triumph.

„Nein, nun ernsthaft! Lass uns eine zivilisierte Übergabe vornehmen, und ich schenke jedem, der mir die Treue schwört, Leben und Freiheit! Außer dir und deinem Spross natürlich, das wirst du verstehen."

In dem Moment, in dem Ibonsa zur Erwiderung ansetzen wollte, lief während weniger Wimpernschläge Überraschendes ab. Die elegante Frau hielt wie aus dem Nichts zwei Dolche in den Händen, die sie kurz über den Kopf hob und dann, bis dahin von den Männern vor ihr unbemerkt, in einem wahren Bluttanz blitzen ließ. Die beiden Seraitu fielen gurgelnd mit durchschnittenen Kehlen, zwei Wächter, die Ikalo flankiert hatten, starben ebenfalls, bevor sie sich auch nur herumdrehen konnten. Einzig der Verräter reagierte rasend schnell und hechtete nach Ibonsas Sohn, um ihn als seinen Schild zu benutzen. Allerdings konnte er sich hinter ihm nur in einer Richtung verschanzen, und in der nächsten Sekunde ragte ein Pfeil aus seinem Rücken, wo das Herz sitzen musste – falls er eines besaß. Die Armbrustschützen bewegten sich, um die Attentäterin zu töten, Ikalo warf sich zu Boden, doch in zweien steckten gleich die perfekt geworfenen Dolche, in den anderen beiden weitere Pfeile von Hanjus Langbogen, bevor sie ihre Waffen auch nur gehoben hatten. Die Frau ließ ein Trällern hören, sprang ebenso wie der Rabe im selben Moment in Deckung vor den Bolzen, die nach ihnen suchten und zahlreich mit dumpfen Aufschlag im Holz stecken blieben. Ibonsa hatte sich ebenfalls hinter das Schanzkleid der Reling geworfen, hörte Hanju dabei in gleicher Art auf das Signal der Assasine antworten. So war dem Xifonier schlagartig klar, gleich zwei Vögel versuchten seinen Sohn zu retten.

Zeit für den Kampf! Und doch wollte Ibonsa einen letzten Versuch unternehmen, das Gemetzel unter Landsleuten zu verhindern.

„Männer der Zinofera! Euer Herr Akhosa ist tot! Es gibt keinen Grund mehr, in diese ungerechte Schlacht zu ziehen! Haltet ein, dann muss heute niemand mehr sterben! Schließt euch uns an, oder nehmt euer Schiff und fahrt zurück nach Seraitu. Ihr habt die Wahl und darauf mein Wort!"

Der Admiral und all seine Männer lauschten auf Reaktionen auf der Riesengaleere, während die Arratäerin an Bord Ikalo von seinen Fesseln befreite. Die beiden deckten sich gemeinsam bei den Toten mit Waffen ein und verschanzten sich so gut wie möglich. Abgesehen davon war anfangs kaum etwas zu hören, doch dann wurden an mehreren Stellen im Bauch des Schiffes heftige Diskussionen laut. Es war nichts zu sehen, aber der Tumult schwoll an, Gerangel und Geschrei waren zu vernehmen, kurzzeitig nahmen sie Kampfgetöse wahr. Ibonsa versammelte alle Schützen mit Armbrüsten und Bögen auf dem Achterdeck, um Ikalo und die Frau soweit möglich zu decken, sollten sie angegriffen werden. Das Achterdeck der Zinofera lag etwas höher als das der Leseba, deshalb konnte man die beiden Verschanzten kaum sehen. Ibonsa war sehr nervös, hatte aber keine Wahl, als sich zur Geduld zu zwingen und abzuwarten, denn das Zentrum der Auseinandersetzung war im Bauch des gigantischen Schiffes und unverändert ihrem Blick entzogen. Waffengeklirr, Todesschreie, Flüche, eine kleine Explosion. Endlich, nach Minuten, kamen Dutzende Männer mit erhobenen Händen auf dem Mitteldeck ans Tageslicht. In Fetzen gekleidet, ausgemergelt, blass und mit verfilzten Haaren waren sie leicht als Rudersklaven zu identifizieren. Ein breiter Kerl mit rauer Stimme rief: „Wir nehmen euch beim Wort, Herr! Unter uns sind Krieger, die übergelaufen sind, alle anderen Seraitu sind tot. Garantiert uns unsere Freiheit, und die Zinofera und ihre Mannschaft gehören Euch!"

KAPITEL LXXXIII - TREJU

Lange Monate, nachdem Treju in Schmach Djaniron, die neue provisorische Hauptstadt Arratäas, verlassen hatte, betrat er sie erstmals wieder. Seine Neugier hatte ihn hierher getrieben, um die riesigen Fortschritte zu bewundern, die beim Bau all der verschiedenen Teile der Stadt erreicht worden waren. Und auch wenn die vielen fleißigen Arbeiter noch weit von einer Fertigstellung entfernt waren, konnte man doch schon sehen, wie großartig sie werden würde. Trotzdem fühlte Treju eine unerwartete Änderung seiner Empfindungen beim Betreten der Baustellen, obwohl auch einige seiner eigenen Ideen in den Konstruktionen des genialen Baumeisters Istrenu verwirklicht wurden. Waren noch vor Monaten viele intensive Emotionen mit allen Projekten an diesem Ort verbunden gewesen, so konnte er jetzt als ein begeisterter und kritischer Beobachter herumgehen und sie beäugen. Ganz im Gegensatz zu den vielen Aktivitäten in seinem eigenen Herzogtum am Fjord, wo er das Wachstum der Gebäude, Türme und Gräben, der Gärten und Wälle ganz anders wahrnahm und intensiv verfolgte. Wenn auch nicht so intensiv wie die Entwicklung seiner schlafenden Tochter, die er gerade mit sich herumtrug. Seine geliebte Karissa schritt neben ihm her und schien den Ausflug ebenso zu genießen wie er, fühlte wohl, nicht anders als er, die Begeisterung für all die Entwicklungen wie auch den Trennungsschmerz bei der Erkenntnis, dass man irgendwie nicht mehr ganz zu diesem neu entstehenden Arratäa dazugehörte. Wie ihre eigene kleine Familie, so wuchs mit dem Herzogtum in Chanien etwas Neues heran, worauf sie in Zukunft all ihr Streben und Sinnen würden konzentrieren müssen.

Ulton und Istrenu gaben ihnen eine exklusive Führung durch die entstehende Stadt, bei ihnen nur Ultons Familie und die inzwischen hochdekorierten Raben, mit denen sie gemeinsam den harten Weg zur Befreiung ihres Landes begonnen hatten. Treju sah kurz zu Hanju und Tasko, die mit Douson scherzten, der gemeinsam mit Changdi Teil der chanischen Delegation rund um Prinzessin Kalinia war.

Die Stunden des Ausfluges nach Djaniron waren nur eine kleine Flucht aus dem Trubel einer großen Konferenz in Saffiron-up-Offvei, zu der Königin Leseba I. von Arratäa geladen hatte. Die große Zusammenkunft war eine Manifestation des Schulter-schlusses im Widerstand gegen das Besalische Kaiserreich und spiegelte die großen Veränderungen auf dem Kontinent Tungä seit dem Tod des kaiserlichen Paares in Askarion wider. Trejus Anregung folgend, waren Vertreter aus Chanien, Tulon, Xaron, Hadrien, den Xifonischen Republiken, selbst aus Eisgaard und den entstehenden Widerstandsgruppen in verschiedenen Städten im Rest Besaliens versammelt, um das Momentum zu nutzen, welches der andauernde Bürgerkrieg im Kaierreich ihnen bot.

„Wer glaubst du, mein Freund, wird in Besalien die Oberhand behalten? Bisher sind die Berichte sehr widersprüchlich, die wir erhalten", fragte Ulton, während niemand als sein Söhnchen Kolju auf seinen Schultern und Trejus Baby Voltani auf dessen Arm ihnen zuhören konnten. Nur Guffi und Mopp, die ständigen tierischen Begleiter des Hykimos, waren sonst noch bei ihnen.

„Schwer zu sagen, und das Beste, was uns passieren könnte, wäre, wenn das Patt noch möglichst lange andauerte. Müsste ich auf eine Partei setzen, dann wäre das Futtinu von Caviros. Der Schweinehund war immerhin Gouverneur einer der besalischen Provinzen, hochdekorierter General und der nächste Verwandte der Kaiserin. Er hat große Teile der Truppen hinter sich, und die Priesterschaft unterstützt ihn auch – dank des Hohepriesters, der sein Onkel ist."

„Schon, aber den stärksten Anspruch auf die Thronfolge hat ein-deutig nicht er, sondern der Cousin ersten Grades von Zoros, den der Hochadel fast geschlossen unterstützt. Und beim Gedanken, dass Futtinu Kaiser werden könnte, ist mir alles andere als wohl.

Dass wir hier die Oberhand behalten haben, war mit Sicherheit nicht seinem Versagen zu verdanken. Er ist ein Fuchs und weiß sein Blatt zu spielen."

„Da hast du recht. Futtinu zieht aus allen Teilen des Reiches die Krieger zusammen, die bereit sind, sich ihm anzuschließen. Irgendwann wird das vermutlich den Ausschlag geben. Für uns bedeutet das, bereit zu sein, wenn die Besatzung in Arratäa schwach genug ist, um unser Land endlich zu befreien. Aber eben erst dann!"

„Wird uns Chanien dann beistehen?", kam Ulton zum Kern ihres Gesprächs abseits der großen Runde.

„Diese Entscheidung wird allein Königin Ulinia treffen, auch wenn ich versuchen werde, meinen Einfluss geltend zu machen. Andererseits möchte Königin Leseba sicher keine chanischen Krieger in Arratäa, wie ich sie kennengelernt habe. Immerhin werden wir die Besalier auf jeden Fall am Guusla Fjord weiter beschäftigen, und sobald die Besatzer an der Landscheide ausgedünnt sein werden, werde ich vorschlagen, sie zwischen uns in die Zange zu nehmen und aufzureiben. Damit wäre wieder ein fieser Stachel aus Arratäas Fleisch gezogen!"

„Lesebas Sehnsucht richtet sich eher auf Seisilon und Auseilon, sicher auch auf die Heiligtümer in der Steppe!"

„Das kann ich zwar gut verstehen, vernünftig ist es aber nicht. Ich hoffe, du kannst sie überzeugen, dass sie Geduld üben muss, um nicht alles zu gefährden. Das Letzte, was die Besalier von Truppen entblößen werden, sind die wichtigsten Städte. Egal, wer den Thron in Askarion übernimmt, Seisilon wird niemand wieder hergeben wollen!"

„Vielleicht könntest du versuchen, Gasina zu überzeugen, auf Leseba einzuwirken. Sie hat ihr Ohr!"

„Warum ich? Du bist doch am nächsten an den beiden dran!"

Ulton schielte nach oben auf sein Söhnchen, der vermutlich nicht viel von dem verstand, was gesprochen wurde, aber sehr aufmerksam zuhörte. „Ich muss dir bestimmt nicht erklären, wie heikel die Situation zwischen uns beiden ist. Du kannst sicher sein, dass ich das versuchen werde, aber Unterstützung kann ich immer brauchen, und Elster Gasina ist in jeder Beziehung Lesebas verlängerter Arm."

„Wie du willst, ich werde es ansprechen. Aber ich habe den Eindruck gewonnen, der tapfere Milan, der an Attrues Seite gekämpft hat, hat bei Gasina großen Eindruck gemacht. Möglicherweise hat deine Frau nicht nur dein persönliches Glück in ihrem Gepäck gehabt. Doch lass uns das Thema wechseln. Wie ist die Situation in Xifon? Wird Ibonsa auch an unserer Zusammenkunft teilnehmen? Ich würde den alten Halunken gern wiedersehen."

„Leider nicht, aber er hat Ikalo geschickt, um ihn zu vertreten. Ibonsa ist inzwischen Erster Senator der Republiken, und es sieht ganz so aus, als würde die Situation auf den Inseln sich weiter stabilisieren. Wir sind ziemlich sicher, dass Xifon bald ganz unter seiner Kontrolle sein wird! Die Seraitu jedenfalls sind nach Akhosas Tod nur noch ein Schatten dessen, was sie unter seiner Führung waren."

„Die guten Nachrichten mehren sich! Selbst im Norden. Mit dem Abzug großer besalischer Verbände aus Hadrien hat der hadrische König die Invasoren zurückgedrängt. In Tulon hat König Achfoss inzwischen eine echte Armee hinter sich – die Besalier werden bald nicht nur im Inneren ihres Reiches alle Hände voll zu tun haben!"

„Ja, du hast Recht, in Tulon sind unsere Hoffnungen am größten, dass es bald zu einem Erfolg kommt. Achfoss hat die Hauptstadt unter Kontrolle und sitzt auf dem Thron seiner Väter in Pusilaron. Das Königreich Tulon ersteht wieder auf!"

„Karissa vermutet, dass das Land bald eine starke Königin an Achfoss' Seite sehen wird. Was denkst du? Ist an den Gerüchten etwas dran?"

Ulton lachte: „Wenn es Karissa nicht weiß, wer dann?! Nein, ernsthaft, ja, Mostra ist auf dem Weg nach Tulon. Und auch ja, die Nachtigall scheint mehr als nur Freundschaft für den Prinzen zu empfinden. Aber ich bin sicher, dass sie ihre Herzensangelegenheiten weit eher mit deiner Herzogin bespricht als mit mir!"

„Damit hast du zweifellos recht", schmunzelte Treju. Dann piekte er den kleinen Kolju in die Seite, der ganz fröhlich mitgelacht hatte. „Und du, junger Mann? Wirst du uns bald mal im Herzogtum am Fjord besuchen?"

„Sind die Jungs dann auch da?", fragte Kolju, mit großen Augen auf die beiden Kampfhunde schauend.

„Natürlich, wo ich bin, sind die beiden auch."

„Dann komme ich! Darf ich mal auf einem reiten?"

„Einen mutigen kleinen Krieger haben wir hier, Ulton! Das ist wahrhaftig der Sohn eines Adlers, mein Freund. Ich glaube, um die nächste Generation Raben muss Arratäa sich keine Sorgen machen!"

ANHANG I - DRAMATIS PERSONAE

Besalier	
Zoros	Kaiser des Besalischen Reiches
Felonia von Caviros	Kaiserin und Gemahlin von Zoros
Lagrontu	Oberpriester Askarios, Innenminister und Chef des Kaiserlichen Geheimdienstes
Nafriti	Hohepriesterin Vulas, Freundin der Kaiserin
Futtinu von Caviros	Bruder Felonias, Gouverneur der Provinz Arron
Kaldaru von Caviros	Hohepriester Askarios, Onkel Felonias
Hortag	Ehemals Sklavenzüchter in der Provinz Arron
Xalorot	Oberst der Kaiserlichen Truppen, ehemals Kommandant der besalischen Truppen in Saffiron-up-Offvei
Xalhodot	Oberst im Dienst von Futtinu, Vetter Xalorots
Moffon	Besalischer Standortkommandant in Seisilon
Kalunton von Nuviso	Vizegouverneur der Provinz Arron
Dustoru	Oberpriester Askarios in Seisilon
Xarima von Kuradon	Besalische Gefangene im Arron
Xamusi	Ihre Tochter
Maskon	Besalischer Spion, „Laus im Pelz" von Ibonsa
Xifonier auf Seiten Besaliens	
Akhosa von Seraitu	Erster Senator der Republik, Oberhaupt des Geschlechts der Seraitu
Akhfino von Seraitu	Neffe und Erbe Akhosas
Arratäer	
Farion	König von Arratäa, verstorben
Djania	Königin von Arratäa, seine Frau, verstorben
Lesaba	Königin von Arratäa, ihre Tochter
Gasina	Elster, Leibwächterin und Lehrerin Lesebas
Octami	Ein Talent
Ulton	Adler der Königlichen Gebirgsjäger Arratäas
Tasko	Milan
Hanju	Der „Seefalke"
Wulfton	Oberst, Statthalter in Holtekaion, der Waldstadt
Kunia	Seine Frau, Kämmererin von Holtekaion
Boras	Ehrwürdiger des Dreigestirns
Ysta	Dohle in Seisilon
Attrue	Ultons Ehefrau, Verwalterin des Lagers am Xaronischen Anker

Funji	Ultons Tochter
Kolju	Ultons Sohn
Ilkia	Dohle, Ultons Schwester
Killiu	Milan im Lager am Xaronischen Anker
Mostra	Nachtigall, Spionin im Königlichen Geheimdienst Arratäas
Changdi	Dohle, Anführerin der „Kinderarmee"
Duntra	Changdis Stütze und Kräuterfrau in Auseilon
Hilti	Meise in Changdis „Kinderarmee"
Befumon, Wimtu, Kasmito	Ratsherren Lesebas und ehemalige Magistrate von Xeleron
Valaju	Rabe, Späher im Arron
Philima	Spatz in Lesebas Leibgarde
Nikomo	Rabe unter Befehl von Killiu
Gesofon von Xeleron	Ehemaliger Kanzler Farions
Arratäer in Chanien	
Treju	Hykimo Chaniens und Herzog am Fjord, ehemaliger Adler der Königlichen Gebirgsjäger Arratäas
Karissa	Ehemalige Elster, seine Frau
Douson	Falke im Dienste Trejus, Changdis Gefährte
Nockton	Kommandant des Forts am Fjord
Ruvoli	Papagei im Dienste Karissas
Guffi und Mopp	Trejus „Leibwächter", Kampfhunde
Chanier	
Ulinia	Königin Chaniens
Kalinia	Prinzessin Chaniens, Thronfolgerin
Nifitu	Herzog und chanischer Diplomat
Busibusu	Fünfhundertführer des Waldvolks
Tessrati	
Scherrgod	Kriegsfürst der Marross-Tessrati
Smerrgod	Friedensfürst der Marross-Tessrati, Vater von Scherrgod
Turrgod	Kriegsfürst der Ferion-Tessrati
Die Krebse	
Tassna	Sprecherin der Krebse von Tanglifu
Kolsmu	Ein Krebsmann aus Tanglifu
Wasolla	Älteste der Krebse im Großen Rat

Xifonier	
Ibonsa von Feratu	Admiral der neuen arratäischen Flotte, ehemaliger xifonischer Händler
Ikalo von Feratu	Zweitgeborener Sohn Ibonsas
Ibontu von Feratu	Erstgeborener Sohn Ibonsas
Zutissa	Ehefrau Ibonsas
Gmadessa	Älteste Tochter Ibonsas
Tallia	Jüngste Tochter Ibonsas
Imatu	Jüngster Sohn Ibonsas
Kolomu aus Pelimaton	Jugendfreud Ibonsas und treuer Gefolgsmann
Tulonier	
Achfoss	Prinz von Tulon, Thronfolger des Königreichs
Verudon	Hauptmann der freien Tulonier
Trullon	Versehrter Rabe, Freund von Prinz Achfoss

ANHANG II - MILITÄRISCHE RÄNGE IN ARRATÄAS ARMEE

Heer	Kgl Gebirgsjäger	Kgl Assasinen	Kgl Geheimdienst
Offiziersränge	**Offiziersränge**	**Offiziersränge**	**Offiziersränge**
General	Adler		
Oberst	Bussard		
Major	Sperber		
Hauptmann	Milan	Elster	Elster
Leutnant	Falke	Dohle	Dohle
Unteroffiziere / Offiziersanwärter	**Offiziersanwärter**	**Offiziersanwärter**	**Offiziersanwärter**
Feldwebel / Fähnrich	Rabe	Spatz	Spatz
Unteroffizier			
Mannschaftsränge			

ANHANG III –
KARTE DES KONTINENTS TUNGÄ

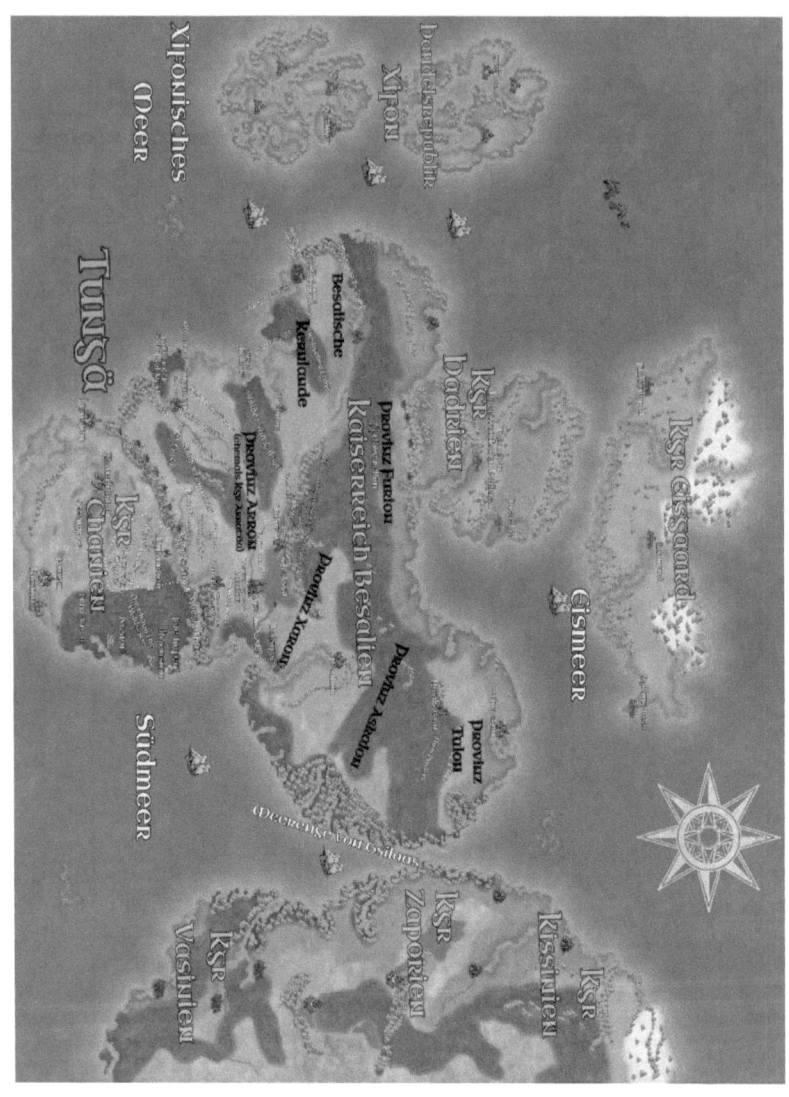

ANHANG IV –
WESTARRATÄ UND HALBINSEL
ARIID

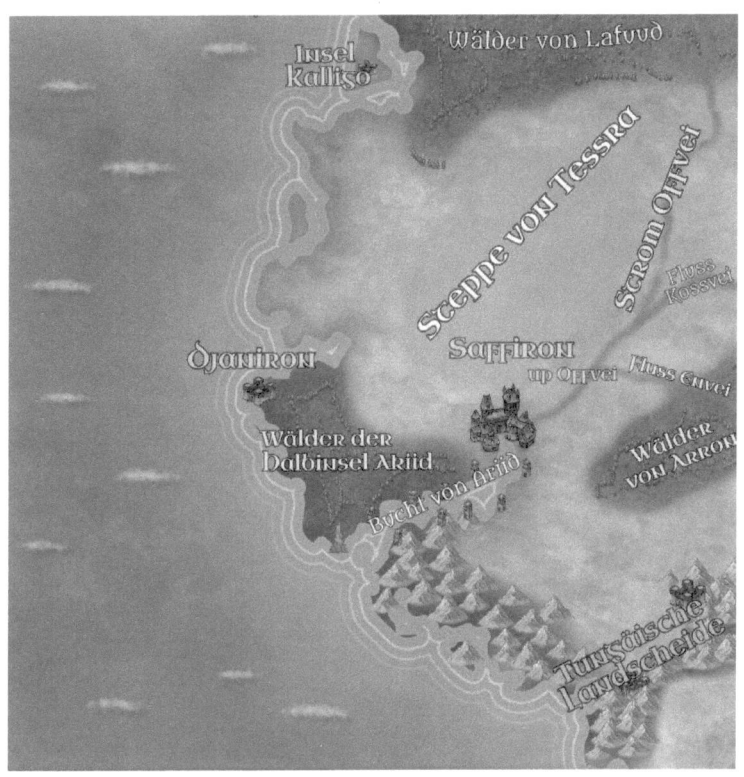

ANHANG V –
DAS HERZOGTUM AM FJORD

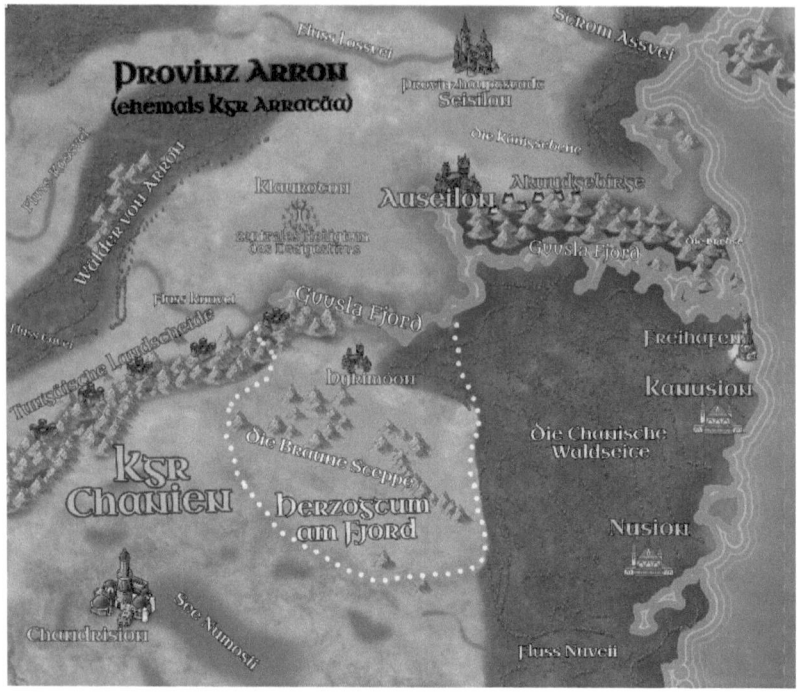

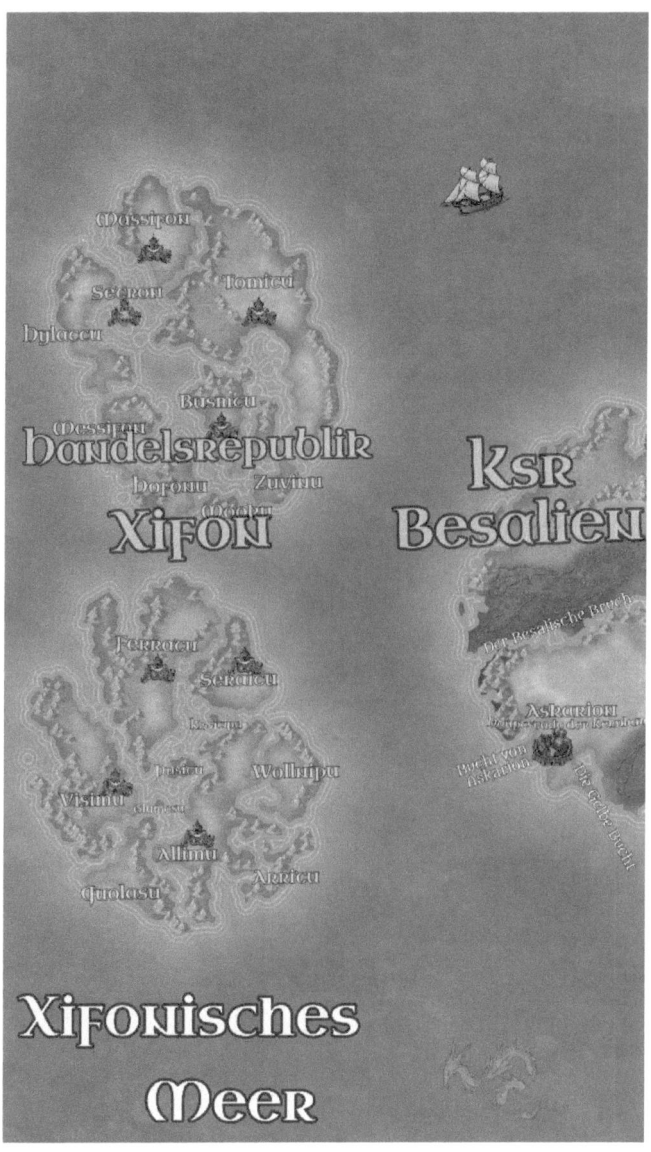

ANHANG VII – GRENZLAND ARRATÄA ZU XARONIEN

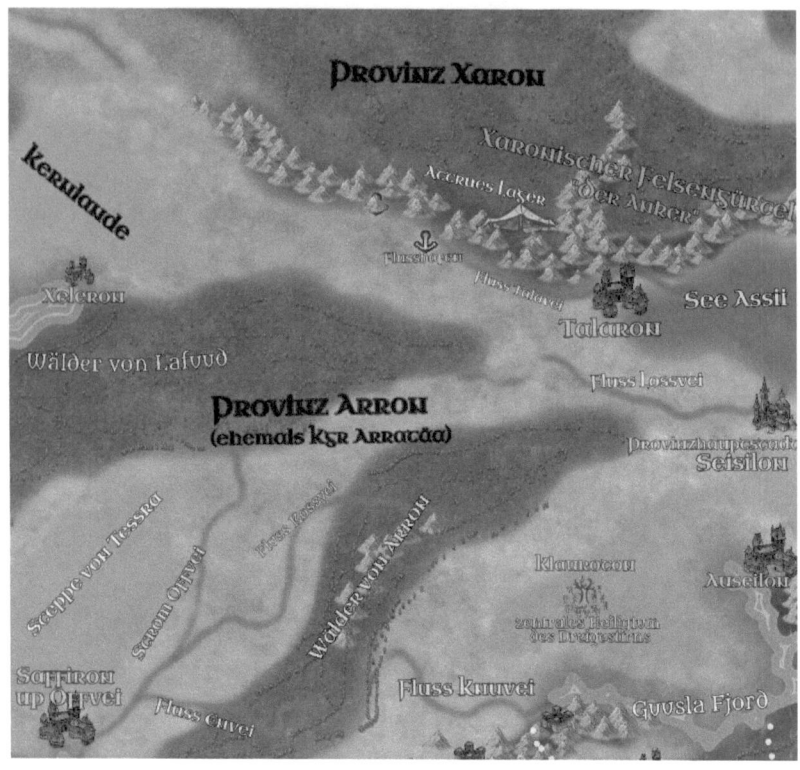

TUNGÄ IM DETAIL

Wer sich auf dem Laufenden halten möchte und ergänzende Informationen zum Buch und zu weitergehenden Projekten in Erfahrung bringen will, sollte auf

www.aufstand-der-voegel.com

vorbeischauen.

DER AUTOR – GÖTZ ADRIAN

 Götz Adrian, geb. 1971, arbeitet als Betriebswirt seit 30 Jahren in Touristik und internationaler Zusammenarbeit. Langjährige Auslandsaufenthalte haben ihn und sein Leben stark geprägt. Heute lebt er mit seiner Familie in Rheinhessen bei Mainz.